U0743768

元代文学系列丛书

关汉卿研究

徐子方 著

天津出版传媒集团
天津人民出版社

图书在版编目(CIP)数据

关汉卿研究 / 徐子方著. -- 天津：天津人民出版社, 2018.2
(元代文学系列丛书)
ISBN 978-7-201-12776-7

Ⅰ.①关… Ⅱ.①徐… Ⅲ.①关汉卿(? -1279)-古代戏曲-戏剧文学-文学研究 Ⅳ.①I207.37

中国版本图书馆 CIP 数据核字(2017)第 313792 号

审图号:GS(2018)1161 号

关汉卿研究
GUANHANQING YANJIU

出　　版　天津人民出版社
出 版 人　黄　沛
地　　址　天津市和平区西康路 35 号康岳大厦
邮政编码　300051
邮购电话　(022)23332469
网　　址　http://www.tjrmcbs.com
电子信箱　tjrmcbs@126.com

策划编辑　马晓雪
责任编辑　杨　轶
装帧设计　汤　磊

印　　刷　高教社(天津)印务有限公司
经　　销　新华书店
开　　本　787 毫米×1092 毫米　1/16
印　　张　26.5
插　　页　2
字　　数　400 千字
版次印次　2018 年 2 月第 1 版　2018 年 2 月第 1 次印刷
定　　价　78.00 元

修订版前言

这本书推出简体字版,在我是很高兴的事,也有着一种特殊的意义。

记得 23 年前,我在西安以一篇同名学位论文顺利通过答辩,获得博士学位,导师为著名文艺理论家、古典文学研究家,曾是第二届国务院学位委员会中文学科评议组成员的霍松林先生。次年,该论文经加工整理后为时任中国台湾文津出版社总编辑、中国台湾中国文化大学教授邱镇京先生选中,被列入《中国大陆地区博士学位论文丛刊》推出面世。这是我进入学术界后出版的第一部专著,4 年后该书又获得江苏省第五届哲学社会科学优秀成果三等奖,成为我获得的第一个省级以上社科优秀成果奖项。1996 年,中国香港学者何贵初在其《元曲四大家论著索引·前言》中将我作为国内关汉卿研究的三个代表之一(另两位是前辈学者黄克和钟林斌)。

20 多年来,我的工作经历多有变化,学术兴趣也不断拓展,但"关汉卿研究"这个课题始终是我的科研之重要组成部分。由于台湾海峡的分隔,在中国台湾面世的这本书尽管使我见知于岛内学术界,却未能为众多中国大陆同行所寓目。虽然新时期以来海峡两岸人文交流日益频繁,朋友们大多了解彼此的学术观点,但毕竟难见深入,这种历史造成的遗憾亟待弥补。另一方面,实事求是地说,20 世纪 90 年代中期以来,关汉卿研究已渐趋沉寂,有关学会、研究会很少活动,而这不仅仅由经费不足所致。学术队伍分散,人才出现断层,论题缺少兴奋点。要打破这一沉闷的局面,就必须积极采取措施,这也是笔者不避"炒冷饭"之嫌,决定出版这本旧著的外在原因。令人高兴的是,天津人民出版社此次有意推出我的这一部处女作,使得这朵"明日黄花"有机会再度获得生命活力,编辑马晓雪女士慨然承担并为此付出心血,身为作者,于此由衷感谢。

由于本书已经是关汉卿研究史之一部分,为体现笔者真实的思路轨迹,此次再版,总体上即不再予以变动。作为弥补,笔者对书中相关史实和文献做了力所能及的更订,纠正了少数明显的编排错误。值得一提的是,书后作为附录的“关汉卿研究资料索引”和“关汉卿研究的百年评点与未来展望”,前者增补了近20年的材料,后者则涵盖了本书初版问世以来关汉卿研究的新发展,在一定程度上方便了有志于此的学界朋友做进一步耕耘。当然,由于资料浩瀚,笔者的精力和能力均有限,搜罗定有疏漏,尤其是中国香港、中国台湾以及海外部分更是挂一漏万,希望读者使用时多所批评,更盼有高质量的新作出现。

徐子方
南京味宁轩
2016年4月

引 言

关汉卿研究是中国古代文学研究中一个比较特殊的领域。自王国维、青木正儿以来,具有近代科学意义的专题研究只不过经历了数十个年头,但至今海内外发表的这方面论著已近600种(篇)。方法上从宏观到微观,从表层到深层;范围上从生平到作品,从考证到赏析;影响上从中国大陆举办关汉卿创作七百周年的全民纪念活动到不久前中国台湾举办"关汉卿戏剧节",从1958年苏联文化界对关汉卿的纪念到不久前越南电视台推出关汉卿电视剧系列。可以毫不夸张地说,作为"世界文化名人",对关汉卿的研究和宣传超过了中国古代任何一位戏剧家,在整个古代文学领域也是屈指可数的。

然而这绝不是说对关汉卿的研究已经穷尽。早在1958年,我国戏剧界前辈田汉就呼吁建立我们自己的"关学"。此后,20世纪60年代和70年代,中国台湾的陈万鼐、柳无忌等学者再次先后提出这样的呼吁。时至今日,我们看到,尽管关汉卿研究取得了空前巨大的成就,关汉卿也成了"文艺评论界公认的中国最伟大的戏剧作家"(《简明不列颠百科全书》词条),但其研究规模和达到的深广度,不仅不能和"古今中外最伟大的戏剧家"(同上引)英国莎士比亚研究的"莎学"相比,即和国内《红楼梦》《金瓶梅》研究的"红学""曹学""金学"比较亦相形见绌。在此之前,我们连关汉卿生平和创作的一些基本问题都还未能真正搞清,发表的成果尽管数量很多但质量尚待进一步提高,对关氏生平、创作进行总体研究的真正有分量的专著目前尚不多见。一句话,作为专门性的学科——"关学",至今尚未真正建立起来。

当然,关汉卿研究的进一步深入目前已有相当困难。规模巨大和资料匮乏是关汉卿研究的两大特征。一方面,由于声名显赫,关汉卿从元代以来即受到人们的广泛重视,近数十年更吸引了大量的研究者,为之作了大量的文章。但另一方面,就关汉卿研究的基本资料而言,目前可以说真的已到了穷尽的地步。人们就为数不多的资料发表了许多创见，即使资料不足，一些学者也已做出了许多推论，因此，关汉卿研究难以出现重大突破便是可以理解的了。

但这也并不意味着关汉卿研究已走入死胡同。就资料而言，汇总性工作已全面展开，除了多种关汉卿作品总集以外，海内外还出版了多种关氏研究资料专著，从而为总体研究打下了坚实的基础。此外，观念的更新、方式的突破，更使人们有了综合利用资料，在作家、作品之间做双向乃至多向推求的立体研究之可能，从而摆脱了以往各自为战、抱残守缺的小家局面。从这个意义上说，这不能不是一个难得的机遇。

知难而上、把握机遇，力求在关汉卿研究领域有新的突破，推动中国乃至国际"关学"的进一步发展，是本书写作的动因和追求的基本目标。

在具体做法上，本书主体分为三大部分，第一、第二章系对关氏生平及创作道路所作的考论，属全书之基础。第三章至第七章为全书的第二大部分，系对关汉卿全部作品所做的理论概括和归类分析。第八章为最后一部分，系对关氏创作风格所做的总体考察。"绪论" 对关汉卿研究的学术史及其历史地位做了总结。"余论"则将关汉卿研究由国内推向国外，力求在世界大文化系统的纵向、横向比较中科学地确定关汉卿的成就与地位。

系统性和全面性是著者尊奉的研究指南，而前辈学者巨人般的肩头则为以下即将开始的研究起点和入口处。当然，最终是否真的由此达到了本书追求的基本目标，我相信读者大众雪亮的眼睛。

目录 CONTENTS

绪论　关汉卿的历史地位

提及关汉卿的地位,人们马上会想到1958年世界和平理事会将关汉卿作为世界文化名人以及由此而来的国内大规模纪念活动,世界和平理事会本身有着东西方冷战的背景,自新时期以来,更有论者将此和当时中国的政治气候联系起来,认为纯系狂热时代的产物,因而需要“降温”“重新评价”,等等。

其实这些观点忽视了一个基本事实,即关汉卿首先是作为一个历史人物而出现的,20世纪50年代的纪念活动固然不无政治因素,但也并非凭空而起,说到底它还是由关氏在历史上的重要地位所决定的。这一点尤为重要,它作为一个客观存在,是任何政治或其他因素所掩盖不了的。这也是我们目前研究和评价关汉卿的基础和出发点。

一、独领风骚——元

关汉卿的历史地位首先取决于他生活过并在曲坛独领风骚的元代。

谁都知道,元代是我国古代文化历史上一个比较特殊的朝代,北方少数民族第一次夺得并掌握了全国政权。由于自身文化的落后,在亡金灭宋统一全国的过程中,他们的武力客观上给以儒学为中心的中国传统文化带来前所未有的冲击,也引起新的社会结构的改变,以致出现了对全国民众强分等级,甚至出现了“一官二吏”到“七匠八娼”“九儒十丐”的说法,知识分子即儒生实际上沦落到了与娼妓、乞丐为伍的低贱境地。时人郝经哀叹:“世运中否,士失其业,志则郁矣,酤酒载严,诗祸叵测,何以纾其愁乎?”①然而,正是传统儒家观念的淡薄和“士失其业”,即科举制度的中断促成了文人和表演技艺的

①〔元〕郝经:《青楼集序》,载中国戏曲研究院编:《中国古典戏曲论著集成》第2册,中国戏剧出版社1959年版,第15页。

高度结合,“祸兮福所倚”,从中诞生了有元一代的主流文学——元曲,而关汉卿则成了当时公认的成就最高也最负盛名的作家。

现存元人著述中最早涉及关汉卿的是贯云石的《阳春白雪序》,其中对关氏散曲风格作了归纳,称之为“造语妖娇,适如少美临杯,使人不忍对殢”[①]。这种归纳当然有些道理,它指出了关汉卿一部分言情散曲的艺术特征。但它毕竟不是对关氏创作的总体评价,甚至亦非关氏散曲总体风格的科学剖析,它之所以值得重视,是因为最早透露了关汉卿作品在元代的信息。据今人考证,贯氏此序作于元仁宗皇庆二年至延祐元年(1313—1314)之间[②],这就是说早在元代中期,关汉卿的散曲就已经受到人们的注意了。过去一般不多论及关汉卿的散曲,他在这方面的成就被杂剧的光辉掩盖了,从贯氏此序看来,起码在元人的眼中,关汉卿的散曲艺术同样不能忽视。

元人对关汉卿创作最全面的评价是周德清。作为一个音韵学家兼曲学家,周德清的地位是人所公认的,时人即谓“德清之韵,不独中原,乃天下之正音也”[③],可见其在当时曲坛的地位和影响。正是周氏在其《中原音韵自序》中对元曲成就做出这样的评价:

> 乐府之盛、之备、之难,莫如今时。其盛,则自缙绅及闾阎歌咏者众;其备,则自关、郑、白、马,一新制作,韵共守自然之音,字能通天下之语,字畅语俊,韵促音调。观其所述,曰忠曰孝,有补于世;其难,则有六字三韵,“忽听,一声,猛惊”是也。诸公已矣,后学莫及。

这里的“乐府”既包括散曲,更包括杂剧,可以说是对元曲的全面评价。这段话的历史价值在于:首先,末二句为后人判定关汉卿等元曲大家的生卒年提供了第一手资料,可谓不可多得。其次,也是最重要的是,它为后世了解元人对于北曲主要作家的评价提供了第一手资料,同样不可多得。其中“关、郑、

①〔元〕杨朝英:《新校九卷本阳春白雪》,中华书局排印本,第3页。

②王钢辑考:《关汉卿研究资料汇考》,中国戏剧出版社1988年版,第63—64页。

③中国戏曲研究院编:《中国古典戏曲论著集成》第1册,中国戏剧出版社1959年版,第179页。

白、马”分别是指元曲主要作家关汉卿、郑光祖[①]、白朴和马致远，此亦即后世所称“元曲四大家”的基本缘由。周氏这里明白无误地将关汉卿置于元代曲坛执牛耳的地位。

目前的问题是，周德清这段评论是他经过周密考证分析之后的慎重结论还是偶尔率意所为，是仅代表他个人看法还是当时人们的普遍结论？

要准确回答这个问题，就必须到周德清本人和《中原音韵》本身去寻求答案。

细读上面那段话可以看出，周氏谈论元曲主要是就之盛、之备和之难三个角度展开的。“之盛”谈的是“自缙绅及闾阎歌咏者众”，“之难”则引述了《西厢记》杂剧中的一句“六字三韵”，在此二项中，前者为集体无须多言，后者虽具体落实到作品，但《西厢记》作者向来有分歧，故周氏只点作品而未涉及作者，唯“之备”一项提出“关、郑、白、马”一说，仅列姓氏未及名号，然此并不意味着作者不懂这些人的姓名，因其在“定格”一类中即曾提及郑德辉和马致远。亦并非作者已在其他地方做了说明，今遍查《中原音韵》均不及此(否则即不会发生郑廷玉还是郑德辉的纠缠问题)，故唯一的解释是这种提法为当时人们所熟知，周氏不过是印证了当时已经流行了很广的说法而已。这一点我们还可以在《中原音韵》中找到根据。作者对需要自己解释说明的问题是决不含糊的，如《定格》第五首〔一半·春桩〕，作者即注明为“临川陈克明所作”。即使马致远，因其个别作品一时流行还不太广泛，故书中也同样加以说明。如《定格》最后一首套数〔双调·夜行船·秋思〕即注明为“此词乃东篱马致远先生所作也”，而对其他诸家即未加注明，因为人所共知，无须饶舌。

当然，这样说亦并非意味着周德清这段话毫无个人所感。因为众所周知，《中原音韵》一书即为周氏广泛而深入地分析当时曲坛名作后的产物。《自序》所言自然也绝非人云亦云。这一点我们只需认真分析语中所述元曲四大家排列顺序的根据即可看出。

首先，可以肯定，周氏所谓四家之顺序必非按他们生活的时代先后排列，

① 有论者认为这里的“郑”系郑廷玉而非郑光祖，然无确证。今查《中原音韵》“作词十法”和“定格四十首”，周氏称郑德辉为“前辈”，并发出这样的赞叹：“美哉，德辉之才，名不虚传！”真可谓推崇备至。然于郑廷玉却不置一词，故此“郑”非彼“郑”，明矣！

因为谁都知道郑德辉时代在后，然却排在白朴之前，仅此即可看出端倪。其次，这种顺序亦并非以各家作品多寡为根据，因为杂剧、散曲诸家作品数量多寡各有不同，无法统一。剩下的唯一根据即为诸家在内容和形式方面达到的成就。所谓"字畅语俊，韵促音调"(形式)，"有补于世"(内容)，这方面作者说得是很清楚的。

我们不妨再分析一下周氏书中"作词十法""定格"对上述诸家的评语。郑德辉之评已如前文注中所引，兹不赘述。对白朴、马致远评语亦佳，所谓"俱好""妙""俊语"，乃至"万中无一"，对关汉卿则更使用了"如此方是乐府""冠绝诸词"[①]的最佳赞语，可谓绝无仅有。虽然这些多就作品的语言艺术而发，但联系上面各点，其蕴含内容是不难体味的。可以这样认为，周德清《自序》中关于元曲大家的提法和排列顺序既是他个人的研究成果，也代表了当时人们的普遍看法，绝非率意为之！进一步说，正因为周氏所述包括了散曲，也包括了杂剧，既涉及了形式，又注意了内容，所以我们还可以认为，《中原音韵自序》是我国戏曲史上对元曲家成就最早和最全面的权威性评价，关汉卿在其中成就最高，影响最大，作为"元曲四大家"之首，这是人们不能否认也否认不了的事实。

与《中原音韵》同时稍后的钟嗣成《录鬼簿》是戏曲史上又一部权威性著作，也是人们考定关汉卿在元代曲坛地位的另一个重要依据。

关于《录鬼簿》体例，历来人们已经谈论了许多。由于钟氏书中并未对元曲诸家的成就进行正面的比较分析，故只能从书中作家排列的先后名次和为数极少的评语加以推断。而对这，特别是作家的排列名次依据，不同版本的《录鬼簿》各自有着程度不等的差异。然而有一点可以肯定，将关汉卿排在"有所编传奇行于世者"之首位这是共同的。个中原因，历来解释不同，有的认为是由于关氏年辈最高，有的则认为是由于关氏创作最富，分析起来都各有理由，但同样有一点人们没有给予充分的注意，这就是《录鬼簿》卷上"前辈已死名公，有乐府行于世者"栏(这里的"乐府"系指散曲，与前面的"传奇"即杂剧相对)，其中以《西厢记诸宫调》的作者董解元名列第一，钟氏对此解释为"以

① 中国戏曲研究院编：《中国古典戏曲论著集成》第 1 册，中国戏剧出版社 1959 年版，第 241 页。

其创始,故列诸首”,看来这似乎为《录鬼簿》的编撰体例,因其已在卷首标明,以下无须重复,故关氏名下无此专门解释,此亦为编书常例,读者当能理解。这样,《录鬼簿》关氏名列榜首,又多了一层解释。后人自明初朱权开始认定关汉卿“初为杂剧之始”,其根据或可追溯到这里。

除了将关氏列名榜首之外,钟氏此书还从其他角度透露了关汉卿在当时的地位和影响,这方面如人们经常提到的高文秀、沈和甫的情况。高乃北方东平人,创作丰富但早夭,称为“小汉卿”,沈为南方杭州人,“天性风流,兼明音律”,创南北合套曲“极为工巧”,故称为“蛮子汉卿”。正如郑振铎先生所言“关汉卿几乎和‘戏曲’这个名称成为同义字”[①]了,名望之高,可以想见。钟氏这样处理,虽然未作评价而评价自见,其谨慎和客观是无言自明的。

《中原音韵》和《录鬼簿》而外,元人其他著述也不同程度地传达了关汉卿在时人心目中地位的信息。元末人陶宗仪《南村辍耕录》一书记载关汉卿和另一曲家王和卿之间嘲谑的逸事,并称关为“高才风流人”[②];另一元人熊自得则在其历史著作《析津志》关汉卿小传[③]中对关作了如下的评价:“生而倜傥,博学能文,滑稽多智,蕴藉风流,为一时之冠。”

“一时之冠”四字形象地道出了关汉卿在当时的名望和地位,和上面周、钟两家撰述,有着不约而同之处,显然都不是无由而发。

杨维桢是元代后期著名的诗文作家,他除了在《元宫词》中称关汉卿为“大金优谏”,从而为人们探讨关汉卿身世提供资料[④]外,还在其《周月湖今乐府序》一文中对关氏散曲风格作了描述,称其“以今乐府鸣”(以散曲出名),为“奇巧”[⑤]一派的代表人物。杨氏的这段评论恰恰和我们前面提及的贯云石《阳春白雪序》中的评价前后相衬。不管他们的结论在多大程度上符合实际,但都表现了关汉卿在散曲领域重要地位这一点却是共同的,也是值得重视的。

---

① 郑振铎:《关汉卿——我国十三世纪的伟大的戏曲家》,《戏剧报》,1958 年第 6 期。

② 该书卷二十三“嗓”条。

③《析津志辑佚·名宦》,北京古籍出版社 1983 年版。

④〔清〕楼卜瀍:《铁厓逸编注》卷八。

⑤《东维子文集》卷十一。案:杨氏此处称关氏为“士大夫”,和前引《宫词》中“大金优谏”不同,有论者因而怀疑有两个关汉卿。其实这里是对一个人的两种称呼,其中“优谏”显系对关氏身为士子却“面傅粉墨,躬践排场,偶倡优而不辞”的贬称,不能机械地理解即为俳优。

用不着再多做列举。即此我们即很容易看出，关汉卿在元代曲坛上独领风骚的地位在当时即为人们所公认，不管是在杂剧领域还是在散曲范畴，人们都可以感受到关汉卿的巨大声望和影响。这种历史地位不是后世某个什么阶段由于政治或其他因素所能够人为地鼓吹起来的，亦不会随着社会和文化的发展变迁而完全销声匿迹。正因为元人对关汉卿的评述是当时人的普遍看法，是最直接的第一手资料，因而亦即最具权威性。如果把关汉卿研究比作一座大厦的话，则元人资料无疑是支撑这座大厦不可或缺的基石。当然，关汉卿的全部成就则构成了这块基石的真正价值，舍此即谈不上任何关汉卿研究和关学的建立。

二、来自时代的挑战——明

随着时代和社会文化的向前发展，关汉卿的声望和地位开始遇到了强有力的挑战。从明初开始，戏曲界在这个问题上即分成了尊关和贬关截然不同的两派。

贬关的始作俑者是明初权倾一时、曾经“带甲八万，威镇大宁”的宁王朱权。作为天潢贵胄，朱权在其父明太祖朱元璋死后的皇位争夺战中一度不无政治野心，然而随着乃兄朱棣夺取皇位成功，他在政治上即不可避免地走了下坡路，只好以从事戏曲活动聊度余生，并以此“韬晦”避祸。不过，政治上的失意反倒成全了他。朱权在戏曲创作上成就不大，但他的《太和正音谱》却是戏曲史上继《中原音韵》《录鬼簿》之后又一部名作。他在这部书所作北曲作家的排列名次顺序中，一反元人的看法，将关汉卿由第一名降至第五名，对其散曲，更降至第十名，并做出以下的评论：观其词语，乃可上可下之才，盖所以取者，初为杂剧之始，故卓以前列。[①]前面说过，朱权这里认定关汉卿“初为杂剧之始”并非他的创造，很可能是受了元人钟嗣成《录鬼簿》的影响。由此可以看出这位皇子评品人物成见是如此之深，似乎关汉卿如果不是因为这点，甚至连第五、第十位都够不上。在这一点上，朱权算是真的“发前人之所未

①《太和正音谱》卷上。

发”了。

毋庸置疑，朱权的上述观点对后世有着不可忽视的影响，明代曲坛即开始掀起了一股否定关汉卿的风气。明神宗万历时人何良俊即称“关之辞激厉而少蕴藉”，四大家中应该“以郑(德辉)为第一”[①]。同时稍后的王骥德更认为元曲四大家中“汉卿稍杀一等”，应该以王实甫取而代之，排列为“王、马、郑、白”，即使这样还是“有幸有不幸”[②]。否定派中以自号“三家村老”“慳吝道人”的徐复祚说得最刻薄，竟至认为关汉卿“才情学识，虽不堪与王作衙官，设在飨庙，当不免堂庑之隔”，就是说连排在王实甫之后的资格都不够，“恶得并称曰‘王关’？”[③]可说是达到了贬关的极致。

应当指出，明代曲坛的贬关风气虽然在一定程度上给关汉卿的声望地位造成了挑战，但并未能从根本上动摇关氏由来已久的地位。这是因为：首先，以朱权为代表的贬关派在思想意识和艺术观念与元人相比已相差了不啻一大截，实际上属于两个完全不同的时代，但他们却没有意识到这点，不但没有从元代曲坛以及当时社会情事的实际出发，反而以自己所处的特殊地位和个人偏好来发表评论，给人的感觉是执着一见乃至意气用事，从而代替了平心静气的艺术分析。历来论者不约而同地指出朱权《太和正音谱》作家排列名次不当特别是对关汉卿的不公，指出何良俊抬高郑德辉的荒谬即为显例。其次，贬关派虽然在贬抑关汉卿这点上意见一致，但始终推不出一个足以取代关汉卿地位的大家。在这方面他们是各执一说而不惜相互矛盾和冲突。如朱权提倡尊马，《太和正音谱》无论在“古今群英乐府格势”(散曲类)还是“群英所编杂剧”栏都推马致远为首，称其“如朝阳鸣凤”“有振鬣长鸣、万马皆喑之意。又若神凤飞鸣于九霄”，并因此断言：“岂可与凡鸟共语哉！”[④]可谓推崇之极致。然而同样处于贬关派大家的何良俊则在其《曲论》中冷然称之，“马之辞老健而乏姿媚”[⑤]，不同意以马为首，而认定“当以郑第一”。稍后的贬关派大家王

①《四友斋丛说》卷三十七“词曲”。

②《新校注古本西厢记》卷六“附评语”。

③〔明〕徐复祚：《南北曲广韵选》卷三《西厢记》“尺素缄愁”折曲后。

④《太和正音谱》卷上“古今群英乐府格势”。

⑤ 中国戏曲研究院编：《中国古典戏曲论著集成》第4册，中国戏剧出版社1959年版，第6页。

骥德、徐复祚则既不同意马，也不同意郑，却提出了王。不仅如此，他们各自的观点亦时常变更，摇摆不定。如在《新校注古本西厢记》“评语”中将关汉卿逐出“四大家”之列的王骥德，在其《曲律》卷第一《总论南北曲》中又将关汉卿列为“四大家”之首，使人感到莫之所适。徐复祚也一样，他本来在《花当阁丛谈》中追随朱权尊马，改周德清《中原音韵自序》中“关、郑、白、马”为“马、关、王、郑”，而到了《南北曲广韵选》中却又狂热崇拜起王实甫来，同样令人莫名其妙。

正因为明代曲坛的贬关风潮在理论上缺少稳定严密的逻辑性，加上内部分歧严重，不能保持统一的步调，所以无力从根本上动摇自元代以来形成已久的关汉卿的声望和地位。也正因为如此，此时期曲坛推崇关汉卿的风气仍然很浓厚。这样即形成了与贬关思潮相对立的尊关思潮。

与朱权同时稍前的明初曲家贾仲明，可以算作明代尊关思潮最具权威性的代表。在戏曲创作上，贾仲明的成就远在朱权之上；在曲学理论上，贾氏虽没有《太和正音谱》之类的曲论专著，但他却对钟嗣成的《录鬼簿》做了卓有成效的整理编定，还对该书卷上一部分元前期曲家补写了钟氏因资料缺乏而空阙的〔凌波仙〕吊词，为后世这方面的研究提供了许多有价值的东西，其成就也是人所公认的[①]。在为关汉卿撰写的〔凌波仙〕吊词中，他这样评价关氏的成就与地位：

> 珠玑语唾自然流，金玉词源即便有。玲珑肺腑天生就，风月情，忒惯熟。姓名香，四大神洲。[②]驱梨园领袖，总编修师首，捻杂剧班头。

如此高的评价，和前述元人熊自得《析津志》“名宦”传中对关汉卿的评语前后辉映，相得益彰。而此时却正是朱权贬关汉卿为“可上可下之才”的时候。贾仲明多年在燕王朱棣(即后来的明成祖)的藩府里创作与生活，其环境、背景与朱权相比并无太大的差别，但在处理前代曲家材料问题上却表现得如此

① 明初另有《录鬼簿续编》一书，许多论者亦倾向于为贾仲明所作。

② “四大神洲”原作“四大神物”，据今人王钢的考订改，见其《关汉卿研究资料汇考》，中国戏剧出版社 1988 年版，第 53 页。

不同，其思想感情和地位悬殊的因素即突显出来。历来人们将其归因为朱权“贵族阶级的偏见”，不是没有道理的。而贾氏由于整理修订《录鬼簿》而较朱权更熟悉元代曲坛应当亦为一重要因素。从戏曲史研究本身来说，这一点恐怕更重要。

与贾仲明约莫同时且参加了明洪武年间《元史》编纂工作的朱右在其《元史补遗》一书中称关汉卿“工乐府”[①](精通戏曲)，朱氏这段记载之所以值得重视，是因为他以一个封建时代正统史家的身份表现了对传统上不屑一顾的戏曲家的注意，并为其立传纪事，而根据现有资料，其他元代曲家即无此殊荣。这个事实本身亦说明了关汉卿的成就和地位在当时的影响。

周宪王朱有燉为明前期主要曲家，和朱权一样，皆为天潢贵胄，但在他身上即不存在朱权式的偏见。他不仅在《元宫词》中肯定了“初调音律(即创制杂剧)是关汉卿”[②]，而且在其〔白鹤子〕《秋景》引中将关汉卿与《西厢记诸宫调》作者，钟嗣成作为“创始乐府(散曲)”第一人的董解元相提并论，称他们为“知音之士”，并留下比较客观的记载。文中说他们：体南曲而更以北腔，然后歌曲出自北方，中原盛行之。[③]

同样是皇子，在关汉卿问题上却表现出如此鲜明的不同。

除了朱右、贾仲明、朱有燉这些文化上层人物，明代士大夫中推尊关汉卿最具代表性的是明嘉靖时人韩邦奇，他在为其弟邦靖死后作传中竟发出这样的慨叹：

> 世安有司马迁(欲其作传)、关汉卿(欲以作记)之笔乎！能为吾写吾弟、痛吾弟之情，吾当以此身终世报之。

据《明史》记载，韩邦奇字汝节，陕西朝邑人，明武宗正德三年举进士，官至辽东巡抚、南京兵部尚书、参赞机务，嘉靖三十四年卒，赠太子少保，谥恭简。史称其“为政严肃”“素有威望”[④]，可见邦奇在当时并非无德无名的小人

① 转引自〔清〕姚之骃：《元明事类钞》卷二十二《文学门》二“词曲”，影印《四库全书》本。
② 《丛书集成初编·文学类·宫词小纂》。
③ 《诚斋乐府》卷上，明宣德原刊本，北京图书馆藏。
④ 《明史·韩邦奇传》。

物。此外，他还“性嗜学，自诸经、子、史及天文、地理、乐律、术数、兵法之书，无不通究”[1]，此又可见他的学识过人，特别是他还通音律，著有《乐律举要》并有作品传世[2]。足见他在曲学方面又并非一门外汉。至于其弟韩邦靖，与之同年举进士，历官工部主事、山西左参议，早卒。他们兄弟情义深笃。史书曾有这样一段记载：

> 邦奇曾庐居，病岁余不能起，邦靖药必分尝，食饮皆手进。后邦靖病亟，邦奇日夜持弟泣，不解衣者三月。及殁，衰绖蔬食，终丧弗懈。乡人为立孝弟碑。[3]

由此可知邦奇为亡弟作传，纯系出于兄弟情谊深厚，态度至为严肃，决无嬉笑怒骂、玩世不恭之意。他在传中将关汉卿和士大夫心目中赫赫有名的太史公并提，这在戏曲史上可说是绝无仅有的。当然在今天看来并不使人感到意外，因为他们一为纪传体史书的创始者，一为古典戏曲的奠基人，尽管分属历史和文学两个不同的领域，但他们在文化史上却有着同样高的地位。值得我们注意的是，作为长期受着正统文化教育，又处于理学泛滥时期的明代士大夫，韩邦奇能有这样的胆识，的确是令人惊异的。它至少表明关汉卿的声望、地位已经突破了历史上鄙视戏曲而形成的士大夫心理防线，而其他元曲家同样无此殊荣，这也证实了我们前面所说的明代曲坛的贬关思潮并未能在根本上动摇关汉卿在人们心目中地位的结论。

此外，在明代曲家著述中，推崇关汉卿及其成就的还有胡侍、蒋一葵、孟称舜、刘楫、诸葛元声、徐庆卿、顾简等人，其中尤以孟称舜最具影响力。作为明后期一位颇有成就的戏曲名家，孟称舜在所编《古今名剧合选》作品品评中表现了过人的学识，对于关汉卿他有如下的评价：“汉卿曲如繁弦促调，风雨骤集，读之觉音韵泠泠，不离耳上，所以称为大家。”[4]又云：“俗语韵语，彻头彻

---

①《明史·韩邦奇传》。

②据〔明〕王世贞：《曲藻》，载中国戏曲研究院编：《中国古典戏曲论著集成》第 4 册，中国戏剧出版社 1959 年版，第 36 页。

③《明史·韩邦靖传》。

④《酹江集·窦娥冤眉评》。

尾，说得快性尽情，此汉卿不可及处。”[1]

《古今名剧合选》为孟称舜所编的元明杂剧选本，他按作品风格的阳刚阴柔分为《酹江集》和《柳枝集》两本。正如我们现在称古希腊神话为“不可企及的范本”一样，孟称舜在评价关汉卿创作成就时也使用了“不可及”的概念，并形象地称其如“繁弦促调，风雨骤集”“彻头彻尾，快性尽情”，可见推崇之高。作为明后期在杂剧和传奇领域均取得巨大成就的戏曲名家[2]。孟称舜在这里同样表现了过人的识见。

总而言之，从贾仲明到孟称舜，我们可以看到贯穿有明一代终始的尊关思潮，并没有因为贬关风气的出现而中断。尊关和贬关在明代曲坛上同时出现，针锋相对，一方面固然说明元代关汉卿独尊的局面受到时代和社会变迁的挑战，另一方面同样说明关汉卿声望和地位之高、地位之牢。而这一点正由于前者的出现而变得更加鲜明和更具有说服力。

三、旧沉寂和新崛起——清

清代戏曲基本上是承继着明代余绪(当然中叶后兴起的地方戏曲“花部”除外)，关汉卿研究亦不例外。和明代曲坛上存在着尊关贬关两种思潮对立一样，清代戏曲界在对待关汉卿问题上同样存在着这两方面的对应，只不过声势远不如明。正如代表传统杂剧传奇的“雅部”在清中叶后逐步衰微的命运一样，承袭传统曲坛思潮的旧的关汉卿研究同样没有新的突破。

贬关方面，清代曲坛的代表人物有凌廷堪、李调元、李玉、黄宗羲、杨恩寿、邹式金、刘熙载等人，数量看起来不少，但都有一个共同特点，这就是没有人对元代主要曲家的成就作正面品评后得出自己的结论，而是仅仅引述附和明人的观点而已。正因此，他们在究竟尊谁为首问题上仍是各有主张，甚至一人多口。除了原由明人何良俊提出的尊郑主张，大概由于人们觉得过于荒谬

①《柳枝集·玉镜台眉批》。

② 在杂剧方面，孟称舜撰有《桃花人面》《花前一笑》《眼儿媚》和《英雄成败》等名作，其中《桃花人面》至今仍活跃在舞台上。传奇方面，他的《娇红记》为我国戏曲史上一部优秀的悲剧名作，另外还有《二胥记》《贞文记》《风云会》等多种，孟氏可以算作比较全面而多产的曲家。

而不再谈论以外,明人其他主张仍旧有着继承者。

此时期主张尊马的主要有凌廷堪、李调元等人。在戏曲史上,凌廷堪以他的《论曲绝句》三十二首出名,这一点无疑是受了杜甫和元好问的《论诗绝句》的影响,却在戏曲领域开此一体。其中第四首对关汉卿、马致远这两位元曲大家做了轩轾:时人解道汉卿词,关、马新声竞一时。振鬣长鸣惊万马,雄才端合让东篱。[①]诗的前两句概括关汉卿、马致远杂剧在元代的状况,关还排在马的前面,并承认关的名望是家喻户晓(时人解道)。但诗的下一联则完全是朱权的声口了:"振鬣长鸣惊万马",朱权称马东篱作品有"振鬣长鸣,万马皆喑之意",二者显然系出一辙。好像这还不够,朱权承认关汉卿"初为杂剧之始",凌氏在其《与程时斋论曲书》中亦云"元兴,关汉卿更为杂剧"[②],根据何在?无疑袭自朱权之口。时代风气,即使连凌廷堪这样的学者名流也难逃脱。李调元《雨村曲话》中涉及元代曲家的排列同样是在承袭朱权而非出自自己的考证研究。

由于明以后《西厢记》剧作的流行,明清两代尊王的言论较多(虽然气势仍没有超过尊关),此时期代表人物为黄宗羲、李玉、杨恩寿、邹式金等人,他们同样在没有做专门研究的情况下接受了王骥德等人的观点。如果说,明人尊王贬关是因为他们主要分析了《西厢记》,并认定《西厢记》前四本为王、第五本为关,因而多少有些心理依据的话,此时清人则完全拾取前人的牙慧了。

似乎嫌贬关派主张还不够乱,在清初诗坛、文坛和词坛均有声名却偏偏在曲坛缺乏建树的朱彝尊此时也插进来发表意见。他在其《静志居诗话》中谈及"四大家"时尚列关氏为首[③],至为白朴作《天籁集序》时却又别出己意,说他"心赏仁父《秋夜梧桐雨》剧,以为出关、郑之上"[④]。真所谓卖什么吆喝什么了。此外,晚清时文论家刘熙载在其名著《艺概》一书中涉及元曲作家时亦将白朴排在首位,是受了朱彝尊的影响,还是自己另有研究,抑或其排列本无特别意义?反正不得而知。这样,贬关派在尊马、尊郑、尊王之外,又多了一个尊白,总算使"四大家"中的"白"在明人中大受冷落的状况稍稍有了改变,也算

① 〔清〕凌廷堪:《校礼堂诗集》卷二,《安徽丛书》本。

② 《校礼堂文集》卷二十二,《安徽丛书》本。

③ 《静志居诗话》卷十五"汤显祖"。

④ 《曝书亭集》卷三十六。又见《四库全书》集部十"词曲类"。

是一件好事。

然而，事情还不能算完。清人瞿镛《铁琴铜剑楼书目》卷二十四中又出新见，竟以贯云石(酸斋)为首。追本溯源，这种尊贯的观点还可以在清康熙二年(1663)夏煜作《张小山小令序》中找到，称为“贯(云石)、萨(天锡)、关(汉卿)、马(致远)”[①]，不过这里是单指乐府(散曲)，并未涉及对元曲诸家创作(杂剧、散曲)的全面评价问题，此处当可忽略，不予多辨。

与贬关派的情况相类似，尊关一派在清代也没有做出超越前人的贡献。尽管人数不少（仍旧超过了贬关派），但基本上是沿着明人的路子走下来，许多人并没有自己做出专门研究，只是在撰述中提及，故仍依前人的说法进行排列。这方面主要有吴梅村、金植、张汉、沈雄、张作楠、阮葵生、张宪汉等人。而纪昀、永瑢等人编撰《四库全书总目提要》本来不收戏曲，唯在散曲则稍有涉及，其中提到元曲作家时不受明清曲坛贬关思潮影响，仍将关汉卿列为首位：

> 自五代至宋，诗降而为词：自宋至元，词降而为曲，文人学士，往往以是擅长。如关汉卿、马致远、郑德辉、宫大用之类，皆借以知名于世。[②]

康熙时人张汉为明代程明善《啸余谱》重校本作序中一段话亦值得注意：

> 灵均之为声也，以骚；子云之为声也，以赋；少陵之为声也，以诗。……追骚、赋、诗一变而为乐府，而关汉卿之流作焉。[③]

将关汉卿和屈原、杜甫等人并提，这较明人比作司马迁又更进了一步。然而奇怪的是，明代韩邦奇将关汉卿与司马迁并提，时人王世贞讥为“粗野乃尔”[④]，这里张汉又进一步与屈原、杜甫相比，却没有听到讥笑声，是人不重视，

① 转引自王钢辑考：《关汉卿研究资料汇考》，中国戏剧出版社 1988 年版，第 82 页。
②《四库提要》卷二百《集部·词曲类存目·张小山小令》，影印文渊阁本。
③ 转引自王钢辑考：《关汉卿研究资料汇考》，中国戏剧出版社 1988 年版，第 80—81 页。
④《艺苑卮言》附录一。

还是时代变迁使得大家对此已习以为常了?看来都有可能,无论如何这都应算是时代的一种进步吧。当然,这在今天看来同样是再自然不过的。

此时期值得特别重视的倒是有些地方志书中有关关汉卿的记载,这里主要指的是清雍正、光绪两朝的《山西通志》、乾隆朝的《解州全志》《祁州志》等。它们继承了元明间《析津志》《元史补遗》的传统,作为史学著作反映了当时当地人们心目中的关汉卿情况。当然,这些记载大都仅据传闻,而且相互矛盾,例如出现了山西解州和河北祁州两地分别以关汉卿为当地名人的记载,即今人所谓两地在"争"关汉卿的问题。无论如何,这至少可以说明关汉卿的成就、地位和声望在当地已深入人心,以致冲破了传统上鄙视戏曲的心理防线,到了"抢"拉戏曲家为本地增光的地步。《祁州志》称"至今竖子庸夫(指一般百姓)犹能道其遗事"[①],更说明关汉卿的声望已达到家喻户晓的程度。这在戏曲史上倒是很少见的。

生于晚清的王国维、吴梅、王季烈在此时期属于比较特殊的一类。这是因为他们的活动都横跨清和民国两个时代,其戏曲研究有相当部分是在清亡之后。这一点在吴梅和王季烈身上表现得尤为突出。这样他们即真正成了时代上的"可上可下之才",从而给这方面的分期带来一定的困难。

然而,"文学的分期不同于历史的分期",这是治文学史的人们普遍持有的观点,放在关汉卿研究中同样适用。从上述三家的研究方式来看,尽管他们程度不同地受到时代风气的熏陶,在研究的系统性和规模上远远超过了前人,但总的说来没有脱离元明以来重直观、重评点的曲学传统,和"五四"以后出现的专题论文以及文学史专著相比有着明显的区别。正因为如此,他们的这方面仍属于传统的范畴,作为关学研究基础的最后完成者,他们是当之无愧的。

吴梅、王季烈主要是从曲学的角度进行关汉卿研究的。他们对曲律都很精通,并且自己还搞创作。吴梅创作最富,今传有九种杂剧、五种传奇,曲学研究同样成果斐然,有《顾曲麈谈》《中国戏曲概论》《南北词简谱》等。王季烈同样,他不仅创作了杂剧《人兽监》等八种,还有曲学专著《集成曲谱》(与刘凤叔

---

① 乾隆朝《祁州志》卷八《纪事》,原刻本,台湾成文出版社影印。

合作)、《螾庐曲谈》问世。正因为此二家在近代曲坛上的成就与地位,他们有关关汉卿的评述即更值得人们重视。王季烈除了根据《元刊杂剧三十种》和《元曲选》极力称赏关汉卿具体作品《单刀会》"感慨苍凉,允为杰作",《拜月亭》"尤多佳曲"以外,还对元曲总貌做出如下评价:关、白、马、郑四家,为北曲之泰斗。①

这样毫不犹豫地将关汉卿列为元人第一,虽然贬关论已在曲坛风行了500年之久。

吴梅则从戏曲创作风格出发,对关汉卿等人做出这样的分析:尝谓元人剧词,约分三类:喜豪放者学关卿,工研炼者宗实甫,尚轻俊者号东篱。②

在元曲作家地位的排列方面,吴梅也有自己的看法,除了在具体评述明清名剧《牡丹亭》《长生殿》中认为"源亦出于关、马、郑、白""几合关、马、郑、白为一手"③以外,在总论元杂剧时,更直接认为:四家之词,直如钧天韶武之音,后有作者,不易及也。④

可谓推崇备至。尽管与其他诸家的排列顺序有所不同,但在关汉卿第一这一点上却是共同的。

和吴、王两家主要从曲学入手不同,王国维更多地把精力放在戏曲史角度来研究关剧,他的最大特点还在于不仅继承了中国古代曲学重评点、尚考证的悠久传统,而且吸收了西方叔本华、尼采等人的哲学、美学理论,这使得他的戏曲研究既具有传统的沉厚,又有着现代的思辨,又由于他更致力于从历史、文学角度进行研究,这都使得他的结论更具有学术性。他在《录曲余谈》一书中认为应像"意大利人之视唐旦(但丁)、英人之视狭斯丕尔(莎士比亚)、德人之视格代(歌德)"那样看待中国戏曲大作⑤。在其毕生最后一部戏曲史专著《宋元戏曲考》中,他对关汉卿的成就做出总结性的评价:关汉卿一空倚傍,自铸伟词,而其言曲尽人情,字字本色,故当为元人第一。

---

①《螾庐曲谈》卷四,《增补曲苑》本。

②《中国戏曲概论》卷上"元人杂剧",载《吴梅戏曲论文集》,中国戏剧出版社1983年版,第137页。

③ 吴梅:《霜厓曲跋》,载任中敏编:《新曲苑》第9册,中华书局1940年印行。

④《顾曲麈谈》第四章《谈曲》。

⑤《王国维戏曲论文集》,中国戏剧出版社1984年版,第227页。

对于“元曲四大家”的提法，王国维亦有独到见解，他认为：“以其年代及造诣论之，宁称关、白、马、郑为妥也。”[①]对于明初朱权以来曲坛的贬关论调，他也进行了严肃、认真地剖析：

明宁献王《曲品》跻马致远为第一，而抑汉卿于第十。盖元中叶以后，曲家多祖马、郑，而祧汉卿，故宁王之评如是，其实非笃论也。

正如中国历史上许多学者和大家一样，由于历史条件的局限，王国维在一些具体问题上可能还存在有这样那样的失实及不确之处，但他对关汉卿成就和地位的评论总的说来还是符合中国戏曲史实际的。正因为王国维的关汉卿研究既具备中国曲学的实证传统，又带有西方近代哲学美学的逻辑思辨特点。这就使得他不仅在中国戏曲史上而且在关汉卿的研究史上都起到了承前启后、继往开来的作用。在王国维身上，我们看到的是为关学打基础的旧时代的结束，代表新兴研究方式的现代关汉卿研究也即以他为标志起步了。

至此，我们对元明清曲坛上的关汉卿研究状况作了宏观上的剖析，可以看出，从元代的周德清、钟嗣成到近代的王国维、吴梅，历代曲学家都为关汉卿研究做出了自己的贡献。尽管受到了一些挑战，关汉卿的成就和地位还是为元明清三代的有关人们所公认。可以说，关汉卿一直为曲坛内外的人们所重视，而并非如同近年来一些论者所言，仅仅是20世纪50年代“大跃进”和大搞“阶级斗争”的产物。如果把关汉卿研究作为一门学科来考虑，那么它的源头和基础绝不是什么“大跃进”和“阶级斗争扩大化”，甚至亦非一顶现代化的“世界文化名人”桂冠，而应该追溯到关汉卿活动的当时以至整个元明清曲坛，这实际构成了现当代关汉卿研究——关学的基础。

① 《王国维戏曲论文集》，中国戏剧出版社1984年版，第90页。

清以前曲论诸家批评态度对照表

论者 态度 时代	尊关	尊马	尊郑	尊王	尊白	尊贯
元代	周德清 钟嗣成 熊梦祥	—	—	—	—	—
明代	贾仲明 蒋一葵 胡侍 朱有燉 刘楫 王世贞* 诸葛元声 孟称舜 韩邦奇 徐庆卿 顾简	朱权 黄正位 卓珂月 徐复祚*	何良俊 沈德符	胡应麟 王骥德 徐复祚* 顾胤光 王思任 袁宏光 陈洪绶	—	王世贞* 张元征
清代	朱彝尊* 吴伟业 金植 张宪汉 张汉 沈雄 阮葵生 焦循* 张作楠 纪昀 王季烈	凌廷堪 李调元 焦循*	—	赤凤子 李玉 黄宗羲 澄道人 杨恩寿 邹式金 孙振械	刘熙载 朱彝尊*	夏煜 翟镛

说明：

一、此表系据王钢《关汉卿研究资料汇考》和李汉秋《关汉卿研究资料》整理编制而成，谨此说明并向二位先生致谢。

二、表中人名后加“*”字系观点未确定者。

三、无名氏如清代《燕子笺原叙》撰者本尊关，以其无名，故未列入。

第一章　生平考辨

探讨关汉卿的生平，这是多年来关汉卿研究中的热门话题，因为它涉及关氏思想归属、作品编年以及创作道路等一系列重大问题，所以一直受到学术界的关注，但由于关氏声名显赫而资料缺乏，人们穷尽了目前能够发现的一切资料，提出了种种可能，却一直未能形成定论，可见难度之大。然而这却是对关汉卿的任何系统研究所避不开的领域。本章拟就此作一些探考，目的在于为以下的创作分期以及作品讨论提供一些必要的佐证，也希望有助于问题的最后解决。

一、关汉卿之名、字、号点滴

关氏之名，目前资料大都语焉不详，人们在这方面谈论得也比较少。最早发现《析津志·名宦》中关汉卿小传的赵万里先生，曾怀疑“一斋”也许是关氏之名，又将“一斋”同《录鬼簿》中的“已斋”联系起来。他说：

> 或汉卿有二名，《录鬼簿》和《析津志》各举一个，这也不是不可能的。[①]

目前学术界一般都不认为“一斋”或“已斋”是关氏之名，因为《录鬼簿》说得很明白，“已斋”为号而不是名。这一点赵先生也推翻了自己的设想，认为没把握。然而他又怀疑“汉卿”即为关氏之名，他虽然注意到《析津志》肯定汉卿是字而非名，却又断言：“汉卿以字为名，也是很自然的事。”

“以字为名”，这句话较含糊。是关氏本无名而以字行，还是原有名而后为

---

①《戏剧论丛》，1957 年第 2 辑。

字所掩？看不出来。按中国古人习惯，名则名，字则字，二者不会混淆，也不能混淆。赵万里所言，当是后一种情况。如此说来，汉卿何名问题仍旧无法解决。

1988年10月，在河北安国召开了第三届全国戏曲学术讨论会暨关汉卿创作七百三十周年纪念大会，其间发表了已故河北师院教授张月中的《关汉卿丛考》一文，受到人们广泛的注意。安国系古祁州所在地，传说中的关汉卿故居伍仁村关家园和全国唯一的关汉卿墓即坐落在这里，当地并有许多被解释为与关汉卿有关的遗物、遗迹以及种种关汉卿的传说。清乾隆时编的《祁州志》卷八《纪事》称此地“竖子庸夫犹能道其(汉卿)遗事”，这种情况至今不衰。张文即根据当地考察所得整理而成，后来并在刊物上发表。文中明确地谈到了关汉卿的名和字。

> 经过实地考察，关汉卿的名、字、号也基本上得到解决。在伍仁村和关家坟西之间是南北走向的磁河，历代水满长流，为去关家坟方便和利于水陆客货运输，关汉卿和其他商贾大户等集资兴建了一座长约六丈的土木砖石结构的大桥——天庆桥，俗称同济桥，碑文之首就是“关灿捐银五十两”，这位关灿便是关汉卿。①

这里有两点值得注意：其一，此为数百年来第一次正面提出并试图最终解决关汉卿名字的问题；其二，这个结论不是就现有书面资料考辨而成，而是另辟蹊径、实地调查的结果，方式上和结论上都让人有一种别开生面的感觉。也正因为文中“关灿”的名字明明白白地存在于当地天庆桥的碑文之中，所以不存在一般古籍长期流传中出现的误传误抄的弊病，有其不容忽视的实在性。不仅如此，张文还从名和字的关系上加以论证，认为“灿”即盛名之意，而天地间最负盛名的莫过于银河，银河即天河，在文言中就是“汉”，至于“卿”字，与他字连用即表尊敬，并无实际意义。“如此，‘汉卿’的实际意义就是‘汉’；名‘灿’字‘汉卿’完全符合我国传统的名、字相关的常规。”证以他书，张文此说自有一定道理。

---

① 张月中：《关汉卿丛考》，《河北学刊》，1989年第1期。

然而，问题并没有因此最终得到解决。将关汉卿之名落实为“关灿”，最大的难点即为“天庆桥碑”本身的可靠性问题，它源自何方、今藏何处、建碑日期和专家鉴定意见等等必须搞明白，然张文对此均未涉及，这不能不是一个令人遗憾的漏洞。最早撰文谈及此碑的当为同为河北师院元曲研究室且已去世的常林炎教授，他在1985年撰写《关汉卿故里考察记》一文曾谈道：

同济桥（亦称天庆桥）遗址：此处原有建桥碑，上刻资助人姓名，如“关灿（据说关氏的亲属或后裔亦有说即关氏本人）捐银五十两”。一九五八年前其碑犹存，今失，或陷于泥土中未知。①

据此，则载有“关灿”字样的天庆桥碑已失，张文之重要论据即失去了进一步考证落实的可能。况据向当地人调查，上述天庆桥碑，是为明末重修时所立，而非元时旧物。这样一来，问题便更复杂化了，因为如果捐款者“关灿”为明末清初人。则与关汉卿之名的认定即不会有什么直接的帮助了。这一推论很快就得到了证实。查1987年第1期《戏剧》，即载有王强《关汉卿籍贯考》一文，其中谈到了他亲赴安国考察关氏文物的情况：

伍仁村位于伍仁桥镇东部，汉建置，曾名午仁里。我在村东猪圈内发现残存上半部的硕大石碑，刻有“重修天庆桥记”的铭文，是“大明崇祯六年岁次癸酉孟春吉日立祁州”的文物。

王文这里最重要之处即透露了张、常二文语焉不详的《天庆桥碑》的下落，并坐实此碑为明末崇祯初年重修该桥时所立，“关灿”很有可能即为当时的捐款人。这样，“关灿说”便出了一个致命的漏洞。

当然，这并不意味着“关灿说”就此可以作罢。因为既为重修，必先有旧物，关灿是否为第一次修桥捐助者亦未可知，又因为《重修天庆桥记》目前只剩下上半部，字迹且剥蚀不清，无法讨论其详细内容（按通常惯例，重修碑记

①《河北师院学报》，1985年第4期。

是不会留出空白让已死数百年的第一次捐助者再“风光”一次的),在碑记的下半部找到之前。这只能是一个难以排解的疑点。此外,崇祯以前的旧天庆桥具体修建时间亦未搞清,而这都是探讨“关灿”与“关汉卿”之间关系所必须解决的基本问题。目前只能说“灿”与“汉卿”之间存在着名和字搭配的可能,尤其是在存在着关汉卿墓及其传说的情况下,这种可能更不能排除。但可能毕竟只是可能,它需要许多实物及记载来证明,而现有这方面的实物和记载却无法证明这一点,在这种情况下宣布“关汉卿名灿,已无可疑”①,这是很不严密的。

汉卿为关氏的字,这一点已为学术界大多数人所公认。关汉卿在元代曲坛的影响,也多从此二字的流传得知,如人们熟知的“小汉卿”“蛮子汉卿”等。元曲前期作家中也有字汉卿的,此即创作《魔合罗》杂剧的孟汉卿,贾仲明在吊词中即说是因为“已斋老叟播声名,表字相同亦汉卿”②,是孟氏慕汉卿之名而有意取之还是二人之字偶合,现在固然难以考辨,但“汉卿”之传是借重关氏而非孟氏则是明显可知的。

值得注意的是,汉卿之名还在当时统治集团中留下印迹。《元史》中即有这样的记载:

> 虎都铁木禄好读书,与学士大夫游。字之曰“汉卿”。仁宗尝顾左右曰:“虎都铁木禄字汉卿,汉名卿不让也,汝等以汉卿名之宜矣。”③

大概是由于最高统治者“特批”的缘故,《元史》本传于虎都铁木禄径以“汉卿”名之。虎都本为蒙古人,他慕“汉卿”之名而拉来作为自己的字,虽然目前没有资料直接证明所慕之“汉卿”即源自关氏,但即此也是很值得回味的,因为据目前所知,元人最早取“汉卿”为字,并产生巨大声名的还只有这位戏曲大师。

问题还在于元仁宗所谓“汉名卿不让”这句话,有人即据以认为“元时曾

①张月中:《关汉卿丛考》,《河北学刊》,1989年第1期。
②《录鬼簿》卷上“孟汉卿”条,天一阁本。
③《元史·虎都铁木禄传》。

禁汉人名‘汉卿’，矢忠汉室，傚仿云长”[①]，也有论者更直接认为：

> 他(指关汉卿——引者)由金入元，一直生活在异族统治之下。名之为“汉卿”，也反映了他的反抗意识。[②]

这实在是一个误解，因为从仁宗这句话来看无此含义，如果按禁止汉人使用“汉卿”为名来理解，这五个字只能依次解为“汉(人)名卿(者)不让(不许)”，即禁止汉人的不是“汉卿”两字，而是一个“卿”字，据此理解则“汉卿”之名非在禁之列。如果认为此短语中“汉卿”二字系颠倒互用，应为“名汉卿不让”，这同样说不通，因为失去了主语，是不让谁“名汉卿”呢？更看不出来。故仁宗这段话决不能理解为禁止汉人以“汉卿”为名(如同禁止汉人收藏武器一样)。这一点我们在《录鬼簿》中即可找到许多旁证，除了关汉卿、孟汉卿直接使用“汉卿”二字作表字外，钟嗣成友人并有作江汉卿的[③]。此外，从元初的王和卿、李寿卿到元末的吴仁卿、李显卿，名字中称“卿”的更是比比皆是，从未有被禁止的记载。元仁宗这句话的真正含义应当是称赞虎都铁木禄“好读书，与学士大夫游”的话，正因为如此，他在当时带有北方少数民族原始气息的蒙古贵族中比较特殊，而这在极力推行“汉法”的仁宗看来是件很可喜的事。卿：官制，汉人多有“九卿四相”之说；“不让”，不相让，即“不下于”之意。称虎都“汉名卿不让”，即“不下于汉人名臣”。绝无禁汉人以“汉卿”为名之意。联系起熊自得《析津志》将关汉卿列为“名宦”，且称之为“一时之冠”，《中原音韵》及《录鬼簿》中对关汉卿声望之记载，《元史》及仁宗这段话也许可以作为汉卿在元时声望之高的一个旁证。

关于汉卿自号，目前资料记载和说法均不相同，至有“己斋”“已斋”“巳斋”“乙斋”和“一斋”等多种，然细察其来源，即可归纳为来自《录鬼簿》和来

---

① 王强：《关汉卿籍贯考》，《戏剧》，1987 年第 1 期。

② 黄克：《关汉卿戏剧人物论》，人民文学出版社 1984 年版，第 14 页。该页注④且云：“元人禁汉人取‘汉卿’为名，见《元史》卷一二二《铁迈尔传》。”今查《元史》，铁迈尔和前引虎都合为一传，故名为二，实为一也。

③《录鬼簿》卷下“廖毅”条。

自《析津志》两个系统。前者包括《青楼集》及郏经序，后者包括《乐府群珠》。一般认为“己斋”“巳斋”均为“已斋”之误，“乙斋”则为今人试图调和两系统的折衷办法，固然不无道理，但无任何文献根据，只能是一种推测，不能作为实据。故关于汉卿表字尽管说法颇多，最终还可归结到“已斋”和“一斋”两家，今据以作一辨析。

“已斋”既为各不同版本之《录鬼簿》和《青楼集》及郏经序所共有，其真实性自不容怀疑，至于“一斋”，因有地方史籍《析津志》加上《乐府群珠》中五首小令在，亦无可疑，关键在于这个“一斋”和上述“已斋”是否为同一人。

从《析津志》中所收关汉卿小传来看无明显矛盾之处，因其明明说“关一斋字汉卿”，与《录鬼簿》诸书所记姓、字均合(虽然籍贯略异，但亦为二书之共同毛病，以下还将谈及)，疑点出自《乐府群珠》所收一斋的五首小令上面。

20 世纪 50 年代末，胡忌先生发现了明人所辑《乐府群珠》中收有署名“一斋”的五首小令，随之将其在《戏剧论丛》1957 年第 3 辑中公开发表出来，在学术界引起了一阵轰动。然论者多有持怀疑态度的，有研究者并具体指出其中第五首《初度述怀》自称“坐不偏，立不倚，行不右”，此与以“风流浪子”自居的曲家关汉卿生活态度不合。另外，更重要的是该首小令中还有“端冕凝旒，辅翊皇猷”“宗藩世守，百事无求”的词句，显然是一位宗室藩王的口吻。这样，问题就复杂化了。

毫无疑问，如果《乐府群珠》中创作这一组小令的“一斋”是一位宗室藩王，则定非曲家关汉卿。而且，如果这个“一斋”与《析津志》中的“关一斋”为同一人的话，则《析津志》名宦传中有关关汉卿的生平记载即不能作为关汉卿研究的基本材料，这样势必得出结论：元代存在两个关汉卿，如有的学者已经指出的那样[①]。

为说明问题起见，我们不嫌麻烦，将这五首小令原文照录如下：

〔中吕·红绣鞋〕《写怀》二首：望孤云悠扬远岫，叹逝水浩渺东流，斡璇玑又复几春秋。逢人权握手，遇事强昂头，老精神还自有。麦翻浪工勤禾稼，

① 黄天骥：《关汉卿和关一斋》，《文学评论丛刊》，1981 年第 9 辑。

花落锦断送韶华，庄生遇此也宜嗟。感时思结发，兀坐似僧家，兀的不把先生愁闷杀！

［中吕·喜春来］《新得间叶玉簪》：异根厚托栽培力，间色深资造化机，小园新得甚希奇。魁众卉，堪写入诗题。

［中吕·喜春来］《夜坐写怀示子》：风寒不解忧成病，火煖难温老去情，佳儿慰我孝子诚。愁何进，香散暗银灯。

［南吕·骂玉郎过感皇恩采茶歌］《初度述怀》：对时对景眉频皱，无才愧列王侯后。持自省己心无疚：坐不偏，立不倚，行不右。端冕凝旒，辅翊皇猷。尚忠诚，敦孝友，秉宣犹。宗藩世守，百事无求。得康强，到知命，届千秋。望前修，勉潜修，昔时欢会此难酬。罔极悲思嗟在口，糟糠痛忆泪盈眸。

很容易看出，确如论者所言，从第五首来看，小令作者确为一家藩王，很可能还是一位宗室，而非身处社会下层与青楼歌伎为伍的关汉卿无疑。

然而，认定这一点并未最终解决问题，我们遍查《金史》《元史》和《明史》，未发现称“关一斋，字汉卿”的藩王贵族。按史书编撰通常规则，作为一位“端冕凝旒”“宗藩世守”的藩王贵族，是决不会为史官漏载的。这个发现显然否定了身为藩王贵族的“关一斋”存在的可能性。

除了“关一斋”以外，单从“一斋”这个号来看，据今人考证，元及明初取“一斋”为号另有几位，元人如林正、童帖木儿、勃罗帖穆尔，明人如朱善、娄谅、陈第等[①]，然此数人一来并非曲家，二来亦非“端冕凝旒”“辅翊皇猷”的藩府贵族。就写作这些小令来说，他们较关汉卿更少可能。要找到问题的真正答案，还必须回到作品本身来考察。

细读上面五首小令，我们可以发现，前四首与第五首存在着明显的不同之处。作者的生活态度不再是“坐不偏，立不倚，行不右”，而是“逢人权握手，遇事强昂头，老精神还自有”，就是说，不是四平八稳的贵族派头，而是虚与周旋、倔强孤傲的不伏老精神。这一点和人们公认的关汉卿的生活态度倒是一

---

① 王钢辑考：《关汉卿研究资料汇考》，中国戏剧出版社 1988 年版，第 327 页。其中朱善、娄谅，《明史》皆有传，唯传中无“一斋”名号。

致的。

在写景方面，第二首《新得间叶玉簪》与关汉卿为数不多的写景曲〔正宫·白鹤子〕〔南吕·四块玉〕《闲适》以及〔南吕·一枝花〕《杭州景》几可融为一体。特别是末句"堪写入诗题"，与汉卿作品《杭州景》中"一陀儿一句诗题""纵有丹青下不了笔"。表现了一个完整的艺术风格，很难说是两个人的作品。有论者认为此曲首句"异根厚托栽培力"是自我咏叹，是托物言己，通读全篇，实在看不出来。此曲为一纯粹写景之作无疑[①]。和第五首并无感情上的联系之处。

前四首与第五首的差异还在于曲牌。我们发现，作者撰此组小令，前四首俱用〔中吕〕宫调。后一首突然变作〔南吕〕过曲，这同样使人感到突兀，不似一人一时之作。况且汉卿散曲一律不作过曲，查今存所有关氏散曲，其体制除了套数之外，小令中唯有只曲和联章体二类，并无过曲。这也与元前期散曲形式相适应，从《全元散曲》所收作品看，早期中均很少有过曲。可见这第五首在署名"一斋"的整个组曲中的明显不一致。

应该怎样解释上述多种不一致呢？唯一的解释就是第五首和前四首非一人所作，说得具体点就是第五首乃后人作品窜入，非"一斋"原作。《乐府群珠》为明无名氏所编，其中多有明人作品，元明作品互相混杂是完全可能的。从第五首中表现的谨小慎微的生活态度来看。它们不似元代那种"得意秋，喧满凤凰楼"[②]，或"宁可少活十年，休得一日无权"[③]的藩王贵族，倒更像整日表白"一心待守礼法不生分外"[④]的明初藩府宗室。从这一点来说，小令第五首为明初藩王作品窜入的可能性最大(或者竟是号"诚斋"的曲家藩王朱有燉亦未可知)[⑤]。认识到这一点，再结合关汉卿为元及明初自号"一斋"的数人中唯一曲家的事实，更加上小令前四首中表现的关氏创作风格，故可推定为它们为关作无疑。至于第五首，它纯为明人作品窜入，不能作为否定关氏创作权的依据。

---

① 同样，首曲中"斡璇玑"句纯为慨叹时光飞逝(所谓斗转星移)别无深意。

②〔元〕张弘范：〔中吕·喜春来〕，载隋树森编：《全元散曲》上册，中华书局1964年版，第59页。

③〔元〕严忠济：〔越调·天净沙〕，载隋树森编：《全元散曲》上册，中华书局1964年版，第70页。

④〔明〕朱有燉剧《得驺虞》第四折中语。

⑤ 明前期藩王朱权、朱有燉、朱宪㭍等皆工曲。朱有燉自号"诚斋"，一度和南宋诗人杨万里(亦号诚斋)相混。

关汉卿的名、字、号问题,就其本身而言,也许并不重要,但它却牵涉某些关氏作品创作权的认定(如《乐府群珠》所收署名"一斋"的五首小令),某些元明史料的确切所指(如杨维桢、郝经等人提及的"关卿""关已斋"等)。甚至目前所存关氏遗迹真伪的判定(如河北安国的关园、关墓、碑石以及"关灿说"等),的确不容忽视,有进一步挖掘和整理之必要。我们这里对"关灿说"的献疑,对"元人曾禁汉人名汉卿"说法的否定以及通过《乐府群珠》所收小令的辨析确定"一斋"和"已斋"的同一关系即是所做的点滴考索。至于其他问题,有的已无疑议(如关氏字汉卿),有的不妨两者并存(如"一斋""已斋"),因对关氏生平及创作无大影响,先行搁置,这也是完全可以而且应该的事。

二、关汉卿身份考订

关于关汉卿之身份,目前说法颇杂,然归纳亦可分为"太医院尹"和"太医院户"两个系统[①]。而这又是出于对《录鬼簿》"关汉卿"条的认识和理解不同而引起的。

关汉卿身份为太医院尹,这个事实自元至清,至民国,直到20世纪50年代都很少有人提出怀疑。20世纪50年代中期以后,随着新资料的不断被发现,加上关汉卿研究的逐步深入,人们愈来愈发现这种说法难以接受。早在1954年,王季思先生即指出:

> 《录鬼簿》说关汉卿是太医院尹,元时虽有太医院,但没有院尹;可能他只是一个通常的医士,或者在太医院兼有一些杂差。[②]

这是首先根据元代官制对"太医院尹"说法提出的质疑。一年以后,蔡美彪发表了他的《关于关汉卿的生平》[③]一文,更详尽地对关汉卿的身份进行了分析,驳斥了传统上"太医院尹"的说法,提出了"院尹"为"院户"讹误的新

① 也有论者(如徐沁君先生等)怀疑"太医院尹"乃"大兴县尹"之误,以无确证,今不取。
②《关汉卿研究论文集》,古典文学出版社1958年版,第58页。
③《戏剧论丛》,1957年第2辑。

观点。

“院户”论者认为：一、金、元两代均无“太医院尹”这个官职，而关汉卿如任元代太医院官，也与郑经《青楼集序》中称关“不屑仕进”的话相矛盾；二、今存《录鬼簿》明刊本均作“太医院户”。而据《元典章》和《大元通制条格》，元时确有医家“弟兄孩儿”冒入医户以求“减免若干差发赋税”，而“医户”又确由太医院管领。如果认为关汉卿身份为“太医院户”，恰恰可以解决《录鬼簿》与《青楼集序》之间的矛盾。

由于“院户”说具有一定的版本和文献依据，又能解释一些具体问题，故在学术界产生了较大的影响。蔡美彪等人编《中国通史》即将其采入，韩儒林先生主编之《元朝史》，也接受了这个观点[①]。

当然，学术界对此持异议的也不在少数，谭正璧、黄克、王钢等人均曾撰文进行论辩。其中尤以王钢之说最为有力[②]，现引录如下：

> 一、现存的三种明本《录鬼簿》，均为万历以后的钞本刻本，在版本学上，价值与清代早期版本相等。其中贾本笔误层出，无非善本，所录汉卿杂剧《钱大尹智勘绯衣梦》，“尹”字即误作“户”。其二，刘(世衍)本、王(国维)本《录鬼簿》都曾以另一明钞本校过，二本于“尹”字皆未置异辞。知此明钞本亦作“尹”。其三，明嘉靖二十七年胡侍《真珠船》云：“关汉卿入太医院尹”(李开先《张小山小令序》，王骥德《曲律》卷三、焦循《剧说》卷一引此同)。嘉靖四十一年顾玄纬《增编会真记序》亦称关汉卿为“关院尹”。万历二十六年蒋一葵《尧山堂外纪》，万历四十二年王骥德《王实甫关汉卿考》均言关汉卿为“太医院尹”。以上四书，所据大抵皆是《录鬼簿》，以是知明本《录鬼簿》亦多作“院尹”。其四，依《录鬼簿》体例，仅载官职，不录户籍。其五，按元代习惯，若为医户，则单称“医户”，如军户、民户、儒户者，而不称“太医院户”。其六，汉卿确曾出仕，这不仅可以从其散曲看出端倪，《析津志》列之入名宦传，便是明证。

① 韩儒林主编：《元朝史》，人民出版社 1986 年版，第 294 页。

② 王钢辑考：《关汉卿研究资料汇考》，中国戏剧出版社 1988 年版，第 617 页。

说理透辟，持之有故，这可以说是对“院户”说的一次迎头痛击。不足之处在于仅从版本角度论证，而未涉及“院户”说的其他论据，第六点虽然提及关氏散曲及《析津志》记载，却未正面展开论辩，令人有只重一点、不及其余的感觉。

其实，即使从版本学角度讨论也还是大有文章可做，今存明刊本《录鬼簿》价值不高也不仅仅是因为它们与清初本没有二致的一般版本学意义。更重要的是它们的可靠性不如晚出的曹楝亭本。目前已经确知，清康熙四十五年(1706)“九月重刻于扬州使院”的曹寅校辑《楝亭藏书十二种》所收《录鬼簿》，是“依据明初时吴门生过录本重刊”，系“至正五年以后钟嗣成原著的第二次的订正本。”[①]正因为钟氏生前对所著《录鬼簿》曾数次修订，曹本所据为最后定本，在版本学、校勘学意义上远远超过了明代各种刊(钞)本，所以其可靠性也远远超过了明本。明白了这一点，我们对元明清三代及至民国的有关论者尽管看到了各种《录鬼簿》版本却对“院尹”说未置异辞也就容易理解了。

除了版本方面不踏实之外，“院户”说的破绽还在于史实本身。即使根据《大元通制条格》，关汉卿如果属于“父兄行医”而本人不通医术的“弟兄孩儿每”，则关氏先人(父兄)必有在太医院行医并颇有点地位，关汉卿才有可能沾得上这个光，然而我们遍查《金史》和《元史》，从中找不出一个关姓名医来，不仅列传没有，连专记医人等属的《方伎》一类同样找不到。唯一一部提及关氏的史书《析津志》却又将其归入《名宦传》。“名宦”者，有名望的官宦及其子弟也。将一个逃避赋役的“医户”名列其中该是多么的不协调！对此又有论者解释“大概是和关汉卿在杂剧界的巨大声望有关”[②]，可惜，这只能是“大概”！《析津志》于《名宦传》前明明写道，此编是记“故家遗民而入国朝，仕为美官，树勋业，贻厥子孙者”[③]，遍查《名宦》一栏内所载人物，看不出可以由于“杂剧界巨大声望”而被列入的任何理由。“院户”论者只顾和《青楼集》邾经序文保持一致而忽视了和《析津志》的明显不合之处，即难免顾此失彼了。

---

①《〈录鬼簿〉提要》，载中国戏曲研究院编：《中国古典戏曲论著集成》第2册，中国戏剧出版社1959年版。

②钟林斌：《关汉卿戏剧论稿》，陕西人民出版社1986年版，第58页。

③〔元〕熊梦祥著，北京图书馆善本组辑：《析津志辑佚》，北京古籍出版社1983年版，第145页。

然而，将关汉卿身份定为太医院尹也并非毫无问题。首先它得面对金、元两代的官制以及和《青楼集》邾经序中所称“不屑仕进”的问题。谁都知道，金、元两代的正史《百官志》中的确没有“太医院尹”这一官衔，对此人们还可以用“尹，正也”，“谓官正也”[①]这种古制来解释，将“太医院尹”理解为太医院正职官亦未尝不可(即如明清将大学士称作宰相一样)，但随之又产生了一系列新问题，查《元史·百官志》，太医院正职为正二品高官，地位优于六部尚书，而与副宰相同。即使至元二十年(1283)太医院改为尚医监，亦为正四品职官，与六部侍郎同。关汉卿如任此职，则《元史》不会不载。更重要的是，元人邾经《青楼集序》[②]中对关氏入元后的身份、地位说得很清楚：

> 我朝初并海宇，而金之遗民若杜散人，白兰谷，关已斋辈皆不屑仕进，乃嘲风弄月，流连光景……

“杜散人”即杜仁杰，“白兰谷”即白朴，对于他们的“不屑仕进”，有关史籍并有记载。《灵岩志》卷二：“元世祖闻其(仁杰)贤，与大臣议，以翰林承旨授公，累征不就。”[③]白朴亦同样，王博文《天籁集序》称：“中统初，开府史公将以所业力荐于朝，再三逊谢，栖迟衡门，视荣利蔑如也。”[④]由此可见，邾序的记载相当可靠。关汉卿既然名列“不屑仕进”之中，则说他在元代任正四品乃至正二品高官无论如何是讲不通的。更何况还有《析津志》，该书作者虽将关氏列入《名宦传》，但却未提他的仕历，关氏任过何职我们无法明了，并且作者还明言“是时文翰晦盲，不能独振，淹于辞章者久矣”[⑤]。如果关氏在元时任太医院正职官，这段话同样没有着落。很清楚，如果我们认定关汉卿在元时任太医院尹，就必须先否定邾经《青楼集序》和《析津志·名宦传》，而事实证明没有过硬证据，要同时否定这两种元人文献的记载是不可能的。“院户”论者之所以

① 《尔雅·释言》：“尹，正也。”邢《疏》：“正，长也。郭云‘谓官正’也，言为一官之长也。

② 中国戏曲研究院编：《中国古典戏曲论著集成》第2册，中国戏剧出版社1959年版。

③ 转引自王钢辑考：《关汉卿研究资料汇考》，中国戏剧出版社1988年版，第15页。

④ 《钦定四库全书》集部十“词曲类”，影印文渊阁本。

⑤ 〔元〕熊梦祥著，北京图书馆善本组辑：《析津志辑佚》，北京古籍出版社1983年版，第145页。

对关汉卿任太医院尹提出质疑,其主要根据之一也就在这里。

然而,如果我们转换一个角度,将关氏任太医院尹定在金代,则上述一切疑点便都不存在了。因为既在金代任太医院官,《元史》中不予记载即很自然,并且不仅不影响关氏入元后的"不屑仕进",相反,由于有了金代任官的经历,才为其改朝换代后"不屑仕进"的遗民身份提供了合理的解释。至于《金史》中未见有关记载,那是由于金代太医院官品位太低的缘故。据《金史·百官志》太医院正职官提点为仅五品级的技术官员,既非台省要道,又无值得一书的特殊伎艺,故《金史》未将其收入,甚至连《方伎传》亦未见记载更是自然而然的事。也正因为如此,作于元末的《析津志》将其列为"故家遗民而入国朝"的"名宦"而不言其官职,是见其"生而倜傥,博学能文,滑稽多智,蕴藉风流,为一时之冠"的个性而非"太医院尹"这个小小的"宦"。当然,话又说回来,毕竟得有这个"宦"才能进那个"传",基本条件合格,然后才能谈及其他,这也是自然而然的事。

剩下的问题是如何理解郗经语中"初并海宇"所指的时间概念。有论者定为忽必烈灭宋统一,并认为关汉卿做太医院尹当在中统时的蒙古时期。这样即产生矛盾,即作为金遗民的杜、白、关诸人为什么要等到灭宋后方才"不屑仕进"?说具体一点,关氏既然能在蒙古时期做官,到改元以后反而以遗民自居"不屑仕进"了,这显然是讲不通的问题。持此论者机械地看待"我朝"二字,认为"我朝"即指元朝,而"大元"则是忽必烈至元八年才宣布改建的。事实上这是错觉。因为在元人看来,"元朝"指的是从成吉思汗开国后的整个一个朝代,它包括整个蒙古时代,尊成吉思汗为元太祖即为一个明显的例证。而"初并海宇"则是个长长的过程,它包括成吉思汗西征、灭夏、灭金,直到灭宋等一系列事件。对于原处金统治区域的杜、白、关诸人来说,对其"不屑仕进"有决定影响的当为灭金而非灭宋,这是显而易见的,特别是关汉卿,任金太医院尹,金亡后不仕,更是显而易见。

肯定关汉卿任金太医院尹还必须解决《录鬼簿》的编撰体例问题。有论者认为,《录鬼簿》只记元代宫职,而金代人则需注明,如董解元名下则注明为"金章宗时人"。这样的话,则"关汉卿"条的"太医院尹"即无法理解为金代官衔,而只能是元代的事了。

如果撇开其他因素不谈，这样分析也未尝没有道理，但事实上不联系其他资料如郗经《青楼集序》和《析津志》等记载来孤立论证也是不行的。因为《录鬼簿》所记，大抵皆是元代人。由金入元的虽有几个，如杜善夫、白朴等，但他们在当时并无值得一记之官职，和元人一并处理亦无不便之处。至于董解元，因系前辈，本非由金入元之人，名列其中自当言明，而于关氏则比较困难。说是没有做过官却又做过金代太医院尹，说是做过官目前又是白身。况且汉卿做官既在金世，经过金末、宋末数番动乱，加之元初官制混乱，身处元末的钟嗣成也不会弄得很清楚。他自己也说："余生也晚，不得预几席之末，不知出处。"[①]材料来源于其友陆仲良，而陆又得之吴仁卿，几经辗转，对此原不应苛求的。

肯定了关汉卿的金太医院尹身份之后，我们不禁要问，他是怎么当上这个五品官的呢？是由科举正途吗？多有论者这样认为，近人林之棠在其所著《中国文学史》中称关汉卿"金末以解元贡于乡，后为太医院尹"[②]，这里的"以解元贡于乡"完全是林氏根据唐以来科举制度常规而作的主观臆测，作为关汉卿生平资料则无任何根据。唯"解元"二字出自元末人钱孚为宋人《鬼董》一书所作跋语，其中称其书为"关解元所传"，后世明人蒋一葵、清人鲍廷博、钱大昕、王季烈以至王国维、吴梅等人均相信此说，王国维并在其《宋元戏曲考》中极为认真地探考了关汉卿中解元的年代。其实这都是对《鬼董》钱孚跋语的误解。解元一词宋元时人已用得很滥，如《西厢诸宫调》作者董解元，《西厢记》杂剧中称张生为张解元，等等，皆非"贡于乡"或乡试第一才得称之，而临安传《鬼董》一书的"关解元"也无任何和关汉卿联系的证据，拉在一起是极其牵强的。

"解元"一说既无根据，目前同样没有发现关汉卿中过进士的记载，明人沈宠绥在其《度曲须知》中称关汉卿为"元进士"[③]，不知何据。不过金代倒有与太医院有关的医学科试，《金史》中有这样的记载：

---

① 《录鬼簿》卷上《跋》。

② 林之棠：《中国文学史》第四十一章第二节，华盛书局 1934 年版。

③ 中国戏曲研究院编：《中国古典戏曲论著集成》第 5 册，中国戏剧出版社 1959 年版，第 191 页。

> 凡医学十科，太兴府学生三十人，余京府二十人，散府节镇十六人，防御州十人。每月试疑难，以所对优劣加惩劝。三年一次试诸太医，虽不系学生，亦听试补。[①]

这样看来，关汉卿经由"医学十科"考试而入太医院任职是极有可能的。《元史·选举志》亦称"当时仕进多歧，权衡无定制，其出身于学校者，有国子监学、有蒙古字学……有医学、有阴阳学……荫叙有循常之格，而超擢有选用之科"[②]。于此可为一旁证。

金代为官，除科举外，另有世袭和世荫二途。汉卿为汉人，非可世袭猛安谋克之女真旧贵族，至于世荫，今查遍金、元两史，均无可以荫官后代的关姓官僚贵族。然汉卿为官也不排除另一种可能存在，即凭着解州关裔得以照顾入仕这一途径[③]。关羽于北宋时即被封为武安王，设庙祭祀。金灭北宋，全盘接受宋朝的礼法制度，至海陵王、金章宗之后，汉化尤甚，对"武圣"关羽当不至反而轻视，在这种情况下，作为解州关氏一派的关汉卿被荐出仕即为很可能的事了。这也许是关汉卿年纪轻轻即到太医院任正职官的重要原因，否则单从"医学十科"也不会擢升得这么快，尽管这种超擢的结果是让最终做了与文治武功相距甚远的太医院头目[④]。大概这也是因为关汉卿只是武安王族裔而非直系的缘故吧[⑤]。

关汉卿任金太医院尹，明万历时人蒋一葵、徐士范即有此一说[⑥]，至清末民初人王季烈著《螾庐曲谈》仍对此未置异辞。王国维《宋元戏曲考》附录《元曲家小传》关汉卿名下仍明言关氏为太医院尹，然紧接着发问："未知其在金

---

①《金史·选举一》。

②《元史》卷八十一《选举一》。

③关汉卿籍贯为解州，参见本书第41页"关汉卿籍贯考辨"。

④值得玩味的是，据《析津志》记载，燕京的武安王庙其一即在"太医院前"，关氏任太医院尹，似乎并非纯属偶然。

⑤《三国志·关羽传》裴松之注引《蜀书》云："庞德子会，随钟、邓伐蜀，蜀破，尽灭关氏家。"由此可知关羽无直系后裔。

⑥参见徐士范的《重刻西厢记序》，可参看蒋一葵的《尧山堂外纪》。

世欤？元世欤？”[①]可见已对关氏任职时间产生了怀疑。后来王国维自己找到了答案，他从杨维桢《元宫词》中“大金优谏关卿在，伊尹扶汤进剧编”的诗句出发，认为关氏“果使金亡不仕，则似无于元代进杂剧之理。宁视汉卿生于金代，仕元为太医院尹，为稍当也”[②]。

粗看起来，王国维所言亦不无道理，但细加品味，即可发现其中的失当之处。依他所见，关汉卿既为前朝遗民，“金亡不仕”，即不应该在新朝“进杂剧”，但事实上这中间并无逻辑关系。作为前朝遗民，可以不在新朝做官，但也并不妨碍他为新朝建言，杜仁杰即多次上书言事，而元好问则曾专程北上朝见忽必烈，并奉上“儒教大宗师”[③]尊号，这些都未能影响他们的“金之遗民”的身份，更何况关汉卿还只是以在野之身写作杂剧呢。用绝对不食周粟来要求关汉卿这样的遗民是不现实的，王国维这里是以自己的思想标准去衡量古人了。

继王国维之后否定关汉卿为金遗民的是胡适。他在 1936 年 3 月发表的一组读曲小记中，就有一篇题为“关汉卿不是金遗民”[④]的短文，随后又在燕京大学出版的《文学年报》第 3 期上发表《再谈关汉卿年代》重申了他的看法。

和王国维不同，胡适主要是从关汉卿的生卒年角度进行论证，除了根据关氏散曲《杭州景》论证关氏不像金遗老以外，还根据关作《大德歌》断定关氏卒年在 1307 年左右，而人不可能太高寿，故关氏不会是金遗老(显然胡适将“遗民”和“遗老”混为一谈了)。胡适以生卒年谈身份的论证方式对后世影响很大，这以后发表的顾随(苦水)《关汉卿不是金遗民》[⑤]一文，显然也沿着这条路子走下来。20 世纪 50 年代以后，孙楷第、王季思、冯沅君诸先生论关汉卿身份同样没有脱离这条道路。例如孙楷第根据卢挚、冯海粟、王和卿等人，王季思根据胡紫山等人行年来断定关汉卿的生卒年及身份大抵皆从此入手，而当时学术界与之相应的商榷文章如苏夷、赵万里、蔡美彪等人同样不脱旧路。

① 王国维：《宋元戏曲史》，上海古籍出版社 1998 年版，第 133 页。
② 《宋元戏曲考》九：“元剧之时地。”
③ 范文澜、蔡美彪等：《中国通史》第 7 册，人民出版社 1978 年版，第 72 页。
④ 《益世报·读书周刊》，第 40 期。
⑤ 同上，第 75 期。

由于讨论对象自胡适起即已转入关汉卿的生卒年问题,此乃本章下一节的论证范围,这里不再赘述。

通过以上对有关资料的考辨,我们可以对关汉卿身份作出如下结论:一、关汉卿不可能是一个普通医户,而应该是太医院尹。二、关汉卿任太医院尹应当在金代,金亡后"不屑仕进"专门从事戏曲及散曲创作。只有从这两点出发,我们才能对目前留存的元代各种关汉卿史料做出最圆满的解释。当然问题并不到此即告终结,有些疑点将在下一节"关汉卿生卒年辨正"中加以澄清。

三、关汉卿生卒年辨正

关汉卿之生卒年,同样是历来争论最多的话题之一。按论者各自主张的不同,目前大致可以分为三类。

第一类以郑振铎、赵万里的观点为代表,他们认为关汉卿大致生于1210年至1214年左右,卒于1280年或1300年左右。早在20世纪30年代初,郑振铎先生即在其《插图本中国文学史》一书中这样谈及关汉卿:

> 《录鬼簿》称汉卿为已死名公才人,且列之篇首,则其卒年至迟当在1300年以前。其生年至迟当在金亡之前的二十年(即1214年)。①

至20世纪50年代,郑氏仍坚持自己的主张而又略有修正。在一篇论文里他写道:

> (关汉卿)约生于1210年左右。当蒙古灭金的时候,他是二十四五岁的青年,故有人称他为金代的遗民……他的卒年,约在1298年到1300年之间,但至迟似不能超过1300年。②

由此可以看出,郑氏所论,大体上是根据郝经《青楼集序》中的"金氏遗

① 该书第46章《杂剧的鼎盛》。

② 郑振铎:《关汉卿——我国十三世纪的伟大的戏曲家》,《戏剧报》,1958年第6期。

民"说法定生年,而以关作《大德歌》以及《录鬼簿》编排定卒年。因为其说出自文学史著作以及总论关汉卿一生论文中的片段,体制所关,显得简明扼要,但也正是因为非出自专门性的正面考证,故又显得过于单薄。

20世纪50年代中期,赵万里先生从不同途径得出了和郑振铎相似的结论,他是在发现并排比了《析津志·名宦传》中关一斋与周围人物的名次顺序之后而做出的判断。根据与关一斋并列的史秉直降元的时间(1213年)推算,赵万里认为:

> 暂定关汉卿生于1210年左右,死于1280年左右,想来是很有可能的。①

卒年较郑振铎观点提前了20年。这是因为赵万里不相信关汉卿《大德歌》作于元成宗大德年间的缘故。而随着后来研究不断深入,包括《窦娥冤》创作时间(1292年以后)的认定,都证明了赵氏对关汉卿卒年定得不确。

在探讨关汉卿生卒年的观点中,第二类是以胡适、王季思诸先生为代表,他们认为关氏生年不会在13世纪初,而在20年代后期至金亡以前。吴晓铃、蔡美彪等先生的观点大致亦可归入此类。

在前一节中,我们提到过,胡适对关汉卿生卒年的研究是从推断关氏遗民身份着手的。他在关汉卿生平研究方面一个突出之处就是注意到关作《大德歌》乃元成宗大德年号更定以后的事情,从而为关氏行年研究提供了一个可靠的证明。然而,这位倡导"大胆假设,小心求证"的学者,在其他方面却不那么严谨。这里且不说他将关氏卒年定在大德十一年(1307),大德年号终止之后的根据何在(关氏曲中明明写道是"新行大德歌"),此外,他又断定杨维桢《元宫词》不可靠,理由仅仅是杨的"年代已晚",而最可相信的元人史料,他认为只有陶宗仪的《南村辍耕录》。殊不知杨维桢作为当时文坛名流,与《青楼集》著者夏伯和、《析津志·名宦传》作者梁有俱有交往,陶宗仪亦正是他们的朋友②,在他们中间舍此就彼,显然缺乏起码的依据,真可谓"大胆假

①《关汉卿研究论文集》,古典文学出版社1958年版,第42页。

② 杨维桢做过夏伯和的家庭塾师,其时陶宗仪与夏伯和过往甚密,其《南村诗集》曾多处记有他们的会集分韵。此外,杨氏还和梁有俱为当时曲家名流顾阿瑛玉山草堂雅集的常客,其熟可知。这一点参见幺书仪《关于〈析津志〉和其中关一斋小传的作者》一文,载《文史》第27辑。

设”了。不仅如此,他还不加任何解释地将邾经《青楼集序》中的“遗民”转换成“遗老”。他否定关氏遗民身份的唯一根据是他判断关汉卿“死年至早当在1307年左右,此诗上距金亡已七十四年了”[①]。其实即使按胡适定的关氏卒年,关汉卿也完全可以活到九十多岁。在现有所知的元代曲家中,侯正卿、白朴均活到了九十岁左右,这是人们所熟知的事实,为什么关汉卿就不可能呢?所以仅凭想当然的“寿数年限”做判断是不能够作为科学根据的。继胡适后不久撰文否定关汉卿为金遗民的顾随(苦水)到了20世纪50年代,也放弃了先前的主张,承认关氏“生存在十三世纪一十年代”了[②]。

20世纪50年代以后,学术界仍有部分观点认为关汉卿生于13世纪20年代中期以后或金末,但已不同于胡适的“大胆假设”,而是将关汉卿的作品同元曲其他作家作品进行了认真的比较分析。例如说关剧《诈妮子》中借用了胡紫山《阳春曲》中的名句,《单刀会》中借用了白朴小令〔沉醉东风〕《渔父》中的名句,从而断定关氏生年当在胡(生于1227年)、白(生于1226年)同时甚至以后,这显然是“小心求证”的结果。但如果就此作为定论还是比较困难。因为这种情况只是一种可能,同时也不排除另一种可能存在,即胡、白二人借用了汉卿剧中的名句,因为关氏此二剧作时都较早。退一步说,即使年长作家在作品中借用了新进作家的名句,这也是常有的事,并不能就此把生年也颠倒过来。如果没有其他理由,仅靠此模棱两可的孤证来决定关汉卿的生年,则太缺乏可靠性了。尤其是在必须同时否定元人邾经、杨维桢等人有关记载的情况下更是如此。

关于卒年,这一派观点与前一类人无大不同,大体认为在公元1300年前后。这大概是因为关氏有《大德歌》在,只要承认其由“大德”年号而起,在这问题即容易找到共同语言的缘故。

第三类观点以孙楷第先生为其代表。孙先生在其《关汉卿行年考》一文中认为关汉卿既不可能生于13世纪初,也不可能生于20年代中期后或金末,而将关氏生年向后推至1240年以后。其论据主要是关汉卿和胡紫山、王恽、卢挚、冯海粟诸人一样,都和当时著名女演员朱帘秀有过交往,元人夏庭芝

① 胡适:《关汉卿不是金遗民》,《益世报·读书周刊》,第40期。

② 顾随:《关汉卿和他的杂剧》,《河北日报》,1958年6月29日。

《青楼集·朱帘秀小传》即将关汉卿和胡、冯等人相提并论。如果说关氏由于作品中存在胡紫山曲句而时代在后的话，则其生年只能和卢、冯等人差不多，大约在1241年至1250年之间。另外，此派还将关氏卒年向后推，除了引用贯云石《阳春白雪序》谓关氏延祐初（1314年左右）尚在人世以外，还根据《危太仆文续集》所载汴梁王和卿之卒年（1320）来推定关汉卿之卒在此之后（因为陶宗仪《南村辍耕录》曾记载王和卿死后关汉卿吊唁时还进行嘲戏），直至周德清《中原音韵自序》（作时在1324年）明言汉卿等人“已矣”为止。即此认定关汉卿卒年在公元1320年至1324年之间。

应当说，此派观点既涵盖了元人记述，又涉及关氏及同时人的有关作品，同时又另辟蹊径发掘了一些新资料。所以看上去较前一派论据比较扎实，论证形式也较全面。因而有学者即认为在关汉卿生卒年论争中此类观点“比较踏实”[①]。

然而，如果我们综合现有资料对此进行平心静气的比较分析，同样不难看出这一派观点仍旧存在着难以弥合的漏洞。

即以此派视为过硬论据的关氏及诸人同朱帘秀的交往一事来看，关氏生年是否一定在紫山之后已见上说，此处可以不论，而同与一个歌妓交往，这在旧时中国是一件司空见惯的事，交往双方既可以不同辈分，一方内部亦无此硬性规定。更何况目前史料并未言明关氏和其他诸人是同时而往，以此论定各自生年前后似太牵强。

或以为《青楼集·朱帘秀小传》中将关汉卿之名置于胡紫山、冯海粟之后是因为辈分在后的缘故。这么看则未免太不了解中国古代社会了。在官本位观念根深蒂固的中国，至今排名次多以官职大小为序。身处元代倡家，当然以接名公大人为荣，侧身其间并为之作传的夏庭芝(伯和)自未能免俗，传中大书“胡紫山宣慰”“冯海粟待制”即为明证，而“关已斋”呢？不管他以前曾做过什么，此时却是“面傅粉墨，偶倡优而不辞”的白身，有什么资格在名次顺序上“僭越”呢？谈及此，还得提及郝经《青楼集·序》中关汉卿和杜仁杰、白朴的名次先后，有论者依据同样理由认为关汉卿名列最后是因为年纪最小。事实上

① 罗忼烈：《两小山斋论文集》，中华书局1982年版，第205页。

《序》中明明说是他们“不屑仕进”。按“不屑仕进”的名气衡量，杜氏曾多次拒绝元世祖忽必烈的征召，甚至对一般读书人梦中皆不敢想的翰林院承旨的高官也视若蔽屣，“不屑仕进”的名气可谓非同寻常。白朴也一样，前引王博文《天籁集序》即记载：“中统初，开府史公将以所业荐之于朝，再三逊谢，栖迟衡门，视荣利蔑如也。”[①]而“一心待向烟花路上走”的关汉卿，既无朝廷征召之荣幸，又无权贵举荐之佳运，“不屑仕进”的名气自不能和杜、白二人同日而语。况杜、白又各以子贵，杜氏死后被赠翰林承旨，资善大夫，谥文穆[②]，白氏死后被赠嘉议大夫，掌礼仪院太卿[③]，则更非“自甘下贱”的关汉卿所能相比了。在重名望、地位的古代中国，让同为文人士大夫的郝经来一次“破格超擢”，该是多么不现实的事。以此为准定生年先后，其真实性也就可想而知了。

贯云石的《阳春白雪序》历来被认为是否定关汉卿“金之遗民”或“大金优谏”身份的重要论据。这里我们把其中有关关汉卿的部分全文引述如下：

> 盖士尝云：东坡之后，便到稼轩。兹评甚矣！然而比来徐子芳滑雅、杨西庵平熟，已有知者：近代疏斋媚妩，如仙女寻春，自然笑傲。冯海粟豪辣灏烂，不断古今，心事天与。疏翁不可同舌共谈。关汉卿、庾吉甫造语妖娇，却如小女临杯，使人不忍对殢。[④]

据今人考证，贯氏此序作于元仁宗皇庆末延祐初（1313—1314）。而文中“比来”二字，另在一十卷本作“北来”，主张将关汉卿生年推后的论者对此一直抓住不放，谓“北来”较“近代”为先，关汉卿在贯氏作此序时还活着，其实这完全是误解，要说“北来”，文中诸人皆是，关汉卿晚年南下湖、湘、杭、扬诸地更是尽人皆知的事，这样理解即毫无意义了。其实“北来”应为“比来”之误。比来，即近来。此种用法相当普遍，前有《三国志·徐邈传》：“比来天下奢靡，转相仿效”，后有《明史·戚继光传》：“比来岁修岁圮，徒费无益。”意义非

①《钦定四库全书》集部十“词曲类”，影印文渊阁本。
②事见《金诗选》卷首《名字爵里录》，《元诗选》三集同。
③《录鬼簿》卷上《白朴小传》。
④《新校九卷本阳春白雪》，中华书局排印本，第3页。

常明确，贯氏此序将“比来”和“近代”对举，皆相对于前面“东坡之后，便到稼轩”而言，是对在他之前散曲状况作一客观评述，本无在这里反映曲家时代先后在世与否之意。其中徐子芳即徐琰，生于金兴定四年（1220）反而排在比他大二十多岁的杨西庵〔生于金明昌五年（1194）〕[①]前面即为明证。搞清楚这一点，则贯氏此序能否作为考察关氏生年依据即很明白了，由此证明关氏在贯序作时还活着更是没有根据的事。

至于《危太朴文续集》卷四《故承务郎汴梁路通许县尹王公墓碣铭》中涉及的王鼎，因字和卿，有论者即将其和《辍耕录》中关汉卿之亡友大名王和卿作为一人，并以王鼎死年(1320)为依据，论定关氏之卒在此之后。其实危素《墓碣铭》中说得很明白，王鼎原籍汴梁，出生于蔚州，出仕后历高唐尉、乐寿尉、深泽主簿、曹州知事，终以通许县尹，葬在大都宛平县。考其一生，未见涉足大名一步。可知和《辍耕录》中的大名王和卿并非一人，况且王鼎平生“淡然简静，不乐纷丽，燕闲独处，事无妄动”[②]。和《辍耕录》中“滑稽佻达，传播四方”的王和卿性格迥异，二人显然毫无瓜葛。另外，元人中和王和卿姓字相同的还有王恽《秋涧集》中提到的行中书省架阁库官太原王和卿[③]，俱仅为同姓字而已。大名则大名，汴梁则汴梁，太原则太原，三地相距何止百里，在毫无其他证据情况下任意捏合，是不能作为科学的论证依据的。

其实关汉卿的确切卒年仅据《中原音韵》和《录鬼簿》即可大致推算。周德清于 1324 年作《中原音韵自序》时叙“关、郑、白、马”后称“诸公已矣”，其中“郑”即周氏称为“前辈”的郑德辉。由此可知郑在此前即以去世，而据《录鬼簿》。郑氏为“方今已亡名公才人”，和名列“前辈已死名公”之首的关汉卿相较已是晚了一辈，如果认定关汉卿卒于公元 1320 年至 1324 年，岂不是与郑同时？这是无论如何也讲不通的，此其一。其二，最重要的是《录鬼簿》本身已透露出关氏卒年的确切信息。据关汉卿晚年剧作《窦娥冤》创作背景可知，关氏在 1292 年左右尚在扬州，又据徐沁君先生考证，甚至有证据表明他在 1299 年左右尚没有离开扬州（否则他不会将大德一年至三年的扬州、淮安大旱写进

---

① 参见《元史·杨果传》和《析津志·名宦传》。

②《危太仆文续集》卷四。

③ 王恽：《秋涧先生大全集》卷八十《中堂事记》，四部丛刊本。

剧本[①]),然而据《录鬼簿》卷下"睢景臣"条载,当大德七年(1303)睢氏自扬州赴杭州后见到了钟嗣成,竟未传递关氏活动的任何信息[②],则关氏于此前后去世明矣。钟嗣成将关氏作为"前辈已死名公""不知出处",是在见到睢景臣之后的事,可见其安排绝非无由而为。这样,再联系关氏曾任金太医院尹的事实,将其卒年定在公元1300年前后,至迟不超过1305年,显然是符合史实的。

搞清了关汉卿的卒年,其生年同样可以通过推考的方式获得。在前面一节中我们既然已考定关汉卿在金代任太医院尹,则金亡(1234)时其年龄自然不会太小,起码不会小于20岁,但也不会太大,因为我们又已得知汉卿卒年在1300年前后,如此推测,汉卿生年在1210年到1214年之间,总共活了90岁左右。

这样推测同样可以通过考证来证实。根据钟嗣成的《录鬼簿》可以得知关汉卿交友中有一位梁进之,钟氏称他"与汉卿友"[③],贾仲明吊词说"关叟相亲为故友"[④]。然据孙楷第先生考证,这位梁进之竟是郝经《青楼集序》中和关汉卿并称为"不屑仕进"的杜散人(仁杰)的妹婿,杜氏在其《与杨春卿书》中称梁为"医之翘楚"[⑤],可能也在太医院待过,而曾为太医院尹的关汉卿与之交友绝非偶然。只是二人后来分手了。大概是由于杜善夫以及仕元后官至奉训大夫、集贤待制的杨春卿的举荐,梁进之后来进入了官场,官至县尹、知州,而关汉卿则"不屑仕进",以"嘲风弄月",专事戏曲创作度过一生,这当然是题外话了。

杜仁杰生年,据吴晓铃先生考证,当在金宣宗泰和元年(1201)[⑥]。梁进之作为杜的妹夫,生年当相差不会过大,即以幼10岁计,其生年亦当在1210年左右,至迟不会超过1215年。关氏与之交友,且非忘年交,按目前所知生年亦不应在其后。这样,考证的结果与我们上面的推论完全吻合了。唯其如此,才更

① 徐沁君:《〈窦娥冤〉三考》,《黄石师院学报》,1983年第4期。

② 参阅中国戏曲研究院编:《中国古典戏曲论著集成》第2册,中国戏剧出版社1959年版,第127页。

③《录鬼簿》卷上"梁进之"条,天一阁本。

④ 参见《录鬼簿》卷上"梁进之"条,天一阁本。

⑤ 孙楷第:《元曲家考略》,上海古籍出版社1981年版,第64页。

⑥ 吴晓铃:《杜仁杰生卒新考》,《河北师院学报》,1989年第2期。

增加了我们这里结论的可靠性。

当然，如前所述，郑振铎和赵万里先生在20世纪50年代即已做出了与此大致相同的推论，但他们所据资料太少，其中如郑先生之推论见于其文学史有关章节以及总论关氏一生之论文，体例所关，非专门性正面考证，而如赵先生所据仅为《析津志》一条孤证，即此还有将元太祖八年（1213）癸酉误为元世祖中统四年（1263）癸亥的资料错误，自然难以服人了。然而从今天看，郑、赵二位先生的推论还是有其价值的，本文这里结论与之吻合亦更增添了真实的分量。至此我们可以毫不犹豫地宣布，关汉卿生于1210年至1214年间，卒于1300年至1305年之间。应当说不会去史实很远。

四、关汉卿籍贯考辨

籍贯问题同样是关汉卿生平研究中的一个热点。对于这个问题的探讨，牵涉到关汉卿研究领域的一系列敏感性问题。

目前资料涉及关汉卿籍贯的有三处，即人们熟知的大都、解州和祁州。反映在学术界也便是所谓的大都说、解州说和祁州说。

谁都知道，“大都说”源出于《录鬼簿》和《析津志》，前者于关汉卿小传中径直称之为“大都人”，后者则在同样的“关一斋（汉卿）”小传中称之为“燕人”，而这里的“燕”目前一般认为即为大都（旧名燕京）。这两部书，一为目前最早也最具权威性的元杂剧作家作品资料专著，一为目前最古老的北京地方志书，同样最具权威性。正因为如此，在关汉卿籍贯的各种可能性中，“大都说”亦最早和最具权威性。

然而这样说并不意味着就此已无可研究，相反，目前研究愈来愈表明“大都说”存在着许多疑点和需要重新考虑的地方。

就《录鬼簿》而言，该书涉及的资料过去和现在都是研究元曲作家作品的第一手资料，不容忽视。但是同时人们也发现它在许多具体问题上的谬误和不当之处。即以作家籍贯论，据孙楷第先生考证[①]，李好古本为西平人，却记为

① 孙楷第：《元曲家考略》，上海古籍出版社1981年版。

东平人或保定人，孙文卿并非山西平阳人，而是江苏溧阳人，李时中本山东曹州人，却记为大都人，萧德祥非杭州人，而为安徽庐陵人，如此等等。如果说这些考证还只是孙先生一家之言，尚需进一步研究核实的话，则白朴籍贯错误则更可说明问题了。《录鬼簿》于白朴名下称为“真定人”，如果今人无其他资料，这个问题就无法弄清了。幸亏钟氏于小传中又注明白朴为“文举之子”。而这个“文举”即为金末一度很有地位的白华。根据《金史·白华传》和元人王博文为白朴《天籁集》写的序文，我们才得知白朴乃山西隩州人，而非河北真定人，真定只是金亡数年后白朴随同其父居住过的一个地方[①]。元统一后，白朴又南下，最后定居于金陵。这样看来，真定既非白朴的祖籍和出生地，亦非他的归属地，无论如何算不上他的籍贯，《录鬼簿》这样处理显然是错的。借此我们可以看出，《录鬼簿》的作家籍贯，并不都是很严密的。

《析津志》也是这样。作为北京最古的地方志书，它的史料无疑是珍贵的，这方面自不待言。然而由于成书于元末，资料来源仅凭30年前“父师所言”[②]，其确切程度是有折扣可打的。例如杜善夫（止轩）本山东济南长清人，白朴父白寓斋（华）本山西隩州人，此书皆收入《名宦志》而不加以说明。此外，杨果（西庵）任参知政事是为中统二年（1261）至至元元年（1264），而排名第十的杨果传却称其“至元七年”，不仅存在明显错误，而且和书中排名第224人的另一杨果传相互矛盾和重复。如此等等，皆可证明《析津志·名宦传》在资料价值方面绝非毫无可议之处。

“大都说”的致命弱点还在于得不到关汉卿作品资料的支持。因为目前关汉卿生平籍贯留存资料较少，关汉卿作品即为一个重要的参考依据。从关汉卿目前作品来看，杂剧中反映的地点有山西、河南、山东以及南方扬州、杭州、湖南等，就是没有以大都为背景的。至于散曲，其中明确涉及的地名和杂剧几乎相同，同样缺少大都方面的背景资料。唯有（二十换头）〔双调·新水令〕中有“怀揣着帝宣”字句，似乎和京师有关，然此套又多用女真曲牌，为今存元曲汉人作家所少见，极有可能为作者金亡前所作。如此看来，要在汉卿作

① 元代王博文的《天籁集原序》中写道：“甫七岁，遭壬辰之难。……无何，父子卜筑于滹阳。”这里的“滹阳”即代真定。

②〔元〕熊梦祥著，北京图书馆善本组辑：《析津志辑佚》，北京古籍出版社1983年版，第152页。

品中寻找"大都说"的依据，的确是困难的。

正是基于上述诸因素，我们认为，将大都作为关汉卿籍贯，其根据是不充分的。

但是，能不能据此断定关汉卿一生与大都无关呢？也不能这样认为，因为我们可以对《录鬼簿》《析津志》的一些具体论述提出质疑，甚至可以修改它们留下的具体记载，但总的事实却无法否定。例如说，我们可以肯定白朴籍贯是隩州而非真定，但却无法否定白朴曾在真定居住过。同样，我们可以肯定杨果任参知政事是在中统二年(1261)而非至元七年(1270)，但却不能否定其曾任过参知政事这个事实。钟嗣成称关汉卿为大都人，表明关汉卿至少在至元九年(1272)忽必烈改中都为大都这前后即已在此生活且非止一年，这才说得通。尽管没有必要一定要将这里同关氏籍贯挂起钩来。

在涉及关汉卿籍贯的观点中，"解州说"稍后于"大都说"，它最早出自元末明初史学家朱右的笔下。朱右，字伯贤，浙江临海人。生于元仁宗延祐元年(1314)，卒于明洪武九年(1376)，一生大半在元，与《析津志》作者熊自得以及梁有大约同时。洪武年间，曾因宋濂之荐参与《元史》的编纂，事后不久，因感于前史之未尽善，故又作《元史补遗》一书，其中有这样的记载：

> 关汉卿，解州人，工乐府，着北曲六十本。世称宋词元曲，然词在唐人已优为之，惟曲自元始，有南北十七宫调。

朱右这段话最值得注意之处除了最早透露关汉卿籍贯"解州说"的信息外，还在于他以一个正统史家的身份为传统上被认为地位微贱的戏曲家立传，这在旧史学者中的确少见[①](《析津志》虽为史籍，但为地方志，层次略次一级)。《金史·乐志》轻视除世宗雅曲之外的全部"散乐"，并以"其俚者不载"[②](而恰恰可能就是这些散乐包含了金院本以及早期北杂剧的资料)。由于其不载，就使得后世这方面的资料留下了永远令人遗憾的空白点。其实何止《金

① 朱右史学著作，另有《春秋传类编》《三史钩玄》《历代统纪要览》以及《元史编年》(未成)等，其事见《明史》本传。

②《金史》卷三十九。

史》，即使《元史》，其《乐志》《艺文志》又何尝为我们正面留下元杂剧的少许信息？正是在这个意义上，朱右的记载才更为可贵。《元史补遗》一书佚于何时不得而知，今所见佚文见于清人姚之骃所编《元明事类钞》卷二十二“文学门”。《四库提要》称姚氏此书“皆足补《元史》各志之阙”“亦足裨《元史》列传所未备”[①]，由此可知姚氏此书的可靠性，基于此，则书中所引《元史补遗》文字当为真实无误。作者既然参与《元史》编撰，则当时能够见到的元代史料必然皆可优先寓目，传统史家皆重史料可征，不轻易相信传闻，这些都是同时期其他学者包括《录鬼簿》《析津志》等书著者所无法比拟的，也是“解州说”的可信性极为可靠的保证。正因为如此，清人邵远平《元史类编》、蔡显《闲渔闲闲录》谈及关汉卿时都接受了这个观点，而雍正、光绪两朝的《山西通志》、乾隆朝的《解州全志》亦据以将关汉卿收入方志的人物传中。

“解州说”还具有地域上的优势，关作即有相当部分地理背景可与山西及解州挂起钩来。据有关统计，关汉卿杂剧现存十八种，其中有七种即与山西有关。在关氏已佚剧目中，目前可判断的与山西有关的也有十种以上。而关汉卿剧作题材的地域性是近几年关学领域一个比较受重视的范畴，李健吾、吴晓铃、王季思等曲学前辈还特别注意到关汉卿在其《单刀会》杂剧中把关羽写得威风凛凛、绘声绘色，而主张关汉卿祖籍是山西，是河东解州，“至少可以助证他以祖籍解州自豪”[②]，此皆可说明这一点。不仅如此，还有论者从关氏作品的语言中发现了山西运城一带（古解州）所特有方言[③]。虽然举例不多，其中还不无可议之处，但“特有方言”还是多少存在着的，这个事实无疑给“解州说”增加了相当的砝码。

从元曲发展史的角度看，解州所属的平阳地区是元杂剧的发祥地之一。近年来随着考古的不断新发现，大批宋、金、元时代的戏曲文物成为研究杂剧以及院本、诸宫调等的第一手资料，而这些文物则大多从平阳地区出土。联系起中国古代戏曲发生历史来看，诸宫调、金院本、元杂剧这三个紧密联系着的

---

①〔清〕纪昀等：《钦定四库全书·元明事类钞提要》，影印文渊阁本。

② 王季思：《关于关汉卿人道主义思想及里籍问题的通信》，《河北师院学报》，1988 年第 3 期。

③ 王雪樵：《为“关汉卿祖籍河东”说援一例》，载《戏曲研究》第 8 辑，文化艺术出版社 1983 年版。

戏曲发展时期，在平阳地区出土的文物中均有完整的体现，而这是其他号称元杂剧发祥地的汴梁、真定、东平、大都等地所不具备的。缺乏文物资料仅有作家作品信息的留存只能说明这些地区为中国戏曲的早期流传地，而平阳才是元杂剧乃至“中国戏曲的摇篮”[①]。关汉卿作为公认的元杂剧奠基人，他的出生并因其一生杂剧活动与此地结下不解之缘不是偶然的。任何一个伟大作家的产生离不开培养和哺育他的周围环境，中国戏曲的摇篮和中国戏曲之父的紧密联系是自然而然的。山西戏曲界老艺人中至今仍流传着关汉卿在“平阳大行院”的风流韵事同样并非偶然[②]，它们都为关汉卿籍贯“解州说”提供了重要的文化历史依据。

当然，肯定关汉卿为解州人也不是一点困难没有，这里存在的主要是关汉卿和梁进之的关系问题。《录鬼簿》曹本称他们为“世交”，而梁进之亦为大都人。有论者认为“如此则两人父辈同在大都，才较合理；不然两人父辈同在解州，二人又同在大都，事则过于偶然。”[③]这的确让人费解，然而既属偶然，就不是绝对不可能。况且对于曹本所说的“世交”亦不能机械理解。今存《录鬼簿》诸本，天一阁本作“与汉卿友”，其他各本亦皆无“世交”二字。贾仲明所补梁进之吊词亦称“关叟相亲为故友”，同样没有“世交”之意。年代久远，看问题不宜绝对化。关、梁两家具体情况目前已不可考，但关于他们二人各自的身份，一为“太医院尹”、一为“医之翘楚”，说他们同在金太医院共事，入元后方分道扬镳，这样理解则“友”“故友”皆容易接受了。

当然，和前面否定关汉卿籍贯“大都说”但并不排除关氏曾在大都居住过一样，我们肯定关汉卿籍贯解州也并不排除关氏曾在其他地区活动乃至长期居住的可能性。事实上目前留存的关于关汉卿籍贯的资料也从不同途径证实了这一点。

“祁州说”即为其中最后也最具戏剧性的一种。说“祁州说”产生最后，是因为它与产生于元末的“大都”“解州”两说不同，元明两代均未见此说的任何一种资料留存(河北安国一些未经证实的所谓关氏遗物除外)，目前最早的这

① 刘念兹：《戏曲文物丛考》，中国戏剧出版社 1986 年版，第 48 页。

② 赵景瑜：《关汉卿籍贯考辨》，《戏友》，1984 年第 2 期。

③ 王钢辑考：《关汉卿研究资料汇考》，中国戏剧出版社 1988 年版，第 13 页。

方面记载，见于清乾隆二十年（1755）罗以桂纂修的《祁州志》，其中有这样的记载：

关汉卿故里

汉卿，元时祁之伍仁村人也。高才博学而艰于遇，因取《会真记》作《西厢》以寄愤。脱稿未完而死，棺中每作哭涕之声。状元董君章往吊，异之，乃检遗稿，得《西厢》十六出，曰："所以哭者为此耳！吾为子续之。"携去，而哭声速息。续后四出以行于世。此言虽云无稽，然伍仁村寺旁有高基一所，相传为汉卿故宅；而《北西厢》中方言多其乡土语，至今竖子庸夫犹能道其遗事，故特记之，以俟博考。①

这段话将关汉卿籍贯问题同《西厢记》的传说联系起来，其中既无严格的考证，又语涉怪异，历来论者多不予重视，编者自己亦觉"无稽"，故仅入《纪事》一编，而不入该书卷六的《人物志》，其可信程度自当不言而喻了。

然而，能否就此认为《祁州志》这段纪事毫无价值呢？恐怕不能。因为第一，它至少表明今天河北安国（古祁州）的关汉卿遗迹和传说，非只是今人仰慕"世界名人"而创造出的现代古董。从这段记载中可以看出，起码在清乾隆之前，此地的"汉卿故宅"即曾存在过，并且"竖子庸夫犹能道其遗事"。我们知道，清代康熙、乾隆时期正是清王朝统治的全盛时期，统治者提倡程朱理学，传统文化得到了空前的加强，对戏曲小说的鄙视较以前有过之而无不及。乾隆朝编《四库全书》一反《永乐大典》传统而将戏曲排斥在外即为显例。而出现在此方志编纂者笔下的《祁州志》"关汉卿故里"纪事，显然并非迎合统治者喜爱的临时需要，除了表明关汉卿的声望地位已突破了时代对戏曲的歧视外，还表明纂修者笔下有关这方面的记载只能是客观的实录，身为士大夫的地方志纂者完全没有必要拉一个毫不相干而又"偶倡优而不辞"的风流浪子为本地增光添彩。"故宅"也罢，"竖子庸夫犹能道其遗事"也罢，无疑这是一种民俗文化现象，是一种长时期的文化和心理积淀，非一朝一夕靠外力能得

①《祁州志》卷八《纪事》。

以形成。而持续数百年直至今天流传不衰，按民俗学和文化社会学的观点，这背后必有一个最初的原型存在，绝非凭空而起。

具体说来，我们可以毫不犹豫地否定关于《西厢记》创作续作的神鬼怪异的传说，但却无法将关汉卿的名字和这个地方的联系予以斩断，否则我们必须对“至今竖子庸夫犹能道其遗事”这个事实做出合理解释（因为他们并不了解中国戏曲史乃至关汉卿作为“世界文化名人”的伟大）。更何况，在今天安国伍仁村留存的还有占地九亩九分的“关家园”（关宅），虽经数百年风雨洗礼、社会变迁但“高基”尚在。还有关墓，这是目前已知的全国唯一一座关汉卿墓，同样经过了数百年历史变迁仍旧存在，它们和流传当地人们口头的种种传说加上数百年前的地方志记载共同构成了一种特殊的文化遗存，如果闭起眼睛给这一切以“应予否定”四字彻底抹杀，无论如何都是讲不通的。

由此我们可以肯定地认为，关汉卿和古祁州的伍仁村有着不可分割的联系，换言之，他肯定在此地居住和生活过，并且死后归葬于此。

当然，承认这点亦并非全盘接受目前流传在安国伍仁村周围的民间传说。例如说“关汉卿家在金代是个官宦人家，其祖父和父亲皆为地方清官”，又称关汉卿“未及成人，元灭金朝，关家父子两代拒不仕元”[①]，这些无疑是民间传说添枝加叶的结果，没有丝毫的史料依据。至于传为关汉卿幼年题写的“蒲水威观”石匾以及现今保存的双狮虎头砚等遗物，作为一般文物尚可，但如果一定要当作研究关汉卿之信史看待，则是极其牵强的，适足把本来简单的事情搞乱。

关汉卿的籍贯问题，我们已经结合史料，对大都、解州、祁州三说进行辨析考察，至此可以说已经比较清晰了，用简单的语言即可作如下表述：

关汉卿，解州人，后迁祁州，一生曾长期在大都居住和生活，最后归葬祁州。

当然，这样归纳看起来还比较粗糙。要仔细考察关氏一生的行踪，则是本章下一节的事。

---

① 引自张月中、杨国瑞：《关汉卿的故乡：河北安国伍仁村访问记》，载《戏曲研究》第16辑，文化艺术出版社1985年版。

五、关汉卿行迹推考

关汉卿一生行踪如何，目前这方面资料甚少，或者说竟无直接和正面的记载，但若欲对关氏创作进行深入考察而非泛泛而论，其行踪探索即为不可避免的事，今就手头有关资料，结合关氏作品，对此做一些推论。

在前面的分析中，我们既已考定关汉卿为山西解州人，1210年至1214年间出生，此时正是金帝完颜永济大安二年（1210）至宣宗完颜珣贞祐二年（1214），金都已在1214年南迁汴梁。关汉卿何时离家赴京任职目前不得而知，但总要等到成年之后则是一定的，故可断定关氏离开解州大约在1225年以后，1230年以前这个阶段，而这正是解州所属的平阳地区杂剧演出的繁盛时期。

据今人考证，远在金都南迁之前，平阳地区的院本杂剧即已十分繁盛。杂剧的前身诸宫调传说即为“泽州孔三传”所创[①]，《西厢记》故事亦发生在该地区的蒲州。从目前出土文物看，有金代前期的稷山县马村、化峪、苗圃金墓杂剧砖雕，金代中后期的稷山县吴城村金墓砖雕等等。特别是山西侯马市(距解州不远)牛村出土的金董祀坚墓葬，反映即为金帝永济大安二年（1210）杂剧演出状况，尤为研究者所重视。其后直至入元从元宪宗六年（1256）到元世祖中统元年（1260）下葬的芮城县永乐宫旧址潘德冲墓土石棺前壁戏台，仍可看出平阳地区的戏剧演出一直繁盛不衰。关氏出生于此地，自小即受到表演艺术的熏陶，这对他后来丰富的戏剧学识无疑打下了雄厚的基础。

金哀宗正大九年（1232），由于无法抵御蒙古军队的长期围攻，金廷不得不放弃汴京，南逃归德、蔡州，至1234年灭亡为止，又在蔡州苟延残喘了两年。这期间关汉卿的行踪没有明确记载，但推测起来无非有两种可能，一是如白华那样事先逃走降宋降元，一是随残金南下。从关汉卿具体情况看，此时年纪尚轻，又处朝内闲职，对政事的敏感较白华这样的军政要员来说反应可能迟钝，不会在短时期内做出倒向南宋、蒙古的举动，也不大可能逃亡隐居。据

① 〔宋〕王灼：《碧鸡漫志》卷二。泽州属金平阳府，元平阳路。

《金史》,金室虽然南迁蔡州苟安,许多朝政都无法正常进行,但太医院事却一直正常维持。如直到哀宗天兴二年(1233)八月,即金亡前五个月,《金史》尚有如此记载:

> 辛丑,设四隅和籴司及惠民司,以太医数人更直,病人官给以药,仍择年老进士二人为医药官。①

显然,太医院职能一直维持到最后,至被作为维系人心的重要依靠。在这种情况下,身为太医院正职官的关汉卿出走和逃亡都是不大可能的。

如果肯定关汉卿任太医院尹一直和残金共命运,则金亡后关氏自己的命运及政治态度即可想而知了。元人纳新有过这样的一段记载:

> 大抵真定极为繁丽者,盖国朝与宋约同灭金,蔡城既破,遂以土地归宋,人民则国朝尽迁于此,故汴梁、郑州之人多居真定,于是有故都之遗风焉。②

由此看来,亡金遗民后大多归入河北真定,这大概就是为什么白华、元好问携及白朴于金亡后不回陕州故里而"卜筑于滹阳"的重要原因了。人们的行动有时不是纯由自己意愿支配的。

然而,这次大规模移民毕竟不同于流放囚犯,控制得不可能太严密,只要大致方位不变,具体落脚点也是可以选择的。根据前面对关汉卿籍贯的考辨,关氏并未在真定居住过,而此时金甫亡,蒙古统治者既不准亡金遗民留居金后期都城汴京,也必不允许他们就此回到原来的金都中都去(忽必烈重建中都并定都于该地且改名曰大都是至元改元以后的事)。关汉卿新居住点既无回解州原籍之可能,即可推定他已于此时定居到祁州。祁州距真定不过区区百里之遥,符合遗民流徙的大致方位,况且此地自宋开始即为"大江以北发兑

①《金史·哀宗下》。

②《河溯访古记》卷上,《四库全书》史部第十一,影印文渊阁本。

药材之总汇”,有“药都”之称[①],关氏担任“掌诸医药”[②]的太医院尹期间即有可能常至此地,乱后投靠老关系来此隐居便是极有可能的事了。按年龄推算,关汉卿此时不到三十岁,父辈应当健在。今天安国县伍仁桥镇周围仍流传关氏祖父、叔父等事,或可作为某种参考,但这同关氏祖居该地的传说构不成因果关系。

中都乃金国故都,宗室南迁后改为大兴府,元世祖至元元年(1264),忽必烈重新营建此地,复名中都,四年后增建新城并迁都于此。又五年(1272)正式定大都,此距金亡,已逾三十年之久。关汉卿也已由一个不到而立之年的青年步入了知命之纪,在此期间他干了什么,目前没有什么直接资料可供研究。然按诸史实,金亡后不久,志在经略中原的忽必烈即重视“汉法”和对亡金遗民的搜罗任用。从1242年任用刘秉忠(僧子聪)、1244年任用金朝状元王鹗开始,金遗民事实上已受到了相当程度的优遇,到了公元1252年,亡金名儒、素为遗民之首的元好问也北上朝见忽必烈,并奉上“儒教大宗师”的尊号[③],关汉卿虽未出仕,但其活动当不会感到困难。作为一个天性好动不喜静的“高才风流人”,他不会甘心数十年局促于一个乡村而毫无作为的。解州、汴梁这些他的原籍和长期居留地固不必说,真定即在附近不远,当亦为常游之地。“离了名利场,钻入安乐窝”[④],这个“安乐窝”不仅是单纯的隐居地,而且还是“嘲风弄月”的另一个代名词。可以说,关汉卿一人即沟通了平阳、汴梁、真定三个元杂剧早期的集散地。正是经历的这些环境和条件,他的“初为杂剧之始”才有了可靠的依据。

正因为关氏天性不甘寂寞、自老荒野,故至少在燕京(金中都)重新兴建之后,关汉卿即已迁居于彼。至于具体时间,目前虽无具体资料记载,但据史实,元太宗窝阔台于金亡后第二年已在燕京置版籍,核定人口,后三年(1238),又在此建书院,文化重建已由此始,至元太宗十三年(1241)三月,又在燕京设断事官,建燕京行省,可以说燕京的复兴即由此开始,关汉卿入燕,

①《药王庙碑铭》,引自王强:《关汉卿籍贯考》,《戏剧》,1987年第1期。

②《金史》卷五十六《志》第三十七《百官二》。

③ 蔡美彪等:《中国通史》第7册,人民出版社1983年版,第72页。

④ 李汉秋、周维培校注:《关汉卿散曲集》,上海古籍出版社1990年版,第94页。

亦当在此前后。即使认定燕京行省建后繁盛尚需时日,而关氏之入燕,至迟不会迟于1250年[①]。这样,自金亡至入燕,关汉卿在祁州乡间待了十余年[②]。对关汉卿来说,这次入燕当然不是为了做官,而是"嘲风弄月""向烟花路上走"的需要。事实上他也正是由此走上毕生从事戏曲活动的道路。至于关氏"不屑仕进"、自甘"面傅粉墨"的原因,历来研究不多,实际上仅仅归结为"金之遗民"身份恐怕还是不能说明问题,因为同是遗民且较之更宜"守节"的元好问、王鹗等人且转向新统治者朝拜,何况他一个普普通通的技术官员呢。应当说,凭着解州关氏的世族声誉,加上曾任五品官的经历和"高才风流"的个性,在官制混乱的蒙古时代,关汉卿是不难弄到一官半职的。他没有这样做,其主要原因恐怕仍是他的家族遗风的缘故,"急切里倒不了俺汉家节",关氏《单刀会》杂剧中为乃祖关羽设计的造句唱词,用来说明他自己"不屑仕进"的原因,大概还是较为适当的。

经过了祁州和大都生活的磨炼,关汉卿显然已完成了作为一个大戏曲家的成长和成熟过程。从戏曲史的角度看,这一段时间也是杂剧的形成、成熟和最初繁荣时期,关氏一生戏曲活动大半也在这个时期。这一点应当说不会违背史实太远的。

元灭南宋统一,这在关汉卿一生中是一个非常重要的事件。同样出于好动不喜静和永不满足的天性,也出于北人对南方人文的向往心理,正如当年不甘终老乡村而入汴求职和迁居大都一样,这一次尽管他已年近七十,但仍旧兴致勃勃地南下了,从而实际上开了"北杂剧中心南移"的先河。

关于关汉卿南下的详情,学术界一直很感兴趣。田汉创作《关汉卿》剧本即处理为关氏偕同朱帘秀一道南行,并在此之前还安排关、朱为了创作和演出《窦娥冤》而横遭迫害终被驱逐的情节,很具戏剧性。虽然仅系创作而非信史,但影响很大,前不久有论者撰文即从这个角度进行论述,认为"关汉

---

①《元史·世祖纪》载:"壬子(1252年)……宪宗令断事官牙鲁瓦赤与不只儿等总天下财赋予燕。"由此可知,这前后燕京已相当繁荣。

②关汉卿此次入燕,可能并非举家迁入,因为祁州距燕京并不远,他在彼处只能算是客居,而且并不排除他有时也回祁州老宅住一阶段,这从他晚年自南方返回后仍旧葬祁州即可以看出(安国今天尚存关氏宅基墓地遗迹即为最好证明)。

卿的南下杭州，恐是与朱帘秀戏班南流一同前往的”[①]。事实上这是不大可能的。

朱帘秀的生年没有明确记载，然《青楼集》小传中已透露她和胡紫山、冯海粟、关汉卿等人交往的信息。据今人考证，朱帘秀是在扬州和胡紫山、王秋涧等人交往的，时间当在至元二十六年冬至二十七年春（1289—1290），当时胡出任江南浙西道提刑按察使，王出任福建闽海道提刑按察使，二人同行[②]。胡并有《朱氏诗卷序》，是为朱帘秀而作，其中有“虽可一唱而三叹，恐非所以惜芳年而保遐龄”[③]之句。朱帘秀此时即为“芳年”，估计不会太大，但既然已有诗集，估计也不会太小，当在30岁左右。故一般皆以朱帘秀生年为中统元年（1260）前后，应当说还是有根据的。而元灭宋时，朱氏刚刚成年，故关汉卿在祁州、大都的这一段戏曲活动她都可能参与。王恽（秋涧）有〔浣溪沙〕词，是赠朱帘秀的，中有“烟花南部旧知名”句[④]，可知朱帘秀得名是在扬州，故和关汉卿在北方的戏曲活动不会有什么联系。当然，王恽另有诗《题〈珠帘秀序〉后》，同样为朱帘秀而作，称颂其为“七窍生香咏洛姝”[⑤]，有论者因而推测朱帘秀原籍为河南洛阳，后来南下扬州。然而即使如此，仍旧不能证明关、朱结伴南下，因为据关汉卿的《杭州景》套曲，他称杭州为“大元朝新附国，亡宋家旧华夷”，可见在宋亡后不久即到该城。而据史实，扬州陷落是在临安（今杭州）陷落之后，这之前该城一直是兵端纷争、战乱不休，朱帘秀南迁扬州决不会在此之前，可以肯定是在宋亡至该地重新繁荣之后，而在此之前关汉卿早已到达杭州。二人结伴南下显然不可能。或以为关、朱结伴南来，朱至扬州即留居，关则径赴杭州，如此则过于偶然，且不合情理，因目前留存唯一证明关、朱交往的关氏散曲为〔南吕·一枝花〕《赠朱帘秀》，其中明明写着“十里扬州风物妍，出落着神仙”。显然，关见到朱时，朱已在扬州多年，故关、朱结伴南行的说法是不符合实际的。

---

① 孔繁信：《关、朱戏班南流臆测》，《山东师大学报》，1989年第3期。

② 李修生：《元代杂剧演员朱帘秀》，载《戏曲研究》第5辑，文化艺术出版社1982年版。

③《紫山先生大全集》卷八，影印《四库全书》本。

④⑤《秋涧先生大全集》卷七十七、卷二十一，《四部丛刊》本。

有可能和关汉卿结伴南行的首先应当是他的好友杨显之。《录鬼簿》称杨为"关汉卿莫逆交，凡有珠玉，与公较之"[①]，就是说杨显之可以称得上关氏创作上的最好助手。这从现存的关氏剧作也可以看出来，不仅早期剧作如《调风月》《救风尘》《鲁斋郎》都有杨显之剧《酷寒亭》的文词痕迹，即使其晚年剧作《窦娥冤》，人们照样可以看出与杨剧《潇湘雨》存在着明显的相通之处（特别是作为肃政廉访使的父亲最终为女儿申冤的情节构思），由此可见二人的合作是有始有终的，这只有在他们一直都在一起的情况下才有互相切磋的可能。

其次，和关汉卿结伴南行的还可能是他另一个老友费君祥。《录鬼簿》卷上"前辈已死名公"一栏将其收入，且明确称其"与汉卿交"，贾仲明吊词说得更明白：

> 君祥前辈效图南，关已相从看老耽，将楚云湘雨亲把勘。[②]

"关已"当即关已斋，因词格限制故省一"斋"字。同样"关已相从"即"相从关已"，以句式平仄需要而颠倒。贾氏吊词虽不见于钟嗣成原书，但贾本人生于元末，一般论者皆公认其补《录鬼簿》卷上（凌波仙）吊词可信程度较高。这样，关汉卿南行（"图南"）之伴即明明白白地断定了。

然而，贾仲明吊词没有提到去杭州、扬州之事，如此即产生疑问，关氏决定南行，其东线（扬、杭）和西线（楚、湘）是不是一次总体行动的组成部分？

回答应当是肯定的。根据现有资料，关汉卿一生南行只能有这一次，它既包括东线（杭、扬），也包括西线（楚、湘）。此从内容上涉及南方背景的作品创作时代也可以看出来，诸如《窦娥冤》《望江亭》等剧和《杭州景》《赠朱帘秀》等散曲皆为关氏晚年作品。显然，垂暮之年，两次南行辗转往返是不大可能的。由此我们还可以对关氏南行路线亦即其晚年踪迹作一大致的勾勒。

关汉卿此次南行，显然并非如有论者所言，是沿古运河从河北、山东进入

① 中国戏曲研究院编：《中国古典戏曲论著集成》第 2 册，中国戏剧出版社 1959 年版，第 182 页。

② 同上，第 201 页。

江浙的。因为“隋炀帝开凿沟通南北的大运河,宋金时,早已淤塞不通”[1],元代重修是在至元二十六年(1289)开始的,直到至元二十八年(1291)开掘“通惠河”成,南北交通才算是畅通无阻。而远在此之前,关汉卿早已在南方了。无疑他走的是另一条路线。

根据现有资料推测,关汉卿离开大都出行,很可能在宋亡以前即已开始了。因为经常“面傅粉墨,躬践排场”的他,既然全身心投身于戏剧活动,即不可能老在大都,他得参与戏班的流动演出,而元前期戏曲演出最盛的,莫过于山西平阳以及河北真定(山东东平虽然戏曲演出也很活跃,但关氏对该地区不熟,可置不论)。故可设想关汉卿一行离开大都,经由真定,然后转入山西、河南,此皆关氏曾经度过年华的几个居住地,其中还有着他的原籍和家园,故他们在这些地方创作和演出是很方便的,也容易站住脚和打开局面,关剧多以这些地区为背景绝非偶然。在任何时候,演出只有结合当地人文特点,才会特别受欢迎。

当然,这不是说关氏一行离开大都即没有再回去过。事实上恐怕直到宋亡后南下之前,他们在上述几个地区的活动都是随意流动的,大都并没有因而失掉他们基本立足点的地位。

元灭南宋时,关汉卿一行可能正在河南一带,他们南下第一站当是沿陆上驿道直接进入湖北、湖南,而潭州(今长沙)是他们最重视的一个落脚点。据史载,至元十三年(1276)正月,潭州先于临安被元兵攻破,湖南大部旋被平定。次年,元朝廷在此设立荆湖等路行中书省,其城市繁荣可知。关氏名剧《望江亭》即可能作于此时。另外,他们还当在湖南各地流动,并曾到过湘南的衡州(有他的《关盼盼闹衡州》一剧可证)。

湖南并非关汉卿南行的最后一站,甚至在此停留的时间也不会太长。因为在元军平定湖南的同时,南宋都城临安也已为元军攻破,不久,南宋即宣告灭亡,天下完全统一。“江南佳丽地”在强烈地吸引着他们,于是随即向东经过江西进入浙江,最后到达杭州,此时应当是1280年以后了。从关曲〔南吕·一枝花〕《杭州景》来看,关汉卿对此地有着强烈的兴趣,尽管年事已高,还是兴

① 范文澜、蔡美彪等:《中国通史》第7册,人民出版社1978年版,第210页。

致勃勃，所谓"水秀山奇，一到处堪游戏"，"看了这壁，觑了那壁，纵有丹青下不了笔"[1]，正是这种心情的迫切流露。

应当说，关汉卿在杭州待的时间比较长，和当地的戏曲界也多有往来。目前所见《元刊杂剧三十种》中即收入关剧四种，其中《单刀会》则径称为"古杭新刊"，可见关氏剧本已在南方流行。另一杭州曲家沈和甫，还被尊为"蛮子汉卿"，此都可以看出关汉卿在当地的影响。

然而，关氏并未因此而在杭州终老。此时的他已是八十多岁的老人了，古代中国人"人老还乡""归葬故园"的传统心理促使他决定北返故里。此时，南北运河已开通，在内河乘船旅行既可免受陆路颠簸之苦，又可饱览沿岸风光。这对于虽然年迈但又从"不伏老"的关汉卿来说，当是乐意而且可以胜任的。也许正因为如此，关氏在北返途中还在扬州停留了一段时间。

最能证明关汉卿在扬州停留的当然首先是他的散曲〔南吕·一枝花〕《赠朱帘秀》，其中"十里扬州风物妍，出落着神仙"一句，很清楚地表明关、朱此次会面地点是在扬州，而朱在扬州看来已居住了许多年头了。至于以前他们是否会过面，目前没有资料可考，但朱帘秀既为洛阳人，并且宋亡前后成年(以生于 1260 年左右计算，朱氏至 1276 年即已年满二八)，且正是青春年华、艺术精进之际。我们又已考定，关氏其时亦在河南诸地活动，二人当有会面之机。而此次会面，关汉卿固已垂垂老矣，朱帘秀也已适人，故关曲中有"你个守户的先生肯相恋"句。这里的"先生"当是指钱塘道士洪舟谷。元·无名氏《绿窗纪事》记载：

> 钱塘道士洪舟谷与一妓通，因娶为室。……先是，故(胡)紫山以此妓为朱帘秀，尝以〔沉醉东风〕曲以赠之。冯海粟先生亦有[鹧鸪天]云：(略)皆咏帘以寓意也。[2]

陶宗仪《辍耕录》卷十五亦记此事，且有洪道士于朱氏死前应其要求所作

① 李汉秋、周维培校注：《关汉卿散曲集》，上海古籍出版社 1990 年版，第 21 页。
② 李修生：《元代杂剧演员朱帘秀》，载《戏曲研究》第 5 辑，文化艺术出版社 1982 年版。

曲一首，中云："二十年前我共伊，只因彼此太痴迷"；可见朱嫁洪二十载而卒。至于始嫁何时，目前亦无直接史料，然据今人考证，朱帘秀于至元二十六年至二十七年（1289—1290）在扬州与胡紫山、王秋涧等人交往，至大德元年（1297）还一度到过湖南，与卢疏斋（挚）有过交往。其《答卢疏斋》小令有云："恨不得随大江东去"[①]，可见感情之真挚。很可能此后不久，即真的"随大江东去"，回到了扬州，而这位"玉堂人物"卢大人不过是一时逢场作戏，朱帘秀最终嫁给了洪道士，关汉卿此次到扬州。见到的朱帘秀这位"守护的先生"当然即为洪舟谷了，由此可证关、朱这次会面以及关曲《赠朱帘秀》均为其晚年的事，时间当在1298年到1299年之间。此与学术界公认的关氏最后一个剧作（也是以扬州为背景的唯一剧作）《窦娥冤》的创作时间（1292—1299）也大致吻合。[②]这一点我们在下一章谈及关汉卿作品编年时还将正面论述。

关汉卿离开扬州继续北返后还干了些什么，目前资料不足，难以确论。但此时他已年近九旬，按常理他也已不久于人世了，目前河北安国留存的关汉卿墓表明他沿古运河北返后即归葬于此地。一代戏剧大师即在这里找到了他的归宿。

然而这里产生了一个问题，就是关汉卿为什么没有返回他的出生地山西解州，反而在河北祁州终老？

这个问题首先应当从关氏此时的年纪和精力进行考虑。我们已经考定，关汉卿生于1210年至1214年间，离开扬州时即有可能已是1300年前后了，此时的关汉卿已是年近九旬，从杭州一路北上由于是乘船，问题倒是不大，但如果再换陆路由河北转入山西，再到晋西南的解州，山路崎岖，车马颠簸，对于一个九旬老人来说，无疑是难以想象的。其次，祁州虽非关氏出生地，但年轻时即已迁入，如前所述，其父辈可能亦在此地终老。况老宅子还在，移民扎根这里的山西人亦不在少数，乡音乡风随处可听可见闻，对关汉卿来说这里可以算作是第二个故乡，故归葬于此亦无不可。这样，他决定留在这里终老亦

① 隋树森编：《全元散曲》上册，中华书局1964年版，第354页。

② 参见徐沁君：《〈窦娥冤〉三考》，《黄石师院学报》，1983年第4期。

便毫不足怪了。

通过以上的考证分析,关汉卿解州出生、汴梁做官、祁州隐居、大都嘲风弄月以及晚年南下楚、湘、江、浙,最后归葬祁州,他的一生行踪至此已经显示得比较清楚,以此为基础,我们即可以对关汉卿的现有作品作一个分期乃至编年的探考了。当然,这是本文下一章的事。

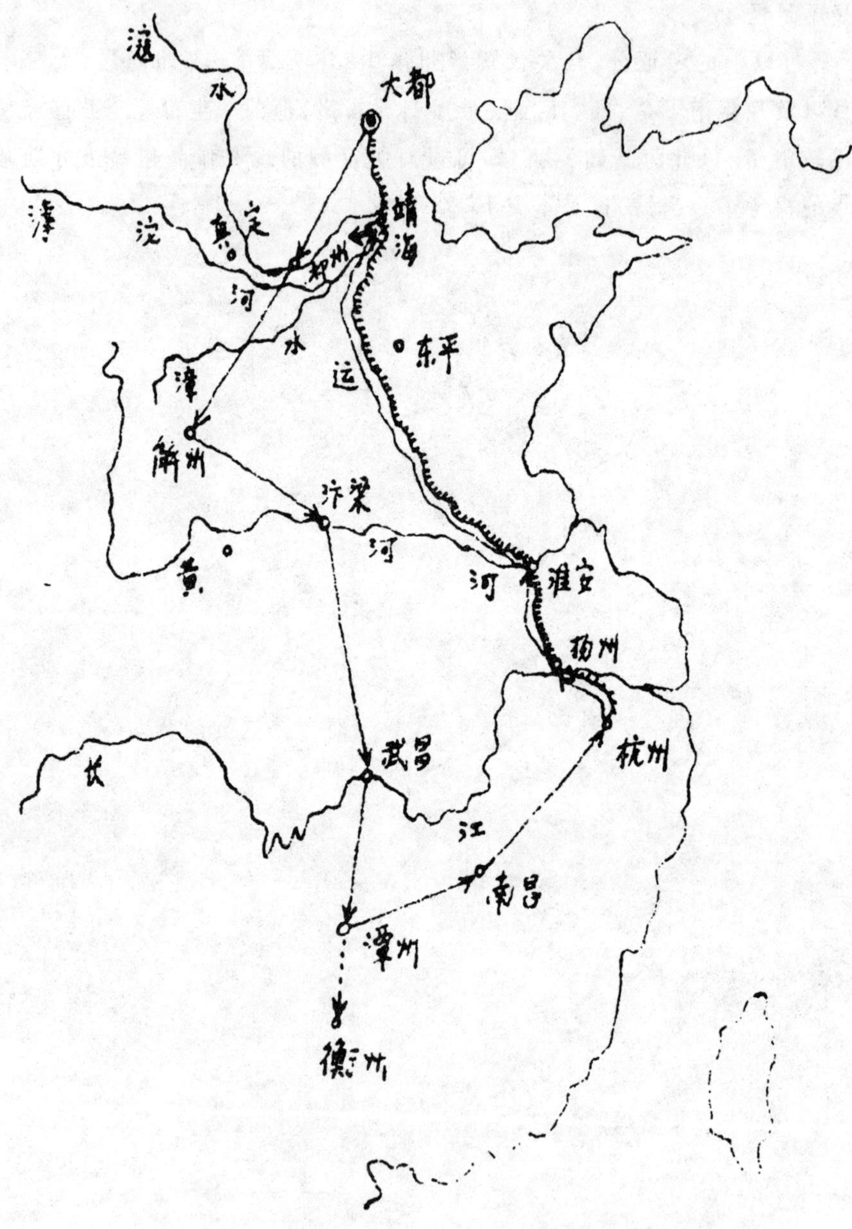

关汉卿南行路线示意图(约公元 1280—1300 年)

(本书作者绘图)

审图号:GS(2018)1161 号

第二章　创作分期及编年初探

对关汉卿一生创作做一个时代上的分期以及对作品编年做一个尝试性的探索，这是长期以来关学研究者所一直追求的目标。早在20世纪50年代，吴晓铃先生等在编纂《关汉卿戏曲集》时，即曾根据当时掌握的点滴资料对关氏作品如《望江亭》《窦娥冤》等剧的编次分类做了一些工作[①]，但可惜没有进一步深入下去。近年来也有论者就所谓关汉卿的几个早期剧作提出看法，由于资料不足，显得粗疏而缺乏说服力。然而，尽管如此，随着关汉卿研究的不断深入，对这方面的要求显得愈来愈强烈。以下，我们打算在前面已经厘清的关汉卿生平和一生踪迹线索的基础上，对这方面问题作较为系统的探考。

从宏观上看，关汉卿的创作可以分为三期，具体说即为早期（13世纪40年代以前）、中期（13世纪50年代至70年代末）、晚期（13世纪70年代至世纪末），其中中期根据作品类型及时代先后又可分为两个阶段。由于资料有限，作品编年只能结合时代分期粗略涉及。论述当以杂剧为主，同时兼顾散曲。

一、早期：散曲阶段

关汉卿戏剧创作的上限，目前难以确考。据前一章分析，一方面，关汉卿在金亡前即已步入成年，并做到太医院尹这样的中层官吏，有着参与创作的年龄基础。另一方面，据目前所见晋西南出土的戏曲文物可考知，金末已有比较完备的杂剧演出条件[②]，对关汉卿来说，参与杂剧活动的环境基础也已具

① 见吴晓铃、单耀海、李国炎等编校：《关汉卿戏曲集·编校后记》，中国戏剧出版社1958年版。

②刘念兹先生指出："金代早期砖雕，是净丑居中（见稷山马村金代段氏墓群杂剧砖雕），而金晚期砖雕则以末色居中（见侯马董氏金墓戏俑），与山西洪洞明应王殿元杂剧壁画相似。"（《中国大百科全书·戏曲曲艺》"戏曲文物"条）

备。但如果因此断定关氏在金亡前即已投入戏曲活动却是一个难以得到证实的问题。这是因为：第一，目前学术界一般认为，北杂剧的产生和成熟不会太早，最近且有论者将其定于元世祖“至元三年至十三年之间(1266—1276)”[①]。这也许太保守了点，但最早似乎不至早到金亡之前。表演形式的成熟到作家作品的大量投入之间存在着一定的时间差，这原是中国古代戏曲发展史上的一个尽人皆知的特点，北杂剧当然亦不例外。第二，关汉卿在金代任太医院尹，虽然只是一个不由正途的中层技术官员，但毕竟也是一位朝官，待遇和其他文武职官基本上没有区别。由于金后期汉化现象比较严重，儒家思想同样贯穿于金代朝野，传统上重诗文轻戏曲的观点并未得到根本改变，此时若让关汉卿“面傅粉墨，躬践排场，偶倡优而不辞”，无论如何都是难以设想的事。凡此种种，都可证明关氏在金代参与戏曲活动实不可能。

然而，否定关汉卿在金代参与戏曲活动并不意味着他在金代的经历与他一生的戏曲活动无关。如前所述，关汉卿的出生地山西解州和做官待过的河南汴梁，都是北杂剧的最早发源地。现存早期的金元戏曲文物又多与关氏祖籍所在的平阳地区有关。如此繁盛的戏曲活动不能不在关汉卿的心目中产生影响，可以这样认为，他的戏曲知识和才能正是由此打下基础的。不仅如此，他的非正途出身决定了在他身上儒家正统文艺思想(重诗文轻戏曲)的影响必定相当淡薄，他在太医院任职本人又非职业医生这一点也有助于他对“杂学”的吸收。这一切都可以说是无形中为他后来毕生的戏曲活动做好了准备。

杂剧如此，散曲方面则略有不同。曲学界一般认为散曲产生的时代比较早，金末人元好问、杨果、孙梁等人俱已有作品传世，而元好问生于金章宗明昌元年(1190)，杨果生于明昌五年(1194)，固然他们的晚年都跨入了元代，但其散曲作品有许多显然是作于金末，如元好问的〔仙吕·后庭花破子〕、杨果的〔仙吕·赏花时〕套数，等等。和他们相比，关汉卿固然已是后辈，但金亡时已是年望而立，他的戏曲发源地的原籍，他的非正途出身以及他的杂学都决定了他接受作曲这一事物决不会后于同时代其他人，金亡以前即有散曲作品传世则是可以肯定的。

---

① 王钢：《关于元杂剧产生的年代》，《中州学刊》，1991年第2期。

有可能确定为关汉卿早期作品的首先应当考虑（二十换头）〔双调·新水令〕这首套曲[①]。此曲最早见于元·无名氏辑《梨园按试乐府新声》，明初朱权《太和正音谱》因之，俱作关汉卿撰，是知确为关作无疑。其所以定为早期关作，理由有二，首先，这是一首以女真曲调谱写出来的曲子，在现存元散曲中比较少见。就〔双调〕换头这一格而言，李直夫《虎头牌》杂剧有十七换头，王实甫《丽春堂》杂剧中有十二换头。皆属女真曲调范围，然李本为女真人，王亦有论者认为系由金人元者，与关汉卿时代相侔，不过还有一点应当指出的是，李和王所作皆为代言体戏曲，因题材背景即为金源，故以金时曲调谱入当然是自然而然的事，而关作是叙唱体散曲，本无"题材决定"之限，而所作规模又超过他二人，像〔阿那忽〕〔相公爱〕〔风流体〕〔大拜门〕〔也不罗〕〔忽都白〕〔唐兀歹〕这些传统的女真曲牌，关氏作为一个汉人使用起来却是得心应手，不能不从作品的创作时代上去考虑。

其次，从这首套曲的内容也可窥知一点信息，其中有一曲〔石竹子〕云：

夜夜嬉游赛上元，朝朝宴乐赏禁烟。
密爱幽欢不能恋，无奈被名缰利锁牵。

曲中前二句显然表现的是京都生活，后二句则道出了因贪图名利不能和爱人团聚的幽怨，这里的"名"和"利"一般应认为作者此时正混迹官场。如果说这还表露得比较含糊的话，则另一曲〔大拜门〕说得即更加明白了：

玉兔鹘牌悬，怀揣着帝宣，称了俺男儿深愿。

有"玉兔鹘牌"悬带，且又"怀揣着帝宣"，显非一般文士所能达到，关汉卿此时正在做官可说是毋庸置疑的。而这里的"帝宣"当然不是元朝皇帝的宣令，因金亡后他已是"不屑仕进"，事实上他也没有再做官，这支曲子只能说的

① 本文所引关氏散曲，俱见李汉秋、周维培校注：《关汉卿散曲集》，上海古籍出版社1990年版，不再一一注出。

是他在金末任太医院尹的事。由于太医院官虽权势不能同显贵要职相比，但总是经常接受“帝宣”的朝官，故这首套曲表现的应当是真实情况。联系起作者使用女真曲调得心应手的因素，此曲作于金末则是显而易见的。

与此主题相接近的还有〔双调·碧玉箫〕十首，其中有云：

官极品，到底成何济！归，学取他渊明醉。

显然这里说的仍旧是作者在金代为官的事，作者此时的心态与前一首所表现的基本相同。

另外，此十首小令内容上也与(二十换头)〔双调·新水令〕相近，同样是以言情为主，唯此曲描写的是尚未获得良姻的追求和苦闷，如曲中所言：“天，甚时节成姻眷！”如果两作情爱对象为同一人的话，则此曲必作于上一首之前无疑。

有可能为关汉卿早期作品的还应该包括〔越调·斗鹌鹑〕《女校尉》二首。所谓“女校尉”，据李汉秋先生考证，当为宋金圆社中蹋球技艺高超的女艺人，故此套曲有题作“蹴鞠”(蹋球)的。作品最早见于元人杨朝英辑《朝野新声太平乐府》卷七，明署“关汉卿作”，可靠性当无可疑。从第二套首曲“鸣珂巷[①]里”来看，作者写作此曲地点背景当亦为京都，曲中有〔天净沙〕一支：

平生肥马轻裘，何须锦带吴钩？百岁光阴转首，休闲生受，叹功名似水上浮沤。

显然，作者此时仍在京都做官，厌倦功名的态度和(二十换头)〔双调〕套数基本一致，可大致断定为差不多同时所作。

有论者认为，金末元初为词向曲的过渡时期，故此时期散曲如词，并以元好问作品为例，认为不可能出现长篇大套。实际上这只是时代文风的一个方面，不能用以强求一律。元好问为金代诗词大家，受传统诗文及宋词的影响较

① 鸣珂巷，亦作鸣珂里，指贵公子车马出入之热闹场所。《新唐书·张嘉贞传》载：“昆弟每上朝，轩盖驺导盈闾巷，时号所居坊曰‘鸣珂里’。”

深，且具有较高的造诣，故其曲辞带有词的特色便不足怪，其他人未必皆如此。如杨果的〔仙吕·赏花时〕套数，明系作于金天兴三年(1234)[①]，其中即有这样的曲辞：

〔幺〕一自檀郎共锦衾，再不曾暗掷金钱卜远人。香脸笑生春，旧时衣裉，宽放出二三分。〔赚煞尾〕调养就旧精神，妆点出娇风韵，将息划损苔墙玉笋。拂掉了香冷妆奁宝鉴叶，舒开系东风两叶眉颦……

似此韵味，即使置于元代中期以后的曲集也难以截然分开。所以用单一的标准去要求一个时代显然难以说明问题。况且在北曲形成过程中"套数成立在先，小令独立在后"[②]，这个事实已越来越为人们所广泛接受。就关汉卿而言，从目前没有留存他一首传统诗词来看，传统文艺思想及形式对他的影响更比元、杨诸人要淡薄，故他此时写出(二十换头)以及〔越调·斗鹌鹑〕这些长套即不足为怪了。

应当指出，作为关汉卿一生创作活动准备阶段的早期并未随着金亡人元而马上结束，因为金末元初中国北方的社会大动乱实际上延缓了杂剧的形成和繁荣进程，目前出土的平阳地区戏曲文物在此时期出现空白即形象地说明了这一点。对于关氏本人来说这同样不例外，我们已经知道他于金亡后被作为亡金遗民迁移到河北祁州定居，这样一个偏僻的乡村无疑是不会有什么繁盛的戏剧活动的，尽管后来由于局势的缓和安定他得以外出旅行，甚至有可能回解州探亲、汴京访旧，但可以肯定，在进入大都生活之前他是不可能有多大作为的。

当然，同样不能说关汉卿金亡后的祁州生活与创作无缘。虽然由于客观因素，他无由趋向代言体戏剧活动，但叙唱体的散曲既然在亡金任职时即已染指，此时用来"自娱"，可以说是必不可少的。

能够大致确定为这一阶段作品的，首先应该是他的〔南吕·四块玉〕《闲

① 杨果北曲中明言"十载区区已四旬"，显然作曲时已 40 岁了。《元史》本传及《析津志·名宦传》均言杨果卒于至元六年(1269)，时年 75 岁，是知其生年为 1194 年。准此，此曲作时即不难推算矣。

② 李昌集：《中国古代散曲史》，华东师大出版社 1991 年版，第 168 页。

适》四首。在这一组小令中，作者表现了金亡后离开都市脱离官场纷扰的恬淡和愉悦的情绪，其中第三首写道：

意马收，心猿锁，跳出红尘恶风波，槐荫午梦谁惊破？离了名利场，钻入安乐窝，闲快活！

在其他几首，这种心绪同样随处可见，如“适意行，安心坐”(其一)，“老瓦盆边笑呵呵，共山僧野叟闲吟和”(其二)，如此等等。有时由于个人经历了许多社会兴亡、人世沧桑，这种心绪变得比较消沉，年龄不大的他此时却整天和和尚及老叟泡在一起，说明他此刻的心也变得苍老了。初看起来，这会令人感到不相称以至于奇怪，但人们只要联想起他在不久前还和残金荣辱与共以及此后“不屑仕进”的事实，对此就很容易理解了。

当然，有时这种消沉也会爆出愤激的火花：

世态人情经历多。闲将往事思量过。贤的是他，愚的是我，争甚么！

应当说，一时消沉并不是关汉卿性格的本质，即使经过了国破君亡的身家剧变之后，作者也很快从消沉苦闷中解脱出来，从而积极地面对新的生活。这在他此时期另一组小令〔正宫·白鹤子〕四首中表现得尤为明显：

四时春富贵，万物酒风流。澄澄水如蓝，灼灼花如绣。

花边停骏马，柳外缆轻舟。湖内画船交，湖上骅骝骤。

在作者的笔下，自然风光是那样的美好，湖水、鲜花、画船、杨柳、骏马这一切都构成了一幅北国江南图，令人神往。应当说，这并不都是作者纯粹的笔下生花，而是有着相当的生活基础的。最近的有关考证已将这些同河北安国(即古祁州)伍仁村关家园附近的自然风物联系起来[①]，显然这在某种程度上

① 张月中:《关汉卿丛考》,《河北学刊》,1989 年第 1 期。

也是此时期作者生活的实录。

自然界的大好风光，也使关汉卿变得早枯的心田有了很大的复苏，风流才子的天性似乎又回到了他的身上。在同一首组曲里作者写道：

乌啼花影里,人立粉墙头。春意两丝牵,秋水双波溜。

香焚金鸭鼎,闲傍小红楼。月在柳梢头,人约黄昏后。

是真挚的爱情,还是一般的风流韵事,目前已无资料证明,但关汉卿此时年届而立,按人生常规,是应该到了相亲成家的时期了。从他晚年写的〔中吕·喜春来〕"感时思结发"的真挚感情看,关汉卿是有过美满的爱情生活的。有论者将此曲中风物同安国关家园遗迹联系起来,如认为曲中的"小红楼"即传说中的关汉卿书房"一斋楼"[①],虽然尚无确证,但作者这里表现了自己此时的生活情趣却是可以肯定的。

沿着关汉卿这条感情脉络，我们还会注意到他另一组小令〔仙吕·一半儿〕《题情》四首。和作者散曲中存在大量的嘲风弄月乃至寻花问柳的情辞不同,这一组名为"题情"的作品所表现的感情生活却是正常的家庭所具有的。作者在第一支曲中即申明他所歌咏的"浅露金莲簌绛纱"的女性"不比等闲墙外花",那么其身份只能是结发爱妻。以关氏目前所处的年龄层次判断,所谓"碧纱窗外静无人,跪在床前忙要亲","一半儿推辞一半儿肯",另如"一半儿难当一半儿要","一半儿真实一半儿假",出现在组曲中的这种男女相悦相恋只能出自少夫娇妇的闺房之乐。

关氏散曲中另有一首〔中吕·朝天子〕《书所见》[②],目前创作权颇有争议,作品描写家中一个陪嫁的婢女：

鬓鸦、脸霞,屈杀了将陪嫁。规模全是大人家,不在红娘下。笑眼偷瞧,文谈回话,真如解语花。若咱,得他,倒了蒲桃架。

① 张月中:《关汉卿丛考》,《河北学刊》,1989年第1期。

② 一作《从嫁媵婢》,见《尧山堂外纪》卷六八。

其中流露出作者对这位可爱的女孩的怜惜，乃至产生了一种想要追求的恋情。如果果为关汉卿所作，时间亦当在此时期前后。吴梅《顾曲麈谈》第四章《谈曲》中曾据此演绎为关汉卿欲纳之为妾，为夫人所阻的故事，并还有所谓夫人诗一首，警告“金屋若将阿娇贮，为君唱彻醋葫芦”①，历来论者均认为这并无根据，然细细品味上引小令，可知这种演绎也并非毫无根据。明人杨慎《词品》卷一，蒋一葵《尧山堂外纪》以及清人褚人获《坚瓠十集》卷三俱有此曲著录及类似理解。另外，《太平乐府》《词林摘艳》以及清人夏煜《张小山小令选·附录》又作“周德清”作，可见此曲作者还需进一步研究。应当指出的是，即使这小令为关所作，也符合关氏作为“高才风流人”的个性，一夫多妻乃古代中国的婚姻传统，承认关汉卿欲纳妾也并不就此损害他的基本人格，何况此曲末尾一句还显示出对夫人的尊重，固不能以“爱情不专”深责，更不能以“惧内”视之。

至此，我们不难发现，此时期关汉卿散曲创作也大致有脉络可寻，这就是内容上一般以闲适退隐为主，言情则比较平淡，且局限在家庭范围之内；形式上亦较少变化，有的如〔正宫·白鹤子〕则更接近传统诗歌，体现了作家此时期所处的特有的环境和心绪。另外，我们还可发现此时期作者更喜欢用四首小令并列的连章体形式，这在关氏散曲中都是比较少见的，这也可以作为它们都作于同一时期的一个不能忽视的因素。

目前的问题是，必须对关汉卿金亡前后散曲创作的不同风格做出解释。因为稍加比较人们就会发现，和金亡后所作皆为小令短篇不同，关氏于金亡以前所作散曲大多为长套巨制，其中(二十换头)〔双调·新水令〕至有二十一支曲牌，其〔双调·碧玉萧〕虽为小令，却亦一连用了十支曲牌，在连章体中仅次于中期后所作〔中吕·普天乐〕《崔张十六事》。在内容方面，表现女艺人高超技艺的题材固然已为闲适和退隐所取代，即使言情也有泼辣和含蓄的明显区别，而这先后的情爱是同一个人，还是另有其他？

回答这个问题，我们必须抓住关氏在金亡前后经历了巨大社会人生变动这个事实。金亡之前，他为太医院正职官，虽然和那些由科举正途出身或由权贵世袭的方面大员不同，但毕竟是经常在朝供奉，京都的繁盛、宫廷的奢华以

①《吴梅戏曲论文集》，中国戏剧出版社1983年版，第80页。

及风月场所灯红酒绿的排场，这些都在作者周围形成了适于铺陈夸张的生活及创作环境。就散曲形式而论，套数较小令更适合于这种生活题材是显而易见的，言情的狂放泼辣也可由此找到根据。而金亡后汉卿已由京都转入乡村隐居，上述生活环境已不存在，故多采用小令形式当属自然而然，况言情对象既不出家庭及乡间范畴，自无表现都市风月场所那种狂放泼辣了。至于金亡前后作者的情爱对象是否为同一人，当然无确切记载，可能是，也可能不是。如果属前者，则关氏金亡前后的言情散曲即系统地表现他婚姻生活的前后过程，当然也不排除乡村隐居时对村姑、婢女产生的"春意""秋水"等感情涟漪。如系后者，则关氏金亡前京都生活中即不排除风月场所的冶游，这种冶游生活至祁州隐居时已为真挚的爱情及新婚生活所代替，其表现形式自然是不同于风月场所的狂放恣肆了。隐居生活使得作者身上的士大夫雅趣得到了陶冶，故其作品较多带有传统上的诗情画意便是可理解的了。

总之，关汉卿的早期创作在他一生中有着非常重要的意义。这一方面我们可以借此了解他早年的生活及思想状况，从而构成研究关氏生平的重要的资料依据；另一方面，这个时期的生活经历和创作也对关氏今后的全部活动产生较大的影响，如前所论，它实际上是为此后毕生的戏曲活动做了思想、生活和创作经验的准备。一句话，这是一个奠定基础的阶段。

二、中期(上)：历史剧阶段

关汉卿创作的中期当从公元13世纪中叶作者入燕后开始，至70年代后期南下湖湘江浙之前止，大约30年。这实际上构成了关汉卿整个创作(杂剧、散曲)的主体时期。由于面广量大，加之作品类型和创作时代也有所不同，故分为两个阶段来谈。

顾名思义，所谓历史剧，就是以历史事件和人物作为题材的剧作。对其性质和创作原则，历来有不同看法。归结起来即可分为两种。一种观点认为历史剧必须严格地再现历史，所谓"确考时地，全无假借"[1]，容不得半点虚构；另

① 〔清〕孔尚任：《桃花扇·凡例》，王季思、苏寰中、杨德平合注本，人民文学出版社1959年版。

一种观点则认为历史剧可以在大致符合历史真实的情况下进行一定的艺术虚构。就前者而言,显然违背了艺术的自身规律,历史剧毕竟是一种艺术,而不是历史教科书,这一点谁都清楚。事实上即使主张绝对再现历史的人例如清代戏曲家孔尚任,其名剧《桃花扇》也并没有做到“确考时地,全无假借”,其中艺术虚构也是很多的,舍此可能成不了我们现在所见的《桃花扇》。今天人们谈论的历史剧,实际上都是由后一类观点所规范的,然而即使在这一类观点内部,同样存在着意见分歧,这就是历史剧允许艺术虚构的成分占多少比例的问题。一部分论者认为历史剧只能在历史真实事件和人物的框架内进行一些细节上的虚构,另一部分论者则认为借用历史事件和历史人物的名字进行再创造同样也属于历史剧的范畴。这两部分允许有虚构的历史剧作在中外艺术史上都有不同程度的存在,习惯上称前者为历史剧,后者为历史故事剧[①]。它们在关汉卿作品中都有其表现,这里我们主要讨论前者。

首先应提到的关汉卿的历史剧自然是他的《单刀会》,该剧以三国时期蜀、吴二国争夺荆州为背景,描写吴将鲁肃为夺荆州,暗设计谋邀蜀国荆州守将关羽赴宴,欲就宴间以武力迫其就范。关羽识破其计,慷然单刀赴会,席间折服鲁肃,凯旋。一般认为,这是关作也是元曲流传最为深广的一部历史剧,其题材来源于《三国志·鲁肃传》:

> 备既定益州,权求长沙、零、桂,备不承旨,权遣吕蒙率众进取。备闻,自还公安,遣羽争三郡。肃住益阳,与羽相拒。肃邀羽相见,各驻兵马百步上,但请将军单刀俱会。

此即所谓“单刀会”的由来。《鲁肃传》还具体记述了会间两方唇枪舌剑的情况,并有“羽操刀起”的场面,戏剧性比较强。南朝刘宋时人裴松之为《三国志》作注,曾引《吴书》一段,说法略异:

> 肃欲与羽会语,诸将疑恐有变,议不可往。肃曰:“今日之事,宜相开譬。

① 有论者认为,历史剧是指有着重大政治、历史题材,且有正史记载为依据的剧作,其余皆为历史故事剧。规定较严,然亦可供这里参考。

刘备负国，是非未决，羽亦何敢重欲干命！”乃趋羽。

《吴书》所言，虽系同一事件，但自趋险地的无疑不是关羽而是鲁肃。然而明眼人容易看出《吴书》的自相矛盾之处，既云“肃欲与羽会语”，可知“单刀会”的主导权在肃不在羽。后又称肃“乃趋就羽，俨然变主为客。明人胡应麟所谓“吴书乃自尊其国，非实录也”[①]，洵为确论！故陈寿著《三国志》参考过《吴书》而不信从，亦当有其根据。关汉卿创作此剧，对这段历史显然经过了认真的考证分析，表明作者有着严肃的历史观。在此基础上进行艺术虚构，便也不会破坏历史的本质真实。这也许是此剧获得成功的一个主要原因。

关于此剧创作时间，历来说法不同，有论者认为作于关汉卿晚年南下杭州之后，理由是元刊本此剧题为“古杭新刊”，因系在杭州刊出，故可能即在杭州写成，况且元代推尊关羽亦为元代中后期的事。今天看来，此说不确。既称“新刊”，则可能存在旧刊本，以刊地证明作处显觉乏力。元代大规模推崇关羽固晚至文宗天历元年（1328），但关羽在北宋时即已受封为武安王，元初大都即已立武安王祭祀，《析津志》并云系奉“世祖皇帝诏”[②]，故以尊关年代将此剧作时推后亦为无据。又有论者认为此剧作于宋亡前后，且具体定为影射至元十二年（1275）六月，南宋水军在焦山因遭元军火攻而覆没事。此说亦缺乏可靠依据。关氏此剧元刊本第三折较明刊本多出〔柳青娘〕和〔道和〕二曲，中有“教仙音院奏笙簧”句，“仙音院”设置由来已久，《雍熙乐府》卷四存诸宫调《天宝遗事》佚曲〔胜葫芦〕，题目为“明皇击梧桐”，曲文：‘仙音院一班儿甚谨躬，宁王玉笛，花奴羯鼓，天子击梧桐。’”然查《元史·百官志》，这个沿袭前代的仙音院已于至元八年（1271）改为玉宸院，这个史实极其重要，它标示着关氏《单刀会》杂剧的创作时代不会在至元八年之后。另一方面，据前引《析津志·仪祭》，元初既有关羽祭祀，且有一碑正立于太医院门前，可以推知为由来已久，有论者推想此剧为民间祭祀活动“关王会”而作，虽无确证，亦不无可能。现在看来，将此剧作时定为关汉卿之早年，应当说是符合实际的。

---

①《少室山房笔丛》卷四十一辛部《庄岳委谈下》，《明清笔记丛刊》本。

②〔元〕熊梦祥著，北京图书馆善本组辑：《析津志辑佚·祠庙仪祭》，北京古籍出版社 1983 年版。

与《单刀会》题材时代相近的是《关张双赴西蜀梦》一作《双赴梦》，描写三国时蜀汉政权刘备、诸葛亮等人在获知关羽败死，张飞遇害前后的心理状况，并表现了关、张魂返故国，要求复仇的场面。此虽属传闻不经，但总是在历史的框架内点染而成。按据史实，汉献帝建安二十四年(195)，刘备进位汉中王，“拜关羽为前将军，假节钺”[①]，“时关羽攻曹公(操)将曹仁，擒于禁于樊。俄而孙权袭杀羽，取荆州”，“先主忿孙权之袭关羽，将东征，秋七月，遂师诸军伐吴”[②]，“先主伐吴，(张)飞当率兵万人，自阆中会江州。临发，其帐下将张达、范强杀飞，持其首，顺流而奔孙权”[③]。这些都是关汉卿创作此剧所依据的历史背景。

历史上，刘备和关羽及张飞的关系一直被传为君臣义气的美谈。所谓“桃园三结义”的故事虽属后世小说虚构，自不足信，但《三国志》既称刘备和关、张的关系“寝则同床，恩若兄弟”，又称张飞“少与关羽俱事先主，羽年长数岁，飞兄事之”[④]，由此可见刘、关、张情义之非常。历史上，刘备愤东吴袭杀关羽，夺取荆州，且又收容刺杀张飞的主凶，故不惜破坏诸葛亮“联吴攻曹”的战略计划，怒而征吴，最终导致猇亭惨败，这也可以说明历史上此方面的种种关系。贯穿在《西蜀梦》全剧的悲愤复仇气氛显然是符合历史真实的，故虽然此剧艺术虚构成分居多，且有鬼魂出场并为主唱角色，但不能据以否定其作为历史剧的本质。

此剧创作时代，目前缺乏直接资料可证，然元刊本既明言“大都新编”，可见其创作演出均与大都有关，考虑到关汉卿南下返回后不可能再入大都活动的事实，将此剧创作定为关氏南下之前想来不致有误。另外，此剧第四折末尾一曲有此二句：“饱谙世事慵开口，会尽人间只点头”，殊与前后曲中强烈的复仇精神不类，显系作者此时心态的不自觉流露，似乎此时期作者尚未完全摆脱金亡后厌倦世事的消沉心境，此剧作时之早据此亦可推知。不过，根据作品第一折〔金盏儿〕曲：“关将军但相持，无一个敢欺敌，素衣白马单刀会，觑敌

① 《三国志·蜀书·关羽传》。

② 《三国志·蜀书·先主传》。

③ 《三国志·蜀书·张飞传》。

④ 《三国志·蜀书·关张马黄赵传》。

军如儿戏”，所用皆为《单刀会》中语言，又可推知此剧所作当略后于《单刀会》。

《敬德降唐》系关汉卿“三国战”之外又一部历史剧，剧本以隋末唐初群雄蜂起逐鹿中原为题材，描写原刘武周部将尉迟敬德，为唐秦王李世民及军师徐茂公设计劝降，后敬德遭齐王李元吉等人诬陷囚禁，又得秦王救之。最后洛阳榆科园之战，秦王为敌将单雄信所窘，幸得尉迟敬德相救脱险。此剧一作《单鞭夺槊》有论者根据《古名家杂剧》本及《元曲选》本之署名定为尚仲贤作，然据《录鬼簿》和《太和正音谱》，尚作名为《尉迟恭三夺槊》，今尚存《元刊杂剧三十种》之中，验之与此剧迥异，可知此剧非尚作无疑。故今据明“脉望馆钞校本”定为关汉卿作（《敬德降唐》和《单鞭夺槊》实际为一剧之两名），可能更符合实际。

此剧本事亦见诸正史。《旧唐书·尉迟敬德传》：“武德三年，太宗讨武周于柏壁，武周令敬德与宋金刚来拒王师于介休。金刚战败，奔于突厥。敬德收其余众，城守介休。太宗遣任城王道宗、宇文士及往谕之，敬德与寻相举城来降。太宗大悦，赐以曲宴，引为右一府统军，从击王世充于东都。既而寻相与武周下降将皆叛，诸将疑敬德必叛，囚于军中。……太宗曰：‘寡人所见，有异于此，敬德若怀翻背之计，岂在寻相之后耶？’遽命释之。”“是日，因从猎于榆窠，遇王世充领步骑数万来战。世充骁将单雄信领骑直趋太宗，敬德跃马大呼，横刺雄信坠马。”《新唐书》本传因之。将上述剧情与此相较，不难看出，作者基本上是依据史实展开故事情节的，对史实的遵从甚至严于其三国戏。

关氏现存历史剧中以唐史人物为题材的还有《裴度还带》一剧。剧本以中唐宪宗时名相裴度为主人公，描写他未发迹前曾贫困潦倒，至被姨父母所逐，相士赵野鹤且相其命不入贵，必死于乱砖石之下，后因在山神庙捡得犯官之女韩琼英遗落之玉带，还之，救其一家性命。相士因而相其面转贵，后果如其言，裴终于状元及第。

此剧题名据《录鬼簿》应为《晋国公裴度还带》，或《香山扇（寺）裴度还带》，然剧情并未衍至裴度封晋国公事，且无“香山扇（寺）”之说，而明初贾仲明则有《山神庙裴度还带》一剧，有论者因而将此剧归之于贾。今天看来，上述疑点不无道理，但元杂剧题目正名与内容不合，屡屡可见。即如今存汉卿名剧

《望江亭》,题目正名作:"洞庭湖夜半赚金牌,望江亭中秋切鲙旦",然遍检全剧,竟无一字涉及洞庭湖与望江亭者,然却不能据此即否定为关作。况今存本《裴度还带》剧明署为"元·关汉卿作",未有一点涉及贾仲明的字样,在没有发现直接证据之前,仅靠推测即否定关汉卿的创作权,似乎不尽科学。

今查,此剧本事源自五代人王定保《唐摭言》,其中这样记载:

> 裴晋公质状渺小,相不入贵。既屡屈名场,颇亦自惑。会有相者在洛中,大为缙绅所神。公时造之问命,相者曰:"郎君形神稍异于人,不入相书,若不至贵,即当饿死。然今则殊未见贵处,可别日垂访,勿以粗粝相鄙。候旬日,为郎君相看。"公然之,凡数住矣。无何,阻朝客在彼,因退游香山佛寺,徘徊廊庑之下,忽有一素衣妇人,致一缇于僧伽和尚栏楯之上,祈祝良久,复取筊掷之,叩头瞻拜而去。少顷,度方见其所致,意彼遗忘,既不可追,然料其必再至,因为收取。踌躇至暮,妇人竟不至。度不得已,携之归所止。诘旦,复携就彼。时寺门始辟,俄睹向者素衣疾趋而至,逡巡抚膺惋叹,若有非横。度从而讯之,妇人曰:"新妇阿父无罪被系,昨告人,假得玉带二,犀带一,直千余缗,以遗津要。不幸遗失于此。今老父不测之祸无所逃矣。"度怃然,复细诘其物色,因而授之。妇人拜泣,请留其一。度不顾而去。寻诣相者,相者审度声色顿异,大言曰:"此必有阴德及物。此后前途万里,非某所知也。"再三诘之,度偶以此言之,相者曰:"只此便是阴功矣,他日无相忘。勉旃、勉旃!"度果位极人臣。

将此所引史料与前述该剧情节进行比较,可以看出二者的相合之处,虽然有些剧情细节如裴度姨父姨母之出现,失玉带妇人即后来成为裴妻的韩琼英,以及赠玉带者李邦彦,相士赵野鹤之名确定等等,皆属作家创造,但基本上是在历史故事框架内展开的。

晚唐五代史事在关汉卿历史剧中也颇有表现,这方面最著名的是他的《哭存孝》一剧,剧本描写晚唐晋王李克用部将李存孝,多立战功,然屡遭小人康君立、李存信的构陷,最终惨遭车裂。此剧本事亦源自正史,《新五代史》卷三十六《李存孝传》即记述"存孝取潞州功为多,而太祖(克用)别以大将康君立为潞州留后，存孝为汾州刺史。存孝负其功，不食者数日”。又云“存孝素与存信有隙，存信僭之曰：‘存孝有二心，常避赵不击。’存孝不自安，乃附梁通赵，自归于唐。……太祖自将兵傅其城，掘堑以围之……缚载后车，至太原，车裂以徇’”。由此可见此剧题材和史实的对应关系。即使剧中屡屡出现康君立、李存信狼狈为奸，谗害李存孝的情节以及他们自己的结局，同样可以在正史中找到来龙去脉：“康君立素与存信相善，方二人之交恶也，君立每左右存信以倾之。存孝已死，太祖与诸将博，语及存孝，流涕不已，君立以为不然，太祖怒，鸩杀君立。”[①]此皆为作者整理后采用剧中。

当然，关氏此剧于史实亦有较大变动，除了将康君立之死提前且由“鸩杀”改为“车裂”之外，更重要的还是将李存孝“附梁通赵，自归于唐”的反叛行迹删削不书，这一点学术界自清人王季烈为此剧撰写“提要”时即已注意到。然关氏如此构思，目的在于完成李存孝作为主要正面人物的悲剧人格塑造，而非率意所为，此亦为历史剧艺术所允许。

题材与《哭存孝》同时稍后的历史剧还有《五侯宴》，此剧今存明脉望馆校钞内府本，全名为《刘夫人庆赏五侯宴》。有论者以《录鬼簿》关汉卿名下无此剧著录而却有《曹太后死哭刘夫人》一目，从而认定脉望馆本署名乃编者赵清常仅据《太和正音谱》简名所误题。今天看来，这种怀疑亦同前述对《单鞭夺槊》的怀疑一样，均缺乏过硬的证据。即如脉望馆本的题署，一般认为赵清常整理校钞内府本所据参考资料颇丰，《录鬼簿》和《太和正音谱》均曾为其寓目，决不会仅据后者判断。今试举二例：《刘玄德独赴襄阳会》末即有赵跋：“《录鬼簿》有《刘先主襄阳会》，是高文秀作，意即此剧乎？当查。”又，《司马相如题桥记》亦有跋：“《录鬼簿》有关汉卿《升仙桥相如题柱》，当不是此册”。由此可知赵氏署名非仅参考《太和正音谱》，而是包括《录鬼簿》在内，并且亦非人云亦云，而是经过自己的细致考查，其署名亦并非如论者所臆测的那么孟浪。同样，如果没有直接的证据，仅凭推想即否定今存本的题署，也是缺乏科学性的。

《五侯宴》以五代时后唐废帝李从珂为主人公，描写他的母亲李氏原为潞

① 《新五代史·李存孝传》。

州富豪赵姓的乳母，赵某私改其典身文书为卖身文书，逼其终身为奴并丢弃亲子王阿三。后阿三为李嗣源（后唐明宗）所救，认为义子，改名李从珂，长大后亦为大将，征途偶遇其母，救之，并疑己身世，即就养祖母刘夫人设五侯宴犒劳众将时问询，经过一番曲折，终获查明，结果母子得以相会。剧中第三折梁将葛从周称“他（指李克用）倚存孝之威，数年侵扰俺邻境，如今无了存孝，更待甘罢。”由此来看，此剧竟可以看到《哭存孝》之续篇，是作者有意而为之。其中李嗣源由白兔引路得救王阿三之情节也为南戏《白兔记》所吸收，可见此剧在曲坛之影响。

此剧题材同样有所本，《新五代史·废帝纪》记载：“废帝，镇州平山人也。本姓王氏，其世微贱，母魏氏，少寡，明宗为骑将，过平山，掠得子。魏氏有子阿三，已十余岁，明宗养以为子，名从珂。及长，状貌雄伟，谨信寡言，而骁勇善战，明宗甚爱之。”与上述关氏剧情相较，大致吻合。然而阿三为弃子，后由明宗白兔相引获救，以及在五侯宴上得知真相等曲折故事，皆为作者之所创，写法上有意在历史框架内展开艺术虚构，使其更具有戏剧性，此剧可算是运用得比较好的。

至此，我们不厌其烦地将上述六剧的题材来源、创作时代以及作者真伪进行了列举和排比分析，其用意当然不仅仅在于排列了这些材料，甚至所涉及的题材来源、创作时代和作者真伪等问题在考据界已有论者在不同程度上进行了挖掘，这里所做的工作除了对已有的各种原始资料进行必要的整理分析以外，还在于可以进行下面的归纳。

首先，我们注意到，上述六剧除了都具有在历史框架内展开艺术虚构造一历史剧共同特点外，它们的题材背景都不出山西的范畴，或者说都与山西有关。例如《敬德降唐》地点发生在山西介休，《哭存孝》地点发生在山西邢州、汾州、代州诸地，《五侯宴》背景为山西的潞州。此外，《裴度还带》中主人公裴度为山西闻喜人，《单刀会》和《西蜀梦》中主要人物关羽为山西解州人，如此等等，皆可说明这几部关剧不光在写法而且在选材方面所具有的共同特点，而探讨这些剧作即必须就这些共同点做出解释。

除了历史剧创作方式和题材的地理背景以外，我们从剧本的结构体制也可以找到许多共同点，这就是这几个剧本多非元杂剧的成熟体制。如《单刀会》中正末扮演乔公、司马徽和关羽三个角色,《西蜀梦》中正末扮演使臣、诸葛亮和张飞三个角色,《敬德降唐》中正末除扮李世民以外,第三折还扮演通风报信的探子。末本如此,旦本也不例外,《五侯宴》体制为五折,正旦除了扮演主要角色王嫂以外,第四折还改扮刘夫人,《哭存孝》剧更较特别,正旦除了扮演女性角色邓夫人外,第三折竟然还改扮了一个男性角色小校。由此可见,在上述六剧中,除了著作权有争议的《裴度还带》以外,其余各剧正末(正旦)扮演大多不固定,在许多场合并非剧中主要人物,显然和成熟的元杂剧演唱体制有一定距离。

在剧作的表现方式上，这几个历史剧还有一个比较突出的特点，这就是第三者出面描述性的叙唱体成分还占有相当比重。例如《单刀会》中的乔公和司马徽的唱词多为描述关羽的神威,《西蜀梦》中的使臣、诸葛亮的唱词也为主角张飞、关羽的出场作铺垫,至于《敬德降唐》中的探子,《哭存孝》中的小校,他们的出现更是作为第三者直接出面作描述性的叙唱了,这些都是关汉卿其他剧作所没有的,由此可以看出它们作为代言体戏曲体制的不成熟。

根据上述几方面分析,我们还可以对此六剧做出进一步推断:第一,根据它们共同遵循在历史框架内进行艺术虚构的创作原则可以将其归入一个独立的类型,而与关汉卿其他剧作分开;第二,根据它们共同的地理背景可以断定它们的创作和演出都和山西有着密不可分的关系,因为它们体现了戏曲演出必须结合当地的人文特征才能更受欢迎的时代特点;第三,根据它们在体制方面的不成熟以及带有叙唱体痕迹,判断它们在时代上属于关汉卿也属于元杂剧的早期创作。

综合来看，上述这三条之间还有着相互印证的有机关系。例如就剧作类型分析,中外戏剧史上许多剧作家都是从历史剧入手开始他们的戏剧创作的(莎士比亚即是一个比较典型的例子),作为一个戏剧大师,关汉卿自然亦不例外。又如,从关氏此六剧的地理背景俱为山西这一点同样可以判断它们都是关汉卿的早期剧作,因为前一章我们即曾分析过,关氏戏剧流动路线是以西线由北而南,即离开大都之后,即进入山西,然后才进入河南及湖湘江浙等地,故仅据地理背景同样可以判断这些剧作的创作时代。这样,以上前两点分析即同第三点完全统一起来了。反之也一样,通过第三点创作时代较早亦可反证此时期作家创作多依赖历史题材较少社会生活基础以及地域上局限于一地眼界不够开阔等等。由此更可以证实上述诸点分析的实在性。

确定了这些之后，我们还可以对关氏一部分已佚剧作的时代做出归纳。由于它们已佚，我们无法推知它们的体制结构和演唱方式，但根据是否具有历史剧创作特点和地理背景是否与山西有关同样可以分析和归类。以此我们可以断定《伊尹扶汤》《薄太后走马救周勃》《藏图会》《唐明皇哭香囊》《武则天肉醉王皇后》《风雪狄梁公》《刘夫人救哑子》《曹太后死哭刘夫人》《孟良盗骨》等佚剧亦属此时期作品。[①]

应当指出，确定关汉卿此阶段历史剧创作多与山西有关并不排除其中有些作品创作和演出在其他地方。例如人们熟知的《伊尹扶汤》一剧即曾在蒙元开国之初在京师宫廷里演出过，元末人杨维桢和明初人朱有燉的《元宫词》都曾透露过这方面的信息，况且我们既已知道在元灭南宋之前大都并未因为关汉卿他们的外出流动而失掉杂剧中心的地位，而在关氏南下之前也还是他的主要立足点之一。理解了这一点，我们同样可以对关汉卿其他一些佚剧（如《进西施》《立宣帝》《哭昭君》《哭魏征》等）的时代归属问题做出推断，它们的地理背景虽然与山西无关，但其历史剧性质决定它们可能俱为此时期作品。当然，要在这方面做出更深入和更具体的分析，尚有待于新材料的发现，这里仅是推测而已。

散曲方面，此时期亦显示了自己的特点和规律。我们知道，关汉卿创作的中期是以他13世纪中叶入燕为标志开始的，由于脱离了纯粹的农村隐居生活，再次进入生活色彩丰富的都市，加之此时“不屑仕进”，亦即无官一身轻，无“自玷官箴”之虞，关氏此次入燕走向“烟花路上”“嘲风弄月”便是再自然不过的。其散曲创作既摆脱了祁州隐居时的闲适、叹隐和逸情，亦和金亡前初涉情场但又受“名疆利牵”的汴京散曲有所不同，而是充满了“花月酒家楼，可追欢亦可悲秋”[②]的狂放恣肆。这方面首先如他的〔双调·新水令〕“楚台云雨会巫峡”套曲，作品描写一对青年男女“色胆天来大”的偷情，所谓“怀儿里搂抱着俏冤家”“兴转佳，地权为床榻”的描写，在早期散曲中我们是极少看到的。

① 参见王雪樵：《关汉卿剧作题材地域性浅析》，《山西师大学报》，1989年第1期。
② 李汉秋、周维培校注：《关汉卿散曲集》，上海古籍出版社1990年版，第8页。

另如小令〔仙吕·醉扶归〕《秃指甲》对弹筝女艺人因职业关系磨秃指甲的描写，所谓“十指如枯笋，和袖捧金樽，搊杀银筝字不真”，可见作者对这种妓家生活的熟悉，而“纵有相思泪，索把拳头揾”的嘲戏，则体现了关氏身上沾有的寻花问柳的风流浪子习气。亦为此时期他都市生活的一个典型表现。

正面表现此时期都市生活的还有他的残套〔大石调·六国朝〕“律管灰飞”，其中这样铺叙：

> 万里无云，月明风渺，画竿相照。青红碧绿，刻玉雕金，象生灯儿，排门儿吊。转灯儿巧，壁灯儿笑。最喜夜景，水幻纱窗灯衮灯闹，六街上绮罗香飘。

当然，即使在此时作者也没忘记“人闹处，忽见一多娇。一点樱桃樊素口，半围杨柳小蛮腰”，和宋人辛弃疾《青玉案·元夕》词中“蓦然回首，那人却在，灯火阑珊处”句意恰好是相反映衬，也许这正是关氏化用了辛词意境的结果。关汉卿另一残套〔般涉调·哨遍〕“百岁”，可能属于此时期同一类题材，所谓“月为烛，云为幔”〔幺篇〕，也正是此时期关曲所表露的意境，和“地权为床榻”之类描写想来不仅仅是出于偶合。

关氏散曲中还有一批“闺怨”以及抒写离情别恨的作品，它们大多为作者后来随戏班外出漫游前后所作。当然其中有些亦不排除作于此时期的都市生活中，但一来时间上难以确考，二来数量亦不会很多，况与其他多数作品属于同一题材内容，为论述方便起见，即将其作为一个整体放入以下章节去论述。

总的来说，关汉卿此时期的散曲创作是继承了早期的成就而又有了新的发展，而杂剧方面，则以历史剧为其基本特征。由于它显示的不仅是关汉卿本人早期剧作特色，而且显示了元杂剧的早期特色，所以尤其值得重视，将关氏此阶段创作定为历史剧阶段，应当说是比较恰当的。

三、中期(下)：历史故事剧阶段

前面说过，广义的历史剧除了在历史框架内进行艺术虚构的一类外，还有借用历史事件和历史人物的名字进行再创造的一类，而以严格的标准衡量，这已不是特定意义的历史剧了，故理论界一般称之为历史故事剧。此时期关汉卿另一部分剧作，在性质上即可归入这一类。

在关氏此类剧作中首先应当提到的是他的《陈母教子》一剧，剧本以宋初陈尧叟、陈尧佐、陈尧咨兄弟"一门枢相"为题材，一方面，描写陈母冯氏严于教子，不图侥幸，家中院墙掘出藏金，遽命掩埋如故；幼子中状元后受人蜀锦，即行杖责示罚，表明作品没有完全脱离历史的框架；而另一方面，剧中对冯氏过于迷恋科举功名，以致强配状元、赶逐亲子的势利行为也充满嘲讽之意，显示了作者戏剧性的构造能力。清人王季烈评述此剧时谓："金末科目甚宽，至元初骤停科举，及皇庆二年而始复，其间无状元者八十年。汉卿生于斯时，殆以不得科名为憾，有所羡而为兹剧欤？"[①]从剧中陈家三子一婿，一门四状元喜庆作结这一点看，王氏归纳自然不无所据。作为一个在传统文化熏陶下成长起来的汉族文人，关汉卿是不会对儒家"学而优则仕"的既定道路公开表示反对的。然而说关氏"以不得科名为憾，有所羡而为兹剧"则未免引申过远。须知汉卿在金末任太医院尹即未由科举正途，且对"名强利名牵"深抱厌倦之感，金亡后又"不屑仕进"，公开声言"离了名利场，躲入安乐窝"[②]，可见其并非迷恋功名，这才是剧中对陈家"一门四状元"于肯定中又有所嘲弄的根本原因。

此剧创作时代，目前可知为关剧中较早。元代前期杂剧作家岳伯川、王伯成都在剧中引用了此剧的情节和语言，如岳作《吕洞宾度铁拐李岳》第二折〔二煞〕："你为孩儿呵，似陈母般埋金恰是贤。"王剧《李太白贬夜郎》第三折〔三煞〕："人贫贱也亲子离，不求金玉重重贵"[③]，用的就是《陈母教子》第一折中的冯氏白。岳、王二人与汉卿同属《录鬼簿》中"前辈已死名公才人"一类，他们在作品中将汉卿此剧情节和语言当作典故和成语使用，可知此剧作时之早。这一点从汉卿自己的剧作中也可看出。《蝴蝶梦》算是关剧中作时较早的一种，有论者竟论证其可能作于13世纪40年代，虽然未必早至此时，但终究不会太迟。此剧第二折包拯曰："想当日孟母教子，居必择邻；陶母教子，剪发

① 王季烈：《孤本元明杂剧·提要》，中国戏剧出版社1957年版。

② 李汉秋、周维培校注：《关汉卿散曲集》，上海古籍出版社1990年版，第94页。

③ 此二剧均见《元曲选》和《元刊杂剧三十种》。

待宾，陈母教子，衣紫腰银"，第三折〔滚绣球〕："正按着陈婆婆古语常言，他不求金玉重重贵，却甚子孙个个贤？"也是将《陈》剧作为典故和成语来使用，可见此剧必作于《蝴蝶梦》之前。

由于作时较早，此剧还带有前一阶段历史剧的传统，即基本上是在历史框架内展开故事情节的。陈尧叟兄弟三人"一门枢相"事，《宋史》均有确切记载，同时并谓具"母冯氏，性严""家本富，禄赐且厚，冯氏不许诸子事华侈"。[①]宋人罗烨《醉翁谈录》并记有冯氏因第三子尧咨"不务仁政善化"而"以杖击之，金鱼坠地"的故事，同时赞叹"冯氏严于教子矣"[②]，可见此剧所云教子事显然并非作者所杜撰。然而此剧虚构成分亦极大，首先，剧作将历史上的尧叟、尧佐、尧咨改为良资、良叟、良佐，有意不用历史真实名姓。其次，据《宋史·王拱辰传》，拱辰生活年代晚陈氏昆仲数十年，且无娶陈氏女之事，剧作则拉来做陈家贵婿，显系编造。至于冯氏掘金封藏、良佐受人蜀锦以及贯穿全剧的轮番科考情节均于史无证，似此虚构均为前阶段历史剧所少见。所以我们说此剧属于历史剧向历史故事剧过渡时期的产物，这也同剧本创作时代较早相符。

关剧时代较早且具有典型的历史故事剧形式的是《蝴蝶梦》，这也是关剧中人们谈论较多的一种。剧本描写王姓有子三人，因其父为皇亲葛彪打死，为了复仇，三子又寻机将葛彪殴杀。开封府尹包拯审理此案，欲以其中一人为葛偿命，在申辩不准的情况下，三兄弟皆欲自认人命，而其母仅为长子次子求情，包公以为偏爱亲子，责之，后乃弄清王母是真正忍痛割爱，包公因而义且怜之，终于设法以偷马贼代王三死，并为申报朝廷，奉旨封赠作结。

众所周知，包拯在历史上实有其人，《宋史》本传说他"性峭直，恶吏苛刻，务敦厚"。然此剧表现之审理此案，却为本传所无，亦未见其他记载。至于贤母义舍亲子的故事，倒是流传久远。汉代刘向《古列女传》卷五即载有《齐义继母》之事，与此剧情节大致相类。看来关汉卿创作此剧即采用了这一古老的传说，又借用了包拯这一历史人物的名姓，二者捏合因而成之，成了一个名副其

①《宋史·陈尧佐传》。

②《醉翁谈录》庚集卷一"闺房贤淑，贤于教子"。又，宋人王辟之《渑水燕谈录》卷九"杂录"亦有类似记载，可参看。

实的历史故事剧。

此剧创作年代，目前虽无直接记载，但据剧情所提供的线索尚可大略推得。前已提及，此剧第三折用《陈母教子》中语，可知作于其后。而根据剧中以偷马贼赵顽驴代王三死的情节安排，则其时律法定有偷马者处死之条。今查《元史》，果于元太宗六年（1234）明载："但盗马一二者，即论死"[①]，论者多以此律令至元灭宋统一后才改为"初犯为首八十七，徒二年；为从七十七，徒一年半，再犯加其罪，止一百七，出军"[②]。事实上早在元宪宗蒙哥汗元年（1251）即有断事官将一盗马者"既杖复斩"，因而受到忽必烈斥责之记载[③]，可见其时对盗马者已不再一概加以死罪了。有论者因而断此剧作于此前当然有点匆忙，因法律既无明令废止，尽管实际判决时已多变通执行，但推广流行以至反映在剧作家笔下尚需一定时日，加之考虑到元杂剧的形成时代，定此剧作于1251年以后至20世纪60年代初较为合适。

关剧中以包公断案为题材框架的还有《鲁斋郎》，此剧今存脉望馆校钞《古名家杂剧》本和《元曲选》本，皆明署为"元关汉卿作"。剧本描写一个类似《蝴蝶梦》中葛皇亲的花花太岁鲁斋郎，白昼抢劫妇女。银匠李四的妻子被强迫带走且不说，连颇有点威势的郑州六案都孔目张珪，慑于他的权势，在一声吩咐之后，即乖乖地将妻子送上门去供其蹂躏。而素有不畏权贵的清官包待制，要想惩办这个恶棍，也不得不要个花招，将其名字改作"鱼齐即"，才算是达到了目的。这一点又和《蝴蝶梦》中以赵顽驴代死同属一个路子。由此可以推知此剧作时当和《蝴蝶梦》大致相近。

在剧本表现手法方面，此剧亦较有特色，如果说《陈母教子》《蝴蝶梦》中情节还可以在历史上找到一点本事来源的话，则鲁斋郎故事完全不见于前代文献，包待制审理此案显然亦为作家所独运，仅仅借用历史人物包拯的名字而已。从这个意义上说，此剧较《陈母教子》《蝴蝶梦》更具有历史故事剧的特色。

有论者以此剧不见《录鬼簿》和《太和正音谱》著录而对关汉卿创作权产

---

①《元史·太宗本纪》。

②《元史·刑法三》。

③《元史·世祖本纪》。

生怀疑，认为可能系元代后期作品。今天看来，这种观点未免过于拘泥，明清以来，根据陆续发现的资料，《录鬼簿》和《太和正音谱》中未著录的剧目已发现了许多，其中如《五侯宴》《孟良盗骨》，甚至包括人们经常提及的曾在元宫中演出的《伊尹扶汤》，都为关汉卿的作品，总不能因上述二书未著录而一概加以否定。又有论者根据包公故事流传不应早于元代中期，而此剧塑造的正面人物过于软弱且又是关氏素来不喜表现的吏来进行否定论证。考察起来同样缺乏论据，因为今已证明为元前期包公戏的除关汉卿《蝴蝶梦》之外，尚有郑廷玉的《包待制智勘后庭花》，李潜夫的《包待制智勘灰栏记》等，其创作权从未有人提出怀疑。至于说正面人物过于软弱，这在关剧中也不乏见，典型如《钱大尹智宠谢天香》中的谢天香，其卑微软弱已为人们所熟知。说到吏为关汉卿所不喜表现的人物，也不能绝对化，关氏佚作中即有《风流孔目春衫记》一目，据《资治通鉴》卷二一六胡注："孔目，官衙前吏职也。"和此剧角色张珪恰好相同。故凡此种种，皆不能成为否定此剧今存本署名的理由。

《钱大尹智勘绯衣梦》为关作中兼有风情和公案两种题材特点的历史故事剧。剧本描写李、王两家世交，一对儿女指腹为婚，后来李家败落，王父势利欲悔亲，其女闰香则情义愈笃，她与未婚夫李庆安在后花园相会，约其夜间来此，准备让丫鬟梅香转送若干珠宝首饰，助其作迎娶财礼，谁知有一凶犯裴炎夜来偷盗，恰遇梅香，遂将其杀死，携物而逃，案发后牵连李庆安，幸得钱大尹明断，经过一番曲折，终获辨明。

此剧本事未见其他记载，当亦为作者独运。唯钱大尹本名钱勰，《宋史》卷三一七有传，称其曾以"龙图阁待制知开封府，老吏畏其敏""宗室贵戚为之敛手"，后加龙图阁直学士，和包拯官既相同，审案明断亦复相近。由此亦可推想此剧与前述包公戏大约作于同时或先后。关于这点，作品本身也可提供旁证，例如剧中第一折王员外明云"俺两个当初指腹成亲"，而据《元典章》："至元六年，准中书省议，有依前指腹及割衫襟等为亲者，今并行革去"①，朝廷既已明禁。不管民间执行如何，剧作家在舞台上再公开渲染则不可能。由此可知此剧作时一般不得在至元六年（1269）之后，而此时正是作者创作的中期，与

①《元典章》卷三十"指腹割衫为亲革去"条。

我们这里所论刚好相合,有论怀疑此剧非关作,但论据多不充分。如言剧中第一折〔点绛唇〕和〔混江龙〕二曲袭用白朴《梧桐雨》第二折〔粉蝶儿〕曲,故应在白作之后。这在前面我们即已论及,年代久远,谁袭谁在字面上难以判断,况关、白皆为前期作家,即使袭用也不能据以否定全剧的创作权。另外,也有人称水浒故事流传于元代中后期,而此剧第三折〔调笑令〕则出现了"王矮虎""一丈青"字样,故当非关作。此又仅凭臆测,无可靠依据。水浒故事究竟流传于何时,目前未有定论,就汉卿作品而言,另一历史剧《哭存孝》第三折即有称"双尾蝎""两头蛇"的话语,此为梁山泊好汉解珍、解宝的绰号,可与此剧中"王矮虎""一丈青"互证。再就《绯衣梦》剧本身而论,剧目既见于《录鬼簿》《太和正音谱》等书著录,又有《古杂剧》本,脉望馆藏《古名家杂剧》本明确题署,故不应有任何怀疑。

以钱大尹为剧中人物的,关作中尚有《钱大尹智宠谢天香》一剧。剧本描写北宋词人柳永和名妓谢天香相恋,后柳赴京赶考,行前托友人钱大尹代为照看谢,钱出于友情而以娶为已妾的名义将谢天香保护在家里,后柳科举高中,钱即助二人重圆。

此剧本事来源不详。据明代《巨野县志》,谢天香为宋时名妓,然与柳永无涉,钱大尹亦非柳永同窗[①],剧中情事,当亦为汉卿所独运,显然完全符合前述历史故事剧之创作规则。至于其创作时代,剧中称柳永于汴梁遇天香,后远别进京应试,三年不返。而北宋京师,实为汴梁,这种情节上的粗疏一方面可以看出作者杜撰痕迹,另一方面也不自觉地透露出此剧的创作时代。我们已经知道,关氏创作中期后一阶段正是在由山西向河南等地漫游,根据关剧创作多与演出及流传地点有关之特点,可推知此剧多系作者在汴梁逗留时创作。而此时汴梁的确已非京师,故作家在不自觉中犯了地理上的错误。另外,元前期杂剧家石君宝《曲江池》第三折〔二煞〕曲文中已将剧中李亚仙和郑元和相恋比作柳耆卿和谢天香,由此可见此剧创作时代一定不会晚至后期。又从此剧与《绯衣梦》同为以钱大尹入剧的仅有两部关剧来看,它们作时相近,且与

① 〔明〕梅鼎祚:《青泥莲花记》卷七"谢天香"条引。又,明代冯梦龙的《情史》卷二十二"情媒类"所引大略相同。

上述两个包公戏亦约略同时，而它以妓女为主要人物又可以使它与另外两个妓女戏联系起来。

关剧中以妓女为主人公的作品除了《谢天香》以外，尚有《金线池》和《救风尘》，其中《金线池》情节与《谢天香》更为接近。

《金线池》全名为《杜蕊娘智赏金线池》，剧本描写书生韩辅臣与妓女杜蕊娘相爱，由于鸨母间阻，二人误会难释，后得韩之友人石府尹从中设法调护，终于和好如初。此剧不仅情节本事不见有关记载，甚至主要人物名姓亦为汉卿虚构，故创作时代难以确切考证，唯从书生妓女相恋受阻，赖与书生有朋友关系的官员从中调护这一构思框架来判断，当和《谢天香》差不多同时而作，以此，二剧的情节构思无意中竞相互渗透和起作用了。而剧中一些细节描写如第四折杜蕊娘见石府尹的场面与《谢天香》中谢天香见钱大尹的场面几乎类同更可证明这点。因为除了有意抄袭外，一般只有同一作家同一时期内的创作才会出现这些完全近似的表现手法。

此时期关剧中另一个妓女戏《救风尘》则又有不同特色。剧情描写汴梁妓女宋引章，原与秀才安秀实相恋，后为浮浪子弟周舍所骗娶，终日遭受残酷虐待，而其旧时同伴，另一妓女赵盼儿则挺身而出，设计将宋救出，重与安和好。此剧本事不见其他记载，剧末出现之郑州州守李公弼，其名虽见于明人柯维骐《宋史新编》卷一二四《李熙清传》[1]，然观其行事，未有稍合，可知亦都为作者独运，唯借名姓而已。

和《谢天香》《金线池》两剧相比，此剧与之同中有异，即同为妓女题材，且同为文人妓女恋爱，后遭阻碍因得友人相助终于团圆，这种构思框架为三剧所共有，宋引章之易受骗亦同谢、杜二人有相通之处。唯《救风尘》一剧一反前二剧以文士一方男性友人相助的旧例，塑造了侠妓赵盼儿的形象，这不仅在关剧中即使在元曲中也是比较突出的。这都表明作者观察的细致和反映生活的多样化。

以金代情事为背景的关剧今存有《调风月》和《拜月亭》两种，同样处于历史剧和现实剧之间。就作者当时所处时代环境而言，作为历史故事剧，二者都

① 转引自王钢辑考：《关汉卿研究资料汇考》，中国戏剧出版社1988年版，第185页。

最大程度地接近了社会现实。在这一点上，它们都具有较为特殊的意义。

《调风月》描写婢女燕燕，为贵族青年小千户所诱奸，不久就发现小千户另有新欢，始觉悟自己受骗，愤而抗拒，且在小千户婚礼上揭露其事实真相，最终小千户家长不得不认可她的“小夫人”身份，燕燕因而获得了自由人的地位。此剧今仅存元刊本，宾白残缺，故情节理解多有分歧，然大致脉络尚可推知。

此剧创作时代亦可大致考定。元前期曲家石君宝《曲江池》第三折〔粉蝶儿〕曲已有此剧“莺莺燕燕”作典故，故可知此剧作时不应过后。又，剧中第四折所描写女真族婚礼“拜门”一事，元世祖至元八年(1271)曾明令革除[1]，汉卿创作时代多半与世祖朝相终始，新出禁令，当不致反而在舞台上炫耀。以此可知此剧作时当在1271年之前，这也可与我们将其归入的创作阶段大致吻合。

《拜月亭》的时代背景与《诈妮子》大致相同，然情节线索更为清楚。从剧情发展可知故事发生在金失中都、宣宗南迁汴梁前后。对关汉卿来说，此段史实未亲身经历，故亦可入历史故事剧范畴。剧本描写金臣王镇有女瑞兰，因战乱逃难中与母失散，遇书生蒋世隆照顾，结为夫妻，后为其父强行拆散，但瑞兰仍思念不已，碰巧世隆考中状元，二人终获团圆。今按史实，此剧本事无其他记载，即金臣亦无王镇其人，可见亦为汉卿所独创。因此剧今仅存元刊本，故亦难知其详，论者众说纷纭。其写作时间，关汉卿另一剧《玉镜台》第二折〔煞尾〕有“伴添香，拜月亭”一句，显示用此剧作典，据此则可断定作于《玉镜台》之前，与《诈妮子》作时相近。

以上就此时期关汉卿的九个剧作作了总括性的叙述分析，容易看出它们也都有着共同的创作倾向，这就是除了个别以外，它们都借用历史的一点影子进行再创作，其艺术虚构成分远远超过了前阶段六个历史剧，这也是我们将其归入历史故事剧范畴的一个重要因素。

不仅如此，根据历史因素和虚构成分所占分量的不同，我们也可以在上述九剧的内部发现这样一个规律，即历史因素逐渐淡化、虚构成分逐渐增强。例如从《陈母教子》中我们还可以在《宋史》等书中找到作家依据创作的痕迹，

---

① 《元典章》卷三十《礼部》卷之三《礼制·婚礼》。

《蝴蝶梦》中这种痕迹即难以在正史中发现,但在传统上的义母舍子故事中也可依稀搜求,至《鲁斋郎》中即仅剩下包公断案的框架了。以钱大尹审案为解决矛盾契机的《绯衣梦》剧和上述包公戏略同,而《谢天香》中涉及柳耆卿故事则仅借用了历史人物的名字,《金线池》中甚至连历史人物的名字也不再出现。《救风尘》中历史人物名字出现纯属偶合。以金代时事为背景的《诈妮子》和《拜月亭》,对于刚经历金元改朝易代的社会大变动的元前期观众来说,更具有现实剧的意义。理解了这一点,我们即可以将它同此九剧按时代先后排列联系起来,虽然这仍系推论的结果,但也可能较接近事实。

除了剧本性质和类型外,上述九剧在地理背景方面也有着相通之处。这方面如《陈母教子》《蝴蝶梦》《谢天香》《绯衣梦》和《拜月亭》五剧地点均在汴梁,《鲁斋郎》《救风尘》地点在郑州,《调风月》地点在洛阳,《金线池》地点虽在济南,但主要人物韩辅臣却是洛阳人。归结起来不难看出又一个演变趋势,即此九剧的地理背景已由前阶段的不出山西变为此阶段的不出河南(个别除外)。而根据前章分析关汉卿南下前行踪可知,由山西向河南再南下湖湘是一自然顺序,故此阶段剧作的地理背景同样证明作品创作的时代。

在体制结构方面,此九剧则显得相当成熟。我们知道,在前阶段六种历史剧中,主唱角色并非都是主要角色,主唱角色可以在一剧中改扮几个人物,这种主唱角色和主要人物脱节的情况在此阶段剧作中已不复存在。此外,在上述九剧中,由第三者出面作描述性的叙唱体成分已消失殆尽,这些都确定无疑地表明此阶段关剧体制已进入了完全成熟的阶段。

毫无疑问,从此阶段历史故事剧的性质和手法,从不出河南的地理背景以及成熟的演唱体制,我们很容易将它们同前阶段的历史剧区分开来,也会很自然地将它们归入继历史剧之后的关作中期的第二阶段。同样,这一点不仅由上述三方面各自独立地予以证明。而把它们结合起来,相互映衬。具体说即性质上由历史剧至历史故事剧,地理上由山西进入河南、体制上由不成熟到成熟,它们共同构成了此时期关氏杂剧创作的基本特征。

据此我们还可以对关剧中另一批佚目做出大致上的归纳,它们是:《吕蒙正风雪破窑记》《晏叔元风月鹧鸪天》《秦少游花酒惜春堂》《宋上皇御断姻缘簿》《开封府萧王勘龙衣》《董解元醉走柳丝亭》《风流孔目春衫记》《金银交钞三告状》《风月郎君三负心》以及《双提尸鬼报汴河冤》等十种，虽然它们的详细剧情和演出体制已不可考，但作为历史故事剧的性质以及地理背景都与河南有关这两点还是容易看出的。

散曲方面，此阶段最突出的即为一批抒写离情别绪的风月之作。我们知道，关汉卿一生大半时期都是在漫游中度过的，和他一道的还有一批志同道合的剧作家和演员，他们自中期以后即开始在河北、山西、河南等地流动。由于行踪不定，难免产生种种悲欢离合，故反映在散曲创作中自然较多离愁别恨。在此之前，虽然也会有环境变动，如由解州到汴梁，由汴梁迁祁州，又由祁州入大都，等等，其间亦不无离愁别恨，但总的说来那还是一个比较稳定的阶段，安居多于迁徙。而此阶段则不同了，流动成了此阶段关汉卿行踪的主要特征，故散曲创作以离情别绪作为主旋律即可理解。正因为如此，我们将关氏散曲这方面题材的作品多在这里论述，也是比较容易理解的。

这方面首先提到的应该是三首"别情"曲，其中如："自送别，心难舍，一点相思几时绝"〔南吕·四块玉〕，又如："咫尺的天南地北，霎时间月缺花飞""痛煞煞教人舍不得，好去者望前程万里"〔双调·沉醉东风〕，感情真挚动人。而〔商调·梧叶儿〕一首则更为著名：

> 别离易，相见难，何处锁雕鞍？春去也，人未还。这其间，殃及煞愁眉泪眼。

语言形象，感情深沉。周德清《中原音韵》称此曲"音如破竹，语尽意尽，冠绝诸词"①，可说是当时所能达到的最高评价了。

别情而外，此阶段关氏散曲中值得注意的还有一些闺怨与相思曲，如：

> 天付两风流，翻成南北悠悠。〔大石调·青杏子〕
>
> 为甚忧，为甚愁，为萧郎一去经今久。〔仙吕·翠裙腰〕
>
> 您那里欢娱嫌夜短，俺寂寞恨长更。〔双调·新水令〕

① 该书《定格》此曲评语。

显然，这里的风月情缘，是关汉卿为自己倾诉衷肠的同时，也为具有相同命运的风尘中人洒下的一掬同情之泪，没有他那“嘲风弄月”“寻花问柳”的烟花路上的生活，是写不出来的。

在一些怨曲中，我们还可以体会到作者感情生活的另一面，即早期散曲中表现的家庭婚姻式的离愁别绪。这方面如他的套数〔黄钟·侍香金童〕中“柔肠脉脉，新愁千万叠”的闺中少妇，深夜拜月祝告：“不求富贵豪奢，只愿得夫妻每早早圆备者。”又如另一套数〔中吕·古调石榴花〕中“守香闺，镇日情如醉”的少妇，白日里“呼侍婢将绣帘低放，把重门深闭，怕莺花笑人憔悴”。这里是不是透露出作者的家庭思念，如同老杜《月夜》诗那样塑造了一个“香雾云鬟湿，清辉玉臂寒”的妻子形象？这只能靠想象来完成了。风流浪子毕竟也有家庭生活，何况关汉卿并不就是一个真正迷恋风月妓家的老嫖客，从他晚年所作小令“感时思结发”[①]来看，我们的推想不是没有根据的。

总的来说，中期第二阶段是关汉卿一生创作的重要时期。此时期不仅散曲艺术在以前已有题材范围内有新的拓展，在杂剧方面，无论是剧作性质还是内容的创新，都较前有了相当的发展，在体制上更是达到完全成熟的阶段。可以说，关氏此阶段在杂剧领域达到的成就足以奠定此时期艺术探索的地位，故以历史故事剧作为此阶段创作成就的代表也是名副其实的。

四、晚期：社会问题剧阶段

如前所述，回顾关汉卿剧作发展过程，我们不难发现这样一个趋势，即由历史剧过渡为历史故事剧，最突出的特点就是历史因素减少而虚构成分增加。这一方面固然说明了作者运用的戏剧性质和类型有了变化，是戏剧观的拓展问题；另一方面也说明了作者把握题材的观念也发生了变化。所谓虚构成分增加说到底也就是社会现实的刻画逐渐取代了对历史和传说的演绎。这无疑表明了随着作者戏剧创作能力的不断提高，作品中的写实主义精神也不

① 〔中吕·喜春来〕“写怀”。

断增强。

值得注意的是，这种发展势头到了关汉卿创作晚期并未随着作家年迈体衰而有所减弱，相反却有了进一步的加强。如果说中期第二阶段以历史故事剧取代第一阶段历史剧还保留了历史的一点影子的话，则此时期的关剧即完全将目光投向了社会和人生，其剧作类型也由历史剧、历史故事剧变成了完全的社会问题剧。

作为中晚期过渡的作品应当是《玉镜台》，这也是现存关汉卿剧作中争议最多的作品之一。

剧本描写素有才名的翰林学士温峤，到了被称为“老子”的年纪，却在教表妹刘倩英弹琴写字的时候爱上了她，随后诈言为刘保媒说亲，却以皇帝御赐的玉镜台为定物，偷梁换柱，为己求婚，其间虽然倩英反抗，以致大闹洞房，然由于温之友人王府尹相助，设水墨宴调和，终成眷属。

此剧本身不无所据。温峤为晋代人，实有其人，以玉镜台诈娶表妹刘女之事亦见于《世说新语·假谲第二十七》，从这个意义上说此剧具有历史剧的某些特点。然《世说新语》于记温峤娶妇同时载有刘孝标注，却否定了此事的真实性：

> 按《温氏谱》：“峤初取高平李恒女，中取琅玡王诩女，后取庐江何邃女”，都不闻取刘氏，便为虚谬。

显然，《世说》所载来自无稽传言。今查《晋书》本传，亦无谋娶刘氏之事。关汉卿创作此剧，即使未查《晋书》，则《世说》中与此段记载同时并存的刘孝标注不会看不到。明知虚谬而用之，与前述历史剧严守历史框架的创作态度显然有明显的不合之处。同样，渲染历史人物莫须有的“骗婚”行径并在舞台上演出，也与前阶段历史剧歌颂当地历史人物的惯例有所不合，故亦难以将此剧简单地归入关氏历史剧的范畴。

事实上，关氏此剧对他自己来说却是一个不折不扣的现实剧。剧本描写温峤才华出众且为翰林学士，仅因“多的几岁”即讨不得所爱女子的欢心，这与关汉卿的经历不能说没有关系。须知此时期关氏已年过六旬，还“一心向烟花路上走”，风月场中难免出现类似情况，他的散曲〔南吕·一枝花〕《不伏老》无疑即由此而发。他对“你道我老也，暂休”的说法很不服气，自称在这些方面“不曾落人后”。王季思先生谈及此剧曾经指出：“温峤所唱的〔耍孩儿〕套曲，也可以看作是这种特定条件下的汉卿对所爱者的自白。不过汉卿自身的结局恐怕未必能如温峤幸运。”[①]的确是这样，汉卿散曲中对此也时有透露，所谓“时间相敬爱，端的怎团圆？白没事教人笑，惹人怨”“花月约，凤鸾友，半世疏狂，总做了一场懊”[②]，如此等等，皆可作为此剧和关汉卿生活经历紧密相关的例证。是用以说服所爱者的精神武器，还是作者满足自我的太虚幻境，这都无关紧要，反正此剧乃关氏周围现实生活之反映这一点是可以肯定的。

将此剧定为作者晚年所作的证据在作品中也可以找到。如前所述，此剧第二折〔煞尾〕有“伴添香，拜月亭”一句，《拜》剧既作于中期第二阶段，此剧又以其作典，作时之后无言自明。正由于《玉镜台》剧既有着历史的痕迹，又具备强烈的现实性，所以将其作为此时期关剧中的过渡性作品还是合适的。

关作中典型的社会问题剧首先应当提到的是《望江亭》。剧本描写已故学士夫人谭记儿，在清安观主的撮合下，再嫁将赴潭州为官的书生白士中。有权豪势要杨衙内，因贪记儿美色，欲占为己有，即在朝中诬陷白士中，并得到皇帝同意，亲携势剑金牌去潭州取白首级。记儿得知后，即化装渔妇迎去江边，用计灌醉杨及随从，盗得势剑金牌并文书，白士中因获保全。后逢府官李秉忠来审理此案，杨遭削职问罪，白氏夫妻终得偕老团圆。

此剧本事无考，显系作者自运。其中反映寡妇命运、权豪势要横行以及中下层汉人官员仕途的险恶，确是关汉卿所处元代极为普遍的社会问题。唯剧本称记儿亡夫为学士李希颜，查元代名李希颜的有数人，然皆为元代后期人，且无任学士者，可知非剧中李希颜，仅为同姓名而已[③]。剧名《望江亭中秋切脍旦》，其望江亭历史上在扬州，金海陵王完颜亮南下侵宋，曾至此题诗，有论者因而认为此剧作于扬州，今天看来似有未确。望江亭为历史所熟知，故任何弄文学之人皆可移入笔下，并不能以此定写作地点，况其仅存于剧名，内容却明

---

① 王季思：《关汉卿〈玉镜台〉杂剧的再评价》，《河北师院学报》，1990年第2期。

② 〔双调·新水令〕四首之一、之四，原载《阳春白雪》后集卷五。

③ 参见王钢辑考：《关汉卿研究资料汇考》，中国戏剧出版社1988年版，第181页。

明讲的是潭州。而潭州即今湖南长沙市。据史载，元军于至元十三年（1276）正月破潭州，次年即以此地为荆湖等路行中书省治所。明初贾仲明为《录鬼簿》补写吊词既明言汉卿有和费君祥“图南”“将楚云湘雨亲把勘”[①]经历，潭州乃其必经之路，作为行省所在地，更是汉卿一行所乐意在此创作并演出的理想地点，认定《望江亭》作于此也符合关剧多结合当地人文的惯例。

关汉卿笔下社会问题剧中成就最高也最负盛名的是《窦娥冤》。剧本描写女主人公窦娥守寡后和同样守寡的婆婆蔡氏相依度日，谁知蔡氏因讨债差点被害，虽得张驴儿父子相救，但张家父子却乘机要挟搬入她家，企图霸占她们。窦娥不从，却中了张驴儿的圈套，被诬毒死人命。楚州贪官不加细辨，将其屈斩，刑前血溅白练，六月飞雪，此后楚州大旱三年。窦父科举得官来巡此地，窦娥鬼魂诉冤，始获昭雪。

此剧题材来源，一般认为本自《汉书·于定国传》等书记载的“东海孝妇”故事，然剧中窦娥临刑前明言：“也只为东海曾经孝妇冤，如今轮到你山阳县。”（第三折〔一煞〕）第四折窦天章复审此案时对楚州州官亦讲过“东海孝妇”的故事，显然特地说明此剧所述与“东海孝妇”传说只是情节相似，而为一起新案。作为同时期创作的作品，此剧与《望江亭》有相通之处，这就是它们都反映了寡妇的命运问题，只是一为喜剧，一为悲剧，权豪势要在此剧中变成了地痞恶棍和贪官污吏狼狈为奸。由于系悲剧，剧本在揭示社会问题的广度和深度方面都超过了《望江亭》，因而为历来论者所重视。

此剧创作地点在扬州，自无可疑。至于创作时代，目前亦较明朗。因剧中明言窦父任肃政廉访使来扬州复审案件，而元代提刑按察使改肃政廉访使时间为至元二十八年（1291），江北淮东肃政廉访司由淮安迁扬州时间则为至元二十九年（1292），故此剧作时无疑是在此后。又有论者据元成宗大德元年至三年（1297—1299）之间扬州、淮安确曾发生旱灾事，以其与剧中“亢旱三年”联系起来，因将此剧作时推至1299年之后[②]。联系起关剧多与地方人文有关的特点，这样推测不是没有道理。然而“之后”恐怕也后不到哪里去，因为据《录鬼簿》记载，大德七年（1303），睢景臣由扬至杭，钟嗣成与之见面相识，即

① 中国戏曲研究院编：《中国古典戏曲论著集成》第2册，中国戏剧出版社1959年版，第116页。

② 徐沁君：《〈窦娥冤〉三考》，《黄石师院学报》，1983年第4期。

未听到有关关汉卿的事，故在后来编纂《录鬼簿》时，仍将关氏作为“不知出处，故不敢作传以吊”的人物，而“姑叙其姓名”[①]，如果真的其时关汉卿仍在扬州，并创作《窦娥冤》剧，同为曲家且为扬州人的睢景臣不会一点也不知道，由此可知关氏在扬州作剧必在1300年以前。

由于年老体衰，加之到处流动以及其他原因[②]，关汉卿晚期剧作数量并不很多，但却具有鲜明特色。通过以上分析，很容易看出作家的艺术目光已由早期中期的面向历史转向此时期的面对现实，社会问题剧取代了此前的历史剧和历史故事剧。在具体表现上则既有所继承而又有所拓展。《玉镜台》中王府尹身为官府却出面撮合友人温峤的婚事，采取软硬兼施的手段强迫刘倩英就范，这一点对中期历史故事剧的《谢天香》《金线池》的继承是显而易见的，而老夫少妻问题以及由此造成的种种纠葛却为作者所新创。至于《望江亭》和《窦娥冤》中出现的权豪势要、地痞恶棍、贪官污吏、高利贷以及寡妇再嫁等等社会问题，更代表了此时期作家观察的敏锐和笔力的强健。正由于处于创作晚期，作家的生活阅历和艺术经验都已非常成熟，故其作品无论题材内容还是艺术形式都达到了前所未有的高度，特别是《窦娥冤》，作为关汉卿的绝笔剧，在艺术上更是达到炉火纯青的地步。

在地理背景方面，此时期剧作亦有规律可循。这就是除了过渡之作《玉镜台》，作者没有涉及其时代和地点之外，其余两剧，一在潭州，一在扬州，显然都在南方，这就和中期不出山西、河南的历史剧、历史故事剧形成鲜明的对照。这样，再结合此时期的社会问题剧性质以及作家对题材领域的新开拓，关汉卿晚期杂剧创作的特点便异常鲜明地凸显出来了。据此我们亦可确定关汉卿另一部分佚剧的归属。

具体说来，与《玉镜台》主题略同的《老女婿金马玉堂春》、地理背景与《望江亭》略同的《刘盼盼闹衡州》（衡州即今湖南衡阳）大致即可判断为此时期作品。而另一佚剧《柳花亭李婉复落娼》，据明初贾仲明《玉壶春》第二折卜儿道白：“李婉儿为甚复落娼？皆因为李府尹的儿子也姓李的缘故。”[③]今查《大元通

① 《录鬼簿》卷上“跋”、卷下“睢景臣”条。

② 很可能与鸿篇巨制《西厢记》创作有关，详见后面有关章节。

③ 贾氏此剧见《元曲选》，题作“武汉臣撰”，今据《录鬼簿续编》改。

制条格》,其卷三《户令》即明载至元二十五年(1288)尚书省奉旨:"从今后同姓为夫妻的每,交禁约者。"[1]据此,关氏此佚剧定作于至元二十五年以后,则亦为此时期作品无疑。至于其他关剧佚目,如《卢亭亭担水浇花旦》《荒坟梅竹鬼团圆》《萱草堂玉簪记》《月落江梅怨》《醉娘子三撇嵌》《风雪贤妇双驾车》《没兴风雪瘸马记》《吕无双铜瓦记》等数种,今既无本事来源,即非历史剧或历史故事剧,亦可归入此时期之作。

散曲方面,此时期亦有脉络可寻。〔南吕·一枝花〕《赠朱帘秀》我们都知道是作者在扬州时赠给著名演员朱帘秀的,是一首题赠之作。而另一首〔南吕·一枝花〕《不伏老》则表现了此时期关汉卿典型的心态,这从他年过古稀仍在南方逗留并且还在艺术上作不懈追求也可看出来。故对关氏"不伏老"的夫子自道亦应从人生观艺术观作多方面理解,不宜机械地仅停留在风月场中。同样,对套曲中"恰不道'人到中年万事休'"一句也应作普通引喻理解,不应拘泥于汉卿此时尚在中年,这样才不至于和曲中另一句"一世里眠花卧柳"发生冲突。另外,汉卿之不服老心态还可见其〔中吕·红绣鞋〕《写怀》,所谓"逢人权握手,遇事强昂头,老精神还自有"。从这一组〔中吕·喜春来〕《新得间叶玉簪》和《夜坐写怀示子》来看,极有可能为关汉卿南下返回故园后所作,此时作者已接近了他的人生尽头,但仍旧体现着这种不服老的精神。由此也可知汉卿"不伏老"并非在创作中偶一为之,而是此时期贯穿始终的生活态度。

除了表现不服老的生活态度外,此时期关氏散曲中还有以自然景观为题的。这方面除了人们熟知的〔南吕·一枝花〕《杭州景》以外,晚年所作〔双调·大德歌〕也有题为"春""夏""秋""冬"四首的。作者于其中既描绘了"双燕斗衔泥""绿杨堪系马""雨潇潇""雪纷纷"的自然风物,又抒发了"几时添憔悴""数对清风想念他"的怀人之情,可说是情景交融了。而前面提到的《新得间叶玉簪》更是一首清新秀丽的抒情和写景小曲:异根厚托栽培力,间色深资造化机,小园新得甚稀奇,魁众卉,堪写入诗题。

由此可见,作者对生活的热爱直到暮年仍然非常热烈。

当然,由于一生的坎坷,此时期关汉卿散曲也充满了感慨叹世之作,这方

---

① 《大元通制条格》今可见影印明初墨格写本。

面如〔双调·桥牌儿〕中的“人生贵适意”“休争闲气”,〔双调·大德歌〕中所谓“想人生能几何,十分淡薄随缘过”,〔双调·新水令〕中的“依钱塘梦魂初觉”等等。从这些作品中,皆可看出作者晚年对人世纷争的愤激乃至厌倦。

关汉卿散曲中尚有一首〔仙吕·桂枝香〕套数,从其中“不知风流浪子,何处温柔”曲词以及全曲表现内容来看,这是一首思远怀人的恋情曲。因体制系南曲,故辑者多存疑。实际上当为此时期作者在南方受南曲影响的产物,因四处流动,离恨别情亦所难免,况且关氏熟悉南戏,这从《望江亭》第三折末杨衙内和张千、李稍合唱一支〔马鞍儿〕南曲也可得到证明,故不能以体制非北曲而将其逐出关氏散曲的领地。

〔中吕·普天乐〕《崔张十六事》在关汉卿散曲中应当说是一个特殊的作品。因其牵涉到关汉卿对《西厢记》的著作权,著者将在第六章《〈西厢记〉考论》中专门论及,这里不再赘言。

归结起来,关汉卿此时期创作取得了相当的成就。如前所言,虽然由于年迈体衰,作品数量已不及从前,但质量上却已达到了艺术的顶峰。杂剧如此,散曲同样如此,数量虽未超过早期、中期,但举凡写景、赠人、叹世、述怀,种种题材均有涉及,抒情写意的深度和广度皆大大超过了以前任何一个时期。可以认为,和文学史上老来笔力愈健的大家屈原、庾信、李白、杜甫等人一样,关汉卿晚期创作也为他献身艺术的一生画上了一个光辉的句号。

第三章 悲剧研究

关汉卿创作的悲剧问题,自20世纪初王国维认为《窦娥冤》等"即列之于世界大悲剧中亦无愧色"以来,学术界涉及这方面已有大半个世纪的历史了,但除了《窦娥冤》等少数作品外,真正以此为题正面展开系统论述的并不多见。就关汉卿研究现状来看,应当说这是一个薄弱环节,而关学要迈出国门,面向世界,这是必须克服的障碍。

目前理论界一般认为,悲剧按其性质、内容和表现手法,可分为英雄悲剧、抒情悲剧、性格悲剧和社会悲剧等多种。以下我们拟就关汉卿剧作实际,结合理论进行比较深入的剖析。

一、抒情悲剧:《西蜀梦》

抒情悲剧为中国古代戏曲所独有,其主要特征为:抒情性极强,具体说来即场上人物的主观抒情构成此类剧作主要的外在形态,"这样的悲剧,并无多少复杂的情节和事件的纠葛。戏剧动作缺乏外在因素,更多的是内在意向"[①]。正因为如此,一般意义上的戏剧行动、戏剧冲突、情节发展及人物性格等诸多因素在此类剧中表现多不明显,这在现代心理剧、散文剧和荒诞剧产生之前的世界戏剧史上的确比较少见,而在文学领域长于抒情的中国古代戏曲中倒不乏佳作。元剧除了马致远的《汉宫秋》和白朴的《梧桐雨》以外,关汉卿的这部《西蜀梦》可算较具代表性的一种。

此剧全称《关张双赴西蜀梦》,今仅存元刊本,宾白俱无,理解起来颇费周折。第一折上场的主唱人物是蜀国使臣,从他的唱词中我们得知,蜀帝刘备目

① 苏国荣:《中国剧诗美学风格》,上海文艺出版社1986年版,第127页。

前正刻骨思念着在外地镇守的“关、张仁弟”,“每日家作念煞关云长、张翼德”,故使臣奉命登程就道,前往荆州和阆州,宣取二人回京“龙虎风云会”。前面我们已经分析过,作者这样叙写是有其历史根据的,正史即称刘备同关羽、张飞“恩若兄弟”[1],显然此折构思绝非出自矫情,因而剧情一开始即建立在合理的基础之上。

此折戏的下半部,情况发生了变化。从前五支曲子看,使臣是在赴荆、阆两州的途中,而第六、七两支曲子〔金盏儿〕和〔醉中天〕即已道出关羽、张飞双双被害的消息,所谓“杀曹仁七万军,刺颜良万万威,今日被不(歹)人将你算”,这说的是关羽,而“当阳桥喝回个曹孟德,倒大个张车骑,今日被人死羊儿般剁了首级”,则显然指的是张飞被害事。使臣满腔悲愤,决心速回奏报,灭吴报仇,由于宾白不全,不知使臣缘何得知二人不幸消息。然荆州既已失陷,阆州又已发生了剧变,可以推知使臣不必到彼二处,即在途中获得情报。按据史实,关羽荆州败死时为汉献帝建安二十四年(219),第三年,即刘备称帝后的章武元年(221),“先主伐吴,(张)飞当率兵万人,自阆中会江州。临发,其帐下将张达、范彊杀飞,持其首,顺流而奔孙权”[2],是可知刘备先知关羽败死,后知张飞身亡,其间相隔两年。剧作此处将其处理为先后同时,在不违背基本史实情况下使得剧情集中,造成了一开始即悲剧气氛浓烈的特殊效果,从而弥补了外在冲突不明显的不足。

第二折上场的主唱人物是蜀相诸葛亮。从时间上判断,此时使臣尚未返回,然而善于“占易理”“观天象”的孔明却已预知了二人的不幸。从国家前途考虑,这位贤相自然是忧心如焚:

> 再靠谁挟人捉将,再靠谁展土开疆!

历史上,和统治北部中国,“战将如云,谋臣如雨”的曹操不同,偏居西川一隅的刘备集团势力是比较弱小的,甚至和雄踞江东八十一座军州的孙权集团相比也是相形见绌,所谓文只靠诸葛亮,武不过关、张、赵、马、黄,其中关

---

①《三国志·蜀书·关羽传》。

②《三国志·蜀书·张飞传》。

羽和张飞，一为前将军、假节钺、董督荆州事，一为车骑将军、领司隶校尉，加之和刘备之间关系非同寻常，作为蜀汉政权军事上的两大支柱，可以说是真正的“架海紫金梁”。这一次同时折殒，对刘备集团来说，损失之惨重是显而易见的。正因为如此，身为宰相的诸葛亮甚至觉得做官已没有意义了：“做宰相几曾做卿相？”他还设想刘备目前境况亦如此：“做君王的那个做君王？”然而从现实角度考虑，此时的诸葛亮还仅是凭着卜卦而获得的预示，所以他尽管内心忧愤但尚未就此贸然奏知刘备徒增其忧，正打算“索向君王行酝酿个谎”。这些无疑都显示了诸葛一生唯谨慎的特点。

使臣的到来，证实了诸葛亮的预见[①]。此时孔明义愤填膺，爆发的情感已不是先前的内忧，而是不可遏止的外愤，他决心征吴复仇；

> 我直交金破震腥人胆，土雨湔的日无光，马蹄儿踏碎金陵府，鞭梢儿蘸干扬子江。

应当说，作者这里描写和渲染诸葛亮的愤怒还是有其充分根据的。这不仅是关羽、张飞的地位和作用对蜀汉政权至关重要，更让诸葛亮难以容忍的是东吴此次侵吞荆州。我们知道，早在诸葛亮出山伊始的《隆中对》中他就指出：“荆州北据汉、沔，利尽南海，东连吴会，西通巴蜀，此用武之国”，并提出设想：“天下有变，则命一上将将荆州之军以向宛、洛”，“诚如是，则霸业可成，汉室可兴矣”。[②]荆州的失守，使得这一战略宏图受到了致命的破坏，孔明对此又怎能不愤恨万分呢。

和前折一样，此折亦为主唱角色正末的独角戏。尽管身份由使臣换成了诸葛亮，并且中间还穿插了有人报告使臣回归和刘备噩梦的消息，但场上的外部行动是很平淡的。作家把重点放在关张身亡、荆襄失守对诸葛亮造成的巨大冲击上，内心情绪的激荡构成了戏剧形象内部的剧烈冲突，这就使得这一折戏貌似平淡实质上却是扣人心弦。在开掘人物的情绪和心理方面，作家

① 使臣到来并报知关、张事，因无宾白，故于今存剧本无法直接得知，唯据下一支〔牧羊关〕曲“张达那贼”可以间接推定。又由于使臣和孔明为同一角色（正末），故可断定使臣到来之消息当为他人转报。

②《三国志·蜀书·诸葛亮传》。

显示了自己的扎实功力。

从剧本第三折开始，即已转入了非写实情境，上场的是张飞和关羽的鬼魂。他们被害后，一灵不灭，驾阴云径回西川，要面见既是君王又是兄长的刘备倾诉别情，并要求代为报仇雪恨。尽管这些都出自虚构，但作家却有意通过写实的笔触将其表现出来，读者和观众可以看到和听到魂张飞"忆当年铁马金戈"的曲词：

〔醉春风〕安喜县把督邮鞭，当阳桥将曹操喝，共吕温侯配战九十合，那其间也是我。我，壮志消磨，暮年折挫，今日向匹夫行伏落。

慷慨，悲壮！这是赍志而殁、死不瞑目的壮士之鬼，是当年"万人敌"活张飞精神不死的象征，表现的是英雄末路之悲。魂张飞的上场使剧中悲剧气氛达到了高潮。

不仅如此，作者还通过魂张飞之口描绘了同为悲剧人物的魂关羽："九尺躯阴云里偌大，三缕髯把玉带垂过"，正是当年"上阵处赤力力三绺美髯飘"①的活关羽的变相。魂张飞不知他这位"荆州的二哥哥"和他一样，也成了刀下之鬼，出于"阴鬼将不利于生人"的传统心理，起初尚欲"向阴云中"躲避，后经过观察，方瞧出破绽："居在人间世，则合把路上经过，向阴云中步行因甚么？"显然也是阴魂。此时魂关羽同样有此心理，他已见到了魂张飞，为怕伤害心目中的活爱弟，他也"行行里恐惧明闻破，省可里到把虎躯挪"。由此表现关、张二人即使死后亦仍笃于兄弟情谊。剧中这样描写无疑有其历史依据，《三国志·张飞传》记张飞"少与关羽俱事先主，羽年长数岁，飞兄事之"。作者于此表现了以写实笔调出虚幻情境的创作特点。

强烈的复仇精神是此剧内容上的重要特征。关、张二魂于阴云中会合并互相弄明情况后，仍旧径赴西蜀，他们要"先惊觉与军师诸葛，后入宫廷托梦于哥哥"，要求发兵征吴，"军临汉上(荆、襄一带)马嘶风，尸堰满江心血流波〔哨遍〕，"直取了汉上才还国，不杀了贼臣不讲和"〔耍孩儿〕。他们的目的有

① 关剧《单刀会》第一折〔金盏儿〕。

两个,一个是收复失地,一个是惩办凶犯,所谓"槛车里囚着三个"〔三煞〕,"得那腔子里的热血往空泼,超度了哥哥发奠我"〔收尾〕,复仇情绪超乎寻常的强烈。虽然由于体制因素,这些内容都由主唱角色正末扮演的张飞抒发出来,但无疑也是他们的共同心声。

第四折的上场人物和主唱角色没有多大变化,仍旧以关、张二魂的角度写出。然而地点已由途中转到蜀汉宫廷内部,死难在外的关羽、张飞,终于以鬼魂的身份见到了也在朝夕思念他们的"官里"兄长,他们的情绪也由前一折的悲愤变成了此一折的凄凉。我们看到,在前一折中,关、张二魂急急赶到西川,希望尽早见到刘备和诸葛亮,发兵征吴,收复失地,讨还血债。其时由于新亡,他们不可能马上意识到生与死的巨大界限,决定他们情绪和行动的仍是生前指挥千军万马的英雄豪气。他们不甘心就此"向匹夫行伏落",报仇雪耻的情绪支配着他们的一切,故不可能也顾不上有其他想法。然而,到了这一折,兄长刘备的宫殿就在目前,而且"正是帝王的天寿,列丹墀宰相王侯",宫中正在庆贺刘备的寿辰,但他们却不能像往常一样由门口光明正大地进去:

〔倘秀才〕往常真户尉见咱当胸叉手,今日见纸判官趋前退后。元来这做鬼的比阳人不自由!〔叨叨令〕皂朝靴跳不响玻璃甃,白象笏打不响黄金兽,元来咱死了也么哥,咱死了也么哥!

按迷信说法,阴鬼不得昼现,即夜间出游也有门神户尉镇住,所以魂张飞悲叹"做鬼的比阳人不自由",又因为阴鬼乃虚无之物,故行动无声,直到此时他们才真正意识到生命早已离开自己了。这对于不久前还勇冠三军、威震敌胆的关、张二魂来说,再没有比这更痛苦的事了。他们只好"驾一片愁云在殿角头,痛泪交流"。正因为如此,他们情绪抒发充满了凄凉,场上气氛也由前一折的激昂变成了此一折的压抑。

终于,他们在夜深人定后见到了兄长,但见面情况也与以往大不相同:"官里向龙床上高声问候,臣向灯影内凄惶顿首。"刘备尚不知他们已是阴魂,仍像往常一样"欢容儿抖擞",但魂张飞和魂关羽却"躲避着君王,倒退着走",其原因无疑仍出于兄弟情谊,怕自己的阴气伤犯了仍活着的兄长。他们相叙起“三十年交契”和“心相爱意相投”的友谊，并像普通人一样拜托照看自己的后裔，所谓“来日交诸葛将二愚男将引，丁宁（叮咛）奏。”显得人情味极浓。当然，他们最终并未忘却此来的目的，要求“活拿住糜芳共糜竺，阆州里张达槛车里囚”，从而和前面各折的复仇情绪呼应起来。

应当指出，作者在史实方面犯了一个小小的错误。据史载，叛迎孙权、导致关羽败亡的是南郡太守糜芳，而糜竺虽为其兄长，实未参与，并在事后“面缚请罪，先主慰谕以兄弟罪不相及，崇待如初。竺惭恚发病，岁余卒”[①]。由此可见，糜竺实非害关羽的元凶，而此剧数次提及仇人乃“糜芳糜竺共张达”，可能以其兄弟，未加细考，即作一丘之貉看待，其实是冤枉了一个无辜者。好在是一个历史剧，此类小失误并未造成太大的损害。

关、张死后魂返西蜀托梦报仇的传说在元以前的史料中尚不多见。晚唐诗人李商隐《无题》诗中“益德冤魂终报主”[②]一句为目前所仅见，然亦只涉及魂张飞之事，况诗语太简，无法考知详情。元代平话《三分事略》及《全相平话三国志》均无相应衍述，唯明初罗贯中《三国志通俗演义》中“玉泉山关公显圣”一节有关羽魂返西川托梦刘备要求报仇之事，然时已远在此剧之后了，况亦并非两魂并赴之事，此剧这方面在很大程度上为自己的艺术虚构，由于这种虚构符合历史上刘、关、张之间“恩若兄弟”的关系，故并未破坏该剧作为历史剧的基本素质。

鬼魂问题曾是关剧中争议较多的一个问题，有论者认为鬼魂的出现客观上宣传了封建迷信，应予否定，也有论者则认为鬼魂代表着悲剧人物的复仇精神，应予肯定。在今天，我们从世界戏剧史的角度来看，这个问题不独存在于关剧，甚至也不独存在于中国戏曲，西方悲剧从埃斯库罗斯《复仇神》到莎士比亚的《哈姆雷特》，“鬼魂的戏剧效果和帝王主人公的戏剧效果一样，都是以观众的相信为转移”[③]。《西蜀梦》中关羽、张飞鬼魂的出现也一样，无论作者关汉卿还是元代的勾栏观众，都是真正将他们作活生生的人物形象看待的，

①《三国志·蜀书·糜竺传》。

②《全唐诗》八函九册《李商隐》三。

③［英］阿·尼柯尔著：《西欧戏剧理论》，徐士瑚译，中国戏剧出版社1985年版，第129页。

剧中两个鬼魂实际上具有悲剧人物的一切实体素质，这不仅是那个时代人们相信鬼魂的实在性，也是作者力图以写实的笔调予以刻画的缘故，所谓以实笔写虚境，因而无法将他们排除在悲剧人物之外。即在今天，人们已不再相信鬼魂的任何实在性，但作为一种文化现象，或者说将其作为一种复仇意志的象征，这两个鬼魂形象完全有理由在舞台上继续存在下去。

在较为详细地分析了《西蜀梦》的四折内容之后，不难发现，强烈的抒情是此剧创作最显著的特征。这首先当然为剧情发展所必须，另一方面却由此构成了此剧性质和形态的决定性因素。

从作品的选材来看，作者把艺术目光定位于蜀汉政权惨痛巨变的关键时刻。如前所析，关羽、张飞的被害，汉上九郡的丢失，对刘备集团来说，即使不是致命的，起码也是伤筋动骨的损失，诸葛亮所言“单注着东吴国一员骁将，砍折俺西蜀家两条金梁”，〔第二折〕，作为一个精明的战略家，他是看到这一点的。即如刘备，其伤心震恸，一方面固然出于兄弟义气，另一方面同样由于事业的蒙受挫折(第一折使臣的悲愤实际上也是传递了刘备的心声)。对于关羽、张飞来说，由勇冠三军、威震敌胆的“万人敌”上将一下子变为百无一能的冤魂，感情的落差更是异常巨大的。此剧正是选择在这一系列事件的临界点，造就决定了紧随而来的必然是不可遏止的情感爆发。

正由于抒情因素在作品中占了主导地位，作者将戏剧创作的其他因素都做出淡化处理。这里包括了西方戏剧理论家特别重视的戏剧行动、主要人物以及戏剧冲突。

就戏剧行动而言，亚里士多德称“悲剧是对于一个完整划一，且具一定长度的行动的摹仿”，又云：“在悲剧里，情节是第一，也是最重要的成分。”[①]众所周知，戏剧情节和戏剧行动乃不可分割的二位一体，传统剧论因而将行动(主要为外在动作)的集中强化作为舞台剧的一个重要特质，美国人劳逊则干脆认为：“戏剧性动作是一种结合着形体运动和话语的活动。”[②]然关汉卿此剧的外在动作并不剧烈，从上面的分析中不难看出，无论是第一折使臣的激愤，

① [古希腊]亚里士多德著：《诗学》，陈中梅译注，商务印书馆1996年版，第74页。

② [美]约翰·霍华德·劳逊著：《戏剧和电影的剧作理论与技巧》，邵牧君、齐宙译，中国电影出版社1978年版，第220页。

第二折诸葛亮的忧闷，还是第三、四折关、张鬼魂的悲凉，其情节并不复杂，作者安排的是大段唱腔以作人物的抒情，而复杂的剧情和剧烈的形体动作适足是削弱而不是加强这种抒情的气氛，故作淡化处理乃是自然而然的事。

在悲剧人物安排上，此剧似乎也没有一个贯穿始终的主要的悲剧角色。剧名《关张双赴西蜀梦》，但悲剧人物关羽没有唱腔，张飞的唱腔至第三折之后才出现。第一折蜀国使臣代表了刘备，第二折主唱角色乃蜀相诸葛亮。以情理论，在此次悲剧事件中，关张固为悲剧人物，但刘备和诸葛亮的心理挫折同样相当严重，作者没有正面描写关羽夜走麦城、张飞阆中遇害也正是出于不致忽略刘备、诸葛亮悲剧心理刻画的考虑，显然作者意在表现一个完整的悲剧性事件。正是在这个意义上我们说此剧有“一个严肃，完整，有一定长度”的悲剧性行动，借用一句理论术语来概括，这是一个“事件悲剧”。如果只强调关羽或者张飞为剧中主要人物反倒破坏了此剧“行动的整一性”。

既然此剧重在事件整体而不是专门突出某个人物，所以人物性格亦非作者所关注的重点。一人主唱本有助于主要人物性格的刻画，但作者却让其扮演三个人物，第一折无名的使臣固然无法见其性格，第二折诸葛亮的几段曲词也不足以完成对其性格的刻画，后两折虽以魂张飞作为主唱角色，但从其因百无一能而变得悲愤压抑的情绪宣泄也看不到明显的性格特征。因为这并非作者为自己规定的任务。亚里士多德论剧将情节放在第一位，而关氏此剧处于第一位的则是事件及人物抒情的场面。这也是此剧给读者和观众留下的“印象的整一性”。

在戏剧冲突方面，此剧同样显示了外在淡化的特点。“所有的戏剧基本上都产生于冲突”[①]，英国学者尼珂尔的这句话当然是不错的，没有冲突即没有戏剧，这已成了当今人们的共识。然而传统剧论在相当程度上侧重于人与人之间的对立面双方的矛盾冲突，并以此作为激发舞台效果的艺术力量，如劳逊所表达的那样：“戏剧的基本特征是社会性冲突——人与人之间、个人与集体之间、集体与集体之间、个人或集体与社会或自然力量之间的冲突。”[②]《关

① [英]阿·尼柯尔著：《西欧戏剧理论》，徐士瑚译，中国戏剧出版社1985年版，第108页。

② [美]约翰·霍华德·劳逊著：《戏剧与电影的剧作理论与技巧》，邵牧君、齐宙译，中国电影出版社1978年版，第213页。

张双赴西蜀梦》则不同，无论哪一折戏，我们都没有发现对立双方的矛盾冲突。当时冲突双方为西蜀和东吴，适于表现这方面内容的不是没有，例如关羽夜走麦城、张飞阆中被害都具有相当的外在冲突性，然作者皆舍弃不用，仅取西蜀一方，主唱角色更换数次，但都不在同一场中出现，由于皆出于同一营垒，又构不成矛盾冲突。每一折表现形态且同为单一的抒情，故如果单从人与人之间对立冲突角度考量，此剧最缺乏冲突的力量，因而也最少戏剧性，有论者认为此剧“冲突结构不完整”[①]，不是完全无因而发的。

但是，能否根据戏剧行动、戏剧冲突外在的淡化以及主要人物消融在事件之中而否定此剧为悲剧呢？显然不能，因为戏剧的性质和类型既可以由主要人物也可以由贯穿全剧的行动和事件来决定。以此剧论，对蜀汉政权来说，大将关羽、张飞几乎同时被害和战略要地荆州、阆州“两座砖城换做土丘”不啻一个令人震惊的大悲剧，剧本描写悲剧中各种人物，从皇帝刘备、宰相诸葛亮到已为冤魂的关羽和张飞，悲剧的气氛随着剧情展开一层深似一层，直到最后亦未出现中国古典戏曲特有的“亮色”。剧本第四折末尾还出现这样的曲词：

〔二煞〕相逐着古道狂风走，赶定长江雪浪流，痛哭悲凉，少添僝僽。

正如王国维所言，此剧“初无所谓先离后合，始困终亨之事也”[②]。显然是不折不扣的悲剧。

至于戏剧行动和戏剧冲突，目前一般认为它既包括外在形体方面也包括内在精神方面。由于此剧将艺术焦距定位于惨痛剧变的冲击之时，由此产生的巨大爆发力即构成了此剧悲剧力量的主要来源，其主要表现形式当然是内在的、精神上的，情感活动本身即为戏剧行动的构成部分。即就外在行动来看，此剧从使臣奉命起程到中途返回，从诸葛亮占卜先知到终得证实，从关张鬼魂相遇到西川托梦，虽然宾白俱无但仍有大致脉络可寻，构成“一个严肃的、完整的、有一定长度的行动”，应该说不成问题。

① 苏国荣：《中国剧诗美学风格》，上海文艺出版社 1986 年版，第 110 页。

② 《王国维戏曲论文集》，中国戏剧出版社 1984 年版，第 85 页。

行动如此，冲突亦不例外。此剧虽然在人与人之间矛盾冲突方面不很明显，但内在冲突却是激烈的。就刘备而言，冲突表现在结义兄弟“长存终始”的愿望和眼前生死分离的现实之间，对诸葛亮来说，冲突即在于依靠关、张这两条“金梁”和荆州、阆州等战略要地图王霸业的计划和这些计划霎时成空之间，至于关、张的鬼魂，同样存在着内在精神上的冲突，这就是不久前还是叱咤疆场的猛将和突然变成百无一能的冤鬼之间的心理反差，而差别本身就是冲突之源，此剧虽然没有表现对立双方剑拔弩张的外在冲突，但仍旧显示了震撼人心的悲剧力量，其原因也正是在这些方面。

这样，外在戏剧行动和冲突的淡化处理即为悲剧人物的抒情开辟了一个广阔的空间，事实上这也是元杂剧乃至中国古代抒情悲剧的共同特点。可以这样假设，如若此剧选材角度为走麦城和阆州遇刺，则肯定有利于表现蜀吴双方的矛盾冲突，外在行动性肯定更加剧烈，情节和场面也肯定愈加曲折热闹，这样，虽然同样塑造关、张二人的悲剧形象，但剧作的性质和类型则会有根本的改变。当然其中仍不排除抒情因素的存在，不过它只能作为人物性格塑造和情节发展的副产品，而不能如目前这样作为表现式的主体和戏剧冲突的外在形态，故此剧虽然表现英雄末路之悲但却不能归入通常意义上的英雄悲剧范畴。同样，尽管抒情本身即为人物心理活动的外在形态，也不能就此将此归入近代意义的心理剧畴，为了恰当反映此剧的创作特征，称其为抒情悲剧还是较为恰当的。

关汉卿此剧作为抒情悲剧的上述特点也是时代造成的。我们已经知道，此剧作于作家杂剧创作的早期，体制上还带有诸宫调等说唱艺术的痕迹，故大段的叙唱抒情占了主导的地位，而有利于代言的外在动作和正面冲突皆不为作者所重，重在事件过程的刻画而不突出某个主要人物也是由正末轮换扮演角色的体制所决定。所有这些，在杂剧体制上看固属不成熟的表现，但若从抒情悲剧这个角度考虑，上述诸因素却又为创作所必须，因而也是理所当然的。站到世界戏剧发展史的高度衡量，即使西方古希腊悲剧的外在行动和冲突亦并不比此剧更复杂和更多，何况他们也同样不重视人物性格的塑造。肯定这点，今天我们就更没有必要根据传统上重情节、性格和外在行动及冲突的戏剧对此剧妄自菲薄，甚至横加指责了。

二、英雄悲剧:《哭存孝》

英雄悲剧，顾名思义就是以英雄人物及其事迹为题材的悲剧。在世界戏剧发展史上它出现得最早，古希腊悲剧题材除了神话以外，最主要的就是出身高贵、声名显赫的英雄人物了。亚里士多德因而总结悲剧人物应该是“声名显赫，生活顺达”[①]，并列举了俄狄浦斯、堤厄斯忒斯这些国王或贵族作例证，亚氏理论对西方古典戏剧有着广泛而深远的影响，以致成了不可逾越的轨范。这种轨范对关汉卿来说当然没有任何约束力，但其《哭存孝》一剧却暗合了西方剧论于悲剧人物身份的要求。

《哭存孝》全名应该为《邓夫人苦痛哭存孝》，和《西蜀梦》一样，都是关汉卿早期的作品。剧本从开始即交代了事件发生前的历史背景：唐朝末年，北方沙陀族军阀李克用，乘黄巢起事天下大乱之际，扩充地盘，发兵击败了黄巢，使得摇摇欲坠的唐帝国得以苟延残喘。由于此项功劳，唐廷即允许其部下镇守所夺占的城池，悲剧即以此为基础展开。

李存孝是李克用部下的一员骁将，原名安敬思，后被李克用收为义子，跟随李克用转战南北，立下赫赫战功，剧本通过李克用之口说他“擒拿了邓天王，活挟了孟截海，挝打了张归霸；十八骑误入长安，大破黄巢，复夺了长安”。然而就是这样的李存孝，却在分配镇守城池时受到了不公正的待遇。先是，以其功大，李克用安排他去镇守最富饶的潞州，后竟为另外两个义儿家将李存信和康君立夺去，而李、康两人此前了无寸功，只会在李克用面前唱曲跳舞献媚，深得后者信任。这就为以后李存孝的进一步遭谗埋下了伏笔。

我们看到，在这一折中，此剧主要人物皆已出场亮相，除了就此交代事件的历史背景外，人物身份及相互关系亦已点明，更重要的是，贯穿全剧的矛盾冲突也已展开，这就是李存孝夫妇和李存信、康君立之间的正邪冲突。本来，李、康二人“不会开弓蹬弩，也不会厮杀相持”，寸功皆无，无法构成和功臣李存孝对立的势均力敌的一方，但由于他们善于逢迎谄媚，李克用此时又已近

---

① [古希腊]亚里士多德著:《诗学》，陈中梅译注，商务印书馆1996年版，第97页。

暮年，锐气全无，整日昏醉，喜好奉承拍马的小人，又以“太平无事，全不想用人得这之际”，因而客观上成了小人们施展阴谋的靠山，李克用妻刘夫人是个和事佬，关键时刻不能仗义执言，而存孝妻邓夫人虽然聪明，但其地位和辈分都不允许她有所作为。这样，剧本从一开始即注定了李存孝悲剧的不可避免性。

此折末尾，李存信、康君立排挤李存孝，夺得潞州镇守权尚不就此罢休，他们猜疑存孝为此事“必然有些见怪”，竟一不做二不休，索性下决心“别寻取存孝一桩事，调唆阿妈（克用）杀坏了存孝，方称平生之愿”，造就自然将剧情过渡到了第二折。

剧本第二折悲剧进一步发展。李存孝夫妇被排挤到凶险之地邢州镇守，然“操练军卒有法，抚安百姓无私；杀王彦章，不敢正眼视之；镇朱全忠，不敢侵扰其境”，他是依旧恪尽职守，不以受屈懈怠，唯独不防着小人暗算。康君立和李存信按其罪恶计划，又开始谗害的第二步，他们假传李克用之命，让李存孝改为原来的安姓，正直的李存孝立即照办，尽管其妻邓夫人提醒他这其中可能有诈，虽然他本人对此也感到不快！“今日个嫌俺辱末（没）你家门，当初你将俺真心断认！”而且由此体会到李克用的个性已今非昔比！“俺这里忠言不信，他则把谗言信”，但他太轻看了李存信、康君立这样的小人，不认为他们会干出什么样的大事。然而事实证明他错了，因为所谓小人正是那些好事不能，坏事有余的无赖之徒。比如他们刚骗李存孝改姓，旋即回到李克用那里进谗，称李存孝私自改姓是要反叛，昏庸的李克用立即信以为真，马上要“点番兵，擒拿牧羊子（存孝）”，后为刘夫人劝阻，称她将亲往察听虚实。

直到此时，情势的发展还没有出现对李存孝致命的威胁，因为“和事佬”刘夫人尽管在前折中表现不能仗义执言，但此次主动要求前往调查，真相大白还是大有希望的。况且如果证实李存信、康君立是在假传令旨，此二小人的阴谋就会彻底破败，则此剧也就不成其为悲剧。事实上以下此折的发展也是沿着这条路子走下去，刘夫人赴邢州，很快即弄清李存孝改姓的真相，并要李存孝随她亲赴李克用处与李存信二人对质，“白那两个丑生的谎来”，以致连精明的邓夫人也转忧为喜，她叮嘱丈夫：一旦弄明真相，“你把那康君立、李存信，用着你那打大虫的拳头着一顿”，“可与你那争潞州冤仇证了本”。剧至此，对李存孝来说，完全可以算作是亚里士多德所称的悲剧“顺境”。

可惜好景不长，“顺境”很快即转入了“逆境”，其转机是在刘夫人领李存孝刚入李克用府门之时，他们未及当面言明真相，即落入小人设下的圈套。李存信谎报刘夫人亲生儿李亚子打围落马，命在须臾，刘在慌急中不待替存孝解除危难即匆匆离去，李存信因得继续施展阴谋，乘李克用醉中自说“五裂蔑迭”(蒙古语，意指喝醉了)，即传假旨，将李存孝车裂。

分析至此不难看出，此折戏在结构上存在着值得注意的特殊之处，这就是悲剧人物由顺境向逆境“突转”得太快，转变过程完成的同时也是悲剧结局的完成之时。突转和结局二位一体，这在中外古典悲剧中的确是不多见的。

还应该指出，按一般规律，悲剧主人公的受难至极即为悲剧的高潮。但在此剧此折李存孝被冤死前不久还处于即将胜利的顺境，尽管第一折以不得潞州而只好赴邢州镇守为失意，但那称不上受难，况且那还只是悲剧的开始。当然，李存孝死前亦曾有过几句台词和动作，如质问李存信杀他之故，又将衣甲武器除下托人带给邓夫人作诀别意念，并惨呼“英雄屈死黄泉下，忠义孝义下场头”，但这些仅为一匆忙过场，主唱角色既非悲剧人物本人，则其间抒发感情本来即为一弱项，更何况作者并未专门为此安排专场，结束匆忙便是很自然的了。

同样，按一般规律，悲剧结局的出现也就意味着全剧的终结，西方剧论家有的甚至认为高潮一过就应该结束全剧①，此剧则不然，作者于李存孝被车裂后仍安排两折戏，相当于全剧一半的篇幅来表现李存孝死后的情节。

似乎作者自己也感到处理悲剧人物李存孝之死太匆忙了，于是在第三折又专门安排番卒“忙古歹”向刘夫人报告李存孝被车裂的详情。然已如前章所言，这实际上是早期杂剧仍旧不脱说唱艺术的痕迹，是叙唱体向代言体过渡的一种形式，这在元前期剧作中并不乏见。关汉卿在剧中如此安排，显然是由时代舞台的演出体制所决定，并非剧情发展所必须。当然，刘夫人派小番去打

① [美]约翰·霍华德·劳逊著:《戏剧与电影的剧作理论与技巧》，邵牧君、齐宙译，中国电影出版社1978年版，第333页。原文云:“我曾经一再提到高潮，认为它是决定戏剧性运动能否获得统一的关键点。因此，我一直认为这就是动作的结局，而从来没有提到过下落的动作(在下落的动作中，事件的发展通过结局而告终)。”

探存孝情况这一举动，在一定程度上改变了她偏狭自私的形象。读者应当记得第二折她将李存孝领到李克用门口，仅因李存信谎报一句“亚子打围落马”便立即抛开急需她帮助摆脱危境的李存孝不顾，致使二贼的阴谋得逞。事实上以刘的身份地位，帮助存孝剖明真相只是三言两语的事。这一点连憨直的李存孝也有所知，他哭求刘讲明白再走不迟，却反遭后者“打推科”。于是李存孝只有悲叹：“亚子终是亲骨肉，我是四海与他人。”应当说，对于李存孝之死，刘氏有着不可推诿的道义责任。她看到亲子无事，方悟为李存信所诳，转而才为李存孝担心，小番来报存孝被害的经过，这个只顾自己的老妇人心中自然也涌上一种内疚之意，转而这种歉意又转化为对李存信、康君立的愤怒，这一方面也因自己受到这两个小人的诳骗，自尊心大遭损害的缘故。这样也即为下一折力促李克用劝善惩恶之举打下了基础。

当然，就关汉卿的本意而言，第二折让刘夫人听到李存信谎报后即不顾存孝而匆忙离开，显然是为了使悲剧得以完全而故意做出的一种延宕，否则刘夫人顺利说出真相，李克用及时醒悟惩办小人，悲剧的性质即遭到破坏，这是作者所不愿看到的。也极力避免使此剧中途蜕变为喜悲剧或喜剧，这样处理自然有其合理之处，也为剧情发展所必需，但问题在于这种处理太匆忙，以致留下了人为的痕迹，本来作为正义一方监护人的刘夫人形象受到了不应有的损害，留给读者和观众印象的也是缺乏同情心的“任人唯亲”，这恐怕是作者关汉卿所始料未及的。

有了前三折，则第四折内容即为顺水推舟的事。李存信和康君立的阴谋实际上只是一些浅薄的伎俩，只有在李克用的昏庸糊涂以及酒醉状态下才能得逞。如果说他们假传令旨让李存孝改姓事后因死无对证尚可混赖的话，则重复同一伎俩谗杀李存孝的做法即太不高明，随着李克用酒醒、刘夫人得知实情，查问起来自然会不攻自破。所以，从这个意义上说，第四折较第三折更缺乏戏剧性，惩治李存信、康君立并为李存孝祭灵昭雪固然没有对已经形成的悲剧气氛造成根本上的破坏，但始终抹不掉读者和观众心目中的“蛇足”印象。

然而，关汉卿毕竟是一代戏剧大师，即使在极其不利的艺术构思中也能见其表现的功力。他在第四折让存孝妻邓夫人身背屈死的英雄骨殖，手持引魂幡痛哭登场，这个安排本身即挽救了一场戏：

［双调·新水令］我将这引魂幡招飐到两三遭，存孝也，则你这一灵儿休忘了阳关大道。我扑簌簌泪似倾，急穰穰意如烧；我避不得水远山遥，须有一个日头走到。

［水仙子］我将这引魂幡执定在手中摇，我将这骨殖匣轻轻的自背着。则你这悠悠的魂魄儿无消耗，你可休冥冥杳杳差去了！忍不住痛哭嚎啕……

惨痛凄厉，催人泪下。清人王季烈评此剧"曲文朴质，自是元人本色"，确有道理，但同时又称其"俊语无多"，[①]如果这指的是前三折缺乏抒情气氛的曲词尚可，放在此处评论则显得不太合乎实际。

固然，邓夫人在此剧中非悲剧主人公，但作为李存孝的妻子，她和丈夫一道经历了从忍气吞声赴邢州到胆战心惊求对质。她不是个糊涂人，对小人的暗算和李克用的昏聩，她甚至比李存孝还要清醒，无论是改姓还是去对质，她都曾尽自己所能提醒过丈夫，但最终仍旧挽救不了家破人亡的命运。就这个意义上说，她也是个悲剧人物，并且还是个特殊的悲剧人物。其特殊性除了在四折戏中担任三折的主唱角色以外，她还是这场悲剧自始至终的经历者和承受者(明明料到却不能救，她的痛苦甚至较李存孝亦毫不逊色)。正因为如此，第四折中她的上场吊幡痛哭才具有震撼人心的悲剧力量，这位聪明而不幸的女性没有同任何人道辞(她看透了)，独自一人背负丈夫骨殖引魂还乡，此时她的哭声牵动了读者和观众的心。

李克用这个形象同样值得注意，历来论者都没有把他作为悲剧人物看待，其实在这一出戏只有他才更符合亚里士多德所规定的悲剧人物定义，即所谓地位高贵，名声显赫，"之所以遭受不幸，不是因为本身的邪恶，而是因为犯了某种后果严重的错误"[②]。事实上也正是这样。历史上的李克用，在唐末社

① 王季烈：《孤本元明杂剧》第1册"提要"，中国戏剧出版社1957年版。

② [古希腊]亚里士多德著：《诗学》，陈中梅译注，商务印书馆1996年版，第98页。

会大动乱中曾以狡诈多谋、骁勇善战著称。他由一个割据一方的少数民族军阀逐步扩充力量和地盘，终于奠定了后唐王朝的基础，说他“地位高贵，名声显赫”是再合适不过的。然而此剧中出现的李克用，已接近暮年，耽于安乐，整日昏醉。他对李存孝的功劳自然比谁都清楚，论功行赏分配镇守地时，起初倒也不失公道，将条件最好的潞州派给李存孝镇守，但却挡不住李存信、康君立二人的奉承谄媚，又出尔反尔变了卦，使得存孝失望以致寒心，即使周德威这样的老将都觉得不合理。除此而外，李克用还不辨贤愚，让李存信、康君立这样的小人牵着鼻子走，听到所谓李存孝改姓反叛的谎报，立即要出兵攻杀。为他打天下立下汗马功劳的李存孝终于在他的酒醉糊涂中被害，他当然负有不可推卸的责任。

然而，李克用又并非存心“为非作恶”的恶人。作为一军之主和义父，他当然知道李存孝的神勇在他一生事业中所起的作用，他的主观安排尽管有不当之处，但却不是致命的。即就第一折分配镇守城池上看，他将李存孝派去条件相对较差的邢州镇守，而把条件最好（富庶、无战事）的潞州分给了无寸功只会谄媚奉承的小人固然是他的糊涂之处，但实事求是地分析，邢州既地近强敌，“是朱温（梁太祖，克用之宿敌）后门，终日与他相持”，派李存孝这样的一等大将去镇守确属必要，否则边境不宁，为祸不小。听到谎报即欲率兵去攻杀李存孝固然表明他不辨贤愚，但当刘夫人出面劝阻时，他也就收回成命了。更重要的是，他在听到刘夫人回报说“不是我去呵，险些儿送了孩儿也”一句囫囵话，虽然未便就能充分理解，况且在醉中，他的确也没有下达处死存孝的命令，而是推说“我五裂篾迭”（醉了），想要休息。李存孝之死，在他的确没有直接责任。正因为如此，他酒醒后对李存孝被害的震惊和痛心便具有一定的真实性。对李存信之流的小人陷害，坏他柱石的行径更不能容忍，同时也为了安定军心，抚慰将士，他最后斩杀二贼，亲祭李存孝并恩养邓夫人便是再自然不过的。

然而，人死不能复生，李克用的悔恨也罢，采取补救措施也罢，这场自毁长城的悲剧是注定了：

（做哭料，云）哎哟，存孝儿也！（念）我听说罢泪千行，过如刀搅我心肠，义儿家将都悲戚，只因带酒损忠良。

作为客观上的悲剧制造者，李克用自身的悲剧在于“无意识的错误与未加思虑的愚蠢”[①]。然而话虽如此，失掉爱将的痛苦只好由他自己慢慢地品尝了。

一般认为李存孝形象是此剧作者全力刻画的悲剧主人公，事实上整个剧情主要是围绕他的受屈乃至遭小人诬害这个中心事件展开的，尽管第二折末他的生命已经结束，后来也没有鬼魂上场复仇等事，然第三折的忙古歹讲述和第四折邓夫人的引幡痛哭以及李克用等人拜祭，其对象都没有脱离这个中心，为了使这个人物形象更加高大完美，作者甚至不惜对史实作较大改动，从前一章考论此剧中我们即已清楚，历史上的李存孝被车裂，一方面固然由于李存信、康君立的进谗，另一方面与他自己的争功偏狭以致“附梁通赵，自归于唐”的谋叛行径也有着不可分割的联系。对这些作家一概删削不书，甚至史书上记载较为详实的李存孝叛后又降，向李克用“泥首请罪”，结果仍被处死的颇具戏剧性的细节，作者概不采用，其偏爱之心卓然可感。

当然，作品中的李存孝形象亦并非完全高大完美，严格的现实主义精神促使作者力避笔下出现扁形人物，对于李存孝，则忠实地刻画他正直达到近乎颟顸的地步。剧本第一折描写存孝被告知去镇守最差地面邢州的时候，他不同李克用据理力争，并争取老将军周德威以及刘夫人的支持促使李克用改变主意，反而盯住李存信大吵（他理应知道这样吵是不会有任何结果的）。这也罢了，第二折李存信、康君立前来假传李克用命令让复安姓，此事何等重大，牵涉他同主帅之间的根本关系，以这种方式出现绝无可能，连邓夫人都说这不可信，他却深信不疑，并不想想不久前为潞州事和李存信已吵到互相中伤的地步，转眼间竟对之半点芥蒂皆无，全无防范，令人莫名其妙。如果说是秉性正直、宽厚待人，则此前即不必为镇守地条件优厚与否斤斤计较，以致大动肝火。不仅如此，当刘夫人怒气冲冲地前来质问改姓原因的时候，李存孝理应马上理直气壮地讲明，但他却避开话题，只是一味向刘劝酒，反而需要妻子的一再催逼：“你不说等什么那？”造就使人感到不是胆虚便是个窝囊废，综观

① [英]阿·尼柯尔著：《西欧戏剧理论》，徐士瑚译，中国戏剧出版社1985年版，第184页。

前后，李存孝的悲剧，一方面固然由于小人的谗毁和李克用的昏聩，另一方面也是他自己失于轻信以及在政治、人际关系上的不成熟等弱点造成的。在这个意义上我们说，李存孝也是一个犯了错误的悲剧人物。

正由于李存孝、李克用、邓夫人等都具出身高贵、声名显赫的地位，他们的悲剧又非因本人的"为非作恶"，而是犯了错误所致，此剧表现形态于抒情的同时也注重情节和人物性格的刻画，与前面分析过的《西蜀梦》同中有异，将此剧归入英雄悲剧范畴应当说还是符合实际的。

此剧在类型和体制结构上还有其独到之处。仔细考察剧本即可发现，其中最突出之点就是主唱角色邓夫人非悲剧主人公，而李存孝作为悲剧主人公却又不是主唱角色。谁都知道，元杂剧一人主唱本来即有利于主要人物的塑造，李存孝既非主唱角色，则许多关键场合其心理、情绪即无法淋漓尽致地表达出来，从而影响了对他形象的全力塑造。其次，李存孝之死安排在第二折而不是末折，甚至亦非元剧通常出现的第三折。如前所言，悲剧主人公的死即代表着悲剧的高潮和结局，作者不会不知道，但他还是这样安排了，这就造成了悲剧的一半无悲剧主人公的局面，而体现正邪之争的悲剧冲突实际上在第二折存孝死后已不复存在，这样，悲剧中的冲突也呈现着残缺不全的状况。人们不禁要问，作者这样处理，是布局不当还是另有用意呢？

解释这个问题，我们首先必须回到前节已论及的关汉卿早期悲剧的性质和特点上来。我们说《西蜀梦》是一个事件悲剧，作者重在表现一个悲剧性的事件而不专门突出某个主要人物。正因为如此，重点表现刘备、诸葛亮心态的该剧第一、二折同样构成悲剧整体的有机部分。对此剧亦应同样看待，作者意在表现李存孝遭谗被害前后的历史事件。当然，李存孝作为这一悲剧事件的中心人物是无可置疑的，但并非通常人们理解的悲剧主人公，此剧中悲剧人物是一个系列，李存孝之外尚有李克用、邓夫人等，严格说来，李存孝只是悲剧人物中比较引人注目的一个。把握住了这一点，我们对关汉卿此剧角色安排和人物塑造以及戏剧冲突中出现的上述问题，即不会简单地将其归因于作家创作布局的失误，而应看作是时代剧场和作家本人艺术观双重支配下的产物。

站到世界戏剧史的角度观察，这里所说的事件悲剧与西方早期的情节剧有相似之处，阿·尼柯尔《西欧戏剧理论》一书谈到情节剧时即云："最早的时候，它只是指那些引进许多抒情歌曲的严肃剧，在某些方面，它类似歌剧。在此情况下，埃斯库罗斯的悲剧和梅塔斯达肖的剧作都可以包括在情节剧内。"[①]与此相近，事件悲剧也出现在关汉卿杂剧创作的早期，当时杂剧艺术刚从诸宫调、金院本等领域脱胎而来，在各方面都还保留着叙唱体的痕迹，这一点我们在前面已经分析过了。《哭存孝》的体制，虽然主唱角色在四折戏中有三折均由一人扮演，较之《西蜀梦》中正末轮扮三个人物的情况要前进了一步，但第三折临时拉上一个连姓名也没有更非悲剧人物的"忙古歹"主唱，以叙述李存孝被害经过，这个事实本身即说明此剧仍带有说唱艺术的深深痕迹，而与当时的剧场演出体制有较强的适应关系。

我们知道，元杂剧前身来源于诸宫调（音乐体制）和金院本（演出体制），而最初形成杂剧剧本即不可避免地保留了旧体制的痕迹。作为公认的杂剧主要创始人关汉卿，他的早期创作与元杂剧早期曲坛有着同步的关系，而诸宫调等讲唱艺术又并不随着杂剧的出现而销声匿迹，在很多情况下是同台演出，有的甚至混淆不清，如前期杂剧作家石君宝的《风月紫云亭》剧即明标为"诸宫调"，元初人胡祗遹（紫山）并有《诸宫调》诗："唱到至元供奉曲，篆烟风细蔼春和"，"通着才情风调曲，缓歌中统至元年"。[②]由此可知，直至元世祖中统、至元年诸宫调仍旧演出不衰。在此时期同类剧场中，带有说唱成分的关汉卿此剧出现便是再自然不过的。作者的艺术观念同样带有时代的鲜明特色。正是在这个意义上我们说，此剧是时代剧场和作家艺术观念双重支配下的产物。

总而言之，不管作者有意还是无意，此剧塑造了一个悲剧人物系列，特别是李存孝和李克用这两位处于末路的悲剧英雄，更具有典型意义，和《西蜀梦》中的关羽、张飞、刘备、诸葛亮等形象一道，为我国早期悲剧画廊提供了第一批富有色彩的人物造型。尽管在表现形态上还存在着这样或那样的不成熟之处，但其开创之功是不可抹杀的。无论如何，作为一部以事件为其中心的英雄悲剧，它们的经验教训对后世都是有益的昭示。

---

① [英]阿·尼柯尔著：《西欧戏剧理论》，徐士瑚译，中国戏剧出版社1985年版，第104页。

②《紫山先生大全集》卷七，四部丛刊本。

三、性格悲剧:《鲁斋郎》

在戏剧理论史上，性格悲剧包括广义和狭义的两种，广义的性格悲剧即指以刻画人物性格为主的悲剧，相对于事件悲剧或西方早期的情节剧而言，由于这个概念涉及的戏剧种类太多,在实际应用中价值并不大,故很少有人讨论,就研究而言,应用价值最大的应该是狭义的性格悲剧,也就是一般所指的性格悲剧。

关于这种性格悲剧，德国美学家里普斯解释为“灾难是由主人公本身的邪恶招惹出来的”[①],这种说法本身并没有错,但不完善,而且容易产生歧义。例如“邪恶”二字很容易同坏蛋、恶人联系起来,而这些人的灾难并不能构成悲剧。亚里士多德说过,悲剧“不应表现极恶的人由顺达之境转入败逆之境,此种安排可能会引起同情,但不能引发怜悯或恐惧”[②],而怜悯和恐惧恰是亚氏认定悲剧所能激发的基本情感。其次,即使将“邪恶”二字改换为“犯了某种错误”[③],也不能认为就是性格悲剧,因为如我们分析《哭存孝》中的李存孝和李克用,他们尽管一个正直的近乎颟顸,一个老迈昏庸,以致让恶人钻了空子,铸成悲剧,但那属于识见上的局限和生理上的一时昏聩,而非性格使然。俄罗斯美学家别林斯基曾经指出:性格“悲剧里的流血灾变,不是偶然的和外部的东西”,而是“预见的必然”。[④]这里所谓“内在的必然”,即为性格方面的弱点构成的悲剧因素。在关汉卿剧作中,《鲁斋郎》较具有代表性。

此剧全名为《包待制智斩鲁斋郎》,表面上看这是传统上的包公戏,属于古代公案剧中常见的一种,在具体理解上也是见仁见智,众说纷纭,甚至是否为关剧都有过争议(这一点前章已有论及),但它却为人们公认的元杂剧的早期悲剧,研究它对于把握中国古代性格悲剧的特点,对于了解关氏戏剧观的演变,都有一定的实际意义。

---

①［德］泰奥多尔·里普斯著:《喜剧性与幽默》,载《古典文艺理论译丛》第 7 辑,人民文学出版社 1964 年版,第 89 页。

②③［古希腊］亚里士多德著:《诗学》,陈中梅译注,商务印书馆 1996 年版,第 98 页。

④《别林斯基选集》第 2 卷,满涛译,人民文学出版社 1958 年版,第 116 页。

剧本四折一楔子，属元杂剧体制的成熟类型。“楔子”描写自称“花花太岁为第一”的权豪势要鲁斋郎，无法无天，无恶不作。看到银匠李四妻子漂亮，竟借李为其整修酒壶之机，公然将李妻抢走，临行还吩咐“你不(随便)拣哪个大衙门里告我去”。李四不甘心，果然告到“大衙门”郑州都孔目张珪的门上，发病为张所救，于是因祸得福，得认张妻为姐，两下作亲眷往来，李四以为告状有门，因为“姐夫”身为郑州六案都孔目，权势不小，自称“谁不知我张珪的名儿”，然而当李四诉以前因提及鲁斋郎时，这位本来气壮如牛的张孔目立即惊叫“唬杀我也”，连忙捂住“大舅子”的嘴巴叮嘱：“这言语你再也休提”，视鲁斋郎如同食人怪兽。“楔子”类似于此剧序幕，作者先声夺人，渲染了鲁斋郎的熏天气焰，说他“嫌官小不做，嫌马瘦不骑”，他白日劫财物、抢妇女，横行无忌，连平日颇有威势的郑州六案都孔目听闻他的名字都怕。至于鲁斋郎的官职，张珪说是“大的忒希诧”，然“斋郎”乃宋以前朝内职官之一种，据宋人高承考证：

> 魏始有太常斋郎，唐有太庙、郊社之别。唐洎国家，其久次者，太庙又补室长，郊社即补掌坐，掌次，谓之黄衣选人。祖宗以来，又以为朝臣子弟起家之官。①

是此，则斋郎仅为国家管理祭祀的一般官员，原不应有如此威权，只是有一条，宋代斋郎即多为“朝臣子弟起家之官”，实际上可以看作贵家子弟(衙内)的代名词。这些飞扬跋扈的恶少宋代即有，如《水游传》中高俅之子高衙内之类，至关汉卿所处的元代，这些被称作“斋郎”的朝臣子弟已脱离了原来所指特定的任职范围。而实际上暗指那些无恶不作的特权阶层。这一点并非作者杜撰，而是确有所据，元帝国统治者明令将全国分为四个等级，汉人为主的南人最低，位于四等级之首的蒙古贵族享有许多法定的特权。史籍记载：

> 既平江南，以兵戎列城，其长军之官，皆世守不易，故多与富民结党，因

① 〔宋〕高承：《事物纪原》卷五“斋郎”条。

夺民田宅居室，蠹有司政事。[①]

鲁斋郎这些可以横行不法的特权阶层，只有放在元代社会背景下才更具现实性。关汉卿这里的渲染虽然出自艺术虚构，但仍体现了历史的本质真实。在楔子中，贯穿全剧的冲突（张珪、李四和鲁斋郎之间以及张珪性格的内在冲突等）虽然尚未全面展开，但其中对鲁斋郎熏天气焰的渲染即为以下张珪的悲剧奠定了社会背景。

剧本第一折描写张珪带妻子儿女于寒食节上坟，恰好鲁斋郎也来郊外踏青游玩，路过张家坟地，因发弹弓打鸟，却将张珪儿子的头打破。孩子无故被伤，妻子未免嚷骂几句，张珪也没想到在自己的属地上会有人敢欺凌他，于是怒气冲冲地奔出去大耍威风：

（正末云）这个村弟子孩儿无礼！我家坟院里打过弹子来，你敢是不知我的名儿？

这样，作者即将鲁斋郎和张珪这一对贯穿全剧的矛盾冲突推到了读者和观众面前。

我们记得，在楔子中张珪欺软怕硬的性格已略有表现，如一听到义舅受欺即发大言："谁欺负你来，我便着人拿去！"但一听到鲁斋郎的名字即唬矮了半截，连忙捂住李四的口，让他赶快回去"再也休提"，气壮如牛却又胆小如鼠，如此矛盾的性格特征于此表现得活灵活现。

然而命运也真与张珪开玩笑，愈是怕事则事偏偏找上门来。发生在李四身上的抢妻事转眼间又落到身为六案都孔目、有"大衙门"作恃的张珪头上，"冒支国俸，滥取人钱"的权势并未能保护他免遭凌辱。鲁斋郎的出现并质问他"骂谁"一下子使得张珪惯有的优越感消失殆尽，由老太爷变成了三孙子。剧本写他"恰便似坠深渊，把不定心惊胆战"，连忙"做跪科"，鲁斋郎要他"近前将耳朵来"，他也只好凑上去，听到的是："把你媳妇明日送到我宅子里

①《元史·兵志》。

来”,这对张珪来说,作为一个男儿,他的遭遇较李四更为不堪。如果说李四失妻还得到十两银子作“盘缠”和“肯酒”三壶,并且还是强力夺走的话,则张珪竟被命令第二天亲自将妻子送到鲁斋郎住宅里去以供蹂躏,而这对张珪看来竟如同圣旨到了一般,所谓“附耳低言,一句话似亲蒙帝王宣”。悲剧主人公性格中怯懦卑弱的一面得到了真实的表现。

应当承认,和无权无势的银匠不同,身为六案都孔目的张珪在郑州当地的确还是颇有威风的。此折戏中张珪的几段曲词即自己道出了这点:

〔仙吕·点绛唇〕则俺这令史当权,案房里面关文卷,但有半点儿牵连,那刁蹬无良善。

〔油葫芦〕只待置下庄房买下田,家私积有数千,那里管三亲六眷尽埋冤。逼的人卖了银头面,我戴着金头面;送的人典了旧宅院,我住着新宅院。

显然,这是在当地包揽词讼、作威作福的胥吏形象,元代有许多地方政权实际上即由他们这些人在把持着。正史记载“当时仕进多歧,铨衡无定制”“而刀笔下吏,遂致窃权势,舞文法矣”①。由于职业习惯,这种人平日里即造就了欺下瞒上、欺软怕硬的双重性格特征。对待打官司的平民百姓,他们是狼,对待有权主宰他们命运的权势来说,他们又是狗。这种双重性格特征在张珪身上均有体现。

然而,作者并没有将张珪作为一个十足的恶人看待。张对鲁斋郎惧怕固然说明他性格卑弱,另一方面也表明他毕竟和“花花太岁”不是一类人,他也是受害者。而且,剧本写他当街搭救病倒的素昧平生的李四并扶回家医治表明他富有同情心,并非只认金钱不认人的恶吏。此折开端张珪的几段曲词固然表明他为吏的贪婪凶狠,但其中也不无歉仄和苦闷之处,例如他自认“俺这为吏的多不存公道”,并且自责“衔一片害人心,勒措了些养家”〔混江龙〕,这些都表明他即使在履行吏职中也并非完全丧失天地良心。

①《元史·选举一》。

正因为张珪良心未泯却又性格卑弱，鲁斋郎让他亲自送妻子上门以供蹂躏使得他的悲剧又进了一层，“少不得把屎做糕糜咽”的个性决定了他在抗拒凌辱方面不可能有更大的作为。这样，剧情即自然而然过渡到了第二折。

剧本以下表现张珪瞒着妻子亲自将她送往鲁斋郎住宅。这个情节安排使得悲剧进入了高潮：

> 几曾见夫主婚，妻招婿？今日个妻嫁人，夫做媒。

的确是这样，世界上夺人女者有之，坏人家庭者有之，因势单力薄或秉性懦弱在妻女受辱后忍气吞声不敢张扬者亦有之，但就是没有听说过做丈夫的亲自送妻子上门明明白白交与别人淫污之事。这对于一个血性男儿来说，是一件活不如死的奇耻大辱。假如张珪是一个丧尽天良的无赖子，为了巴结权贵向上爬而不顾起码的人伦道德，这种事对他也许不算什么，关键在于张珪还有良知，他们夫妻之间还有感情，更何况他还有一对儿女离不开亲娘。对此张珪自然比谁都清楚：

> 我不送去，我是个死；我待送去，两个孩儿久后寻他母亲，我也是个死。

然而这些心事又不能对外吐露。对鲁斋郎及其下属固然不敢，对妻子同样不敢，一来是无法说出口，二来又怕她知道了不肯合作，于是采取了暂时隐瞒的办法。然而这种独自承受屈辱痛苦所造成的内心冲突更加难以遏止，他让妻子先行一步后，被压抑着的愤懑情感一下子爆发出来了：

> ［南吕·一枝花］全失了人伦天地心，倚仗着恶党凶徒势，活支刺娘儿双折散，生各札夫妇两分离。
>
> ［梁州第七］他凭着恶狠狠威风纠纠，全不怕碧澄澄天网恢恢。……平地起风波三千尺，一家儿瓦解星飞。

如此的嘶声哭喊将冲突推向了高潮。在张珪身上，集中了两类矛盾冲突，一个是他和鲁斋郎之间,这是此剧的外在冲突。虽然张珪在做吏时并非良善之辈,但那并非作者所要表现的重点,在保护妻子和家庭以及自己免遭权势者凌辱这一点上,张珪应当说还是属于懦善的一类。鲁斋郎有着无比权威作后盾,“动不动挑人眼,剔人骨,剥人皮”,他的恶同样具有强大的能量。剧本此折一开始写他做好准备,张珪夫妇“若来迟了,就把他全家尽行杀坏”,表明他对张珪的威胁并非虚声恫吓,对张珪来说这种矛盾的确是生死攸关的。这种善与恶的较量,张珪无疑不是对手,他失败了,败得很惨,以至“把屎做糕糜咽”。但在另一方面,张珪的天伦良知又和畏惧权势的卑污性格发生了冲突,这当然是悲剧主人公的内心冲突。这种冲突的结果是天伦良知被畏惧权势的卑下心理所压倒,其结果张珪同样是个失败者,同样败得很惨,以至于亲手拆散了这个家庭,弄得个“一家儿瓦解星飞”。也正是由于张珪一身集中了两类矛盾,如此重负绝非他的懦弱卑下的性格所能承受。作为一个双重的失败者,张珪的悲剧具有特殊的意义。剧本于此折描写张珪在献妻后拼命吃酒:“我乞求得醉似泥,唤不归”,“我只图别离时,不记得”,便是这种不甘心但又无可奈何的失败者心理的外在表现。

但是,如此严酷的现实靠隐瞒是摆脱不了的,酒醉中也不会有张珪的极乐世界。无辜的妻子终于知道了事情的真相,从某种意义上说,她的悲剧命运较张珪更残酷,因为作为一个活生生的女性,在毫无所知的情况下被转送他人奸淫,并且一下子要抛弃儿女,拆毁家庭,更是她所难以接受的。如果说张珪对这一切还有着心理转换过程的话,则妻子连这点可怜的权利都被剥夺了,其痛苦可想而知。这情感气氛当然也反过来感染了张珪,在和结发妻子生离死别之际,他再也压抑不住自己的情感,不顾可能为鲁斋郎听知而“同掩泣科”,此时的张珪,可以说天理人伦的良知已在他的性格冲突中占了上风。也许这是处于悲剧高潮中他所能表现的唯一“出格”的外在行动吧。

然而,一个人的性格一旦形成,在短时间内即不会轻易发生根本改变。张珪的感情冲动只是一刹那的事,鲁斋郎一声责问“只管里说甚么”立即将它拉回现实中来,此刻的张珪马上又回到了怯懦卑弱的躯壳之中,鲁斋郎把自己已经玩腻了的李四老婆赏给了他,他也就屈辱地接受了。剧作家在任何时候都没有忘记他笔下人物的性格特征,正如美国著名戏剧理论家贝克指出的那样:“一个人的性格,并不表现在他是怎么想的,而终归是表现在他面临紧要开头时怎样本能地,不假思索地采取什么行动。”[①]此折末尾写张珪离开鲁斋郎住宅时还“扭回身体,遥望着后堂内养家的人,贤惠的妻”,其不甘心却又无可奈何的心情表现得淋漓尽致,他的怯懦卑弱的性格再一次得到充分的体现。

剧本第三折为悲剧的结局部分。我们知道,在前两折中,张珪无论在同鲁斋郎恶势力的外在冲突还是在自身性格的内在冲突中都是个失败者(在已有的冲突中他恭恭敬敬地将自己感情深厚的发妻送到了鲁斋郎的后堂,同时屈辱地领回了被鲁玩腻了的李四老婆“养家”),而到此一折。悲剧也就到了该结束的时候了。

张珪回到家里,但他自己也清楚,这算做什么家。连他的孩子得见悲剧底细后都气得昏死过去,他却还准备就这么和李四老婆凑合过下去。

〔迎仙客〕你把孩儿亲觑付,厮抬举。这两个不肖孩儿有甚么福?便做迫忒贤达,不狠毒。

更可悲的是,直到此时他还相信眼前的李四老婆真的是鲁斋郎的妹子(他将鲁斋郎捉弄他的话当了真),似乎以妻子换来鲁大人的妹子也不算太亏。所以他对刚刚远道投奔来的李四提起此事时还不无庆幸:“我可也强似你,他与了我一个小姐,叫作娇娥。”麻木至极,也颛顸至极!至此,张珪这个悲剧人物形象在读者和观众心目中又增添了愚昧和麻木的成分。

李四再次远道来奔在张珪是件意外的事,但他领来的“小姐娇娥”竟是李四被抢去的老婆更大出乎他的意料之外,几使他难以相信,“早难道君子断其初,今日个亲者便为疏。人还害你待何如?”〔石榴花〕。另外,孩子又因为去找他而走失。这样,张珪苟安的最后一条途径也被堵死了,剩下来的选择只有两个,一是留下来和李四争妻,这不是没有可能,因为“小姐娇娥”虽然原为李四老婆,但为鲁斋郎抢走并已转赏给了张珪;另一是直接去找鲁斋郎拼个鱼死

① [美]乔治·贝克著:《戏剧技巧》,余上沅译,中国戏剧出版社1985年版,第25—26页。

网破，这在懦弱的张珪显然做不出来。于是他让李四夫妻重新团圆，并将全部家私交付后者，自己云游出家："我从今万事不关心，还恋衾枕欢娱？"当李四不过意，提出："把我浑家与你罢。"张珪反倒显示了一点男子汉的血性：

呸！不识羞闲言长语，他须是你儿女妻夫。

这就在张珪的性格中爆发出了一点崇高的火花。张珪之所以能够成为一个悲剧人物，就是因为他并不是一个完全卑污的人物。

至第三折结束时，此剧的悲剧行动和悲剧冲突已经终结，可以说作家已完成了他的创作意图。但作者意犹未尽，又增写了第四折，时间已是15年后。这实际上是全剧的尾声。

包拯的出现显得比较突兀，因为这之前作者没有给我们提供哪怕一点点的暗示。这位清官奉命五南采访，途中救得张珪和李四两对儿女并抚养成人亦太巧合(果如此，清官成了救世主了)。就此剧中心事件而言，简直可以说是画蛇添足。当然，智斩鲁斋郎的故事对后世影响颇大，但在今天看来，要一点添笔改字的花招去糊弄皇帝有点类似儿戏，须知皇帝亦非个个愚不可及。此折中包拯还自叙皇帝曾追查过此事。也曾查阅文书，可见并非愚庸不堪，倘若发觉，则老包欺君之罪又该如何交代？显然太不现实。固然，悲剧中加进一点误会巧合或者要点噱头这原是中国古代戏曲的特点，但搞得太过分并以其作为解决问题的根本途径，不能不对已形成的悲剧气氛有所削弱。

当然，也不能就此将第四折看作作者的败笔。这一方面毕竟是前三折留下了某些伏线，人们也许关心，张珪出走以后怎么样，他们两家的儿女先后走失了有什么结果?此外，鲁斋郎如此横行霸道总不能永远让他逍遥法外，否则有失天命之公道。这些都在第四折中有了着落，显然使得剧本给人以有头有尾的感觉，符合中国古代戏曲观众追求完满的审美心理。另一方面，这一折的主体部分"三不知重会云台观"即张、李两家在云台观重逢。表面上看是张珪在众人劝导下还俗，妻子儿女又回到身边，李四一家同样阖家团圆，但这是已经破碎了的家庭在共同挖掘记忆的坟墓，已经愈合的伤口再一次揭开，无疑，这其中仍旧笼罩着浓重的悲剧气氛。谁都知道，肉体上的伤口容易愈合，而心灵上的创伤是长期的痛苦。在这个意义上可以说,此剧的末折与其说是喜剧性的大团圆倒不如说是更深一层意义上的悲剧更为适合。

综观全剧,作者为我们塑造了一个心理真实、情感丰富的吏员形象,这在元杂剧同类题材中,除了孟汉卿的《魔合罗》、孙仲章的《勘头巾》以及李致远的《还牢末》等少数几种外,可以说是写作最早也是最好的。剧中人物张珪的性格特征,在吏这一阶层中可以认为具有相当的典型性。

吏本来即为中国古代官场的一个特殊阶层。说它特殊是因为:一、他们不是正式官员,甚至连最末一品官都不是。二、作为各级地方政府的属员,他们又是官署中日常事务的实际办理者。由于他们的老练,业务熟悉,深得职官器重。特别是元代前期,职官多由军功升转或为世家子弟,行政能力很差,许多方面更是依赖刀笔之吏。正因为吏员身处的特殊地位,他们的性格也有其鲜明特点,由于掌握了相当部分的办事实权,胥吏大多刻薄贪婪,对下狐假虎威,另一方面由于他们不是职官,其去留都随上司官的个人好恶,故又形成他们对上奉承巴结的媚骨。正因为如此,关汉卿此剧中张珪平日任职时贪婪凶狠,但在权势者的侵暴凌辱面前却又显得怯懦卑弱,听凭宰割。作者入木三分地刻画了这种人的性格,并且将其归入悲剧产生的主要根源。固然,鲁斋郎作威作福是造成张珪等人悲剧的根本原因,但之所以出现"夫主婚,妻招婿""妻嫁人,夫做媒"的人伦惨剧却不能不与悲剧主人公懦弱卑污的性格有直接关系。例如同为妻子被掳,银匠李四是到处设法告状申冤,而在张珪即只能忍受"屎做糕糜咽"的奇耻大辱了。作为我国早期悲剧中塑造得最为成功的性格悲剧人物形象,张珪是当之无愧的。

此剧在表现手法上也有着鲜明的特点。和前面分析过的重抒情的《西蜀梦》和重事件的《哭存孝》不同,《鲁斋郎》一剧特别重视人物的性格塑造。张珪不仅是这一悲剧事件的中心人物,同时也是剧中的悲剧主人公。当然,剧中还存在着其他悲剧人物,如张珪妻子以及李四夫妻等等,但他们均非悲剧主人公,其作用和地位远不能和张珪相比。在突出主要人物方面,此剧显然有一个明确的目标。

这一点从此剧的演出体制亦可看出。我们已经知道,《西蜀梦》中主唱角色轮流扮演三个人物,《哭存孝》中主唱旦角还扮男性角色,彼二剧的共同特点是主唱角色和主要人物的脱节，自然只适用于事件悲剧的表现，而此剧则不同，悲剧主人公张珪同时又是四折一贯到底的主唱角色，故皆有利于他的性格的刻画。从《西蜀梦》《哭存孝》到《鲁斋郎》，我们一方面可以看到作者驾驭杂剧体制的逐步成熟，另一方面也可以看出作者的悲剧表现方式并非一成不变，而是在不断演进的。

一般戏剧理论均认为，“悲剧主人公在整个悲剧中的地位是举足轻重的，它的属性，在某种程度上决定着悲剧的性质”[①]。正因为张珪是《鲁斋郎》一剧塑造得比较成功的性格悲剧人物，而他同时又具有悲剧主人公的身份，在整个剧作中有着“举足轻重”的地位，故我们将此剧作为性格悲剧乃是顺理成章的事。第四折包拯出场纯属偶然和外来的因素，在此剧“严肃、完整、有一定长度”的悲剧行动已基本定型的情况下，它不可能从根本上改变整个悲剧的性质。

四、社会悲剧：《窦娥冤》

顾名思义，所谓社会悲剧即指由社会因素所造成的悲剧，表现的是个人与社会的冲突。剧论界曾有论者从题材范围出发称之为生活悲剧或家庭悲剧，今天看来，前者失之太泛，不能揭示此类悲剧的本质。后者则失之太窄，因为此类悲剧中有许多已突破了家庭的范畴，故称为社会悲剧比较恰当。它表明悲剧的产生既非源自主人公犯了错误，亦非主人公性格缺陷所致，在这方面，社会环境客观因素占了主导的地位。关汉卿的《窦娥冤》即为其中比较典型的一种。

此剧全称《感天动地窦娥冤》，为关汉卿晚年的成功之作。其题材来源既非如《西蜀梦》《哭存孝》那样取自正史，又非如《鲁斋郎》那样在历史框架内进行再创作，虽然据考此剧创作吸收了古老的“东海孝妇”的传说，但作者并不认为他笔下的悲剧主人公本身即为东海孝妇。这从此剧第三折窦娥冤临刑前所唱“也只为东海曾经孝妇冤，如今轮到你山阳县”的曲词也可看出来。至

① 苏国荣：《中国剧诗美学风格》，上海文艺出版社1986年版，第118页。

于其他方面更未见历史的影子。故前一章我们将其归入与历史剧、历史故事剧相并立的社会问题剧还是符合实际的。

《窦娥冤》的戏剧形态属于元杂剧的标准体制，即四折一楔子。“楔子”描写穷秀才窦天章，因为欠下蔡家高利债而无力偿还，加上欲进京赴试缺乏路费。遂将女儿端云(后来改名窦娥)卖与蔡家为童养媳，一来抵债，二来借此筹措赴京盘费。这样，早年丧母的7岁女孩端云，至此又同父亲失散。作为全剧的序幕，“楔子”虽然情节不太复杂，但却自有其重要性。首先，它交代了剧中人物各自的身份以及它们的相互关系。蔡婆是个小市民兼高利贷者，贪婪和图便宜为其本性，但人比较善良，她真心喜欢窦娥，答应“做亲生女儿一般看承”，这就为后来她们共同相依为命打下了感情的基础。至于窦天章，他是穷书生，科举功名对他来说高于一切，甚至连亲生女儿都可以出卖，表现出这个人物被仕途经济扭曲了的灵魂，他的出走也为后来得官复回审理此案埋下了伏笔。其次，“楔子”中还间接展示了当时的社会背景，人们看到蔡婆这样的软弱善良的老妇人尚在放高利贷进行残酷剥削，则更坏的人如何胡作非为就不难推知了。这样处理即为后来赛卢医和张驴儿以及贪官污吏的出现提供了社会现实的基础。

应当指出，此剧“楔子”中展示的社会背景均非作家臆造，它们同样有着较强的现实依据。史家记载：“元代社会中的色目人，多数是商人”，“他们随从蒙古皇帝来到中原地区，并且成为高级官员，倡导以(扑买课程)(羊羔儿息)等剥削方法。为蒙古统治者掠夺人民的财富，为色目商人提供谋生的通途”[①]。这显然是此剧中“羊羔儿息”的由来，尽管债主已由“色目商人”扩展到蔡婆这样的小市民。此外，元代的抵债卖身的情况也很普遍：“北方破产的农民，往往因偿债典身或卖身为奴。”[②]破产农民如此，处于“九儒十丐”地位的穷文人当然亦不例外，这就是窦天章为抵债和筹措盘费将亲生女儿卖给蔡家的重要依据，所幸的是蔡婆仅想买窦娥作媳而非为奴，但即此亦未使她摆脱悲剧的命运，剧本这样安排清楚地表明作家意在揭露当时的社会黑暗，并以此

① 范文澜、蔡美彪等：《中国通史》第7册，人民出版社1978年版，第173页。

② 同上，第176页。

作为他笔下悲剧的社会情势的客观依据。

剧本第一折时间已是13年后,“楔子”中的贫苦孤女端云已长大为苦命的寡妇窦娥,父亲一去杳无音信,丈夫死去又已3年,年龄刚满20岁的她此时对生活已没有过高的要求,虽然她对“满腹闲愁,数年禁受”的青春守寡生活感到苦闷,虽然她“闷沉沉展不彻眉尖皱”,但还是下决心要将这个家庭支撑起来:“我将这婆侍养,我将这服孝守,我言词(辞)须应口。”

这就是悲剧主人公为自己定下并竭力维持的意志行动。如果说在“楔子”中她被卖因而留在蔡家作童养媳是由父亲和蔡婆一手包办而纯属被动的话,则这里的维护家庭,奉养婆母平安度日则是她主动行为,“我言词(辞)须应口”一句表明她曾在丈夫死前许下诺言,这成了她不可改移的生活意志。

然而,生活偏偏和这个安守本分的苦命寡妇过不去。蔡婆外出讨债险些为借债人赛卢医勒死,流氓无赖张驴儿父子却因无意间撞破惊走赛卢医而以救命恩人自居,硬要霸占她们婆媳俩。这个事件的出现对她们一老一少平静的孀居生活不啻是扔了一枚重磅炸弹,蔡婆性格软弱,她实际上已答应了张家父子的要挟,并劝窦娥“不若连你也招了女婿罢”,虽经窦娥极力反对而未得成事,但张驴儿父子却因而得以搬进蔡家,这就使得窦娥的命运发生了根本性的变化。

有观点认为,窦娥劝阻婆婆改嫁以及自己拒绝张驴儿是出于从一而终的封建道德,因而不能予以肯定。今天看来,这种批评固有其合理性,作为“读尽缥缃万卷书”的汉族文人的女儿,窦娥自小即受着儒家文化气氛的熏陶,说她完全没有传统伦理道德观念是不可能的,但如果因此否定她抗暴的正义性无疑同样缺乏说服力。因为窦娥和张驴儿之间矛盾冲突的实质并不是愿否改嫁的问题,而是是否屈服强暴听任霸占的问题。自从蔡婆将张家父子引入家门之日起,这个矛盾即尖锐地展开了。面对突如其来的事变,窦娥只能有两种选择,一是甘心从命,让张驴儿霸占;一是坚决反抗,拼死维护自己的人格尊严,剧中窦娥选择了第二条道路,这样的抉择显然是具有悲剧性的。因为甘心顺从既婆婆在先,做媳妇的随波逐流也不碍情理,但坚决反抗首先即得逆着婆婆,能否反抗成功尚难逆料,眼前不孝的罪名却难以逃避,这在注重道德立身的窦娥来说的确是个艰难而痛苦的选择。正是在这个意义上我们说窦娥的行动从一开始即带有强烈的悲剧性。

应当指出，此剧第一折展开的戏剧冲突包含着两个方面的内容，即除了窦娥和张驴儿之间善与恶的冲突以外，还存在着窦娥和蔡婆之间性格上的刚烈抗争和软弱妥协的矛盾冲突，窦娥对婆婆的劝阻甚至嘲弄即体现了这方面冲突的激烈程度。但由于蔡婆是一家之主，是长辈，故冲突的结果自然是窦娥的让步，虽然她并未听从蔡婆的意见"也招了女婿"，但张驴儿父子却公然搬了进来共同居住，窦娥劝阻蔡婆的失败表明在她们之间性格冲突中已不是胜者。这个事实对整个悲剧的展开和最终完成不啻是一个危险的预兆。这一点我们在以下几折戏的分析中将看得更加清楚。

第二折的时间紧随在第一折之后，悲剧的冲突并没有随着蔡婆的软弱妥协而稍加缓和，相反却是更进了一层。对窦娥来说，和蔡婆性格冲突的失败使她和婆婆一道落入了危险的境地，作为两个孀妇容留一对素不相识的男子在家里居住，这种不清不浑的局面对她们来说就是颇为尴尬的，这其中隐藏着的危险性窦娥自己也很清楚：

> 我这寡妇人家，凡事也要避些嫌疑，怎好收留那张驴儿父子两个？非亲非眷的，一家儿同住，岂不惹人谈论？

当然，这对蔡婆来说也许没有什么特别的不便之处，因为她打定主意是要妥协的，按古名家本，她实际上已经招了张驴儿的老子(所以第一折中窦娥就说她"招着个村老子，领着个半死囚"。此折中张老儿也自称"老汉自从来到蔡婆家做接脚")，这对窦娥来说即更具有危险性，因为既然蔡婆实际上已经屈服，并帮助张驴儿劝说，则窦娥抗暴就得一人对付来自多方面的算计，所以剧中的矛盾冲突至此又更深入了一层。

然而，作者并没有就此将剧情简单化，至少在羊肚儿汤事件爆发之前，冲突双方基本上处于僵持状态。虽然从抗暴这个角度看，窦娥实际上已在极其不利的情况下孤军奋战，但由于在道义上和人格上她是个强者，又因为蔡婆反对操之过急，主张"慢慢劝转"，事实上又起了缓冲作用，故张驴儿虽然欲心如焚，且因无礼被窦娥推跌一跤而恼羞成怒，但对窦娥的抗拒一时也无可奈何,而导致张老儿死亡的羊肚儿汤事件爆发则为打破僵持局面造成悲剧“突转”的主要动因。

作为恶势力的代表者,张驴儿不会听任这种不尴不尬的僵持局面长时期地维持下去,他要采取主动将矛盾激化,从而达到施暴的目的。他胁迫赛卢医,为其合毒药,然后瞅准机会下手毒死起缓冲作用的蔡婆,从而逼迫窦娥就范。这个阴谋之所以对窦娥有真正的危险性,是因为目前情况下,无论毒死谁,负责家务饮食的她都难逃干系,加上她对暗中进行着的阴谋毫无防范,这就使得危险更具有实在性。

赛卢医起初坚持不卖毒药与张驴儿,作品这方面显示了极强的时代真实性。《元史》记载“至元二十四年九月,禁市毒药者”[①],当时刑律还规定:“诸有毒之药。非医人辄相卖买,致伤人命者,买者、卖者皆处死”[②],可见刑罚之重。赛卢医虽自说“太医出身”,但张驴儿则确“非医人”,他们的交易无疑触犯了刑律,其后果赛卢医比谁都清楚,但由于自己的把柄(曾欲勒死蔡婆)被对方抓住,要拖他见官,故只好屈从,之后逃之夭夭,而张驴儿的阴谋则因此顺利进行。

张老儿阴错阳差地被毒死,这在张驴儿当然有点意外,但他马上意识到这并不影响自己阴谋计划的实现,或者说这一临时变故反倒促成了预谋的迅速得以实现。一切问题都变得简单了。张驴儿向窦娥提出“官休”或“私休”这两种解决办法:

> (张驴儿云)你要官休呵,拖你到官司,把你三推六问,你这等瘦弱身子,当不过拷打,怕你不招认药死我老子的罪犯!你要私休呵,你早些儿与我做了老婆,倒也便宜了你。

应当承认,张驴儿这话除了末一句外还都有其实在性。形势的确对窦娥已很不利,如果说在此之前她的抗暴行动基本上还处于顺境的话,则张老儿

①《元史·世祖本纪》。
②《元史·刑法志》。

喝下她做的羊肚儿汤后呜呼身死这一突发事件急剧地将她由顺境推入了逆境。虽然毒药确系张驴儿"要盐醋时,自家倾在汤里的",但窦娥却提不出证据,唯一的见证人赛卢医又逃走了,以此打官司,其结果可想而知。更可悲的是涉世未深的窦娥自己并未意识到问题的严重性,情愿跟张驴儿去见官,这在窦娥宁折不弯的刚烈性格来说当然是必然的行动,但由此她的悲剧命运也就到了关键性的一步了。

"公堂见官"一场是全剧冲突的高潮。由张驴儿一手造成的羊肚儿汤事件本来审理起来即比较棘手,偏偏又遇到桃杌这样的昏官兼贪官,则更是雪上加霜。剧中桃杌太守一上场即向告状者下跪,口称"衣食父母",这当然不仅仅是一般的插科打诨。问官的昏而且贪实际上是铸成悲剧的一个重要因素,这一点已为一般论者所公认。剧本虽然没有明指桃杌和张驴儿之间的默契关系,但"要金银"的他不会不注意到张驴儿胜诉即将吞并的蔡家"百事有"的财产,这是他不分青红皂白偏向张驴儿的内在原因。尽管窦娥已将事情的原委原原本本地诉告出来,仍旧免不了"一杖下,一道血,一层皮"的非刑拷打:

〔采茶歌〕打的我肉都飞,血淋漓,腹中冤枉有谁知!

窦娥最后是屈招了,不是挨不过毒刑拷打,在这方面她是宁折不弯的。她的屈招纯粹是为了救年老的婆婆,因为昏官因她不招准备又要用重刑拷问蔡婆(尽管这软弱可怜的婆子在审案过程中被吓得一言不发,但仍旧免不了受刑拷打的厄运),然而这反倒激起了悲剧主人公自我牺牲的崇高精神:

(正旦忙云)住住住,休打我婆婆!情愿我招了罢,是我药死公公来。

如此,悲剧的命运即无情地决定了。王国维称此"剧中虽有恶人交构其间,而其蹈汤赴火者,仍出于其主人翁之意志"[1],从这个角度看,的确具有一定道理。窦娥以其崇高的人格使此剧体现的悲剧精神得到了进一步的升华。

①《王国维戏曲论文集》,中国戏剧出版社1984年版,第85页。

剧本第三折历来为论者所重视，如果说第二折“公堂见官”一场构成了善与恶的根本冲突，正直善良的窦娥在昏官恶棍的联合迫害下终于失败的话，此折则着重表现了悲剧主人公在惨遭毁灭之前的情感爆发：

〔滚绣球〕有日月朝暮悬，有鬼神掌着生死权。天地也，只合把清浊分辨，可怎生糊涂了盗跖颜渊：为善的受贫穷更命短，造恶的享富贵又寿延。天地也，做得个怕硬欺软，却元来也这般顺水推船。地也，你不分好歹何为地？天也，你错勘贤愚枉做天！

真可谓呼天抢地的呐喊。读者和观众也许都还记得，第一折中窦娥即曾因为自己年轻守寡的不幸命运发出“天知否”的慨叹，但彼时她还将这同“莫不是八字儿该载着一世忧”即命中注定联系起来，它显示的是未谙世情的窦娥的天真蒙昧，然这里的呐喊已全然不同，此刻的窦娥，经过了抗拒张驴儿的无理纠缠，又经过了承受昏官的严刑拷打，清白之身居然遭到如此不公正的待遇，她对社会和人生均有了空前深刻的认识：这不是命运，而是这个不公正的社会！窦娥这里对主宰一切的天地鬼神产生了怀疑，她从自己所受到的不公正待遇联想起普天下的黑白颠倒：强盗得势而正人遭殃，善良受欺而罪恶嚣张，这一切都是在号称天公地道的社会幌子下出现的，又怎能让悲剧主人公不强烈感到天地的不分好歹和错勘贤愚呢？

当然，正由于这里将“天地也生埋怨”是出于悲剧主人公在惨遭毁灭前的情感爆发，所以其中不乏愤激之词，如果因而断定窦娥已冲破时代的局限，上升到审判天地的高度，这显然也是不现实的。窦娥的上述曲辞从根本上还仅仅是对天地鬼神公正性的怀疑，并未在根本上加以否定。即如最末一句，另一古名家本即作“地也，你不分好歹难为地；天也，我今日负屈衔冤哀告天”。有论者因而连同窦娥前面对天地的“生埋怨”一概否定，不承认她对社会人生认识的本质变化，实际上都是各执一端的片面之词。理解了窦娥思想升华的时代高度，这两种版本在本质上并没有什么两样，只不过前者表现得更激烈一些罢了。

悲剧精神的升华并没有使窦娥失掉了本来的身份，愤激之后，窦娥仍是一个常人，她想到了13年没有见面的爹爹，想到了从此年老无助的婆婆，她甚至不敢让婆婆看到自己披枷戴锁赴法场餐刀的模样，为的是怕老人难受(尽管她对蔡婆不欠什么，相反倒是蔡婆欠她太多了)。然而最终婆媳还是见面了，窦娥此刻的哭诉除了再次表明自己的清白之外，她要求婆婆在她死后"遇时节将碗凉浆奠"，显示了她作为一个平民媳妇的真实心理，这也照应了开头，她对生活本来没有过高的要求。

窦娥临刑前的三桩誓愿将剧场的悲剧气氛推向了高潮。正因为窦娥对天地的公正只是怀疑而非根本否定，她在生命的最后时刻又把申冤的希望寄托于茫茫的宇宙，她要指苍天作证，强加给的十恶不赦的罪名完全是对她的诬陷，她是清白的。血溅白练、六月飞雪这些违背自然之道的非常之态成了同样悖于常理的冤案的昭示，"亢旱三年"更是苍天对居然容忍冤案发生和存在的整个地区的惩罚。"浮云为我阴，悲风为我旋"，这是窦娥人格胜利、精神不死的自由歌唱。可以说，这些超自然现象正是显示着"感天动地"的悲剧效果。

有论者曾对此折上述悲剧效果表示不理解，认为"从窦娥本身来说，她临刑前的第二、三两愿不能不说是相当自私的，大大减弱了她的牺牲精神"[①]。这里所说的"二、三两愿"即六月飞雪、亢旱三年两种。作者从人道主义出发，认为"六月飞雪"将损坏庄稼，"亢旱三年"使得整个地区遭殃，认为窦娥"不应迁怨怒于无辜的百姓"[②]，表面上看，这种指责不无道理，但实际上是论者自己太拘泥，混淆了艺术象征和模拟自然之间的界限。既然悲剧是由社会造成，则社会即应为此付出代价。这一点古希腊悲剧《俄狄浦斯王》中忒拜城的瘟疫即已开了先例。当然，此剧作者这样安排，其用意更多在于显示窦娥的悲剧感天动地的艺术效果，让生活中的昏官和恶棍们明白"苍天不可欺"的道理，使之有所戒惧。窦娥发三桩誓愿也仅在于向苍天表白自己的清白无辜，用一句"相当自私"的指责则未免挖掘得太牵强了。艺术史的实际告诉我们，对于非自然的艺术象征只能从象征意义上去理解，对象征物的任何吹毛求疵都不是艺术观察的科学方法。

和《鲁斋郎》剧相类似，此剧至第三折末尾时，悲剧的冲突实际上已经终

①② 黄美序：《〈窦娥冤〉的冤与愿》，《中外文学月刊》(台)，1984年第13卷第1期。

结，整个的悲剧行动应当说亦已基本结束，悲剧人物形象和悲剧效果的创造也已达到了预期，但作者仍旧意犹未尽，创作了第四折。在结构上，它是全剧的尾声，或者借用黑格尔的话说，是为悲剧主人公毁灭之后，所得到的"永恒的正义"[①]，这种劝善惩恶的安排恰当与否成了多年来论者争论的热门话题之一。

窦天章的上场照应了此剧开头，"楔子"中埋下的伏线至此算是有了着落。和《鲁斋郎》第四折的包拯不同，窦天章不是外加的人物，作为窦娥的父亲，他思念着失散13年的女儿，"啼哭的眼目昏花"；作为"朝廷钦差带牌走马肃政廉访使"，他来楚州审囚刷卷，这就为窦娥冤案的昭雪奠定了感情上的基础和权力的依据。

更值得注意的是窦娥鬼魂的出现，这使得本来至第三折即已形成的惨厉而崇高的悲剧精神又平添了恐怖的气氛：

〔双调·新水令〕我每日哭啼啼守住望乡台，急煎煎把仇人等待。慢腾腾昏地里走，足律律旋风中来，则被这雾锁云埋，攛掇的鬼魂快。

这是一个死不屈服、急欲复仇的冤魂形象，和关汉卿早期悲剧《西蜀梦》相比，魂窦娥和魂张飞魂关羽形象自有其相通之处。例如魂关、张急欲见到刘备、诸葛亮要求为自己报仇，魂窦娥同样有此强烈的愿望，只不过她要见的是她多年不见、现已为两淮提刑肃政廉访使的父亲。和魂关、张的遭遇一样，门神户尉同样不放窦娥鬼魂进亲人的门柱，同样最终在夜里梦中诉说。当然，也许和重在抒情的《西蜀梦》不同，此剧这里出现的窦娥鬼魂由于外在动作刻画比较细腻，故恐怖氛围更厚重一些，人们从深夜楚州官衙后厅魂窦娥的"弄灯""翻文卷"的过程即可强烈地感受到这点。

魂窦娥的最大特点还在于她不仅要求复仇，而且还是复仇行动的参与者。从剧中的实际描写来看，她向窦天章说明事实真相，提供线索和证词，并在次日公堂上由于张驴儿狡辩致使审案进行不下去之际上场与张驴儿对质。

① [德]黑格尔著：《美学》第3卷(下)"悲剧、喜剧和正剧的原则"，朱光潜译，商务印书馆1981年版。

魂窦娥的这些行动在学术界曾引起较大的争议，有论者即认为它们削弱了前面业已形成的悲剧气氛，不足为训。今天看来的确如此，而且岂止是削弱，魂窦娥的出现以及参与复仇的实际行动还改变了前面悲剧展开过程中已形成的生活真实，使这部揭示社会问题的悲剧有流于一般鬼戏的危险。在这一点上，作者甚至较《西蜀梦》的处理还后退了一步，的确不宜做过多肯定。

然而，正如前折分析三桩誓愿时所言，作者重在象征意义而不专在象征物本身，这里对于窦娥鬼魂的出现，同样也应多从形象背后的意义去理解。从这个意义上我们可以认为，窦娥的鬼魂实际上是其复仇意志的化身，是她生前刚烈性格的延伸，表明悲剧主人公复仇意志的坚定，甚至超越了生死。固然，关汉卿可以通过其他途径在魂窦娥不出场的情况下让窦天章通过类似包公断案的方式惩治恶人，达到悲剧式平衡的目的，但那样做势必要第四折增加新的主唱角色，在悲剧主人公因肉体毁灭无由出场情况下，也将严重损害全剧"行动的整一性"，尤其在割断悲剧主人公性格联系的情况下，"行动的整一性"实际上无法保证。

另一方面，由于"魂旦"是在第三折窦娥死后上场的，虽然她继承活窦娥的复仇意志，但毕竟不是悲剧主人公本身。之所以这样说，是因为维护自己独立的生活选择是窦娥自觉采取的戏剧行动，正是在此基础上才产生出拼死抗暴（张驴儿和贪官）的行为，而随着法场一折窦娥被斩，她努力维护的生活愿望毁灭了，而即使第四场的昭雪也未能使其起死回生。况且，从剧的开始到第三折结束，"严肃、完整、有一定长度"的悲剧行动已基本完成，所以（在这个意义上）我们说，第四折的出现并未从根本上改变整个悲剧的性质。窦天章复审此案以及最后弄清真相并惩治昏官和无赖，这一切都是在窦娥鬼魂的努力下并参与下才得以实现，这个情节本身即说明了现实生活中如此解决矛盾的不可能性，适足增加读者和观众的悲剧感受。而魂窦娥上场所形成的恐怖气氛也是对整个悲剧情感的补充，这些都在一定程度上弥补了作为悲剧尾声非现实感的不足。

在本书第二章中，我们根据《窦娥冤》题材来源及其类型，将其归入社会问题剧一类，而通过以上对此剧所做的简要分析即可看出，除了在题材选择方面较作为历史剧的《西蜀梦》《哭存孝》和作为历史故事剧的《鲁斋郎》有新的突破外，在表现手法上与前述三剧相比，也是同中有异。

例如，和《西蜀梦》一样，《窦娥冤》一剧也有着鬼魂诉冤要求复仇的情节，如前所指，二剧这方面甚至存在着细节上的相似性：同为门神户尉所拦，又同在夜深人静后才和亲人托梦相见；魂张飞悲叹做鬼“不自由”，魂窦娥则将鬼魂生活比作“无边苦海”；魂张飞要求严惩仇人，“把那厮四肢梢一节节钢刀锉”，魂窦娥同样对仇人恨之入骨，“便万剐了乔才，还道报冤仇不畅快”。如此等等，都可看出二剧前后的一致性，所以不同的是魂窦娥不仅要求复仇，而且参与了复仇行动，这在《西蜀梦》中是没有的，显示了作者笔下的复仇意识至晚期愈加急迫。

又如，在刻画悲剧主人公也难免存在的弱点方面，《窦娥冤》和《哭存孝》也有着相通之处。我们曾经指出李存孝的正直近乎颟顸，他的轻信小人和在处理人际关系方面的不成熟是构成他悲剧的因素之一。此剧中窦娥的情况也略同，她明明知道作为一个寡妇之家容留两个素不相识的男人共同居住的危险性，并且已将企图对自己非礼的张驴儿推了一跤，但却未能积极协助婆婆采取措施。事实上按照当时情势，张驴儿并非鲁斋郎之类“官职大的忒希诧”的权豪势要，在其和官府串通一气之前还是不难对付的，以窦娥在此前后所表现的智慧和勇气。或求助邻里，或主动告官，摆脱此类尴尬局面当不致太难。可惜没有任何举动。而且在羊肚儿汤事件中，窦娥也不能说没有可议之处。作为主妇，她烧羊肚儿汤竟会忘记放盐醋，从而给张驴儿支开她放毒药提供了一个机会，她同样轻信张驴儿这个无赖，居然听其支配而丝毫不存戒心。她情愿同张驴儿“官休”，但官休的结果是她得到了喋血刑场的悲剧，这里固然反映了官府和社会的黑暗，但同时也反映了窦娥对世事看法的幼稚。即使公堂上她为救蔡婆而屈招，除了自我牺牲精神之外，也存在着判断错误的因素。第四折魂窦娥即告诉其父窦天章：“我只道官吏每还覆勘”〔梅花酒〕，她不知道，“毒死公公”的罪名即犯“十恶”之条，在任何时代都是“决不待时”，岂能“覆勘”？这些都可说明窦娥作为悲剧主人公在识见和判断方面存在的弱点，或者竟按照亚里士多德的说法，是“犯了错误”。在这一点上，此剧和《哭存孝》中有关李存孝的轻信和不成熟的刻画有其相通之处。

和《鲁斋郎》剧相似，《窦娥冤》在第三折悲剧高潮和结局俱完成也添上了一段尾声第四折。包拯以智斩的方式惩治了作恶多端的鲁斋郎并促成李四、张珪两家的重圆，窦天章则通过法律形式惩治了张驴儿、桃杌等恶棍、贪官，为窦娥申冤昭雪。清官断案、惩恶劝善即成了此二剧的共同特点。当然它们之间也存在着细微的不同，如前面已经指出的那样，包拯出场没有任何伏笔或暗示，显得太突兀，而窦天章出现则起到了前后呼应的作用，比较自然。从这一点看，《窦》剧的处理较《鲁》剧要成熟得多。

之所以会出现上述情况，其根本原因在于《窦娥冤》为关汉卿晚年最后一个剧作，无论生活阅历还是艺术经验都已达到了相当丰富的程度，作者完全有可能吸收此前创作中被认为有价值的东西充实新作，这在某种意义上具有总结性和集大成的意义。虽然在某些细节安排如鬼神诉冤以至直接参与复仇行动等方面较同类题材的《西蜀梦》甚至还后退了一步，但就总体而言，作家生活和艺术经验的总结和集大成的成功还是显而易见的。《窦娥冤》剧之所以达到关剧乃至“元曲悲剧的第一杰作”①，“列之于世界大悲剧之中亦无愧色”②，其根本原因就在于此。

正因为《窦娥冤》剧既非单纯地突出人物抒情（如《西蜀梦》），又非专意塑造历史上的悲剧英雄（如《哭存孝》），亦非刻画人物的性格悲剧（如《鲁斋郎》），并且从上述分析看，它亦非其他诸如命运悲剧、生活悲剧、家庭悲剧以及心理剧、散文剧等概念所能包括，窦娥的悲剧从根本上说源自社会，是当时社会和官场的黑暗造成的，这不是在给作品贴政治标签，而是作品表现的客观实际，正是基于这样分析，将《窦娥冤》剧归入社会悲剧的范畴，应当说还是符合作品的实质的。我们从《西蜀梦》《哭存孝》《鲁斋郎》到此剧的分析研究中，可以发现作者关汉卿悲剧现实性和艺术性同步增强的规律，这充分体现了作家严肃、认真而不懈努力的艺术追求。关汉卿之所以成为一代戏剧大师，其根本原因也在于此。

---

①［日］青木正儿著：《元人杂剧概说》，隋树森译，中国戏剧出版社1957年版，第55页。

②《王国维戏曲论文集》，中国戏剧出版社1984年版，第85页。

第四章 喜剧研究

喜剧,乃关汉卿创作中的一个重要组成部分,在数量上甚至超过了悲剧,但传统上评价却有所不及。近年来这方面研究已有增长的趋势,此表明关氏喜剧的价值已越来越为人们所认知,然而如何把它们放到关汉卿创作整体中进行综合平衡,再如何将其面向世界,从而在世人所公认的艺术坐标中为其落实一个位置,这在目前是一个很重要的问题。本章将做一试探,倘有一得,是所至愿。

喜剧的分类比较复杂,以下我们按一般观点并结合关剧实际将其分为讽刺、幽默和世态三大类进行分别论述。

一、讽刺喜剧:《陈母教子》《玉镜台》

在喜剧发展史上,讽刺喜剧是最早也是最为流行的一种。亚里士多德即曾指出:“喜剧是摹仿低劣的人,这些人不是无恶不作的歹徒,——滑稽只是丑陋的一种表现。”[①]正因为喜剧对象是丑和滑稽,亚里士多德使用了“讽刺”的概念,认为“由于诗固有的性质不同,有的讽刺诗人变成了喜剧诗人”[②]。自此以后,西方古典剧论即将“讽刺”作为喜剧手法的代名词。然而,在有着一人主唱体制的元杂剧中,除了少数早期作品例外,主唱角色即为剧中的主要人物,无论是正末还是正旦,很少是讽刺的对象,滑稽角色更多的是插科打诨的次要人物。所以,整体意义上的讽刺喜剧反而不多见。关汉卿作为元剧代表作家,情况自然亦不会例外。而《陈母教子》和《玉镜台》则是其中较为特殊的

① [古希腊]亚里士多德著:《诗学》,陈中梅译注,商务印书馆1996年版,第58页。

② 伍蠡甫主编:《西方文论选》上册,上海译文出版社1979年版,第55页。

两种，其所以特殊，是因为此二剧都存在着创作目的和实际效果之间的不一致性。

喜剧来自笑，这个古老的命题同样体现在讽刺喜剧的创作之中。赫兹利特说："可笑的事物的实质是一个观念和另一个观念的不相一致，或一种感情和另一种感情的冲突"①。此即一般认为的不一致性或矛盾性，是为喜剧性的主要因素。而在《陈母教子》和《玉镜台》两剧中，这种不一致性既体现在作家创作的构思里面，又体现在作品塑造的形象之中。

首先，从《陈母教子》来看，此剧描写的是一位对科举功名崇拜得五体投地的老太婆陈母督促她的儿子争夺头名状元的故事。根据前章考论，此剧系借用宋代陈家"一门枢相"的逸事进行再创作的。作为被时人尊为"圣朝之盛，一家而已"②的仕宦人家，原故事中的陈母冯氏及其儿子们本不具有喜剧的任何成分，关汉卿在同时稍后的另一历史故事剧《蝴蝶梦》中曾将其同历史上传为美谈的"孟母教子，居必择邻"和"陶母教子，剪发待宾"相提并论，称为"陈母教子，衣紫腰银"，可见作者对这一故事主人公的推崇之情。即在剧中，我们也可以看出作者是力图以热情赞颂的态度进行表现的创作用心。例如第一折写陈母对自家宅墙下掘出金银一窖毫不动心，遽命儿子们将其掩埋如故，表明这位老妇人并不贪财，她认识到"遗子黄金满籝，不如教子一经"。虽然这样的观点今天看来未免陈腐，但教育后代不图侥幸而靠自己的学识去创造前程，这样的家教无论如何应当都是正派的。不仅如此，陈母之不贪财还同廉正为官联系起来，剧本第三折描写她得知三儿陈良佐中状元后贪受蜀人"孩儿锦"，非常愤怒，斥责："辱子未曾为官，可早先受民财。"她不仅行家法打得三儿"金鱼坠地"，还要到钦差大臣莱国公寇准那里去告状。这样的描写同样表明陈母教子的严正，无疑都不是一个该讽刺的喜剧人物所具有的品性，所以单从这方面衡量，将此剧归入讽刺喜剧之列确有相当困难。

然而，通观全剧我们即可发现，上述场面在全剧中所占分量有限，另外还存在着更多的不一致之处。其中最突出的是塑造了三末陈良佐这样一位捧哏、逗乐的喜剧人物，一方面使得剧作自始至终妙趣横生，充满娱乐气氛；另

① ［英］阿·尼柯尔著：《西欧戏剧理论》，徐士瑚译，中国戏剧出版社1985年版，第249页。

② 〔宋〕刘斧：《青琐高议》后集卷八"一门枢相"。

一方面，他作为矛盾冲突的一方，其爱吹牛、说大话、贪图小便宜但屡屡遭窘的个性在推动剧情发展的同时，也使作品充满了喜剧机趣。例如第一折陈母命令儿子们将掘开的金银窖“就那里与我培埋了者”，这位三末即吩咐下去：“下次小的每，将那金银都埋了者！——有金元宝留下四个，我要打一副网巾环儿带。”一方在严肃认真地告诫，另一方却在公然地走私，这样舞台上即首先出现了不一致性，其结果当然亦即冲淡了场面上的严肃气氛，喜剧机趣油然而生。

三末的作用当然不仅仅只是插科打诨，他还是一个具有鲜明性格特征的人物。剧本描写他说大话、爱吹牛，有时竟然不知天高地厚。兄弟之间争强好胜，这本无可厚非，但这位三末表现的却是毫无根据地自我意识膨胀，大哥应举得官，他说是“似那抢风扬谷，你这等秕者先行；瓶内酾茶，俺这浓者在后”。二哥中举得官，他又说是“我似那灵禽在后，你这等笨鸟先飞”。不仅如此，两位中状元的哥哥凯旋后拜见，他居然不还礼，就是“我不拜你，我的文章高似你，拜下去就折杀了你”。然而，当轮到他去应举施展本领时，这位“灵禽”却又装呆卖傻起来。剧本这样描写：

> （正旦云）孩儿，今年第三年也，可该你应举去哩。（三末云）着大哥走一遭！（大末云）俺两个都做了官也，你可走一遭去。（三末云）二哥走一遭！（二末云）我也是得了官也，你可走一遭也。（三未云）这么说母亲走一遭！（正旦云）你看他波！（三末云）都不去，我也不去！

就这样混赖。最后，在实在躲不过去的情况下却又要：

> 小的每！拿纸墨笔砚来，写一个帖儿，寄与那今场贡主，说陈三哥家里忙，把那状元寄将家里来我做。

这种前后不一致性构成这个形象强烈的喜剧效果。

殊不料，这位胡搅蛮缠的三末竟然是说了“三桩儿气概的言语”后踏上应举的道路的。他自说应举中状元如同“掌上观纹、怀中取物、碗里拿带靶儿蒸饼”般容易。结果如何呢?据后来他自己说是考了“天下太平”四字,竟连“下”字都不会写,“做了个拐字,无三拐,无两拐,则一拐就把我拐出来了,做了第三名探花郎”。至于那“三桩气概语言”三末倒也没忘记,不过已有新的解释:“掌上观纹”——手上生疮不见了;“怀中取物”——衣服破把来掉了;“碗里拿带靶儿蒸饼”——不知哪个馋弟子孩儿,偷了我的吃了。真可说是眼高手低,志大才疏的典型,实足令人发噱。更妙的是他还有精神胜利法:

> (三末云)母亲,您孩儿虽然不得状元,也不曾惹得街上人骂娘。(正旦云)怎么骂我?(三末云)俺大哥头一年做了官,摆着头答街上过来,老的每道:“这个是谁?”“是陈妈妈家大的个孩儿。”“嗨!鸦窝里出了凤凰。”(大末云)这个是好言语。(三末云)甚么好言语!娘倒是墨老鸦,你倒是凤凰?第二年二哥也做了官,又骂的娘不好,摆着头答,街上人道:“这个是谁?”“是陈妈妈第二个孩儿。”“嗨,嗨,嗨,粪堆上长出灵芝草。”(二末云)这个是好言语。(三末云)噤声!娘倒是粪堆,你倒是灵芝草?您孩儿虽然做了探花郎,不曾连累着娘。我打街上过来,老的每道:“这个是谁?”“是陈妈妈第三个孩儿。”众人道:“嗨,嗨,嗨,好爷好娘养下这个傻弟子孩儿!”

真正令人捧腹!

按据史实,陈家老三尧咨虽然“最为少文”,但却为宋真宗咸平三年状元及第,官至“知制诰”[①],不至于连一个“下”字都写不出来,即如剧中所言,既中第三名,固然才学略次于第一和第二,但也不致胸无点墨,连起码的詈语话味都听不出来,真成了“傻弟子孩儿”。不仅如此,剧本最后三末中状元后即贪污了蜀人的一块“孩儿锦”,致被其母责罚,打得“金鱼坠地”,这个细节也为作者所独创,据宋人笔记,陈尧咨虽有为其母“杖之,碎其金鱼”的经历,但那完全是为了过于爱好射箭而“不务行仁化”的缘故[②],与贪污蜀锦风马牛不相及。仅仅将此归入历史故事剧的艺术虚构也还是不能令人信服,因为任何虚构均不应违背历史本质的真实,起码不应发生上述逻辑上荒谬。按照悲剧或

①《宋史·陈尧佐传》。
②〔宋〕王辟之:《渑水燕谈录》卷九《杂录》。

正剧的标准,这样的描写无疑是不被允许的。正因为此剧是一个喜剧,而且三末陈良佐又是作为主要的讽刺和嘲笑对象而出现的,其形象颠倒错乱以及以虚假的面目出现都为喜剧性质所必需。作者在这个人物身上主要采用了极度夸张的变形手法,在这种情况下,无论形象与历史真实、逻辑真实有多么不一致,也无论形象本身的描写即存在多少矛盾之处,都有助于喜剧性的最大发挥。有论者将"人物形象的虚假性"和"矛盾对比的多维性"[①]作为喜剧的本体特征,这对理解此剧中的三末形象有很大的作用。

值得注意的是,此剧的喜剧性不但体现在"三末"这个滑稽角色上,甚至在"正旦"这个通常认为的正经角色身上也充满了喜剧机趣。这方面当然由于喜剧角色"三末"捧哏、逗乐的缘故。如前面提到过的楔子中陈母刚就埋金事教训过儿子马上即出现三末的"走私",在末折她让中状元的三子一婿抬着兜轿去见寇莱公,路上三末竟叫着:

有香钱布施些儿!

这样, 正在摆谱的老太君一下子变成了旱灾时被抬着求雨游行的土偶神像,真叫人忍俊不禁。

然而, 作者并没有滥用这种外加的笑料, 作品中大量的篇幅是通过人物的言行自行展示喜剧的关目。陈母教子固然宽严有法,其目的为了科举功名这放在当时也无可厚非,最后也的确收到了全家"衣紫腰银"的效果,但由于角色对科举功名目的的追求过于急切, 以致成了教子乃至母子关系的中心,这就使得正常的追求正常的家教变了形。正因为如此,这位教子有方的陈母在许多场合即难免"反戴了齐吉斯的金环"[②],显露出喜剧的面孔了。

这方面的例证不胜枚举。以楔子中一家无状元却大肆铺排地起盖状元堂开始,这位母亲同儿子们的话题即不离科举一事,她让三个儿子轮番出击,第

---

① 周国雄:《喜剧本体特征论》,《文艺研究》,1990 年第 6 期。

② 齐吉斯(Gygès)是公元前 7 世纪小亚细亚吕底亚的一个国王,相传他有一个金环,戴上以后别人就看不见他。"反戴金环效果则相反,结果大家看得见他,而他却看不见自己。"(柏格森《笑》第一章第二节)

一年大儿子，第二年二儿子，且喜都不负母望，各中状元而归，陈母自然喜不自禁，然而她把更多的鼓励给了专爱调皮捣蛋的三小子。大儿二儿出外应举，她安慰跃跃欲试的三儿："你那做官的日子有哩！"等到第三年这个宝贝蛋说了"三桩气概的言语"走了以后，陈母即怀着更大的期望在盼着佳音：

> 三哥不要你做第三名衬榜，休改我倚门儿专望。哎，儿也，则要俺那状元红开彻状元堂。

有趣的是，明明三末中的恰恰是陈母最不愿意看到的"第三名衬榜"，作者偏偏安排了一个误报的场面，由此牵动老少状元迷们在舞台上剧烈地运动。人们都该记得，大末中状元来报时，陈母命赏报人三两银子，二末中状元来报，赏了二两银子，可这一次三末"中状元"来报，陈母一下子即赏给报人五两银子，等于前两个儿子赏银的总和，惹得大末和二末抱怨"忒偏向"。不仅如此，她还一反过去不亲自出门迎接儿子的惯例，风风火火地招呼："大哥，二哥，咱一同去接孩子去来。"

接错状元可说是喜剧性最强的一个场面，陈母领着儿子们在飞快地奔跑，"和我这儿女每可便相逐"。见到状元跨马过来，便不分青红皂白地一把抓住马笼头："拦住紫骅骝"，差点儿把马惊了，惹得新科状元王拱辰连喝："兀那婆婆靠后，休惊着小官马头！"直到此时，母子们尚未醒悟过来：

> (大末云)三兄弟是好壮志也。(二末云)母亲认得是着。(正旦云)好儿也，不枉了！(唱)可正是男儿得志秋，他在那马儿上倒大来风流。

等到生了气的状元斥责："这婆儿好要便宜也！"这才使得处于半狂中的老妇人清醒过来。于是，一团喜气化作了万种惶惑："教我紧低了头，唬的我魂魄可便悠悠。"感情的大起大落强化了场上的喜剧气氛。

当然，仍旧是科举功名迷狂的缘故，如此尴尬的场面亦未能阻止陈母让儿子们请状元下马至家来饮状元酒，并将女儿许配予状元，从而轻轻地捞回了面子。然后回过头来对刚中了"第三名衬榜"回来的三末大加挞伐，不称孩

儿称“兀那厮”,又是骂,又是打,最后索性连同三儿媳一同撵出家门:

> 快离了我眼底,休在我这边头!……贼也,你熬了多少家点灯油?

显而易见,陈母对这个破坏她“状元红开彻状元堂”美妙计划的“熬油贼”可说是深恶痛绝,直至此后她做生日时,已被赶逐在外的三末及其媳妇回来拜寿,也遭其讽刺、挖苦乃至轮番羞辱。然而当“三末”不堪羞辱终于夺得一个状元的名头时,这位“贤母”马上换了一副面孔。

加倍以十两银子打发报人且不说,依然是全家老少倾巢出动欢迎,陈母眼里的“熬油贼”一下子变得“孝顺似那王祥卧冰”“恰似伯俞泣杖”“胜强如兀那老莱子斑衣”。这里,什么骨肉之亲,母子之情,一切都淹没在名利关系的冰水里。剧中三末陈良佐得中状元上场后第一句话便是:“要做状元有甚么难处!下头(后台)穿了衣服,便是状元。”这固然是滑稽角色的诨语,但也道出了周围一切的虚假性。至此,贯穿全剧和主要人物陈母及三末身上的讽刺喜剧气氛即完全地显示出来了。

此剧之所以由一个严肃的题材变成了讽刺喜剧,与作者此刻的生活观念有着直接的关系。我们已经知道,此剧为关汉卿创作较早的一个历史故事剧,作为一个在传统文化熏陶下成长起来的汉族文人作家,作者不会也不可能与“学而优则仕”的科举功名思想彻底决裂,即使理智上强欲如此,潜意识也未必完全消失。然而从另一个角度看,由于作者刚刚经历了金元易代的人生变幻和世情沧桑,对名利的失望和厌倦一度占据了他的全部身心,“官品极,到底成何济”?这是尚处于壮盛之年关汉卿的反躬自省,与长期以来的教育熏陶产生了矛盾,这种矛盾着的生活观念在一定时期内构成了作家对生活的总看法,这不能不影响到此类题材的创作。反映到此剧中即出现了对以陈母为代表的功名思想既有肯定性赞美又有否定讽刺的矛盾状况,而这种矛盾和不一致即构成了此剧以讽刺喜剧面目出现的一个重要因素。

关剧中与《陈母教子》相类似的另一个讽刺喜剧是《玉镜台》,与前者略有不同的是,此剧作于关汉卿创作的晚期。按道理,作者此时的生活阅历和艺术经验都已达到非常成熟和非常丰富的阶段,一般不会出现创作观念和生活表现之间的矛盾，而此剧的特殊性恰恰在于作家选择题材和所要表达的创作思想以及实际效果之间存在着既一致又不相一致的矛盾之处。

我们已经知道，《玉镜台》剧的题材来源为《世说新语·假谲篇》中关于温峤骗娶表妹刘氏的故事，原故事末尾刘氏称温为“老奴”，固为真相大白后的戏谑之语，但也表明温峤其时已非壮盛之年了。关汉卿选取这样的题材入剧，其实用意即要从一个崭新的角度创作一个老夫少妻的故事，表明只要真心相爱，年龄的差别并不是男女双方结合的障碍，这一点也与作者晚年“不伏老”的生活态度有关。正是由此创作观念出发，作者精心塑造了温峤这样一位才子形象。作品一开始即写他将无依无靠的姑母表妹“搬取来京，旧宅居住”，表明这个人物除了“学富五车，才高八斗”之外，还笃于亲情，不以位高而势利，而且由于此系他未与表妹刘倩英睹面之前的事，所以也不存在为讨其欢心而别有用意。后来由于老夫人要他教倩英学书操琴，温峤才得以和倩英相识并狂热地爱上了她，想方设法终于达到了与她结合的目的。洞房花烛夜，青春貌美的表妹嫌他老，不允和谐，媒婆搬出“违宣抗敕”的罪名企图压服，也为他所阻止，坚信自己的“真实意”能打动芳心，最后终于如愿以偿。以此可以看出，作者总体上是将温峤作为主要正面人物来描绘的，这里面显然寄寓着自己的某些心愿，或者有着自身的某些经历亦未可知。然而，“骗娶表妹”这一故事本身即具有强烈的喜剧性，这一点关汉卿自然比谁都清楚，他据以敷衍成代言体即更是一出趣味极浓的讽刺喜剧。

剧本第一折温峤一出场便带着一副踌躇满志的神态：

〔寄生草〕我正行功名运，我正在富贵乡。俺家声先世无诽谤，俺书香今世无虚诳，俺功名奕世无谦让……

也许温峤说的都是实情，但如此自夸，伴随着一连串的“我”和“俺”，这就使得本来一个严肃可敬的角色带上了一些滑稽的意味，喜剧情趣油然而生。

以下，温峤慨叹自己“好天良夜成疏旷，临风对月空惆怅”。他也有不得意之时，需要什么呢？曲词最后一语破的：

怎能够可情人消受锦幄凤凰衾，把愁怀都打撇在玉枕鸳鸯帐。

原来如此！我们的喜剧主人公功成名遂，“黄金屋”“千钟禄”皆有了，唯有“颜如玉”一事未了，未免有些遗憾。然而，不争气的是，他目前早已过了青春年少的年纪，原故事中刘氏称他为“老奴”，此剧中刘倩英称他“兀那老子”，可见得一把年纪老是想着小姑娘总让人觉着有点滑稽，作品的讽刺喜剧机趣正是建立在这样的基础之上的。

老夫人让温峤教小姐写字操琴，这当然是正中温的下怀，因为刚一见面他即为小姐的美貌所倾倒，暗喜“是好一个女子也呵”，于是迫不及待乘着把笔之机“捻手捻腕”，如果这位“好女子”就此配合倒也罢了，谁知人家却像被马蜂蜇了一般叫出来，责问他“是何道理”，情境一下子紧张起来，幸亏老夫人糊涂，加上角色自己的两片嘴能言善辩，总算未丢大面子，然而再要进一步发展可就难了。小姐奉命“回绣房去”了，剩下这位多情老汉除了借口更衣（上厕所）追出去观看人家的脚印，也干不成什么事。不过，聪明人并未就此失望，正应元杂剧一句俗语：“凭俺这份好心，天也掉下半条糖儿我吃”，老夫人提起姑娘的亲事并托这位“贤侄”保媒正好帮了他大忙，于是“御赐之物”玉镜台搬了出来，于是保亲的成了毛遂自荐，只不过是做了一个圈套，老眼昏花的老夫人自然不是对手，等到醒悟过来，一切都已迟了：

（官媒云）他不是保亲的，则他是女婿。（夫人云）何为定物？（官媒云）玉镜台便是定礼。（夫人去）有这等事，我把这玉镜台摔碎了罢！（官媒云）住住，这玉镜台不打紧，是圣人御赐之物，不争你摔碎了，做的个大不敬，为罪不小！

哭笑不得的老夫人只好就范，只挣得一句悻悻语：“吃他瞒过了我也！”剩下唯一可做的事是“选定吉日，送小姐过门去”。这一连串快得令人瞠目结舌的喜剧节奏充分表现了主人公的老谋深算以及手法的狡黠，在这种情况下对方除了屈从别无他法，这简直让人想起鲁斋郎以修壶银子及赏酒做“定礼”

“肯酒”，因而霸占李四妻子的手法，只不过一为真心想娶，一为仅仅玩弄，虽然以此阻止了此剧向真正意义的悲剧发展，但主人公不尊重他人意志而采取近乎讹诈欺骗的手法“求爱”，这与严肃正派的文人学士身份无论如何都是不相称的，可以说也是一种生活的变形，不管作者的创作意图如何，作品于喜剧式的戏耍后面蕴含着深深的嘲讽却是可以强烈感受到的。温峤这个形象之所以至今仍有其存在价值，根源也许即在这里。

至于这部喜剧另一个主角刘倩英，剧本写她虽与温峤为表兄妹关系，但年轻、漂亮，“花比腮庞，花不成妆；玉比肌肪，玉不生光”。她“少年想着风流配”，自然不会情愿嫁给一个糟老头子，甚至对温峤教字把笔都很敏感，“不曾将玉笋汤，他又早星眼睁”，然而，以她的出身和教养，在母亲已被迫做出决定的情况下也只好屈从。即使内心不满，甚至在洞房花烛夜还闹出抓面皮、不圆房，以致将新婚喜酒泼到地下的激烈局面，但大势已去，这种挣扎也形成不了真正的悲剧性冲突，至多在场上激起一些类似闹剧的气氛而已。

当然，仅此还不能使问题得到解决，因为假如刘倩英始终采取对抗的态度，即使王府尹设水墨宴也不济事，强行压制也构不成喜剧。这样，刘倩英自身的喜剧性即出来帮忙了。

刘倩英形象的喜剧性来自她的虚荣心和妥协性。剧本描写她尽管在洞房里虚张声势，但最终却在温峤的一番花言巧语的表白面前哑口无言，最后还得和温峤双双出席王府尹设下的水墨宴——事实上承认了他们之间的夫妻关系。特别有趣的还是在水墨宴上，王府尹故意要温峤吟诗，否则夫人即“头戴草花，墨乌面皮”，这可吓坏了这位新夫人。刘倩英不怕在洞房内大闹，以致合婚不成，可就怕公开场合丢面子：“墨乌面皮，什么模样！”于是只好低声下气求告“那老子”，一口一口“丈夫”赶着叫。这样，原来抗婚不成，被迫接受不称心婚姻的悲剧式人物却以喜剧角色出现在舞台上了。刘倩英的虚荣心就是她喜剧性格的一个突出方面。

总之，《玉镜台》的讽刺喜剧气氛还是非常浓厚的，古希腊人把“骗局”作为喜剧的一个重要来源①，在此剧中，“骗娶”得以成功主要应归因于男主角的

① ［古希腊］佚名著：《喜剧论纲》，载《古典文艺理论译丛》第7辑，人民文学出版社1964年版。

贪色和狡黠，亦与女主角的虚荣和妥协有着密切的关系。根据《世说新语》所载，温峤以玉镜台为媒，骗娶刘氏并未形成太大波澜，相反，真相大白后，刘女非但没有生气，反而“抚掌大笑”，称“果如所卜”，但到剧中，关汉卿即夸张了二人之间的年龄差别，以及温峤的动手动脚、偷看脚印以至设置骗局等喜剧关目，也突出了刘倩英的虚荣和妥协，这些都表明作者创作意图在剧中有所扭曲。他要通过老夫终得少妻的剧情描写表现真心爱慕可以超越年龄界限，但“温公娶妇”故事的确不是理想的题材，故出现了创作出发点和作品艺术效果之间的某种脱节。风情喜剧变成讽刺喜剧。当然，从另一方面看，这也算不得什么，对于一件风流韵事略加嘲戏，在关汉卿看来本来即无伤大雅，他同友人王和卿之间嘲戏甚至维持到死，可以说此剧也是时代风气使然。

讽刺分为善意的嘲讽和辛辣的讥刺两种。从上面的分析看，《陈母教子》也好，《玉镜台》也好，其喜剧主人公一般并非为非作歹的反面人物（如关氏悲剧中的李存信、张驴儿、鲁斋郎、杨衙内之类），他（她）们的身上尽管有缺点、有错误，但都不是致命的恶德。元杂剧一人主唱的演出体制也不容出现恶人作喜剧主人公的情况，因而出现以善意嘲讽为主的讽刺喜剧成了关剧这方面的基本特色。

二、幽默喜剧：《谢天香》《金线池》

什么是幽默？这个问题是理论界争论较多的一种，以幽默为主要特征的幽默喜剧当然亦不例外。一类观点认为，“从幽默中获得乐趣源出于我们对笑之对象所产生的优越感。根据这一观点，全部幽默均带有嘲弄性质”①，另一类观点则认为：“幽默可使我们从顺应传统要求的抑制中解脱出来，这种解脱可能是暂时的。比如，淫猥故事通常并不是对传统道德观念的严肃挑战，但它确实能够使人们表达受压抑的性冲动。”②今天看来，这两种观点皆不无所据，但弊病在于前者容易同讽刺喜剧混淆起来，后者只适用于以粗俗、低级的下流社会为表现对象的喜剧，如古希腊喜剧等，与真正反映幽默本质还有相当距

①② 参见［美］D.H.门罗著：《幽默理论》，译自《考利尔百科全书》第12卷，1979年美国版，第355—357页。

离。第三类观点认为，幽默存在于发现“恰当中的不恰当”“不仅仅发现不同事物中意想不到的联系，适当的概念也包括在内”[①]。这种观点虽然看起来比较抽象，难以理解，但却在相当程度上道出了幽默喜剧的本质，它不是来自嘲弄，也不是仅仅“来自抑制解脱的一种感情”，而是来自“恰当中的不恰当”，换言之就是和谐中的不和谐，合理中的不合理。反过来也是一样：不和谐中的和谐，不合理中的合理，如此等等。用这种观点来考察关汉卿喜剧，《谢天香》和《金线池》即具有相当的典型性。

和《陈母教子》以及《玉镜台》一样，《谢》《金》二剧中也不存在真正为非作歹的反面人物，构不成生死攸关的悲剧性冲突。但在前二剧中，正面人物还存在着值得嘲讽的“恶德”，如陈母的只认状元不认亲子，三末的吹牛、狂妄和贪财，温峤的狡黠和贪色，刘倩英的虚荣等等。而此二剧中即基本上连这种“恶德”也不存在了，有的只是和谐中的不和谐，恰当中的不恰当。

例如《谢天香》剧中的钱大尹，不仅为官“颇有政声”，而且笃于友谊，对以前同窗小友柳耆卿（永）一直念念不忘，及至见面，不以官体尊卑，公堂款待，然而他却因柳永在娼楼妓馆厮混不满，在柳临赴京前拜托照看要好妓女谢天香时还抢白他一顿，说他“才有余而德不足”，柳因而满腹怨恨。但从钱大尹角度看，他的确为着同窗学友好，希望柳就此振作起来，施才干，做大官。正是出于这样的好心，他认为“歌妓女怎做得大臣姬妾”，所以要想方设法断绝柳永此念。在柳赴京后，他故意命谢当厅吟唱一首柳词，中有冒犯大尹名讳字样，想要借此责打谢天香，认为刑余之人，“耆卿再不好往她家去”，然而谢天香临场改动曲韵，不但避开其中大尹的名讳，而且新成一韵到底，对此钱大尹大为惊叹，故改变主意，决心成全他们二人。然而仍出于歌妓做不得大臣姬妾的心理，他出面将谢天香娶来自家，名义上做自己的妾，实际上不让谢再倚门卖笑重新接客，以成全同窗小友的体面。也正因为如此，他娶了谢氏三年，竟让她守了三年空房，直到柳永中状元回来，才主动说清原委，完璧归赵。从这些情节可以看出，剧中的钱大尹为朋友所做的一切都是合理的，也是恰当的，这方面不存在喜剧的可笑之处。

① 参见［美］D.H.门罗著：《幽默理论》，译自《考利尔百科全书》第12卷，1979年美国版，第355—357页。

钱大尹形象的喜剧性来源于幽默，这就是合理中的不合理，恰当中的不恰当。从剧本第一折可以看出，他为柳耆卿置酒送行后又加以抢白，这当然由于柳永自己不识相，三番五次反复絮烦的结果，同时也是由于对小友不务正途流连花酒的不满，但一番严厉的申斥却客观上使得朋友窘困万分，以致发誓要报复："钱可道，你长保着做大尹，休要和俺轴头儿厮抹着"，可见好意反而做了恶情。

不仅如此，剧本还描写钱大尹为官严正，不近女色。新任府尹，官妓依例参见，他只允许上厅行首谢天香一人作代表，而且不假以辞色，使得初次见面的谢惊惧不已："那官人好个冷脸子也"。他为同窗学友的功名前途着想，竟不惜采取责打歌妓使之成为刑余之人的手段。更为滑稽的是他竟将友人的相好娶到家里整整三年，为的是怕朋友中举得官后因体制所关娶不得歌妓，可他自己正是由"圣恩"除授的开封府尹，四品黄堂，却毫无自玷官箴之忌。娶到家后"整三年有名无实"虽可理解，但又不告诉谢自己的真实目的，任其痛苦万分，以致认定"打我在无底磨牢笼内"。等到三年届满，钱又恶作剧地答允要正式立谢为小夫人，又使后者不知真假罩入云里雾里：

〔煞尾〕我也不敢十分相信的：许来大官员，恁来大职位，发出言词忒口疾。

的确是这样。笃于友情的钱大尹并未就此立天香为小夫人，而是当柳耆卿中状元凯旋之际立即按原计划将谢"完璧归赵"，并讲明原委，柳因此尽释前嫌，且感激他的保护之义。无疑这些都是钱为朋友所做的再恰当不过的事。但另一方面，同样作为一个活生生有感情的妓女谢天香，即在他们的友谊之中变成了一个物，听凭其娶来赠去，谈不上任何人生权利。客观上说，钱的古道热肠，正是建立在无辜妓女的心理压抑和感情痛苦的基础之上的。此外，钱的义气作为，对其自身来说，却并不总是非常恰当，别的不说，他将朋友恋人关在自家府内三年，其间暧昧清白按常理是难以说清的问题。"朋友妾，不可灭""瓜田不纳履，李下不整冠"，这些人生避忌都让钱大尹的古道热肠触犯了。以上这些，无疑都是典型的"恰当中的不恰当"。由于这些"不恰当"并未从根本上损害整个形象的“恰当”，故在钱可道这个人物身上，人们即看不出讽刺意趣的意味，而是“乱点鸳鸯谱”式的幽默。

这种“恰当中的不恰当”在剧中其他人物身上也同样有所体现。例如谢天香，她是一个聪慧、机敏的女性。对这个形象历来评价分歧较大，誉之者赞其才艺，贬之者鄙其人格，实际上此皆喜剧人物的两个不同方面，所谓“恰当中的不恰当”而已。说她聪敏固然有据，第一折她同钱大尹初次见面后即敏感这个人不好说话，柳耆卿不听她劝阻，来往穿梭说情，结果讨了个没趣。这表明她识人的眼力超过了柳。另外，在柳赴京后，钱大尹为杜绝朋友流连花酒的后路，意欲借故责打她，面对这个情势，谢处变不惊，凭着天资聪慧，当场改字换韵，从而保护了自己，后来在被钱大尹强娶后又以色子为题，赋诗悲叹身世，这些都体现了这个人物的绝高才艺。

与此同时，此剧中的谢天香，作家创作时并没有忘记她的身份。作为一名沦落风尘多年的妓女，迎新送旧的职业习惯造就了她自卑和感情无定的个性(这也是人们贬她的依据)。她和柳耆卿作伴，已定终身，柳临别时还允她等做了官，“那五花官诰，驷马香车，你便是夫人县君也”。可是当柳永走后，钱大尹将她娶为小夫人，她没有表示任何拒绝或者可以说是因为势不由己，但居然连柳耆卿也不再念起，整日为着有名无实的大尹妻而烦恼：

〔倘秀才〕俺若是曾宿睡呵则除非天知地知，相公那铺盖儿知他是横的竖的！比我那初使唤，如今越更稀。想是我出身处本低微，则怕展污了相公贵体。

自卑和自贱的性格在此处表现得非常充分。然而当钱恶作剧地答应将正式立她做小夫人时，她却感激涕零，“不想道今朝错爱我这匪妓，也则是可怜见哭啼啼”〔一煞〕。正如同艺术上她善于随机应变一样，感情上她也是随遇而安，这一点放在一位普通的“上厅行首”的妓女身上无疑是再自然不过，但如作为剧中特意塑造的与才子柳永相配的佳人，则难免被骂一声水性杨花、用情不专了。她由柳移到钱，再由钱回归柳的窘境，同样反映了这个人物恰当中的不恰当之处。正是她的这种不恰当，使得她在显示了悲剧性命运的同时却露出了喜剧性的面目。

柳耆卿是此剧中所花笔墨不多的一个人物，但他的地位却不能忽视。从人物关系上看，他既为钱大尹的同窗学友，又是谢天香的“心上人”，在钱、谢、柳三角关系中他是不可或缺的一个支点。剧本写他憨厚、老实，对妓女谢天香情真意挚，对朋友钱大尹推心置腹，作为一个才华横溢的书生，他出口成章，这些都显示了这个人物的“恰当”的个性。然而同时作品也揭示了他的不恰当性，剧本第一折他赴京前得知学友钱可道新任此地行政长官，特地赶去相会，钱亦热情款待，置酒饯行，一切都体现同窗旧谊，无不恰当，可是这位多情种却临时想起托老朋友照看情人，钱大尹以为身为“一代文章”的同学故友有些什么嘉言善行要提供，谁知只是一句“好觑谢氏”，大尹又以为“谢氏”必定是个德行高洁的文人隐士，经随从张千介绍方知为妓女，心下已是不然，偏偏这位柳生又不识相，出而复返，连续五次，喋喋不休，总怕自己没有讲清，而越欲细讲就越显得啰嗦，大尹则是一次比一次冷淡，先是“有请”，再是“着他过来”，后来干脆不见，且将通报的张千臭骂一顿。然而不识相的柳永则更不识相，干脆不用通报径入，终于招来了老朋友的翻脸怒斥：

> 这里是官府黄堂，又不是秦楼楚馆，则管理谢氏，谢氏！耆卿，我是开封府尹，又不是教坊乐探！

“哥哥看待我比别人不同”，这原是柳永在谢天香面前夸口的话，可现在却实实在在地丢了丑，使他陷入如此窘境的是谁呢？

归根结底还是由于他那不识高低、不知进退的傻乎乎的个性，尽管他因而恼羞成怒，赌咒发誓要今后得官再和钱可道算账，但人们还是不禁要笑出声来。这方面的喜剧来源就在于他的这些不恰当之处。

“恰当中的不恰当”构成了此剧的主要喜剧机趣，我们从上面三个主要人物的形象剖析中即很容易体会出来。虽然由于剧中没有反面角色，难以开展激烈的戏剧冲突，正面人物身上又无值得认真讽刺的“恶德”，所以和讽刺喜剧《陈母教子》《玉镜台》相比，可笑的因素略少了一点。但钱大尹热心助人却表现近乎捉弄，谢天香聪慧机敏却在感情上随遇而安，柳耆卿才高八斗却表现得直冒傻气，这些喜剧特征都足以令人深思。和讽刺喜剧中体现的解剖精神不同，尽管在展示形象“不恰当”一面时不无嘲讽之意，但作者在这里倾注了更多的善意。阿·尼柯尔说过：“在幽默中，感情和理智结合在一起，敦厚的精神与讽刺的精神结合在一起。”[①]此剧体现的正是这些幽默精神。

同样的精神在关氏另一喜剧《金线池》也有较为显著的体现。和《谢天香》剧相类似，此剧亦表现书生妓女相恋后遭曲折，终因与书生有旧谊之职官调护下得以重圆。题材略同，表现手法亦颇相近，当然具体做法上各有其特点。

杜蕊娘是此剧的主要人物，和谢天香一样，她的身份也是妓女中的“上厅行首”。作品描写她同秀才韩辅臣相恋，后者在石府尹的官厅上与杜见面相识后陷入情网，打定主意在杜家行院住下“一心要娶”，另一方面，和韩辅臣曾有八拜之交的石府尹对义弟流连花酒事不但不制止反而予以资助。由此可见杜和韩相恋既无远行应举之忧，又无官府强娶之苦，较谢天香命运要好得多。然而，杜蕊娘多了一个时时干预着她的鸨母，可怪的是这位狠毒的鸨母竟是杜的亲生母亲，她把女儿做皮肉生意当成摇钱树，坚决反对蕊娘嫁人，当面威胁利诱，软硬兼施，企图让这一对情人分开。在遭到抵制失败后，老虔婆即使用挑拨离间的办法，先以冷语激走韩辅臣，之后又在女儿面前造谣说韩已另有新欢，这样杜和韩之间的爱情裂痕即产生了。

俗话说：“小娘爱俏，老鸨爱钞”，撇开后面体现的畸形卖淫制度不谈，这句话所言还的确是作品反映的现实。杜、韩之间真挚相爱却遭到鸨母间阻在当时并无不恰当之处，关汉卿散曲即有“美姻缘他娘间阻”[②]之类的词句，如果此二人坚决抵制终于冲破阻碍，达到结合目的，或者说二人终因鸨母阻碍而忍痛分手，是喜是悲，总非此剧今天模样，关键在于剧情并未按一般的常规发展。这样，“恰当中的不恰当”也即产生了。

对杜蕊娘来说，以她的高傲刚强的个性，母亲的间阻本不难克服，第一折面对鸨母的板障，她对韩辅臣说：“你则躲在房里坐，不要出来，待我和那虔婆颓闹一场去”，可见她在鸨母面前决不会发怵，事实上在紧接而来的当面冲突中，鸨母已拿她没办法了。间阻之所以起作用，除了韩辅臣不辞而别之外，杜

① [英]阿·尼柯尔著：《西欧戏剧理论》，徐士瑚译，中国戏剧出版社1985年版，第273页。
② 〔大石调·青杏子〕“离情”。

蕊娘自己的心高气傲是为一主要因素。韩虽然因受不了鸨母的"闲言闲语"负气出走了二十多日，但终于不舍得旧情而又复还，杜却不原谅他了："咱本是泼贱娼尤，怎嫁得你俊俏儒流"〔感皇恩〕，"我只怕年深了也难收救，倒不如早早丢开，也免得自僝自僽"〔三煞〕。韩辅臣赔不是，她不理。韩辅臣下跪，她更加反感。

越显得你嘴儿甜，膝儿软，情儿厚。

最后竟是甩袖而去。

不仅如此，在石府尹出资让杜家长辈出面劝合的金线池宴席上，杜蕊娘酒醉，可是当她发现扶她的是韩辅臣时，立即再次拒绝：

你且把这不志诚的心肠与我慢慢等！（做摔开科）

应当说，韩辅臣已经尽了最大努力补偿过失，但得到的依旧是如此决绝的态度。看来如果没有其他因素加入的话，他们之间的爱情悲剧是不可避免的，而这种局面的造成无疑不能总归结到虔婆的间阻上去。当然，如果杜蕊娘就此已不再爱韩辅臣倒也不算什么，因为情侣之间感情转移乃至分手亦为常有之事。问题在于杜蕊娘内心实际上并没有将韩忘怀，用她自己的话说："这厮阑散了虽离我眼底，忔憎着又在心头。"〔梁州第七〕。正因为如此，她对韩辅臣不辞而别，又听闻他已另有所爱才特别伤心愤怒，她的决绝态度也是"爱之深也恨之深"的具体表现。这种"爱之深"以致难以忘怀的心绪不仅存在着内心和人后，有时还在公开场合不自觉地流露，剧本这样描写金线池聚宴：

（正旦云）待我行个酒令，行的便吃酒，行不的罚金线池里凉水。（众旦云）俺们都依着姨姨的令行。（正旦云）酒中不许题着"韩辅臣"三字，但道着的，将大觥来罚饮一大觥。（众旦云）知道。

理智上想要排开韩辅臣这个"负心短命"，感情上却是藕断丝连，难能自制。宴会上没来由行了个以韩辅臣为中心的酒令，这件事本身即已表明了女主人公此刻的心境。“感情和理智结合在一起”的幽默始终充实着这一场戏。杜蕊娘自己连续两次犯规，口口道出韩辅臣的名字，连连受罚以致沉醉。这些都表明她对韩辅臣仍是一往情深。之所以在看到韩辅臣此刻上场并扶持她时仍旧拒绝并“做摔开科”，纯粹是由于心高气傲的个性使得她不愿意一下子软化下来而已。以下第四折韩辅臣向哥哥石府尹求援：“公堂上迫其就范”，表面上这倚官仗势，令人反感，但实际上至第三折结束，这已是水到渠成的事了。“千求不如一吓”，这也是关汉卿创作的常用手法之一。“一吓”的结果是使杜蕊娘的理智和感情的矛盾得到顺利解决，有何不可！

韩辅臣在此剧中的地位比较特殊。从人物关系上看，他同柳耆卿一样，同时联系着官府和歌妓。作为一个书生，他在见到杜蕊娘后马上为之倾倒，并甘愿放弃求取功名留下来与之作伴以致“一心要娶”，可以说是一个爱情至上主义者，在这一点上他甚至比“平生以花酒为念”但舍不得“功名”二字的柳耆卿更可爱些，然而这种情况在元代及以前的文人作品中并不少见，如张君瑞、郑元和等，所以说这也算不得什么不恰当之处。他的心气高傲，受不得虔婆的“闲言闲语”负气出走，从“士可杀不可辱”的读书人传统信条来看，这也是再恰当不过的。问题在于他对杜蕊娘不辞而别，即实际上将恋人和鸨母打做一路了，这显然是极其“不恰当”的事。心高气傲的他遇上了比他更加气高的杜蕊娘，这种“不恰当”就更明显了。

剧本写他负气出走二十多日后有点心神不定，欲返回与杜蕊娘重修旧好，然而开始时似乎摆了一点谱，见到杜蕊娘弹奏琵琶，还进行讥讽：

> 原来你那旧性儿不改，还弹唱哩！

如此不得体的求和，不啻是“扑邓邓火上浇油”，立即遭到杜蕊娘十倍于此的回击，问他：“何劳你贵脚儿又到咱家走？”

至此，在这一对情人的误会冲突中，韩辅臣开始走了下坡路，他的“元许我嫁”“盟约在前”以及“出你家门也只有半个多月”等等似乎很充足的理由并不帮他任何忙。于是道歉，于是下跪，然而这一切都不能挽回他的颓势，甚至金线池宴会上当他巴结地去扶持已酒醉的杜蕊娘，也被后者呵斥“靠后”并且用力“捽开”，这简直就像窦娥对待癞蛤蟆想吃天鹅肉的张驴儿一样，令人忍俊不禁。更可笑的是他对杜蕊娘没了办法，却去求助石府尹哥哥“公堂解决”，剧本这样描写：

(石府尹云)他委实不肯便罢了，教我怎生断理？(韩辅臣云)哥哥，你不肯断理，你兄弟唱喏。(作揖，石府尹不礼科，云)我不会唱喏那？(韩辅臣云)您兄弟下跪。(作跪，石府尹不礼科，云)我不会下跪那？(韩辅臣云)你再四的不肯断理，我只是死在你府堂上，教你做官不成。(作触阶，石府尹忙扯住科，云)那个爱女娘的似你这般放刁来？罢，罢，罢！我完成了你两口儿。

这是真正成了喜剧角色。韩辅臣的放刁以至以死要挟老朋友当然不是在动真格，否则即令人反感了，正因为其虚假，才适足增添舞台上“恰当中的不恰当”，幽默气氛固然更加浓厚。

石府尹也是这出喜剧中不应忽视的角色。和《谢天香》中的钱大尹不同，这位五品黄堂对契弟的流连花酒不但不加干预，反而加以支持。钱大尹和柳耆卿之间虽然具有同窗之谊，但等级的差别还是明显的。而石府尹则得平易多了，简直真正成了韩辅臣宽厚的大哥哥。剧本第一折描写他设宴招待韩辅臣，令上厅行首杜蕊娘劝酒，谁知二人竟然把他这个府尹兼主东忘记了，以致“哥哥”不免着急起来：

(正旦与韩连递三杯科)(府尹云)住，住！兄弟，我也吃一钟儿。(韩辅臣云)呀，却忘了送哥哥。(正旦递府尹酒，饮科)

可以想见场上的喜剧效果是出奇的好。以下剧情，石府尹出两锭银子让韩辅臣住进杜蕊娘家行院去，乐疯了的韩辅臣连“别也不别”即带着情人一溜烟走开，府尹只好自叹：“虽然故友情能密，争似新欢兴更浓。”

然而他却没有见怪，还准备“且待三朝五日，差人探望”。宽厚之态实在可爱。剧本第三折写他资助金线池设宴，第四折写他公堂假狠“吓”和，完全成了韩辅臣的保护人。和“冷脸儿”加上恶作剧“假娶”的钱大尹相比,石府尹形象要可爱得多。当然,像这样不顾官体,和妓女嫖客打成一片的府尹,在儒家传统浓厚的官场是不多见的,或者说是“不恰当”的,然而这种官体上的“不恰当”与交游上古道热肠的“恰当”又天衣无缝地联系在一起。唯其如此,才使得这个人物较钱大尹更具喜剧性。现代喜剧理论又将“人物形象性的虚假性”作为喜剧的本体特征之一[①],石府尹这个角色即更为剧情所必需的了。

总的说来,和《谢天香》剧一样,《金线池》的幽默喜剧特点是非常明显的。贯穿全剧的杜蕊娘和韩辅臣这一对恋人之间的矛盾冲突是由误会构合而成,不具备生死攸关的严肃性。居于中间促成他们结合的石府尹也是一个富有幽默气质的人物,虽然在第四折公堂“逼”和中显示了通常官府的威势,但由于本身即为造成喜剧性结局的一个契机,故只能加强而非削弱整体的喜剧气氛。剧中企图离间青年男女爱情关系的鸨儿固属反面人物,但她不占重要地位,仅在第一折中一带而过,是个道具式的角色。她的阴谋之所以在某种程度上起作用,与其说是阴谋伎俩的高超,倒不如说是由于杜、韩二人心气一个比一个高傲。自然,鸨儿在剧中处于被揭露和讽刺的地位,因而算是一个讽刺喜剧人物,但这种讽刺恰恰是对全剧“敦厚精神”的一种映衬和补充。而“敦厚的精神与讽刺的精神结合在一起”,正是幽默喜剧的本质特征之一。

英国近代喜剧家康格里夫认为幽默是“一种特殊的,不可避免的言谈举止的方式,只对某一个人说来它是特有的,自然的,从而使他的言谈举止与别人相区别”[②]。正是如此,幽默对于喜剧人物自身来说是恰当的,是性格发展的自然结果,而对他人或所谓常规来说,却又是特殊的,不恰当的。前面分析过的《谢天香》和《金线池》皆是如此,无论是谢天香的聪明自卑还是杜蕊娘的心气高超,也无论是钱大尹的工于心计还是石府尹的宽厚待人,或者是柳耆卿的愣头愣脑和韩辅臣的近乎耍赖,都是由他们的喜剧性格所决定的。从这点来说,它们都是特有的、自然的,不可避免的,每个人的喜剧性格都不会有任何混淆之处,都是在展示某种“恰当中的不恰当”,或者“不恰当中的恰当”,剧情的发展过程也就是这种幽默本质的体现过程。

---

① 参见周国雄:《喜剧本体特征论》,《文艺研究》,1990 年第 6 期。

② [英]康格里夫:《论喜剧中的幽默》,载《古典文艺理论译丛》第 7 辑,人民文学出版社 1964 年版,第 12 页。

三、世态喜剧:《救风尘》《望江亭》

世态喜剧又称风俗喜剧。尼柯尔指出:“这类喜剧——风俗喜剧——之具有这一名称,不言而喻,主要来源于当代戏剧中所表现的社会风尚、社会愚蠢与传统习惯。”[1]这个定义准确地指出了世态喜剧的性质和特征,它既不同于讽刺喜剧,也不同于幽默喜剧,讽刺和幽默作为喜剧手法在世态喜剧中也许都可以得到运用,但这绝不是它的全部,正如有论者所言:“它的重心,却像其名称所暗示的那样,主要指的是一种重在表现社会风俗和人情世态的喜剧类型,就这一点而言,它实际上包含了远较一般幽默喜剧和讽刺喜剧更为复杂的创作激情,更为丰厚的文化意蕴和更加深入地表现社会生活的巨大可能性。”[2]正是出于这点,我们宁愿此类喜剧为世态喜剧而不仅仅称之为“风俗喜剧”。因为一般看来,“世态”中除了风俗之外,还包括其他的社会人生问题,覆盖面要大得多。

在关汉卿剧作中,具有典型性的世态喜剧是他的《救风尘》和《望江亭》。

《救风尘》全称《赵盼儿风月救风尘》,和前面分析过的幽默喜剧《谢天香》《金线池》一样,都以妓女生活为题材,亦即属于所谓的妓女戏,说得更具体一点,此剧中妓女和书生恋爱后遭波折幸而由于友人调护终得团圆这一线索主干也略同于前述二剧,然其表现手法以及反映社会生活面都远远超过了前者。

即以剧中的妓女书生恋爱为例,宋引章和安秀实这一对情人之间之所以出现阴差阳错,宋后来嫁给周舍,不是出于鸨儿间阻,也并非由于安秀才外出求取功名三年不归,而是由于“自小上花台做子弟”的周舍手段高,而这种高手段又不是倚官仗势,尽管剧本一开始周舍即自称为“周同知的孩儿”,是个宦家子弟,但这个“衙内”却同鲁斋郎不同,他权势没有达到“嫌官小不做,嫌马瘦不骑”的地步,却懂得用小恩小惠,花言巧语买通妓女的心。此剧第一折

① [英]阿·尼柯尔著:《西欧戏剧理论》,徐士瑚译,中国戏剧出版社1985年版,第290页。

② 张健:《论成形期的中国现代风俗喜剧》,《南京大学学报》,1991年第3期。

通过宋引章之口说他：

> 一年四季，夏季我好的一觉晌睡，他替你妹子(她自己)打着扇；冬天替你妹子温的铺盖儿暖了，着你妹子歇息；但你妹子那里人情去，穿的那一套衣服，戴的那一付头面，替你妹子提领系，整钗镮。

正是由于这样，周舍这个有钱有势但又不仗着钱和势凌逼的特殊的第三者，在关剧同类题材的作品中可以称得上有着鲜明特点的“这一个”。

宋引章形象也是富有特色，剧本描写她对着赶来询问原委的姐妹除了谈了上述一大段称赞周舍懂感情会体贴人的话以外，还补充了下面一句：

> 我嫁了安秀才呵，一对儿好打莲花落。

打莲花落，即沿街卖唱乞讨的意思。宋引章透露她不愿嫁安秀实还因为嫌秀才家穷，显然作为“小娘儿”的宋引章也不是不“爱钞”的。读者和观众大概都还记得《金线池》中有这一样一句话，鸨儿骂杜蕊娘：“你要嫁韩辅臣，这一千年不长进的，看您打莲花落也！”鸨母这句威胁语在《金线池》为妓女杜蕊娘所不齿，到了此剧中却又成为同是妓女的宋引章的“正经语”，可见此妓已非彼妓，艺术的个性化在这里起了相当作用。

然而如果宋引章仅是一个“爱钞”的贱妓，她后来的遭罪只会让人快意，友人赵盼儿的调护以及她和安秀实的最终和好均将失掉应有的意义。事实上问题并不如此简单，怕“打莲花落”在宋引章仅为思想中的一个侧面，甚至也许只是一个口实，因为她嫁周舍明明图的是“知重”，剧本描写她对赵盼儿叙述周舍如何疼爱和关心她的上述那段话以后说：

> 只为他这等知重你妹子，因此上一心要嫁他。

看来，追求“知重”也是宋引章爱情理想的一个方面，作为写她前后两次强调“知重”，显然意在突出这一点，正因为如此，宋引章形象才不会简单化。

至于安秀实,他是否也如周舍一样"知重"宋引章,剧本没有描写,我们不得而知,至少他的"知重"在此刻宋引章心目中没有周舍突出。情分上既逊周舍一头,而作为一个穷秀才,在钱和势上与官宦子弟周舍更不能比。"打莲花落"在真情相爱的情况下原不可怕,但在情义和权势皆逊的情况下即是一个很现实的问题了。既然无论哪方面都是周舍占优势,则原来应嫁安秀实的宋引章现在执意要嫁周舍便是顺理成章的事了。显然,此剧中表现的妓女爱情纠葛比前面论及的同类题材要复杂得多,内涵也要丰富得多。无论是谢天香和柳耆卿,还是杜蕊娘和韩辅臣,他们的关系都比较简单,其中出现波折也是误会性的,故情节发展再紧张也没有脱离单一的线条。而此剧中的爱情纠葛,无疑不是来自误会,而是经过了理智的慎重思考,因而具有了严肃戏剧的某种因素,假如按照这条路子走下去并得以完成,读者不会感到任何不合理,更不会为情场上失意的安秀才叫屈。

然而关氏毕竟是一代戏剧大师,他并没有使他的笔触仅仅停留在这里,或者仅仅满足一个较为新颖的爱情剧(事实上即使到此为止,此剧仍不失其完整和别致性),而是让情节朝读者想象不到的方向发展。

年幼而执着的宋引章坚信自己的眼力,认为自己挑了个有钱有势又有情的好夫婿,连义姐赵盼儿经验之谈和好心劝告都听不进去,最后竟然把话说绝了:

> (赵云)妹子,久以后你受苦呵,休来告我。(外旦云)我便有该死的罪,我也不来央告你!

可事实上是宋引章错了。她相信了周舍的"知重",执意嫁了过去,谁知这个原来疼她照顾她如孝子的"可意人"竟翻转面皮,成了另外一个人。按照宋引章自己的说法是"进得门来,打了我五十杀威棒,朝打暮骂,怕不死在他手里"。万般无奈,这位当时执定主意即使犯了"该死的罪,也不来央告"的多情人,只好自食其言,写信"急急央赵家姐姐来救我"。这样,严肃戏剧又转化成了喜剧。

"赵家姐姐"赵盼儿的出面相救,因而引出了剧中第二层关系,即赵盼儿同周舍之间的正邪之争。剧名“救风尘”,这实际上是构成此剧的主体情节。

赵盼儿形象同样为此剧所独创，即在此前的妓女戏中也是绝无仅有。从年龄上看,她大引章几岁,故称为“赵家姐姐”,正由于这样,她的阅历丰富而为人机警,还在宋引章陶醉于周舍虚情假意的“知重”中时,她就看穿周舍之流的真正面目,真心劝道这位执迷的妹子:

〔胜葫芦〕你道这子弟情肠甜似蜜,但娶到他家里,多无半载周年相弃掷,早努牙突嘴,拳椎脚踢,打的你哭哭啼啼。

后来果真不幸而言中了，宋引章母亲拿着救援的书信来找她。当初苦心劝告不成反遭抢白,赵盼儿心中自然很不愉快:“你铺排着鸳衾和凤帱,指教效天长共地久;蓦入门知滋味便合休。几番家眼睁睁打干净待离了我这手。”〔醋葫芦〕她完全有理由拒绝,因为当时宋引章执迷甚至到了狂妄的地步。然而这样一来,赵盼儿也就脱不了恩来怨往的常人身份,侠妓的赵盼儿也就不存在了,正因为赵盼儿不仅有着阅历丰富,为人机警的一面,还有着一副热心助人的侠义心肠,所以此剧才没有流为一般的讽刺喜剧,且听她自我警告:

(带云)赵盼儿!(唱)你做的个见死不救,可不羞杀这桃园中杀白马,宰乌牛?

她是决计要去搭救那倒霉的妹子了。对此她充满了信心,“不是我说大口,怎出得我这烟月手”!这不是在盲目乐观,因为赵盼儿以她识人的眼力,早就看出周舍有一个致命的弱点,就是好色:“那厮爱女娘的心,见的便似驴共狗”,正由于这样,她早就安排了一个周密的计划:

我到那里,三言两句,肯写休书,万事皆休;若是不肯写休书,我将他掐一掐,拈一拈,搂一搂,抱一抱,着那厮通身酥,遍体麻。将他鼻凹儿抹上一块砂糖,着那厮舔又舔不着,吃又吃不着。赚得那厮写了休书,引章将的休书来,俺的撇了。

事实上也是这样。赵盼儿可算知己知彼了，以此，她的“救风尘”必胜无疑，故而场上并无激烈冲突前的紧张气息，一切都在轻松喜剧的气氛中进行。

当然，周舍也不是一个凡俗的角色，从上面分析过的骗娶宋引章过程来看，他的确是一个久惯风月、老于世故的家伙。他骗娶宋引章还未等到家就已经厌倦：“让她轿子在头里走，怕那一般的舍人说：‘周舍娶了宋引章’，被人笑话。”可是他忘了正是他死乞白赖，费尽心机才把宋引章骗到手。他这样信口开河地诬蔑宋：

> 则见那轿子一晃一晃的……我揭起轿帘一看，则见他精赤条条在里面打筋斗。来到家中，我说：“你套一床被我盖。”我到房里，只见被子倒高似床。我便叫：“那妇人在那里？”则听的被子里答应道：“周舍，我在被子里面哩。”我道：“在被子里做什么？”他道：“我套棉被，把我翻在里头了。”我擎起棍来，恰待要打，他道：“周舍，打我不打紧，休打了隔壁王婆婆。”我道：“好也，把邻舍都翻在被里面。”

这固然是喜剧角色的插科打诨，但也形象地说明周舍这家伙不假思索漫天扯谎的本领，绝非等闲小丑可比。此次重新见到赵盼儿马上想起她曾经阻止过自己骗娶宋引章，于是气急败坏，对赵打骂赶逐。然而盼儿巧妙地解释当时的作梗是由于忌妒：“我待嫁你来，你却着我保亲！”并说这次是“好意将着车辆鞍马奁房来寻你”，这样周舍马上从精神上解除了武装，乖乖地答应马上回家休了宋引章，虽然这其中还要了一点小聪明，通过让盼儿赌咒发誓来“摇撼的实着”，然而色迷了心窍的他连“堂子里马踢杀，灯草打折臁儿骨”这样的牙疼咒都听不出来，连同盼儿自带的酒、熟羊和大红罗都认为是捡了个便宜。他轻而易举地休了那个“只有打杀，没有买休卖休”的“贱人”。盼儿和宋引章姐妹于是挣脱罗网全胜而归，等到周舍醒悟过来，一切都已迟了。盼儿尽情地嘲弄这个“骑马一世，驴背上失了一脚”的“傻弟子孩儿”：

> ［庆东原］俺须是卖空虚，凭着那说的言咒誓为活路。（带云）怕你不信

呵。(唱)遍花街请到娼家女,那一个不对着明香宝烛,那一个不指着皇天后土,那一个不赌着鬼戮神诛?若信这咒盟言,早死的绝门户。

绝妙的讽刺,真正是"即以其人之道还制其人之身"了。周舍之流,平时一边大肆宣扬妓女水性杨花,另一边自己则肆无忌惮地哄骗涉世不深的风尘少女,时而甜言蜜语,时而翻脸无情,这些苦果现在都轮到他自己品尝了。所谓"从前作过事,没兴一齐来",喜剧至此达到了大快人心的结果。

从以上分析剧中几个主要人物来看,作者讽刺的矛头无意是对着周舍这个"花台子弟",剧本从他开始骗耍宋引章,接着觊觎赵盼儿,最终"弄得尖担两头脱",落得"杖六十,与民一体当差"的下场,可以说在这个人物身上花了许多嘲讽的笔墨,周舍无疑是个讽刺喜剧人物。

宋引章不听劝告,害怕"打莲花落"而抛弃穷秀才安秀实,执意要嫁淫浪子弟周舍,终于落入"进门打了五十杀威棒""朝打暮骂,看看至死"的窘境,不得不写信向当时被她话说绝了的赵盼儿求救,可见也是一个有缺陷的人物,但她之所以陷入这种窘境,并非由于人格有问题,而是由于幼稚,不谙世故,上了风月老手的当。事实上我们从前面分析过的她要嫁周舍的动机看,最多的还是因为得到"知重"即感情满足的缘故,钱和势并未占多大分量,因而作品对她亦不存在讽刺和嘲弄,而是让其醒悟后自食其言写信救助,从而产生喜剧机趣。悲剧命运以喜剧形式表现出来,充其量只是一种"恰当中的不恰当"而已,所以严格说来宋引章在剧中应该是一个幽默喜剧人物。

赵盼儿的形象在剧中比较特殊。我们说过,她阅历丰富,为人机警而又侠骨凛然,虽然是"救风尘"这一喜剧过程的促成者和主要参与者,但在她身上,既无值得讽刺和嘲弄之处,又无"恰当中的不恰当"从而招惹幽默微笑之处,她的性格成熟,语言犀利而又不缺乏风趣。她的行为有爱有恨,情感自如,既有主见又不呆板,作品自始至终对她采取的是热情歌颂,甚至将她比作"桃园中杀白马,宰乌牛"的刘、关、张,将妓女和这些帝王将相相提并论,这在古代文人作品中的确是少见的,由此可见作者对此赞叹歌颂的程度。从这个意义上我们说,赵盼儿完全是一个颂剧人物。

剧中其他人物,安秀实虽然属于与妓女恋爱的书生,但显得窝囊,剧本开始写他在宋引章变心情况下,不敢去见宋努力争取,只好向赵盼儿求告。这一点他不如善于补过、锲而不舍的韩辅臣,甚至也不如为情人向大尹求情终遭抢白的柳耆卿。他被宋抛弃无法激起读者和观众过多的同情,在整个斗败周舍救出引章过程中他一直龟缩起来,等到最后水到渠成才出来赶现成。作品对这个人物多少有些漠视,直到最后公堂上宋引章也没有直接表白愿意嫁他,可见属于一个没有多大作用的"小丈夫",在全剧的艺术定位中同样不起多大作用。至于剧末"清官"李公弼断案,在内容上为全剧矛盾解决后的"调料",在形式上则更是属于"招之即来,挥之即去"的道具角色,在全剧中的作用仅此而已。

此剧不仅表现手法复杂多样,在反映社会生活(世态)的广度和深度上也都超过了关氏以前的任何一部喜剧。就反映的社会生活面而言,此剧虽然没有脱离妓院的大背景,但却以此为轴心,展示了它周围的大环境,例如从周舍骗娶宋引章的前后过程可以看出当时"宦家子弟"及其家庭生活情况,当时的婚姻制度("买休卖休"以及所谓的"丈夫打杀老婆,不该偿命"等说法[①]),从安秀实身上可以看出当时下层落魄文人的窘境,不仅如此,剧中周舍对店小二说:"我着你开着这个客店,我那里希罕你那房钱养家;不问官妓私科子,只等有好的来你客店里,你便来叫我。"由此反映了当时一些客栈的内幕,通过剧情我们还可以看到市井中的帮闲(张小闲),此外,剧末"清官"断案时还须看周舍"父亲面上",由此也表现了当时"清官"审案时所谓"执法严明"的情况。

此剧在反映妓院生活方面更焉深刻。作为鸨母,宋引章母亲即和《金线池》中杜蕊娘的母亲不同,虽然剧末李公弼审理此案判词中有"老虔婆受贿贪钱"一句,第一折她上场也自白"老身谎彻梢虚",但通观全剧,这个鸨儿却没有什么明显过恶,她在宋引章被周舍骗娶时还告诫:"只怕你久后自家受苦",后来得到宋引章的求救信又赶忙去央告赵盼儿,以致痛哭流涕:"引章孩儿,则被你痛杀我也"(第二折),由此可见,宋母也可说是此剧塑造得比较特殊的

① 买休卖休,即指买卖休书。《大元通制条格》卷四"嫁卖妻妾"条、《元典章》卷十八"离异买休妻例"均有明载,而《元典章》卷十八《户部》"婚姻"条还规定丈夫打骂妻子"邂逅至死"也可"不坐"(不判罪),由此可见关氏此剧反映社会情事皆非向壁虚造。

鸨儿。宋引章情况也是这样，虽然由于幼稚被骗，但她追求"知重"的感情以及怕"打莲花落"的矛盾心情在当时妓女中较为真实，刻画亦较以前妓女戏深刻得多。赵盼儿形象更是妓女中少见的侠肠义胆式的人物，这一点论者已多有指明，无须赘言。

关剧中性质地位与此相近的还有《望江亭》，此剧题材和《救风尘》截然不同，作者的晚年除了行踪已由北方的平原车马转为南方的江河舟楫外，其艺术目光也由勾栏行院转向社会其他阶层。就剧情而言，大概由于作时差不多先后的缘故，此剧倒和前面分析过的关氏社会悲剧《窦娥冤》有着某种相通之处，即都是以刻画寡妇的生活和命运为其归宿的。

谭记儿是剧中着力刻画并歌颂的女主角。和出身贫寒且为一般市民寡妇的窦娥不同，她是已故学士李希颜的夫人，作品安排她一上场即出现在道观中，自称"自从儿夫亡后，再没有相随相伴"，"俺如今罢扫了蛾眉，净洗了粉脸，卸下了云鬟"〔村里迓鼓〕，彻头彻尾的一副未亡人模样。然而表面的娴静掩盖不住青春的寂寞，传统儒家"从一而终"的教条并没有支配着谭记儿的灵魂。虽然她"寡居无事，每日只在清安观和白姑姑攀些闲话"，但她的内心却从来没有停止编织她那梦幻的希望，因为她知道"做妇人的没了丈夫，身无所主，好苦人也呵"。青春守寡的确为人生一大苦事，所以当白道姑劝她考虑改嫁时，她一下子便掏出了心里话：

> （正旦云）嗨！姑姑，这终身之事，我也曾想来：若有似俺男儿知重我的，便嫁他去也罢。

又是一个"知重"！人们记得《救风尘》中宋引章选择嫁人，其主要条件也是"知重"，不过宋遇到的是中山狼式的流氓，一个玩弄女性的老手。周的花言巧语的所谓知重不过是欺骗女性的一种手段，因而年幼无知的宋引章上当了，但不能因其上当即否定她追求目标的纯洁。知重就是真挚相爱，宋引章遇到的不是真正"知重"她的周舍，因而差点铸成悲剧，由于赵盼儿仗义相救，故终以喜剧结束，《窦娥冤》中的窦娥遇到的是人面兽心的恶徒张驴儿，她一眼即看穿他不是一个"知重"自己的人物，故不顾一切地拒绝了他，但由于中了后者的奸计，因而铸成了悲剧。此剧中的谭记儿则不同，“学士夫人”的身份和见识都赋予了她成熟和豁达的生活态度，她对知重的选择实际上是早有了思想准备（“曾想来”），因而是成竹在胸的。虽然白士中此刻出现，对她来说多少有些意外，但以她的识见是不难看出真假的，所以当白道姑为侄儿求婚，并恶作剧地采用张驴儿对窦娥的办法以“官休”“私休”相要挟时，她也就顺水推舟地同意了，不过提了一个条件：

〔后庭花〕你着他休忘了容易间，则这十个字莫放闲，岂不闻“芳槿无终日，贞松耐岁寒”。……只愿他肯，肯，肯做一心人，不转关，我和他，守，守，守，白头吟，非浪侃。

“知重”“一心人”构成了谭记儿理想的爱情，白士中对此当然是欣然同意，“休道一句”话儿，便一百句，我也依的”。

应当指出，谭记儿绝非那种“旧恩忘却，新爱偏宜”①的轻浮妇女，她对已故丈夫仍是一往情深，这从她选择“若有似俺男儿知重我的”作为自己的再嫁标准即可看出来。正因为如此，她的改嫁白士中才是一个非同寻常的选择。同样因为如此，她才像保护自己的眼睛一样保护着这新建立起来的爱情，不使遭到任何损害。当她得知权豪势要杨衙内图谋杀害白士中并要霸占自己时，立即激起了她那无畏的斗争精神：

〔十二月〕你道他是花花太岁，要强逼的我步步相随；我呵，怕甚么天翻地覆，就顺着他雨约云期。这桩事，你只睁眼儿觑者，看怎生的发付他赖骨顽皮。

和赵盼儿一样，谭记儿相信自己的智慧，加上抓住对手贪婪好色的弱点，一定能取得胜利。这一点连白士中都坚信：“据着夫人的机谋见识，休着一个杨衙内，便是十个杨衙内，也出不得我夫人之手。”这些都为以下的智斗并最

①《窦娥冤》第二折〔梁州第七〕。

终击败杨衙内打下了坚实的基础。

杨衙内是此剧中全力揭露和讽刺的一个形象，如果说谭记儿相当于《救风尘》中赵盼儿的话，杨衙内即相当于周舍，也是一个讽刺喜剧人物，然而周舍的权势地位比不上杨。剧本第二折杨衙内上场后所念的“花花太岁为第一”定场诗，简直就是关氏悲剧《鲁斋郎》中的鲁斋郎的翻版。二人都称为权豪势要，鲁斋郎看中李四和张珪的妻子，可以白昼抢夺，或者让张珪亲自送上门去，但尚未动手杀人。杨衙内更彻底，他看中了谭记儿，“一心要她作个小夫人”，即干脆在皇帝面前讨得势剑金牌，赶去潭州“标了白士中首级”。其凶恶气焰使得鲁斋郎也瞠乎其后。如果他遇到的也是张珪、李四之类的人物，则又是一个悲剧无疑。殊不料这位自称“浪子丧门也无对”的权豪势要，却遇到了一个能制服他的敌手。被逼得铤而走险的谭记儿，正是利用他那贪婪好色的致命弱点，像赵盼儿封待周舍一样击败了他。

自然，杨衙内并不愚蠢。他带着势剑金牌悄悄南来，为怕走漏风声，只带着张千和李稍两个亲随，连地方官也不让知晓，甚至连酒也不吃，可见其机警。然而当假扮渔妇张二嫂的谭记儿出现在他的面前，他立即色迷了心窍：“一个好妇人也！”于是马上破例，命亲随“抬过果桌来，我和小娘子饮三杯”。不仅如此，他还让李稍作媒，许给“张二嫂”第二个夫人做，在得到后者允诺后，更加喜不自禁，和“张二嫂”又是作对，又是“填词”，直至将势剑借与“张二嫂”治三日鱼，金牌让“张二嫂”拿去打副戒指儿，文书也让“张二嫂”塞进袖里，而这些御赐物事的主人已不胜酒力，与亲随一道进入了黑沉沉的梦乡。至此，“张二嫂”现出了本色，经过这样长时间表面轻松实为紧张的艰难智斗，她终于取得了胜利，临离开还没有忘记嘲笑这个正在做着骗娶“好妇人”美梦的钦差大臣：

〔络丝娘〕我且回身将杨衙内深深的拜谢，您娘向急飐飐船上去也！

这一折最后还让杨衙内一伙再次展示丑态：

〔马鞍儿〕想着想着跌脚儿叫。想着想着我难熬。酩子里愁肠酩子里焦。

又不敢着傍人知道；则把他这好香烧、好香烧，咒得他热肉儿跳！

至此，喜剧达到了高潮，杨衙内这个讽刺喜剧人物的塑造也在其中获得了极大的成功。

除了谭记儿和杨衙内以外，此剧中塑造得较为成功的人物还有白道姑，尽管她仅在第一折出现，但作为次要角色，她同样富有个性。剧本写她身为谈道说法、四大皆空的道姑，但尘缘却一直未断。本来寡居的谭记儿经常来她观中攀话，并提出了有心随她出家的要求，按照通常的逻辑，作为观主的白道姑应当鼓励和支持才是，这也是她“广结善缘”的“功果”，可是剧中这位观主则不然，再三阻止。且听她的论调：

这出家，无过草衣木食、熬枯受淡，那白日里也还闲可，到晚来独自一个，好生孤凄！

完全的饮食男女之词。不仅如此，她还直接出面为侄儿白士中向谭记儿求婚，所使用的语言同样令人瞠目结舌：

你两个成就了一对夫妻，把我这座清安观权做高唐，有何不可？

道观乃清虚净地，忽而敞开充作男女欢会之所，这已是让人忍俊不禁，以下这位道姑竟如同《窦娥冤》中的张驴儿一样，对谭记儿进行“官休”“私休”式的“恶叉白赖”，终于做成了“筵席上的撮合山”，以致后者嘲笑她“专医那枕冷衾寒”。

然而白道姑并非通常意义上的讽刺喜剧人物，她的以上所作所为也算不上什么“恶德”。既然谭记儿自己也说：“香闺少女，但生的嫩色娇颜，都只爱朝云暮雨，那个肯凤只鸾单？”正因为如此，这位怀春的少妇才“愁烦便是海来深”，然而当她见白士中出现，并通过白道姑正式向她求婚时，却又退缩了，指责道姑“却便引的人来恶心烦”。显然这是由于事发突然临时调动心理防御机制作用的结果，而非出自真心，白道姑的上述作为客观上帮助她撕下了一层薄薄的礼教伪装，这又有什么不好？况且在当时帮助寡妇改嫁亦不是绝对禁止的事，今天看来更是无可非议。当然，白道姑的"恶叉白赖"，包括关上门不放谭记儿走以及拿"官休""私休"相要挟的方式是不那么恰当，剧本这方面的处理也觉太仓促了些，但毕竟只是"恰当中的不恰当"，故白道姑作为一个幽默的喜剧人物，还是十分适宜的。

白士中的形象和《救风尘》中的安秀实有点相似，在剧中同样没有起到大的作用。虽然他已不是"白衣卿相"，而是实实在在的现任官员，治理潭州"一郡黎民，各安其业"，但其作为仍不脱书生气。清安观里认识并与之结合，完全是其姑姑白氏做的主，他仅是配合而已。后来在任上得知杨衙内前来标他首级并图谋霸占谭记儿，他却是一筹莫展，只会纳闷，在整个和杨衙内的斗争中他没有起任何主导作用，甚至最后当已被谭记儿完全击败了的杨衙内站在他面前，谭记儿假扮的"张二嫂"又来状告杨调戏民女，他也没有采取果断措施，最后还是靠着"巡抚湖南都御史"李秉忠才定案，可见其懦弱程度。作者这样处理，除了表现当时汉人下级官员的受压外，意在突出歌颂他心目中的巾帼英雄，避免喧宾夺主，这是可以理解的，从艺术上看也是应该的。至于因此在一定程度上削弱了谭记儿所全力维护的爱情的价值和意义，这是同时付出的代价，也是作者所始料不及的。

和《救风尘》剧末的清官断案一样，此剧末尾也安排了李秉忠断案一场，由于谭记儿已经制服了杨衙内，剧中矛盾冲突亦已基本解决，这同样只能算作一个尾声，因而在全剧的艺术定位方面不起什么重大作用。

《望江亭》剧反映的社会生活同样具有相当的深度和广度。从杨衙内"奏知圣人"领受势剑金牌南下杀白士中一事可以看出当时朝野官场的真相：一个"颇得众心"的地方官，皇帝竟然在毫无实据的情况下以"贪花恋酒，不理公事"罪名将其杀害。鲁斋郎还有着"斋郎"这个头衔，杨衙内则什么也没有，却能左右"圣人"的意志，为所欲为，最后虽经李秉忠判为"杀犯"，但却仅仅"杖八十削职归田"了事，可见朝政之昏乱。另外，作品还反映了当时的道观，宗教净地竟成男女欢会之所，观主专医"枕冷衾寒"，这也是当时传统教条遭到时代生活冲击的显例，从这个角度上说，它可以和《西厢记》中的爱情意义相媲美。如前所述，白士中的遭遇也可反映出当时下层汉人官员在官场受压的情况。

在爱情题材方面，此剧表现的既非传统上的妓女士子、秀才小姐的相悦相恋乃至偷香窃玉，亦非老夫少妻、少夫老妇之类的畸形婚姻，而是寡妇改嫁这一新的生活内容，可以说是继承了历史上卓文君私奔相如的传统而又有了新的发展，也间接表明元代这一社会问题的存在及其发展途径，和稍后的《窦娥冤》剧可以相互映衬。谭记儿以夫人身份能够敢于改装夜闯虎穴智斗权豪势要，这亦为历史所少见，体现了作者所代表的当时人们变化了的生活态度。

总之，不论戏剧人物表现手法的多样性，还是反映社会生活的深广性，《望江亭》和《救风尘》一样，都达到了相当的高度。近代德国学者海特纳尔指出："历史的或者非历史的，本来是无所谓的。主要是喜剧应该有一个有意义的题材"①，英人尼柯尔谈及风俗喜剧时也说："这类喜剧是现实主义的，因为它展出一幅色彩鲜明的当代大都会的生活画面。"②应当说，"有意义的题材"和"色彩鲜明的生活画面"二者之间是相通的。正因为上述二剧的题材都反映了相当深广的意义，在创作中不仅有着讽刺喜剧人物（周舍、杨衙内），而且有着幽默喜剧人物（宋引章、白道姑），更有着颂剧人物（赵盼儿、谭记儿），"实际上包含了远较一般幽默喜剧和讽刺喜剧更为复杂的创作激情"，所以不能以前述任何一种性质的喜剧来概括，因而归入世态喜剧的范畴是自然而然的。和悲剧中的抒情悲剧、英雄悲剧、性格悲剧到社会悲剧的过渡一样，我们从上述讽刺喜剧、幽默喜剧到世态喜剧，同样可以看出作家在艺术上不懈的追求精神。

① 《古典文艺理论译丛》第 7 辑，人民文学出版社 1964 年版，第 50 页。

② ［英］阿·尼柯尔著：《西欧戏剧理论》，徐士瑚译，中国戏剧出版社 1985 年版，第 293 页。

第五章　正剧研究

正剧又称严肃戏剧，目前一般也解释为悲喜剧的同义语。其实二者之间也有不同，按照黑格尔的观念，悲喜剧创作最早可追溯到古希腊的“萨提洛斯”（羊人剧）或古罗马喜剧家普劳图斯那里，公开提出“悲喜混杂剧体诗纲领”的瓜里尼也是公元16世纪到17世纪初的人，而正剧概念的提出则是18世纪中叶以后以狄德罗、博马舍为代表的启蒙思想家的事。从戏剧史角度看，正剧为广义上的悲喜剧发展到一定历史时期的产物；而另一方面，还存在着狭义的悲喜剧，其概念内涵较正剧要小得多。如瓜里尼规定悲喜剧“是悲剧和喜剧的两种快感糅合在一起”[①]，而博马舍则认为正剧“是位于英雄悲剧和轻快喜剧之间的”[②]，或者按照黑格尔的说法，是“处于悲剧和喜剧之间的”“第三种主要体裁”[③]。就是说，正剧包括传统戏剧中除悲剧、喜剧以外的一切剧类，诸如历史剧、问题剧、感伤剧，等等，狭义的悲喜剧亦可包括进去成为其中的一部分。

关汉卿笔下的正剧，按其题材内容和表现手法划分，可以分为英雄颂剧、道德剧、感伤喜剧和悲喜剧四大类。

一、英雄颂剧：《单刀会》《敬德降唐》

顾名思义，英雄颂剧是以歌颂英雄人物为其主要特征的，戏剧史上通常划为历史剧中的英雄传奇剧一类，“英雄传奇剧有时是悲剧，有时是悲

① [意]瓜里尼著：《悲喜混杂剧体诗的纲领》，载伍蠡甫主编：《西方文论选》上册，上海译文出版社1979年版，第198页。

② [法]博马舍著：《论严肃戏剧》，载伍蠡甫主编：《西方文论选》上册，上海译文出版社1979年版，第404页。

③ [德]黑格尔著：《美学》第3卷（下），朱光潜译，商务印书馆1981年版，第294页。

喜剧"[1],概念所包含的范围比较大,其中悲剧就是我们前面分析过的英雄悲剧,悲喜剧即为我们里将要分析的英雄颂剧。《单刀会》和《敬德降唐》即为关剧中具有代表性的两种。

《单刀会》全称《关大王单刀会》,为现存关剧中创作较早的一个作品。如前面第二章所考,此剧描写的其人其事均以历史真实为依据,其中心人物关羽为汉末三分时蜀汉的大将,生前爵封汉寿亭侯,死后追谥"壮缪",历代统治者均为推崇,至北宋时已晋武安王爵。元时人心思宋,而力扶炎汉、死不屈节的关羽更为人们所怀念。关汉卿既为前朝遗民,不屑仕进,本人又系关羽族裔,故在剧中将其大力歌颂乃为自然而然的事。

剧作一开始,作者即将当时政治军事斗争的大幕为读者和观众拉开。东吴君臣正在密谋策划,准备不惜一切代价夺取荆州,老臣乔国老、隐士司马徽均极力谏阻未果。当事人东吴大夫鲁子敬定下设宴埋伏、先礼后兵、逼索荆州三条妙计,随之派部将黄文过江下书,约定赴会日期。这样,一切刀光剑影的智谋较量即摆在作品主人公关羽的面前了。由此也显示出本来的戏剧冲突是严峻的、生死攸关的,决非误会巧合式的喜剧冲突可比。如果关羽接书后胆怯不来,则显为庸人无疑,即使系识破东吴图谋而后为,亦有损英雄本色。而如果来而受害,则恰如鲁肃所料:"勇有余而智不足",同样亦非英雄可知。

然而关云长毕竟来了,而且来的与众不同。作者安排他心目中的英雄至第三折方上场,前二折完全用来铺叙东吴方面的图谋活动,这并非是在喧宾夺主,正如论者所言,这是采取了特殊的烘托和渲染法。东吴策划得愈周详,准备得愈充分,给关羽一方造成的形势愈险恶,即愈能反衬出英雄单刀赴会的大智大勇,虽然这一切对关羽来说都是临机应变,但急难见英雄,这一点作者是牢牢把握住了。除此而外,作者还借机通过东吴一方乔国老和司马徽之口从侧面歌颂关羽的神勇,为即将上场的英雄作艺术上的铺垫:

〔金盏儿〕他上阵处赤力力三绺美髯飘,雄赳赳一丈虎躯摇,恰便似六丁神簇拥定一个活神道。那敌军若是见了,唬得他七魄散,五魂消……〔隔

① 《中国大百科全书·外国文学卷》(Ⅰ),中国大百科全书出版社1982年版,第120—121页。

尾]关云长千里独行觅二友,匹马单刀镇九州……

正因为如此,关羽第三折一出场便气度不凡,他对其子关平纵论天下大势,指出创业之不易,显得高瞻远瞩,思虑深远,由此可见鲁肃说他“勇有余而智不足”是何等的荒谬。料敌失误,东吴首先即输了一着。

对于黄文下书,关羽一眼即看破其中的伎俩:“哪里有凤凰杯满捧琼花酿,他安排着巴豆、砒霜”〔石榴花〕,“也不是待客的筵席,则是个杀人,杀人的战场”〔斗鹌鹑〕,对于其中可能出现的危险,他也充分估计到了,除了让关平“旱路里摆着马军,水路里摆着战船”做坚强后盾外,自己也做好了充分的准备:“先下手强,后下手殃。我一只手揪住宝带,臂展猿猱,剑掣秋霜”,“我着那厮鞠躬,鞠躬送我到船上”〔上小楼〕,正由于这样,他的单刀赴会行动才不是明知不可而为之的悲剧式的惨厉,而是做好准备充满信心的正剧式的豪壮:

〔双调·新水令〕大江东去浪千叠,引着这数十人,驾着这小舟一叶。又不比九重龙凤阙,可正是千丈虎狼穴。大丈夫心别,我觑这单刀会似赛村社。

然而,关羽又不是冷漠无情的断杀汉,浩浩大江也勾起了他对亲身经历的以往战斗历程的追吊和感慨:

〔驻马听〕水涌山叠,年少周郎何处也?不觉的灰飞烟灭。可怜黄盖转伤嗟!破曹的樯橹一时绝,鏖兵的江水由然热,好教我情惨切!(云)这也不是江水,(唱)二十年流不尽的英雄血。

这里的“情惨切”体现的是一种悲壮,表现了这位英雄人物内心情感的丰富,也可看作临敌以前主人公心理机制的调整。

单刀会上的唇枪舌剑为此剧矛盾冲突的高潮。虽然关羽已多方作了准备,但毕竟是只身赴敌,而且东吴鲁肃也已下令弓上弦,剑出鞘,“英雄甲士已暗藏壁衣之后”,宴会上两下里如何较量,同样为读者和观众所关心。针对鲁肃口口声声“荆州是俺的”,关羽据理作了强有力的驳斥:

〔沉醉东风〕想着俺汉高皇图王霸业,汉光武秉正除邪,汉献帝将董卓诛,汉皇叔把温侯灭,俺哥哥合情受汉家基业。则你这东吴国的孙权,和俺刘家却是甚枝叶?请你个不克己的先生自说!

真可谓义正词严。按封建伦理道德,皇帝为天下共主,“普天之下,莫非王土”,外人旁枝是觊觎不得的,除非是不承认王权,“惟有德者居之”,然是此则人人有份,东吴自称有德,蜀汉亦未尝不可以,所以剧中东吴索要荆州,显属无理无据,关羽正好抓住这点进行驳斥,可说是做到了有理有节。正因为关羽在心理上和气势上首先压倒了对方,他的“剑界”才发生威慑的效力,才使得早有埋伏准备的鲁肃不敢贸然下手,最后不得不乖乖地将关羽送上船。至此,他的一切计谋彻底破灭了。最后,关羽还满怀胜利喜悦地嘲讽了眼前这个倒霉的对手:

〔离亭宴带歇指煞〕承管待,承管待,多承谢,多承谢。说与你两件事先生记着:百忙里趁不了老兄心,急切里且倒不了俺汉家节。

至此,一个大智大勇的历史英雄形象即鲜明地树立起来了。由于剧中关羽的言行处处不脱一个“汉”字,可以认为它既是三国时蜀汉政权的代称,更是作家心目中汉民族的象征,从这个意义上可以说,剧中关羽正体现着汉民族英雄人物不畏强暴勇往直前的英雄主义精神。

从戏剧性质角度衡量,关羽既非悲剧人物类型,亦非喜剧人物类型,甚至在他的身上,也不存在悲剧因素和喜剧因素交织的情况,作为一般的悲喜剧人物显然也不合适。他是作者着意塑造全力歌颂的英雄人物,一个典型的严肃戏剧即正剧人物形象。

鲁肃是作为关羽的对立形象而存在的,在这个人物身上较多体现幽默喜剧的特色。首先,他是东吴的中大夫,有开疆拓土之职,当年劝孙权借荆州与刘备的也是他，为公为私，讨还荆州也是他的分内事，他和关羽之间的冲突不存在正邪之分，各为其主嘛。他定下的三条计对付关羽也不能说不完备，实行起来，一般人物的确难以逃脱。这些都可以说是他的恰当之处。然而鲁肃有一个致命的弱点，就是忽视了对手的智勇过人之处和临机应变能力。他于定计之后又找乔公和司马徽商议，集思广益，这本来是好事，然从中却不难看出一些令人难以置信的矛盾之处，作为一军之帅，鲁肃竟然连博望烧屯、隔江斗智、刘备收西川这样重大的战争事件都不得而知，可见其昏聩。更可怪的是，聚众商议对鲁肃来说又似乎只是一个可有可无的形式，剧本写他听完乔公和司马徽二人提供的情况和建议，马上的反应就是："老相公不必转转议论，小官自有妙策神机"，"我想三条计已定了，怕他怎么？"他似乎忘了："自有妙策神机"又请人来"转转议论"干什么？由此可见，对敌方缺乏起码的了解加上固执己见是导致鲁肃失败的主要原因。

不仅如此，鲁肃对自己的应变能力也心中无数。在单刀会上唇枪舌剑正紧张的时候，关羽对他说："我这剑界，头一遭诛了文丑，第二遭斩了蔡阳。鲁肃呵，莫不第三遭到你也？"紧接着又是一句："今朝索取荆州事，一剑先叫鲁肃亡。"已将兵刃相见了，这位早有准备的谋主不但没有按计划赶快避开，放出伏兵，擒获敌手，却仍在喋喋不休地辩解"并无埋伏"，直到关羽持剑将他逼住，让他"好生送到船上"时，才完全醒悟过来：

> （鲁云）你去了，倒是一场伶俐。（黄文云）将军，有埋伏哩。（鲁云）迟了我的也。

一副傻头傻脑、傻得可爱的模样。不知彼不知己，浑身上下充满着恰当和不恰当，他的陷入窘境透着幽默的情趣。

应当指出，历史上的鲁肃并非昏庸之辈。《三国志》将他与"一代风流人物"周瑜并提称其"建独断之明，出众人之表，实奇才也"[①]，《三国志·吴书》亦说他"体魁貌奇，少有壮节"，在单刀会上，鲁肃能言善辩，以致"羽无以答"[②]。

---

① 《三国志·周瑜鲁肃吕蒙传第九》。

② 《三国志·鲁肃传》注引。

由此可见关汉卿笔下的鲁肃形象，完全是作家根据自己意图进行再创造的人物，剧中喜剧角色鲁肃实为英雄人物关羽的陪衬，从颂剧艺术角度说，这样处理是被许可的，也是应该的。历史剧和历史本来就是性质不同的两回事。

鲁肃如此，剧中其他人物当然更不例外，关羽二子及周仓等人固不必说，即使乔公和司马徽这两位东吴的反对派，尽管他们分别在一、二两折中担任主唱角色，坦陈己见，略无顾忌，忠直之性可嘉，然归根结底还只能起着对关羽的侧面烘托作用。关氏此剧所采用的烘云托月的表现方式历来为人们所称赏，殊不知正是英雄颂剧的基本特点在起着关键作用。剧本最后达到高潮，避免了元杂剧"至第四折往往强弩之末"的通病，其根本原因也正是在这里。

关剧中同具英雄颂剧特点的还有《介休县敬德降唐》一种。作品以隋末群雄蜂起逐鹿中原为题材，塑造了勇烈刚正的尉迟恭，礼贤下士的李世民以及足智多谋的徐茂公，是一个英雄谱式的颂剧。

尉迟恭乃此剧的中心人物。剧本在序幕"楔子"一开始，就让这位虎将处于紧张激烈的矛盾冲突之中。美良川一战中计，致被唐军围困在介休城中，内无粮草，外无援兵，他所一力辅佐的刘武周又已丧命，唐元帅李世民和军师徐茂公屡屡劝降。尉迟恭此时面临着艰难的选择，大军压境，众寡悬殊，突围已无可能，在他面前只有两条路，一是死战阵亡，做刘武周的殉葬品，一是开城降唐，另闯人生新路。倘若选择前者，固不失为悲剧英雄，然"愚忠"二字难免。后者表面看来是屈膝于人，颇有英雄气短之慨，但在旧业已毁，故主不存情况下审时度势、改弦更张，仍不失为明智之举。况且李世民、徐茂公久慕英名，求之若渴，尉迟恭此降，正是基于"士为知己者死"的古训。这样，悲剧即转向了正剧。

尉迟恭归向大唐，受到礼贤下士的唐元帅李世民的热情欢迎，剧本第一折以主要的篇幅表现了这种君臣相得的"龙虎风云会"。然而，这并不意味着尉迟恭从此走向鲜花坦途，他以前曾经和唐军生死搏战过，特别是"当日在赤瓜峪与三将军元吉相持，打了他一鞭"。这里的"三将军"即为李元吉，为世民弟，时封齐王，以与太子建成相友善，与世民本不协，尉迟恭为世民收为心腹，自然为彼不喜，又以曾被伤故，实时时寻衅准备加害。尉迟恭为之不安当属自然。虽然李世民善为排解："也则为主人各占边疆界，这的是桀之犬吠了帝尧来，便三将军怎好把你尉迟怪？"但无论如何新的矛盾冲突还是由此产生了。

"三将军"元吉的气度并非如同世民希望的那样大，他在想方设法报那一鞭之仇，并且还得到同伙段志贤的相助，尉迟恭和他们之间的矛盾冲突，可以说是严峻的、生死攸关的，并非误会巧合。由于元吉权位仅次于李世民，故他对尉迟恭的威胁即更具有实在性。剧本描写由于李世民暂时离任赴京，元吉得以乘机将尉迟恭下狱，并图谋杀害，这样剧情即一下子紧张起来。假如元吉和段志贤的阴谋得逞，则尉迟恭必然落到李存孝式的悲剧下场。但由于此剧没有作悲剧处理，故这种矛盾也没有发展到不可收拾的地步。由于徐茂公通风报信，世民及时赶回，从而制止了一场必将发生的悲剧。然而事情并未就此罢休，元吉一口咬定他将尉迟恭下狱是因为后者想要叛逃。世民为了试探尉迟恭真心，竟摆下酒宴为其送行，谓之"心去意难留"，这对性烈刚正的敬德来说，更是难以忍受的事情：

(尉迟云)我敬德本无二心，元帅既然疑我，男子汉既到今日，也罢，也罢，要我这性命做甚么？我不如撞阶而死。(正末扯科)

如果说元吉的陷害在尉迟还是可以理解的话，则知己的元帅竟然也对自己的诚意产生了怀疑，真正使他伤透了心，感到生不如死了。自然，世民不会让他这样不明不白地死去，尉迟恭的举动更加坚定了他的信任。以下形势开始有了转机，终于做出让元吉重演"擒获"尉迟恭的决定，企图害贤的元吉"槊被夺，坠马"，得到了出乖露丑的下场。一场悲剧性事件终以喜剧形式结束。

剧本对尉迟恭神勇的描绘歌颂集中在后半部分，第三折榆窠园救驾，作品首先渲染了单雄信的猛勇："人一似北极天蓬，马一似南方火龙。"段志贤首先战败，徐茂公劝阻未果，唐元帅李世民危在顷刻。正在此时，尉迟恭出现，"划马单鞭"截杀单雄信：

〔圣药王〕这一个枪去的疾，那一个鞭下的猛，半空中起了一个避乖龙。那一个雌，这一个雄，钴玎珰鞭槊紧相从，好下手的也尉迟恭！

终于打得单雄信吐血伏鞍而走，尉迟恭的武艺首次在舞台上得到正面展示。作者似乎仅此还不足以表达对尉迟恭的赞颂，又在第四折用了整整一折的篇幅，通过探子向徐茂公报告战况的方式由此表彰尉迟救驾的功劳：

〔刮地风〕揣揣揣加鞭，不剌剌走似烟，一骑马腾到跟前。单雄信枣槊如秋练，正望心穿，见忽地将钢鞭疾转，骨碌碌怪眼睁圆，尉迟恭身又骁手又便。〔煞尾〕施逞会划马单鞭，则一阵杀的那败残军，急离披走十数里远。

探子上场是否有必要此处姑不深论，这种叠床架屋式重复唱颂本身即说明了作家对尉迟恭形象的偏爱程度。

尉迟恭的命运中尚体现着悲喜交织的成分，或称之为悲喜剧亦未尝不可，而李世民则为作品中典型的正剧形象，也是作者极力歌颂的英雄人物之一。

作为一军之帅，剧中李世民的最大特点就是虚怀若谷，礼贤下士。“楔子”中他赞赏敌方主将尉迟恭的威猛，想方设法让徐茂公定计使之降伏，“请的他来，似兄弟相看待”〔仙吕·点绛唇〕。他以元帅之尊，亲自出迎前来投降的一员敌将，亲释其缚并设宴款待：

〔后庭花〕你是个领貔貅天下材，画麒麟阁上客。想当日汉高祖知人杰，俺准备着韩淮阴拜将台。把筵席快安排，俺将你真心儿酬待，则要你立唐朝显手策，立唐朝显手策。

正因为世民是慧眼识英才，所以尽管敬德尚“未有甚汗马差排”，但立即委任为“行军副元帅”，而且还声言是“且权做”，可见他用人不分资格，不问亲疏，真正的“唯才是举”。

当然李世民用人也并非毫不谨慎，他处理尉迟恭下狱一事即显出了特有的精细和周密。第二折元吉告尉迟恭叛逃，他没有简单地予以否定，而是借机予以考察。即使在尚未最后释疑的情况下，他也没有说一句责怪尉迟恭的话，而是亲解其缚，然后置酒赠金送行：“这金权为路费酒消愁。指望待常相守，谁承望心去意难留”〔小梁州〕。这里既有着真心相待的诚意，又有着掩盖不住的失望，任何一个重情谊的汉子都不会不受感动。

的确“心去意难留”。假如尉迟恭没有留下来的意思，即使强行羁縻也是“身在曹营心在汉”，元吉式的惩治只能使天下贤士望而却步，结果必定是真正的孤家寡人。但假如尉迟恭确实没有叛逃意，以他的烈性也不会在这种情况下无动于衷，自然也就有助于真相大白。果然，尉迟恭为了表明心迹意欲触阶自尽，这时尽管没有其他证据，世民心中已基本明白了，他之所以要元吉让军士来对质正是为了破他的谎，然后同意让他们重演“擒拿”一事正是要出妒贤嫉能的元吉的丑(尽管他是自己兄弟)，因为他明知元吉不是尉迟恭对手，吹牛擒获尉迟只不过是信口开河而已。结果当然是不出所料，尉迟敬德空着手居然能击败元吉，使其丢槊坠马。虎将的忠诚和神勇再次得到了证实，这不能不表现着世民用人的谨慎和精细。

似乎专门要证明李世民善于用人，第三折即爆发了榆窠园之战。当然，在这场冲突中李世民被单雄信追赶，略嫌狼狈，但并未就此损害了英雄形象，因为斗狠赌勇本非世民特长，英雄亦并非万能。况且徐茂公拼死阻拦，以致单雄信割袍断义；尉迟恭划马单鞭，在极其不利的情况下截战并最终打败单雄信，此“救驾”一场固为正面表现敬德武功，但另一方面的确也反映了李世民礼贤下士、善于用人的方略取得了成功。这一点也有史可征，《旧唐书·尉迟敬德传》载榆窠园尉迟敬德救驾击败单雄信一事与此剧略同，并记“太宗谓敬德曰‘比众人证公必叛，天诱我意，独保明之，福善有征，何相报之速也！’特赐金银一箧，此后恩眄日隆。”可见其前后因缘。

除了尉迟恭和李世民这两个作者全力歌颂的主要人物外，剧中其他人物则多为主要人物的陪衬。徐茂公是个足智多谋的军师，他在劝降尉迟恭、计赚李元吉、力劝单雄信等剧情主要方面都起了巨大作用，为李世民不可多得的助手，在他的身上，同时反映着李世民的善得人心。至于李元吉和段志贤，剧本把他们处理为喜剧人物，同样作为英雄人物的陪衬，具体说即以李元吉等人的妒贤嫉能反衬出李世民的礼贤下士，以李元吉的挟私报复反衬李世民的虚怀若谷。此外，还以李元吉、段志贤的阴谋诡计反衬了尉迟敬德的坦荡正直，以李元吉、段志贤的怯懦无能反衬出尉迟恭的勇烈神威。正是由于有了这些反衬，此剧着意歌颂的英雄形象才更加突出、更加高大。不仅如此，李元吉、段志贤以喜剧角色出现也为全场的严肃境界透出了许多活泼气氛。例如表现元吉和敬德校场比试：

(元吉笑科，云)我老三不是夸口，我精神抖擞、机谋通透，平日曾怕哪个？我和你便上演武场去。(入场，敬德先行科，元吉刺槊，被夺坠马科)(元吉云)我马眼叉。(换马，如前科)(元吉云)我手鸡爪风儿发了。(又赶，如前科)(元吉云)俺肚里又疼，且回去吃钟酒去着……

这样的安排，既推动了剧情的发展，又调节了场上的气氛，不能不认为是作者创作技巧运用的娴熟。

应当指出，根据史实，段志贤(玄)为初唐功臣之一，爵封褒国公，在时人心目中和鄂国公尉迟敬德名望地位不相上下①，而“齐王元吉亦善马稍”②，可见均非无能之辈，此剧对二人表现距史实较远，但作为艺术虚构这还是允许的，况且他们在剧中俱非主要人物，以陪衬主要人物论，这也是颂剧艺术的性质所决定的，因而不能以符合史实与否决定此剧取得成就的高下。

总之，和《单刀会》一样，此剧的颂剧气氛是相当浓厚的。不仅它们都采用了历史上的英雄故事为题材，在表现手法上也自有其明显的共同之处。

从戏剧行动和戏剧冲突来看，此二剧的基调是严肃的和复杂的，无论是关羽过江单刀赴会还是尉迟恭归顺李世民，情节本身即不是琐屑的生活小事，主人公面临的冲突是严峻的，甚至是生死攸关的，冲突的另一方无论是割据江东八十一州的东吴君臣还是有着“三将军”权位的李元吉和“天蓬”“火龙”似的单雄信，都是具有相当能量的，并非误会巧合式轻松的喜剧冲突可比。从这一点上说，它们同英雄悲剧没有什么两样。然而，由于主人公具有超人的智慧和才能，凭着坚强的意志和非凡的胆略，终于克服了艰难险阻，取得了最后胜利。戏剧行动和冲突的性质决定了此二剧的艺术分类。

① 唐人杜甫有诗“褒公鄂公毛发动，英姿飒爽来酣战”(《丹青引赠曹将军霸》)，于此可为一证。

②《旧唐书·尉迟敬德传》。

从戏剧塑造的人物形象来说，其主要人物无论是关羽还是尉迟恭、李世民，都是政治军事斗争中的风云人物，作者对他们采取了全力歌颂的态度，故在这些人物的性格成分中，不存在滑稽可笑的一面，甚至连“恰当中的不恰当”式的幽默也不多见，所以他们显然不是喜剧人物。又由于他们都靠自己的才能智慧取得了事业上的成功，因而亦皆非悲剧人物，他们都可以说是颂剧主人公。剧中冲突的另一方无论是鲁肃还是李元吉、段志贤，无疑都是喜剧人物。他们的存在与活动，一方面使得冲突具有实在性，另一方面则反过来烘托了主题，成了英雄人物的陪衬。这一点也是英雄颂剧在创造人物方面有别于其他戏剧类型的重要特色。

无疑，此二剧都为历史剧，显然作者将较多的颂剧创作热情奉献给了历史，但他同时又没有局限于历史人物的细节，英雄人物身上固已有许多拔高之处，反面人物则更近于漫画。黑格尔说：“理想的艺术表现……一般地说，在较早的历史时代，才找到它的最好的现实土壤”[①]，这是对剧作家多倾向于历史题材的合理解释。然而，另一方面，他又认为：“不应剥夺艺术家徘徊于虚构与真实之间的权利”[②]。黑格尔的话对于正确理解关氏此二剧的创作态度倒是一个较好的参考。

一句话，正由于《单刀会》《敬德降唐》在多方面都存在着显著特色（如题材选择的重大性，戏剧行动和矛盾冲突的严肃性和复杂性，人物形象塑造的主从分明性以及整个作品独立于传统悲剧和喜剧之外，等等），它们作为中国古代英雄颂剧的两个早期代表是当之无愧的。毫无疑问，它们将堂而皇之地进入关氏乃至中国古代正剧的艺术大花园。

二、道德剧：《裴度还带》

道德剧起源于西方中世纪，当时在舞台上大量用方言演出的宗教剧，往往带有劝善惩恶的用意，赞扬合乎道德标准的正直生活。从15世纪中叶起，西方道德剧开始注意人物性格的刻画，内容也开始渗入了政治因素，至16世

① [德]黑格尔著：《美学》第1卷，朱光潜译，商务印书馆1981年版，第242页。

② 同上，第353—354页。

纪英国人马洛笔下的《浮士德博士》，道德剧已有着相当的影响，尼柯尔说："《浮士德博士》在构思、性格和设计上，最接近于古老的道德剧"，其中"浮士德的内心斗争具有很大一部分悲剧趣味"，而"喜剧部分之沉闷无味是难以形容的"。[①]可以这样认为，《浮士德博士》即为道德剧发展到16世纪的一种新产物，它的兼有悲剧和喜剧因素的艺术风格自然算不得成功，较后来歌德的《浮士德》诗剧相差不啻百里。在中国古代，以伦理道德为中心的儒学文化统治着人们的头脑，戏曲的产生过程亦为向传统文化挑战的过程，但随着杂剧艺术的成熟和定型，传统文化道德观念即不可避免地在剧作家创作中有所体现，关汉卿的《裴度还带》即为其中创作较早的一种。

《裴度还带》在关氏作品研究中争议较大。王季烈《孤本元明杂剧提要》称此剧"在汉卿著作中，尤为上乘文字"，然长期以来在关学研究中它却是较受冷落的一隅，除了争论它是否为关作外，几乎没有一篇正面的论述。其原因固然由于不少论者否定此剧为关作的缘故，另一方面也与此剧中命运和道德观念较为浓厚，因而在内容上缺乏活力有关。或许人们不愿多谈它，甚至将它排除出关作，也是出于"为贤者讳"的传统心理。实际上这是完全没有必要的。名家之作，不管成功与否，进行探讨与分析，从中总结出经验和教训，不仅有助于全面的认识，即就纯粹的剧作艺术而言，也是十分必要和完全应该的。

此剧中心人物为中唐名相裴度，熟悉历史的人不会不知道他力平淮西藩镇，襄助宪宗中兴之事，然关氏此剧却偏偏不去展示裴度的功名得意之时，而在其穷通否泰问题上大做文章，选材角度自然较为特别。当然这也是为了剧作所要表现的主题服务的。

第一折描写裴度父母双亡，家境贫寒，"房舍也无的住，说到则在那城外山神庙里宿歇"，然而尽管如此，裴度仍不改初衷，"每日则是读书"，他的姨父姨母因怜其贫穷，劝他弃学经商，"做些买卖"，并主动提出要资助他些本钱，"寻些利钱使"，谁知穷裴度却是罕见的"胸次高傲"，他这样回答：

〔后庭花〕你教我休读书，做买卖；你着我去酸寒，可便有些气概。你正

① [英]阿·尼柯尔著：《西欧戏剧理论》，徐士瑚译，中国戏剧出版社1985年版，第241、216页。

> 是那得道夸经纪，我正是成人不自在。我胸次卷江淮，志已在青霄云外。叹穷途少年客，一时间命运乖！有一日显威风出浅埃，起云雷变气色。

真正是“开口则是攀今揽古”。如此气概，连原来准备资助他脱贫的姨妈亦气恼得改变了主意：“我本待舆(与)你顿饭吃，你这等说大言，我也无那饭也无那钱钞与你，你出去！”就这样将他赶了出来。然而即令如此裴度气概并不稍减，他发誓“冻死饿死，再也不上你家门来！”可见裴度虽穷，但骨气铮铮，不愧为一条硬汉子。关汉卿以他作为剧本主人公加以肯定，不是没有道理的。

然而，铮铮铁骨并没有改变裴度受穷的命运，尽管他胸中“配四圣十哲，定七政三才”，却仍旧面临着“红尘万丈困贤才”的现实处境。这一点连同情他的惠明和尚也感觉到了：

> 近者有一等阎闾市井之徒爆发，为人妄自尊大，追富傲贫；据先生满腹才华，为人忠厚，处于布衣；其理善恶两途，岂不叹哉！

他说的当然是实情，忠厚方正、满腹经纶并不能改变穷裴度的处境。似乎仅此还不足以说明问题，作者又特意安排无虚道人赵野鹤为裴度相面的情节：

> (野鹤云)秀才，你恕罪！我这阴阳有准，我断人祸福无差；可惜也！你看你冻饿纹入口，横死纹鬓角连眼，鱼尾相牵入太阴，道魂无宅死将临，下侵口角如烟雾，即日形躯入土深。可怜也，你明日不过午，你一命掩泉土，明日巳时前后，你在那乱砖瓦之下板僵身死。可怜也！

今天看来，如此相人祸福并无科学依据，但在作者所处的当时，人们是深信不疑的，况赵野鹤既和裴度素不相识，也不存在存心恶咒的理由，而且事实上后来剧情的发展也证明赵的预言并非虚谬。对裴度来说，尽管“穷且益坚，不坠青云之志”，但却即将以死来归结他的穷困潦倒的一生，至此，悲剧的命运发展到了极致。

此剧从第三折开始出现了戏剧性的突转。主人公裴度由“冻饿纹入口，横死纹鬓角连眼”变为“福禄纹眉梢侵鬓，阴骘文耳根入口，富贵气色四面齐起”，逆境迅速转入了顺境。究其转折原因无他，是因为行了“活三四个人性命”的功德，这也是作品后半部所着力刻画和描绘的。

裴度因命相不好含怒离开白马寺回到栖身的山神庙之后，即遇上了足以改变他命运的大事，洛阳太守韩某因被诬下狱，其女琼英卖诗挣钱救父，偶得李公子慷慨赠以玉带，“价值千贯，可救父难”，谁知竟遗失在山神庙中，为裴度捡得，这一下子即在这个穷秀才心中激起了狂澜：

〔呆骨朵〕不由我小胆儿心中怕，唬得我小鹿儿心头跳，那一个富豪家失忘了？天啊，天啊！把我这穷魂灵儿险唬了。

按一般看法，处于穷困潦倒中的裴度捡到一条“价值千贯”的玉带，理应高兴才是，可他却吓了个灵魂出窍。其中道德观念起着关键性的作用：

（正末云）嗨，是一条玉带！这的是那寻梅的官长每经过，跟随伴当每在此避雪，不小心忘了；倘若你那官人到家问你这玉带呵，他将什么还他！不逼了人性命？小生虽贫，我可不贪这等钱物。

贤良的道德，方正的人格，促使裴度终于将玉带送回了正处于绝望之中的琼英小姐和她母亲手中。可怜的母女为了遗失救命的玉带，“一夜不曾睡”，绝早出城寻觅不见，极度失望正欲双双悬梁自尽。裴度还带之举不啻是救了一家三口性命，这个行动导致了他的命运从此发生了根本的变化。

首先，就在他送还玉带，然后将千恩万谢的琼英母女送出庙门之际，破败不堪的山神庙倒塌了，裴度因而避免了一场“死于碎石砖瓦之下”的命运悲剧。这一点连裴度自己也觉得惊讶：

〔煞〕阴阳有准无虚道，好一个肉眼通神赵野鹤！咱人这祸福难逃，吉凶怎避，莫得执迷，枉了徒劳！判断在昨日，分已定前生，果应于今朝。若是碎砖瓦里命终得这身夭，险些儿白骨卧荒郊。

"救人一命，胜造七级浮屠"。救活一家性命的"阴骘"成了裴度由逆境向顺境转化的关键一环。从此裴度的命运便急剧大好，再次相逢赵野鹤时便得到了"富贵气色四面齐起"的吉人天相，琼英母韩氏夫人又自来主动将小姐许配于裴。不仅如此，野鹤还助马一匹，长老又赠两锭白银，劝其进京赴考。穷秀才从此走上了人生坦途。

剧本第四折是一个皆大欢喜的喜剧结局。裴度进京赴试得中状元，衣锦荣归；琼英父亲冤狱又得昭雪，官升都省参知政事，已御赐状元为婿。琼英奉命彩楼抛绣球巧中裴度。这些都使得场上的喜剧气氛进入了高潮。然而即使如此，作家也注意到不使他笔下的主人公道德上有任何受损，其中突出了裴度贵显不忘其本，在不知道抛绣球的小姐就是当年许配于他的琼英时，他拒绝接受这门御赐婚事：

〔殿前欢〕你道是擢新人，今宵花烛洞房春；绣球儿抛得风团顺，肯分的正中吾身。硬逼临便就亲，你那里无谦逊。那里是正押《毛诗》韵！你道做了有伤风化，谁就你那燕尔新婚！

隋唐以后，科举制度大兴，士子往往"朝为田舍郎，暮登天子堂"，骤然富贵使得许多家庭因而破裂，形成了"富易交，贵易妻"的社会风气。《隋书》记载："衣冠之人多有数妇，暴面市尘，竟分铢以给其夫，及举孝廉，更娶富者。前妻虽有积年之勤，子女盈室，犹见放逐，以避后人。"①宋元南戏《赵贞女》《王魁》即描写了这种文人负心婚变的悲剧。此剧中裴度面对宰相家招亲而不动心，琼英小姐因而大为赞赏："裴中立既如此忆旧，真才良君子也！"终于两下里相认，大团圆结局。

从以上分析可以看出，此剧中裴度形象的道德说教性是显而易见的。正直和甘贫守志没有改善他的困窘处境，反而注定要被活活压死在"碎砖瓦之

① 《隋书》卷三十一《志》第二十六《地理下》。

下”,而道德上的一念之善竟使得上天安排的命运也从根本上发生了改变,这样一逆一顺、一悲一喜都在道德二字。作为此剧的主人公,裴度身上体现出来的矛盾冲突不是人与人之间的外在冲突,具体说既非出于和姨父姨母之间的误会,又非出自与赵野鹤不合,而根本上是同冥冥中的命运之间的内在冲突,简言之即为道德和命运之间的冲突。作者显然认为命运也是可以改变的,裴度最终由悲而喜即证明道德战胜了命运,作为道德意义上的悲喜剧人物,裴度的形象带有相当的典型性。

此剧中其他人物同样没有脱离道德的主题。赵野鹤和惠明长老形象在其中是作为裴度道德与命运冲突的中介和见证人而存在的。至于王员外夫妇,他们是裴度的姨父姨母,在对待安贫守志的问题上,他们和裴度之间曾产生激烈的冲突,但那是外在的和短暂的,况且他们的本意仍是希望裴度有个好的处境,出发点并没有错。剧本还描写王员外夫妇背地送银子通过惠明和尚资助裴度,客观上他们也是整个悲喜剧进程的参与者和推动者。虽然上述这几个角色对全剧的艺术定位不起决定性作用,但都是必不可少的。

剧中对道德主题起到相互映衬作用的是韩琼英母女。从人物关系上看,琼英乃裴度之妻;从剧中形象素质上看,也只有她的道德才华才能与裴度相配。作品描写她在父亲被诬下狱,别无出路的情况下,不顾小姐的身份,挺身而出,沿街卖诗挣钱救父,以致连钦差体察吏治民情的李邦彦大人皆为之感动,立解玉带相助。然而,和裴度一样,她的命运也是多舛的,丢失了凭依救命的玉带使她万念俱灰,一脚踏到了死亡的边缘上,只是由于裴度的及时发现才使她免于一死。否极生泰,琼英此后亦渐趋顺利,最终与中状元的裴度结合,并受封贤德夫人。综观全剧,琼英出笔成章的诗才和裴度的满腹文章固然堪称双璧,但道德问题仍是此剧所重点突出的方面,造就是裴度的不私暗昧和琼英的纯孝个性。

一般认为,艺术精神和道德教化是互不兼容的两种不同事物。的确,文学史上也出现了许多道德传声筒式的失败之作,此剧最终未能成为关剧乃至元曲中的一流名作,原因固然比较复杂,但浓厚的道德教化不能不是其中一个主要的缘由。长期以来此剧遭受冷落,其原因主要也可归结到这里。

但是,任何定论都是相对的,艺术与道德问题历来也是人们谈论较多的一个话题，亚里士多德主张悲剧应通过唤起人们的怜悯和恐惧来净化情感，这中间并未将道德排除在外，所谓“好人”“恶人”的区分仍旧是以道德为标准。罗马人贺拉斯提出“寓教于乐”这一著名的命题，至今还作为美学和文艺理论的一个基本原则。到了18世纪，莱辛则更进一步认为：“天才对于主要人物性格的安排和形成总是寄寓更多更大的目的；他教育我们，什么该做，什么不该做；他使我们认识善与恶，认识什么是真正合乎礼俗的，什么是真正可笑的。”[①]可见道德和艺术之间的关系在理论大家那里并非如同我们一般想象的那样不可调和，即使中国古代论者，从高则诚的“不关风化体，纵好也枉然”[②]，到孔尚任的“警世易俗，赞圣道而辅王化”[③]，直到今天，道德和艺术从来没有真正分开过。道德的传声筒固然不是艺术，但绝对离开道德的纯艺术也并不多见。因此，我们评价关氏这部道德教化倾向鲜明的《裴度还带》剧，同样应采取更加宽容的态度。

道德分为两种，一种是由特定时期特定社会情势下形成的具体的道德范畴，另一种是人类社会长期发展过程中形成的共同的道德准则，前者只是在特定时代内有效，如忠君殉夫以及其他的愚忠愚孝愚节之类，后者则为任何一个社会成员都应遵从的普遍的生活准则。在元杂剧中，杨梓《豫让吞炭》描写豫让不辨善恶，不分皂白，只知为主子复仇，不惜漆身毁容，吞炭变哑，最终为之殉葬，就是一个愚忠的典型。无名氏的《焚儿救母》，描写主人公小孙屠，为了还愿治愈母病，竟将自己亲生儿子活活烧死，则更是一个愚孝的典型。这些作品宣扬的所谓道德，在当时即已为世人非议[④]，今天当然更应当彻底抛弃。

而《裴度还带》中的道德观念则不然，虽然其中也不乏封建伦理的说教，如第一折裴度所唱的一首〔那吒令〕，中有“正人伦、传道统”“理纲常，训典谟”数句，既迂且愚，自然不能同正常的艺术表现挂起钩来，但这样的描写并不多见，贯穿全剧并构成冲突基础的道德观即前已论及的裴度不欺暗昧和韩

① 《汉堡剧评》第三十四篇，载伍蠡甫主编：《西方文论选》上册，上海译文出版社1979年版，第429页。

② 《琵琶记》卷首《水调歌头》上阕。

③ 《桃花扇小引》。

④ 参见《元典章》五十七《刑部》十九《诸禁》中即有“禁设醮舍身烧死赛愿条”。

琼英的纯孝至情,至多还应算上安贫守志和正直无私,这些道德观念无疑不是落后的、该废弃的,直到今天,拾金不昧和孝顺长亲仍为世风所提倡,故从总体看,关氏这部道德悲喜剧还是应当予以充分肯定,其艺术价值亦应在认真研究的基础上做出科学判断。歌德说:"如果一位诗人的心灵与索福克勒斯的心灵一样崇高,他的影响总是在道德伦理方面,让他写他想要写的东西去吧。"[①]关汉卿同索福克勒斯当然不是一个时代也不属同一民族,但其人格并无高下之分,对他的这位作品,我们无疑应取同一态度。

三、感伤喜剧:《调风月》《拜月亭》

感伤喜剧一名流泪喜剧,它"旨在使人落泪,而非叫人发笑"[②]。正因为如此,它不是属于喜剧的范畴,而是作为悲喜剧的一个种类存在。尼柯尔曾具体分析过这类剧作的特征:"感伤剧表明自己与悲剧无关,不仅因为感伤剧没有一个不幸的结局,而且它用以表现严肃体裁的方式,并不能使我们产生激昂与敬畏的情绪。'激情'与'恐惧'正是悲剧和感伤剧之间的主要区别。此外,感伤剧不同于喜剧的地方也不尽由于它缺乏某些意在愉悦人的事件,而是因为剧作家持一种'严肃的''哲理性的'或'教诲的'目的"[③]。在关汉卿杂剧中,具有感伤喜剧性质的即为他的《调风月》和《拜月亭》二种。通常人们将此二剧归入喜剧一类,但之所以总有那么一点格格不入之感,原因即在于它们实际上已经超出了纯粹喜剧的范畴。

由于《调风月》和《拜月亭》目前所存皆为宾白不全的元刊本,故给准确理解剧情带来一定困难,这一点在《调风月》中表现得尤为突出。因为《拜月亭》尚有同名南戏剧本可资参考,而《调风月》则连这点依托都没有,故虽多有论者在这方面进行详尽的考论辨析,但仍旧见仁见智,众说纷纭。今仅就一般理解以及剧本提供的大致脉络作一个粗线条的分析。

---

①《歌德谈话录》,转引自[英]阿·尼柯尔著:《西欧戏剧理论》,徐士瑚译,中国戏剧出版社 1985 年版,第 83 页。

②《简明不列颠百科全书》第 3 册,中国大百科全书出版社 1985 年版,第 275 页。

③[英]阿·尼柯尔著:《西欧戏剧理论》,徐士瑚译,中国戏剧出版社 1985 年版,第 311—312 页。

燕燕为剧中着力表现的女主人公。和关汉卿其他旦本戏不同，她既非小姐，又非妓女或寡妇，而是大户人家的婢女，并且这位婢女亦非通常作为小姐陪衬的梅香可比，她是一个具有相当智慧和才干的女性。剧本第一支曲子即说她：

〔点绛唇〕半世为人，不曾交大人心困。虽是搽胭粉，只争不裹头巾，将那等不做人的婆娘恨。

不仅对妇女，即使对男子，她也有独到的见解，认为和他们交往，不能轻信其表白，必须"牢把定自己休不成人"。她不怕人家因此说自己粗野("村")："至如村字儿有甚辱家门?"只要自己立身正，"心无实事自资隐"。

正因为燕燕的能干和稳重，所以她的主人老夫人非常器重她。这次，家里来了贵客——公子哥式的小千户，因为是夫人刚从外地归来的儿子[①]，故派燕燕去服侍："别个不中，则你去！"这样，燕燕的不幸就开始了。

剧本以下表现了燕燕被小千户的引诱、玩弄和抛弃，这方面历来论者已经谈论得很多了。然而有一点人们仍旧不好理解，燕燕刚刚还在显示自己的精明和老练，鄙视那些"不做人的婆娘"，并发誓和男人交往要"牢把定自己休不成"，可是言犹在耳，竟迅速地投入了小千户的怀抱，因而受了后者的玩弄和欺骗，这一点连她自己也奇怪："才说贞烈，那里取一个时辰？"〔村里迓鼓〕，作者这样处理，让人感到是不是有点太匆忙了，或者说，作为戏剧女主人公，燕燕的表现是不是太不稳重，甚至是太表里不一了？

要回答这个问题，即必须到作品提供的燕燕和小千户之间关系的实际中去分析。对燕燕来说，小千户并非一般意义上的普通男子，她和他相熟显然非止一日，甚至自小即可能在一起（日本有论者猜测燕燕为小千户乳母的女儿），所以连乳名都记得很清楚。从她称小千户为"哥哥"，并对其开玩笑且称其乳名来看，燕燕和他的关系无疑非同一般，何况小千户眼下也出落得异常

① 此处采用王钢辑考《关汉卿研究资料汇考》中的说法，参见该书第173页。日本学者太田辰夫《元刊本〈调风月〉考》推测"燕燕和小千户当是乳兄妹，小千户是燕燕的母亲(剧中的卜儿)乳汁育大的"(《戏曲论丛》第1辑)，此说当不无道理，可参看。

漂亮,“恰便似一团儿揉成官定粉”,同样处于青春期的燕燕自然也对其抱有好感。她根本不会想到小千户已经变了,变得玩世不恭,专以勾引女性为能事,再也不是以前那个“魔合罗小舍人”了。在这种情况下,她当然即失去了戒心,对小千户为挑逗自己而做出的种种亲昵举动不但不反感,反而完全相信:“描不过哥哥行在意殷勤”。最后当这个有着“不是一跳身”“家门”的小千户直接向她求婚时,就很难设想她会一点儿不动心了。剧本写她为此事还真的进行了认真的斟酌考虑:

〔胜葫芦〕怕不依随蒙君一夜恩,争奈忒达地,忒知根,兼上亲上成亲好对门。觑了他兀的模样,这般身份,若脱过这好郎君?

〔幺篇〕交人道眼里无珍一世贫。

这里说得很清楚,“忒知根”表明她和小千户之间相识非止一日,自认为对“小舍人”已经很了解了。“亲上加亲”这里应理解为在两小无猜的友谊基础上再进一步[①]。显然燕燕接受小千户的求爱并非轻率,所以她紧接着还叮问了一句:“子末你不志诚?”这是在问小千户是否真心地爱她。“志诚”,这是她真心追求的,也是燕燕性格中的不俗之处。

当然,燕燕不是生活在幻境之中,她的奴婢地位她自己最清楚,所以剧首她一上场即慨叹:“俺这等人好难呵!”摆脱奴役地位自然也是她答应小千户的重要因素。正因为如此,她在被引诱(“调让了”)之后还叮嘱:“许下我的休忘了。”似乎还觉得表达得不够清楚,在曲辞最后还加了一句:

〔尾〕你可休言而无信!(云)许下我的包髻、团衫、绸手巾,专等你世袭千户的小夫人。

“包髻、团衫、绸手巾”,为当时士大夫次妻的服饰,与正妻的“凤冠霞帔”相对。前述关剧《谢天香》中钱大尹对谢天香,《望江亭》中杨衙内对谭记儿都

① [保]基·瓦西列夫著:《情爱论》,赵永穆、范国恩、陈行慧译,生活·读书·新知三联书店1984年版,第152、155页。

这么说，是为次妻无疑。以前有论者认为小千户原配已死，许燕燕续弦做正妻，则显然有误。

认定燕燕对小千户的爱情中包括理想和现实两方面对正确理解剧情很重要。正因为她的爱情追求重在"志诚"二字，在这一点上她就把小千户理想化了，也正是在这一层次上她忘了和小千户之间还存在着等级上的差别，完全将自己同小千户摆在平等的位置，要求双方都应爱情专一，不允许有第三者插足于他们的爱情生活。所以当她得知小于户出外踏青时又与莺莺小姐交换信物时自然觉得难以容忍，失望和愤怒马上像火山一样爆发出来：

〔上小楼〕我敢摔碎这盒子玳瑁，纳子交石头砸碎。剪了靴檐，染了鞋面，做铺持。一万分好待你，好觑你，如今刀子根底，我敢割得来粉合麻碎！

无疑，这里的戏剧冲突异常激烈，主要体现在燕燕的真挚爱情和小千户的玩弄女性的生活态度之间，燕燕要毁掉这意味着"第三者插足"的信物，这方面爆发得愈激烈，愈能体现出燕燕对理想爱情追求的程度。一个纯情的女孩，首次恋爱即遭到这样的摧残，做出这样的激烈反应是完全正常的。有论者认为小千户既然当时只答应燕燕做小夫人（次妻），按传统上一夫多妻制的婚姻制度，小千户完全有权利娶莺莺，燕燕也没有必要闹成这样。由此推论小千户当时许的不是次妻，而是续弦做大夫人，莺莺的插足使得燕燕的希望落了空，因为正妻只能有一个。这种续弦论之误显而易见，前已辨明，兹不深论。然说小千户完全有权再娶莺莺则完全符合实际，当时的婚姻制度也的确允许这样做。有论者因而更认为燕燕之所以发怒是因为莺莺的插足顶了她的次妻地位，这种看法固然弥合了"包髻、团衫、绸手巾"和正妻服饰的矛盾，但新的漏洞随之又产生了，因为既然当时婚姻制度可以一夫多妻（妾），小千户娶了莺莺也不妨碍小千户再娶燕燕嘛，小千户又未明言不再娶她，而且在她发怒后还找上门来赔情，假如从争"小夫人"的角度考虑，这一点也不意味着小千户将抛弃燕燕这个妾。另外，更重要的是，莺莺不是低贱人家的女儿，而是现任职官（外孤）的小姐。剧本第四折描写小千户同莺莺婚礼，起首曲词即明云："双撒敦（亲家）是部尚书，女婿是世袭千户"，很难设想一个"尚书""相公"会将自己的女儿配与人家做小老婆，况且剧中大肆渲染的“大拜门”隆重婚礼亦非娶妾所应有。总之，只强调燕燕的发怒是因为在争次妻地位的观点显然有错误，起码是不全面的，它忽视了燕燕心目中对理想爱情追求的一面。

此剧正名为“双莺燕暗争春”，论者多以此题将燕燕争闹归于同莺莺的争风吃醋而弃之不顾，其实它倒说明了一些问题。当然，燕燕的激烈态度不能单用“吃醋”二字来概括，但真正的爱情的确又是排他的。保加利亚著名的社会学者瓦西列夫认为：“嫉妒是恋爱者的复杂的内心感受”“和具有不良后果的醋意相反，嫉妒作为自然而正常的情绪通常只触动人的心理的微妙琴弦”①，这其中的道理其实极其简单，因为没有一个恋人在得知对方另有新欢时还保持内心平静的。燕燕发怒时可能已将“小夫人”“包髻、团衫、绣手巾”之类忘到九霄云外去了，此刻她的心目中只有一个没有被污染和扭曲的“爱”字，它是超越等级观念而平等存在着的，是合理的。如果有什么差错的话，也只是由于当时的社会容不得这种要求平等的自由爱情。从这个角度上说，它又是不合理的。剧中燕燕在忘了自己身份的同时，也不会想到眼前的小千户已由过去的“小舍人”变成了一心寻花问柳的采花郎了。正是理想化导致了燕燕的发怒，以致到了大闹婚礼堂的地步。这不是误会式的喜剧，而是一个严肃的悲剧，在这过程中出现的情节如燕燕的自责以及被迫去向莺莺家说亲等，皆适合增强这方面的悲剧气氛。假如没有其他因素参与的话，悲剧是不可避免的。

问题在于燕燕在对待同小千户的爱情关系中除了纯情的理想之外，还有着现实的成分，即她自身还存在着理想和现实的内在冲突。如前所述，她要利用这种婚姻来改变自己的奴婢身份。和前者比较这当然要俗一些，然而正是这种“俗”使得本来十分严肃的悲剧气氛又渗入了喜剧的因素。

从剧本一开始燕燕的曲词中人们就会发现这是一个精明能干的女性，她对社会现实并非一点不了解。固然，纯情少女的天性使得她对爱情的追求带上了不切实际的理想化了的东西，当理想占了主导地位时，即爆发了她同小千户之间的悲剧性冲突，但一旦激烈的情绪发泄完了，冷静下来的燕燕自然考虑到了现实的处境，她知道不妥协地闹下去对自己意味着什么。当时的法

① [保]基·瓦西列夫著：《情爱论》，赵永穆、范国恩、陈行慧译，生活·读书·新知三联书店 1984 年版，第 152、155 页。

律明文规定："奴婢……若有罪愆，决罚致死者，勿论。"[①]"奴讦其主"，大闹婚礼堂能不算"有罪愆"？这一点精明的燕燕不会不清楚，所以当老夫人出面安抚，让小千户正式娶燕燕为小夫人时，燕燕也就顺水推舟地答应下来了，现实因素又再次占了上风。这样，一场悲剧又终以喜剧形式结局。剧本最后燕燕唱道：

〔阿古令〕满盏内盈盈绿醑，子合当作婢为奴。谢相公夫人抬举，怎敢做三妻两妇？子得和丈夫一处对舞，便是燕燕花生满路。

这自然是个喜剧场面，但实质上也是个悲剧。从欲通过婚姻摆脱奴婢地位角度说，燕燕达到目的，可以说是个胜利者。但她的理想爱情破灭，伤痕是不会消失的，况且按照当时法律，奴婢嫁良人只能算"半良人"，而一旦丈夫故去，依旧"则合做驱"[②]（驱，驱口。陶宗仪《南村辍耕录》卷十七解释："男曰奴，女曰婢，总曰驱口。"），所以燕燕即使挣得小夫人名分，其摆脱奴婢地位也只是暂时的，况且小千户既已移情于莺莺，莺莺又已当面说过"有铁脊梁的在我手里做媳妇"（第三折），尚未过门，大妇口吻毕现。在这一对"正经夫妻"手里，燕燕能得到多少幸福是不难想象的。

固然，谁也不能否认场上是大团圆喜剧结局这一事实，有论者推论燕燕在舞台上同小千户跳起双人舞，是否准确因材料不足无法深论，但燕燕是带着笑下场这是可以肯定的。当然这种笑是苦涩的笑，含泪的笑。

正因为剧中主人公燕燕爱情理想追求的失败，此剧中存在着明显的悲剧成分，她和小千户之间的矛盾冲突又不是误会和巧合构成的，所以将此剧归入纯粹喜剧范畴显然不妥。然而另一方面，燕燕企图通过婚姻来改变其奴婢地位的现实追求又在某种意义上获得了成功，使得作品具有浓厚的喜剧气氛，并且剧中主人公面临的冲突和选择又不是生死攸关的。基于这些，将此剧归入正剧范畴，并以悲喜剧的另一名称"感伤喜剧"名之，应当说还是恰如其分的。

---

①②《元典章》卷十八"良人不得嫁娶驱奴"条。

同样具有感伤喜剧特色的关剧还有《拜月亭》。和《调风月》相似，此剧也取金代社会生活作为作品的题材背景。长期以来，此剧也多被归入喜剧的范畴，实际上剧中的悲喜剧因素还是相当明显的。

剧本一开始即给读者和观众展示了一幅战火纷飞的逃难图。当时蒙古军队南下，软弱的金政府无力抵御，只能让中原人民陷于家破人亡、妻离子散的社会大动乱之中，“白骨中原如卧麻”，楔子〔幺篇〕中的曲词正是当时情势的真实写照。作者这样安排首先即将下面的戏剧冲突置于如此严肃的场景之中，其用意是不难推知的。

王瑞兰和蒋世隆分别为此剧的男女主人公。本来，他们俩一为尚书府中的深闺小姐，一为市井中的白衣秀士，并无会面和接触的可能，然而突如其来的“战伐，负着个天塌地陷”。地位悬殊的王、蒋两家，同时处于逃难之中。王瑞兰与母亲失散，蒋世隆亦遍寻胞妹不见，真所谓“各家烦恼各家知”了。正是在这样的情况下，这一对青年男女巧合了，又由于相会的直接原因来自瑞兰和世隆之妹瑞莲名氏谐音的缘故，这种相会更具有了喜剧的味道。[①]而这喜剧性情节又是在更大程度的悲剧场景中展开的，所以更具特殊性。这对于作为男子的蒋世隆来说也许没有什么，但对于作为深闺小姐的王瑞兰却是使自身发生根本性变化的一个事件：

〔后庭花〕每常我听得绰约的说个女婿，我早豁地离了坐位，悄地低了咽颈，缊地红了面皮。如今索强支持，如何回避，籍不得那羞共耻。

万般无奈，只好一切从权。瑞兰显然有着较强的适应能力，当世隆告诉她：“军中男女若相随，有儿夫的不掳掠，无家长的落便宜”时，她很快即答应了接受保护的条件：“不问时权做弟兄，问着后道做夫妻”〔金盏儿〕。

虽然是一时从权，但随着双方接触的加深，相互了解亦更加增进，结合则是水到渠成的事。正如瓦西列夫所言：“障碍和困难如果没有超过人的意志的

① 此剧细节参见南戏《拜月亭记》，明世德堂本。

极限，通常只会加强爱情。”[1]王瑞兰和蒋世隆之间的爱情关系亦是如此，难中相会已经扫除了他们地位和性别方面的障碍，摆脱灾难的努力当然只会加强他们之间的爱情，直到旅舍正式结合。

似乎作者不愿让喜剧因素过多地冲淡业已形成的悲剧气氛，剧本第一折在男女主人公相会后并没有正面表现他们结合的场面，紧接着即转入了第二折旅舍的痛苦分离。此时，两位主人公的境遇已经相当困难了，蒋世隆卧病不起，原来依靠他保护的王瑞兰现在尽心尽意地在照顾着他：

〔梁州〕别无使数，难猜（请）街坊，则我独自一个婆娘，與（与）他无明夜熬药煎汤。早是俺两口儿背井离乡，则怏他一路上汤风打浪，嗨！谁想他百忙里卧枕着床。

父亲的意外出现使得处于困境中的瑞兰大喜过望，战乱中的巧合也真是太多了。她向刚刚重逢的父亲倾诉了离散后的痛苦经历，并介绍了自己的丈夫，满心希望经过了战火动乱后的父亲能够同情他们的遭遇，承认她在患难中形成的事实婚姻。谁知这位尚书大人听说女儿招了个穷秀才女婿，大为恼火，他不顾正在重病中的蒋世隆，硬将他俩拆散。这对于蒋世隆来说，不啻是雪上加霜，瑞兰同样是痛苦万分：

〔乌夜啼〕天那！一霎儿把这世间愁都撮在我眉尖上，这场愁不许堤（提）防。（末云了）既相别此语君休忘，怕你换脉交阳，是必省可里掀扬。俺这风雹乱下的紫袍郎，不失你个云雷未至的白衣相。咱这片霎中如天样，一时哽噎，两处凄凉。

悲剧性的冲突无疑相当激烈，其结果瑞兰在尽了力所能及的反抗之后终于被压服，爱情在同权势和势利的斗争中遭到了失败。谁都容易看出，这种分离对于此时的男女主人公来说，无异于生离死别。他们一个卧病在逆旅，身边唯一

① ［保］基·瓦西列夫著：《情爱论》，赵永穆、范国恩、陈行慧译，生活·读书·新知三联书店1984年版，第164页。

照顾的亲人又被强行拉走,其下场可知;另一个被重新拉入尚书府,再过深闺生活。按照正常的生活逻辑,他们的爱情实际上已遭到了毁灭,冲突的悲剧性是显而易见的。

然而剧本并未就此结束,作品从第三折开始由悲剧向悲喜剧转化。王瑞兰为其父强行拉回家之后,用她自己的话说是“不曾有片时忘的下俺那染病的男儿”。尽管尚书府中条件优裕,花园里景色美丽:“荷叶似花子般团圞,陂塘似镜面般莹洁”,但是她痛苦的心情并未因此轻松,如此优裕的生活反而“越交人叹嗟”。剧本还专门安排了深夜拜月的场面:

> (做烧香科)〔倘秀才〕天那!这一炷香,则愿削减了俺尊君狠切;这一炷香,则愿俺那抛闪下的男儿较些。(做拜月科)(云)愿天下心厮爱的夫妇永无分离,教俺两口儿早得团圆。

她希望顽固的父亲不再反对他们的婚事,希望丈夫早日摆脱困境。推己及人,她也将善良的愿望扩展到普天下,和杜甫的“大庇天下寒士俱欢颜”诗句有异曲同工之妙。当然,她也没有忘却自己,尽管丈夫目前尚不知流落在何处,但她还是乞求苍天保佑他们尽早团圆。

如果说焚香拜月仍旧抒发着无尽愁思,因而属于悲剧性场面的话,则义妹瑞莲的出现使舞台上增添了喜剧的气氛。原来她就是蒋世隆的胞妹,当年逃难途中与兄失散后被瑞兰母亲收留。凑巧的是她们的遇合同样是由于瑞兰、瑞莲名氏谐音相近引起误会的缘故。老夫人逃难返回将她带进尚书府。起初,瑞兰对这个义妹不放心,自己的心事都极力瞒着她。这样即产生了她们之间的喜剧性冲突。

在拜月祝告以前,面对瑞莲以女婿事的打趣试探,瑞兰曾吓唬她:“待不你个小鬼头春心动也”,“我与你宽打周遭向父亲行说”。瑞莲害怕连忙央告,于是一本正经的瑞兰趁机大讲起“无那女婿呵快活”的大道理。不料随后机灵鬼瑞莲却躲在花丛里偷听了瑞兰拜月时的祝告词,跳出来将了这位口是心非的姐姐一军,这一下弄得我们的女主人公非常尴尬:“慍慍的羞得我腮儿热”。别无他法,她只好“一星星的都索从头儿说”,将自己的底细一股脑儿都兜给了这个义妹以求理解。谁知瑞莲听到蒋世隆的名字竟放出悲声，这又使得瑞兰大为惊疑："你莫不原是俺男儿的旧妻妾？"等到瑞莲说出真情，她不禁喜出望外："你又是我妹妹、姑姑，我又是你嫂嫂、姐姐。"接着干脆宣布：

〔呆骨朵〕俺父母多宗派，您昆仲无枝叶，从今后休从俺爷娘家根脚排，只做俺儿夫家亲眷者。

至此，场上充满了轻松活泼的喜剧气氛。可见，在作者的笔下，悲剧和喜剧的成分是交替出现的，这自然也是此剧作为悲喜剧的性质所决定的。

第四折为全剧的结局。表面上看这是个双重的喜剧大收煞：当年被抛撇在旅舍中的蒋世隆并没有病死，反而考中了今科状元，当年强行拆散他们的尚书老爷居然脸红都不红地招赘了这位弃婿，世隆因而得以与瑞兰重圆。与此同时，瑞莲也同哥哥世隆意外相逢。这样，由战火拆散的两家终于在喜庆气氛中各个重聚了，场上的喜剧气氛可说是进入了高潮。

然而，从实质上看，这最后的喜剧结局却有其严重的不协调之处，这就是男女主人公的重圆纯粹是出于巧合。在此之前，他们都不知道对方就是要嫁娶的人，故重逢的惊喜刚过，蒋世隆即受到埋怨，说他是"一投至得官也接了丝鞭（接受作尚书的女婿）"。王瑞兰自己也并不好些，第二折中在被迫分离时她明明向病中的丈夫发誓："我宁可独自孤孀，怕他大抑勒我别寻个家长，那话儿便休想。"可是当父亲强迫她嫁新科状元时，她尽管内心很痛苦，但最终还是屈服了。弄得此时"便浑身上下都是口，待交我怎分辩？"男女主人公双双都很尴尬。长期以来，人们都以此作为关氏此剧的败笔，这当然不无道理，但是也嫌太简单了些。

严格地说来，当瑞兰父亲在招商旅舍将他们生生拆散时，即已经从根本上摧毁了这一对年轻人爱情的理想。瑞兰的誓言只不过激于当时气氛而发出急痛之辞，实际上无论是蒋世隆还是她都深深知道此即是生离死别，这以后瑞兰的不断思念以致拜月祝告也不过出于她内心一种渺渺茫茫的意念而已。事实上她在拜月后同瑞莲的交谈中即已说得很明白："您哥哥暑湿风寒纵较些，多被那烦恼忧愁上送了也"〔尾〕。在这种情况下，"狠切"的"尊君"要她改嫁新科状元,她是不可能公开抵制的。尚书小姐的出身和教养也不允许王瑞兰这样做,当年在招商旅舍时她尽管不情愿但最后终于跟随父亲而去这个情节也可证明这一点。关汉卿并没有想把他笔下的女主人公塑造成顶天立地的英雄,而始终不脱离现实的土壤。在瑞兰身上,同样存在着爱情理想和现实束缚之间的内在冲突,前者使她同父亲的专制干预进行了悲剧式的反抗,后者又使得她在关键时刻面对现实而进行喜剧式的妥协。这一点应同蒋世隆的"一投至得官也接了丝鞭"对照着看,作家始终没有忽视社会现实对人性的压抑和扭曲。

然而不管怎么样,这样的重逢都在对方的心目中留下了一份苦涩。男女主人公在喜庆气氛中互相埋怨无论如何不是十全十美的,至多算作一个含泪的或者说是感伤的喜剧吧。

至此,我们可以看出,上述二剧在选材上虽然表现出公子婢女和秀才小姐的不同,但在具体创作手法上却有着惊人的相似之处。首先,此二剧表现的男女主人公的爱情和结合都有着同封建等级制度挑战的意义,其戏剧冲突本质上皆有着理想和现实矛盾的成分:当主人公理想遭到摧残时戏剧冲突即表现为悲剧性,而当其现实考虑占主导地位时,冲突便表现为喜剧性。此二剧的结局,从冲破封建等级制度达到理想爱情这个角度说,主人公都是失败者。燕燕是由于相信小千户的花言巧语,没有看清后者实际上即为等级制度的代表,而瑞兰的失败则是由于自身的软弱,无力冲破专制父亲的束缚。此外,这两部作品的共同之处还在于悲剧性的冲突却通过喜剧的方式表现出来,其根源在于理想和实际的冲突中,二剧的结局都是现实的妥协占了上风,无论是燕燕还是瑞兰,谁都未能抗争到底,因而剧作皆套着一个喜剧的外壳是必然的。由于这种喜剧结局不是经过艰难奋斗所预期的,而是无可奈何接受妥协的产物,因而它们也不是严格意义上的悲喜剧。别林斯基在论及"真正艺术的喜剧"时谈到其中"笑不是带有快乐的味道,而是带有痛苦和难受的味道"。[①]这就是他称果戈理小说为"流泪喜剧"的理论依据,然而将其用来形容关汉卿笔下的《调风月》和《拜月亭》二剧,却也是非常贴切的。它们是使人感到"痛苦和难受"的喜剧,将它们归入感伤喜剧的范畴应当说是符合其创作实际的。

① 《诗的分类》,载伍蠡甫主编:《西方文论选》下册,上海译文出版社1979年版,第384页。

四、悲喜剧:《蝴蝶梦》《五侯宴》《绯衣梦》

我们已经知道,悲喜剧有广义和狭义之分,前面提到并分析过的英雄颂剧、道德剧以及感伤喜剧都同时带有悲剧和喜剧的成分,因而都属于广义的悲喜剧即正剧的范畴,然而在戏剧创作实际中,狭义的悲喜剧也大量存在。关汉卿剧作《蝴蝶梦》《五侯宴》和《绯衣梦》三种即可归入此一类。

尼柯尔认为:"严肃戏剧与喜剧之间的区别是:前者的圆满结局只是由迫在眉睫的灾难得以避免而构成,后者却从未受到这个灾难的威胁。"[①]严肃戏剧亦即悲喜剧,这段话虽然没有正面提出悲喜剧和悲剧的区别,但既然明确悲喜剧的"圆满结局只是由迫在眉睫的灾难的得以避免而构成",则悲剧的产生显然可以归结为这种灾难的难以逃避。就一般而言,悲喜剧和悲剧的共同之处在于有一个严肃的甚至生死攸关的戏剧冲突,不同在于作品的主人公经过了艰难而痛苦的努力终于取得了最后胜利。这样,悲喜剧不仅同喜剧、也同悲剧截然地分开了。而在狭义的悲喜剧中,上述特点表现得尤其鲜明。

这方面最为突出的是《蝴蝶梦》,此剧影响较大,通常论者都将其归入悲剧的范畴,原因在于人们都为其中的悲剧成分所吸引,但今天看来未必恰当,确有重新探讨之必要。

首先看情节。亚里士多德认为,戏剧中"最重要的是情节""情节是行动的摹仿"[②]。《蝴蝶梦》中贯穿始终的戏剧行动是杀人、复仇以及审案的全过程。要确定此剧的性质特征,必须由此着手。

《蝴蝶梦》中矛盾冲突的展开属于突发型。王老汉仅仅因为歇坐的地方冲了皇亲葛彪的马头便被活活打死,这个事件无疑是悲剧性的。紧接着在母亲的支持下,王家三个儿子不畏权势,勇敢复仇,打死了这个自称"打死人不偿命"的恶棍,伸张了正义。剧中王婆指着葛彪的尸首痛斥:

〔金盏儿〕想当时,你可也不三思,似这般逞凶撇泼干行止,无过恃着你

① [英]阿·尼柯尔著:《西欧戏剧理论》,徐士瑚译,中国戏剧出版社1985年版,第302页。

② [古希腊]亚里士多德著:《诗学》,陈中梅译注,商务印书馆1996年版,第74页。

> 有权势,有金资。则道是长街上妆好汉,谁想你血泊内也停尸!

元代法律:“诸蒙古人因争及乘醉殴死汉人,断罚出征。”[①]其他任何一个朝代都没有将“打死人不偿命”宣布为法律,这就是关汉卿笔下葛彪之流横行霸道、有恃无恐的根据。按常理,在这种情况下,受害者汉人就只好忍气吞声,自认倒霉了,然而这一次偏偏轮到这些无法无天的家伙尸横长街,不消说这是一件大快人心的事,显然是喜剧性的。

善与恶的斗争由于葛彪的死而退出了行动的范围,随之而来案件的审理过程即转为此剧情节的主体,戏剧冲突也随之发生了根本性的变化。这方面又可具体分为内在和外在两个方面。

外在冲突主要体现为亲情和执法的矛盾。杀人偿命,古来如此。虽然王老汉无故死于葛彪之手,但后者既有“打死人不偿命”的特权,况且又已随之被杀,更不可问,那么剩下的只有打死葛彪的“凶手”王氏三子该面对法律了,由于此案事涉皇亲,更加非同小可。按常规常理,以下的悲剧发展是不难想见的,这一点王婆自己也很清楚:

> 〔后庭花〕再休想跳龙门、折桂枝,少不得为亲爷,遭横死。从来个人命当还报,料应他天公不受私。不由我不嗟咨,几回家看视,现如今拿住尔到公庭,责口词,下脑箍,使拶子,这其间,痛怎支?

虽然她鼓励儿子们勇敢地面对现实:“你为亲爷雪恨当如是,便相次赴阴司,我也甘心做郭巨埋儿”〔柳叶儿〕,但如果真的按此方向发展下去,便只能再一次出现“感天动地”的大悲剧。然而这中间却出现了一个戏剧性的转折,其主要原因即在作为冲突另一方的问官包拯身上。

无论在历史上还是文学中,包拯历来是作为公正清明的象征出现的,然而身为开封府尹和龙图阁待制,负责受理此案,他却成了不公正法律的代表。普通百姓是不分情由地“杀人者死”,而权豪势要无故杀人却可以“断罚出征”了

① 《元史·刑法志》。

事，对于清官包拯来说，不徇私情、依法断案是其本分，但在这里却成了二难推理：如果他拘于执法，即客观上帮助了恶人，但如果绕过法律，则难免牵涉皇亲、开罪于权贵，徇情枉法之罪难免。一般清官肯定不敢作此考虑。起初，老包和一般问官审案并无什么不同，他一听说此案，即大为光火："小县百姓，怎敢打死平人""与我一步一棍，打上厅来"。尽管王婆一再分辩是"皇亲葛彪先打死夫主""那厮每情理难容"，但包拯却置若罔闻，下令加刑："与我加力打者""与我着实打者！"剧本这样描写王婆母子的痛苦：

〔斗虾蟆〕麻槌脑箍，六问三推，不住勘问，有甚数目！打得浑身血污：大哥声冤叫屈，官府不由分诉；二哥活受地狱，疼痛如何担负，三哥打的更毒，老身牵肠割肚。

无疑，当时的法律和公正是不兼容的，执法和亲情之间的矛盾在这里表现得异常突出。正是执行了不公正的法律，清正如老包也同样做出不公正的判决，他让王婆必须让一个儿子出来为葛彪偿命。这样，悲剧性的冲突又更进了一层，由外在冲突转入了内在冲突。

这一点主要体现在作为母亲的王婆身上，具体说即为亲情与义理的矛盾。无疑，包待制的判决是不可能更改的，这起码在她看来是如此。何况她早已做好了牺牲的心理准备。但牺牲谁呢？自己认罪受刑？她早就做了，但包拯不相信，斥之为"胡说"，那么即剩下三个儿子了。其中王大、王二是已故王老汉前妻生子，王三则为王婆亲生，出于亲情，她自然不会让亲生儿子上断头台，但就此将前妻之子送入死地，却又是为人的道义情理所不容。作品主人公的内心冲突是异常激烈的，也是万分痛苦的：

〔隔尾〕一壁厢大哥行牵挂着娘肠肚，一壁厢二哥行关连着痛肺腑。要偿命，留下孩儿，宁可将婆子去。似这般狠毒，又无处告诉。

冲突的结果，义理的力量终于战胜了亲情，王婆决定忍痛将亲生儿子献出偿命。包拯起先不信，以为王三是其"乞养来的螟蛉之子，不着疼热，所以着他偿命”。待到弄明原因，这位铁面问官自己也坠入了执法和义理的深深矛盾之中：

我依条犯法分轻重，不想这分外别有词讼。

客观地说，剧本安排包拯出场审断此案这个情节本身即表明此剧的性质已开始出现了变化（和《窦娥冤》第二折末出现桃杌太守审案成了鲜明对比）。正由于包拯为人们公认的清明正直的象征，他的出现对戏剧冲突的性质转换起着举足轻重的作用。和《鲁斋郎》剧中最后上场断案的包拯不同，此剧中包拯自第二折进入了剧情之后，即构成了矛盾冲突的一方。由于受到王婆无私的献身精神所感动，包拯决定挽救王婆全部儿子的性命，从而使得悲剧转而向着悲喜剧发展。然而他又不公开地表现出来。剧本这样描写：

（包待制云）张千，你近前来。可是恁的……（张千云）可是中也不中？（包待制云）贼禽兽，我的言语可是中也不中！

至此，戏剧冲突的性质转换已非常明显。实际上，从包待制审案前所做的救小蝴蝶的梦可以看出作者已将这个转换作了暗示，之所以一直没有明言，并非作者要故意造成情节的延宕，而是这种瞒天过海、李代桃僵的挽救办法压根儿就不能让任何人知道。这样，以下让偷马贼赵顽驴代王三死的过程一直作为暗场处理。甚至第三折王婆探监时，早已领受老包意旨的张千也是秘而不宣，以致又演出了一场颇为感人的哭别戏，然而此时读者与观众早已明白底细，沉重的悲剧气氛早已消散，这场戏至多不过从较深处挖掘王婆的母子情以及无私的牺牲精神而已。而且由于张千始终未向王婆母子透露底细，这样也为剧情的发展增添了误会式的喜剧关目。

剧本第四折为典型的喜剧结局。王三并没有被盆吊而死，平安归来，这对于已处于绝望之中的王婆来说不啻喜从天降。然而这个捣蛋鬼得了性命后没有立即回家报喜，而是和母亲及两位哥哥耍了一个恶作剧，他将赵顽驴尸体背出来，放在狱墙外面，冒失的王大王二不辨就里，将其背回大哭。正在不可开交之际，王三又一下子出现在一家人面前，这怪异使久经世事的王婆也被吓得连忙磕头礼拜，认为是鬼魂还家："教我战笃速忙把孩儿拜，我与你收拾垒七修斋"〔风入松〕。王三说明了真相，一家人立即由惊慌转向了狂喜：

〔川拨棹〕这场灾，一时间命运衰；早则解放愁怀，喜笑盈腮。我则道石沉大海。

不仅如此，包拯上场一门封赠又使得喜剧气氛更进一步达到高潮："娘加做贤德夫人，儿加做中牟县宰，赦得俺一家儿今后都安泰；且休题这恩德无涯，单则是子母团圆，大古里彩"〔鸳鸯煞〕。

应当指出，和《哭存孝》以及《窦娥冤》不同，此剧的喜剧场面不是悲剧行动结束后插入的尾声，而本身即为全部戏剧行动的一个有机组成部分。从人物命运上看，此剧也和李存孝、窦娥终于难逃一死及张珪十五年的妻离子散有着本质的区别，主人公不仅复仇行动获得了成功，而且逃脱了不公正法律的加害。王婆及其儿子们经过一番艰难曲折、误会惊吓之后，"迫在眉睫的灾难"终于"得以避免"，如果仅仅根据剧中的悲剧成分即将其归入悲剧范畴，则显然不是全面的艺术定位方法。

同样表现母子情的关氏悲喜剧还有《五侯宴》。和出身读书人家并有三个儿子的王婆不同，此剧中王嫂出身贫寒，为屠夫之妻。剧本一开始她即处于苦难之中，一边生了孩子，一边又死了丈夫，家中"一贫如洗"，只好将"孩儿长街市上卖些小钱物，埋殡他父亲"，财主赵太公趁机将其典雇至家作奶娘，不过一月，又将其典身文书改做卖身文书，这样王嫂即被迫终身在他家为奴作婢了。由此亦即在悲剧气氛中展开了善与恶的尖锐冲突。

赵太公无疑是此剧冲突中恶势力一方的代表。他不但采取奸诈手段，将典身文书改作卖身文书，而且还借口自己的儿子长得瘦，要将王嫂的亲生子夺过去摔死，还冷酷地说："摔杀有甚事，则使得几贯钱"。经王嫂的拼命哭求，为怕"污了这答儿田地"，才将孩子交还，但逼王嫂马上"将孩子抱出去""丢了也得，与了人也得"。不仅如此，他强迫王嫂丢掉孩子孤身一人为他干了18年活以后，临死前还嘱咐儿子赵脖揪对王嫂"朝打暮骂"。果然赵脖揪不违父命，更加凶残地对待王嫂，逼她打水饮牛，“见一日要一百五十桶水”，还刁钻古怪地要不能湿牛嘴，否则“回家来五十黄桑棍”。赵家两代都可以说是摧残王嫂的恶棍，是为富不仁的典型。

剧中的王嫂是一个懦善的妇女。她为了得钱殡埋丈夫，情愿典身受雇于人，当赵太公将她的典身文书改作卖身文书的时候，她明知有诈，却无力也不敢公开提出异议。即使在赵太公要摔死她亲生儿子的时候，她也只是哭告求免；赵太公逼她将儿子抛弃，她也只好服从。作品真实地展示了这个可怜的妇人不得不抛弃亲生子的痛苦心情：

〔梁州〕儿也！咱两个须索今日离别。我熬煎了无限，受苦了偌些，我知他是吃了人多少唇舌；不由我感叹伤嗟！我，我，我，今日个母弃了儿，非是我心毒，是，是，是，更和这儿离了母如何的弃舍！哎，天也，天也！俺可便眼睁睁子母每各自分别，直恁般运拙。这究家苦楚何时彻？

不忍抛弃却又无可奈何，“哭一回去了，他行数十步可又回来”，“拾将这草料儿遮，将乳食来喂些”，从细腻而真实的描绘中可见作者对笔下作品主人公不幸命运的深切同情。

就这样，王嫂孤身一人为赵家当牛做马干了18年佣工，赵家父子还不放过她。严冬腊月，风雪满天，赵脖揪逼着这位年迈体衰的白发人去井台打水：

〔倘秀才〕我这里立不定吁吁的气喘，我将这绳头儿呵的来觉软，一桶水提离井口边，寒参参手难拳，我可便应难动转。（正旦云）将这吊桶掉在这井里，我也不敢回家去，到家里又是打又是骂。罢，罢，罢，就在这里寻个自缢。

不幸的遭遇，非人的折磨，终于将这个懦弱而善良的农家妇女逼上了人生的绝路，这标志着此剧中悲剧因素的发展已达到了相当的高度。假如作品就此结束，则显然是一部动人肺腑的社会悲剧，然而此时却产生了一个戏剧性的事件,阻遏了悲剧的进一步发展。当年王嫂忍痛送人的亲子王阿三恰在此时出现,不但拦住了王嫂的自缢,而且使得她的命运由逆境向顺境转化,一场“迫在眉睫的灾难”终于得以避免。

王阿三的出现既是偶然的,又是必然的,他是作者在前面情节发展中安排伏笔的必然结果。前后呼应为作者所习用手法,《窦娥冤》《鲁斋郎》等剧中已多有表现,此剧自然亦不例外。

18年前王嫂被迫将孩子抱出去抛弃,碰巧遇上沙陀大将李嗣源猎兔至此,将其领回抚养,改名李从珂,18年后长大成人,也在李部为将,这是作品第二折表现的情节。李从珂战败王彦章后路过此处,恰恰救了生母的命,并命士卒帮她把吊桶从井中捞上来。在交谈中,李从珂得知王嫂以前送给李嗣源抚养的亲生子竟与自己同年同月同日生,遂起疑心,决定回去查问明白。

井台相会不仅使作品主人公的境遇发生了转折,而且剧本的性质也已开始由悲剧向悲喜剧过渡。剧本第四折描写李从珂回去后,即向父亲问起自己身世,李嗣源自然隐瞒,后来在祖母刘夫人为庆功而摆的五侯宴上,李从珂又再次问起,直到以死相要挟,刘夫人才说出真情,李从珂到这时方得知此前井台见到的那个“受着千般苦楚”的老婆子原来就是自己的生母,不禁急痛攻心,当场昏倒,为众人救醒后立即前去赵家庄认母。此一折在结构上属穿插型,全剧主唱角色即作品主人公王嫂,此折则改作刘夫人主唱,从塑造人物形象上看,尽管李嗣源对李从珂长时间隐瞒他的身世,但作为18年的养父,为怕年老无依,这也是完全可以理解的。在告诉李从珂实情后,李嗣源颇感郁闷和担忧,刘夫人这样开导着儿子:

> 〔后庭花〕不争咱这养育父将他瞒昧,(正旦云)咱是他养育父母,他见了他亲娘受无限苦楚,不争你不要他去认呵(唱)哎,儿也!则他那嫡亲娘可是图一个甚的?她如今受驱驰,她如今六十余岁,她身单寒腹内饥,她哭啼啼担着水……

推己及人,显得非常通情达理。应当说刘夫人以及李嗣源虽然身为军阀贵族,但在收养李从珂事件过程中却不失其为善的天性,也正是有了他们,懦善的王嫂才没有被赵太公父子吞掉,也正因为如此,此剧才由悲剧变成了悲喜剧。在整个剧作中,他们的地位同样不可忽视。

剧本第五折的喜剧结局是人们意料之中的,赵脖揪依旧虐待王嫂,竟到将其吊起来毒打,正在此时李从珂赶到救下,并将恶霸赵脖揪抓住,母子欣喜相认。紧接着李嗣源也率军赶到,当场将赵脖揪斩首,全剧以喜庆作结:

> 为母亲苦痛哀怜,因葬夫典身卖命,相抛弃数十余年。为打水备知详细,认义在井口傍边。今日个才得完聚,王阿三子母团圆。

应当指出,此剧在结构上并非俱佳,最突出的是主线之外的情节和人物安排过多,特别是重在刘夫人、李嗣源心理波折的第四折,对于全剧的王嫂母子悲欢离合的主题来说,不啻是一个插曲,而其他各折,穿插的战争场面也太多太繁,以致在某种程度上冲淡了主要人物的塑造。虽然这也许是作者出于调节场上气氛、增加关目热闹的需要,但毕竟不是鲜明表现主题的最佳方式,也使得作品变得冗长、拖沓。从创作时代来看,此剧为关汉卿早期剧作,在较大程度还残留着诸宫调等讲唱艺术喜铺排、尚热闹的特点,而非元杂剧的成熟体制。然而,如前所述,此剧主要的结构线索,由前半部王嫂受难的悲剧向着后半部从珂寻母的悲喜剧转化,"井台相逢"作为冲突性质转换的支点,这些都还是相当鲜明的。此剧的穿插成分总体上看还不是完全与主题脱节,李从珂作为王嫂亲生子这一特殊身份也使他成为刘夫人、李嗣源为首的将士和作品主人公命运联系起来的纽带,他们共同构成了戏剧冲突中善的一方,从这个意义上说此剧并不存在着一个负面主题。作为一个完整的悲喜剧,《五侯宴》的戏剧行动和主要人物的情节线索是确定和统一的。研究此剧同样不能忽视这一点。

在性质和结构上与《五侯宴》相近的关剧还有《绯衣梦》。此剧表现的不是母子情,而是儿女事。作品主人公王闰香和李庆安,一为深闺小姐,一为读书秀才。他俩本来由于双方父亲指腹为婚而成姻缘关系。不料长大后李家败落,由原先的李十万变成叫花李家。因而王父即有悔亲之意,他让姆姆(媒婆)将着十两银子和一双鞋子去李家,声言"这双鞋子是罢亲的鞋儿,着庆安踏断线脚儿，便罢了这门亲事也”。然而小姐闰香却并非如此势利，她在后花园偶遇李庆安时，不但没有嫌他贫穷，反而主动提出要“收拾一包袱金珠财宝”赠与李庆安以为迎娶财礼。这样即展开了此剧势利无情和真心相爱的人格冲突。

固然，王闰香和李庆安并非偷香窃玉式的自由恋爱，但也并不是完全没有感情基础的礼教婚姻。就闰香而言，在没有见到李庆安之前，尽管她对其穷困潦倒表示同情，也为自己的终身大事焦虑，以致“清减了”“花容月貌”，但当梅香提出要她“瞒着父亲母亲”送些钱钞给李庆安以助其聘礼时，她并没有立即答应。后花园偶遇李庆安，这使她第一次有机会同李庆安直接接触：

〔后庭花〕天着咱相会间，好将你来厮顾盼。我觑了你面颜，休忧愁，染病患。

显然，她对李庆安有了超越道义上的好感，和《西厢记》中崔莺莺给张君瑞的定情诗“休将闲事苦萦怀，取次摧残天赋才”二句有着不期然的相通之处。这当然和李的坦率（不隐讳穷）、活泼（爬树取风筝）而又不失文人彬彬有礼的风度有关，闰香相信这是一个可以信赖和托付终身的青年，遂不用梅香传话，直接出面提出自己的主张：

（正旦云）庆安，我今夜晚间收拾一包袱金银财宝，着梅香送与你，倒换过来做你的财礼钱，你可来娶我，你意下如何？

这里已经直接违背了“父母之命，媒妁之言”的礼教古训。不仅如此，她还不加隐讳地吐露出自己火热的情感，要庆安“则将这佳期盼”：

〔尾声〕赴期的早些动惮，则我这呆心儿不惯；休着我倚着他这太湖石，身化做望夫山。

纯情率直。在这方面，她甚至较《西厢记》中始终处于矛盾犹豫中的崔莺莺有过之而无不及。

然而，和《西厢记》中的张生相比，此剧中的李庆安形象可就差了一截。这主要在于他对正当的爱情追求不那么主动积极，当父亲告诉他王员外家派人来要悔亲时，他竟丝毫没有被触动："量这媳妇儿打甚么不紧"，若无其事地向父亲要了二百钱买风筝放去了，显得是个不懂世情的毛孩子，和同龄人闰香相比其成熟和幼稚也异常分明。当他因取风筝误入王家花园，因得与闰香相会后，虽然显得彬彬有礼、应付自如，但总觉被动退缩，拿不出自己的主张。此外，李庆安的运气似乎也不怎么好，闰香约定他当日晚间来此处接受由梅香转递的聘资，谁知随后发生的一个戏剧性事件几乎造成人财两空的后果，这一幕爱情喜剧也差点变成了冤狱悲剧。

戏剧性事件的发生不在男女主人公之间，而是由于插入了一个凶徒裴炎，他白天将一件衣服拿到王员外当铺取当不遂，反遭赶逐，故怀恨在心，夜来潜入王家欲行凶杀人，可巧遇见转送财物的梅香，遂起意杀之，携财而逃，李庆安如约而至，见梅香被杀在地，不知何故，遂无主意连忙逃归。闰香见梅香许久不回，自来探视，发现凶案，惊动全家。王员外认定是李庆安因悔亲故杀梅香，追至李家，当场发现李庆安手上犹带血迹，遂告到官府。此处昏官贾虚与《窦娥冤》中桃杌太守无二，信着胥吏外郎，将李庆安毒打成招，下到死囚牢中。

促成此剧由悲剧向喜剧转化的关键人物是清官钱大尹，他作为开封府尹，自然有权复审此案。对于钱，人们并不陌生，前述关氏喜剧《谢天香》中他即为主角之一，是个古板方直的地方官员。正如《蝴蝶梦》中包拯出场的作用一样，钱大尹在此剧中出现这个情节本身亦即注定了剧情向喜剧转化的必然性。不仅如此，二剧的审案方式也各有特点，《蝴蝶梦》中包拯梦见大蝴蝶不救小蝴蝶而他救之即为后来搭救王三提供了先兆。此剧中钱大尹则根据凶器的巨大沉重和李庆安的文弱瘦小之间的不成比例断定案件必有蹊跷，他让衙役携凶脏外出缉访，巧遇裴炎贪财认赃，因得顺利破案。虽然其中也有向狱神祈祷，让庆安梦中说出"非衣两把火"的词句，因而推断凶犯姓名必为裴炎这样的非现实细节，但也仅仅是推定，而实际破案过程却是合情合理的，较《蝴蝶梦》中包拯以偷马贼代王三死以结案要复杂得多，也可信得多。

随着案件的迅速破获，对于此剧男女主人公王闰香、李庆安而言，一场

“迫在眉睫的灾难”也终于“得以避免”,他们之间的爱情也由悲剧转变成了喜剧。

由于真正凶犯是裴炎而非李庆安,王员外落了个“妄告不实”的罪名,按照当时“告人徒得徒,告人死得死”的规定,李庆安父亲进行了反诉。如此一来,冲突双方的地位一下子发生了根本性的颠倒,以前一直气势汹汹的原告王员外立即成了惶恐无限的被告。为了保住自己不受刑罚,这位一度盛气凌人的势利眼,转而又低声下气地向李庆安父子求情,由老太爷转眼成了三孙子。为了取得李家父子的谅解,王员外只好忍痛“倒陪三千贯奁房断送”,助成了这一对青年人的婚姻。势利无情的老顽固,和莎士比亚笔下的夏洛克一样,终于落了个人财两空的下场。

经过了一番生死磨炼,李庆安不再是未谙世事的毛孩子了,在对待爱情问题上,他最终显示主动追求的坚定性和勇气。当父亲坚决不同王员外和解,坚持反诉,从而有可能破坏爱情的圆满结局时,剧本这样描写:

> (李庆安云)父亲,俺丈人说来:若是饶了他,他倒陪三千贯奁房断送,将闰香依旧与我为妻,咱饶了他罢!(李老儿云)孩儿,当初他不告你来?(李庆安云)他告我,不曾告你。(李老儿云)大人将你三推六问,不打你来?(李庆安云)他打我,不曾打你。(李老儿云)若拿不住杀人贼呵,可不杀了你?(李庆安云)他杀我,可不曾杀你。(李老儿云)我把你个犟小弟子孩儿!罢、罢、罢,我饶了他罢。

结局无疑是喜剧性的。正如钱大尹判词所言:“富嫌贫悔了亲事,倒陪了万贯家奁”。然而,对于闰香和庆安这两位作品主人公来说,这是经过了痛苦磨难,“迫在眉睫的灾难得以避免”后才形成的圆满结局,因而是悲喜剧式的。

和《五侯宴》一样,此剧亦非佳构。最主要弊病就是次要情节和人物太多太繁,以致在某种程度上淹没了主题的表现。这一点此剧表现尤甚。在《五侯宴》中,刘夫人、李嗣源等一班将士由于抚养了王嫂亲生子李从珂,实际上成了冲突双方代表善的一方的某种补充,因而构成了母子情主题不可分割的一个组成部分。而此剧中裴炎作案,官府侦破审理过程则完全游离于爱情的主题之外，尽管梅香被杀是导致李庆安悲剧的直接原因，但在由此引起的情节发展中，作者用了大量的篇幅表现审案和破案的细节，从而导致爱情主题被次要情节所淹没，作为一个爱情悲喜剧，这不能不是一个败笔。因而我们说，《绯衣梦》的结构欠佳处更有甚于《五侯宴》。

至此，我们对关汉卿三个剧本《蝴蝶梦》《五侯宴》和《绯衣梦》都做了较为详尽的分析，由此可以看出，它们尽管在内容和表现手法上各有特色，但在一些根本问题的处理上却有着相当程度的一致之处。

首先，它们都有着一个悲剧性的矛盾冲突。这方面无论是王婆母子面对不公正的法律，必须以一人做出牺牲，也无论是王嫂被迫抛撇亲子，最后临近绝路，也无论是李庆安被屈打成招、押入死牢，对于作品主人公来说，都是严峻的，生死攸关的，是“迫在眉睫的灾难”。如果不发生戏剧性的突转，则形成悲剧是确定无疑的。

其次，上述三剧中都存在着促使悲剧冲突发生质变的力量，这种力量不是来自主人公自身，而是来自外部。这方面如《蝴蝶梦》中的包拯，《五侯宴》中的李嗣源、李从珂，《绯衣梦》中的钱大尹等，他们的出现虽然在情节上距主要线索有远近之分，但对剧本的性质定位来说决非可有可无，没有他们的存在，剧本的悲喜剧冲突转化是不可能实现的。

再次，正因为具备了上述两种因素，此三剧的悲剧冲突都在关键时刻才向着相反的方向转化。这方面如包拯发现并敬佩王婆的高尚人格，从而决定以赵顽驴代王三死，李从珂和王嫂子母井台相会以及苍蝇抱住钱大尹笔管等等，正是由于这些特定的关键点存在，作品主人公的命运开始出现戏剧性的变化，由逆境转向了顺境。又由于这些“突转”都不是主人公自身努力的结果，因而借此又可将它们和《单刀会》等英雄颂剧区别开来。和道德剧、感伤剧相较也有相当的距离。

最后，它们都有着一个比较圆满的结局。如对王婆母子而言，复仇行动取得了成功，又避免了不公正法律的加害，并且意外地受到加官封赏；对王嫂来说，丢弃的儿子王阿三出落为英雄人物李从珂，虐待她的赵太公虽死不论，赵脖揪却终于在她们团圆时被惩办；而王闰香和李庆安来说，终于获得了“倒陪三千贯奁房断送”“李庆安夫妇团圆”的判决。而这圆满结局又都是经历了种种悲剧性的磨难,亦即所谓“迫在眉睫的灾难得以避免后”而获得,因而都是剧情发展的一个逻辑结果,并非戏剧行动结束后的尾声。

毋庸置疑,上述诸点决定了关氏这三个作品既不可能是悲剧,也不可能是喜剧,与本章涉及的英雄颂剧、道德剧以及感伤喜剧相比也有明显的区别,因而将它们归入狭义的悲喜剧应当说是符合其创作实际的。至于表现手法的高下,取得成就的大小,则是另外一个问题,不影响我们此处的结论。

传统戏剧理论大都认为悲喜剧这个体裁不好把握。黑格尔曾经表示过这样的忧虑,他称悲喜剧为有别于古典悲剧和喜剧的“第三种主要体裁”,认为“这种中间剧种的界限有时比悲剧和喜剧的界限较为摇摆不定”,有着“流为散文的危险”[①]。英国人马丁·艾思林更专门从舞台演出角度谈到这个问题,认为:“这种混合体裁,对于导演来说,这些剧就特别难处理,因为有的剧必须演得十分严肃,才能产生一种喜剧性的效果;有的剧必须用喜剧的风格来演,才能产生深切的悲哀和悲剧性的洞察力;另一些剧作却要求从这种风格到那种风格,从一个场面到另一个场面不断地变换”[②]。目前学术界对上述诸剧的认识还存在着分歧以及有些作品自身的艺术性还存在着严重的不平衡,它们都可以证明哲人们的忧虑并非完全是杞人忧天。

① [德]黑格尔著:《美学》第3卷(下),朱光潜译,商务印书馆1981年版,第297页。

② [英]马丁·艾思林著:《戏剧剖析》,罗婉华译,中国戏剧出版社1981年版,第71页。

第六章 《西厢记》考论

《西厢记》为元代乃至整个中国古代爱情剧中的一个瑰宝，在中外文学史上均有着极其重要的地位。长期以来，学术界在这方面做了大量工作，然而由于资料有限，加之理解角度不同，至今一些根本问题上还存在着这样那样的分歧，其中一些提法如“王作关续”等更直接牵涉对关汉卿的评价问题，而事实上关氏亦为《西厢记》的主要作者之一。笔者这里拟从资料辨析、作品考论相结合的角度，对有关问题作一个较为深入系统的探讨。

《西厢记》研究中的根本问题，主要体现在著作权的认定和作品性质的分类上面，以下分别讨论。

一、资料外证：王作、关作

众所周知，《西厢记》的作者问题历来存在着王实甫作、关汉卿作、关作王修、王作关续四种说法，这是由于材料来源不同，加上人们的不同理解造成的，统一起来自然有困难，但也不是毫无可能。

王实甫作是其中最早而最具权威性的一种。说它最早，是因为早在元代，《西厢记》创作和流行后不久，钟嗣成《录鬼簿》即已作了明确的著录；说它最具权威性，是因为钟氏此书是目前公认的研究元杂剧作家作品的第一手资料，虽然《西厢记》作者所属的上卷部分非作者直接收辑，而是经过了陆仲良转自吴仁卿之手，钟氏自己亦承认“生也后，不能与几席之末，不知出处”，然而这并不构成整个材料的失实，“更没有理由单独对王实甫这一条加以否定或怀疑”[①]，况且钟嗣成这条记载又并非孤证，明初朱权的《太和正音谱》中有

① 蒋星煜：《西厢记作者考》，《河北师院学报》，1988 年第 1 期。

关《西厢记》的著录与此相同，时人贾仲明整理《录鬼簿》并为王实甫等人补写〔凌波仙〕吊词；其中更赞叹王作《西厢》“天下夺魁”。不仅如此，稍后的明宣德时人丘汝乘在为明人刘冬生所著《娇红记》作序中也说“每恨不得如《崔张传》获王实甫易之以词，使途人皆知也”[①]。有议者认为他们的观点皆出自《录鬼簿》，然提不出过硬证据。因为元后期至明初，正是《西厢记》风行舞台之时，对于朱、贾、丘诸人来说，《西厢记》并非流传久远的古本，大家都能看到，没有必要盲从钟嗣成。如果他们看到或听到了与钟氏著录不同署名的版本，是不可能不在著述中记载下来的。由此可见，在没有过硬论据情况下要否定《录鬼簿》的记载是很困难的。

正由于王作说在时代上最早且最具权威性，亦最流行。已故赵景深先生的说法最具代表性：“在没有找到比1330年《录鬼簿》更早的记载之前，王实甫作《西厢》全二十一折这主张是永远成立的。”[②]目前，“王西厢”即成了杂剧《西厢记》的代名词。

然而，这样处理并没有最后解决问题。肯定《西厢记》为王实甫一人所作即必须面对稍后出现的与此相矛盾的大量资料和传说，这些资料和传说恰恰构成了关作亦即关作王修说的基础。

首次将关汉卿同《西厢记》创作联系起来的是明成化七年(1471)金台鲁氏刊本《新编题西厢记咏十二月赛驻云飞》，其中无名氏作《西厢记十咏》，即有这样两支曲子：

> 〔驻云飞〕汉卿文能，编作《西厢》曲调精。……〔驻云飞〕王家增修，补足《西厢》音韵周……

这里显然在说《西厢记》是关作王修，只是没有注明“王家”即为王实甫。成化七年上距丘汝乘作《娇红记序》(1435)不过三十余年，距元末明初也不过百年，《西厢记》的作者已产生了完全不同的变化。

---

① 王钢辑考：《关汉卿研究资料汇考》，中国戏剧出版社1988年版，第291页。
② 谭正璧：《元曲六大家略传》，古典文学出版社1957年版，第106页。

非但如此，目前完整留存的《西厢记》最早刊本弘治十一年(1498)金台岳刻本[①]，虽然题下没有作者署名，但却附录了有关《西厢记》作者的三支曲子：

〔满庭芳〕王家好忙，沽名钓誉，续短添长。别人肉贴在你腮颊上，卖狗悬羊……〔满庭芳〕汉卿不高，不明性理，专弄风骚。平白地褒贬出村和俏，卖弄才学……

〔八声甘州〕《天生眷姻》："〔煞尾〕董解元古词章，关汉卿新腔韵，参订《西厢》的本。晚生王生多议论，把《围棋》增。"

从前两支曲子看，和前引〔驻云飞〕基本相同，仍旧称"王家"而不称"实甫"(后世如万历时刘龙田刊本附录此曲即明标为"王实甫")，只是态度为一褒一贬，同时将"王家好忙"调至"汉卿不高"之前，似乎作者认为"沽名钓誉，续短添长，别人肉贴在你腮颊上"更为可恶。〔八声甘州〕一曲为另一人所作，直接认为《西厢记》为关汉卿所作，"晚进王生"只增添了《围棋闯局》一折[②]。由于这三支曲子为目前刊行最早也是最完整的《西厢记》弘治岳刻本的附录，所以尤值重视。有论者认为这是些"民间小曲"，"其学术价值恐怕不能和刊本上题署或书目的正式著录等量齐观"[③]。实际上恰恰是它们才反映了我国戏曲早期在民间流传的特点。

谁都知道，戏曲在我国古代是不被重视的雕虫小技。直到清代，毕生从事戏曲活动的曲论家李渔还自轻自贱地说："填词（作剧）一道，文人之末技也。"[④]这在戏曲初次繁荣的元及明初表现尤甚，它主要流传和盛行在民间，文人只有在失去仕途，落入与艺伎、乞丐为伍时才不得不染指此道。虽然今天我

---

① 今所见较弘治岳刻本时代为早的《西厢记》刻本，为1980年北京中国书店在一本元刊《文献通考》的书背发现的四片残页，据考可能刻于成化以前，然仅剩残页，无从得知题署情况，故这里不予深论。

② 多有论者认为，"晚生王生"即为明初时人詹时雨。然据《录鬼簿续编》，詹作原题"西厢弈棋"，二者是否为一剧之异名，尚难确证。庄一拂先生《古代戏曲存目汇考》即认为"晚进王生""当系元中期人"，如此则非詹明矣。

③ 蒋星煜：《西厢记作者考》，《河北师院学报》，1988年第1期。

④ 《闲情偶寄》卷之一"词曲部"。

们将"元曲"与"唐诗""宋词"并称，但实际上元曲家及其作品在当时从来没有达到和唐诗宋词作家那样的地位。正因为如此，我们目前对明以前戏曲作家作品情况考察起来即特别困难。由于处于民间，条件所限，无论作家资料还是作品版本都极其简陋，前者在元代只有一本《录鬼簿》，后者则无论从《元刊杂剧三十种》还是《永乐大典戏文三种》来看都相当粗陋，板式破烂、字迹不清，宾白不全且均无作者署名。这种情况直到元末明初高明《琵琶记》以及朱权、朱有燉的作品问世才有所改变，但也仅限于少数士大夫和贵族，其余大多数戏曲作品以及有关资料仍处于自生自灭的状态。弘治岳刻本虽题标"奇妙全相"，牌记中且自诩"字句真正"，但仍然不脱粗疏混乱之貌，"十分可能是用比较粗劣的元刻本为底本翻刻的"①。然而正因为如此，我们对不署名的刻本和附录才不能太苛刻，否则，早期戏曲的研究便难以进行了。上述"民间小曲"的价值从某种意义上说也就在这里。何况它们在文人著述中也可找到证明，明武宗正德时人都穆《南濠诗话》中即有如下记载：

近时北词，以《西厢记》为首，俗传作于关汉卿，或以为汉卿不竟其词，王实甫足之。

明嘉靖、隆庆间的王世贞《艺苑卮言》附录一亦云：

《西厢》久传为关汉卿撰，迩来有以为王实夫(甫)者。

都、王二人都根据《录鬼簿》和《太和正音谱》的记载而确立《西厢记》为王作，故他们的上述记载纯粹是反映当时的实况，显然不会有假。②

关作说中明嘉靖时人刘丽华《口传古本西厢记·题辞》值得注意，中云：

长君尝示余崔氏墓文，乃知崔氏卒屈为郑妇，又不书郑讳氏，意张之

① 蒋星煜：《明刊本西厢记研究》，中国戏剧出版社1982年版，第30页。

② 都穆原文称《点鬼簿》，有论者因此认为系与《录鬼簿》不同的另一著作。然据今人考证，《点鬼簿》即《录鬼簿》之异名，详见《戏曲研究》第11辑载张人和《点鬼簿》一文。

高情雅致，非郑可骆明矣。……董解元、关汉卿辈，尽反其事，为《西厢记》传奇。

这里更明确地说明《西厢记》杂剧乃关汉卿改续董西厢而成。刘丽华乃金陵名妓，此《题辞》昔万历时人王骥德《新校注古本西厢记》得以保存，以“其词淋漓悲伤，有女侠之致”“想象其人，不无美人尘土之感，故采附末简”[①]。然而，王骥德在《西厢》作者问题上是力主王作的，故对《题辞》内容颇不以为然：“谓崔氏所适之郑无讳字，及作传奇不及实甫，皆未的。”[②]王氏认为《会真记》中的“郑”即郑恒，是有名讳的，而《题辞》中未及，是为不足。实际上刘丽华只是转述“长君”给她看的“崔氏墓文”中“不书郑讳氏”，并非自己不知道。至于说“传奇不及实甫”，是因为她的《口传古本西厢记》作者系关汉卿而非王实甫，并非是在“常识性问题”[③]上犯有什么明显错误。以己律人的王骥德在这里显得太缺乏气度了。

我们知道，由于刊刻条件所限，更由于职业及竞争需要，我国古代戏曲艺人内部传授和学习，大都采用代代口传的办法。[④]即使到了近现代，许多演员仍可在不识字的情况下凭口传掌握了许多剧本。不光曲辞，连关键性宾白亦靠强记。因为靠此谋生，故这种口传剧本以及有关事项特别可靠。从这个意义上说，正由于刘丽华本人即为“金陵富乐院”的艺妓，她所刻的《口传古本西厢记》其可靠性才更值得注意，不能因为它非“鸿儒硕士”题署而加以忽视。

关、王合作《西厢》的说法不仅在无名氏和艺人中间流行，在文人刻本中也有明确体现，与刘丽华同时稍后的明人张羽，其《古本董解元西厢记序》[⑤]一文即云：

《西厢记》者，金董解元所著也，辞最古雅，为后世北曲之祖。迨元关汉

①② ［明］王骥德：《新校注古本西厢记》卷六《西厢记考》附录。

③ 蒋星煜：《西厢记作者考》，《河北师院学报》，1988 年第 1 期。

④ 这一点不仅在古近代之中国，即在东方民族日本和印度皆有所体现，现存世阿弥《风姿花传》等古典剧论皆曾秘密流传即说明了这点。

⑤《古本董解元西厢记》，上海古籍出版社 1984 年影印本。

卿、王实甫诸名家作者，莫不宗焉。盖金元立国，并在幽、燕之区，去河洛不遥，而音韵近之，故当此之时，北曲大行于世，犹唐之有诗、宋之有词，各擅一时之圣，其势使然也……《崔氏春秋》，世所故有，余既而校而刻之矣。

学术界目前对这段话理解有分歧。有论认为："所言关汉卿、王实甫诸名家宗董解元，盖谓元杂剧以董《西厢记》为祖，非指关、王作《西厢记》杂剧。"[①]从文中称《西厢记》为"后世北曲之祖"的提法以及中间大讲北曲源起及其地位的文字来看，"非指关、王作《西厢记》杂剧"的说法不无道理，况下面既称"关氏春秋"[②]，即似无王实甫参与创作之可能。然北曲作家颇多，关氏"初为杂剧之始"，将其作为代表提出固可，而关、王并提，且偏偏在董《西厢记》之后，在理解上容易产生歧义。有论者即因而作如下推测：

第一种，存在过关汉卿作、王实甫续的《西厢记》版本。第二种，存在过关汉卿作和王实甫作的两种《西厢记》版本。[③]

两种看法都不无所据。但不管怎样，关汉卿作为《西厢记》杂剧主要作者之一这一点则是明确无误的。

王作关续之说，在《西厢记》作者探讨中为最后产生的说法，一般认为源自明万历八年(1580)毗陵徐士范的《重刻西厢记》中云：

崔记偭于元微之……金有董解元者，演为传奇，然不甚著，至元王实甫，始以绣肠创为艳词，而《西厢记》始脍炙人口，然皆以为关汉卿，而不知有实甫……盖《西厢记》自"草桥惊梦"以前作于实甫，而其后则汉卿续成之者也。[④]

① 王钢辑考：《关汉卿研究资料汇考》，中国戏剧出版社1988年版，第295页。

②《西厢记》一名《春秋》，元人官大用《范张鸡黍》第一折："(正末云)不是这等说，是读书的《春秋》。(王仲略云)小生不曾读《春秋》，敢是《西厢记》？"关汉卿《绯衣梦》第二折贾道白："幼习儒业，颇看《春秋西厢》之记，念的滑熟。"由此可见，"关氏春秋"即指关汉卿之《西厢记》。

③ 蒋星煜：《西厢记作者考》，《河北师院学报》，1988年第1期。

④〔明〕徐士范：《重刻元本题评音释西厢记》，上海图书馆藏本。

这里即明白阐述了《西厢记》为王作关续的说法，但未提供任何证据。有论者因而推测“大概是出于对王世贞《艺苑卮言》的误解”[①]。今查王氏《卮言》，果有如下说法：

> 《西厢》久传为关汉卿撰，迩来乃有认为王实夫者，谓“至邮亭梦而止”；又云“至‘碧云天，黄花地’而止，此后乃汉卿所补也”。[②]

《艺苑卮言》初成于嘉靖三十七年，八年后(1566)梓行，其时自然较徐士范为早。但亦非独家而言，同时人顾玄纬《增编会真记序》一文即有同样透露：

> 乐府者流，知《西厢》作于关、董，而不知《录鬼簿》疏云王实甫作。岂实甫、汉卿俱家大都，而遂误耶？抑关本有别行者耶？今董《记》已刻之吴门，惟四大出外，或称关补……

顾文作于嘉靖四十一年(1562)，其时《卮言》已成但尚未刊行，可见当时虽然“关作说”仍占绝对优势，但王作关续说已通过不同渠道开始流行。

然而，王世贞也罢，顾玄纬也罢，其说只载私人著述，在曲坛影响不大。徐士范则又根本不同，他在其刻本序言及题署中明确定为王作关续，[③]这在《西厢》传播史上的确可说是具有“开创性”的意义。

我们知道，目前已知的《西厢记》早期版本是不署名的。周德清为较早对《西厢》杂剧进行研究并做出评价的曲家，他在《中原音韵自序》中将《西厢记》作为与关、郑、白、马并称(“其备”“其难”)的代表，书中并多处引摘《西厢》句作为例证，但却无一字涉及作者。论者对此多有猜测，或谓王作，或谓关作，然至今未有令人信服的结论[④]。可以认为周德清所见的《西厢》文本，极

---

① 周续赓：《论〈西厢记〉作者及第五本问题》，载王季思等编：《中国古代戏曲论集》，中国展望出版社1986年版。

② 〔明〕王世贞：《弇州四部稿》卷一百四十四《艺苑卮言》附录一，《四库全书》集部二二〇。

③ 今所见徐士范本《西厢》题署皆无。然王骥德《新校注古本西厢记》卷五跋则明云“此卷徐士范本直署元·关汉卿撰”，可见徐本当时是明署王作关续的。

④ 蒋星煜先生认为“周德清并未明指或暗示为王实甫，但也并未明指或暗示为汉卿”(见《西厢记作者考》)，事实上只能是这样。

可能如同现存《元刊杂剧三十种》的面貌,故不可能得知作者姓名。弘治岳刻本尽管已开始有了与作者问题有关的附录,从而不无倾向性,但起码在形式上,它还只是一些客观的材料,提供给读者自己分析,做出结论。与徐士范本直接由刻者作序明确落实则有着本质的不同。

应当指出,徐士范刊本这样处理是不慎重的,因为他在没有提出任何直接可靠证据的情况下即武断地下结论,而且不留任何讨论的余地。他的率意所为,由于借助《西厢记》作品的巨大声势,因而得以迅速地传播开去。自此以后,明代刊本《西厢记》题署多采用徐士范本的做法,王作关续之说就这样流传开了。

当然,这并不是说王作关续论完全只是相信了徐士范刊本。这方面明末人闵遇五的说法更具代表性,他在其《六幻西厢》本《剧幻·西厢记》的《围棋闯局·题跋》[①]中说:

> 前四为王实父,后一为关汉卿,《太和正音谱》明载,王弇州、徐士范诸公已有论矣!

《太和正音谱》现今完好保存,其中并无王作关续的说法。闵遇五显然并非自己去查阅过《太和正音谱》原书,而是跟着别人后面人云亦云。徐士范本卷首载有程巨源的《崔氏春秋序》,其中写道:

> 予阅《太和正音谱》,载《西厢记》撰自王实甫。然至"邮亭梦"而止,其后则关汉卿为之补成者也。

这可以算是闵遇五的伪托之源。不仅如此,才学丰富如王世贞也在这方面犯了错误。他见到"王作关续"的说法与"《西厢》久传为关汉卿撰"不合之后,"初以为好事者传之妄,及阅《太和正音谱》,王实夫十三本,以《西厢》为首;汉卿六十一首,不载《西厢》"。这原不错,理应在否定关作的同时也否定王作

① 蒋星煜:《明刊本西厢记研究》,中国戏剧出版社1982年版,第39页。

关续才对,可是竟在毫无变通解释情况下做出“则亦可据”[①]的结论。大文人如此,小文人更乐得照抄了。同样的情况在万历十三年李楩校刊本《北西厢记》卷首《西厢记考据》也存在着。而且如果说闵遇五他们还带有一点自己理解的话,万历二十六年陈邦泰《重校北西厢记总评》则将王世贞的话一字不漏地又重复了一遍,便标上自己的名字作为刻本《总评》和题署的依据,可见其粗制滥造。在明中叶后出现的《西厢》刊本中,这种谬误可说是随处可见。尽管明末凌濛初刊本标榜出自所谓周宪王(朱有燉)本,且搬出《点鬼簿》一书的著录来为他的“王作关续”论提供证明,但并没有实在根据。今姑不论已多有论者指出凌氏标榜的“周宪王本”不可靠,指出《点鬼簿》实际就是《录鬼簿》的另一名称,即就朱有燉本人来说,他在其(白鹤子)《秋景》引言中也有这样一段论述:

> 唐末宋初以来,歌曲则全以词体为主,今日则呼为南曲者是也。自金元以胡俗行乎中国,乃有女真体之作,又有董解元、关汉卿辈知音之士,体南曲而更以北腔,然后歌曲出自北方,中原盛行之。[②]

其中特意将董解元、关汉卿并提,和前引明人张羽《古本董解元西厢记序》所言可谓不谋而合,再联系起《西厢》曾被称为“北曲之祖”的事实,其中的奥秘更不难体味。很难设想一个坚持《西厢记》为王作关续的人,会将关汉卿和董解元并提而忘掉王实甫。不仅如此,甚至都穆这个亲眼“阅”过《点鬼簿》一书的人,在其《南濠诗话》中的著录也不是王作关续,这都证明所谓周宪王本和《点鬼簿》著录的不可靠性。

至此,我们可以对上述几种说法做出归纳。王作说主要来自有权威的文人记载,关作(关作王修)说主要来自社会包括演艺界的长期流传。前者体现了传统的著录方式,后者代表了戏曲传播的独有特色,因而各有其存在的理由。王作关续说在时间上出现既晚,又缺乏过硬的论据,本身在依靠版本题署流传过程中又暴露了许多谬误,因而最不可信。

---

① 〔明〕王世贞:《弇州四部稿》卷一百四十四《艺苑卮言》附录一。

② 〔明〕朱有燉:《诚斋乐府》卷上,明宣德间周藩原刊本,国家图书馆藏。

似乎已觉察到王作关续论存在着资料不足和逻辑混乱的弊病，后世持此观点的刊刻者和研究者开始从作品内容和表现风格等方面的差异去寻找根据。他们从《西厢记》剧本前后艺术水平的不平衡出发，把它同王实甫和关汉卿的创作风格联系起来，认为前四本为文采派的风格，属王实甫；第五本则显现了本色派的面目，属关汉卿，企图以此为王作关续提供新论据。自明人胡应麟、凌濛初开始，直到今天的学术界，这种论证方式仍旧有着相当的势力。应当指出，和前面那些提不出任何可靠论据只依靠版本题署造声势而得以流传的《西厢》校刊者不同，这些论者在态度上还是相当严肃的，论述过程也是认真的。然而这涉及作品的题材来源，作家的个人风格等复杂而抽象的问题，已远远超出了资料外证的范畴，本文下一节将着重论述。

二、作品内证：关、王合作

最早将《西厢记》内容及表现风格和关汉卿其他作品联系起来的是明万历时人胡应麟。他在其《庄岳委谈》一书中即这样认为：

> 今王实甫《西厢记》为传奇冠，北人以并司马子长，固可笑。不妨作词曲中思王、太白也。关汉卿自有《城南柳》《绯衣梦》《窦娥冤》诸杂剧，声调绝与"郑恒问答"相类，"邮亭梦"后，或当是其所作。虽字字本色，藻丽神俊大不及王。①

这里出现两个基本错误，"北人以并司马子长"者，乃关汉卿，非王实甫，已见前面《绪论》所引《韩邦靖传》，此不赘。其次，《城南柳》亦非汉卿作品，乃明初人谷子敬所作。胡氏这里张冠李戴，可见其对元曲并不真的有多少深入研究。然而，就较早将《西厢记》作者问题同关汉卿创作"声调"联系起来这一点来说，他的观点具有特殊的意义。

沿着胡应麟的这种研究方向走下去并产生广泛影响的是明末人凌濛初，

① 〔明〕胡应麟：《少室山房笔丛》卷四十一《庄岳委谈下》。

他在其《崔莺莺待月西厢记·凡例》中正确指出王世贞、徐士范倡言的王作关续之说为“不知何据”，也看出作为弘治岳刻本附录的那些无名氏散曲为“似王续关者”，但却认为这些皆“无从考定”[①]，因而不予重视。凌濛初主要是从王、关剧作的不同风格来探讨这个问题：

> 细味王实甫别本，如《丽春堂》《芙蓉亭》颇与前四本气韵相似，大约都冶纤丽。至汉卿诸本，则老笔纷披，时见本色，此第五本亦然，舆前自是二手。俗眸见其稍质，便谓续本不及前，此不知观曲者也。[②]

凌濛初的观点之所以值得重视，是因为：一、作为《西厢》的一个颇有影响的刊刻家，他对前人的观点并不盲从。不仅对无名氏散曲，即使对王世贞、徐士范这些“诸公”的定论同样可以提出怀疑，表明他颇有自己的独立见解。二、凌濛初还是一个颇有名的文人，诗文、学术乃至短篇小说俱通，对戏曲亦颇有造诣，有杂剧九种，时人沈泰评其曲曰：“初成诸剧，真堪伯仲周藩（朱有燉）。”[③]正因为如此，凌氏对《西厢》作者的讨论偏重于作品的内证便是可以理解的，他将《西厢记》前四折和第五折分别从文采、本色这两种不同风格对比入手，在寥寥数语中，概括了王实甫和关汉卿创作的不同特色，在断定该剧前后“自是二手”的同时还驳斥了“谓续本不及前”的“俗眸”为“不知观曲者”，显得颇有眼力。较之胡应麟的简单比附更深入了一层。自他以后，由风格入手探究《西厢》作者即成了这个领域研究的重要方面。从清代到民国直至近几十年的学术界，与此相关的联系一直没有中断，只是趋向于更严密，更具有逻辑性。目前这方面较具有代表性的是蔡运长《〈西厢记〉第五本不是王实甫之作》一文。[④]

和凌濛初、胡应麟一样，蔡文也认为《西厢记》第五本的艺术风格与前四本不一致，然而在继承中又有发展。文中更从几个方面具体论述：（一）剧曲语言的风格有文采和本色之别；（二）剧曲文辞的诗化程度有高低之分。一个精

---

①② 此见凌氏天启年间刻本《崔莺莺待月西厢记》卷首。

③〔明〕沈泰：《盛明杂剧》，中国戏剧出版社1958年版。

④《戏曲艺术》，1988年第4期。

美，一个平淡；（三）在抒发感情的方式上也有不同，具体说即为借景抒情和直抒胸臆之间的区别；（四）在剧中人物语言上有雅俗之差。蔡文认为曲辞富有文采，诗化程度高，喜爱借景抒情以及显得典雅有致皆为王实甫的文采派风格，而文辞本色，缺乏诗意，语言平淡，喜爱直抒胸臆和显得通俗无奇为关汉卿的本色派风格。由此蔡文最后得出结论："我认为'王作关续'是更有理由的。"

应当承认，上述这些观点的论证过程都是严肃的、认真的。的确，从整体上看，《西厢记》的语言风格体现着文采派的特色，第五本在表现方式上和前四本相比不能说是很统一的，由此做出结论《西厢记》出自两人之手也是自然而然的。

目前的问题是，除了第五本以外，关汉卿是否真的与《西厢记》全剧无关？作为一代戏曲大师，其创作风格是否真如以上论者归纳的那么简单？这些都是关汉卿和《西厢记》研究者所必须搞清的问题。至今这方面的论述大都局限于语言风格一点，而对整个《西厢》的题材、人物、情节等均缺乏全面而系统的考察，这不能不是关汉卿研究和《西厢记》研究的双重阙失。

现存关汉卿作品多处提到了《西厢记》的作品和本事。《绯衣梦》第二折贾虚的道白："幼习儒业，颇看《春秋》《西厢》之记。"虽属净角打诨，但信手拈来，却道出了关氏熟悉《西厢》题材的程度。①他的〔中吕·朝天子〕《书所见》散曲，即描绘了一位"不在红娘下"的侍婢。在〔双调·新水令〕"搅闲风吹散楚台云"一曲中，还有这样的描写：

〔天仙子〕一扇儿画着双通叔，和苏氏到豫章城；一扇儿是司马文君；一扇儿是王魁桂英，画的来厮顾盼厮温存。比各青春，这一扇比他每情更深，是君瑞莺莺。

曲中列举了双渐和苏小卿、卓文君和司马相如、王魁和桂英三个爱情故事，最后则认为崔张爱情"比他每情更深"，偏爱之心可掬。直到他死前不久作

① 此处的《西厢记》当为董西厢。元中期以前，勾栏多演唱此。至元末才"勾栏慵做旧《西厢》"（李昌祺《剪灯余话》卷四《至正妓人行》）。

的〔大德歌〕六首，在所咏叹的四个爱情故事中，又将崔、张排在第一位：

> 粉墙低、景凄凄，正是那西厢月上时。会得琴中意，我是个香闺里钟子期。好教人暗想张君瑞，敢则是爱月夜眠迟。

这里咏叹的正是《西厢记》中“崔莺莺夜听琴”故事，它出现的不是在第五本，而是第二本第四折中。

关作中与《西厢》创作有关的也最引人注目的是〔中吕·普天乐〕《崔张十六事》。它以十六支曲子概括了《西厢记》全剧的本事。多有论者将其作为关作《西厢》的证明，但怀疑者亦不在少数。因不见于今传元人曲集，隋树森先生《全元散曲》将其辑入时即已称“殊可疑”①，谭正璧先生虽然论定这组散曲确为关汉卿所作，但却认为《西厢》的“关作之说”正是由此而来。他的结论是：

> 关汉卿是作过《西厢记》的，不过不是供搬演用的杂剧，而很可能是供弹唱的小令，原来的传说也并不一定有错，错的是给彼人“张冠李戴”“指鹿为马”，把小令和杂剧混而为一了。

不仅如此，谭先生还具体推测：“关写小令时，开始时是非常准对杂剧原作的，一折一支，亦步亦趋；中间写到第三本‘前候’‘闹简’‘赖简’等折，似乎都是支节，可有可无，遂略去；第四本又是一折一支；第五本张生在京患病及郑恒冒婚又是可有可无的支节，所以又略过，而把第一折写成二支。”②这样，即完全肯定关曲是根据《西厢记》杂剧而作的一种“集曲”。不少论者尽管不同意关作（关作王修）之说即为对《崔张十六事》小令误解的结论，但也都接受了关作小令即为概括《西厢记》杂剧而成的观点。

其实谭先生的观点是有问题的。首先，混淆只有在两个对等和同样的事物之间才会发生，《西厢记》杂剧和《崔张十六事》散曲虽然都是以张生莺莺爱情故事作为表现对象，但名称既不同，体裁又迥异，绝少产生混淆之可能。对

① 隋树森编：《全元散曲》上册，中华书局1964年版，第162页。

② 谭正璧：《关汉卿作或续作〈西厢〉说溯源》，《学术月刊》，1962年第4期。

此谭先生解释说:"《崔张十六事》这个题目太简约了些,不一定就是原来所有,原来题目可能也叫《西厢记》或《西厢十六事》,它在当时本与杂剧《西厢记》并见流行。"可惜这只能一种"可能"!然而如此"可能"却不能代替现实。目前唯一最现实的依据是它只有《崔张十六事》一个题目,且在当时似乎不见得怎么太流行,元人几个散曲选本都没有将其收入,直到明人所编《乐府群珠》曲选才得以保存。而《西厢记》杂剧在周德清《中原音韵》中即获得了与"关、郑、白、马"并提的殊荣,至明成祖永乐年间贾仲明增补《录鬼簿》时已得了"天下夺魁"的盛誉,而《崔张十六事》小令却不见有类似记载,可以断定其影响并不大,根本不能同家喻户晓的《西厢记》杂剧发生混淆。谭先生主张《西厢》的王作说,王作说自有存在的理由,但不一定要从这里来寻找证明。关作说"久传","乐府者流,知《西厢》作于关、董"(俱见前引),人们不去注意家喻户晓的《西厢记》杂剧,却让绝无影响的《崔张十六事》小令混淆了作者所在,岂非咄咄怪事!

更重要的是,《崔张十六事》并非概括今本《西厢》杂剧而成,众所周知,后来一些名闻遐迩的关目场次,如《闹简》《赖简》等均不见于小令。假如小令真的是概括杂剧而成,有"风月情感惯熟"之誉的关汉卿是不会如此疏漏的。谭先生对此解释为:"似乎都是支节,可有可无",没有多少说服力。有论者因而认为"小令可能作于'天下夺魁'的《西厢记》之前"①,这样的推论是有道理的。

认定关氏《崔张十六事》小令非概括今本《西厢记》杂剧而成,还有一个直接的证据,这就是第五支《封书退贼》中"法聪待向前,便把贼来探"两句,位于"不念法华经,不理梁皇忏"二句之后,在今本《西厢记》中,此为第二本第二折中受命冲阵报信的惠明和尚的唱词,而小令此处向前"探贼"的是法聪,至于惠明这个名字则根本没有出现,小令作者的这个细节安排之所以值得重视,是因为由此显示它同《西厢》杂剧之间的区别不仅在于关目的多寡,而且还存在着关键情节的相异。如果说小令乃概括杂剧而成,这种相异又该怎么解释呢?

---

① 吴国钦校注:《关汉卿全集》,广东高等教育出版社1988年版。

当然，法聪冲阵亦非汉卿小令独创，董《西厢》即作如此处理，这也是《西厢记诸宫调》和《西厢》杂剧的重要区别之一。在这一点上，关氏小令与其说来自杂剧，倒不如说来自诸宫调为更妥。自然，也不能因此导致全部皆如此，应当说，除了上述已经指出的不同点外，小令和杂剧的共同点还是主要的，这也是人所公认的事实。弄清楚这点，即不会发生混淆的事了。至于《崔张十六事》小令之所以和董《西厢》、今传本《西厢》杂剧之间存在着异同关系，问题当然比较复杂，但有一点可以肯定，关氏小令决非根据今存《西厢》杂剧概括而成，而极有可能作于杂剧之先。它证实了关氏对《西厢》题材的熟悉和偏爱，更证实了关氏同今存《西厢》杂剧创作的密切关系，而不是仅仅在小令中模仿。

关汉卿与《西厢》杂剧创作之间的密切关系还体现在情节安排上。撇开《崔张十六事》小令不谈，在关氏其他剧作中同样可以见到。以下略举数例：

“西厢拜月”是《西厢记》的一个重要场次。崔、张两位爱情主人公经过前面“佛殿奇逢”一见钟情后第一次有了互通声息的机会，著名的“墙角联吟”也就是在这一背景下进行的。无独有偶，关汉卿的杂剧和散曲也同样有着这样的场面。今试做一比较：

《西厢记》第一本第三折：

> (旦引红娘上云)开了角门儿，将香桌出来者。……
>
> (旦云)此一炷香，愿化去先人早升天界；此一炷香，愿堂中老母，身安无事；此一炷香，(做不语科)(红云)姐姐不祝这一炷香，我替姐姐祝告，愿俺姐姐早寻一个姐夫，拖带红娘咱。(旦再拜)

关剧《拜月亭》第二折：

> (云了)梅香，安排香桌儿去，我待烧炷夜香咱……
>
> 天哪！这一炷香，则愿削减了俺尊君狠切；这一炷香，则愿俺那抛闪下的男儿疾较些。

关曲〔黄钟·侍香金童〕：

〔么〕莲步转移呼侍妾:"把香桌儿安排打快些。"〔神仗儿煞〕深深院舍,蟾光皎洁,整顿了霓裳,把名香谨爇,伽伽拜罢,频频祷祝:"不求富贵豪奢,只愿得夫妻每早早圆备者!"

同样命侍婢安排香桌,同样焚香祷祝,目的亦是同样,最终都是为了美满姻缘。

《西厢记》第一本第一折表现张生与莺莺佛殿相逢,在红娘的催促下莺莺"回顾觑末,下"以后,作者还安排了这样的细节:

(末云)世间有等女子,岂非天姿国色乎?休说那模样儿,只那一对小脚儿,价值百镒之金。〔后庭花〕若不是衬残红芳径软,怎显得步香尘底样儿浅。且休题眼角儿留情处,只这脚踪儿将心事传。

关剧《玉镜台》第二折则同样有着这样的细节:

(正末云)温峤更衣咱。(做行科,云)见小姐下的阶基,往这里去了。我只见小姐中注模样,不曾见小姐脚儿大小,沙土上印下小姐脚踪儿,早是我来得早,若来的迟呵,一阵风吹了这脚迹儿去,怎能勾见小姐生的十全也呵!(唱)〔牧羊关〕妇人每鞋袜里多藏着病,灰土儿没面情,除底外四周围并无余剩。几般儿窄窄狭狭,几般儿周周正正,几时遍逗的独强性,勾引的把人憎。几时得使性气由他跐,恶心烦自在蹬。

如此情感表现是否健康曾引起人们的不同评论,但不管怎样,二者在这方面有着相当程度的共同点则是很清楚的。

《西厢记》第三本第三折这样表现红娘根据小姐寄柬中言语去暗约张生:

(做意了)偌早晚傻角不来,赫赫赤赤,来!(末云)这其间正好去也,赫赫赤赤,(红云)那鸟来了。(末作跳墙搂红科)

关剧《绯衣梦》第二折同样有着梅香奉小姐之命递包袱给李庆安的描写：

(梅香上，云)……来到这后花园中，等庆安来赴期时先与他。可怎生不见庆安来？庆安，赤赤赤。……(李庆安上，云)自家李庆安的便是，天色晚了也，瞒着我父亲，来到这后花园中，有些苫墙的柳枝，我跳过这墙去。(做跳墙科，云)这不是太湖石？梅香，赤、赤、赤。

场景、语言、动作安排得非常接近，绝非偶然。

双方一致的地方还很多。

《西厢记》第四本第一折表现了崔、张云雨交欢，关曲〔双调·新水令〕则表现了“楚台云雨会巫峡”。前者有如“但蘸着些儿麻上来”〔么篇〕，后者亦有“森森一向遍身麻”〔收江南〕；前者此折末尾叮咛：“你是必破功夫明夜早些来”，后者结束则同样“你明夜个早些儿来”〔尾〕，二者宛出一手。

不仅如此，《西厢记》第四本第三折“长亭送别”中开始即安排老夫人、长老为张生饯行时的一段对话：

(夫人云)张生，你近前来，是自家亲眷，不要回避。俺今日将莺莺与你，到京师休辱末了俺孩儿，挣揣一个状元回来者。(末云)小生托夫人余荫，凭着胸中之才，视官如拾芥耳。(洁云)夫人主见不差，张生不是落后之人。

试比较一下《裴度还带》第三、第四之间“楔子”中的一段对话：

(夫人云)据中立文武全才，辅祚皇朝，男儿四方之志，文行忠信，人之大本也，则要你着志者。(正末云)夫人放心也。〔赏花时〕立忠信男儿志四方，居王佐丹扆定八方……那时节衣锦可兀的却还乡。(长老云)老夫人，裴秀才这一去必然为官也。①

① 此处的长老法号惠明，竟和《西厢》中冲阵下书的莽和尚一字不差。是偶合，还是有意为之，无从考定。但不管怎样，由此也可见此剧和《西厢》即使在细节上也有微妙的联系。

除了题材偏好和情节场面存在着惊人的相似之处外，在语言运用上，《西厢记》与关氏其他作品同样有着密不可分的联系。前面谈到多有论者将《西厢》全剧归入文采派的代表人物王实甫，或者将第五折割裂出来另属本色派大家关汉卿，其主要依据都在作品的语言风格方面。这实际上是个误会，起码是不全面的。文学史上大作家创作风格的多样性并不少见，对他们作任何简单化处理都是不科学的。这里姑不论定王实甫为文采派代表其主要依据只是《西厢记》是否可靠，即就关汉卿而言，他的剧作本色派风格集中体现为生活气息浓郁和舞台演出性极强，在此基础上雅俗各得其宜。而不能仅仅归因于语言的简单平淡，以致缺乏诗意。今略举两例：

《拜月亭》楔子：

> 〔仙吕·赏花时〕卷地狂风吹塞沙，映日疏林啼暮鸦，满满的捧流霞，相留的半霎，咫尺隔天涯。〔幺篇〕行色一鞭催瘦马。

真可谓借景抒情、情景交融。如此的诗化语言即使放在《西厢记》“长亭送别”一场中亦绝无二致。另如《绯衣梦》第一折：

> 〔仙吕·点绛唇〕天淡云间，几行征雁。秋将晚，衰柳凋残，飞绵后开青眼。〔混江龙〕玉笑蓉相间，战西风疏竹两三竿，一年四季，每岁循环；守紫塞征夫愁夜永，倚亭轩思妇怯衣单……看池塘中荷擎减翠，柳梢头梨叶添颜。

如此精美的曲词，有谁能称之简单平淡、缺乏文采和诗意呢？

不仅如此，对《西厢记》和关汉卿其他作品进行比勘分析后还可以发现，它们所使用的语言、词汇和修辞方式等同样存在着惊人的相似之处。为说明问题起见，以下将一些明显的和主要的例证列表如示：

《西厢记》与关汉卿的其他作品对比表

《西厢记》	关汉卿的其他作品
第一本第一折:〔元和令〕颠不刺的见了万千,似这般可喜娘庞儿罕曾见。	《窦娥冤》第一折:(词云)美妇人我见过万千上万,不似这小妮子生得十分惫赖。
第二折(末哭科,云)哀哀父母,生我劬劳。 〔脱布衫〕眼挫里抹张郎。〔哨遍〕我得时节手掌儿里奇擎 〔尾〕娇羞花解语。 第三折(末云)小姐,你去了呵,那里发付小生!〔绵搭絮〕今夜凄凉有四星,他不瞅人待怎生?〔幺篇〕恁时节风流嘉庆,锦片也似前程。 第四折〔雁儿落〕小子多愁多病身。〔碧玉箫〕行者又嚎,沙弥又哨,您需不夺人之好。	《裴度还带》第三折(旦儿云)哀哀父母,生我劬劳。 关曲〔双调·新水令〕"寨儿中风月煞经谙":眼挫了可憎才。 〔南吕·一枝花〕《赠朱帘秀》:则要你手掌儿里奇擎耐着心儿卷。〔中吕·朝天子〕《书所见》:文谈回话,真如解语花。〔双调·沉醉东风〕五:面比花枝解语。《望江亭》第二折(白士中云)住住住,夫人,你死了,那里发付我那? 〔大石调·青杏子〕冷清清没个人瞅。 《望江亭》第一折(姑姑云)我成就了你锦片也似夫妻,美满恩情,有什么不好处?(正旦唱)说什么锦片前程真个罕。〔中吕·古调石榴花〕早是我多愁多病。〔双调·落梅风〕姨父闹,咱便晓,君子不夺人之好。
第二本第一折:〔天下乐〕我只索搭伏定鲛销枕头儿上眊。 〔那咤令〕往常但见个外人,氲的早嗔,但见个客人,厌的倒退。〔六幺序〕好教我去住无因,进退无门。(夫人哭科)俺家无犯法之男,再婚之女。〔赚煞〕虽是不关亲,可怜见命在逡巡。 第二折〔二〕我将这不志诚的言词赚。	《窦娥冤》第四折〔得胜令〕今日个搭伏定望乡台,一灵儿怨哀哀。 《拜月亭》第一折〔后庭花〕每常我听得绰的说个女婿,我早豁地离了座位,悄地低了咽颈,蕴地红了面皮。 第二折〔贺新郎〕教俺去住无门,徊徨。 《窦娥冤》第四折(窦天章云)我窦家三辈无犯法之男,五世无再婚之女。 第二折〔斗虾蟆〕我其实不关亲,无半点凄惶泪。 《金线池》第三折〔煞尾〕你且把这不志诚的心肠与我慢慢等。
(将军云)若不违前言,淑女可配君子也。	《裴度还带》楔子(野鹤云)此夙缘先契,淑女可配君子也。
第三折〔幺篇〕第一来为压惊,第二来因谢承。第四折〔雁儿落〕错支剌不对答。〔江儿水〕闷杀没头鹅。〔殿前欢〕恰才个笑呵呵,都做了江州司马泪痕多。第四折〔尾〕好共歹不着你落空。不问俺门不应的狠毒娘,怎能着别离了志诚种。	《调风月》第三折〔梨花儿〕小的每多谢承。《金线池》第四折〔梅花酒〕累谢承可怜见。 《调风月》第四折〔得胜令〕错支刺心受苦。《鲁斋郎》第一折〔赚煞〕唬的我似没头鹅。〔双调·大德歌〕三:恰便是司马泪痕多《五侯宴》头折〔尾声〕好共歹一处受苦。〔双调·离亭宴煞〕眼挫了可憎才,心疼煞志诚俺。

续表

《西厢记》	关汉卿的其他作品
第三本第一折〔混江龙〕险些儿灭门绝户了俺一家儿。〔寄生草〕休为这锦帏翠帐一佳人，误了你玉堂金马三学士。	《蝴蝶梦》第一折〔赚煞〕那里便灭门绝户了俺一家儿。 《蝴蝶梦》第一折〔寄生草〕则被这清风明月两闲人，送了你玉堂金马三学士。
第二折〔快活三〕使别人颠倒恶心烦。(旦云)告过夫人，打下你个小贱人下截来！〔四边静〕擀断得上竿，掇了梯儿看。〔石榴花〕隔墙儿险化做了望夫山。	《拜月亭》第一折〔胜葫芦〕你却使引的人来心恶烦。《玉镜台》第二折〔牧羊关〕恶心烦自在蹬。《绯衣梦》第二折(王员外云)我大衙门中告下你来，拷下你那下截来！ 《望江亭》第一折〔后庭花〕我，我，我，擀断的上了竿，你，你，你，掇梯儿着眼看。《绯衣梦》第一折〔尾声〕身化做望夫山。
〔满庭芳〕禁不得你甜话儿熱趱，好着我两下里做人难。第三折〔雁儿落〕谁知你色胆天来大。第四折(红叹云)普天下害相思的不似你这个傻角。 〔调笑令〕尸骨严严鬼病侵。 第四本第二折〔斗鹌鹑〕不争你握雨携云。	《望江亭》第一折(幺篇)一会儿甜言熱趱，一会儿恶叉白赖，姑姑也，只被你直着俺两下做人难。 〔双调·新水令〕楚台云雨会巫峡：女孩儿，果然道色胆天来大。 《救风尘》第二折〔醋葫芦〕普天下爱女娘的子弟口，好好，不则周舍说谎也。 〔中吕古调·石榴花〕闷恹恹鬼病谁知？ 《诈妮子》第一折〔赚煞〕休交我逐宵价握雨携云。
(红云)信者人之根本，“人而无信，不知其可也，大车无挩，小车无軏，其何以行之哉？”〔麻郎儿〕秀才是文章魁首，姐姐是仕女班头。〔小桃红〕你原来苗而不秀，呸！你是银样蜡枪头。〔收尾〕列着一对儿鸾交凤友。	《单刀会》第四折(鲁云)圣人云：“信近于义，言可复也。”去食去兵，不可去信，“大车无輗，小车无軏，其何以行之哉？”〔南吕·一枝花〕《不伏老》：我是个普天下郎君领袖，盖世界浪子班头。 《陈母教子》第二折〔斗虾蟆〕做个苗而不秀。 〔南吕·一枝花〕“不伏老”：经了些窝弓冷箭蜡枪头。 〔大石调·青杏子〕生折散鸾交凤友。
第三折〔滚绣球〕听得一声去也，松了金钏；遥望见十里长亭，减了玉肌。〔二煞〕你休忧“文齐福不齐”……休要“一春鱼雁无消息”，……你却休“金榜无名誓不归”。〔滚绣球〕恨不倩疏林挂住斜晖。〔脱布衫〕蹙愁眉死临侵地。第四折(末引仆骑马上闭)行色一鞭催瘦马。	(二十换头)〔双调·新水令〕腕松着金钏。 〔黄钟·侍香金童〕腕松金，肌削玉。〔仙吕·翠裙腰〕闺怨：岂知玉腕钏儿松。 《裴度还带》第二折〔尾〕我既“文齐福不齐”，〔煞〕若是我“金榜无名誓不归”。 〔双调·大德歌〕春：“春鱼雁无消息”。 《拜月亭》楔子〔仙吕·赏花时〕映日疏林啼暮鸦。 《望江亭》第二折〔中吕·粉蝶儿〕可怎生独自个死临侵地？ 《拜月亭》楔子〔幺〕行色一鞭催瘦马。
第五本第三折〔越调·斗鹌鹑〕又不曾执羔雁邀媒，献币帛问肯。〔收尾〕佳人有意郎君俊。第四折〔太平令〕自古相女配夫，新状元花生满路。	《调风月》第一折〔元和令〕知得有情人不曾来问肯，便待要成姻眷。 《裴度还带》第四折〔川拨棹〕他道招状元为婿，不邀媒，不问肯。〔双调·新水令〕凤凰台上：佳人有意郎君俏。 《调风月》第四折〔阿古令〕子得和丈夫一处对舞，便是燕燕花生满路。

当然，表中所列举的例证并不全面，有些亦非《西厢》杂剧和关氏创作所独有，但语言方面相似之点如此的集中，却是非常值得注意的，它至少表明二者在常用生活习语方面和用典习惯方面存在着明显的一致性。一般说来，这只有在出自一手的情况下才有此可能，联系起前面分析过的作家对崔张爱情故事的偏爱以及《西厢》剧情场面在其他剧中的重复等因素，关汉卿对《西厢记》的创作权是不能忽视的。

这一点不光在同时代元曲作家中绝无仅有，即使一向被作为《西厢》杂剧唯一作者的王实甫与之比较亦相形失色。从王氏现存的几个杂剧和少量散曲来看，和《西厢记》的联系远不如关汉卿紧密，值得提出的不过如下几条：

第一，王作《芙蓉亭》残折〔游四门〕可不道“疑是玉人来”，(尾声)只要你常准备“迎风户半开”。这里两句显然出自崔莺莺“待月西厢下”五言诗。

第二，王氏散曲〔南吕·四块玉〕“顿忘了素体相挨”〔解三醒〕，系由《西厢》剧第四本第三折〔上小楼〕“全不想腿儿相挨”句转化而来。

第三，王作《破窑记》第一折(寇准云)争奈“文齐福不齐”，第二折〔尾声〕你“金榜无名誓不归”，亦都与《西厢记》杂剧第四本第三折〔二煞〕曲辞有关。

不难看出，无论是对《西厢》本事的偏爱，还是情节安排的手法以及语言运用的习惯，关汉卿都要比王实甫更有可能创作《西厢记》。固然，王实甫创作在数量上不及关汉卿，也影响了可比程度，但仅就目前显示的情况看，他对《西厢》的本事不如关汉卿偏好，《西厢记》杂剧的情节安排、语言习惯在他的现存其他作品里也没有留下惹人注目的痕迹，这与《西厢记》唯一作者的身份无论如何是不相称的。所以从创作地位而言，王实甫充其量只能是《西厢记》杂剧的合作者，这是我们对《西厢》剧作内部考证后所得出的结论。

三、作者：关作王修

我们已经知道，目前有关《西厢记》作者资料考证的结果是王作说、关作说都有存在的理由。学术界在这方面至今见仁见智、众说纷纭的事实亦可证明这点。而对《西厢记》作品有关考论的结果也是关、王合作。因此，我们的结论是：《西厢记》创作与关汉卿密不可分，目前将王实甫作为《西厢记》杂剧唯一作者的做法是不符合实际的。

沿着这个方向还可以深化一步,这就是如何理解关汉卿在《西厢记》杂剧创作中所起作用的问题。

首先,应当坚决否定王作前四折、关续第五折的说法,因为它不仅在资料考订上缺乏可靠依据,而且在内容辨析上同样得不到有力支持。从以上对《西厢记》和关、王其他作品的比较分析中即可明显看出,关于这点,我们在后面的综合归纳中将会看得更加清楚。

其次,也应当否定关作小令、王作杂剧的说法,其理由除了我们在前一书中着重分析过的小令和杂剧不会发生混淆之外,关汉卿对《西厢记》本事的偏爱,拜月、观脚踪等《西厢》关目在关氏其他作品中屡屡重现以及语言习惯上随处相通,这些都不是仅仅一个《崔张十六事》散曲所能包括和所能解释得了的。

最后,还应当否定关、王各自创作一本《西厢记》的说法。此说在近年来学术界时有论及,然亦非新创。顾玄纬于明嘉靖时所作的《增编会真记序》中即已提出"抑关本(西厢)有别行者"的猜想。清初毛甡也认为:"实则汉卿《西厢》非今所传本。"[①]他们都认为关汉卿也创作了一本《西厢记》,只是没有流传下来而已。事实上这是不可能的,如果关作《西厢》与今传《西厢》并行于世,则以关之名气和钟、朱、贾诸人的广见博识,是不可能一点都不见透露的。《太和正音谱》收入那么多"二本""次本",竟然没有丝毫涉及曾流行于世的"关本《西厢》",实在难以解释。况且从上面将关氏其他作品和今传《西厢》杂剧比较的结果也可断定,同关氏创作密不可分的正是今传《西厢》杂剧而不是其他。

然而,在排除了关汉卿另有一本《西厢》传世的可能性之后,回过头来再看顾、毛二人的观点,其中也不无启发性,这就是关汉卿是创作过《西厢记》的。不过只是原始草稿,而由王实甫最终修改写定,如明人散曲所咏:"王家增修,补足《西厢》音韵周"〔驻云飞〕,或者:"王家好忙,沽名钓誉,续短添长"〔满庭芳〕,褒贬不同,其意则一。无论资料考证还是作品的比较分析,关作王

①〔清〕毛甡:《毛西河论定西厢记》卷一,涵芬楼影印本。

修之说应当说都是站得住脚的。正因为《西厢记》杂剧是关汉卿最先在董《西厢》基础上创造,所以在他的现存作品中还屡屡表现出对《西厢》本事的爱好,才会不自觉地将《西厢》中的情节和语言习惯在其他作品中再现。也正因为王实甫是《西厢记》的加工润色者,所以今传《西厢》语言有许多才呈现着文采派的风格。

可以肯定,关氏创作的《西厢》初稿已接近了现在的规模,《崔张十六事》散曲即为此前写成。由此亦可推定《西厢》初稿的内容,即除了冲阵报信仍依董《西厢》为法聪之外,还没有正面表现"闹简""赖简""后候"以及郑恒造谣之类的情事。创作风格无疑是本色派的,而且由于是初稿,所以可能更粗糙一些。之所以没有脱稿面世,由于资料缺乏,目前难以确定,但可以作一些推测。

最有可能的是关汉卿没有来得及脱稿即已去世。关于《西厢记》创作并流行的时间,王季思先生认为"大约作于元成宗大德三年至十一年(公元1299—1307)之间"[①],这基本上已得到了学术界的首肯(尽管有论者曾将《西厢》作时推至元前期,但无过硬证据,难以服人)。而根据前面对关汉卿生卒年的考定,此时正是他的油尽灯枯之时,《西厢记》作为皇皇巨著,决非短时间所能作为,它花去了关汉卿晚年的大部分心血。这从关汉卿一生戏曲创作的分期也可以看出来,我们知道,关氏从事杂剧活动在公元13世纪中叶以后,前后不超过50年,而就今存剧本数量而言,南下之后的二十余年里,总共只有《玉镜台》《望江亭》《窦娥冤》三剧留存,仅占一生作剧的六分之一。即使连佚目也算上,也不过14种,占总数的五分之一略强。确定《西厢记》为此时期所作,一代戏曲大师前后创作的不成比例也可得到合理的解释。

关汉卿和王实甫的关系目前亦无直接资料记载,然《录鬼簿》既同时将关、王作为"大都人",均属"前辈",可见年龄相差不会太大,作为书会才人,可以肯定他们都有着互相接触的机会和可能。正由于关汉卿创作《西厢》未成而先逝,王实甫才得以在关氏初稿的基础上进一步加工充实,最后得以脱稿行世。从今传《西厢》增添了许多脍炙人口的场次(如改定惠明下书,增加"闹

① 《西厢记》1954年版后记,见王季思校注《西厢记》附录。

简”“赖简”等）以及全剧文采斐然的创作风格来看，王实甫为《西厢记》的脱稿面世同样付出了辛勤的劳动。甚至可以说，没有王实甫，《西厢记》肯定不会呈现着今天的面貌。

当然，从今传《西厢》前后存在着风格差异来看，王实甫的加工重点可能是在前四折，而至第五折时是已不感兴趣还是一般元剧作者常有的“强弩之末”，目前已无法弄清楚，但《西厢记》第五本较多保存关氏未完稿的痕迹这是极为可能的。理解了这一点，今传《西厢》杂剧前后风格的不统一也可得到合理的解释。

然而事情并未就此结束。如果按照这个思路将《西厢记》定作关作王修首先即在资料考证方面遇到困难。前面分析过，自公元1330年（元文宗至顺元年）钟嗣成编撰《录鬼簿》开始，经过朱权的《太和正音谱》、贾仲明的增补《录鬼簿》，直到明宣宗宣德十年（1435）丘汝乘撰《娇红记序》这一百多年间，关于《西厢记》作者的记载都没有关、王合作的痕迹。[①]为什么关汉卿作为《西厢记》主要作者却没有反映在当时的文人记载中呢？

要回答这个问题，我们必须到元代曲坛的实际状况中去寻求答案。

众所周知，和渐趋文人化的明清传奇不同，作为戏曲初创阶段的元杂剧在创作和流传方面还带着许多民间艺术的特点，署名往往不是很严格的，尽管彼时也有大量文人作家投入创作，但这种状况并未能马上从根本上得到改变。由于根深蒂固的鄙视戏曲的心理因素，即使那些被社会抛到艺人中间且以编剧为生的文人对所谓的创作权问题也不如后世那么敏感（这就是现存元曲早期刊本均无作者署名的主要原因），目前所见的元剧署名极有可能是作家完稿后交由戏班演出或在同行中流传而客观形成的。就《西厢记》而言，既然关汉卿未脱稿而逝，作品经由王实甫加工并交戏班演出或文人中流传，故认定他为作品的主人应是自然而然的。这不是王实甫有意“贪天之功为己有”，而是因为一来当时普遍没有署名权意识，二来他的确也是《西厢记》的最

① 有论者以现存《西厢》早期刊本无署名而怀疑钟氏等人记载的可靠性，固然不无道理，然《录鬼簿》《太和正音谱》诸书言之凿凿，且不约而同，涉及作品又非止《西厢》一种，设其时剧本皆无署名，则所据为何？显然，元后期除了周德清所见本以外，署名王实甫的《西厢记》也存在过。至于此后失传则是另外一回事了。

后定稿者，即如《元刊杂剧三十种》，皆不署作者姓名纯由书商谋利但并未引起“侵权”争议一样，王实甫被作为《西厢》杂剧唯一的作者在当时不会引起多大麻烦。此剧的最早传阅和刊刻者无疑都是一些文人，也许正是他们根据王实甫最后定稿而为他加的署名。这样，王作说便由此得以形成。

然而，关汉卿毕竟在《西厢记》创作上经营多年，以他的地位声望，周围的杂剧界肯定有人在和他交往中知道此事，即使王实甫自己也不会隐瞒。而演艺界对流传中的曲坛轶事则特别感兴趣，虽然这种传闻不为当时只重书本著录的文人士大夫所重视，但却靠演艺界的递代传授而一代一代地流传下去。这样，和文人书斋中的王作说相对应，关作王修说也在世俗传说中诞生并发展了。

应当指出，钟嗣成、朱权、贾仲明等人无疑都是治学认真、态度严谨的学者，在当时尽了最大努力对元代剧目进行了卓有成效的整理著录，功不可没。中国古代无信不徵的治学传统无疑使得他们的著述增添了可靠的价值，但同时也不可避免地限制了他们的眼界。他们是否听到了关作王修的传闻目前不得而知，但可以断定，即使他们听到了这方面的传闻，也不会轻易更动书本上的著录的。这种状况直到明中叶还一直存在。都穆、顾玄纬、王世贞都以《录鬼簿》《太和正音谱》等本的著录而否定了“俗传”“久传”的关作说，殊不知正是这些“俗传”“久传”才是中国早期戏曲活动主要渠道。都、顾、王的心态正好用来反推钟、朱、贾等人。正是在这样的背景下，王作说统治了一百多年，关作说则始终未被文人认可，直到明成化年间才由无名氏散曲形式出现，这些都是可以理解的。也正因为如此，元明百余年间流行的王作说并不能作为否定关作王修说的根据。

确定《西厢记》为关作王修也可以澄清关汉卿和《西厢记》研究中的一些疑难问题。过去学术界对风行一时的“王作关续”说一个重要疑点是“王作”何以要“关续”？一般认为，关汉卿当时的年辈和名气都比王实甫高，由他来续“王作”的确令人难以理解。清人毛甡即这样提问：

> 《西厢》果属王作，则必非关续。按关与王皆大都人，而关最有名，尝仕金，金亡，不肯仕元。虽与王同时，而关为先进。关向曾为《西厢》矣，恶晚进

者增一折，而纷纷有词，岂肯复为后进续四折乎？①

毛氏怀疑关汉卿另外也有《西厢》一本，故这里将其对举。关于元代是否存在两本《西厢》同时并传，前已论及，此不赘言，唯此处根据关、王行辈名气不同而怀疑"续作"说则颇有见地。至今未见持王作关续论者对此做出评价。明人王骥德怀疑王实甫可能即先于关汉卿而逝的曲家王和卿，论者均谓其"纯为臆测，毫无根据"②。显然，如果坚持"王作关续"，这的确是难以解决的矛盾，而肯定《西厢》为关作王修，"后进"王氏继续完成"先进"关氏的未竟事业，于理于情均无妨碍。由此，则行辈名气上的矛盾即不存在了。

此外，《西厢》作者研究有时还同地理因素联系起来。吴晓铃先生认为，没有在河东生活过一段的人，是断然写不出《西厢记》开头那一段河东风光的。他说的"河东风光"即为《西厢记》第一本第一折张生初上场的两段：

〔油葫芦〕九曲风涛何处显，只除是此地偏。这河带齐梁、分秦晋、隘幽燕。雪浪拍长空，天际秋云卷；竹索缆浮桥，水上苍龙偃。东西溃九州，南北串百川。归舟紧不紧，如何见？恰便似弩箭乍离弦。

〔天下乐〕只疑是银河落九天；渊泉、云外悬，入东洋不离此径穿。滋洛阳千种花，润梁园万顷田，也曾泛浮槎到日月边。

大气磅礴，颇有关剧《单刀会》"大江东去浪千叠"的气势。一个长江、一个黄河，恰好对举。没有亲历其境，光凭设想是写不出如此的真实感的，吴先生所言，确有道理。元时河中府和解州实际上为一个地方，有坚持关汉卿籍贯为解州的论者也因之受到启发，认为"王实甫是大都人，据目前掌握的史料看，他来过河东蒲州的可能性不大，而关汉卿则不同，这里是故乡，因而写来也就得心应手"③。如果坚持《西厢记》纯属王作或王作关续，这些矛盾同样难以解释，而决定了"关作王续"，这个问题亦迎刃而解了。

①〔清〕毛甡：《毛西河论定西厢记》卷一，涵芬楼影印本。

② 王钢辑考：《关汉卿研究资料汇考》，中国戏剧出版社1988年版，第303页。

③ 王雪樵：《关汉卿剧作题材地域性浅析》，《山西师大学报》，1989年第1期。

至此，我们可以对上述内容做一综合分析。

《西厢记》乃元曲第一爱情名作，历来为人们所推重，其作者问题目前留存资料也是头绪纷繁，学者推论亦多执着一点而不及其余，故相互矛盾之处颇多。而关作王修之说为其中唯一能对各方资料与推测做出合理解释的一种，相比较而言更为可信，这也是本文根据资料外证和作品内证相结合的方式进行推考的必然结果。正是在这样的基础上，我们认为《西厢记》为关作王修，换言之，关汉卿为《西厢记》的主要作者的结论应当说是符合实际的。

四、性质：一个悲喜剧

《西厢记》在性质上到底属于哪一种戏剧类型，这在目前似乎已不成问题了，一般论者都将其作为喜剧处理，以致被誉为“中国十大古典喜剧”之一。

然而，事情并不如此简单。如果说古代文学研究者多以《西厢记》为喜剧的话，文艺理论界却曾有不同看法，著名美学家蔡仪先生即曾明确指出：

> 悲喜剧是悲剧和喜剧两种因素的互相补充，互相渗透……我国古典戏曲中的《西厢记》就是最著名的作品。《西厢记》反映了封建社会中青年男女为争取爱情自由对礼教观念和门阀制度的斗争；它经过悲剧式的冲突转为喜剧式的结局，正是表现了中国封建社会腐朽时期市民生活的要求和理想。[①]

当代文艺理论家童庆炳先生也认为：

> 《西厢记》反映在封建社会中青年男女追求自由的爱情与封建礼教、等级制度之间的斗争，男女主人公张生和崔莺莺为追求自由幸福的爱情，多次遭到了封建礼教和等级思想的代表人物老夫人的阻挠和破坏，使他们痛苦、悲伤不已，所以就冲突的性质看，是悲剧性的。但是他们追求自由爱情

① 蔡仪：《文学概论》，人民文学出版社1979年版，第213页。

的勇气和热情，在红娘帮助下的私下结合，以及最终的美满结合，又充满了喜剧因素。因此，《西厢记》是一个悲剧因素与喜剧因素相结合的悲喜剧。

吾师霍松林先生在其《文艺学简论》一书第三编第二章谈到戏剧种类的时候亦将《西厢记》《墙头马上》等作为"我国现存元人杂剧"中的悲喜剧，他认为：

在剧本中，主人公的合理要求受到封建势力的压制，出现了悲剧性的冲突；但经过斗争，终于取得了胜利，赢得了喜剧性的结局，这是典型的悲喜剧。[①]

直到前不久人民文学出版社出版的《文学理论教程》一书中，在谈到戏剧文学的分类时仍将《西厢记》作为正剧（悲喜剧）的典型例证。认为其"戏剧情节就是以崔、张爱情为中心线，时起时伏，悲喜相间，最终是'有情的都成了眷属'。"[②]

总起来看，上述理论有一个共同的特点，即大都谈到了悲剧性冲突向喜剧性结局转化的问题，并以此作为《西厢记》悲喜剧性质的主要特征。

当然，主张《西厢记》为喜剧的论著也不是没有理论。苏国荣先生即认为：

我国的喜剧，一般都体现了这种悲喜互藏、以乐写哀、以哀写乐的特点……一曲曲怨歌悲曲，似楚峡猿哀，闻之断肠。它们与喜剧性场面参差错落，交相辉映。[③]

《中国十大古典喜剧集·前言》也说：

在现实生活中，即使代表正义的力量，取得最后的胜利，也总是曲折前

① 童庆炳：《文学概论》，红旗出版社 1984 年版，第 211—212 页。
② 霍松林：《文艺学简论》，中国社会科学出版社 1982 年版，第 322 页。
③ 孙耀煜等主编：《文学理论教程》，人民文学出版社 1991 年版，第 365 页。

进的多，一帆风顺的少，反映在舞台上，就在喜剧中出现悲剧性的场子……《西厢记》并不因为有"赖婚"和"长亭送别"等比较伤感的部分，冲淡了它的喜剧气氛。[①]

应当指出，有悲有喜、苦乐相生的确为中国古代戏曲在艺术性质上的总体特征。悲剧中有喜剧成分，喜剧中有悲剧因素这也是客观存在的事实，前者如《窦娥冤》中昏官桃杌向被告下跪且口称"衣食父母"，后者如《救风尘》中宋引章的被骗和受虐待。这一点即使在西方剧作家莎士比亚笔下也有类似表现，如悲剧《哈姆雷特》中掘墓人在埋葬奥菲利娅时的玩笑话，以及喜剧《威尼斯商人》中夏洛克代表犹太人发出的痛呼。所以，是否同时出现悲、喜剧因素的确不能构成划分戏剧性质种类的唯一标准。

然而这并不意味着戏剧种类的区分没有统一的标准。悲剧成分占优势还是喜剧成分占优势固然可以作为考虑的一个根据，但最主要的还应该把注意力放到戏剧冲突上面，因为谁都知道，"戏剧冲突是戏剧创作的基本特征"[②]。《窦娥冤》中在桃杌身上表现的喜剧成分并没有改变贯穿全剧的窦娥和张驴儿之间矛盾冲突的性质，同样，《救风尘》中宋引章的命运也没有改变赵盼儿和周舍之间冲突的性质。就是说，《窦娥冤》剧中并没有因而产生喜剧性冲突，《救风尘》剧中亦没有因而产生主导的悲剧冲突。毫无疑问，对莎士比亚剧作中悲、喜相生的做法也应作同样理解。而《西厢记》则不同了，其中在喜剧性行动产生的同时也出现了悲剧性的行动与场面，它们已不是简单地被作为场上气氛的调剂，或者在内容上起推动剧情发展或对社会矛盾起某种暗示作用，而是实实在在的悲剧性冲突，而这恰恰是《西厢》的喜剧论者所忽视了的。

前面我们曾引用过英国戏剧理论家阿·尼柯尔关于严肃戏剧（正剧）的一段话探讨过关汉卿的悲喜剧，在这里仍值得再次引用一下。尼柯尔说：

严肃戏剧与喜剧之间的区别是：前者的圆满结局只是由迫在眉睫的灾

① 苏国荣：《中国剧诗美学风格》，上海文艺出版社 1986 年版，第 175 页。

② 同上，第 7 页。

难的得以避免而构成;后者却从未受到这种灾难的威胁。[①]

我们已经知道,这里的严肃戏剧即为正剧(悲喜剧),而"迫在眉睫的灾难"无疑即为悲剧性的冲突。尼柯尔这段话对于我们正确判断《西厢记》的性质无疑有着极为重要的现实意义,我们说《西厢记》是一部悲喜剧而不是歌颂性的喜剧,正因为它始终体现着悲剧性冲突向喜剧性结局转化的鲜明特征,换言之,《西厢记》中喜剧性情节的发展过程也是"迫在眉睫的灾难"不断被克服的过程。

从情节发展和场次结构来看,《西厢记》开始即描写穷书生张珙在赴京赶考途中经过普救寺,和暂时寄居在此的前相国小姐崔莺莺一见钟情,为着"临去秋波那一转",遂决定放弃功名,留下来进行这一新的追求,如此也就开始了贯穿《西厢》全剧的戏剧性行动。就张生的情况来看,虽说父亲作过礼部尚书,但父死后家业已衰败,目前他是孤身一人羁旅在外,和具有世族巨望的崔家既不门当户对,又无特殊关系,甚至从未谋面,更何况莺莺此前已许配给表兄郑恒,按中国古代传统礼俗绝对不可能再次改配,即使未嫁前郑恒死了也应该守"望门寡",由此很容易看出张生的追求是根本没有任何希望的。但张生不管这些,执意行事,主观和客观极其不协调,这当然是喜剧性的,但知其不可而为之,无疑是犯了"有意识的错误"[②],虽然这种错误后来由于偶然因素的参与而没有导致悲剧的后果,但喜剧行动一开始即带有某种悲剧性。

崔莺莺的情况也与此相类似。以她目前的处境,身处深闺,又已许配他人,有"冰雪之操"的母亲相国夫人禁止不得与外界接触。据红娘介绍,有一次莺莺即因"潜出闺房"而被"召立庭下责之",可见其幽闭程度。然而,她在佛殿偶然与张生相逢后却立即发生好感,在红娘的催促下虽不得不离开,却有意识地"回顾觑末下",无疑这是对张生爱慕的大胆表示,表明她在这个没有实现可能的爱情行动中并非纯粹消极被动,同样是主客观的极不协调,同样是犯了"有意识的错误",也同样是这个悲喜剧行动的参与者和主角之一。

以下剧情进一步发展,诗情画意的月下墙角联吟固然是喜剧情境和氛围

① 顾仲彝:《编剧理论与技巧》,中国戏剧出版社 1981 年版,第 82 页。

② [英]阿·尼柯尔著:《西欧戏剧理论》,徐士瑚译,中国戏剧出版社 1985 年版,第 302 页。

的创造,同样亦可以看作是整个悲喜剧行动的继续。而这种状况到了第二本孙飞虎抢亲便产生了一次根本性的转变。

乱兵包围普救寺,贼将孙飞虎公开声言欲抢莺莺为妻,否则“僧俗寸斩,不留一个”。这对于张生、莺莺来说,不啻是一个“迫在眉睫的灾难”,如果莺莺被掳,或死或辱,自由爱情刚萌发不久即遭夭折,无疑是个悲剧,特别是莺莺,已经面临着生死攸关的选择。可怜的老夫人,此刻尚且念念不忘相国的“家谱”,却又全无主见,只是逼问“小姐却是怎生?”在没有退路的情况下,莺莺提出三条退兵之策:一是献身“贼汉”,二是献尸全身,三是悬赏求计,“不拣何人,建立功勋,杀退贼军,扫荡妖氛,倒陪家门,情愿与英雄结婚姻,成秦晋”,显示了极为崇高的性格特征。正如有论者所言:“这时的莺莺,并不知道张生会有退兵之计,她的建议,充满了一个封建贵族家庭出身的千金小姐少有的献身精神”①,无疑是悲剧性的。这里面临的冲突决非莎士比亚喜剧《捕风捉影》中克劳第和喜梦之间由于误会而产生的一时性决裂,而是出自实实在在的残酷现实。这样的场面无论如何是演不出轻松愉快的喜剧效果的,必然是不折不扣的悲剧成分,如同事后对老夫人所言:“万一杜将军不至,我辈皆无免死之术”(第二本第三折),虽属谦虚,亦为实情。然而在客观上却造成了剧情第一次由悲剧性冲突向喜剧性场面的转化。老夫人因乱兵围攻情急时对崔、张结合的临时许诺,也使得男女主人公的爱情要求第一次具有了某种合法的依据,原来认为不可能实现的悲剧性行动现在有了实现的希望,这种希望由于白马将军的介入变得更具有现实性。剧本特意安排了解围后杜确和老夫人的一段对话:

(将军云)张生谏退兵之策,夫人面许结亲;若不违前言,淑女可配君子也。

(夫人云)恐小女有辱君子。

可谓信誓旦旦,再无可疑。这种建立在真实戏剧情境基础上的“突转”和基于误会巧合的喜剧冲突及其转变是有着本质的区别的。对于崔、张爱情来

① [英]阿·尼柯尔著:《西欧戏剧理论》,徐士瑚译,中国戏剧出版社1985年版,第185页。

说,这也是第一次由逆境转入了顺境。

然而,事情并没有就此完结,白马解围后带来的轻松气氛不久即随着老夫人的反悔而再遭到破坏。对于戏剧的两位主人公来说,孙飞虎抢亲固然体现了真实的威胁,但那是外在和偶然的因素,而老夫人的赖婚则是由于其性格的逻辑发展使然。因为谁都知道,在面临灭顶之灾时尚然不忘"相国家谱"的老夫人是不会轻易放弃"先相国在日"即已许定嫁郑恒的女儿婚约的,更何况又是自己的内亲,故其反悔是必然的。正因为如此,对于崔、张来说,这是他(她)爱情发展的又一次真正的悲剧性冲突,甚至较孙飞虎抢亲更严重一些。因为在那次事变中尽管莺莺已打定必死之念,但张生还是抱有满怀希望的,事实上白马将军迅速解围也证明了这种希望并不是幻想。而这一次老夫人背弃前言,公然悔亲,由于她后面代表着几千年封建礼教传统,使得无论张生还是莺莺,面临着又一次"迫在眉睫的灾难"都无法抗拒,因而陷入了真正绝望的悲剧性境地。《赖婚》一场将男女主人公的痛苦和绝望表现得淋漓尽致。剧本还通过莺莺之口这样描写:

〔折桂令〕他(张生)其实咽不下玉液金波,谁承望月底西厢,变做了梦里南柯。泪眼偷淹,酩子里揾湿香罗。他那里眼倦开软瘫做一垛,我这里手难抬称不起肩窝。病染沉疴,断难存活。则被你送了人呵,当什么喽啰!

尽管悲愤欲绝,却也无可奈何。莺莺最后只能在"闷杀没头鹅,撇下赔钱货;下场头那答儿发付我"的怨怅中下场。张生情况更糟,满心的希望一下子变做了绝望,以致在席散后要在红娘面前"解下腰间之带,寻个自尽",这显然是一个悲剧性的场面,根本无法用喜剧手法处理。而且如果没有红娘的介入的话,单靠绝望痛苦的崔、张二人,他们是无法逃避这个"迫在眉睫的灾难"的,红娘的介入是构成作品悲剧性冲突向喜剧性结局转化的一个关键性因素。

正如许多论者已经指出的那样,红娘对张生、莺莺之间的关系纠葛原来是抱着旁观态度,不仅如此,她还肩负着老夫人吩咐的对莺莺"行监坐守"的任务。正因为如此,张生第一次向她打听莺莺之事还被她抢白了一顿:"得问的问,不得问的休胡说",佛殿相逢也是她催着莺莺回房,后来墙角联吟,张生不由得过去要和莺莺见面，而莺莺也是“赔着笑脸儿相迎”，之所以未能成功，也是由于“不做美的红娘忒浅情”〔麻郎儿〕。然而事情的发展促使红娘改变了态度，白马解围使得红娘认定张生是一个“志诚种”，老夫人背信弃义赖婚又激发了她的正义感。“赖婚”一场，最后当绝望的张生要在红娘面前“寻个自尽”时，作品这样描写：

(末念)可怜刺股悬梁志，险作离乡背井魂。(红)街上好贱柴，烧你个傻角。你休慌，妾当与君谋之。

正是由于红娘的出谋划策，也正是在她的促使和帮助下，张生、莺莺酬书递简，暗中来往，又使得本来已遭窒息的爱情之火又熊熊燃烧起来了。悲剧冲突再一次出现了向喜剧方面发展的转机。

然而这个转机没有维持多久。由于男女主人公性格方面的弱点（张生的唐突冒失、莺莺的矛盾犹豫），造成了第一次幽会时莺莺的突然变卦，“一个羞惭，一个怒发”，一时双方都非常尴尬。在受到莺莺的一番无情训斥之后，张生更是又一次陷入了绝望的境地：

此一念小生再不敢举。奈有病体日笃，将如之奈何？夜来得简方喜，今日强扶至此，又值这一场怨气，眼见得休也！

更为严重的是，原来支持和促进他(她)们关系的红娘此时也拒绝再介入此事：

淫词儿早则休，简帖儿从今罢。犹古自参不透风流调法。从今后悔罪也卓文君，你与我游学波汉司马！

如果说这之前孙飞虎抢亲、老夫人赖婚中张生还抱着莺莺和他知心这一线希望的话，则这一次莺莺的突然变卦，警告他“再勿如此”，否则和他“决无罢休”，连红娘也表示决绝的态度，这使得他彻底绝望了：“此一念小生再不敢举”,可见其失望的程度。对他的爱情追求来说,这一次“迫在眉睫的灾难”决不下于“抢亲”和“赖婚”。如果剧情至此结束的话,其悲剧性质是毋庸置疑的,可与莎士比亚笔下的《罗密欧和朱丽叶》相比,只是没有丧命罢了。

然而应当指出,这次冲突的危机是建立在误会和巧合基础之上的,莺莺的变卦主要是出于传统教养的习惯和贵族小姐的矜持,再加上情急慌乱中少女对异性的本能抗拒,而并非根本上的感情冷淡。这一点已有不少论者谈论过了。因而这次冲突和前两次不同,特别从莺莺角度而言,本质上属于喜剧性的误会冲突,只是在客观上造成了悲剧性的后果而已。从这个意义上说,“赖简”亦属悲喜剧式的冲突。正因为如此,崔、张爱情恰恰在这个冲突之后来了一个飞跃,至第四本第二折私下结合,却变得了莺莺主动。她写下了“谨奉新诗可当媒”的“药方”,亲自在次日夜里至张生书房成亲。正如红娘所言:

〔仙吕·端正好〕因姐姐玉精神,花模样,无倒断,晓夜思量,着一片志诚心盖没了漫天谎。

面对着由大悲一下子转成的大喜,张生真的不知“睡里梦里”,只有“一言难尽,寸心相报,惟天可表”。双方的情感一下子进入了喜剧性的高潮。

也正因为《西厢记》不是一部情境浅俗的风情剧,故崔、张爱情达到结合的这个高潮也没有简单地标志着戏剧冲突的最后终结,这以后老夫人气势汹汹地拷问红娘,大有兴师问罪之势:“我直打死你这个贱人。”虽然在红娘晓以利害的劝说下无可奈何地同意了他们的婚事,却又随即逼迫张生赴京应试:

俺三辈儿不招白衣女婿,你明日便上朝取应去,我与你养着媳妇。得官呵,来见我。驳落呵,休来见我!

多有论者认为这是再一次想要拆散他们,实质上是“第二次赖婚”[①],因为谁能保证张生一去准能考中呢?对于莺莺、张生这两位爱情主人公来说,前途既渺

① 李春祥:《元杂剧史稿》,河南大学出版社1989年版,第121页。

茫，眼前又得分离，实际上又是一个“迫在眉睫的灾难”。《长亭送别》是历来人们公认的悲剧性抒情场次：

〔脱布衫〕下西风黄叶纷飞，染寒烟衰草萋迷。酒席上斜签着坐的，蹙愁眉死临侵地。〔要孩儿〕淋漓襟袖啼红泪，比司马青衫更湿。伯劳东去燕西飞，未登程先问归期。虽然眼底人千里，且尽生前酒一杯。未饮心先醉，眼中流血，心内成灰。

如此表现撕人心肺的痛苦，无论如何是不能当作喜剧去阅读和上演的。

《西厢记》戏剧冲突的悲喜交替发展的状况一直维持到通常人们所说的大团圆结局。第五本描写张生赴京赶考，“一举及第，得了头名状元”，又“奉圣旨，正授河中府尹”。满足了老夫人“三辈儿不招白衣女婿”的要求，按常理大喜团圆不成问题，谁知又出现了郑恒造谣争亲的事件。本来对莺莺和张生私下结合即心怀不满的老夫人，此时听郑恒谎称张生已入赘卫尚书家做女婿，立即不分青红皂白要将莺莺重新许配郑恒：

(夫人怒云)我道这秀才不中抬举，今日果然负了俺家。俺相国之家，世无与人做次妻之理。既然张生奉圣旨娶了妻，孩儿，你拣个吉日良辰，依着姑夫的言语，依旧入来做女婿者。(净云)倘或张生有言语，怎生？(夫人云)放着我哩！明日拣个吉日良辰，你便过门来。

按传统伦理，女儿既已出嫁，即为夫家之人。张生和莺莺虽然尚未举行正式仪式，但事实婚姻既定，老夫人自己也明知，没有离弃即不能也不应该另嫁他人，即使有传闻张生已另赘他家，事关重大，亦应稍待时日待核实以后再行定夺。可是这位“即即世世”的老婆婆却迫不及待，马上让郑恒次日就过门来成亲，这一点仅归因于郑恒造谣也还是显得太简单。已故董每戡先生指出这是老夫人有意识的“第三次赖婚”[1]，原因在于她压根儿即不想将女儿嫁给张生

① 董每戡：《五大名剧论》上册，人民文学出版社1984年版，第145页。

这样的庶族寒门子弟，而一力维系崔、郑两家的士族婚姻传统，即使牺牲女儿的感情幸福也在所不惜。这样的分析显然是有道理的。

郑恒造谣，老夫人借机“第三次赖婚”给贯穿全剧的崔、张爱情最后带来了致命威胁。如果说远在京师的张生不知就里还蒙在鼓里的话，幽居在家的莺莺却真实地感受到了这种毁灭的痛苦。不管她是否相信张生真的已经变心，但老夫人让她次日即改嫁郑恒这倒是真实的。不久前她还接到张生中试后寄来报喜家书，她还给张生寄去了汗衫、裹肚、袜儿、瑶琴、玉簪、斑管等物以为忆念，但这么快即发生了这样“迫在眉睫的灾难”，这是一般现代女性都难以承受的痛苦，放在有着相国小姐身份的莺莺身上，这的确比死还令人难以忍受。但按相国家风，她又是无法抗拒的。假如张生迟归两日，老夫人作主将郑恒招赘入门，造成既成事实，则一场悲剧结局不可避免。所幸的是张生及时赶回，又得杜将军相助。至此，经过重重艰难曲折的崔、张爱情才算是得到了圆满的结局。很容易看出，张生和莺莺之间的爱情发展过程，也就是一个又一个“迫在眉睫的灾难”得以克服的过程，冲突的悲喜交替亦即决定了此剧的悲喜剧性质。

除了戏剧冲突和情节场面以外，《西厢记》主要人物的性格同样存在着悲剧性和喜剧性两个不同面。

例如张生，他的情痴憨实而又有点冒失的个性，使得他在与莺莺、红娘的交往中时常处于尴尬可笑的境地，这是他具有喜剧色彩的一面，这一点人们已谈论得很多了。另外，张生的志诚表现为意志坚定、百折不回，不达目的决不罢休的追求精神，又使他的性格具有悲剧人物的某些特点。又如莺莺，她的犹豫矛盾，内心向往自由爱情表面却不得不强加掩饰而显得心口不一，常受红娘的调侃和支配，自是其性格中喜剧性的一面。另外，她的小心谨慎、稳重，一旦看准了就义无反顾，这些同样也使她的性格具有悲剧人物的某些特点。而置身于冲突另一方的老夫人，固然因其顽固多诈而令人反感，她在向往自由和主持正义的青年男女的捉弄下却一再败退，最后终于被迫就范，这些都显示了她作为讽刺对象的喜剧性一面，但她对“相国家谱”、对门第观念的尊奉却是虔诚的，对女儿崔莺莺的母爱也并非全部出自虚伪，在剧中她对这一切极力维护和最终失败乃时代和历史使然，这一点又使她具有悲剧人物的某些特征(至少她不比莎士比亚笔下的麦克白更坏)。至于红娘,她的热情和富有同情心、正义感为历来人们所激赏,她的幽默机智的喜剧性格也为人们所推重,甚至将其作为改编后《西厢记》的女主人公。然而还应当看到,在《西厢记》原作中,尽管她始终参与并为崔、张爱情的促成者,甚至可以说没有红娘即没有崔、张爱情的成功,但无论如何红娘都不构成冲突双方任何一方的主要当事人。从戏剧冲突这个角度说,红娘只能是一个次要人物,因而她的性格类型对整个作品的性质不起决定性作用。

从以上的简略分析中我们可以看出,《西厢记》除了情节和场次具有悲喜交替的特点外,在戏剧冲突方面既有着喜剧性也有着悲剧性,整体上则体现着由悲剧性冲突向喜剧性结局的转化,主要人物的性格也是悲、喜剧因素交织的。如果我们认定《西厢记》是一个喜剧,并以此统一全剧风格的话,我们即可发现全剧整体上的不协调,强行统一只能使那些悲剧冲突和悲剧场次受到损害。在内容上将《西厢记》作为纯喜剧处理也难以突出封建时代青年男女追求自由爱情的艰难曲折,人物性格亦将失去原有复杂性而变得简单化。在理论上亦不易廓清喜剧和悲喜剧的界限,造成不必要的混乱。而确定《西厢记》的悲喜剧性质,不仅符合作品的创作实际,而且只有如此才能真正概括出《西厢记》的艺术价值。在世界戏剧史上,有人认为,莎士比亚是把喜剧性场面和悲剧性场面结合在一起,而契诃夫是喜剧性和悲剧性结合在一个场面里。在这里我们可以补充说,《西厢记》除了交替出现悲、喜剧因素交织的场面外,还将悲剧性冲突、喜剧性冲突置于同一个戏剧行动之中,将悲剧性和喜剧性结合在主要人物的性格之中,这在编剧艺术中不能不认为是其成功的重要标志。正是在这个意义上我们坚持认为,《西厢记》是一部思想上艺术上都是具有很高价值的悲喜剧。

第七章　关氏散曲论

关氏杂剧，固为元代曲家之首，其散曲亦不容忽视。时人周德清《中原音韵自序》将关汉卿列为“元曲四大家”之首，其中既包括杂剧，也包括散曲。在该书《定格》中，更对关氏作品做出“如此方是乐府，势如破竹，语尽意尽，冠绝诸词”的绝高的评价。在他前后，贯云石、杨维桢等人也对关氏散曲做出了“造语妖娆”“奇巧”的评价。所有这些，在元前期曲家中还是极少见的。入明之后，评论虽有所沉寂，但各种曲选收录介绍，仍不绝如缕，至王世贞尚称关氏散曲作品为“谑中俏语”“谑中巧语”①。今人谭正璧则径谓：

> 所作散曲，亦为有元一人。②

可见评价之高。

当然也有不同看法，有论者断言关氏散曲：

> 如此苟且偷生的处世态度、浑浑噩噩的生活情趣，跟杂剧中那种敢怒敢言、不向恶势力低头的逼人锋芒相较，直是判若两人。③

也许正因为如此，近数十年对关汉卿散曲研究与其杂剧相比不啻霄壤，这当然其中有着散曲地位固不及杂剧的缘故，但从根本上说，这也是由于人们心目中对关氏散曲的忽视有关。由此可见，对关汉卿散曲进行全面而深入

---

①〔明〕王世贞：《弇州四部稿》卷一百四十四《艺苑卮言》附录一。

② 谭正璧：《元曲六大家略传》，古典文学出版社1957年版，第109页。持此观点的著作尚有李昌集的《中国古代散曲史》等。

③ 黄克：《关汉卿戏剧人物论》，人民文学出版社1984年版，第198页。

的研究，并在此基础上做出恰如其分的评价，已成了目前关学研究中一个迫在眉睫的问题。

已故任二北先生在考察清代散曲时曾提出“词人之曲”和“曲人之曲”的概念，[①]这对我们探讨关汉卿散曲也有一定的启发。由于题材和表现手法多样化是关氏创作的总体特点，故以下拟从“剧家之曲”“诗家之曲”和“曲家之曲”三方面作一点归纳分析。

一、本色：剧家之曲

本色，一般是作为关汉卿代表的元曲流派的名称，主要是从创作风格角度而言的。而这里的“本色”特指人的本来面目，与艺术风格没有直接关系。

应当肯定，无论在文学、文化的范畴还是在戏曲领域，关汉卿首先是作为一个剧作家而存在的。起码在今天，他的声望地位也主要由其杂剧的巨大成就所决定的，事实上在他的一生中，花在戏曲创作上的精力也比散曲要多得多。而他早期的散曲创作，实际上是为他后来投身戏曲活动作了艺术上的探索和准备，中后期的散曲甚至可以看作是“剧曲之余”，有时还和杂剧有着相互印证的关系（如〔中吕·普天乐〕《崔张十六事》和《西厢记》杂剧等），一句话，在关汉卿的散曲中，始终有着剧作家关汉卿的影子。

如前所引，有论者曾经认为关剧和关曲二者之间“判若两人”，因而出现“杂剧娱人，散曲自娱”的说法。实际上散曲同杂剧之间除了清唱和演出的方式不同外，并不像传统诗词和戏曲那样有着本质的区别，它们都是场上之曲。作家在客观上“娱人”的同时也得到了“自娱”，二者在这一点上是不能截然分开的。正是由于这样，我们在关汉卿的散曲中同样可以看到一个伟大戏剧家的本色。

这方面首先体现在不屈不挠的斗士精神上。〔南吕·一枝花〕《不伏老》即为其中具有典型性的代表：

① 任二北：《散曲丛刊》第十二种《清人散曲》。

〔梁州〕你道我老也，暂休。占排场风月功名首，更玲珑又剔透。〔三煞〕我是个经笼罩、受索网、苍翎毛老野鸡、蹅踏的阵马儿熟，经了些窝弓冷箭蜡枪头，不曾落人后。恰不道"人到中年万事休"，我怎肯虚度了春秋。

有论者曾怀疑汉卿此曲的创作权，理由在于《雍熙乐府》收入时不注撰人，题作《汉卿不伏老》，而很少有人直接在作品中嵌入自己姓名的。今天看来怀疑的理由多不充分，因为第一，《雍熙乐府》收曲多不注姓名，已为定例，不能以汉卿而另作变更。作品出现作者姓名在文人中亦不乏见，前代著名的即有杜甫的"少陵野老吞声哭"和苏轼的"夜来东坡醒复醉"之类的名句，本不应为怪。况且另外三部曲选，从明人的《彩笔情辞》《北词谱》到清人的《北词广正谱》，都明明署的是"关汉卿"，题目均为"不伏老"，无"汉卿"二字，综合分析，此曲定为关作无疑。从题意看，显为晚年作品。尽管作者一生坎坷，经历了金、元之际的社会大动荡，由大金的臣子变成了亡金的遗民，变成了和艺妓为伍的书会才人，这中间承受了来自多方面的压力：正人君子的嘲骂（朱经所谓"用世者嗤之"），不学无术而偏偏又钻营得势的人鄙视（"庸俗易之"），甚至还经历了种种意想不到的打击，真可以说是"窝弓冷箭蜡枪头"以至铺天盖地的"笼罩""索网"。作者对这些都看不在眼里，"不曾落人后"，即使到晚年，斗志丝毫未减，决不虚度时光，坚持披荆斩棘，走自己所选择的道路。虽然作品塑造的斗士形象并不等同于作者自己，但其中有着作者生活经历的影子这一点是得到公认的。

正因为如此，我们对作品中以下这一段即不能机械地看：

〔尾〕我是个蒸不烂、煮不熟、捶不扁、炒不爆、响珰珰一粒铜豌豆，恁子弟每谁教你钻入他锄不断、斫不下、解不开、顿不脱、慢腾腾千层锦套头。我玩的是梁园月，饮的是东京酒，赏的是洛阳花，攀的是章台柳……你便是落了我牙，歪了我口，瘸了我腿，折了我手，天赐与我这几般歹症候，尚兀自不肯休。则除是阎王亲自唤，神鬼自来勾，三魂归地府，七魄丧冥幽，天哪，那其间才不向烟花路儿上走！

不管出于什么角度考虑，历来人们都喜欢引用这个套曲来说明关汉卿的生活选择，其中必然有其道理。元时戏曲女演员实际上大都是妓女，勾栏行院即为妓院的代名词，关氏入元“不屑仕进，乃嘲风弄月，流连光景”，说白了就是全身心投入戏曲活动，在一般人看来竟与嫖客无异，这种创作道路亦与通常所说的“烟花路”无二。面对着种种讽刺挖苦、打击迫害，作者不为所动，即使死也要坚持自己的生活选择。这是认识到生命价值以后才具有的如此强烈的斗士精神，它实际上亦是对自由人格的肯定。只有这样看，才能真正领悟到作品内涵所包含的人生真谛。而如果仅从字面出发，认定关汉卿“度着长期的放浪生活，同优伶妓女老混在一起”，“没有遗民的国家思想、国亡不仕品格”[①]，则显然背离了作品的本意。

同样的斗士精神在〔大石调·青杏子〕《骋怀》一曲中亦有所表现。作品一开始即提出这样的生活观点：

> 花月酒家楼，可追欢也可悲秋。

表面上看，这里仍旧说的是风月场情事。然而只有关汉卿才会将正人君子们不齿的“花月酒家楼”(勾栏行院)同一生的“追欢”“悲秋”联系起来。是的，正是在这里，在“躬践排场，面傅粉墨”“偶倡优不辞”的情况下，“曲成诗就，韵协声律，情动魂销，腹稿冥搜”〔催拍子〕，关汉卿才创作了许许多多“可追欢”的喜剧和“可悲秋”的悲剧，这其中也经历了种种艰难险阻，同样也有着来自各方面的打击迫害：“蜂妒蝶羞，恶缘难救，痼疾常发，业贯将盈，努力呈头。冷飧重馏，口刀舌剑，吻槊唇枪。”而作者则是满怀信心：

> 〔尾〕展放征旗任谁走，庙算神谟必应口。一管笔在手，敢搦孙吴兵斗。

不屈不挠的意志，玩对手于股掌之上的气概，同杂剧中塑造的窦娥、赵盼儿、谭记儿、杜蕊娘、刘倩英以至关羽、张飞、李存孝、包拯这样一些不屈服、

① 刘大杰：《中国文学发展史》第23章，中华书局1949年版。

不好惹、抗到头、争到底的艺术形象相比简直没有两样，而任何一个单纯甘心在污泥塘里打滚的“老嫖客”，任何一个“彻底的风流浪子”是写不出这样富有战斗精神的曲辞来的。有论者因为《太平乐府》误题为“曾瑞卿”而怀疑关汉卿的创作权，其实只要将现存曾瑞卿的作品和此曲表现的精神境界进行比较即很容易看出。曾氏活动于元中期以后，目前留存散曲百余首，数量不可谓不多，但其中主要体现了“元代文人隐逸思想的悲剧性底蕴和新的隐逸境界”[①]。最激烈的时候是在作品中大叫：

> 养拙潜身躲灾祸，由恁是非满乾坤也近不得我。
>
> 〔正宫·端正好〕《自序》

像“展放征旗任谁走”“一管笔在手，敢搦孙吴兵斗”这样充满战斗精神的斗士语言，只有在被称为“激励而少蕴藉”[②]的关汉卿笔下才会出现。也只有他在面对“庸俗易之，用世者嗤之”的人格冲突中才能发出的战叫，曾瑞卿是无论如何写不出来的。况且明人曲选《彩笔情词》选收此曲时即已明署为“关汉卿作”，从侧面也可证明这一点。

直到逝世不久前作的〔中吕·红绣鞋〕《写怀》中，关汉卿这种不输恶、不伏老的斗士精神还一直保持不衰：

> 望孤云悠扬远岫，叹逝水浩渺东流，斡璇玑又复几春秋。逢人权握手，遇事强昂头，老精神还自有。

在前面关氏生平的考订中，我们知道此曲为南下返回后作，此时这位杂剧大师已年逾九旬，体衰气亏，以致“风寒不解忧成病，火煖难温老去情”(《夜坐写怀示子》)，老妻的故去更增添了晚景的凄凉，“感时思结发，兀坐似僧家”(《写怀》之二)。然而即使这样也没有使得他就此苟且偷安。“逢人权握手”，

① 李昌集：《中国古代散曲史》，华东师大出版社1991年版，第537页。

②〔明〕何良俊：《四友斋丛说》卷三十七“词曲”。

虚与周旋的后面掩藏着一种永不妥协的个性。“遇事强昂头”，这才是他的性格本质，一个“强”字活画出老年关汉卿不甘沉寂、奋力拼搏的生活态度。面对着冉冉将至的老态，他豪迈地宣告：老精神还自有！

这可能是他在有生之年最后发出的强音。正是这种不屈不挠的生活选择构成了他一生剧作中体现着的斗士精神。把握住这一点，我们即不难看出，说关氏散曲只是体现了“苟且偷生的处世态度，浑浑噩噩的生活情趣”，是多么的不适合！

关汉卿散曲中戏剧家的本色还体现在表现方式上面。我们知道，早期的元散曲作家，如元好问、杨果、刘秉忠、商政叔、胡紫山、王恽诸人，其作品大多是他们用来抒情写意的工具，与传统诗词无异，即使杜善夫这样一位熟悉勾栏瓦舍的曲家，所写《庄家不识勾栏》一曲滑稽诙谐、平白如话，为戏曲演出史留下了宝贵的资料，但其他作品表现手法仍重在于铺叙场面抒发情感而不重在编织故事。白朴虽为“元曲四大家”之一，但同时他又是位词人，其散曲作品与其说接近剧倒不如说更接近词。而关汉卿则不同，他在许多情况下是将剧作表现手法引入了散曲的创作之中。重故事情节、重人物形象是关氏散曲的主要特色之一。

这方面即在他的早期作品中已露其端倪，如长篇套曲(二十换头)〔双调·新水令〕即叙述了一对恋人悲欢离合的故事。男女主人公一开始即在春、夏、秋、冬四季频繁接触相处中产生了爱情：“遂却少年心，称了于飞愿。”〔庆东原〕

然而，随着男主人公离开家乡，入京求仕，他们之间即开始饱尝了别离相思之苦：“密爱幽欢不能恋，无奈被名缰利锁牵”〔石竹子〕，“当时月枕歌声转，到如今翻作《阳关》怨”〔么〕。和后来的描写恋情作品多借用女性口吻不同，在此曲中，作者以男主人公的身份出现，真实抒发了游宦在外的士子的苦闷情怀：

〔胡十八〕天配合俏姻眷，分拆散并头莲。思量席上与樽前，天生的自然，那些儿体面。也是俺心上有，常常的梦中见。

刻骨相思，真正到了魂牵梦绕的程度。前面我们曾经考订此曲作于关氏年轻时在亡金都城任太医院尹时所作，正是一个背井离乡、仕宦在外，为"名缰利锁牵"的游子，也只有具备如此亲身经历，他才能够将离情写得如此的真切，如此的自然。

当然，作者此曲并不是在刻画一个爱情悲剧，正处于热血青年中的他，对生活无疑还抱着热切的希望。作品即展现了由悲而喜的过程：

〔大拜门〕玉兔鹘牌悬，怀揣着帝宣，称了俺于飞深愿。忙加玉鞭，急催骏驼，恨不乘到俺那佳人家门前。

求仕终得成功，是一般的科举得中还是终授太医院尹，目前虽无确证，但男主人公"怀揣着帝宣"，高悬着象征入宫特权的"玉兔鹘牌"[①]，无疑是称了他的"男儿深愿"的。"大拜门"这个曲牌运用来正适合此时的狂喜心情。

然而，如同关氏剧作中经常出现的出人意料之外的戏剧性转折一样，此曲运用了同样的手法。本来，求仕成功、怀揣帝宣凯旋为男女主人公的大团圆结局打开了方便之门，然而却在这扇门打开的同时发生了严重的波折：

〔风流体〕胡猜咱，胡猜咱居帝辇，和别人，和别人相留恋。上放着，上放着赐福天，你不知，你不知神明见。

原来是心上人怀疑他另有新欢。是什么原因使得那位"可喜的风流业冤"产生"信任危机"的呢？是不是如同《西厢记》结尾一样是出现郑恒一类人物的造谣挑拨？作品中没有明言，但如果同《西厢记》有关情节对照起来，二者之间可以找出微妙的联系，或者可以说，此竟是《西厢》杂剧创作的蓝本之一。当然，由于没有直接证据，目前只能作这样的推测。

和《西厢记》中面临老夫人"第三次赖婚"和莺莺亦出现疑虑时的张生一样，此曲中男主人公对大团圆即将实现时出现的波折也是心急如火。他极力为自己辩解：

① 玉兔鹘牌为金元时宫禁腰牌的一种。《癸辛杂识》："法：凡异姓入宫门，必悬牌于腰乃可，惟宗子可免。"关汉卿作为太医院尹，经常出入宫门，故亦得授此牌。

［喜人心］百般的陪告，一划的求和，只管里熬煎。他越将个庞儿变，咱百般的难分辩。

直到急切起誓、剖明心迹的地步：

［忽都白］我半载来孤眠。信口胡言，枉了把我冤也么冤。打听的真实，有人曾见，母亲根前，恁儿情愿，一任当刑宪，死而心无怨。

读过《西厢记》剧本的人们不会忘记剧本张生面对郑恒造谣、夫人动怒、小姐误会时的急切发誓："小生若求了媳妇，只目下身便殂"，"若有此事，天不盖、地不载"，与此曲相较应当说是特色各别而本质一致。

在经历了一场有惊无险的波折之后，这一对恋人终于和好如初了：

［尾］畅道美满姻缘，风流缱绻。天若肯随人，随人是今生愿。尽老同眠也者，也强如雁底关河路儿远。

"皇天也肯从人愿"，这原是关剧《窦娥冤》中窦娥临刑前发三桩誓愿时所说的话，但她祈求的天并没有改变她的悲剧命运。此曲主人公在爱情终于美满后同样想到了天，这个"天"使他如愿了。当然是经过了艰难曲折之后的如愿。是一幕《西厢记》式的悲喜剧。

［黄钟·侍香金童］亦为关氏散曲中注重情节场面和人物塑造的作品。前面我们提到过，此曲实际上是关剧《拜月亭》和《西厢记》中拜月一场戏的蓝本。作品刻画了一个独处深闺的思妇形象，她的丈夫同样是浪迹天涯的游子，具体是仕宦还是求学不得而知，但从曲中刻意表现的典雅情趣来看，女主人公肯定不是怨恨"重利轻别离"的商人之妇：

［幺］柔肠脉脉，新愁千万叠。偶记年前人乍别，秦台玉箫声断绝。雁底关河，马头明月。

曲的末句和前一首(二十换头)〔双调·新水令〕的〔尾〕末句"也强如雁底关河路儿远"偶合,从句意看似乎此曲作于前曲之先。如是,则进一步可推定此曲中思妇形象亦即前曲中的女主人公,二曲主角一为男方,一为女方,相互印证,俱有戏剧性的效果。

最可感人的乃是拜月场面气氛的创造和渲染:

〔么〕铜壶玉漏催凄切,正更阑人静也。金闺潇洒转伤嗟。莲步轻移呼侍妾:"把香桌儿安排打快些"!

这样,形象就在画面上动起来了:夜深人静之时,"半帘花影自横斜,画檐间叮当风弄铁",独守深闺的少妇辗转反侧,终不成眠。心上人久久不归,转加伤感,展望窗外,"深深院舍,蟾光(月色)皎洁",于是起身,命侍婢安排香桌,然后"整顿了霓裳,把名香谨爇"。她拜月祝告。

不求富贵豪奢,只愿得夫妻每早早圆备者!

如前所述,这个场面和《拜月亭》《西厢记》中类似情节几无差别,不管作者是否有意,这种安排都体现了一个戏剧家的独有特色。

无独有偶,关氏散曲中与杂剧情节紧密相关的还有〔双调·新水令〕"楚台云雨会巫峡"。前面我们曾经将此曲与《西厢记》第四本第一折中莺莺张生私下结合的场面相提,从中发现二者在创作上的联系。现在看来,它的情节场面和人物形象同样具有较强的戏剧性。作者同样站在男主人公的角度,自始至终细腻地刻画了此次私下幽会的过程,所谓"赴昨宵约来的期话"。

男主人公显然不是一个情场老手,他不敢去恋人的家,却只好"独立在纱窗下"。不仅如此,他还"颤钦钦把不定心头惊怕",连叫一声都不敢。紧接着连"纱窗下"都不敢等待了,"怕别人照见咱,掩映在荼蘼架""等多时不见来",最后只好"独立在花荫下"。作品对其初赴佳期又喜又怕的心情表达得惟妙惟肖。

久等不来，希望变成了失望，毛头小伙心里有点发毛："莫不是贪睡人儿忘了那？"显然，作品这里故意延宕，增加了悬念，使得读者和男主人公一样加大了期望值。然而，正在"意懊恼却待将他骂"的时候，情况突然发生了喜剧性的变化：

听得呀的门开，蓦见如花。

这样，紧张、焦急的等待一下子变成了相会的狂喜，按照传统的戏剧理论，这么该算是一个"突转"，男主人公由"逆境"一下子转入了顺境。

以下对幽会过程的展示，同样非常细腻。从"我这里觅他、唤他"到"两情浓，兴转佳，地权为床榻"，到最后临分手时"你明夜个早些儿来"的叮嘱，完全是元曲爱情剧的惯用手法，说具体点即和《西厢记》中莺莺张生书房幽会简直别无二致。传统诗词和早期文人散曲中不敢接触的场面即被作者大胆地表现出来了。由于散曲仅截取了这一对恋人幽会的一段，故其价值曾在学术界引起争论，有论者即认为这种表现"究其实，不过饮食男女，性的解放而已，格调则始终是不高的"[①]。但爱的极致必然产生肉体结合的要求，柏拉图式的纯粹精神恋爱在凡世中是不存在的，这是现代心理学和社会学研究的公认成果，只有肉欲没有爱情才是真正的"格调不高"（如嫖客和妓女）。从关氏散曲中大量表现刻骨相思、真心相恋的情曲来看，说他仅在表现"饮食男女，性的解放"显然不符合事实。即就此曲而论，男女主人公的结合既非由于金钱，又非基于权势，仅仅出于互相爱慕。偷情的行动固然说不上格调高尚，但在那礼教森严的社会也是不得已而为之，也算是一种爱的"畸形"吧。其实如果将《西厢记》第四本第一折"书房幽会"一段单独抽出（明以后曲选的确有），则和此曲又有什么两样？因此，对此曲的评价一定要联系关氏其他作品和当时的思想文化背景，否则即容易做出偏激的结论。

关氏散曲中最能体现戏曲家本色的自然还有〔中吕·普天乐〕《崔张十六事》一组小令。前已论及，它同《西厢记》杂剧创作有着密不可分的关系，是剧

① 黄克：《关汉卿戏剧人物论》，人民文学出版社1984年版，第199页。

作的提纲还是戏剧创作过程中意犹未尽随手写来的副产品("剧余"),这些皆无从深究,甚至都不重要,关键在于这组散曲虽然在演唱上可以互相独立,并非一个长套,但彼此内容上紧密联系,构成了一个有机的整体,正如有论者所言,它本身即为一个小《西厢》。

然而,也正由于《西厢》故事已由元稹小说、赵令畤鼓子词和董解元《西厢记诸宫调》的传播而使得家喻户晓,尽人皆知,作者本身又在创作《西厢记》杂剧,所以对故事情节构思和人物形象塑造反倒不放在首要位置,而尽可能在较短的篇幅内将《西厢》杂剧的精华唱词集中展现出来。如第一曲《普救姻缘》中"饿眼望欲穿,馋口涎空咽"二句即出自《西厢记》第一本第一折末曲〔赚煞〕,"门掩梨花闲庭院,粉墙儿高似青天"二句亦即出自同本同折的〔柳叶儿〕,如此等等。在其他各曲中亦随处可见,这一点人们所公认。

当然也有相异之处。由于今本《西厢记》杂剧乃王实甫最后修订,所以除了前章已指出的和散曲在情节安排上的诸多不同外,在曲辞上二者亦有许多不同。这方面如第二曲《西厢寄寓》中"恶狠狠唐三藏"一句,显与杂剧第一本第二折中"好模好样太莽撞,烦恼怎么那唐三藏"〔朝天子〕同中有异。另外,二支曲子中"母亲呵怕女孩儿春心荡,百般巧计关防,倒赚他鸳鸯比翼,黄莺作对,粉蝶成双",而杂剧第一本第二折相应处则为:

(耍孩儿)夫人怕女孩儿春心荡,怪黄莺儿作对,怨粉蝶儿成双。

显然在表达上已有根本的不同。类似这种情况在全曲中还很多。如前所论,此曲作于董《西厢》和今传《西厢》杂剧之间,二者才在情节语言多方面存在这样或那样的不同(比如后者在孙飞虎抢亲时奋勇冲阵下书的惠明,在此曲及董《西厢》中却是"把贼来探"的法聪。此外,关氏此曲中亦无今传杂剧中"闹简""赖简"等场次,如此等等)。联系起这里列举的曲辞相异情况,应当说都不是偶然的,它们都可以说明《崔张十六事》散曲和今传本《西厢》杂剧之间并非简单的摘录与被摘录的关系,这个事实本身亦即证明了关汉卿之杂剧与散曲的不可分性,证明了关氏散曲中体现着的戏曲家本色。

一句话,关汉卿散曲和杂剧有着密不可分的关系。除了此前人们经常采用的用于杂剧研究的某些佐证价值以外，关剧中体现的那种不屈不挠的斗士精神在散曲中同样有所体现，而散曲中重情节和人物形象塑造这一特点又只能在作者首先是戏剧家的前提下才可能得到合理解释。正是在这个意义上，我们将关汉卿这部分散曲称为剧家之曲。

二、情韵：诗家之曲

在前一节中，我们着重论述了关汉卿散曲中体现的戏剧家本色，毫无疑问，关氏散曲与其杂剧创作有着密切的关系，硬加割裂任意褒贬皆不可取，亦无助于对关氏创作及其人格的总体把握。

然而，我们还应该看到，在体裁上，散曲毕竟是和杂剧分属于不同的创作类型，二者之间除了相通的一面外，还各有其自己的特点。除了同杂剧发生横的联系外，作为传唱诗歌的一种，它和传统诗词还有着纵的关系。这一点反映到关汉卿散曲中无疑亦应有相应的表现。

情韵，是中国诗论标榜的最高境界：内容要重情采，表现要有韵味。前者如刘勰所言："五情发而为辞章，神理之数也"[①]，或如陆机所言："因宜适变，曲有微情"[②]，后者则有司空图"近而不浮，远而不尽"的"韵外之致"[③]。关汉卿作为在中国传统文化培养熏陶下长大的文人士大夫，无论他是怎么样一个敢于反抗传统的斗士，在作品中也不会完全摆脱传统文论及创作实践的影响，或者更准确地说，在相当程度上他还继承了这一传统。杂剧中表现出来的对儒家伦理道德的某种程度上的认同和维护已有许多论者指出过。此在散曲中当然亦不例外。

隐逸和叹世是元人散曲中两大主潮之一。传统上一般都将受传统文化熏陶较深的元曲作家如马致远、张小山、乔吉等人作为突出代表。其实早在他们之前的关汉卿笔下，已为这种表现开了先导。

首先我们可以看他的早期作品〔南吕·四块玉〕《闲适》，其中第一首即这

①〔梁〕刘勰：《文心雕龙·情采》。

②〔晋〕陆机：《文赋》，载《昭明文选》。

③〔唐〕司空图：《与李生论诗书》。

样写道：

> 适意行，安心坐，渴时饮，饥时餐，醉时歌，困来时就向莎茵卧。日月长，天地阔，闲快活！

这里不存在不屈不挠的斗士精神，有的只是摆脱世事冗繁后的闲适，如明人臧晋叔推想关氏“偶倡优而不辞”为“西晋竹林诸贤托杯酒自放之意”①，放在这里进行评价倒很合适。当然这一曲其主要是表现不关心世事的安闲，避世的情绪也只是隐在背后的，至其第三首即更加直率：

> 意马收，心猿锁，跳出红尘恶风波，槐荫午梦谁惊破？离了利名场，钻入安乐窝，闲快活！

前面我们考订，此曲系作者于金亡后迁居祁州时所作，其中反映显为当时实情。“跳出红尘恶风波”一句大有深意。我们知道，关汉卿作为残金的太医院尹，虽然官位不高，但身处京师宫禁，他亲眼看到了自己曾为之服务的朝廷被北方蒙古贵族侵吞灭亡的全过程。作为负责医事的技术官员，关汉卿本可不必为朝代兴亡大唱挽歌，但偏偏他又是懂得医国道理的文人士大夫，前者使得他不像一般行政官员那样或抗节而死或随机应变寻找新靠山，后者的道德观念又注定他不可避免地承受着国破家亡时的心理痛苦，在改朝换代已成既定事实情况下却又无可奈何，这中间攻城略地带来的大屠杀，社会大动乱中人无法把握自己的命运，这些都在关汉卿的心目留下了深深的伤痕。从年龄上看，作者此时刚至而立之年，正是精力充沛，生活兴趣强烈的时候，但由于经历复杂，刺激过度，从心理上说此时的关汉卿已仿佛进入了老年期。他把世事看作一场大梦，改朝换代的大事变恰好将他这个“槐荫午梦”给惊破了。噩梦之后，他甚至打定主意今后彻底脱离现实，“跳出红尘恶风波”亦即此时期作者近乎麻木的心境的反映。理解了这一点，我们对这组曲中最后一首的极

①《元曲选》后集序。

度消沉也就不会感到奇怪了：

南亩耕，东山卧，世态人情经历多。贤的是他，愚的是我，争甚么！

没有是非感，没有争斗心，一切都不再有意义。这就是此时作者对世事的看法，纵然不无愤激反语在内，但和前面我们分析过的不屈不挠的斗士精神真正“直是判若两人”①，也算是双重人格吧，然而却统一在关汉卿这个人物身上了。只有对关汉卿此时的具体处境和具体心境进行具体分析之后，才能对此做出符合实际的判断，才能给予真切的理解，而不把它同关氏一生的奋斗精神对立起来。

这一点在关汉卿更早创作的〔双调·碧玉箫〕中已露出了端倪。从整体上看，这是一组情曲，自第一曲羡慕苏小卿和双渐的美满姻缘开始，刻画一对青年男女相互思慕而久久不得团圆的苦闷。其中第六首这样写道：

席上樽前，衾枕奈无缘；柳底花边，诗曲已多年。向人前未敢言，自心中祷告天。情意坚，每日空相见。天，甚时节成姻眷。

这显然表现的是男方的苦恼，热烈而直率。而第七首对女性心境和情绪的刻画，则要细腻和含蓄得多：

膝上琴横，哀怨动离情；指下风生，潇洒弄清声。锁窗前月色明，雕栏外夜气清，指法轻，助起骚人兴，听，正漏断人初静。

哀婉、凄清，伴随着月夜琴声，真可谓情景交融，形成一种较为高远的艺术境界，放在宋以前的优秀诗词中亦毫不逊色，可以看出作者对传统诗歌表达方式有着较强的驾驭能力。然而最值得注意的是第九首：

① 黄克：《关汉卿戏剧人物论》，人民文学出版社1984年版，第198页。

秋景堪题，红叶满山溪；松径偏宜，黄菊辽东篱。正清樽斟泼醅，有白衣劝酒杯。官品极，到底成何济！归，学取他渊明醉。

于火热的男女恋情中忽然呈现出欲"遗世而独立"，寻觅世外桃源的陶渊明形象，意念和意象都显得前后极不协调。这一组小令同时作为一个整体被收入元人杨朝英所辑《阳春白雪》前集卷三，后世《北词广正谱》《九宫大成》等曲集均如此选录，至今没有证据说此曲为他作羼入，或为作者不同作品混编而成。只能这样认为，作者在追求恋情不得遂意之后突然羡慕起陶渊明，决心效法他归隐田园，主要是因为仕宦在外个性不得自由发展的缘故。由爱情的苦闷引起的对仕途世事的厌倦，在这里，归隐和恋情竟成了互相支撑的二位一体。如此绝妙的结合，只有在自称为"郎君领袖""浪子班头"的关汉卿笔下才有可能出现。前面分析过的(二十换头)〔双调·新水令〕中"密爱幽欢不能恋，无奈被名缰利锁牵"〔石竹子〕二句，即可拉来做这里"官品极"(名利)的失望乃至产生归隐念头的注脚。

也许正因为下决心不再受"名缰利锁牵"的束缚而归隐，以下才出现了爱情的喜剧。最末一首作者即这样描述：

笑语喧哗，墙内甚人家？度柳穿花，院后那娇娃，媚孜孜整绛纱，颤巍巍插翠花。可喜煞，巧笔难描画。他，困倚在秋千架。

末句颇有辛弃疾词"蓦然回首，那人却在灯火阑珊处"的韵味。这里，一方已不再是月夜弹琴空思念，另一方也不再是徒唤"甚时节成姻眷"了，显然是团圆后的嬉闹，和(二十换头)〔双调·新水令〕套曲中的表现有异曲同工之妙，这很可能是作时相差不多的缘故，是否所咏为同一情事亦未可知。然此套组曲深于情韵的含蓄手法以及归隐田园、厌倦世事的外在表现却反映出关氏散曲受传统艺术的熏陶和渲染的特色。当然，早期的这种和男女情事紧密相连的归隐避世意识并不具有特别的意义，准确地说只是一种"爱上层楼，爱上层楼，为赋新诗强说愁"的少年情态。

真正和〔南吕·四块玉〕"闲适"中避世倾向异曲同工的是他晚年所作的

〔双调·乔牌儿〕“世情推物理”。这两个作品的共同之处在于它们都已和男女情事以及社会俗务划清了界限，是通过对世事的体验和观察之后得出的结论。在第一支曲子中作者即这样告诫人们：

世情推物理，人生贵适意。想人间造物搬兴废，吉藏凶，凶暗吉。

看起来，作者吉凶莫测、祸福无常的人生观是通过“世情推物理”而推论出来的，并非仅仅由于爱情失意而产生的一时冲动。作品从一开始即表现了冷静的哲理性思考，在这里，理性取代了感情，人生变幻无常成了贯穿全曲的主导思想，如“富贵那能长富贵”“天地尚无完体”〔夜行船〕，“凫短鹤长不能齐，且休题，谁是非”〔庆宣和〕，如此等等，同样是没有是非感，没有争斗心，一副不问将来长短，且顾眼下受用的模样：

〔幺〕到头这一身，难逃那一日。受用了一朝，一朝是便宜。百岁光阴，七十古稀。急急流年，滔滔逝水。

正因为如此深地看透了世情和人生，所以作者不仅自己在入元以后即不再追逐名利（“不屑仕进”），也不仅在作品中非止一次地陈述表白，而且在曲中还劝道别人：“君莫痴，休争名利。幸有几杯，且不如花前醉”〔碧玉箫〕，作品最后还直接向同道者发出号召：

急流勇退寻归计，采蕨薇，洗是非；夷齐等，巢由辈。这两个谁人似得：松菊晋陶潜，江湖越范蠡。

在这里，作者对世情的厌倦，其规避现实的倾向较之马致远、乔梦符等辈，在程度上并无大的差别。即使将上引曲辞放到马、乔诸人名下亦真伪莫辨。显然他们都体现了传统文人在动荡不定的社会现实面前惶惑不安而又无可奈何、消极退避的心绪。

然而，也不能因此将关汉卿散曲全部视作表现“苟且偷生的处世态度，浑浑噩噩的生活情趣”，因为逃避现实总比同黑暗势力同流合污要强。况且即使在写作这些鼓吹避世、退隐情调作品的同时，也没有妨碍作者写出如前面所列举分析的〔不伏老〕等充满斗士精神的散曲，作者亦没有像马致远等人那样将屈原、诸葛亮、韩信等历史上曾大有作为的英雄人物进行否定和讽刺，说明关汉卿即使在最消沉的时候也没有彻底死灭一颗现实进取的心，起码他还为积极进取留了后路。正因为如此，他才同时又创作了其他充满不屈和抗争精神的作品。作家一生总有艰难曲折、思想复杂变化之时，用一个标准去衡量和统一无疑是要碰钉子的。

关汉卿散曲中诗人的情韵还体现在自然景观的描写和离情别绪的抒发上面。

对自然山水的关注为中国文人传统的审美范畴，所谓“仁者乐山，智者乐水”即由此而起。有时甚至被推向极致，成了诗文创作的生活基础。东晋著名的玄言诗人孙绰讽刺人的时候说：“此子神情都不关山水，而能作诗？”[①]由此可见山水等自然景观在传统诗文创作中的地位。

关汉卿虽然一生不作诗文，但以自然风光为描写对象的散曲并不少，而且还颇具特色。这方面如他的早期作品〔正宫·白鹤子〕：

四时春富贵，万物酒风流。
澄澄水如蓝，灼灼花如绣。
花边停骏马，柳外缆轻舟。
湖内画船交，湖上骅骝骤。

虽系散曲，却句式整齐，音韵谐美，清新活泼，与前人写景小诗相比，别有情趣在内，作者不仅在写景，而且景中有人、有情。如第三首：

鸟啼花影里，人立粉墙头。
春意雨丝牵，秋水双波溜。

①《世说新语·赏誉篇》。

和南朝乐府民歌中常用的谐音双关相近，关氏此处用了语意双关的手法，“春意”“秋水”一为写景，一为写人，名副其实地做到了情景交融。至于第四首中“月在柳梢头，人约黄昏后”二句更直接地化用了前人名句，诗味更浓了。

诗味浓郁的还有作者晚年所作的〔中吕·喜春来〕一首：

> 异根厚托栽培力，间色深资造化机，小园新得甚稀奇。魁众卉，堪写入诗题。

此曲题作《新得间叶玉簪》，完全可以当作一首咏物小词来吟咏。“异根厚托栽培力”二句颇具哲理意味，按古人的说法，即具有一种“理趣”。我们知道，元代诗歌前期多以宋金遗风为主导，后期则“宗唐得古”[①]。关氏作为亡金遗民，又为元代北方早期作家，显然也不自觉地受着当时诗风文风的影响。此曲以议论为诗，体现浓厚的“理趣”，无疑有着宋诗的风味在内。显而易见，关氏此时出现在读者眼前完全是一个诗人的风范。

〔南吕·一支花〕《赠朱帘秀》是一首题赠的作品，按常理即为写人。传统上此类题材也多以歌颂对方或以增进双方交谊为内容，然关氏此曲却较特别，他借用对方的名字生发开去，将写人变成了咏物，同样收到了情景交融的效果：

> 轻裁虾万须，巧织珠千串；金钩光错落，绣带舞蹁跹。似雾非烟，妆点就深闺院，不许那等闲人取次展。摇四壁翡翠浓阴，射万瓦琉璃色浅。

从形式上看，这完全是在咏物。语言华美、色彩艳丽而富有动感，是曲而不似曲，不是诗但却似诗，韵味十足，“不许那等闲人取次展”一句又充满感情，避免了因客观描绘而易导致平实呆板的毛病。

在此套曲中，作者同样运用了语言双关的修辞手法，强化了曲中的诗味。

① 参见邓绍基主编：《元代文学史》第17章，人民文学出版社1991年版。

如："富贵似侯家紫帐，风流如谢府红莲""愁的是抹回廊暮雨潇潇，恨的是筛曲槛西风剪剪"〔梁州〕。明为咏帘，暗在写人。读者在欣赏这珠环翠绕、光芒四射的珠帘同时也自然会将其同眼前被咏叹的人——名誉曲坛的女演员联系起来，收到了融情于物，爱物及人的特殊效果。也正因此，以下"十里扬州风物妍，出落着神仙"的直接赞颂，才会自然而然为读者所接受。作品末句警告那位娶了朱帘秀的"守户的先生"，要他善待这位广受赞誉的才女："则要你手掌儿里奇擎着耐心儿卷"〔尾〕，最后仍旧回到以物喻人的本体上来。

关氏此类散曲中仍以借景喻人和抒情的作品占优势。除了前面列举过的〔正宫·白鹤子〕四首外，晚年所作的〔双调·大德歌〕《春》《夏》《秋》《冬》四首更是如此：

> 子规啼，不如归，道是春归人未归。几日添憔悴，虚飘飘柳絮飞。一春鱼雁无消息，则见双燕斗衔泥。

在这里，景物描写完全是为了人物抒情的需要，人在景中的位置即突现出来了，或者说景不过是人背后的衬托罢了。但作者把握住了分寸，使得通篇写人但主要却以写景出之，形式上"人"倒成了景中的点缀。以下由春到夏，由夏到秋，又由秋转冬，四季吟咏莫不如此：

> 风飘飘，雨潇潇，便做陈抟睡不着，懊恼伤怀抱，扑簌簌泪点抛。秋蝉儿噪罢寒蛩儿叫，淅零零细雨打芭蕉。

同样是写人，也是写景。借景抒情、情景交融，构成一个凄清动人的艺术境界。不管作者主观上是否接受了传统诗论中的观点，客观上这些作品是深得所谓"诗家三昧"的。曲中有些景物虽然是虚的，如《夏》："偏那里绿杨堪系马""瘦岩岩羞带石榴花"，但却显得实在，没有超出诗的境界和读者的联想之外。有的还注意到虚实结合，如《冬》："瘦损江梅韵，那里是清江江上村？"更显示了情因景生，景随人变的人文主体特点。这实际上亦为传统诗词中的惯用手法，但关汉卿在散曲中应用得更加得心应手。

类似的表现在关氏〔大德歌〕另六首中也明显地存在着。作者连续描绘了历史上四个爱情故事，但均以景物描写贯穿其中，如“粉墙低，景凄凄，正是那西厢月上时”（莺莺张生），“绿杨堤，画船儿，正撞着一帆风赶上水”（双渐苏卿），“花阴下等待无人问，则听得黄犬吠柴门”（崔护觅水），如此等等，如诗如画的景物描写和美满姻缘相映成趣。而第五首更是通篇写景：

雪粉华，舞梨花，再不见烟村四五家。密洒堪图画，看疏林噪晚鸦。黄芦掩映清江下，斜揽着钓鱼艖。

这是一片雪景。在作者的笔下，银粉飘洒，如舞梨花，虽然不见渺渺茫茫的“烟村四五家”，却可以听到“疏林噪晚鸦”，看到芦苇丛中掩映着的钓鱼船。透过曲辞，我们可以感到唐诗人岑参、王维、韦应物的某种风韵遗存。形式上看纯是写景，但实际上却隐含着元杂剧《朱太守风雪渔樵记》中的意境，和前四首咏赞的美满姻缘相比，此曲转入了悲剧的成分，而以雪景衬之，淡淡化出，丰富多彩的人生真谛因而清晰展示，宛如一幅水墨画。作者表现得恰到好处，真可谓“不着一字，尽得风流”。

正是在经历了种种复杂多变的人生悲欢之后，此曲最后转入了慨叹：

想人生能几何？十分淡薄随缘过，得磨陀处且磨陀。

这自然是消极的。然而在古代文人作品中，这却是常有的心态，元散曲作家尤为多见，不能仅对关汉卿苛求，况且关氏散曲题材内容也不全部表现在这一点。

纯粹的自然风物描写在关汉卿散曲中也有表现，这就是〔南吕·一枝花〕《杭州景》。这是元统一、作者南下到达杭州后所作，曲中以热烈的笔触，赞颂了南宋故都这个“普天下锦绣乡，寰海内风流地”：

〔梁州〕百十里街衢整齐，万余家楼阁参差，并无半答儿闲田地。松轩竹径，药圃花蹊，茶园稻陌，竹坞梅溪……望钱塘江万顷玻璃，更有清溪绿，画船儿来往闲游戏。浙江亭紧相对，相对着险岭高峰长怪石，堪羡堪题。〔尾〕家家掩映渠流水，楼阁峥嵘出翠微，遥望西湖暮山势……纵有丹青下不得笔。

杭州及西湖风景在作者的眼里美不胜收，以至慨叹难描难画。但这支曲子却以大笔重彩，为读者勾勒了一幅传神的自然风光图。“满城中绣幕风帘，一地里人烟凑集”，杭州美景由于这支曲子而增色不少。毫无疑问，人们可以看出宋词人柳永《望海潮》的某些风格对这首曲子创作的影响。王国维称“汉卿似柳耆卿”[①]，正是根据关作多男女情事、妓院生活，包括此曲风格继承等等而言的。一句话，汉卿散曲多显出诗情画意，正是由于善于吸收前人长处，“转益多师是吾师”的缘故。

关氏散曲中诗的情韵还表现为离情别绪的刻画和渲染。在中国古代文学史上，从《诗经》中的“一日不见，如三秋兮”到江淹的“黯然销魂者，惟别而已矣”，到王维的“劝君更进一杯酒，西出阳关无故人”，别情成为传统诗文中一个长传不衰的创作母题。这同样反映到了关汉卿的散曲之中。

这方面最具有代表性的是〔商调·梧叶儿〕《别情》：

别离易，相见难，何处锁雕鞍？春去也，人未还。这其间，殃及杀愁眉泪眼。

此曲篇幅不长，却颇有特色。首二句平淡自然，读来明白如话，然而却不流于浮浅，“锁雕鞍”一句出自柳永《定风波》词“早知恁么，悔当初不把雕鞍锁”。这里稍加变化，以问句出之，加强了语气，使得前二句表达的情绪变得更加突出。抒情主人公苦苦相思，其情态呼之欲出，以下语势渐趋平缓，然心理不平衡愈烈，春将去，人未还”，苦熬一春，该还的却仍旧没有回还，极度失望攫住了主人公的心。“这其间”三字承上启下，点出了曲题，过去已矣，现在一切都必须有个着落，可是怎么样呢？作品用一句话作了总括：“殃及杀愁眉泪

① 王国维：《宋元戏曲考》十二《元剧之文章》。

眼。”“殃及杀”直言就是折磨死了，主人公感情率直，毫不忸怩作态，“愁眉泪眼”既是长期别离等待失望的结果，又为主人公此时的神态，更作为她的代名词。此句看似平易，但情感内涵特别丰富。周德清《中原音韵·作词十法·定格》特别推崇此曲，称为“如此方是乐府，音如破竹，语尽意尽，冠绝诸词”。“诸词”指的是同时收入供作“定格”的马致远、白朴、郑光祖、王实甫等元曲大家的作品。周氏此论，当然是在比较分析的基础上做出的，细味原曲，的确不为过誉。

与此相类的还有〔南吕·四块玉〕《别情》：

自送别，心难舍，一点相思几时绝。凭栏袖拂杨花雪。溪又斜，山又遮，人去也！

同样是别后相思，同样是寥寥数语，但具体表现却各有千秋。前三句倾诉感情，简洁明快，虽然用了“几时”的问词，但整体上又并非问句，气势较前曲稍平，以下虽然“凭栏”一句出一个特写镜头，写法上富有变化，但情感的发展却未能再次激荡。其所以如此，以下三句作了回答：“溪又斜，山又遮，人去也！”这一方面显示了抒情主人公依依不舍，凭栏眺望爱人远去的背影，是此前“心难舍”一句的更进一步表现。另一方面，这里的主人公尚无前曲那样经历了久盼不还而极度失望的痛苦，故心理上的不平衡也略缓。然而作者采用了特写镜头以及溪之“斜”、山之“遮”等拟人手法，形象较前曲更为鲜明。所以我们说，情感表现和写法上的相异构成了这两支小曲的不同特色。

〔双调·沉醉东风〕组曲五首同样刻画了这种感人的离情别绪。其中第一首尤为出色：

咫尺的天南地北，霎时间月缺花飞。手执着饯行杯，眼阁着别离泪。刚道得声“保重将息”，痛煞煞叫人舍不得，好去者望前程万里。

和前两曲刻画别后的相思不同，此曲正面表现临别时的情态。“咫尺”二句表明主人公清楚地知道即将到来的离别意味着什么。以下随即对其神态进行白描式的勾画:“手执着”的不是合欢酒,而是“饯行杯”,正因为如此,主人公才两眼泪花闪烁。不想别离,但别离的时辰已到,抑制住痛惜的心情道一声“路上保重”,又蓦然意识到随着这一声道别苦恋即将开始,情感陡地一沉,势将难分难解:“痛煞煞教人舍不得”,正是此时此刻主人公心境的真实写照。然而,理智提醒着她,这一切不过是一时的冲动,分离是避免不了的,来参加饯行这个行动本身也说明了一切都已既定,没有可能改变“霎时间月缺花飞”的命运。尽管她不情愿,最后的别离还是到来了。作品用一句看似平常的祝行辞收尾:“好去者望前程万里”,却表达了主人公千言万语无法吐露的痛苦。借用《西厢记》第五本第四折莺莺一段曲辞即为:

〔沉醉东风〕不见时准备着千言万语,得相逢都变做短叹长吁……将腹中愁恰待申诉,及至相逢一句也无,只道个“先生万福”。

这正表现了一种欲哭无泪的痛苦。作者情感表达能力的确是很强的。虽然其极力刻画的不过是男女之间离情别绪,题材未免狭窄,但却充满着诗的情韵。这方面又如第三首:

信沉了鱼,书绝了雁,盼雕鞍万水千山。

这种情致的表达方式,无论放在南北朝乐府还是放在唐诗宋词中亦绝不使人感到刺目。

文人诗歌的传统在关汉卿某些艳情作品中同样有所表现。如他的〔大石调·青杏子〕《离情》:

残月下西楼,觉微寒轻透衾裯。华胥一枕弯全觉,蓝桥路远,玉峰烟涨,银汉云收。

又如〔仙侣·翠裙腰〕《闺怨》:

晓来雨过山横秀，野水涨汀洲。栏干倚遍空回首，下危楼，一天风物暮伤秋。

清新、淡远，完全具备词的境界。假如不考虑套曲中的其他因素，单从这支曲子看，它们既有着丰富的情采，又不缺乏绵邈的韵味。按照严羽、王士祯的说法，称之为“羚羊挂角，无迹可求”“不着一字，尽得风流”的神韵，亦未尝不可。

总之，关汉卿的散曲在显示一个戏剧大师本色的同时，也没有完全失去传统诗家的韵味。如果说，前者的存在主要体现着永不屈服的斗士精神和长于叙事塑造形象的手法的话，后者则使得关氏散曲同时出现了消极避世的情绪和长于抒情语言雅训的风格。虽然，从表面看来，此二者之间存在着矛盾和冲突，但也与关汉卿作为一个戏曲家的同时又是一个文人士大夫的双重身份有关，作家经历的复杂性和人格的双重性决定了他作品的性质及其表现形式。理解了这一点，我们对关汉卿散曲中存在着诸如此类的种种不统一也就不会感到难以接受了。

三、放浪：市井之曲

从文化整体上为关汉卿的身份定位，我们发现，关氏除了戏曲家和诗人的一面之外，还有着纯粹市井曲家的一面。

顾名思义，所谓市井曲家，即指那些既未参与杂剧创作，亦非传统诗文作家而专门从事散曲创作的市井文人。我们知道，在元前期散曲作家中，元好问、杨果、胡紫山等人皆以大儒名臣身份出现，散曲不过是他们从政和从事诗文创作之余而用作消遣的小玩意。他们的作品，实际上都带着传统诗词的手法和意境，即在整体上可以算作诗家之曲，而白朴、马致远一类的杂剧家，同时从事诗词和散曲创作，其作品除了传统的诗词意境外，有时还带有一点杂剧家的本色，如白朴的〔仙吕·醉中天〕《佳人脸上黑痣》和马致远的〔般涉调·耍孩儿〕《借马》等，也还有一些散曲作家如王和卿、庾吉甫以及后来张可久、沈和甫等皆不作诗词也不作杂剧，作品可称为典型的“曲家之曲”。然而，这里的“曲家之曲”是广义的。其中如张可久，由于其“以儒家读书万卷”[1]，受传统文化影响颇深，故作品有如朱权所言“不食人间烟火气”，实际上亦为诗家之曲。狭义的“曲家之曲”应当指的是王和卿等人所作充满世俗气息又无剧家风范的“纯粹”散曲作品，严格说来应称之为“市井之曲”。元散曲中有许多“上不得高雅台盘”的无名氏市井小曲亦可归入此类。

关氏散曲中体现“市井之曲”特点的主要是大量放浪恣肆的艳歌情曲的存在。甚至在前面分析过的“剧家之曲”和“诗家之曲”中，我们同样可以发现它们大多数仍是以男女情事为其描写对象的。例如（二十换头）〔双调·新水令〕和〔双调·新水令〕“楚台云雨会巫峡”等曲，其正面描写男女相恋以致幽媾的程度，只有在礼教观念淡薄的市井俗曲中才敢放胆咏唱。关氏只不过以其戏剧家的独有手法使它们更加细腻曲折和更加放肆大胆而已。至于其著名的〔不伏老〕套曲，无疑充满了不屈不挠的斗士精神，和杂剧创作有直接的相通之处，但其表现形式，仍旧没有脱离“一世里眠花卧柳”的“烟花路”范畴。其写景作品，除了〔南吕·一枝花〕《杭州景》和〔中吕·喜春来〕“新得间叶玉簪”等少数几首外，其他大多亦不脱男女情事，即使〔正宫·白鹤子〕中四首写景小曲，也有着“春意两丝牵，秋水双波留”这样充满情爱的语意双关，更有“月在柳梢头，人约黄昏后”这样的大胆幽媾。至于他的“别情”一类作品，更仅关注着恋人之间的离情别绪。当然，所有这些，在传统诗词中并不乏见，从某种意义上说，关氏在这部分散曲中作如此表现，也正是对传统上有关题材继承的结果，也正是从这个角度考虑，我们将其归入诗家之曲。但在作品中如此集中地大量描写这方面题材内容，却不能不看作是带有明显关氏特点的诗家之曲。

关氏散曲中还存在着一些既乏剧家本色又少诗家情韵的纯粹曲品，如〔中吕·古调石榴花〕《闺思》：

〔酥枣儿〕一自相逢，将人来萦系。樽前席上，眼约心期，比及道是配合了，受了些闲是闲非。咱各办一个坚心，要拔个终缘之计。想佳期梦断魂劳，

① 贯云石作张小山《今乐府》序中语，引自李昌集：《中国古代散曲史》，华东师大出版社 1991 年版，第 571 页。

衾寒枕冷，寂寞罗帏，瘦损香肌。闷恹恹鬼病谁知？〔催鲍老〕当初指望成家计，谁想琼簪碎，当初指望无抛弃，谁想银瓶坠。烦烦恼恼，哀哀怨怨，哭哭啼啼，悲悲切切，长吁短叹，自跌自摧。

显然这里表现的是思妇之苦，题材在传统诗词中亦不少见，但絮絮叨叨，说了又说，感情的抒发一泻无遗，真所谓曲尽意尽，没有丝毫含蓄，诗的韵味固已消失殆尽，而虽为代言却又没有情节和动作形象，剧家手法也不明显，故难以归入上述二类。然而，这种细腻白描的表现方式，这种不加任何掩饰的放浪言情态度，却代表了当时市井小曲的共同特点，是名副其实的“市井之曲”。

《闺思》还仅仅表现了传统习见的思妇，作者另一首〔仙吕·一半儿〕《题情》则正面表现男女双方的调情：

云鬟雾鬓胜堆鸦，浅露金莲簌绛纱，不比等闲墙外花。骂你个俏冤家，一半儿难当一半儿耍。

碧纱窗外静无人，跪在床前忙要亲，骂了个负心回转身。虽是我的话儿嗔，一半儿推辞一半儿肯。

多情多绪小冤家，迤逗的人来憔悴煞。说来的话先瞒过咱，怎知他，一半儿真实一半儿假。

同样是“饮食男女”的恣肆放浪，同样没有诗情画意。中间一首虽然并不乏情节和形象，但没有贯穿始终，形成不了“剧感”，同样缺乏“诗味”和“剧味”。然而语言生动活泼，充满机趣，日常生活气息特别浓郁，而且信笔写来，无刻意追求之痕，无铺叙排场之费，此又为任何“诗味”“剧味”所不及。

在关氏可称为“市井之曲”的作品中，还有一些是以妓院生活为题材的，其放浪程度更为前曲所不及。如〔双调·新水令〕“凤凰台上忆吹箫”：

〔落梅风〕姨夫闹，咱便晓，君子不夺人之好。他揽定磨杆儿夸俏，推不动磨杆儿上自吊。〔甜水令〕佳人有意郎君俏，郎君没钞莺花恼。如今等惜花人弄巧，指不过美话儿排，虚科儿套，实心儿少。想着月下情、星前约，是则是花木瓜儿看好。李亚仙负心疾，郑元和下番早。

这是纯粹描写妓院嫖客之间的争风吃醋、妓女鸨母的只认钱钞。虽然说，没有关汉卿这样的“郎君领袖”“浪子班头”经历，是不会将妓院生活写得如此的惟妙惟肖、栩栩如生，但要从中找出一丝的斗士精神，却是不可能的。这种情况在关作中还并不乏见，如另一首〔双调·新水令〕题为《闲争夺鼎沸了丽春园》，此题目意味着什么内容一看便知。其中在慨叹自己“白没事教人笑，惹人怨”之后继续写道：

〔驻马听〕锦阵里争先，紧卷旗幡不再展，花营中挑战，劳拴意马与心猿。降书执写纳君前，唇枪舌剑难施展。参破脱空禅，早抽头索甚他人劝。

表面上看，关氏此曲用的正是体现斗士精神的《不伏老》等曲中的语言，如“锦阵里争先”“花营中挑战”，等等，但情况已截然不同了，这里已不再有不屈不挠死也要“向烟花路儿上走”的勇气，而是甘愿服输，“紧卷旗幡不再展”“劳（牢）拴意马和心猿”，如果仍旧理解为关汉卿的生活态度，则只能表现他曾经有过的消沉一面，如前面曾分析过的“鹰飞得有时比鸡还低”的情景。然而事实上，关汉卿一生的确大多数时间在和勾栏行院（妓院兼戏班）打交道，“一生醉花卧柳”也不全是比喻借代，在这里，“剧味”“诗味”同样是不存在的。有的只是一种市井曲家的放浪。

元人散曲中有一个固定的体格，一支曲子前三句雅语有时竟和诗体无明显不同。字句整齐、声韵铿锵，细加品味也是诗味浓郁，但以下即转入俗调。在套数则前两曲往往写景铺垫，造语极雅，后面敷曲则本色通俗。一套之中，雅俗并存。有论者认为：“这又是散曲初向文人化过渡的一个迹象，亦是雅俗尚未圆融一体的明显表征。”[①]元前期曲家杨果等人作品已时有所见，关作散曲当然也不失此一格，如前面列举过的〔仙吕·翠裙腰〕《闺怨》，在充满诗情“神韵”的“晓来雨过山横秀”前二曲之后，随即来了这么一支曲子：

① 李昌集：《中国古代散曲史》，华东师大出版社 1991 年版，第 485 页。

〔寄生草〕为甚忧，为甚愁？为萧郎一去经今久。玉台宝鉴生尘垢，绿窗冷落闲针绣，岂知人两叶眉儿皱！

这就使得前曲含蓄、蕴藉的诗情一下子吐露得干干净净、一泻无余，原来仍是不加掩饰的情欲。另如〔大石调·青杏子〕《离情》：

〔荼蘼香〕记得初相守，偶尔间因循成就，美满效绸缪。花朝月夜同宴赏，佳节须酬，到今一旦休。常言道好事天悭，美姻缘他娘间阻，生拆散鸾交凤友。〔尾〕对着盏半明不灭的孤灯双眉皱，冷清清没个人瞅，谁解春衫儿扣？

依然没有诗情画意，没有故事情节和动作形象，依然只是放浪的男女爱欲，不存在昂扬奋发的斗士精神，将其归入纯粹的市井俗曲也不会让人感到不恰当。

关汉卿笔下的市井之曲还表现在多以女性形体神态为描摹对象。例如他的〔越调·斗鹌鹑〕两个套曲即传神地刻画了女艺人的表演伎艺：

蹴鞠场中，鸣珂巷里。南北驰名，寰中可意。夹缝堪夸，抛声尽喜。那换活，煞整齐。款侧金莲，微挪玉体。唐裙轻荡，绣带斜飘，舞袖低垂。

蹴鞠，一名击鞠，我国古代的一种踢球运动。汉·刘向《别录》一书中有云："蹴鞠者，传言黄帝所作，或曰起战国时。蹴鞠，兵执也，所以练武士，知有材也。"这种早期的练武"蹴鞠"，至宋金时尚盛，《金史》记载宣宗兴定四年（1220）冬十月"上击鞠于临武殿"[①]。然在民间则早已成为一种伎艺。宋人汪云程曾有《蹴鞠图谱》传世。关氏曲中即正面描绘了蹴鞠女艺人娴熟的伎艺和迷人的娇姿：

①《金史·宣宗下》。

〔秃厮儿〕粉汗湿珍珠乱滴，宝髻偏鸦玉斜堆。虚蹬落实拾蹑起，侧身动，柳腰脆，丸惜。

这正是一幅别具一格的美女图。形象鲜明，富有动感，和“剧家之曲”比较唯一差别在于没有故事情节。

在另一首《女校尉》中，作者还表明自己也曾置身其中：

〔寨儿令〕得自由，莫刚求，茶余饭饱邀故友，谢馆秦楼，散闷消愁。惟蹴鞠最风流。演习得踢打温柔，施逞得解数滑熟。引脚蹑龙斩眼，担枪拐凤摇头。一左一右，折叠鹘胜游。

女校尉乃宋元圆社中踢球伎艺高超的女艺人。《玄览堂丛书》影印旧钞本《蹴鞠谱》中《须知》一节记校尉名称的来由说：“出入金门，驾前承应，赐为校尉之职。”同书还说：“凡做校尉者，必用山岳比赛过，才见其奥妙。”[①]据前面考证，关氏此曲作时较早，当在作者于金末汴京仕宦之时，所以曲中有“平生肥马轻裘，何须锦带吴钩”和“叹功名似水上浮沤”的说法。此曲一开始即云“得自由，莫刚求”，显然是指公事余暇不易，故至“谢馆秦楼”散闷消愁。他同艺伎们在一起“演习得踢打温柔”，这种放浪的生活态度在传统的文人士大夫中确实少见，但在市井文艺中却能经常看到。

自然，将女艺人高超伎艺作为描写对象的作品在古代并不乏见，著名的如杜甫《观公孙大娘弟子舞剑器行》等。但在散曲中以套数正面表现，关汉卿应该说是开了先导，曲中描写实际上也是他本人放浪尘世的一个侧面。

关氏笔下的美人图不仅局限于妓女和女艺人，有时还出现在下层婢女身上。例如他的〔中吕·朝天子〕《从嫁媵婢》：

① 转引自李汉秋、周维培校注：《关汉卿散曲集》，上海古籍出版社 1990 年版，第 59 页。

鬓鸦、脸霞，屈杀了将陪嫁。规模全似大人家，不在红娘下。笑眼偷瞧，文谈回话，真如解语花。若咱，得他，倒了葡萄架。

寥寥数语，就将一个活泼可爱的婢女形象勾画出来了。“不在红娘下”一句，表明作者有意将此曲与《西厢记》联系起来，“规模全是大人家”一句亦与《西厢记》第一本第二折〔脱布衫〕曲：“大人家举止端详”曲辞有化用关系。“解语花”三字亦见关氏另一散曲〔双调·沉醉东风〕五：“面比花枝解语”，也同在《西厢记》第一本第二折中找到着落：“娇羞花解语”〔尾〕，俱为张生赞叹红娘之辞，此处用来赞赏“不在红娘下”的侍婢，可称得体。虽然此曲作者目前尚有争论，吴梅先生由此生发出关夫人的“为君唱彻醋葫芦”一诗等佚事。纯为作者想象[①]，自然不足为据。但从关氏作品和《西厢记》的密切关系来看，这支小曲为关汉卿所作的可能性更大一些（关于这点，前面有关章节均已论及，此不赘言）。

对女性体态的描述有时还在关汉卿散曲中引出俗笔。这方面主要见他的〔仙吕·醉扶归〕《秃指甲》一首：

十指如枯笋，和袖捧金樽；掐杀银筝字不真。揉痒天生钝。纵有相思泪痕，索把拳头揾。

历来论者对此曲褒贬不一。元人周德清将此曲作为《中原音韵》作词十法的“定格”之一，明人王世贞称此曲为“诨中巧语”，俱极称赏，然数十年来，则多有贬之者，理由是曲中对被压迫遭污辱的妓女进行嘲戏，表现了作者的低级趣味。当然也有不同观点。今天看来，此曲较深反映了歌妓的痛苦：尽管弹筝已将指甲磨秃了，到了“十指如枯笋”的悲惨境地，却还得被迫待客，“和袖捧金樽”。作品的暴露力量无疑是很强的。然而如此痛苦的处境却通过嘲戏的方式表现出来（“揉痒”以及用“拳头揾”“相思泪”），这种处理手法不能表明作者是严肃对待此事的，这和他在剧作中将悲剧性题材化作喜剧形式如出一

① 《吴梅戏曲论文集》，中国戏剧出版社 1983 年版，第 80 页。

辙，或竟可以看作是在散曲创作中的不觉运用。毫无疑问这是作者玩世不恭生活态度的一个具体体现。元代散曲领域嘲戏成风，甚至对历史上的英雄人物都不例外。例如张鸣善小令〔双调·水仙子〕将周文王称作“五眼鸡”，称诸葛亮为“两头蛇”，而贯云石〔双调·殿前欢〕中竟对“忠臣跳入汨罗江”的屈原反复嘲弄：“沧海污你，你污沧浪？”如此等等，可以说这都是人们在那个特定时代超越常态的玩世表现。长歌当哭，怒极反笑，在这里，简单地予以肯定和否定都不能正确说明问题。作为关汉卿笔下典型的市井之曲，《秃指甲》一曲自有其存在价值。

市井之曲，为元散曲的重要组成部分，关汉卿这部分创作自然亦不例外。这也是时代和当时汉族文人的特殊处境造成的，元人郏经所谓“百年未几，世运中否，士失其业，志则郁矣”，于是造成了一代文人“嘲风弄月，留连光景”。[①]严格地说，关汉卿的生活态度不仅和元好问、杨果、胡紫山等名公大儒不同，也与白朴、马致远这些天性雅洁的文人有异，他一生的市俗化是很少有文人士大夫所可比拟的。明人臧晋叔称“关汉卿辈争挟长技以自见”“偶娼优而不辞”[②]，更是关作中市井之曲之由来。从这个意义上说，关汉卿散曲（甚至包括杂剧）都是市井之曲（广义上），充满世俗气息是关氏全部创作的总体风貌。但由于关汉卿本身又同时是有戏剧大家和文人士大夫的双重身份，所以在狭义上，他的散曲又都带有杂剧和传统诗文的某些特点，因此我们将其具体分为“剧家之曲”“诗家之曲”和“市井之曲”，应当说更有助于对其整体创作的准确把握，也符合其散曲创作的实际。这一点我们在以下对关氏创作风格的总体探讨中将看得更加清楚。

---

①《青楼集·序》。

②《元曲选》后集序。

第八章　关氏风格论

关汉卿之创作风格，为历来论者谈论较多的一个问题。从元人的“造语妖娆”（贯云石）、“奇巧”（杨维桢）到明人的“激厉而少蕴藉”（何良俊），由于考察的角度不同，结论亦多歧见。至清末的王国维，始有较为系统的评说：

> 关汉卿一空倚傍，自铸伟词，而其言曲尽人情，字字本色，故当为元人第一。

此即近代意义上本色论的开端。在这以前，何良俊、徐渭、胡应麟、凌濛初等人均曾接触到本色问题，但他们有的并未和关氏风格联系起来，有的只从《西厢》王作关续角度考察，故皆非严格意义上的关汉卿创作风格论。自王国维以后，经过郑振铎、林庚、刘大杰诸人在其所著文学史专著中加以引申发挥，关剧的本色风格遂成定论，此后关汉卿即被作为元杂剧中本色派的代表。

然而，此前有关关作风格的论述，除了少数文学史专著以外，大多出自前人观点的继承，或仅就关作某些方面而做出推演，从整体上正面展开论述并不多见，而文学史专著又因体例关系，对风格诸方面自不能花更多的笔墨，所以到目前为止，关氏本色派风格的内容到底指什么，是仅指语言还是包括其他，有关论者尚无定论。因而，风格问题仍为关汉卿研究领域尚待进一步挖掘开垦的园地。

文论界一般认为，作家风格贯穿于创作的全过程，体现“其一系列代表作品内容与形式的有机统一中”[①]。本章拟从总体构思、结构艺术、人物塑造和语言形式四方面对关汉卿的创作风格做一个比较全面的论述。

① 孙耀煜等主编：《文学理论教程》，人民文学出版社1991年版，第378页。

一、总体构思：新颖性、多样性

谁都知道，风格乃作家创作个性在作品中的反映，而创作个性则首先表现在对其作品的总体构思上面。总体构思包括题材范围、体制安排、性质分类等。通观关汉卿的全部创作，给人以深刻印象的是作品内容和形式的多样性和新颖性。

从题材范围上看，和中外伟大的戏剧家一样，关汉卿首先把艺术目光对准了过去，在历史的进程中寻找自己的落脚点。如前所述，关氏中期以前的剧作大多为历史题材。在今存十八种关剧中，历史剧和历史故事剧即有十五种之多，占总数的六分之五，如果连同佚目都包括在内，则在全部的六十六种关剧中，可以称得历史剧和历史故事剧的达五十二种，也差不多将近了六分之五。可见历史题材在作者题材选择中所占的突出地位。

对于关氏等元曲作家多以历史题材入剧，前人多归因于元代政治黑暗以及统治者对杂剧创作的压制，人们转引最多的是元时的一些法令，如“诸妄撰词曲诬人，以犯上恶言者，处死”“诸乱制词曲为讥议者，流”①。如此等等。事实上这是一种错觉，目前所能见到的正史、野史、官府案例、私家笔记均无杂剧作家因“妄撰词曲”而被杀或被流的记载，显然此类法令在当时并未认真实行过。关氏后期剧作多现实剧这个事实也可从另一角度证明这一点。如果说前期写作历史剧是因为要避免违法而不得已为之的话，则世祖中期以后法律渐趋严密，且无明令宣布以上禁令无效，为什么汉卿倒在后期敢于写现实剧呢？显然问题不在这里。

我们知道，西方戏剧史的源头古希腊戏剧多从历史和神话选择题材（据说悲剧中唯一的现实剧《波斯人》在演出时竟遭到当局的罚款，因为剧中提到了当时和波斯作战中希腊人的战败），东方成熟的印度梵剧的题材亦多来自宗教历史故事。这种历史剧先导的状况直到16世纪莎士比亚笔下仍没有根本的变化，莎氏剧作早期也是以历史剧为标志的，以后才转入悲剧和喜剧。对

①《元史·刑法志》。

关汉卿剧作题材的选择，最科学的方法同样应当从戏剧史及关氏创作本身具体情况去探索。

从前面对关氏创作分期的描述中可以看出，关汉卿的剧作题材是从历史入手的，以后随着年龄的增长而作品的现实内容逐渐增多，历史成分则逐步淡化。从历史剧、历史故事剧到社会现实剧，我们可以清楚地看到这种转变和淡化的轨迹。由此可见，从历史事件和历史人物中选择题材应当是剧作家从事创作的必要通道。我们知道，关氏开始杂剧创作是在13世纪中叶，此时北杂剧艺术刚刚形成，可说是正值幼年时期，作者此时虽然年属不惑，但在戏剧领域却也是刚刚起步，对于如何表现社会现实完全没有经验，更无可供遵循的范例，况且作者对社会对人生的体验也不如后来那么深刻，那么成熟。这一切都决定了他此时期把目光转向过去，在历史的框架内寻求题材的必然性。

然而，这并不意味着关剧题材陈旧和缺乏现实性，作者热爱生活，有着强烈的入世精神，这一点已为人们所公认。统观关氏早中期剧作即可发现，无论是历史剧还是历史故事剧，作者都表现了在题材选择方面最大的广度和深度，远至三代的《伊尹扶汤》，中间经过汉、三国、南北朝、隋、唐、宋，直到以作者曾亲历的金代为背景的《调风月》和《拜月亭》，前后持续了近三千年的历史在关剧题材中均有不同程度的表现。其中有《单刀会》《双赴梦》这样正面表现蜀、吴两大政治军事集团为争城夺地而展开的刀光剑影、唇枪舌剑，有《敬德降唐》《哭存孝》这样正面表现领袖人物如何看待人才和防范小人的，也有《五侯宴》《裴度还带》这样对历史人物出身、命运和道德问题做出正面评判的。剧情和场面也各有不同，从宫廷到战场，从相府、帅府到将军府第，从滔滔大江到农庄和寺庙，应有尽有，五光十色，显示了作者对历史情事特别熟悉，运用起来得心应手。即使在仅取历史一点影子而重新再创造的历史故事剧中，人们也可以看出作者对历史上的法律制度、特权阶层的横行霸道引起的社会不安、文人的仕途以及妓女的命运等问题的关注，对历史上的等级制度和战乱导致人与人之间关系的改变等问题，作者同样倾注了很大的热情。由此可以看出，历史对关汉卿来说不过是凭依发挥的框架，不仅不构成任何局限，反而由于借着历史的名义而使得自己真实的思想得以尽情地发挥，并且避免了因选择素材缺乏经验而带来的麻烦。如《单刀会》中表现的强烈的民族意识，如果不是借用历史事件和历史人物的名义，是很难设想会在舞台上公开宣告“倒不了俺汉家节”，即使作家敢写，演员也不敢演出来。黑格尔曾经说过：“理想的艺术表现……一般地说，在较早的过去时代，才找到它的最好现实土壤。”[①]我们当然不认为历史题材是唯一“理想的艺术表现”，但黑格尔最后这句话非常重要，注目过去，展现历史绝不是目的，最终目标在于古为今用。也正是在这个意义上，黑格尔这段话用来说明关汉卿早期历史剧是非常适合的。的确，对此时期的关汉卿来说，注目于“较早的过去时代”，更是为了创新，而且唯有如此，才能找到“最好现实土壤”，这也符合这位戏剧大师毕生的追求。

既然题材的多样性在关汉卿的历史剧和历史故事剧已有相当表现，则在其现实剧中这种表现即更加突出了。在现存的晚期三个剧中，《玉镜台》选择了很少为人们所注意的老夫少妻现象，而促成他（她）们最终结合的不是金钱，不是权势，也不是变态的情欲（起码刘倩英不是如此），而是出于张冠李戴的“骗娶”和怕丢面子的虚荣。尽管此剧在构思上还属于历史题材向现实题材的过渡，但从情节的安排可以看出作者选材的角度是很新颖和独特的。

《望江亭》和《窦娥冤》这两个现实剧共同揭示了寡妇的生活和命运问题，也表现了作者对这一牵涉传统伦理道德问题的看法。过去多有论者认为《窦娥冤》中女主人公是为了“一马不将两鞍备”的节操而抗拒张驴儿，因而认定如此处理反映了作者思想深处的局限性。其实这并不确实，因为作者几乎同时创作的另一剧作《望江亭》则对寡妇改嫁作了肯定的描写。和剧中的男主角一样，关汉卿并没有因为寡妇改了嫁就加以鞭挞和否定，而是充满感情的歌颂，而且从剧情性质来看，《窦娥冤》中的女主人公并不因为矢志守节而得到社会的鼓励和奖赏，相反却被恶人构陷而最终以悲剧结局，同样，《望江亭》中的女主人公也并不因为改嫁而遭厄运，相反最终却在惩治恶人的斗争中取得了完全的胜利，是一个典型的喜剧结局。作家对此二剧同类题材的不同处理亦即说明了自己的倾向性。虽然不能以此断定他在号召寡妇们都走改嫁的道路，但客观上却对寡妇们勇敢面对新生活起到了鼓励的作用，起码不能说关

① [德]黑格尔著：《美学》第1卷，朱光潜译，商务印书馆1981年版，第242页。

氏是极力鼓吹寡妇“一马不将两鞍备”,因而是封建礼教忠心维护者的。

除了寡妇改嫁之外，这两个现实题材的剧本还接触了权豪势要、地痞无赖的横行霸道,贪官污吏的无心正法和草菅人命,还揭露了当时的高利贷的残酷剥削等问题,甚至对当时的中央朝政、地方司法制度、寺庙等领域均有不同程度的涉及,由此可见作者的选材能力业已相当成熟,完全脱离了早期创作在一定程度上对历史框架的依赖性。

关作中的现实性成分在散曲中表现得尤甚。如果说杂剧中多数还必须借助于历史的影子的话,散曲中则除〔大德歌〕六首和《崔张十六事》两组小令分别吟诵了前代爱情故事外,其余大部,不论是《杭州景》之类的写景,《赠朱帘秀》之类的赠人,也无论《不伏老》等曲的抒怀,〔商调·梧叶儿〕《别情》之类的言情,皆取自现实生活。其场景有〔黄钟·侍香金童〕中的“香闺院宇”,有〔大石调·青杏子〕《骋怀》中的“花月酒家楼”,有“杭州景”,有“小红楼”,有“荼蘼架”,还有着“蹴鞠场中”“鸣珂巷里”。同样是应有尽有,五光十色。虽然有评论认为散曲格调不高,但那是见仁见智,并不影响我们这里所说的选材的现实性。

除了同时具有历史和现实的成分以外，关剧题材的多样性还表现在现实和非现实情节的安排上。

当然，这里的所谓现实已不是相对于历史题材的眼前现实，而是指整个人世而言。目前一般认为,关汉卿热爱生活,敢于面对人生,在那兽道横行的黑暗时代,他高扬着生命的旗帜,在邪恶的不屈抗争中体现出人道主义精神。事实上亦是这样。如前所析,即使在关汉卿表现最消沉的散曲作品中,尽管模糊是非、消极避世,削弱了进取精神,但始终没有和同时代其他类似作品那样对历史上杰出人物(如屈原、诸葛亮等)进行否定和嘲弄。此外,在关汉卿的全部作品中,元曲中大多数题材皆已具备,唯独没有“神仙道化”这一类,这都说明了作者积极的生活态度,体现了彻底的现实主义精神。

然而，这样评价亦并非意味着关汉卿不擅长于非现实成分的构造。从早期的《西蜀梦》到晚期的《窦娥冤》,无论是生前叱咤风云的万人敌大将还是无权无势、可怜无告的市民寡妇,死后都成了复仇情绪强烈的厉鬼。鬼魂的出现无疑使得写实性极强的关汉卿作品平添了非现实的气氛。而且,这种非现实成分时出现在上述二剧中又并非若隐若现的场外人物（像莎士比亚戏剧《哈姆雷特》中老王的鬼魂一样），它们或者本身即为场上主要人物形象（魂关、张），或者是主人公复仇意志的延续（魂窦娥），都在不同程度上构成了剧情的重要组成部分。在具体表现上，魂张飞在愁云中和魂关羽相见互诉苦情，并且结伴前往西蜀托梦。此后二魂在宫殿角徘徊："早朝靴踿不响玻璃甃，白象笏打不响黄金兽。"《窦娥冤》中的"魂旦"，不仅"慢腾腾昏地里走，足律律旋风中来"，而且在楚州后厅里灭灯现形，白日里公堂对质，俱可以同一切"神头鬼面"乃至"神仙道化"剧的非现实虚构相媲美。显然，关汉卿对于人世外的非现实虚造同样是得心应手的，不过他笔下的这些非现实表现并不是其目的，正如有论者所言，"三分不像鬼，七分倒像人"，实际上即为其现实主义精神的一种延伸。美国戏剧理论家劳逊曾经指出："鬼的意义并不是作为一个象征，而是一个活生生的一个动作的因素，如果它对动作所起的效果是跟我们所知的现实相符合的，我们就接受这个造成效果的程序所产生的心理的真实。"①这段话用来评价关汉卿笔下的鬼魂，应当说是相当适合的。它们共同体现的是现实中人的意志，而非引导读者走向空幻和虚无，这也是关剧中非现实成分区别于马致远等其他元曲家创作的一个重要特点。

除了历史剧和现实剧，现实成分和非现实成分交织之外，关作题材的多样性和新颖性还表现在文戏武戏的结合方面。当然，这主要体现在前期的历史剧之中。

如何对历史上的重大事件进行剪裁选择，亦即如何适当处理文、武戏在作品中的比例，这是检验一个历史剧作家选材能力的重要标志。一般说来，关汉卿创作都以构思新颖、人物独特、结构完整以及语言本色吸引观众，并不重在情节的紧张和场面的热闹，故其作品中正面涉及重大政治军事斗争场面的并不太多，从剧目数量上看不及总数的三分之一。即使在这些作品中正面描写开打的场面也比较少，例如《单刀会》中尽管有"旱路里摆着马军，水路里摆着战船，直杀一个血胡同"的台词，但并无战争场面的出现。如果说在此剧是

① ［美］约翰·霍华德·劳逊著：《戏剧与电影的剧作理论与技巧》，邵牧君、齐宙译，中国电影出版社1978年版，第288页。

为了突出"赴会"中唇枪舌剑以塑造主人公的大智大勇的话，则《西蜀梦》中完全可以将关羽夜走麦城、张飞阆州被刺等场面表现出来以造成紧张热闹的舞台效果，但作者却偏偏没有这样做，而是通过使臣和诸葛亮等人之口间接交代，而正面表现的却是刘备、诸葛亮等人的悲伤和关、张二魂要求复仇的愤激情绪。关作中另一历史剧《哭存孝》也是如此，作者并没有正面表现李存孝"擒拿邓天王、活挟孟截海、挝打张归霸，十八骑误入长安，大破黄巢"的武功，也没有正面表现他被迫赴邢州后"杀王彦章，不敢正眼视之；镇朱全忠，不敢侵扰其境"的神勇。这些皆仅通过道白中间接叙述，而作品正面表现的却是李克用的昏聩、李存信之类小人的诬害，从而导致李存孝被车裂身死的经过，打斗场面并未在舞台上出现。如此等等，皆可看出作者独特、新颖的创作个性。

这样概括当然亦不意味着关汉卿没有构思武戏的创作才能。我们看到，在《敬德降唐》和《五侯宴》二剧中，这方面即表现得比较充分，其中既有着李世民、徐茂公等人的运筹帷幄，又有着李嗣源、王彦章等人的战争交锋；既有着千军万马的野战（《五侯宴》），又有着虎将之间的单兵格斗（《敬德降唐》），甚至在不涉及重大政治军事背景的爱情剧如《西厢记》中也有着白马将军杜确和贼将孙飞虎之间的格斗（"调阵子"科）。这些，再加上《单刀会》中以武力为后盾的外交上的激烈舌战，文戏和武戏得到了良好的配合。在这个意义上可以说，古代戏曲中重大政治、军事斗争的基本手法在关剧均得到了丰富的表现。

总之，历史剧和现实剧皆备，现实成分和非现实成分同见，文戏和武戏兼工，这是从题材内容方面衡量关汉卿创作的一个最大特点，也是关氏创作题材多样性，新颖性的基本特征。

题材以外，多样化还体现在体制的安排和性质的分类方面。

首先，从杂剧体制上看，由于关汉卿一生经历了初创和繁盛的两个时期，同时还兼有南北两方面的特色，所以他的作品除了典型的四折一楔子成熟形式外，还有着早期的不稳定和南下后接受南戏影响而形成的变格。前者除了前面提到并分析过的早期六部历史剧中存在着的主角扮演多人的情况外，还存在着其他角色也开口唱曲的情形，如《蝴蝶梦》第三折中王三唱的〔端正好〕

〔滚绣球〕两支,并说是“曲尾”。所有这些,一般皆认为是当时北杂剧体制尚不成熟和不稳定的标志。但从另一角度看，主角不限于仅扮一人也有助于剧中不同人物的塑造,在一定程度上减轻了主角一唱到底的单调感。至于“曲尾”的出现,并没有使剧情和唱腔的完整性遭到破坏,反而活跃了场上的气氛。

关汉卿晚期剧作还有意吸收南戏的体制,《望江亭》第三折杨衙内和张千、李稍两个随从唱了一曲〔马鞍儿〕，并通过杨衙内之口指出这是“扮南戏”。如果说这还可以理解为偶尔插科打诨的话,则《西厢记》杂剧体制受南戏影响则是历来人们所谈论的热门话题。它不仅体制由一本四折一楔子变成了五本二十一折的鸿篇巨制,而且其中还出现了对唱、双唱、合唱等形式,在相当程度上打破了四折一楔子的传统演唱形式,尽管今传本《西厢》乃王实甫最后修订,但既为关汉卿草创,基本形态尚可依据断定。

关作有意吸收南戏体制还体现在散曲方面,他的〔仙吕·桂枝香〕“因他别后”即为一南曲套数,今存于明万历刊本的《词林白雪》和《南宫词纪》,前者署名为关汉卿,后者为无名氏。有论者曾怀疑关氏的创作权,但无确证。关氏后期在南方度过,接受南曲影响并试验创作是完全有可能的事,这也是他在构思上不断求新的一个表现。将此曲与《望江亭》《西厢记》等剧同时考察,可以收到相互印证的结果。

不光在北曲基础上注意吸收南曲的影响，关氏散曲体制上的多样性还体现在各不同样式的齐备上面。套数中既有(二十换头)(双调·新水令)的长达二十一个曲牌的鸿篇巨制，又有〔双调·乔牌儿〕“世情推物理”这样一批中套，还有〔南吕·一枝花〕《杭州景》《赠朱帘秀》这样一些只有三个曲牌的短套。小令亦是如此,其中既有《崔张十六事》这样长达十六支曲子的连章体巨制,又有〔商调·梧叶儿〕《别情》这样的短篇只曲。在曲词类别上,关氏散曲既有北方汉地的大量乐章,又有充满女真风味的(二十换头)。正如同杂剧中并存常格变格一样,关氏散曲亦兼有套数小令各体之备,这些都说明作者在体制上同样属于多样型。

除了传统体制以外,关作体裁的新颖多样更体现在作品的性质方面。

如前所述,关汉卿笔下既有悲剧、喜剧,还有悲喜剧,在这些分类的基础上，还可做进一步更深入的划分。

在悲剧领域，我们知道，除了命运悲剧外，传统悲剧的大多数形式都在关氏作品中有所表现，并都有其独到之处。例如《西蜀梦》这样一个抒情悲剧，按照历史素材，关羽"刚而自矜"、张飞"暴而无恩"，此皆为取祸之道，如从这个角度着笔，完全可以写成一个性格悲剧，但作者并没有这样做，而是截取关、张遇害的消息传入蜀宫前后的几个情节断面，并不惜拉入非现实的表现手法，重在人物的悲愤抒情，从而突出了复仇的主题，而这是其他任何性质的构思选择所不能很好完成的。又如英雄悲剧《哭存孝》，无疑人物的悲愤性抒情和复仇的意念也为剧情所包含的重要内容，然而作者并没有图省气力地沿袭前剧的已有做法，而是另辟蹊径，从李克用的老迈昏聩，李存孝的正直迂拙入手，刻画了"太平本是将军定，不许将军见太平"的心理痛苦，突出了英雄末路之悲。另外，还如《鲁斋郎》，权豪势要的横行霸道为此剧中最引人注目的部分，虽然不适合写命运悲剧和英雄悲剧，但作者完全有理由将其写成抒情悲剧或社会悲剧，但却别出心裁，将一个性格上有严重弱点的下层小吏作为主人公，主要展示了他在强暴面前逆来顺受的屈辱表现，从而完成了一个意义独特的性格悲剧。而人们熟知的"列入世界大悲剧亦无愧色"的《窦娥冤》，虽然取材于寡妇的不幸命运，但并未将笔触仅局限在家庭之内，写成一个"家庭悲剧"(刘大杰语)，而是通过高利贷剥削、地痞流氓的横行，贪官污吏的昏暴将其主人公由家庭拉入社会，在表现主要人物悲剧命运的同时展示了种种社会问题，成了一部不折不扣的社会悲剧。在这里，多样化又和力求创新、避免雷同的创作态度紧密结合在一起。

喜剧方面也是一样。从题材上看，《陈母教子》和《玉镜台》中主要人物的语言行动，无论是陈母教育儿子不贪财、不吹牛，一心一意求取功名，还是温峤在夫人去世后想续弦，无疑都有其合理之处。前者即使写一个歌颂性的喜剧亦未尝不可，即使后者，也完全可以写成一个世态喜剧，然作者亦不满足于表面价值的一般肯定，而是透过表层去挖掘人物灵魂深处的东西。除了本来即为自大和吹牛典型的喜剧人物陈良佐之外，对陈母则是故意夸大她内心深处对科举功名的执迷，使之具有"范进"的可笑之处。对温峤则是突出他的"骗娶"和年纪不相称的情欲，对刘倩英则刻意揭示她过分的爱虚荣、要面子，从而构成了作品作为讽刺喜剧的基础。又如《谢天香》和《金线池》二剧,都以妓女屡遭鸨母和官府的欺诈为题材,写成悲剧亦未尝不可,但作者在挖掘社会和人生中广泛存在的恰当和不恰当的言行内涵,故其笔下的官员无论是钱大尹和石府尹,都在一个为朋友促成姻缘的恰当前提下采取了不恰当的做法(一为假娶,一为假拷),而作品主人公无论是谢天香还是杜蕊娘,也无论是被迫就范还是极力抗拒,固然都为其身份地位及其性格所决定的恰当行动,但表现起来却又都为有悖于正常生活要求的不恰当言行,这样,幽默喜剧效果即随之产生了。另外,《望江亭》和《救风尘》二剧,其中对权豪势要和地痞商人挖空心思损人利己但终于"竹篮打水一场空"的描写可说是惟妙惟肖,是个典型的讽刺喜剧题材,但作者同样没有就此停留,而是进一步刻画了女主人公的机智和勇敢,熔讽刺、幽默喜剧效果于一炉,从而构成了生活和艺术面更加广泛的世态喜剧。

悲喜剧方面,作者的处理更加复杂。固然,《单刀会》和《敬德降唐》作为两个英雄颂剧是理所当然,但作者之所以并未将其处理为单纯歌颂性的喜剧,其根本原因恐怕还是考虑到人物的性格特点以及剧作的严肃性等因素。只有严肃戏剧的格调才能进行适当的表达,否则即容易流于浮浅而缺乏力度,也与作者的初愿相违背。同样,《诈妮子》和《拜月亭》二剧,男女主人公最终皆双双团圆,达到了行动的目的,但作者也并未就此单处理为纯喜剧,而是着意于封建等级制度在剧情发展中的阴影,写成了具有悲喜剧性质的感伤喜剧。与此相反,《裴度还带》一剧表现命运和道德力量的冲突,其中将主人公的不幸推到了极致,正直的品格、丰茂的才华没有给他带来美好前程,反而使他落入行将在"碎砖瓦砾下板僵身死"的悲惨境地。以此题材写成一幕悲剧极有可能,但着眼于人世和不落窠臼的创作观念又使得作者改变了冲突的性质,终于让道德的力量战胜了上天命运的安排,成了一幕道德悲喜剧。同样,《蝴蝶梦》剧中王老汉无故被皇亲葛彪打死,王家三子惩凶复仇反被抓进官府非刑拷打,而且必须为恶棍偿命,主人公王婆在面临夫死子亡的惨祸面前表现出崇高的牺牲精神;《五侯宴》中王嫂典身葬夫,又被雇主偷改契约,以致终身为奴,唯一亲子又被迫抛弃,最后不堪虐待,决定投井自尽;《绯衣梦》中女主人公反对势利的父亲悔亲,私相出资帮助爱人迎娶,但随着梅香被强盗杀死,爱人牵连入狱，被判死罪，助人导致害人，自然痛不欲生。如此等等，无疑皆为典型的悲剧题材，但作者依然在体裁选择上出人意料之外。包拯、钱大尹等清官断案，李嗣源出面收养弃儿，都使冲突的性质发生了变化，悲剧变成了悲喜剧。以今天的标准衡量，这种处理是否有进步意义可以进一步讨论，但其结果却导致了作品性质类型多样化这一点却是再明显不过的。

散曲领域这方面也有着类似表现，作者笔下很少出现千篇一律的格调。作品中既有《不伏老》《崔张十六事》这样形象鲜明、情节曲折的剧家之曲，也有着情景交融、充满诗情画意的诗家之曲，此外还存在着饮食男女、芸芸众生、世俗气息极浓的市井之曲。手法上熔抒情、叙事、代言剧体为一炉，同样体现了避免雷同单调，力求多方创新的风格。

美国现代戏剧理论家乔治·贝克在谈到剧作家的艺术构思时曾归结为“选择、选择、再选择”[①]。由以上的详细分析可以看出，在关汉卿的创作中，从题材范围到体制安排，从内容上的历史和现实、现实和非现实到体制上的常格和变格，从性质上的悲剧、喜剧、悲喜剧到手法上熔抒情、叙事、代言于一炉，作家总体构思上的多种选择功力是很深厚的。一般认为，不断地弃旧图新是作家艺术生命旺盛的一个重要标志，而多样化的构思选择是作家风格成熟的必然结果，此二者之间非但不冲突，而且互相映衬，一切风格的稳定都是相对的。由此还可以认为，在不断求新基础上形成的多样化和新颖性是关氏创作总体构思的最为显著的风格特征。

二、结构艺术：完整性、完备性

总体设计是艺术构思的第一步，也是展示创作风格的起始，而随之而来的便是作品情节结构的安排问题。亚里士多德谈及戏剧六要素时将情节放在第一位，他认为“情节是悲剧的目的”，又说“没有行动，即没有悲剧”。[②]他指的虽然是悲剧，但无疑适合于一切戏剧，“行动”即情节发展的同义语。我

---

① [美]乔治·贝克著：《戏剧技巧》，余上沅译，中国戏剧出版社 1985 年版，第 85 页。

② [古希腊]亚里士多德著：《诗学》，陈中梅译注，商务印书馆 1996 年版，第 64 页。

国古代戏剧理论大师李渔持有同样的观点，认为在戏曲诸因素中“结构第一”[①]，当然，这里的结构包括了总体构思，范围比较广，但情节结构无疑是其中的核心。

关汉卿创作在艺术结构上的最大特点就是它的完整性，这一点体现在包括杂剧散曲在内的作者全部创作之中。

就杂剧而言，结构完整性首先体现在大多数剧作的情节行动皆有着有机的统一性。在关汉卿的笔下，很少出现头绪纷繁、线索模糊的情况，即使在主线之外必须交代另一条情节线索的情况下，也多作暗场处理。例如《窦娥冤》，除了悲剧行动尚未开始的楔子和结束之后的第四折以外，主要表现女主人公抗暴失败最后屈死的过程，丝毫没有多余的事件和人物，窦天章赴京赶考，得中做官皆通过后来补叙中说出。戏剧冲突从开端、发展、高潮到结局和尾声，环环相扣，线索分明。又如《蝴蝶梦》一剧，作者始终注意正面表现王婆母子不畏强暴、敢于复仇、视死如归的行动，而对有可能冲淡主题的包拯以赵顽驴代王三死的情节同样作为暗场处理。结构上显得整齐、单一。关作中类似这种结构处理的还很多，如《谢天香》《金线池》《陈母教子》《拜月亭》《调风月》和《玉镜台》等。

关剧结构的完整性还体现在剧本的情节和情节之间、场面和场面之间的有机联系，如同剧论家经常谈论的存在着“连贯性、逻辑性和顺序性”[②]。固然，关氏常常喜欢用看似偶然的事件推动情节发展，如《窦娥冤》中蔡婆将被赛卢医勒死时巧遇张驴儿父子冲散，却偏偏这一对救人者也是流氓，窦娥的冤案又巧遇桃杌这样的昏官，都是意外发生的偶然事件。又如《拜月亭》一剧，蒋世隆和王瑞兰在战乱中巧遇，后来在招商旅店瑞兰又与父亲重逢，最后蒋世隆得中状元又巧被王父选中作婿，如此等等，同样很难说是必然。然而放在金元之际战争动乱的特殊环境中，这些偶然事件却又带着很大的必然性。同样，上述《窦娥冤》中的种种巧合放在高利贷盘剥、地痞流氓横行、贪官污吏遍布天下的元代特殊社会环境下，偶然性中仍反映必然。即使一些非现实的情节，如魂关、张和魂窦娥，固然鬼气很重，甚至令人有毛骨悚然之感，但由于作者抓

① 〔清〕李渔：《闲情偶寄》卷之一“词曲部”。

② 顾仲彝：《编剧理论与技巧》，中国戏剧出版社1981年版，第156页。

住了关、张生前的强大和窦娥生前的倔强等性格特征，所以非现实成分也不违背情节发展的逻辑性。相反，假如关羽、张飞和窦娥生前都是窝囊废的话，则剧中鬼魂上场的举动即会让人觉得难以接受。正如我国著名戏剧理论家顾仲彝先生所言："就是台上出现鬼怪神仙，只要他们的行动合乎情理，他们也相信，也欣赏，也受感动。"[①]关作中的非现实成分和现实描写一样，都属于"行动合乎情理"的一类，因而都带有一定的必然性。

除了情节行动的有机统一等完整性特点以外，关剧的结构艺术还体现着一种特有的完备性，即从戏剧结构的类型上看，它们中既有锁闭式、又有开放式和人像展览式，手法上不偏废其中任何一种，这体现着另一种意义上的完整性。

一般戏剧理论都认为，锁闭式结构包括行动范围较小，往往只写高潮至结局，集中表现戏剧性危机，而对于过去事件和人物关系则用回顾和内省方式随着剧情发展逐步交代出来，所以又称为"回顾式"或"终局式"。在关汉卿剧作中，《单刀会》和《西蜀梦》是比较典型的两种。

关羽为人们所熟知的古代英雄形象，他一生以桃园结义、温酒斩华雄、过五关斩六将、击鼓斩蔡阳、华容道义释曹操，到单刀会，到水淹七军、威震华夏，直到兵败麦城，一生经历可歌可泣者应有尽有，但作者仅截取了突出武戏文做的单刀赴会一事进行集中表现。在《单刀会》剧中，作品一开始即将紧锣密鼓的政治军事形势展现在读者和观众的面前：东吴君臣为了夺取荆州，正在紧张地设谋定计，主人公关羽一上场即面临着生死攸关的重大决策，紧接着便是"引着十数个人，驾着小舟一叶"的单刀赴会，便是暗藏杀机的双方唇枪舌剑。虽然由于体现着戏曲虚拟性原则，剧情地点不住改换，但此剧时间安排却非常紧凑，前后不超过一天，情节也是围绕着中心事件展开，毫不拖泥带水。即使人们经常批评的由乔公和司马徽主唱的前两折，表面看来似乎多余，但通过他们的口回顾和叙述关羽一生的英雄业绩，从侧面烘托主人公的形象，为主人公的上场作铺垫，这正是锁闭式结构的惯用手法，只不过这种回顾

① 顾仲彝：《编剧理论与技巧》，中国戏剧出版社 1981 年版，第 156—157 页。

叙述不是由主人公自己出面而通过第三者介绍的方式完成罢了。

《西蜀梦》剧也同样。这个英雄悲剧将张飞和关羽作为主人公,但没有正面展现张飞和关羽被害的悲剧过程,却仅仅截取不幸事件发生后西蜀君臣的震惊悲痛以及关、张鬼魂要求复仇的场面,剧情一开始即处于紧张恐怖的气氛中。而“忆当年铁马金戈”的英雄业绩以及“今日向匹夫行伏落”的悲哀都通过使臣、诸葛亮和关、张亡灵的叙述中表现出来,其中前两折所起的作用和《单刀会》结构相同,都带有关剧“锁闭式”的独有特色。

关汉卿现存剧作中采用锁闭式结构还有多种,例如《蝴蝶梦》一开始即在主人公王婆面前展示了夫死子将亡的紧张悲痛的场面,《金线池》一剧则一开始即将男女主人公因鸨母挑拨而爆发的不可调和的误会矛盾之中,时间和情节都比较集中、紧凑。另外,《调风月》《谢天香》等剧都不同程度地带有锁闭式结构的某些特点。

在戏剧史上, 开放式结构范围较广, 其特点是把戏剧情节从头至尾原原本本地表现在舞台上。中国古代戏曲的整本戏大多采用此形式,关剧当然亦不例外。

《窦娥冤》是关剧中采用开放式结构形式的代表作。体制上虽然不长,仍为四折一楔子,但作品从女主人公窦娥七岁被卖作蔡家童养媳开始,到长大后守寡,被地痞流氓诬告,最后屈死刑场,鬼魂报仇,整个一生都在舞台上得到了表现。虽然其中许多经历都通过回顾倒叙的方式间接说明,虽然抗暴及其失败乃剧情之主体,但在总体上仍然属于开放式结构形式。

又如《五侯宴》一剧,作品从主人公王嫂因家贫以致夫死无法安葬被迫典身为奴开始写起,中间改契、弃子、井台相会,最终团圆。时间跨度十多年,涉及人物十多个,地点从乡村到街市,从军营到战场,变化多样,事件线索在弃子王阿三作为中介角色的联系下也是两条头并进。头绪纷繁、情节复杂、首尾呼应、构思完整,体制虽短而内容丰富,显系典型的开放式结构类型。

关剧中带有开放式结构特点的作品比较多,从早期的《裴度还带》、中期的《鲁斋郎》《陈母教子》《绯衣梦》《救风尘》《拜月亭》到后期的《玉镜台》《望江亭》,都可以看出作家力图扩大题材深度和广度的努力。

除了锁闭式和开放式两种基本结构特征外, 关汉卿剧作中还存在第三种结构类型，这就是剧论家常提到的“人像展览式”，所谓“以展览人物形象和社会风貌为主要目的”[①]，关剧《哭存孝》《敬德降唐》是其中比较特殊的两种。

传统上一般认为“人像展览式”结构的最大特点是人物比较多，而且没有一个特别突出的主人公。例如《哭存孝》，尽管以李存孝被害屈死为剧本中心事件，但围着这一事件却塑造了一系列各有特点的人物形象，如李克用的老迈昏聩，刘夫人的狭隘自私，李存孝的正直颟顸，邓夫人的聪明贞烈，此外，还表现李存信、康君立一类小人的媚陷刁恶，等等。其中李存孝形象固然感人，但刘夫人、邓夫人等人的性格特征无疑也很鲜明，特别是曾经叱咤风云、开创基业的一代枭雄李克用，晚年老迈昏聩，为小人包围，自毁长城，待醒悟为时已晚。作者在这个人物身上更突出了英雄末路之悲，和李存孝形象恰恰两相补充，作为这一英雄悲剧的主要人物支柱，显然在结构上属于“人像展览式”的一类。和《哭存孝》一剧结构相类似的还有《敬德降唐》。剧中虽如剧名一样以尉迟恭归降唐朝为中心题材，但同样围绕这一事件塑造了一系列特点各异的人物形象，其中如李世民的热爱人才、虚怀若谷，徐茂公的精明机警、老谋深算，尉迟恭的豪爽坦荡、恩怨分明，单雄信的勇猛粗蛮、割袖断义，以及李元吉、段志贤等小人的嫉贤妒能、生心陷害，等等，构成了一幅体现时代特色的人物群像。李世民和尉迟恭固然为此英雄颂剧的主体，但徐茂公甚至包括单雄信他们的鲜明形象也给读者和观众留下了深刻的印象。无疑，将其归入“人像展览式”结构类型，更能反映作品在其创作手法上的主导特色。

应当指出，中国戏曲体制上的综合性特征同样亦反映在关汉卿剧作的结构类型之中。上述三种无论是锁闭式、开放式，还是人像展览式，其划分都是相对而言的。具体说来，锁闭式中同样有着开放式和人像展览式的成分，其他两种亦然，它们之间并没有绝对的界限，只能就其主导倾向而言。例如前面已分析过的《窦娥冤》，女主人公十多年生活的回顾即为开放式中的锁闭式成分，《五侯宴》中人物众多，如王嫂、王阿三、李嗣源、刘夫人、赵太公父子各有特色，也使得此剧开放式中又带有人像展览式的结构特征。而《拜月亭》一开始即将主人公置于紧张艰难的情境之中又使此剧的开放式结构带有锁闭式

① 顾仲彝：《编剧理论与技巧》，中国戏剧出版社1981年版，第175页。

的某些特点。同样,《敬德降唐》和《哭存孝》二剧作为人像展览式的结构有许多成分都可以归入开放式的范畴。这正如中国戏曲作品在性质上虽有悲剧、喜剧和悲喜剧之分,但它们之间和你中有我、我中有你的特点一样,综合性始终在发挥着作用,使得这一切都带着中国的特点。这是在研究关氏剧作结构艺术时也应予以充分重视的。

关剧结构的完整性和完备性还表现在同一作品内部力度的均衡。元杂剧四折一楔子体制具体如何布局安排，这是历来剧论家谈论较多的一个问题。元曲家乔吉曾提出"凤头、猪肚、豹尾"的六字诀窍,并具体解释为"起要美丽,中要浩荡,结要响亮,尤贵在首尾贯穿,意思清新"[①]。然而在实际创作中能做到这样的很少。乔吉自己即没有做好,明人臧晋叔曾一针见血地指出:"一时名士,虽马致远、乔梦符(吉)辈,至第四折往往强弩之末矣。"[②]这种"强弩之末"的结尾实际上表现了作者结构艺术的欠缺,臧氏将其归之于元代"以曲取士",现在看来并无所据,但缺陷本身是存在着的。臧氏没有提到关汉卿,实际上关汉卿剧作中有许多在这方面处理得较为适当。例如《单刀会》剧中,作者特意将赴会唇枪舌剑的冲突高潮放在剧末,然后戛然而止,为观众留下了无穷的回味余地。又如《救风尘》剧,直到第四折主人公赵盼儿姊妹才彻底制伏对手周舍,情节依然紧张激烈。此外,《调风月》末折燕燕大闹婚礼堂,《拜月亭》第四折男女主人公团圆前的波折,如此等等,这些结局处理显然不能说是强弩之末。有些结局尽管不是高潮,但亦为冲突的有机组成部分,依然具有相当的力度,可以称得上响亮的"豹尾"。总观关氏剧作,除了《敬德降唐》和《鲁斋郎》等少数几种外,结构安排前后协调的占了大多数,由此也可以看出作者结构艺术的完整和完备。

关汉卿创作结构艺术上的特点也体现在散曲之中。前面分析过作者创作的总体构思,知道他在散曲中同样追求新颖和多样化,体制上有套数也有小令,套数中有长套、中套,也有小套,小令中有只曲也有组曲。音乐结构上既有汉地乐章又有女真俗调。写法上既有剧家之曲、诗家之曲,还有充满世俗气息的市井之曲。总体构思上的追求新颖和多样化导致了散曲结构也体现着完整

①〔元〕陶宗仪:《南村辍耕录》卷八"作今乐府法"。

②〔明〕臧晋叔:《元曲选·序一》。

性和完备性。尽管关氏散曲在数量上并不是最富，但元散曲的基本格式在其作品中已大多完备。周德清《中原音韵自序》中特别提到以关汉卿为首的元曲四大家“一新制作”之“备”，其中既包括杂剧，也包括散曲，这里的“备”当然即是“完备”之意。

从具体作品的结构形式上看，关氏散曲同样体现着完整性和完备性。它们中有的句式整齐、讲究对偶，接近诗体，如〔正宫·白鹤子〕四首、〔中吕·红绣鞋〕二首和〔中吕·喜春来〕《新得间叶玉簪》《夜坐写怀示子》等。更多的是添加衬字，成为参差不齐的长短句，海外学者王忠林先生谈到〔双调·乔牌儿〕“世情推物理”一曲时指出：

> 用衬字甚多，句子长短不齐，完全基于文情的需要。①

其实非止此作，汉卿散曲大多可作如此看。

句式上关氏散曲也很丰富，短的有一字句，如〔双调·碧玉箫〕十首中的“天”“痴”“医”“听”“掮”“归”等。有两字句，如“月圆”“如年”（二十换头）等。有三字句，如“腕松金、肌削玉”〔黄钟·侍香金童〕等等；长的有十多字、二十多字以至三十多字一句的。如〔南吕·一枝花〕《不伏老》的〔黄钟煞〕：“我是个蒸不烂、煮不熟、捶不匾、炒不爆，响珰珰一粒铜豌豆，恁子弟每谁教你钻入他锄不断、斫不下、解不开、顿不脱，慢腾腾千层锦套头。”前句字数二十余，后句竟达三十字之多。梁乙真先生《元明散曲小史》和任二北先生《曲谐》俱称如此长句作一句读为“散曲中的奇文”，显然道出了其中的独有价值。

修辞手法上，元曲主要修辞格在汉卿散曲中都已出现。以下略举数例：

隔句对：“膝上琴横，哀怨动离情；指下风生，潇洒弄清声。”〔双调·碧玉箫〕

扇面对（鼎足对）：“愁的是抹回廊暮雨潇潇，恨的是筛曲槛西风剪剪，爱的是透长门夜月娟娟。”（〔南吕·一枝花〕“赠朱帘秀”）

排句对：“香消烛灭，风帏冷落，鸳衾虚设，玉笋频搓，绣鞋重撅。”〔黄钟·侍香金童〕

---

① 王忠林：《关汉卿散曲析评》，《南洋大学学报》，1972年第6期。

重句格："俺也自知，鸾台懒傍尘土迷，俺也自知，金钗环弹云鬓堆；俺也自知，绝鳞翼，断信息。"〔中吕·古调石榴花〕套〔鲍老三台滚〕

排比变化句式："忧则忧鸾孤凤单，愁则愁月缺花残，为则为俏冤家，害则害谁曾惯，瘦则瘦不似今番，恨则恨孤帏绣衾寒，怕则怕黄昏到晚。"〔双调·沉醉东风〕

由此可以看出关作句式结构手法的完备性。

和其杂剧特点相似，关汉卿散曲中的各种结构手法皆备是加强而不是破坏了结构艺术的完整性。综观关氏散曲可以看出，从体制和句式上有长有短，到乐曲上有南有北；从写法上有抒情有叙事有代言，到句法上有整句有长短句，到修辞上有对偶有排比有重叠，元曲作品基本结构手法都在这里有了完整的体现。作者并没有因为一味求新而捉襟见肘，漏洞百出，而是娴熟运用、得心应手。新颖和多样化的追求恰恰成了他创作结构艺术完整的基本动因。到目前为止，我们还没有发现关氏散曲在结构上局促拘谨、不敢放开，也没有发现结构拖沓、难以卒读的情况。一般说来皆该长则长、该短则短，严谨和放开也是随着情感内容而定。郑振铎先生谈到关汉卿散曲时曾经说过："他的作风，无论在小令或套数里，所表现的都是深刻细腻、浅而不俗、深而不晦的；正是雅俗共赏的最好作品。"①毫无疑问，这种整体上的艺术效果在不完整的结构中是达不到的。完整性和完备性无论用来归纳关氏杂剧还是它的散曲都是非常适当的。

当然，关氏创作结构艺术的完整和完备的风格不是固定不变的，应当说，它是随着时代和作者所处环境的变化而变化着的。

从时代上看，关汉卿早期剧作大多有一个严肃的戏剧行动和戏剧冲突，格调稍显拘谨，反映在作品性质类型上多悲剧和正剧。这自然是与此时期作家多从历史上重大的政治军事斗争生活中取材有关。而在中期以后，这方面即显得较为放开，构思上新颖多样的追求也促成了结构艺术的完整和完备，悲剧、喜剧和正剧的创作也不再有限制，运用起来更得心应手了。在具体作品的形式结构上，前期作品也显得不太稳定。如前所述，四折一楔子体制此时尚

① 郑振铎：《插图本中国文学史》第 49 章，人民文学出版社 1957 年版。

未完全成熟,主要角色和主唱角色还没有得到真正统一。在场面安排上甚至存在一些有机性不强的情况,如《敬德降唐》末折中的探子,《哭存孝》第二折中的“忙古歹”,《五侯宴》第四折中的刘夫人,他们的上场主唱显然在结构上属于可有可无,甚至有损于整个作品的有机统一。这种弊病不仅存在于开放式或人像展览式结构的作品中,而且在此时期的锁闭式结构作品中也同样有所体现,例如《单刀会》和《西蜀梦》中的前两折,尽管在写法上起到回顾过去和衬托主角的作用,有其存在理由,但从主要人物引导主要情节行动这一点来看,它们无疑是节外生枝,整个作品在结构上不能算是均衡统一的。所有这些结构上的不稳定,在中期以后的关氏剧作中,除了《鲁斋郎》《绯衣梦》等少数作品外,即很少出现了。

除了随时代变化而变化外,关作结构艺术风格还随着作者所处情境的变化而变化,这一点散曲中表现得尤为明显。例如金亡前的早期作品(二十换头)〔双调·新水令〕和〔越调·斗鹌鹑〕,大多具有北方少数民族的风味,而金亡和南下之后这种状况即很少再出现。又如作者在都市放浪漫游时,所作结构皆放任自如,多用衬字,句式长短不齐,篇幅一般较长,如(二十换头)长套以及〔中吕·普天乐〕和〔双调·碧玉箫〕等联章体巨制。而在家居或僻处时即恰好相反。有的篇幅较短,如〔中吕·朝天子〕《书所见》、〔商调·梧叶儿〕《别情》;有的句式整齐、绝少衬字,接近诗体,如〔正宫·白鹤子〕〔中吕·喜春来〕二首,等等。此外,关氏散曲还多根据题材选择曲调,如写贵妇拜月即采用“富贵缠绵”的〔黄钟宫〕,还特别选用〔侍香金童〕这一曲牌为首。写冶游生活以及“离情”“闺情”的即采用“风流蕴藉”“清新锦邈”的〔大石调〕〔仙吕宫〕,写景、叹世、抒怀多用“感叹伤悲”“高下闪赚”和“惆怅雄壮”的〔中吕宫〕〔南吕宫〕和〔正宫〕,写别情即用“悲伤婉转”的〔商调〕,等等。

和总体构思新颖多样的追求并未损害结构艺术的完整完备一样,关作结构手法的发展变化亦未对其风格的完整性造成破坏。甚至可以这样说,没有这种发展变化,关作结构艺术的完整性和完备性亦将大打折扣。而由单一和不稳定到全面和稳定的发展,也丰富了人们对其结构艺术的总体认识。换言之,只有站到发展的高度,才能谈得上对关汉卿艺术风格的全面把握。

三、人物塑造：系列性、个性化

在戏剧创作中，人物塑造是核心。这一点已越来越为人们所接受，以致西方一些剧论家直接认为："一部戏的永久价值在人物塑造。"[①]作为在戏曲史和文学史上产生巨大影响的一代大师，关汉卿的成功秘诀无疑也在这里。

关氏人物塑造的首要特点就在它的系列性。综观关汉卿现存全部作品，其中具有情节行动意义的近百人，他们来自社会各不同阶层，地位和经历相近的便构成一个一个的系列，它代表着关作反映社会生活面的广度。研究关作人物塑造，必须从这系列各异的"谱系"开始。

（一）英雄系列：如《单刀会》《西蜀梦》中的关羽、张飞，《哭存孝》中的李存孝、李克用，《敬德降唐》中的尉迟恭等，因系传奇式人物，故特受重视，多为主角。

（二）书生系列：如《西厢记》中的张生、《拜月亭》中的蒋世隆、《裴度还带》中的裴度、《金线池》中的韩辅臣等，他们中除了个别如裴度为道德功名的"正道"人物外，多为爱情剧男主角。

（三）小姐系列：如《西厢记》中的崔莺莺、《拜月亭》中的王瑞兰、《裴度还带》中的韩琼英、《绯衣梦》中的王闰香等，她们中除了韩琼英为"孝女"典型外，余皆为爱情剧女主角。

（四）婢女系列：如《调风月》中的燕燕、《西厢记》中的红娘，以及《绯衣梦》《玉镜台》中的梅香等，她们中除了燕燕追求自己的幸福外，其余大多为小姐姻缘的牵线搭桥人。

（五）寡妇系列：如《窦娥冤》中的窦娥、《望江亭》中的谭记儿、《五侯宴》中的王嫂等，她们都面临着守寡后的生活选择，作品大都表现她们在困境中的抗争，故为主角或主角之一。

（六）妓女系列：如《救风尘》中的赵盼儿、宋引章，《谢天香》中的谢天香，《金线池》中的杜蕊娘，她们多为爱情与婚姻纠葛中的女主角。

① 引自顾仲彝：《编剧理论与技巧》，中国戏剧出版社 1981 年版，第 285 页。

（七）长老、道姑系列：如《西厢记》《裴度还带》中的法本、惠明、赵野鹤，《望江亭》中的白道姑等，他（她）们在作品中多以书生的调护人身份出现。

（八）清官系列：如《蝴蝶梦》《鲁斋郎》中的包拯，《绯衣梦》《谢天香》中的钱大尹，《陈母教子》中的寇莱公，《金线池》中的石府尹，《玉镜台》中的王府尹以及《窦娥冤》中的窦天章等，多为解决矛盾而设置，故皆非主要角色。

（九）昏官系列：如《窦娥冤》中的桃杌、《绯衣梦》中的贾虚，甚至《单刀会》中的鲁肃也可归入此类，此多用作同英雄、清官形象作对比，亦非主角。

（十）奸党小人系列：如《敬德降唐》中的李元吉、段志贤，《哭存孝》中的李存信、康君立等。此辈亦作英雄人物的对比和陪衬，作用颇大，甚至可以看作主角。

（十一）权豪势要系列：如《蝴蝶梦》中的葛彪、《鲁斋郎》中的鲁斋郎、《望江亭》中杨衙内等（《调风月》中的小千户亦可归入此类）。他们同作正面人物的对立面存在，有的竟为主角之一。

（十二）流氓恶棍系列：如《救风尘》中的周舍、《绯衣梦》中的裴炎、《窦娥冤》中的张驴儿等，亦为主要正面人物的对立面而存在，多可看作主角之一。

（十三）封建家长、鸨母系列：如《西厢记》中的崔老夫人、《拜月亭》中的王镇、《金线池》中的杜母、《调风月》中的老千户夫人、《陈母教子》中的陈母以及《绯衣梦》中的王半州等等。他（她）们中除了作为“贤母”象征的陈母之外，大多为爱情剧中青年男女的对立面，作为封建专制的象征，有的如崔老夫人竟可以看作《西厢记》中的主角之一。

（十四）君主系列：帝王圣贤不是关汉卿塑造人物的重点。这也是戏曲创作史上比较敏感的问题。金章宗明昌二年（1191），亦即关汉卿出生前二十年，统治者即有明文规定：“禁伶人不得以历代帝王为戏，及称万岁，犯者以不应为事重犯科。”①入元后虽未重申此禁，但亦未公开提倡，世祖时还明令“十六天魔休唱者，杂剧里休做者，休吹弹者，四大天王休妆扮者”②。正因为元代未重申禁扮帝王圣贤，故关汉卿笔下出现了吴帝孙权、蜀帝刘备以及李世民、李克用、李嗣源等人的形象，然而也正由于元代不仅未公开提倡，而且还进一步

①《金史·章宗一》。

②《元典章》卷五十七《刑部》。

禁扮“四大天王”等，这样的环境气氛也影响了关氏笔下对这类人物形象的塑造，除了尚未登基的李世民、李嗣源以及一生并未真正做过皇帝的李克用之外，其他诸人皆非完整意义上的人物形象。

（十五）谋臣系列：如《单刀会》中的乔国公和司马徽、《西蜀梦》中的诸葛亮、《敬德降唐》中的徐茂公等。由于扮演帝王圣贤不被提倡，也影响了作者笔下的这类形象，以上这几个人物虽然在剧中起着一定作用，有的还为单折的主唱者，但没有一个是主角。

当然，关作中还存在一些无法归入系列的人物，如《五侯宴》中的赵太公及其子赵脖揪、《西厢记》中的杜确和郑恒、《窦娥冤》中的赛卢医、《救风尘》中的张小闲，以及《绯衣梦》中的姆姆等。其中赵家父子和白马将军杜确以及赛卢医还是各自剧中举足轻重的人物，但他们一来在关氏整个剧作占分量不大，二来本身又非主要角色，故对关氏创作的人物整体研究不起主导作用。

当然，从上面的列举也可以看出关氏塑造的范围也并不是无限的。毫无疑问，作者仍然注意刻画自己最为熟悉的人物。除了历史故事中的君主大臣、将军武士之外，作者于其中所花笔墨最多的是中下层生活。在这里，无论是清官、昏官、权豪势要、流氓恶棍还是商人、医生、高利贷者，也无论是封建家长、书生、小姐、婢女，还是妓院鸨母妓女帮闲，等等，都是活动在城市大街小巷高楼深院的人物。都市之外的广大乡村生活、农民形象，除了土财主赵太公父子之外，再无他人，可见作者虽然在散曲中透露有过“南亩耕，东山卧”的生活经历，但充其量只是偶尔为之，归根结底还是不擅长表现的。此外，敢于犯上作乱的梁山好汉也没有在他的人物画廊中占有一席之地，而这是他同时期作家表现较多的题材范围（关之好友杨显之即有《黑旋风乔断案》一剧，号为“小汉卿”的高文秀竟有八个“黑旋风”剧）。历来研究者将农村题材和水浒题材以及神仙道化故事作为关汉卿不善于表现的范畴，不是没有道理的。当然，是不善于表现还是根本不愿表现，这需要具体分析。

前面我们已论定关汉卿不是不擅长于表现神仙道化等非现实题材，而是人世和写实的创作观决定他不愿意或者不屑于过多涉及这个领域。这里我们当然不会说关氏不塑造农民形象也是不愿意或不屑于为之的缘故，要解释个中原因还必须从元曲整体流行的范围去寻找。

一般认为，元曲产生于城市的勾栏瓦舍，尽管后来盛行后曾扩展到乡村富庶地区的庙会戏台，但总的说来还是一种市民艺术，所谓“为市民写心”。这种艺术与农民之间的隔膜可以通过元曲家自身的作品反映出来，如杜仁杰的《庄家不识勾栏》即为典型的例子。正因为如此，除了一些商人化、乡绅化的地主如“王员外”“赵员外”以及“沙三”“王留”“伴哥”之类的点缀之外，真正有血有肉的农民形象很少进入元曲主角的范畴。在这种情况之下，关汉卿当然也不会例外，故不能以通常意义的“擅长”和“不擅长”来说明。至于梁山好汉形象没有进入关汉卿笔下，这倒真的要从作者的思想观点去解释。关汉卿是熟悉水浒题材的，前面提到他的杂剧中不止一次地出现梁山好汉的绰号，如《哭存孝》第三折的“双尾蝎”“两头蛇”，《绯衣梦》第三折的“王矮虎”“一丈青”等，之所以不正面塑造这类形象，是因为作者从根本上即否定这些敢于公开造反的“强盗”。上述二剧中将奸党小人、杀人凶犯比作梁山好汉，另一剧《鲁斋郎》中悲剧主角张珪竟这样咒骂“强赖人钱财，莽夺人妻室”的权豪势要鲁斋郎：

高筑座营和寨，斜搠面杏黄旗，梁山泊贼相似，与蓼儿洼争甚的！

显然，在作者看来，他们都是十恶不赦的凶徒。如果说权豪势要和一般抢劫凶徒在他周围生活中还不乏见，所以比较熟悉的话，则水浒人物时代已远，作者既不愿意也不屑去了解和表现他们，这才是关氏笔下不出现水浒人物的真正原因。

应当指出，神仙道人形象、农民及梁山好汉人物没有在关汉卿笔下出现，这固然在作家创作的人物画廊中是一个缺憾，它反映了时代和个人的局限，但并没有从根本上影响关作人物塑造的风格，况且仅就前面列举的十五例来看，关剧的系列性已经很可观了。上至君主、宰相、将帅、贵族子弟、各级官员，下至商人、医生、帮闲、寡妇、侍婢和妓女，社会各阶层、各行各业大都在这里得到了表现。可以说它们是当时都市生活的实录。如此众多的系列形象还表明作者笔下的人物塑造并非单纯地追求面广量大，而是对所表现的各个阶层都有较为深刻的观察，能够从不同角度去塑造他们。这一点不仅同时期的杂剧大家马致远、白朴、郑光祖、王实甫等人难以与之抗衡，即使后世戏曲大家包括汤显祖、洪升、孔尚任等人亦相形失色，这在中外戏剧史上都是少见的。

除了系列化以外，关汉卿笔下的人物塑造更多的还体现着个性化。美学和文艺理论均认为，只有系列化而缺乏个性化的人物塑造充其量只是一些类型，只能提供一些扁形人物，因而远不能算是成功的风格。关汉卿在这里又一次显示了他的艺术天才。

关氏人物塑造的个性化风格最显著的特征体现在系列人物之间的鲜明对比上。例如在社会情势方面，同是一军之主，李世民的爱才心切、明辨是非和李克用的贪杯昏聩、听信谗言不同；同是清官，包拯经常是想方设法绕过法律，惩治谁都不敢动的皇亲国戚、权豪势要，钱大尹则是细心寻访弄清案由，在法律许可的范围内惩办真凶。又如鲁斋郎和杨衙内都是有着生杀大权的权豪势要，同样恃强强夺人妻，但在个性表现上又有不同，前者好色而又阴险，迫使受害者自投罗网，后者则是好色而愚滥，导致陷入受害者设下的圈套。另外，周舍和张驴儿同是流氓恶棍，但作为商人的周舍还懂得"将欲取之，必先予之"的买卖伎俩，先以花言巧语、体贴入微去骗取宋引章的心，进而达到娶之为妻的目的。而纯为地痞无赖的张驴儿则一上来即叫着"帽儿光光，今儿做个新郎"，强拉窦娥拜堂，进而以毒死老子相要挟，从而导致窦娥的拼死反抗。

关氏笔下系列人物的个性化在作品中很普遍。在家庭和爱情题材中，同是封建家长，《拜月亭》中王镇发现女儿自己找了穷秀才女婿后勃然大怒，立即将其"横拖竖拽"从丈夫身边强行扯开。而《西厢记》中崔老夫人在发现女儿和穷书生私下结合后尽管怒不可遏但却承认既成事实，不过迫令他立即上京赶考；又如，同是书生，《裴度还带》中一心奔赴科举功名前程的裴度即和《金线池》中为爱情可以抛弃功名的韩辅臣有别。而在具体表现上，最终依赖朋友官势将情人压服的韩辅臣又和《西厢记》中始终依靠自己的真情征服爱人的张生不可同日而语；同是深闺小姐，恪守伦理道德而生性孝顺的韩琼英和同样恪守人伦道德但敢于反抗父命的王闰香在性格方面有同有异；同样到花园与爱人相会，王闰香又和崔莺莺有所不同，更不用说王瑞兰和刘倩英了，虽然同是深闺小姐，但完全是两个截然不同的形象。

其他方面亦一样，例如同是寡妇，《五侯宴》中任人宰割的王嫂；《窦娥冤》中不甘屈服的窦娥以及《望江亭》中不畏强暴的谭记儿则呈现着完全不同的面貌；面临流氓要挟，《窦娥冤》中委曲求全的蔡婆和宁折不弯的窦娥又成了鲜明的对比；在进行是否改嫁的选择时，不墨守成规、善于把握人生机遇的谭记儿和以礼自守、不可侵犯的窦娥又有着截然不同的表现；又如同为婢女，同样口齿伶俐，《西厢记》中红娘的形象和《调风月》中燕燕又有着明显的区别，前者热心促成小姐的姻缘，后者则不顾一切地追求自己的幸福；同为妓女，聪明而仗义的赵盼儿固非轻信幼稚的宋引章可比，即使同样聪明但秉性卑弱的谢天香与之相较也有很大差别，如果再和《金线池》中意志坚定但却又有点偏执的杜蕊娘相比则差距更大了。不仅如此，同为出家人，《裴度还带》中的惠明和尚和《西厢记》中的法本长老也是同中有异。更不用说《裴度还带》中的赵野鹤和《望江亭》中的白道姑了，可以说面貌和秉性以及处事方式均为特定的"这一个"(黑格尔语)。

沿着这个方向再做进一步深入探究，我们很容易发现，关氏笔下人物塑造个性化的方式也不神秘，其根本诀窍在于作家始终牢牢把握了人物的身份、地位以及所处环境，让他们按照自己的独有规律在舞台上展开行动。

例如李克用和李世民这两位一军之主，都有着南征北战、东荡西除的经历，然而在作品中一个没有主见、昏庸糊涂，一个成竹在胸、精明过人，其根本原因在于作者把握了他们目前不同的身份、地位和环境。就李克用来说，此时虽是唐王朝所封的晋王，但在黄巢起事失败后，唐中央政府名存实亡，李克用实际已大权在握，至少在自己势力范围内可以为所欲为，况且经过多年争战，他的地盘不断扩大，地位已趋稳固。此时的李克用已届晚年，锐气全无，自言"太平无事，四海晏然，正好与夫人众将饮酒快乐"。然而事实上他还面临着朱温的威胁，边城邢州即为"朱温家后门"，但他却毫不为意，昼夜昏醉，正是在此基础上形成了昏庸糊涂的个性。而李世民则不同了，他虽为一军之主，且被封为秦王，但在他头上尚有父亲唐高祖李渊在，没有为所欲为的权力。另外，兄弟之间的争权夺利也使得他必须谨慎，故不可能产生"太平无事"的享乐思想。况且此时的李世民正值英年，有开基创业的雄心，他精明过人的个性也正是在此基础上形成的。身份、地位和所处环境的不同决定了这两个人物的不同性格。

又如王镇和崔老夫人这两位封建家长，虽然一为兵部尚书，一为相国夫人，社会地位上比较接近，但正如前面已经指出的那样，他(她)们在发现女儿自己决定终身大事之后的表现却迥然有别，一个粗暴，一个平和，其根本原因还在于身份的不同。除了一为严父，一为慈母外，王镇还是一位武官，戎马倥偬的生活使得他的个性比较容易爆发，而崔母则是文职相国的夫人，她的身份和地位均决定了她所具备的涵养，决不会使家丑外扬"辱没相国家谱"，所以在发现女儿私情尽管恼怒不已，却也能克制，因而起码在外表上显得平和。此外，这两个人物处理同一类问题的不同表现也有着客观的环境因素。王镇是毫无思想准备的情况下与女儿在旅馆偶遇的，彼此之间直接冲突，且无任何调护缓冲的因素，而崔母是通过欢郎和红娘之口得知莺莺和张生订终身的，并没有发生直接的冲突，加上有着红娘的伶牙俐齿为他们调护，因而起到了缓冲的作用。也正是身份、地位和客观环境的不同决定了他们之间截然不同的个性表现。

关汉卿笔下人物塑造的这种个性化方式用得相当普遍。综观关剧每一组系列人物之间，我们都可以看到这种建立在不同身份、地位和不同环境基础上的不同表现，实际上它也成了作者笔下人物形象个性化的决定性因素。

除了把握人物身份、地位和实际环境以决定人物个性的基本态势外，关汉卿作品人物形象的塑造还特别注重在对比中突出人物的个性，从而使之更加鲜明。

例如《单刀会》中的关羽形象，作为一员身经百战、屡建奇功的荆州守将，又和蜀主刘备有着情同手足的关系，他在处理东吴邀请赴会这一事件中表现出来的自信和大智大勇，显示其个性有其牢固的基础，但也与鲁肃人物的对比映衬有关，因为如果鲁肃的角色换成陆逊和吕蒙，则关羽的自信和当机立断便成了盲目乐观的鲁莽行动了。正因为剧中的鲁肃不是多谋善断的能人，而是不听劝告、急功近利、关键时刻却又怯懦怕事的庸人，关羽的个性表现才显得真实和自然。当然，作者也并没有简单化处理，他将行动主动权放在鲁肃一方，写鲁肃挖空心思而作出三条妙计："暗设伏兵，筵上以礼索取荆州""不成即阻其回还""再不成即擒住囚禁"，一般看来这些计策的确可行，因为"主将既失，孤兵必乱，领兵大举，乘机而行，觊荆州一鼓而下”，可以说是万无一失，故不能说他是无谋之辈。然而他这些锦囊妙计却是建立在对对手不了解的基础上的，同时也过高地估计了自己的应变能力。兵法云：“不知彼不知己，每战必殆”，此即鲁肃的必败之道。他的计谋恰恰使得关羽智勇双全个性变得更加突出和更加可信，他在单刀会上的狡辩和最后不敢动伏兵而被关羽制伏也恰恰与关羽的临危不惧、当机立断成了鲜明的对比。在这样的反复对比中，关羽的性格特征自然而然地凸现出来了。

又如《窦娥冤》中窦娥的形象，作为一个儒家知识分子家庭出身的女性，她的孝道、本分善良却又“可杀不可侮”的刚烈性格自然有其身份、地位、环境等方面的因素，但同样也与周围人物的对比映衬有关。剧中蔡婆的软弱反衬出窦娥的刚烈，张驴儿在自己父亲被毒死的现场还要窦娥叫他“亲亲的丈夫”，而窦娥却在公堂以牺牲自己来保护婆婆，对比起来，窦娥的孝道和善良即在和张驴儿、昏官桃杌等人的恶行中变得非常鲜明。假设没有这些对比，窦娥形象的性格特征肯定不会如目前作品表现得如此鲜明。

对比映衬作为关汉卿人物性格刻画的基本手法同样存在于他的其他作品中。我们从早期的李存孝、张珪等悲剧人物到后期的赵盼儿、谭记儿等喜剧人物身上都可以清楚地看到在对比中变得更加鲜明的个性。这实际上也是作者人物塑造个性化艺术成功的一个重要因素。

当然，关汉卿笔下人物的个性并不是固定不变的。我们注意到，随着身份、地位和环境等基本条件的改变，关剧中人物的性格也发生了一定的变化。这一点更多地体现在他的晚年作品中。例如《望江亭》中的谭记儿，当她还是已故学士李希颜的夫人时，她行为端庄，道观中遇到生人连忙回避，言语亦显得矜持和谨慎，但后来改嫁做了白士中夫人，并得知权豪势要杨衙内要来杀害丈夫霸占自己时，却一反以往的端庄拘谨，变得泼辣机警，在与杨衙内的周旋中显得非常老练成熟，智勇双全，前后判若两人。又如窦娥形象，第一折出场时她还是一个善良、本分的小媳妇，但当后来恶棍张驴儿借口救了蔡婆，欲强暴霸占她时，她却变得非常刚强。及待公堂见官，遭到毒刑拷打后，她对统治者的廉明公正开始有了清醒的认识，性格逐渐成熟。至被冤斩之前，她已由开头的小媳妇变成了天地的审判者，同样判若两人。毫无疑问，人物性格的发展演变已为作者所注意,并在作品中作了相当程度的表现,虽然这在整个关作人物塑造中不占主要地位,但作者的这种探索却是客观存在的,研究关汉卿人物塑造方式即不能完全无视这一点。

总的说来,关汉卿人物塑造是相当成功的。系列性和个性化作为这方面的两大主要特征,它们之间不是两两削弱而是相互促进。成功的系列人物给个性化开辟了更为广阔的天地,而成功的个性化又使得关剧的系列人物避免了一般常有的雷同和单调之感。毫无疑问,这是关剧人物塑造的总体风格特征,关氏杂剧之所以在艺术史上具有"永久的价值",在相当程度上即可归因到这里。

四、语言形式:舞台性、诗歌化

在作家创作风格中,语言的重要性是自不待言的。19世纪德国语言学家兼文艺理论家威廉·威克纳格即直接认为:"风格是语言的表现形态。"[①]这个观点至今仍为人们所广泛引用,故在许多情况下,人们谈论风格往往即指语言风格而言。虽然严格说来这并不太确切,因为它忽视了总体构思、结构安排和人物塑造等体现作家风格的重要环节,但由此也可以反映出语言形式在风格中的重要性。

关汉卿创作的语言风格,最突出的是舞台性和诗歌化这两大特点。

舞台性特点首先表现在强烈的动作性。虽然和近代意义的话剧不同,以元杂剧为开端的中国古代戏曲主要是以唱工见长,形体动作还在其次,此即人们经常说的唱、做、念、打。然而既然在舞台上演出,动作性语言乃不可或缺,唱词本身也都带有动作性,这一点和话剧在本质上并无二致。也正因为唱工见长,故其内在动作(心理活动)得到了充分的表现,和外在动作(形体活动)一道构成了动作性语言的内涵。

例如《蝴蝶梦》描写王家三个儿子为报父仇打死皇亲葛彪后,官府判决必须有一个儿子出来偿命时,女主人公王婆牺牲了自己的亲儿子。然而第三折

①[德]歌德等著:《文学风格论》,王元化译,上海译文出版社1982年版,第18页。

中她来探监，狱卒张千释放了另外两个前妻子，剧中这样描写：

> (正旦云)哥哥，那第三个孩儿呢？(张千云)把他盆吊死，替葛彪偿命去。明天早墙底下来认尸。(正旦悲科，唱)〔上小楼〕将两个哥哥都放免，把第三的孩儿推转；想我咽苦吞甘，十月怀胎，乳哺三年，不争放大哥哥、二哥哥身遭刑宪，教人道桑新妇不分良善……〔快活三〕眼见的你两个得生天，单则你小兄弟丧黄泉。(做觑王三悲科，唱)教我扭回身；忍不住泪涟涟……

虽然从道义上她牺牲了亲生儿，救了前妻子，体现了崇高的品格。但作为母亲，此时的感情痛苦是可想而知的。她不是在作公平交易，是在灵与肉的撕扯中做出痛苦的抉择。作者这里对王婆的外在动作只用了“觑”和“悲”字，虽然并不剧烈，但却一下子将人物的情感充分地传递出来了。上引两段曲辞，一为自白，一为对另两个孩儿所言，内在冲突的激烈弥补了外在动作的舒缓，收到了动人心魄的艺术效果。

又如《金线池》一剧，描写杜蕊娘和韩辅臣这一对恋人因受鸨母挑拨而相互误会，杜发誓再不理韩，其中第三折这样安排杜蕊娘在宴上的表现：

> (正旦云)待我行个酒令，行的便吃酒，行不的罚金线池里凉水。(众旦云)俺们都依着姨姨的令行。(正旦云)酒中不许题着“韩辅臣”三字，但道的，将大觥来罚饮一大觥。(众旦云)知道。(正旦唱)〔醉高歌〕或是曲儿中唱几个花名。(众旦云)我不省的。(正旦唱)诗句里包笼着尾声。(众旦云)我不省的。(正旦唱)续麻道字针针顶。(众旦云)我不省的。(正旦唱)正题目当筵合笙。(众旦云)我不省的，则罚酒罢。(正旦云)折白道字，顶针续麻，搊筝拨阮，你们都不省得，是不如韩辅臣。(众旦云)呀，姨姨，你可犯了令也！

这同样体现着外在动作和内在动作的高度统一。杜蕊娘虽然表面上心高气傲，发誓不再答理韩辅臣这个“负心的短命”，但实际上内心非常痛苦，“中心藏之，何日忘之！”所以在自己定下酒令后马上犯令。这自然不是有意，但愈是出自无心，其外在语言动作才愈能吸引人的注意力，未吐激情而激情自露。在内心动作方面，作者并未像一般所作那样安排独白与旁白，却仅在外在语言动作的前后矛盾中间接表现，但其效果却远远胜过千言万语，戏剧性即充分蕴含在内外俱佳的动作语言了。

在许多情况下，作品语言伴随着激烈的外在动作，如《单刀会》第四折：

(甲士拥上科)(鲁云)埋伏了者！(正击案，怒云)有埋伏也无埋伏？(鲁云)并无埋伏。(正云)若有埋伏，一剑挥之两断！(做击案科)(鲁云)你击碎菱花。(正云)我特来破镜！

这样的语言无疑是惊心动魄的，舞台效果甚佳。

有时作品中语言纯粹表现内在的动作，如《西蜀梦》第二折：

〔梁州〕单注着东吴国一员骁将，砍折俺西蜀家两条金梁。这一场苦痛谁承望？再靠谁挟人捉将？再靠谁展土开疆？做宰相几曾做卿相？做君王那个做君王？布衣间昆仲心肠，再不着官渡口剑刺颜良，古城下刀诛蔡阳，石亭驿手挎袁襄！殿上帝王，行思坐想，正南下望，知祸起自天降。宣到我朝下若何当，着甚话声扬？

这是诸葛亮预先卜知关羽、张飞遇害后的悲愤唱词，几无任何外在动作。但内心的情感却如山呼海啸一般。面对这样的惨痛剧变，身为宰相的诸葛亮甚至都没有心思做宰相了，他还设想连刘备也失去做帝王的意趣了。一般情况下，富有政治家和名士风度的诸葛亮是不会轻易“喜怒形于色”的，而只有在个人独处情况下，加之处于如此重大事变面前才能充分展示，其爆发的力度和感人的程度是可想而知的。

关汉卿笔下的动作性语言也同样体现在其散曲的创作之中，如他在〔仙吕·一半儿〕《题情》中表现情人之间的亲昵：

碧纱窗外静无人，跪在床前忙要亲。骂了个负心回转身。虽是我的话儿嗔，一半儿推辞一半儿肯。

这显然是颇为生动的外部动作。又如〔中吕·古调石榴花〕《闺思》:

〔鲍老儿〕当初指望成家计,谁想琼簪碎;当初指望无抛弃,谁想银瓶坠。烦烦恼恼,哭哭啼啼,悲悲切切、长吁短叹、自跌自摧。〔鲍老三台滚〕俺也自知,鸾台懒傍尘土迷;俺也自知,金钗款䩞云鬟堆;俺也自知,绝鳞翼断信息几时回?……

这里出现的是不幸的妇女在咀嚼爱情落空孤独的痛苦,虽然满篇都是个人的独白,几无形体的动作,但内心的行动却是异常剧烈的。

除了动作性以外,关作语言舞台性的特点还在于性格化。李渔谈起戏剧语言时主张"语求肖似",他说:"言者,心之声也,欲代此一人立言,先宜代此一人立心。"[①]清人杨恩寿亦认为戏剧语言必须做到"说一人肖一人,勿使雷同,勿使浮泛"[②]。关剧中人物语言即具有高度的性格化,这一点已多有论者谈及,这里略举两例:

(周舍云)那壁姨姨敢是赵盼儿么?(正旦云)然也。(周舍云)请姨姨吃些茶饭波。(正旦云)你请我?家里饿皮脸也,揭了锅儿底,窨子里秋月——不曾见这等食!(周舍云)央及姨姨,保门亲事。(正旦云)你着我保谁?(周舍云)保宋引章。(正旦云)你着我保宋引章那些儿?保他那针指油面,刺绣铺房,大裁小剪,生儿长女?(周舍云)这歪刺骨好歹嘴也,我已成了事,不索央你!

这段对话出自《救风尘》第一折,商人身份的流氓无赖周舍花言巧语骗去了宋引章的爱情,赵盼儿极力劝阻未成,周舍又假惺惺地来请赵盼儿为他保亲,即遭到了后者的冷言快语。仅仅这几句话即将赵盼儿的机警能干、嫉恶如仇的个性表现出来了。而周舍先是甜言蜜语,后来凶相毕露,自托老底,其花言巧

①〔清〕李渔:《闲情偶寄·语求肖似》。
②〔清〕杨恩寿:《续词余丛话》卷二。

语、包藏祸心的小人嘴脸一下子暴露无遗。

又如《窦娥冤》第一折中表现蔡婆、窦娥和张驴儿初次冲突的场面：

(卜儿云)孩儿也,再不要说我了,他爷儿两个都在门首等候。事已至此,不若连你也招了女婿罢。(正旦)婆婆,要招你自招,我并然不要女婿。(卜儿云)那个是要女婿的?争奈他爷儿两家挨过门来,教我如何是好?(张驴儿云)我们今日招过门去也。帽儿光光,今日做个新郎;袖儿窄窄,今日做个娇客。好女婿,好女婿,不枉了,不枉了。(同孛老入拜科)(正旦做不礼科)(云)兀那厮,靠后!

短短这几句话,剧中几个主要人物的性格便鲜明地刻画出来了。蔡婆并非真的偌大年纪还"要女婿",但面对"自家挨过门来"的流氓无赖,她却毫无办法,反而劝媳妇"事已至此,不若连你也招了女婿罢",充分表现出这位商人之妇兼高利贷者的软弱和苟且。而张驴儿一进门即大叫"帽儿光光,今日做个新郎",且自称"好女婿,不枉了",一副令人作呕的无赖嘴脸。窦娥则是一身正气,一开始即严词拒绝了婆婆的违心"规劝"。面对流氓,她和蔡婆的软弱恰好相反,不是惊慌失措、委曲求全,而是大声呵斥:"兀那厮,靠后!"由此形象地表现了她不可侵犯的刚烈性格。

性格化语言不仅出现在道白中,在曲辞中同样有其恰当的表现。如《望江亭》第二折:

〔十二月〕你道他是花花太岁,要强逼的我步步相随;我呵,怕甚么天翻地覆,就顺着他雨约云期。这桩事,你只睁眼儿觑者,看怎生的发付他赖骨顽皮!

这一段曲词是谭记儿从丈夫口中得知权豪势要杨衙内带着御赐势剑金牌前来图谋霸占自己后所唱,其中不畏强暴、克敌制胜的自信心和智勇双全的个性特征得到了充分的形象体现。

又如《调风月》第四折:

〔挂玉钩〕是个破败家私铁扫帚，没些儿发旺夫家处，可使绝子嗣妨公婆克丈夫，脸上肇泪靥无重数，今年见吊客临，丧门聚；反阴复阳，半载其余。〔落梅风〕据着生的年月，演的岁数，不是个义夫节妇，休想五男并二女，死得交灭门绝户。

这是主人公燕燕在小千户抛弃她又和莺莺结婚的喜庆仪式上唱的两段曲辞。由于绝望，她此时已破釜沉舟，决心拼一个鱼死网破了。这样凶泼的詈辞，放在其他任何角色口中皆不可能，它充分表现出燕燕容不得欺骗的不好惹的个性。

关氏创作语言舞台化的最大特点还在于普遍意义上的通俗化。这一点历来为人们所重视。质朴无华、浅显通俗、不尚藻饰、不事雕琢一直被作为关氏语言本色派风格的主要特征。这方面无须多找例证，因为它是人所公认的。王国维在评论元曲诸家风格时曾指出“汉卿似白乐天”①，其基本依据也是关、白二人的语言都具有通俗性的特点。

然而，对通俗化亦应作正确理解，浅显不是浅薄，通俗亦非庸俗，质朴无华，也不是质木无文的代名词。而明清以来，不少论者即从这个角度去看待关汉卿的作品语言，特别是在评价《西厢记》的语言风格时。他们将前四折和第五折截然分开，极力贬低后者，称之为浅薄、庸俗、语言质木无文，进而将其归入关汉卿名下，在王实甫和关汉卿之间妄加轾轩。这一点直到最近的学术领域仍有所反映。②毫无疑问，这样看待关作语言只能证明自己并没有真正搞懂。

事实上，关汉卿语言通俗化的最大特点是深入浅出，即以浅显的语言创造精深的艺术境界。试略举二例：

(周舍向旦云)奶奶，您孩儿肚肠是驴马的见识，我今家去把媳妇休了呵，奶奶，您把肉吊窗儿放下来，可不嫁我，做的个尖担两头脱。奶奶，你说

① 王国维:《宋元戏曲考》十二《元剧之文章》。

② 蔡运长:《〈西厢记〉第五本不是王实甫作》,《戏曲艺术》,1988年第4期。

下个誓着。(正旦云)周舍,你真个要我赌咒?你若休了媳妇,我不嫁你呵,我着堂子里马踏死,灯草打折臁儿骨。你逼的我赌这般重咒哩!

这是《救风尘》第三折中的一段对白,赵盼儿为了搭救宋引章,她假称要嫁给周舍,条件是周舍必须休了宋以后才能迎娶,但满肚花花肠子的周舍却不会轻易上钩,于是引出这一段充满机趣的对话。从形式上看,这里的语言是够浅俗的,但无疑是经过千锤百炼后的生活语言,它最为形象地体现了人物的身份和性格特征,也有助于当时环境气氛的渲染和烘托,比起千百句堆砌华美词藻的书面语更能受到舞台观众的欢迎,直到今天读来还充满着生命的活力。

又如他的散曲〔双调·沉醉东风〕:

咫尺的天南地北,霎时间月缺花飞。手执着饯行杯,眼阁着别离泪。刚道得声"保重将息",痛煞煞教人舍不得,好去者前程万里!

这里并无华美的词采,也无任何雕琢的痕迹,通俗易懂,明白如话的曲辞展示的是一种"清水出芙蓉,天然去雕饰"的本色。然而也正是这种"本色"才能将人物真挚深沉的感情毫不做作地表现出来,由此可以看出作者在语言上所下的功夫。如果真的是毫无选择地信手拈来,是不可能达到这样的艺术效果的。

关作语言深入浅出还表现在用典方面。一般认为本色派语言绝少用典,其实这并不确切,试举一例:

〔梁州第七〕这一个似卓氏般当垆涤器,这一个似孟光般举案齐眉,说的来藏头盖脚多伶俐!道着难晓,做出才知……那里有奔丧处哭倒长城?那里有浣纱时甘投大水?那里有上山来便化顽石?可悲,可耻!

这是《窦娥冤》第二折窦娥的唱词,一连用了五个典故,不可谓少。然而有一点却很清楚,这些典故,无论是卓氏当垆涤器还是孟光举案齐眉,也无论孟姜女哭倒长城还是浣纱女自投大水,还有望夫石的故事,皆为尽人皆知的"俗典”，用了除了增加语言机趣之外，不会有任何生涩之感。又如关氏散曲〔仙吕·桂枝香〕套数：

〔木丫叉〕雾锁秦楼，雾锁秦楼。云迷楚岫，御沟红叶空流；偷香韩寿，锦帐中枉自绸缪。蹙破两眉头，小蛮腰瘦如杨柳。浅淡樱桃樊素口，空教人目断去时舟。又不知风流浪子，何处温柔。

其中涉及典故，有弄玉吹箫、楚王云雨、御沟红叶、韩寿偷香及白居易的“杨柳小蛮腰”诗句等，数量不少但都为世俗能理解，这也是关氏语言舞台化的一个主要特征。

除了动作性、性格化和通俗化以外，关汉卿作品语言还存在着相当程度上的诗化倾向。这一点为历来人们所忽视，其实如果全面分析关汉卿的现有作品是不难得出这个结论的。

关作语言的诗化主要表现在它的热情洋溢、感情充沛、形象鲜明和语言精炼上面，它是“灼热的语言”，充满着诗歌艺术的抒情性。如人们熟知的《窦娥冤》第三折中窦娥的唱词：

〔滚绣球〕有日月朝暮悬，有鬼神掌着生死权。天地也，只合把清浊分辨，可怎生糊涂了盗跖、颜渊：为善的受贫穷更命短，造恶的享富贵又寿延。天地也，做得个怕硬欺软，却原来也这般顺水推船。地也，你不分好歹何为地，天也，你错勘贤愚枉做天！

感情充沛，气势如虹。明人孟称舜称：“汉卿曲如繁弦促调风雨骤集，读之觉音韵泠泠，不离耳上，所以称为大家。”①无疑这是诗的境界。纯以感情取胜而不在堆砌词藻，只有具有诗人气质的剧作家才能达到。又如《单刀会》第四折中关羽的唱词：

〔驻马听〕水涌山叠，年少周郎何处也？不觉的灰飞烟灭，可怜黄盖转伤

① 〔清〕孟称舜：《酹江集·窦娥冤》开头眉批。

嗟。破曹的樯橹一时绝,鏖兵的江水由然热,好教我情惨切。(云)这也不是江水,(唱)二十年流不尽的英雄血!

悲凉慷慨、苍劲雄壮。从历史上看,此曲显然有着对苏东坡〔念奴娇〕"大江东去"词境的继承和化用,但置于此处却又别具新意。这是角色也是作家的心声,其格调既表现了一代英雄人物抚今追昔的沉厚胸襟,又抒发了诗人站在历史高度审视战争风云的人道主义情怀。形象鲜明、风格洗练,历代论者皆激赏此曲,近人王季烈更称之"洵为绝唱"[①],可见境界之高远。

诗化的语言在关氏散曲中更为突出;前面我们在论述"诗家之曲"时已多有涉及,此处再举二例:

〔六幺遍〕乍凉时候,西风透,碧梧脱叶,余暑才收。香生凤口,帘垂玉钩,小院深闲清画。清幽,听声声蝉噪柳梢头。

清新、散淡,几无世俗烟火气息。此曲出自〔仙吕·翠裙腰〕《闺怨》套數,虽属艳情,但体现的无疑是一种诗的境界。另如〔双调·碧玉箫〕的联章体小令:

怕见春归,枝上柳绵飞;静掩香闺,帘外晓莺啼。恨天涯锦字稀,梦才郎翠被知。宽尽衣,一搦腰肢细。痴,暗暗的添憔悴。

同样创造了一种诗的意境,不过较前曲"艳"的成分更浓一些。如果说前曲语言风格体现的是"清丽"的话,后曲体现的则为一种"婉丽"的风格。梁乙真先生《元明散曲小史》认为关氏散曲"以婉丽见长,然有时亦非常的豪辣灏烂。"[②]他说的"豪辣灏烂"即指关氏散曲中体现斗士精神的那些作品,如《不伏老》等,而"婉丽见长"的评价的确道出了关作语言风格的诗化特色。王忠林先生称关氏"在元代前期清丽派散曲家中,实居领袖地位"[③]。联系关氏散曲作品,他们

① 王季烈编:《孤本元明杂剧·提要》。

② 转引自王忠林:《关汉卿散曲析评》,《南洋大学学报》,1972年第6期。

③ 王忠林:《关汉卿散曲析评》,《南洋大学学报》,1972年第6期。

的归纳都有其合理性。

从以上分析可以看出，关作语言的舞台化和诗化的特点是非常鲜明的，作为两个不同概念，它们在关作中所起的作用也有所不同。就前者来看，它促成了关作在当时无论演出还是清唱都取得了无与伦比的成功。作为后者，它是关作在文学史上至今具有艺术魅力的关键。

当然，这样归纳并不意味着可以将二者割裂开，很难设想没有诗情的剧本能在舞台上产生轰动。同样，完全和动作性、性格化以及通俗化隔开的舞台诗情也不会有多少生命的活力。正是在这个意义上我们说，舞台化和诗化的高度结合才是关汉卿创作语言的共同风格，它们的共同作用是造成关作取得成功和艺术魅力至今不衰的重要因素。

五、本色、当行：总体风格剖析

至此，我们可以对关汉卿创作的总体风格作如下归纳：这就是总体构思的新颖多样、结构艺术的完整完备，人物塑造的系列性、个性化以及语言形式的舞台性和诗化。正是在这些因素有机结合的基础上，才构成了关汉卿所特有的艺术风格，体现了这位本色派大家的创作个性。

然而，在做出上述结论的同时，我们还应当对“本色派”的定义作一番辨析。

正如我国古代诗论、文论中概念的内涵多呈模糊状一样，作为古代曲论一个专门概念的“本色”一词也缺乏严密的论证和合乎逻辑的界定，至今学术界对此理解仍存在歧义。传统曲论多以此形容语言的质朴无华，而和藻饰和文采相对应，正因为如此，“本色派”和“文采派”的提法也主要是就语言风格而言的。而语言风格尽管为作家总体风格的重要组成部分，但并不就是作家风格的全部。近来也有论者试图将其和作家的总体风格联系起来研究，但总觉有些牵强，因为总体构思、结构艺术、人物塑造这些风格所在均已超出了语言“本色”的范畴。而另一方面，如果将本色仅仅理解为不施文采、质朴无华和通俗易懂，同样亦不能准确地概括关作语言特色，因为据前分析可知，关氏散曲起主导作用的语言风格却是“婉丽”或“清丽”，此同“本色”自然挂不上钩。况且即使是剧作语言，其中也较复杂，有的亦并非质朴无华。此外，语言的动作性格化等也不属于质朴无华这个本色概念的范畴。所以机械地理解"本色"二字并不能准确而全面地概括关汉卿的创作风格，而只有对"本色"二字深加考订，把握精神实质，这才是确立关汉卿作为一个本色派大家地位的唯一正确途径。

严格说来，"本色"一词并非曲论所独有，宋人论诗已有涉及。陈师道《后山诗话》即评价韩愈"以文为诗"、苏轼"以诗为词"是"虽极天下之功，要非本色"[①]，此外，李清照的《词论》、严羽的《沧浪诗话》、王若虚的《滹南诗话》以及曾季貍的《艇斋诗话》均有类似提法。郭绍虞先生谓："本色，指本然之色。"[②]这里的"本然之色"包括两层含义，其一层是指文体方面，如陈师道论诗、李清照论词，皆主张严守文体的本色，不能稍有逾越，否则写得再好，亦非本色；另一层含义是指语言和内容方面，语言要求"天然去雕饰"，内容反映事物的本来面目。这两层含义在明以后曲论中均有反映，冯梦龙倡言作曲者"组织藻绘而不涉于诗赋"[③]，无疑属于前者。徐渭云："语入要紧处，不可着一毫脂粉，越俗越家常越警醒，此才是好水碓不杂一毫糠衣真本色"[④]，此所重者语言。臧晋叔所谓"人习其方言，事肖其本色"[⑤]，显然是指内容而兼及做法。

今天看来，严守文体之本色固有必要，以此可有助于体制的稳定，但如说不能稍有逾越以至曲中语"不涉于诗赋"则太过分了，也与作曲实际不符。《单刀会》中关羽所唱"大江东去"二曲，《西厢记》中所唱"碧云天，黄花地"等曲，俱以诗词中语入曲，收到了很好的艺术效果，由此可知"本色"不能作如此机械地理解。其次，语言中"不可着一毫脂粉，越俗越家常越警醒"的本色也只能是风格中的一种，不能强求一致，否则千篇一律，性格化即无法谈起。唯有"人习其方言，事肖其本色"二句，如果"方言"理解符合个人性格特点的语言，

---

①② 引自郭绍虞：《沧浪诗话校释》"诗法"，人民文学出版社1983年版。

③〔明〕冯梦龙：《太霞新奏》卷十二，载秦学人、侯作卿编：《中国古典编剧理论资料汇编》，中国戏剧出版社1984年版，第129页。

④〔明〕徐渭：《题昆仑奴杂剧后》，出自《徐文长佚草》第2卷，载秦学人、侯作卿编：《中国古典编剧理论资料汇编》，中国戏剧出版社1984年版，第39页。

⑤〔明〕臧晋叔：《元曲选·序二》。

"事"理解为题材和人物,"肖"包括作品结构方式的话,则如此理解即应当说是抓住了"本色"的精神实质。

与本色同时被提出的还有当行的概念。严羽《沧浪诗话》论"诗法"即在"须是本色"后紧接"须是当行"一句,[①]《滹南诗话》卷中引晁无咎评黄山谷(庭坚)语"词固高妙,然不是当行家语"[②],郭绍虞先生解释:"当行,犹言内行。"[③]这里的"当行"至后世也有两种解释,一种认为实际上即指本色,凌濛初《谭曲杂札》有云:"当行者曰本色。"[④]臧晋叔《元曲选序》中这样归纳:"行家者随所妆演,无不摹拟曲尽,宛若身当其处,而几忘其事之乌有。……是惟优孟衣冠,然后可与于此。故称曲上乘,首曰当行。"[⑤]这显然是其"事肖其本色"的翻版,虽然又换了一种提法,但在臧氏心目中"本色"和"当行"实际上没有什么区别。然而,也有观点则将"本色"和"当行"看作是互相紧密联系着两个不同的概念,音律专家沈璟即云:"怎得词人当行,歌客守腔,大家细把音律讲"[⑥],他说的是恪守音律称当行。吕天成《曲品》则谓:"当行兼论作法,本色只指填词"[⑦],这里显然即有了区别。但也不能看得太死,如吕天成所言:"果属当行,则句调必多本色;果其本色,则情态必是当行"[⑧],实际上还是一回事。本色就是当行,当行必表现为本色。当行不过是手段,本色才是表现形式,人们不称当行派,而称本色派,其原因大可归结到这里。

"本色"是本然之色,亦指事物的本来面目,用一句传统的文艺理论术语表达即为事物的本质真实。"人习其方言,事肖其本色",这里的"人"既包括剧中人物形象,也包括剧家所反映那个时代人的群体。"事"无疑是指剧中符合舞台特点的题材内容。一句话,"本色"即是反映事物的本来面目,揭示时代的本质真实、严格遵循事物的固有规律。从根本上说,这也是关汉卿创作风格的基本特征。

---

①② 郭绍虞:《沧浪诗话校释》,人民文学出版社1983年版,第103—104页。

③《六一诗话·白石诗说·滹南诗话》,人民文学出版社1962年版,第70页。

④ 秦学人、侯作卿编著:《中国古典编剧理论资料汇辑》,中国戏剧出版社1984年版,第169页。

⑤ 同上,第97页。

⑥ 同上,第66页。

⑦⑧〔明〕吕天成:《曲品》卷上。

正因为要反映社会人生的本质真实，关汉卿创作的总体构思才尽可能向新颖多样方面开掘。题材上既有历史剧又有现实剧，既有现实成分又有非现实因素，既有文戏又有武戏；体裁上既有杂剧又有散曲，剧作中既有悲剧、喜剧又有正剧，散曲中既有套数又有小令。而只有这样，才能表现出时代风云变幻的本来面目。

同样，正因为要反映社会人生的本质真实，关氏人物塑造才呈现着从君主、朝臣、将帅到一般百姓的众多系列，每一个系列人物又都有着他不可替代的个性，而系列性和个性化高度结合本来即为人世社会的固有形态。

除了反映时代本质真实以外，关汉卿的本色派风格还表现在严格遵循事物的固有规律上面。在关汉卿的心目中，剧就是剧，散曲就是散曲，诗就是诗，虽然在创作态度上都以反映时代人生真实面貌的写实精神贯穿始终，但在具体方式上却各有特点。这方面的“本色”更多的是由“当行”决定的。

作为一个行家，关汉卿非常清楚自己是在干什么，他无论是编剧还是创作散曲，都时刻把握住作品的性质和特点，在关键问题上坚持文体的本色。

例如，正由于考虑到作品的性质和对象的特点，关剧才在最大限度上保持了情节行动的有机统一性和逻辑连贯性，结构类型上才有锁闭式、开放式和人像展览式的交替使用，无平板单调之感。作品内保持力的均衡，第四折无“强弩之末”之弊。此外，散曲创作方面也显示着长短句式不齐，排句对、重句对、排比变化句式等多种修辞方式交替呈现的完备的结构艺术。这些无疑都体现了文体的独有特色。

又如关作的语言艺术，其动作性、通俗化显然是适应于元代舞台要求的“本色”。明人凌濛初所谓“曲始于胡元，大略贵当行不贵藻丽”[①]，说的就是元代剧场的情况。正因为考虑到适应元代勾栏世俗大众的需要，关汉卿笔下语言特别注意内部和外部动作的结合，更特别注意语言的锤炼，于质朴无华、浅显通俗中创造精深的艺术情境。而此外，关作语言的性格无疑既体现了文体的本色，又体现了所塑造人物的本色，正是“人习其方言，事肖其本色”决定了

① 〔明〕凌濛初：《谭曲杂札》，载中国戏曲研究院编：《中国古典戏曲论著集成》第4册，中国戏剧出版社1959年版，第253页。

他的高度性格化的语言。在这个意义上,由人物不同身份、具体情境以及接受对象的不同而显示的诗化同样可以看作本色派风格的必然表现。

总而言之,关汉卿创作风格的诸多特征都可以归结到“本色”这方面来,换句话说,“本色”所要求的反映事物本来面目,揭示时代的本质真实和遵循事物的固有规律,这些都在关氏创作中有了完满的体现。更准确地说,这是作者创作的立足点。从前面各节的具体分析中可以看出,从总体构思的新颖多样、结构艺术的完整完备,到人物塑造的系列化、个性化以及语言形式的舞台性和诗化,同时代任何一个本色派作家,甚至任何一个古代戏曲家都没有关汉卿走得远。无论是杂剧还是散曲,关氏在风格上都具有开创性的意义。

接下来的问题是,关汉卿这种成功的本色派风格为什么能够形成?或者说,为什么偏偏让关汉卿开创这种风格呢?

首先应当肯定,关氏这种总体风格的形成与他复杂丰富的生活经历有关。前已论及,关汉卿一生跨越金、元两个朝代,作为残金的太医院尹,无疑他有机会接触上层社会,诸如宫廷和官府的运转方式、君臣关系、贵族家庭内幕等,皆为作者年轻时即已熟悉。此后他亲身经历金元间改朝换代的社会大动荡、生与死的考验、血与火的锻炼,这一切都使他对社会和人生有着超常的体验。入元后他“不屑仕进”,转入社会下层,世俗生活又使得他接触了形形色色前所未见的人和事,无疑更开阔了眼界,丰富了阅历。这一点在入元后出生的作家固不必论,即使元好问、杨果、杜仁杰、白朴这些由金入元的遗民曲家也无法与之相比。因为这些名公雅士一来没有关汉卿那样大起大落、极雅极俗的生活体验,二来他们多不创作杂剧。这方面白朴例外,他是词、曲、剧三者兼备的大家,但其经历远不如关汉卿复杂丰富。可以说,在这一点上,关汉卿是得天独厚的。

其次,关汉卿还是一个学问广博的汉族文人士大夫,尽管目前没有证据说他在太医院任职是科举中试的结果,但作为解州关氏族裔,他在汉民族传统文化熏陶下长大这一点则是无可怀疑的。正因为如此,关汉卿精通中国的历史文化,这种学识使得他在将历史人物和现实人生沟通起来时得心应手,也不至于在处理纷至沓来的同类题材时才情枯竭、捉襟见肘。

唐人刘知几在谈及史家素养时曾将其归结为“才、学、识”之“三长”,认为

“世罕兼之，故史者少”[①]。而对作家来说，除了形象思维等艺术创造才能以外，其创作风格的形式，也需要兼有这种“三长”。我们认为，丰富的阅历和渊博的学问为关汉卿的成功奠定了雄厚的基础，他在选择体裁、处理素材、结构安排、人物塑造和语言运用等方面的才能不是凭空而起，正是建立在其特有的经历和学问基础之上的。

除了“才”和“学”之外，关汉卿还具有同时代曲家少有的“识”。这就是他站在文化和历史的高度，对整个社会和人生进行高屋建瓴式的审视。他取材于历史，却不囿于成见；他面对现实，却不满足于实用。作为一个在儒家伦理文化哺育下成长起来的汉族知识分子，关汉卿对战乱后的道德沦丧、兽道横行的现实自然是痛心疾首，他无力改变这一现实，却又不甘心真的逃避山林，不问是非。事实上想避也避不开，不管关氏本人起初是否愿意，时代的潮流已将他冲刷到了社会的底层，他的“滑稽多智、蕴藉风流”的个性也使得他乐得就此与勾栏艺人打成一片，“嘲风弄月，流连光景”，把大半生的精力贡献给了舞台。他的见识和才能也正是在这种“流连光景”中得到增长和提高。

关汉卿的“识”还在于他把现实人生这个大舞台和戏曲演出的小舞台合二而一，作者以小见大，将自己痛心疾首而无力左右的现实搬上舞台，面对世俗大众展示它的本色，其中当然也寄托了他的理想，在现实中失落了的自我在艺术上得到了实现。也正因为如此，关汉卿和那些以糊口、放逸或韬晦的曲家不同，他的创作是主动的，有目的的追求；也正因为如此，他才在作品的总体构思中不断追求新颖多样，在结构艺术中追求完整和完备，在人物塑造中展示无比的系列性和个性化，在语言形式中寻找舞台性和诗化。在这些不懈的追求中，我们可以看出作者在努力创造自我实现的途径。早在数十年前，研究和整理元曲的前辈专家隋树森先生即这样评价关汉卿：

> 他知道本色派的曲文易于为群众所了解，所以他不常用诗词一般的句子；他知道一个故事应如何布置安排，才能够得到演剧的效果；他知道用某一类社会人生中常发生的事项，或那种历史故事、民间传说作题材，才能够

①《新唐书·刘子玄传》。

> 使观众易于和它接近。[①]

这里说的正是关汉卿独到的“识”,而这是在那个时代很少有人能够达到的远见卓识。

虽然史家和作家属于两种不同的人才类型，但我们仍旧要说，关汉卿是具有“才、学、识”三才兼备的大家,他是站在史家的高度来创作的,这是他以反映时代本质真实、遵循事物固有规律为基本特征的本色派总体风格形成并取得成功的根本途径。

① 隋树森:《关汉卿及其杂剧》,《东方杂志》,第40卷第3号(1946年2月1日)。

余论　在世界文化格局中的关汉卿

对关汉卿的总体研究似乎可以暂告一个段落了。

然而工作并没有做完。记得在本书开篇的“引言”中,笔者曾响应海内外前辈学者的号召,提出关汉卿研究要跨出国门,面向世界,真正建立起一门堪与莎士比亚研究——莎学相媲美的“关学”,并以此作为自己努力奋进的目标。但是,应当承认,直到今天,关汉卿在世界上的影响还是有限的。从目前流行的东西方各主要国家的百科全书来看,关汉卿大体上是作为13世纪中国伟大的戏剧家而出现的,评价不可谓不高,但同“古往今来最伟大的作家”①莎士比亚相比,关汉卿还只能是国家级而非世界级。

之所以会出现这样的状况,一方面固然由于东西方民族的审美标准不同,当然其中也不乏民族偏见以至“欧洲中心论”作怪的因素,但另一方面更主要的是我们自己对关汉卿的研究和介绍远远没有达到世界的高度,这就难以在世界文化层次中激起认同感。在对关氏的生平和创作进行了较为深入和系统的考察之后,我们既有可能也有必要将目光由国内转向国外,在世界大文化体系的横向比较中为关汉卿寻找一个合适的位置。

一、充满生命活力的戏曲之父

众所周知,世界存在着三大古典戏剧形态,它由古希腊戏剧、印度古典梵剧和中国戏曲所构成。而关汉卿则为古老的戏曲之父。

戏曲之父意味着他必须具有双重身份,即他首先必须是该艺术形式的开创者或者起码在开创过程中起了关键作用的人;其次,他的创作成就还必须是开一代风气之先的大家。这样集开创者和大家称号的戏剧之父在世界戏剧

①《简明不列颠百科全书》“莎士比亚”词条,中国大百科全书出版社1985年版。

史上的确是不多见的。

印度梵剧至今尚无公认的创始者，现存早期梵剧剧本的作家马鸣和跋娑也够不上梵剧之父的称号。在西方，古希腊戏剧的创造者是忒斯庇斯，但忒斯庇斯无剧本传世，自然亦无创作成就可言，所以悲剧之父这顶桂冠并不因为忒斯庇斯的功绩而轻授予他，获得这一殊荣的是最早在悲剧领域(包括演出形式)做出巨大贡献的埃斯库罗斯。

在中国，情况即有所不同。尽管早在先秦时代我国的宫廷俳优表演即已很发达，至汉时已发展成为“东海黄公”等故事性较强的表演戏，演员也由一人发展到三国时代的两个，但表演艺术始终未能和剧本创作艺术结合起来。叙述体说唱诸宫调直到宋金时期才向着代言体过渡，二者的结合导致了北杂剧的繁荣，也形成了我国戏曲史上的第一个高潮，关汉卿则在这一转变过程中起了关键性的作用。

翻开我国现存最早论述元代戏曲作家时代生平的论著《录鬼簿》，可以发现，在这部书中，作者将关汉卿列为榜首，明初曲家朱权解释这是因为关“初为杂剧之始”[①]，即最早开创杂剧体制的人。在这以前，元人周德清在《中原音韵自序》中也称“关、郑、白、马一新制作”，元曲在他们手中达到“之备”的程度。与朱权差不多同时代的朱有燉也称“初调音律是关卿”[②]，都认为关汉卿为元杂剧的创始者。众所周知，元杂剧是中国古代戏曲发展史上的第一个高潮，元杂剧的创始者实际上即为中国古代戏曲的奠基人，中国戏曲之父。

当然，以今天的目光看，任何艺术都非个人主观臆造的结果，说关汉卿“初为杂剧之始”也并非说他一人创制元杂剧。元杂剧之所以从诸宫调和金院本中脱胎而来，这中间一定包含了无数艺人的辛勤劳动，但这并不妨碍我们说关汉卿在这一过程中起了至关重要的作用，在一定程度上促进了这一转变的最后完成。因此，尽管我们目前尚无关汉卿如何创作元杂剧的具体记载，但关汉卿作为最早从事杂剧创作的作家集团中最杰出的代表则是人所共知的。[③]

① 〔明〕朱权:《太和正音谱》卷上“古今群英乐府格势”。

② 《丛书集成初编·文学类·官词小纂》。

③ 参见拙文《“初为杂剧之始”符合历史真实——关汉卿行年史料辨析》，《江海学刊》，1990年第5期。

时人说他"生而倜傥，博学能文，滑稽多智，蕴藉风流，为一时之冠"[①]，又称其"驱梨园领袖，总编修师首，捻杂剧班头"[②]。正因为关汉卿不仅参与创制杂剧而且取得卓越的成就，才使得他在叙述性说唱转变成代言体戏曲这一过程中的作用不同凡响。可以说，正是在以关汉卿为代表的元曲大家的推动和影响之下，杂剧创作才形成一个新的社会文艺主潮，终于取代正统诗文而成为新的"一代之文学"（王国维语），进而在我国文学史上开创了一个戏剧创作和演出的时代。从这个意义上，我们把他作为古代戏曲之父是自然而然的。

关汉卿一生创作六十多个剧本，和作剧九十的埃斯库罗斯相比，总数略嫌少了一点，但关剧至今留存者达十七个之多，此又是仅存七剧的埃氏所不能比拟的。虽然年代久远是埃氏剧本大半佚失的重要原因，但由于人为扶持和脱离世俗，贵族艺术的生命力不强也是一个不可忽视的因素。而关汉卿剧作不仅在元代声名显赫，即在明清及至近现代都不断有人改编演出，仅此一点即可证明扎根世俗现实土壤的关汉卿剧作的强大生命力。

由于时代及当时舞台风俗的限制，埃斯库罗斯剧作取材一般都较狭窄，而且脱离现实较远。从目前留存的七个剧本来看，除了以希波战争为背景，描写波斯水师覆没的现实剧《波斯人》而外，其余皆取材于古希腊神话，人物多为庄严而不可企及的神祇，其中充满了因果报应观念和妥协思想，这些都很适合于当时雅典城邦贵族观众的口味，体现了典型的贵族艺术的特点。

与此形成鲜明对照的是，关汉卿剧作取材非常广泛，而且现实性特别强。既有历史故事，又有现实生活；既有关羽、李存孝等叱咤风云的英雄人物，又有窦娥、赵盼儿等平凡无奇的小人物。出身尽管有贵贱之分，但他（她）的共同特点就是人情味特别浓，喜怒哀乐充满世俗气息。此外，作品体现的生活意志非常顽强，作者坚信只要通过不屈不挠的追求，任何艰难困苦都可克服。如谭记儿、赵盼儿都以弱小之躯战胜了貌似强大的对手。可以这样说，关剧即是一曲曲意志力量的颂歌。这一点也和埃斯库罗斯不同。在埃氏剧作中，主人公虽然有着坚强的意志，例如普罗米修斯为了盗火给人类而宁愿在高加索山崖上受苦，以及克吕泰墨涅斯特拉和俄瑞斯忒斯的复仇，等等，但由于作者相信因

① 〔元〕熊梦祥：《析津志·名宦》"关一斋"条。

② 〔明〕贾仲明补：《录鬼簿》关汉卿〔凌波仙〕赞辞，载天一阁本《录鬼簿》卷上。

果报应,加上妥协思想,使得这些行动的最后终于导致矛盾双方的妥协和解[①],从而使意志的力量在一定程度上受到损害。

关汉卿笔下的人物不相信因果报应,不相信命运,他们高扬着生命的旗帜,充满着世俗气息和积极追求的精神。如前所述,在他丰富的剧作中,题材遍及各个领域,唯独没有神仙道化之类,这自然不是关氏不善于非现实题材的把握,而完全取决于作者积极的人生态度。就是说,和贵族自我神化的埃斯库罗斯剧作不同,关汉卿的作品是以人性代替了神性。当然,从作品中存在着某些鬼魂之类的非现实情节来看,关汉卿还没有达到用人性反对神性的高度,而是以人性反抗当时社会存在着的兽性。作家的目光专注于此,故神性在他的作品中也就不得不退到次要的地位了。

和作品取材的多样化的适应,关汉卿剧作类型也是比较全面的。从我们前面的分析中可以看出,它们中既有《窦娥冤》《哭存孝》这样惨烈悲壮的悲剧,也有《望江亭》《救风尘》那样充满讽刺、幽默风味的喜剧,还有《单刀会》《拜月亭》等描写严肃而不乏机趣的正剧(悲喜剧)。因此可见关汉卿具有娴熟运用不同戏剧类型的应变能力。相比较而言,埃斯库罗斯剧作仅限于悲剧(至多还应加上一点萨提洛斯笑剧),而号称古希腊喜剧之父的阿里斯托芬创作仅限于讽刺喜剧,连正面歌颂的喜剧都没有,同样狭窄多了。

这一点即使印度梵剧亦概莫能外。许多专家指出梵剧和我国古代戏曲之间的相通之处,但仔细考察早期梵剧如马鸣和跋娑的作品,它们几乎千篇一律,充满着惩恶劝善的宗教教义和道德说教,即使到了后期梵剧大师迦梨陀娑、首陀罗迦等人的笔下,也没有发生根本性的变化,其体裁也仅限于悲喜混杂剧而已。和以关汉卿为代表的中国元代杂剧艺术相比,其差别是明显的。

当然,做这样比较并非想要贬低古希腊戏剧和印度梵剧,这两大民族古典戏剧起码在时代上走在世界的前面,属于早期人类文明之一,悲剧之父埃斯库罗斯和喜剧之父阿里斯托芬在世界戏剧史上的地位更是人所公认的,他们的编剧艺术不仅是古希腊,也不仅是西方,而是全人类的共同财富。但是,肯定这些并不妨碍我们把它们和以关汉卿为代表的中国元杂剧进行比较。可

① 即如英雄普罗米修斯最终也和宙斯达成了妥协和解,古希腊佚剧《被释放的普罗米修斯》即作了如此表现。

以这样认为，作为一代戏曲的创始人，虽然在时代上稍后，但关汉卿的编剧艺术较之埃斯库罗斯、阿里斯托芬，较之印度梵剧起码在类型上拓宽了戏剧表现的路子。这就是说，古希腊人仅局限于互不干涉的纯悲剧和纯喜剧，古印度人仅局限于悲喜混杂剧的一个方面，关汉卿则一身同时兼擅上述各种戏剧类型，并且他还不是，也没有条件简单地将古希腊悲剧和喜剧、古印度悲喜剧移植而来，而是通过自己的摸索创造了新型的戏剧类型（这一点我们在以下的分析中还将谈到）。至于西方剧坛，直到公元14、15世纪的文艺复兴运动时期，莎士比亚、瓜里尼和狄得罗、博马舍等人才走完这一条道路。梵剧甚至未来得及显示这种征象即已寿终正寝。以关汉卿为代表的中国元杂剧编剧艺术在这些方面的成就，也是实实在在存在着的，这是世界戏剧史所无法忽视也不应忽视的事实。

二、独创风貌的一代戏剧艺术大师

关汉卿是兼擅悲剧、喜剧、正剧（悲喜剧）等多种形式的戏剧艺术大师，在这一点上，无论是埃斯库罗斯、阿里斯托芬还是迦梨陀娑，都不能与之相比。真正能在这方面有资格和关汉卿相比较的是欧洲文艺复兴时期英国的莎士比亚。

关汉卿和莎士比亚剧作的共同特点是最大限度地接近了社会现实。在悲剧中具有喜剧因素，喜剧中具有悲剧成分，这在以前的西方戏剧史上是件不可设想的事。我们知道，古希腊时期的悲、喜剧艺术之间就是泾、渭分明。正如17世纪西班牙剧作家维加所揭示的那样："喜剧摹仿卑微小民的行动，悲剧摹仿帝王贵人的行动。"[①]莎士比亚对传统的戏剧规则作了大胆的突破。在悲剧中糅杂了喜剧的成分，如《麦克白》中守门人的唠叨和《哈姆雷特》中波格涅斯训子一场以及埋葬奥菲利娅时掘墓人的笑谑等。同样，莎翁喜剧中也掺入了悲剧的因素，据说德国大诗人海涅看了《威尼斯商人》后，对喜剧对象夏洛克深表同情，竟提出要把该剧归入悲剧中去。[②]这样的例子在莎士比亚全部

① [西]维加：《编写喜剧的新艺术》，载《古典文艺理论译丛》第11辑，人民文学出版社1966年版，第167页。

② 《海涅论威尼斯商人》，载《威尼斯商人》中译本，方平译，新文艺出版社1957年版，第179—182页。

现存剧作中还比较多见。

在悲剧和喜剧的结合方面，由于在思想上没有传统规范的束缚，关汉卿甚至比莎士比亚走得更远。如果说莎士比亚悲剧中的喜剧因素以及喜剧中的悲剧成分还仅仅是表现为调节戏剧气氛的少数场面的话，则关汉卿剧作中的类似表现即为推进戏剧情节发展不可缺少的环节。而且不仅仅是情节和场面，更多的是体现在人物的塑造之中。从关汉卿的现存作品中，我们可以发现作者并不如同西方同行那样要受传统尊卑等级的束缚。他的悲剧人物可以有关羽、李存孝这样的名将，还可以有窦娥这样出身低微的平民寡妇；喜剧人物中可以有赵盼儿这样的下层妓女，也可以有谭记儿这样的州官夫人，甚至杨衙内这样的钦差大臣。特别在悲剧方面，关汉卿笔下悲剧主人公的对立面几乎都是滑稽可笑的喜剧人物，如《窦娥冤》中的张驴儿、昏官桃杌太守；《哭存孝》中的康君立、李存信，等等。剧作家利用夸张变形的讽刺喜剧手法，完成了对这些反面形象的塑造，更有力地衬托了悲剧主人公的正面形象。关汉卿喜剧中的悲剧成分也并不乏见。例如《谢天香》中谢天香在与恋人柳耆卿刚分离便被钱大尹强娶入门，做了三年空有其名的“小夫人”，最后当柳得官荣归，又被当作物品一般“完璧归赵”。又如《救风尘》中妓女宋引章被流氓无赖周舍骗娶后“朝打暮骂，看看待死”的悲惨命运。关汉卿这些喜剧中，悲剧成分是通过情节和场面表现出来的，它们体现着作家不同层次和不同角度的创作需要。

戏剧史的发展表明，纯粹的悲剧和喜剧体现了西方古代森严的尊卑等级以及祭祀的神秘仪式。随着社会历史的向前发展，人的价值逐步被发现，人性逐渐取代神性，尊卑等级和祭祀的神秘性被打破，纯悲剧和纯喜剧愈来愈不适应时代舞台的需要。戏剧美学的研究也进一步揭示，悲剧中如果没有喜剧因素，就会显得太冷板太平实，而喜剧如果没有悲剧成分，也会显得太浅薄太浮泛。而悲、喜剧因素的相互渗透融合将更有助于美的突现。正因为如此，莎士比亚在创作中勇于突破传统的轨范，这不是败笔而是对戏剧史的贡献。同样，关汉卿悲剧中的喜剧因素，喜剧中的悲剧成分也是对戏剧史和戏剧美学的贡献。从某种意义上说，他较莎士比亚更进一步地拓宽了戏剧形式所表现的范围。在时代上亦较莎士比亚早了数百年，即当西方还处于中世纪神秘剧、奇迹剧的蒙昧状态时，以关汉卿为代表的中国戏曲已经在悲、喜剧因素的互相融合方面走得这么远，显得是这么成熟了，这在世界戏剧发展史上就更有特殊的意义。

应当指出，西方学者从亚里士多德到康德，对评论东方文化特别是中国戏曲均缺乏起码的常识，即使在黑格尔，所谓感知也是很肤浅的。他在那次著名的美学讲演中曾这样论及："在东方，只有在中国人和印度人中间才有一种戏剧的萌芽。"①黑格尔的伟大之处即在于他能用哲理性的语言将东西方各主要民族文化发展的基本走向大致勾勒出来，但他断言中国古代戏曲只是"一种戏剧的萌芽"却远非确论。我们这里要说的是，中国古典戏曲并非始终处于萌芽状态，起码早在黑格尔讲演的五百年前，中国戏剧就很发达了，关汉卿的悲剧、喜剧、悲喜剧比较西方同类形式毫不逊色。以同时擅长各种戏剧类型而论，西方要在关汉卿之后的三百年才出现了莎士比亚，这也是世界戏剧史所不能回避也回避不了的事实。

还应指出，悲剧中具有喜剧因素，喜剧中具备悲剧成分以及劝善惩恶的结局，这些以往都被用来作为证明中国古代无悲剧的论据，现在看来亦非确论，相当程度上是一种误会。误就误在我们过分重视了西方历代学者从亚里士多德到尼采的悲剧理论，这些理论都勾勒了一条愈来愈森严的悲、喜剧界限。实际上，它们与其说是从文学和戏剧角度立论倒不如说都是一种力求完满系统的哲学思想。对世界文学稍加分析即可看出，即使西方戏剧也不存在什么纯之又纯绝对符合理论家要求的悲、喜剧作品。早期古希腊悲剧本来就是由悲而喜最后以各方满意而"公平"的结局，目前留存唯一的古希腊三部曲埃斯库罗斯的《俄瑞斯提亚》就是明证。此外，历来为人们所称道被认为死不屈服，悲壮慷慨的《被缚的普罗米修斯》实际上只是一种三部曲中的第二部，在第三部《被释的普罗米修斯》中，这位悲剧人物已和宙斯妥协和解了，仍然是美满的结局。这种状况发展到莎士比亚笔下则更进了一步，正如我们前面已指出的那样，他把悲剧因素和喜剧因素互相糅杂，积极渗透，使得西方悲剧和喜剧呈现着崭新的面貌。戏剧史上作家的这些努力往往不为理论家所推

① [德]黑格尔著：《美学》第3卷(下)，朱光潜译，商务印书馆1981年版，第298页。

重，亚里士多德《诗学》因而不把埃斯库罗斯剧作奉为楷模，尽管这位戏剧大师在当时即有“悲剧之父”的称号。[①]康德甚至因为古希腊戏剧不合自己的哲学要求而宣布那一时期无优秀作品。莎士比亚对传统规则的突破也曾为传统理论权威所诟病。由此我们可以看到戏剧发展的具体历史和涉及它们的学者理论之间的不和谐，然而这种不和谐却往往不大为人们所重视，特别是在注重名人名言的中国，更容易产生一些错觉，即误把哲人们理想中纯而又纯的悲剧或喜剧观念看成西方戏剧的真实面貌，再加上西方诸名家又常以自己的理论标准（兼有欧洲中心论色彩）去衡量和评价自己本不熟悉的东方，这样反过来指责和贬低中国古代戏曲，由此在双方产生错误是可以想见的。

诚然，悲、喜剧因素的互相糅杂渗透并非始自关汉卿剧作，在他之前的数百年，印度梵剧即已显示了这方面的特征。有些评论已经指出了梵剧和中国戏曲的相似之处。[②]但是我们只要稍加分析即可发现，梵剧和关汉卿作品之间的区别还是十分明显的。由于梵剧和宗教特别是佛教有着密不可分的联系，它们往往是把主人公的命运和偶然事件甚至仙人诅咒联系在一起，而难以形成真正根本对立的矛盾冲突。即以代表梵剧最高成就的《沙恭陀罗》为例，女主人公的苦恋很容易因为国王豆扇陀的喜新厌旧而被抛弃形成悲剧，但作者却把它归因于仙人恶咒和戒指的魔力。另一梵剧作家首陀罗迦的名作《小泥车》也是这样，国舅蹲蹲儿和妓女春军、商人善施之间因侮辱迫害而形成的冲突无疑可以作为悲剧题材，然而作者都通过种种误会巧合最后达到惩恶扬善的目的。可以说，梵剧没有一个意志坚定的悲剧人物形象，也没有一个集讽刺和幽默于一身的喜剧人物形象（小丑是固定角色，不是一个性格人物，因而不能包括在内），它们几乎千篇一律地都以悲喜剧的面目出现，即场面往往悲喜交集，主人公通过一番磨难达到皆大欢喜的结果，非常接近宗教教义。由于上述诸因素作用，印度梵剧看起来显得十分单调。

关汉卿剧作则不同。它们中不仅有着悲喜交织，最后团圆结局的悲喜剧，如《拜月亭》《绯衣梦》等，也有着充满讽刺幽默情趣的喜剧，如《望江亭》《救

① ［古希腊］弗·菲洛斯特拉图斯：《堤阿纳的阿波罗尼阿斯传》，载陈洪水、水建馥选编：《古希腊三大悲剧家研究》，中国社会科学出版社1986年版，第36页。

② 这方面较早且有代表性的有许地山《梵剧体制及其在汉剧上底点点滴滴》一文。直到近年海内外仍有论者在此论题上辛勤耕耘，兹不一一列举。

风尘》等。关氏悲剧更别出一格，它们不仅有一个严肃、完整，有一定长度的悲剧行动，悲剧主人公（窦娥、李存孝、关羽、张飞等）都由于性格刚直不阿、横遭屈陷而铸成悲剧，而且作者还采用了夸张变形的讽刺喜剧手法突出了恶人们的卑下和猥琐，对悲剧主角起着映衬和烘托作用。同时也有助于避免悲情过度丧失了审美距离而造成痛苦的弊病，起着协调气氛平衡心理的作用。这些都无可争辩地表明关汉卿编剧艺术较之印度梵剧高出一筹。

关汉卿剧作还有一个独特之处，就是作者笔下的人物性格不是固定不变，而是有所发展的。例如我们前面分析过的窦娥和谭记儿形象，她们一上场时，都是循规蹈矩、安分守己，情性和顺的年轻寡妇，但随着剧情的不断开展，在权豪势要、地痞流氓步步迫害进逼时，她们的性格也就逐渐地由和顺走向了反抗。窦娥最后成了天地的审判者，即使断首长街也要抗争到底，而谭记儿则一改腼腆、羞涩的秉性，变得异常坚强、泼辣。她改装献鱼、夜盗势剑金牌，玩弄恶棍于股掌之上，最后终于制服了这个来势汹汹、貌似强大的花花太岁。显然，她们都突破了固定单一的性格模式。这一点尤其应该受到戏剧史家的重视。

世界戏剧史长期对性格问题不甚重视。印度梵剧的人物性格比较模糊，作为印度古代戏剧理论经典的婆罗多牟尼《舞论》也没有专门谈到人物性格问题。在西方，亚里士多德进行理论归纳时将情节放在第一位，性格放在第二位，认为没有情节即不成为戏剧，而没有性格则与戏剧并无妨碍。[①]西方戏剧的这种不重视性格刻画的倾向持续了相当长的时期，中世纪固不必说，直到莎士比亚时代仍然可以看到这种影响的残余。莎翁笔下人物的性格刻画当然是具有很高水平的，但我们仍旧看不到奥赛罗、李尔王、哈姆雷特以及福斯泰夫、夏洛克等形象在性格上有什么发展变化。相对于世界古典戏剧长期存在着的这种人物性格刻画的固定化、单一化倾向来说，关汉卿剧作的这些特点在世界戏剧史上无疑应该有着一席之地。

正因为关汉卿多方面为世界戏剧艺术做出了独到的贡献，我们认为他作为独创风貌的一代艺术大师是当之无愧的。

---

① 参见［古希腊］亚里士多德著：《诗学》第10章，陈中梅译注，商务印书馆1996年版。

三、集众家成就于一身的世界性大家

至此,我们可以对关汉卿在世界文化格局中的地位做如下界定:

首先,作为世界三大古典戏剧形态之一的中国戏曲之父,关汉卿具有世界古典戏剧奠基人之一的资格。从这个角度上说,世界戏剧史只有埃斯库罗斯、阿里斯托芬可以与之相提并论。印度梵剧甚至没有可以与之抗衡的对象。当然,就时代先后而言,关氏剧作晚出了一个历史时期,这毋须讳言,但关汉卿开创了悲、喜剧因素交织的艺术手法并创作出全新的悲剧、喜剧和悲喜剧形式,从而将古希腊和古印度这两个时代远远抛在后面。用这个标准衡量,他仍是标志着世界戏剧发展一个时代的不可忽视的里程碑。

其次,关汉卿在编剧艺术方面的成就还使他成为足以和莎士比亚相提并论的一代戏剧艺术大师。他们同样以自己的天才和智慧为各自的民族文化做出了卓越的贡献,同时也大大丰富了世界戏剧艺术宝库。由于历史形成的民族开放和相互联系以及印欧传统的地缘政治影响,在一定的时期内,莎士比亚、迦梨陀娑对东西方戏剧的影响要超过关汉卿。但就世界戏剧艺术发展的本身来看,关汉卿的贡献似乎更大一些。如果说古希腊戏剧和古印度梵剧分别奠定了世界上早期悲剧、喜剧和悲喜混杂剧基础的话,关汉卿则创制了全新的悲剧、喜剧和悲喜混杂剧(正剧)。我们当然不会说欧洲莎士比亚等人的类似努力是学习和借鉴关汉卿的结果,但是可以肯定地说,他们的努力已晚了整整一个时代,而且远远没有关汉卿来得彻底(西方正剧、悲喜剧的大量出现已是公元18世纪以后的狄德罗、博马舍等人的事了)。假如我们承认世界戏剧史是一个全面、系统的整体,而且的确站在这个角度看问题的话,则以关汉卿为代表的中国古代戏曲作家在戏剧艺术方面做的贡献无论如何也是不能忽视的。

再次,关汉卿创作除了杂剧以外,他还擅长于当时一种新型歌诗——散曲的创作,其成就也足为大家。只是由于戏剧方面的名气太大,掩盖了散曲方面的成就,因而不被人们所重视而已。事实上在元代,关汉卿的散曲和杂剧的成就是被同时赞颂的,周德清《中原音韵自序》中称“关、郑、白、马”,开了后世

“元曲四大家”之说的先导，也是指其“乐府”(杂剧和散曲总称)的成就而言。今人也说：“散曲文学若干特有的形式，特有机趣，关汉卿都已‘道夫先路’。关汉卿被公允为‘元曲四大家’之首，杂剧固不待言，论其散曲，亦当之无愧。”[①]作为一代艺术的奠基者，关氏这种兼擅诗歌之长的特点更使他的创作充满情趣，叙事和抒情、表现和再现更为有机地融合在一起。与他相比，埃斯库罗斯、阿里斯托芬一生仅从事戏剧创作，迦梨陀娑和莎士比亚倒是作诗和编剧才能兼备，而且和关氏散曲中既有叙事体和抒情体一样，迦、莎二人也同时兼有叙事诗和抒情诗，然而他们都不是一代艺术的奠基人，不具艺术之父的身份。至于狄德罗，他一生重在小说创作和美学理论，戏剧并不占主要地位，而博马舍则一生也是仅在戏剧领域遨游，关汉卿在和他们的比较中同样显示了多方面的优势。

基于上述理解和认识，我们可以进一步认为，关汉卿在世界戏剧史上是集埃斯库罗斯、阿里斯托芬、迦梨陀娑、莎士比亚和狄德罗、博马舍等人成就于一身的戏剧艺术大师，他们中任何一个人都无法单独与关汉卿并提。这样具有多重身份的戏剧大师，不仅在中国，即使在世界戏剧和文学史上也是独一无二的。这就是我们所要寻找的在世界文化格局中的关汉卿。正因为这是在对关氏生平及其创作进行较为系统深入研究的基础上，又在世界大文化系的平行比较之后得出的结论，应当说还是符合实际的。

---

① 李昌集：《中国古代散曲史》，华东师大出版社 1991 年版，第 506 页。

附录一　关汉卿创作情况一览表

作品时期	杂剧	散曲		考要
早期：散曲阶段（十三世纪五十年代以前）	—	汴京为官时	（二十换头）〔双调·新水令〕〔双调·碧玉箫〕十首、〔越调·斗鹌鹑〕《女校尉》《蹴鞠》	1. 皆透露出官场生活信息； 2. 形式上亦多有女真曲调。
		祁州隐居时	〔南吕·四块玉〕《闲适》四首、〔正宫·白鹤子〕四首、〔仙吕·一半儿〕《题情》四首、〔中吕·朝天子〕《书所见》	1. 内容一般以闲适退隐为主，言情则较平淡，且局限在家庭范围内； 2. 形式上更接近传统诗歌，多属四首连章体结构。
中期（上）：历史剧阶段（公元十三世纪五十年代至六十年代前后）	《单刀会》《西蜀梦》《敬德降唐》《裴度还带》《哭存孝》《五侯宴》 佚目： 《伊尹扶汤》《进西施》《救周勃》《三唉赦》《立宣帝》《哭昭君》《万花堂》《宣华妃》《哭魏征》《藏阄会》《哭香囊》《王皇后》《狄梁公》《救哑子》《刘夫人》《孟良盗骨》	〔双调·新水令〕“楚台云雨会巫峡”、〔仙吕·醉扶归〕《秃指甲》、〔大石调·青杏子〕《骋怀》、〔中吕·普天乐〕《崔张十六事》 残套： 〔大石调·六国朝〕“律管灰飞”、〔般涉调·哨遍〕“百岁”		杂剧方面： 1.取材于历史； 2. 地理背景不出山西； 3. 体制非元剧成熟格局，带有叙唱体痕迹。 散曲方面： 充满放浪形骸的市井气息。

续表

作品时期	杂剧	散曲	考要
中期（下）：历史故事剧阶段（约十三世纪六十年代至七十年代）	《陈母教子》《蝴蝶梦》《鲁斋郎》《绯衣梦》《谢天香》《金线池》《救风尘》《调风月》《拜月亭》 佚目： 《相如题柱》《凿壁偷光》《高风漂麦》《管宁割席》《绿珠坠楼》《孙康映雪》《织锦映雪》〇《牵龙舟》〇《赵太祖》〇《认先皇》〇《宋上皇》《破窑记》《鹧鸪天》《惜春堂》《勘龙衣》《柳丝亭》 〇《对玉钗》〇《酹江月》《汴河宽》	［南吕·四块玉］《别情》［商调·梧叶儿］《别情》［大石调·青杏子］《离情》［仙吕·翠裙腰］《闺怨》［双调·沉醉东风］五首、［黄钟·侍香金童］［中吕·古调石榴花］《闺思》、［双调·新水令］"闲争夺鼎沸了丽香园""搅闲风吹散了楚台云""寨儿中风月煞经谙""凤凰台上忆吹箫"四套。	杂剧方面： 1. 借历史一点影子进行再创造； 2. 地理背景多不出河南； 3. 形式上多元剧成熟体制。 散曲方面： 1. 一批抒写离情别恨的风月之作； 2. 共同表现了作家离家远行、脚踪不定的心态。
晚期：社会问题剧阶段（约十三世纪八十年代至十三世纪末）	《玉镜台》《望江亭》《窦娥冤》 佚目： 《老女婿》《闹衡州》《复落娼》《浇花旦》《春衫记》《三告状》《三负心》《鬼团圆》《玉箸记》《江梅怨》《三撇嵌》《双驾车》《瘸马记》《铜马记》 另： 参与创作且为主要作者之一：《西厢记》	［南吕·一枝花］《赠朱帘秀》［南吕·一枝花］《不伏老》［南吕·一枝花］《杭州景》［仙吕·桂枝香］"因他别后"［双调·乔牌儿］"世情推物理"［中吕·红绣鞋］《写怀》二首［中吕·喜春来］《新得间叶玉箸》《夜坐写怀示子》［双调·大德歌］《春夏秋冬》［双调·大德歌］六首。	杂剧方面： 1.取材于现实生活； 2.地理背景多属南方； 3.艺术上炉火纯青。 散曲方面： 1."不伏老"的生活态度； 2.真诚的友谊； 3.对生活美景的流连和依恋。

说明：

此表系据本稿第二章以及其他各章节有关部分整理编定。如著者多次声言，由于目前关氏史料所存有限，故其创作分期作品编年仅能大致推定，有尚在疑是之间者即于篇目前另加"〇"字标出，略作示意而已。至于更为详尽之年表尚有待进一步努力。

附录二　关汉卿研究资料索引

关汉卿研究，尽管原始史料有限，但数百年来探求者络绎不绝，所存有关文字颇多，同样为后人研究关氏所必需。随着研究的进一步深入，这方面搜集整理工作愈显必要。近几年，有识之士已做了不少努力，然而与目前总体研究的要求还有相当距离。本稿拟在对海内外有关文献狩猎的基础上，对此做一点总结性的工作，也希望得到海内外专家的批评和补充。

几点说明：

1.本索引编制以年代先后为经，作品类别为纬。由于条件所限，所收范围以大陆为主，港台次之，海外又次之。遗阙待日后增补。

2.《西厢记》资料颇丰，这里只收集与关汉卿有关的著作权问题论著，较为重要的作品性质分类方面的资料也酌量收入，余不赘。

3.本索引编制过程中吸收了雒万钧、梁沛锦、王钢、李汉秋、王丽娜、孙玫、何贵初、郭英德等先生的研究成果，谨此说明并致谢意。

一、古代：元代至清代

（一）生平略传

〔元〕熊梦祥：《析津志·名宦传》。

〔元〕钟嗣成：《录鬼簿》卷上（明贾仲明增补）。

〔元〕朱右：《元史补遗》，转引自〔清〕姚之骃：《元明事类钞》卷二十二《文学门》二《词曲》部“元曲”条。

〔明〕蒋一葵：《尧山堂外纪》卷六十八。

〔明〕沈宠绥：《度曲须知》卷前《词学先贤姓氏》。

〔明〕王骥德：《新校注古本西厢记》卷六《西厢记考》。

〔清〕蔡显:《闲渔闲闲录》卷一。

〔清〕乾隆朝《祁州志》卷八《纪事》。

〔清〕邵远平:《元史类编》卷三十六《文翰二》。

〔清〕雍正朝《山西通志》卷一三九《人物》三十九《文苑三》。

(二)作品评论

〔元〕贯云石:《阳春白雪·序》。

〔元〕杨维桢:《周月湖今乐府·序》《沈氏今乐府·序》。

〔元〕周德清:《中原音韵·自序》。

〔明〕陈继儒:《太平清话》卷三。

〔明〕何良俊:《四友斋丛说》卷三十七《词曲》。

〔明〕胡侍:《真珠船》卷三《南北音》、卷四《元曲》。

〔明〕胡应麟:《少室山房笔丛》卷四十一《庄岳委谈下》。

〔明〕李开先:《张小山小令·序》。

〔明〕凌濛初:《西厢记凡例》。

〔明〕刘楫:《词林摘艳·序》。

〔明〕孟称舜:《古今名剧合选》所附评语。

〔明〕王骥德:《新校注古本西厢记·自序》。

〔明〕王世贞:《艺苑卮言》附录一。

〔明〕徐复祚:《曲论》。

〔明〕朱权:《太和正音谱·古今群英乐府格势》。

〔清〕凌廷堪:《校礼堂文集》卷二十二《与程时斋论曲书》。

〔清〕张汉:《啸余谱序》。

(三)杂说

〔元〕陶宗仪:《南村辍耕录》卷二十三“嗓”。

〔元〕夏庭芝:《青楼集》及郗经《青楼集·序》。

〔元〕杨维桢:《元宫词》,出自《复古诗集》卷四。

〔明〕徐𤏡:《徐氏笔精》卷五《咏蝴蝶》。

〔明〕徐士范:《重刻西厢记·序》,见其《重刻元本题评音释西厢记》。

〔明〕杨慎:《词品》卷一《白团扇歌》。

〔明〕臧懋循:《元曲选·序》。

〔明〕朱有燉:《元宫词》,出自张海鹏辑《宫词小纂》。

〔清〕褚人获:《坚瓠十集》卷三《从嫁婢》。

(四)作品留存

1.现存本

〔元〕无名氏:《元刊杂剧三十种》。

〔元〕无名氏辑:《梨园按试乐府新声》《类聚名贤乐府群玉》。

〔元〕杨朝英辑:《朝野新声太平乐府》《乐府新编阳春白雪》。

〔元〕周德清:《中原音韵》。

〔明〕陈与郊编:《古名家杂剧》《新续古名家杂剧》。

〔明〕窦彦斌辑:《新镌出像词林白雪》。

〔明〕郭勋辑:《雍熙乐府》。

〔明〕黄正位编:《阳春奏》。

〔明〕蒋一葵:《尧山堂外纪》。

〔明〕孟称舜编:《古今名剧合选》。

〔明〕王骥德编:《古杂剧》。

〔明〕无名氏编:《杂剧十段锦》《元明杂剧》。

〔明〕无名氏辑:《乐府群珠》《盛世新声》。

〔明〕息机子编:《元人杂剧选》。

〔明〕解缙等:《永乐大典》卷二〇七四三《杂剧》。

〔明〕徐庆卿撰,〔清〕李玉更订:《北词广正谱》。

〔明〕臧懋循编:《元曲选》。

〔明〕张禄辑:《词林摘艳》。

〔明〕赵琦美:《抄校脉望馆藏内府本》。

《西厢记》,弘治岳刻本、凌濛初本等。

〔清〕姚燮编:《复庄今乐府选》。

2.篇目

〔元〕钟嗣成:《录鬼簿》。

〔明〕朱权:《太和正音谱》。

〔明〕臧懋循:《元曲选目》、《元曲选》卷首附录。

〔清〕黄文旸:《曲海总目》。

〔清〕钱曾:《也是园藏书目》。

〔清〕无名氏:《传奇汇考标目》。

〔清〕无名氏:《重订曲海总目》。

3.外文译介

［日］冈岛咏舟:《西厢记》,初版于18世纪末期,1804年由东京冈岛长英再版。

［英］多马斯当东:《士女洗冤录》(即《窦娥冤》),见其所译清代图理琛之《异域录》,1821年伦敦版。

［俄国］《学者之女雪恨记》(《窦娥冤》),载《雅典娜神庙》(*A TeHeй*)杂志1826年6月第11号,第453—458页。

［法］A.P.L.巴赞:《窦娥冤》,见其译者《元曲选解题》,巴黎皇家印刷所1838年版。此外,巴赞在其另一专著《元代:中国文学插图史——由元皇帝登基至明朝的兴立》(1850年由巴黎国家印刷所出版)中还译述了《窦娥冤》《玉镜台》《谢天香》《救风尘》《蝴蝶梦》《鲁斋郎》《金线池》《望江亭》八剧的内容。

［法］斯塔尼斯拉斯·朱利安:《西厢记:十六幕喜剧》,日内瓦米勒出版社1872年版。

［德］鲁道夫·冯·考特茨高:《窦娥冤》(节译),见其译著《中国戏剧》一书,波兰冯艾德华特出版社1887年版。

［意］晁德莅:《西厢记》(节译),见其《中国文化教程》第Ⅰ卷。

二、近代:20 世纪初至 20 世纪 40 年代末

(一)综论

吴梅:《顾曲麈谈》第四章《谈曲》。

琴生:《旧萝曲语》,引自任中敏《曲谱》卷二。

王国维:《元刊杂剧三十种序录》。

王国维:《宋元戏曲考》十二《元剧之文章》。

王季烈编:《孤本元明杂剧》。

陈竺同:《元曲中关汉卿之反抗时代的代表作》,《妇女杂志》第 16 卷第 2 号(1930 年 2 月)。

王公明:《关汉卿的杂剧》,《书报展望》第 1 卷第 3 期(1936 年 1 月)。

任维焜:《十四世纪中国写实派的戏曲家关汉卿》,《师大月刊》第 26 期(1936 年 4 月 30 日)。

杨荫深:《大曲家关汉卿传》,《俗文学》(港)第 17 期(1941 年)。

杨荫深:《元曲大家关汉卿》,《俗文学》(港)第 17—18 期(1941 年 4 月 26—5 月 3 日)。

温若:《元曲作家关汉卿、马致远评述》,《北华月报》第 1 卷第 5 期(1941 年 9 月 15 日)。

泽夫:《关汉卿在元曲中的地位》,《风雨谈》第 5 期"风土小谭"(1943 年 8 月 25 日)。

隋树森:《关汉卿及其杂剧》,《东方杂志》第 40 卷第 3 号(1946 年 2 月 1 日)。

赵景深:《谈关汉卿》,《俗文学》(申)第 78 期(1948 年 8 月 13 日)。

(二)生平考辨

王季烈:《螾庐曲谈》卷四《传奇家姓名事迹考略》。

胡适:《关汉卿不是金遗民》,《益世报》(津)第 40 期"读书周刊"(1936 年 3 月)。

苦水（顾随）:《关汉卿不是金遗民》,《益世报》(津）第75期“读书周刊”(1936年11月)。

胡适:《再谈关汉卿的年代》,《燕京大学文学年报》第3期(1937年5月)。

冯沅君:《再谈关汉卿的年代·跋》,《燕京大学文学年报》第3期(1937年5月)。

吴晓铃:《关汉卿里居考辨》,《俗文学》(港)(1941年8月9日)。

冯沅君:《关汉卿的年代》,《俗文学》(港)(1945年8月)。

吴晓铃:《关汉卿里居考辨》,《经世日报》“读书周刊”第40、第41期(1947年5月21日、29日)。

吴晓铃:《关汉卿的生卒辨》,《俗文学》(申)第29期(1947年5月23日)。

朱靖华:《元曲家关汉卿生卒新考》,《艺文副刊》新9期(旧12期)(1949年3月)。

(三)作品分析

作舟:《董西厢与王关西厢之比较》,《北京益世报》(1926年5月4日、15日)。

朱湘:《“救风尘”》,《小说月报》第17卷“号外”(1928年1月)。

西谛:《〈西厢记〉的本来面目是怎样的》,《清华周刊》第37卷9—10期(1932年5月)。

豫源:《“赵盼儿风月救风尘”杂剧》,《北平晨报》“副刊”第113期(1933年2月26日)。

陈墨香:《“关大王单刀赴会”札记》,《剧学月刊》第2卷第1期(1933年11月)。

李安宅:《“单刀会”的人生观》,《益世报》(津)第56期(1933年12月4日)。

马玉铭:《西厢记第五本关续说辨妄》,《文学》第2卷第6期(1934年第6期)。

杨晦:《从“金锁记”说》,《北平晨报》“国剧周刊”5—6号(1934年8号、15号)。

T.S:《谈〈六月雪〉与〈金锁记〉》,《北平晨报》“国剧周刊”第56、第57号(1935年11月7日、14日)。

碧渠:《幽闺、拜月演艺之研究》,《晨报》(平)“国剧周刊”80—86期(1936年4月30日、6月1日)。

渠阁:《“窦娥冤”》,《华北日报》(平)“戏剧与电影”第116、第117、第119期(1936年11月1日、8日、22日)。

魏复乾:《西厢记著作人氏考证》,《逸经半月刊》第19期(1936年12月5日)。

贾天慈:《关于西厢记的作者》,《逸经半月刊》第24期(1937年2月20日)。

魏复乾:《对于贾(天慈)先生意见的探讨》,《逸经半月刊》第24期(1937年2月20日)。

徐调孚:《脉望馆本关汉卿杂剧叙录》,《文学集林》第2辑(1939年12月)。

周越然:《〈西厢记〉研究》,《文艺世纪》1944年第9期。

隋树森:《赵辑拜月亭补遗》,《俗文学》(申)第36期(1947年7月18日)。

李啸仓:《裴度还带杂剧的作者》,《俗文学》(平)第21—22期(1947年11月21日、28日)。

严敦易:《裴度还带疑贾仲名作》,《俗文学》(申)第46期(1947年12月2日)。

王季思:《关汉卿的救风尘》,《通俗文学》第68期(1948年2月23日)。

严敦易:《五侯宴非关汉卿作》,《俗文学》(申)第58期(1948年3月12日)。

王季思:《西厢记作者考》,《国文月刊》第28、第29、第30期合刊。

谢康:《〈西厢记〉的考证问题》,《小说月报》第17卷“号外”。

张友鸾:《〈西厢记〉的批评与考证》,《小说月报》第17卷“号外”。

(四)外文译介及研究

[意]穆·奇尼:《西厢记》,兰恰诺出版社1916年版。

[日]宫原平民:《西厢记》,东京国民文库刊行会1920年印行(以上译作)。

[日]青木正儿:《元代杂剧创始者关汉卿》,《支那学》第Ⅰ卷第6期

(1921 年)。

[德]H. Rudelsberger:《玉镜台、谢天香》,《中国喜剧》,维也纳安东施罗尔出版社 1922 年版。

[英]A.E.Zucker:《窦娥冤》(节译),《中国戏剧》, 美国波士顿利特尔布朗公司 1925 年版。

[德]洪涛生:《西厢记》,莱比锡、北京 1926 年分别出版。

[日]宫原平民:《窦娥冤》,日本东京近代社 1926 年版。

[法]徐仲年:《窦娥冤》(节译),《中国诗文选》,巴黎德拉格罗夫书局 1933 年版。

[日]田中谦二:《杂剧西厢记南戏化》,《东方学报》1934 年第 10 期。

[英]熊式一:《西厢记》,伦敦梅休因出版公司 1935 年版,哥伦比亚大学出版社 1968 年再版。

[美]亨利·哈特:《西厢记》,斯坦福大学出版社 1936 年版。

[日]盐谷温:《窦娥冤、玉镜台、谢天香、救风尘、蝴蝶梦、鲁斋郎、金线池、望江亭》《国译元曲选》,目黑书店 1940 年版。

[日]经学文学研究室:《读"元曲选"记(六):谢天香》,《东方学报》(京都)第 12 册第 4 部分(1943 年)。

[日]田中谦二:《西厢记版本之研究》,《东方学报》1949 年第 1 期。

三、现代:20 世纪 50 年代以后

(一)中国大陆部分

说明:本部分收录了中国大陆学者的著作和文章,为检索方便,也收录了中国大陆学者在中国台湾出版的部分著作及发表的部分文章,以及国外学者在中国大陆发表的部分文章。

1.作品整理

赵景深辑:《元人杂剧钩沈》,古典文学出版社 1956 年版。

隋树森编:《元曲选外编》,中华书局 1959 年版。

隋树森编:《全元散曲》,中华书局 1964 年版。

徐沁君校点:《新校元刊杂剧三十种》,中华书局1980年版。

(以上诸书均对关作进行了深力探考)

人民文学出版社编辑部选注:《关汉卿戏曲选》,人民文学出版社1958年版。

吴晓铃等编校:《关汉卿戏曲集》,中国戏剧出版社1958年版。

吴晓铃等选注:《大戏剧家关汉卿杰作集》,中国戏剧出版社1958年版。

张友鸾、顾肇仓选注:《关汉卿杂剧选》,人民文学出版社1963年版。

北京大学中文系编校小组编:《关汉卿戏剧集》,人民文学出版社1976年版。

王学奇、吴振清、王静竹校注:《关汉卿全集校注》,河北教育出版社1988年版。

吴国钦校注:《关汉卿全集》,广东高等教育出版社1988年版。

霍松林主编:《关汉卿作品赏析集》,巴蜀书社1990年版。

李汉秋、周维培校注:《关汉卿散曲集》,上海古籍出版社1990年版。

施绍文、沈树华:《关汉卿戏曲集导读》,巴蜀书社1993年版。

康保成:《关汉卿剧作赏析》,台湾开今文化事业1994年版。

马欣来辑校:《关汉卿集》,山西人民出版社1996年版。

黄征、卫理:《窦娥冤——关汉卿杂剧集》,浙江古籍出版社1998年版。

康保成、李树玲:《关汉卿选集》,人民文学出版社1998年版。

蓝立蓂校注:《汇校详注关汉卿集》,中华书局2006年版。

李汉秋、李韵:《关汉卿名剧赏析》,上海交通大学出版社2010年版。

《元曲选外编》《新校元刊杂剧三十种》《元杂剧钩沉》《金元散曲》对关作进行了深力探考。

2.研究专著

北京图书馆参考研究组编:《西厢记及其有关论著目录》,北京图书馆藏1954年油印本。

谭正璧:《元代戏剧家关汉卿》,上海文化出版社1957年版。

古典文学出版社编:《关汉卿研究论文集》,古典文学出版社 1958 年版。

辽宁省图书馆编:《关汉卿作品及有关资料编目》,辽宁省图书馆藏 1958 年油印本。

上海戏曲学校编:《关大王单刀会》(昆曲谱),上海音乐出版社 1958 年版。

《戏剧论丛》编辑部编:《关汉卿研究》第 1、第 2 辑,中国戏剧出版社 1958、1959 年版。

野马等:《关汉卿的生平及其作品》,湖南人民出版社 1958 年版。

杨荫浏、曹安和编:《关汉卿戏剧乐谱》(昆曲谱),北京音乐出版社 1959 年版。

温凌:《关汉卿》,上海古籍出版社 1978 年版。

黄克:《关汉卿戏剧人物论》,人民文学出版社 1984 年版。

钟林斌:《关汉卿戏剧论稿》,陕西人民出版社 1986 年版。

李汉秋、袁有芬编:《关汉卿研究资料》,上海古籍出版社 1988 年版。

王钢辑考:《关汉卿研究资料汇考》,中国戏剧出版社 1988 年版。

张月中等编:《关汉卿研究精华》,花山文艺出版社 1990 年版。

张云生:《关汉卿传论》,开明出版社 1990 年版。

徐子方:《关汉卿研究》,台湾文津出版社 1994 年版。

王丕震:《关汉卿》,台湾秋海棠出版社 1996 年版。

庐山:《关汉卿全传》,长春出版社 1997 年版。

周国雄:《关汉卿艺术范式阐释》,中国社会科学出版社 1997 年版。

知人、耿保仓:《关汉卿的传说》,大众文艺出版社 1998 年版。

涂元济、汪无生:《关汉卿》,海天出版社 1999 年版。

谢美生:《悠悠写戏情——关汉卿评传》,东方出版社 1999 年版。

仲林斌:《关汉卿》,春风文艺出版社 1999 年版。

李占鹏:《关汉卿评传》,南京大学出版社 2000 年版。

谢柏梁:《戏剧宗师关汉卿》,上海书店出版社 2002 年版。

3.专题论文

(1)总评:人格、地位

冯钟芸:《关汉卿》,载浦江清、余冠英、王瑶等著:《祖国十二诗人》,中华书局1954年版。

周贻白:《关汉卿论》,《戏剧论丛》1957年第2辑。

马鸿腾:《伟大的剧作家关汉卿》,《解放日报》1957年12月14日。

金逸人:《略谈关汉卿》,《天津日报》1957年6月4日。

赵万里:《关汉卿史料新得》,《戏剧论丛》1957年第2辑。

白坚:《杂剧的代表作家——关汉卿》,《雨花》1958年4月号。

白坚等:《关汉卿的爱憎》,《新民晚报》1958年6月22日。

戴不凡:《世界文化名人——关汉卿》,《戏剧报》1958年第4期。

戴不凡:《杂谈关汉卿的创作态度》,《戏剧报》1958年第8期。

龚啸岚:《战斗的戏剧家关汉卿》,《湖北日报》1958年7月2日。

关汉卿纪念大会筹备工作组:《为什么要纪念关汉卿——答北京日报读者问》,《北京日报》1958年6月28日。

郭沫若:《学习关汉卿并超过关汉卿》,《人民日报》1958年6月28日。

海含:《中国古典戏剧大师——关汉卿》,《陕西日报》1958年5月8日。

洪素野:《对谭著〈元代戏剧家关汉卿〉传记部分质疑》,《光明日报》1958年5月11日。

黄枫:《伟大的戏曲家——关汉卿》,《广西日报》1958年6月26日。

黄励:《伟大的戏剧家关汉卿》,《戏剧战线》1958年7月创刊号。

《纪念我国伟大的戏曲家关汉卿》(社论),《剧本》1958年6月号。

姜炳泰:《纪念我们伟大的前辈——人民戏剧家关汉卿》,《陕西日报》1958年6月28日。

李明璋:《学习关汉卿的现实主义精神》,《成都日报》1958年6月29日。

刘丹青:《伟大的戏曲家关汉卿》,《福建日报》1958年7月6日。

刘厚生:《向关汉卿学习》,《解放日报》1958年6月28日。

刘逸生:《关汉卿——十三世纪伟大的戏曲家》,《羊城晚报》1958年6月

29日。

卢鸿沐:《纪念关汉卿》,《贵州日报》1958年6月27日。

骆文:《关汉卿——和人民接近的伟大作家》,《长江日报》1958年6月30日。

马纪汉:《纪念关汉卿》,《河南日报》1958年6月29日。

马少波:《继往开来大跃进——纪念伟大戏剧家关汉卿》,《光明日报》1958年6月27日。

孟昭木:《人民戏曲家关汉卿》,《河北日报》1958年6月26日。

欧阳拔:《对许政杨先生讲授〈关汉卿〉一章的部分意见》,《光明日报》1958年10月5日。

任桂林:《伟大戏曲家关汉卿不朽》,《光明日报》1958年6月27日。

施克:《从〈关汉卿〉看艺术家的道路》,《南方日报》1958年6月29日。

隋树森:《纪念元代伟大的戏剧家关汉卿》,《语文学习》1958年6月号。

田汉:《伟大的元代戏剧战士关汉卿》,《戏剧论丛》1958年第2辑,又见《人民日报》1958年6月28日。

田汉等:《关汉卿学术研究座谈会记录》,《戏剧论丛》1958年第3辑。

田汉、郭沫若:《关于关汉卿的通信》,《剧本》1958年6月号。

王季思:《关汉卿战斗的一生》,《人民日报》1958年6月18日。

《伟大的戏曲家关汉卿永垂不朽》(社论),《戏剧报》1958年第11期。

温凌:《关于关汉卿研究的几个问题》,《戏剧论丛》1958年第3辑。

吴晓铃:《我国伟大戏剧家关汉卿》,《北京文艺》1958年5月号。

吴晓铃:《试论关汉卿的语言》,《中国语文》(台)1958年第6期。

席明真:《为人民写作的关汉卿》,《重庆日报》1958年6月2日。

夏衍:《关汉卿不朽》,《戏剧论丛》1958年第2辑。

谢无量:《纪念关汉卿——革命的戏剧家》,《教学与研究》1958年第7期。

熊佛西:《纪念我国伟大的戏剧家关汉卿》,《文汇报》1958年6月28日。

许之乔:《关汉卿研究中的一些问题》,《戏剧论丛》1958年第4辑。

杨绍萱:《我国戏曲史上的关汉卿》,《戏剧论丛》1958年第2辑。

杨晦:《论关汉卿》,《文学研究》1958年第2期。

杨晦:《纪念中国最伟大的戏曲家关汉卿》,《工人日报》1958年6月28日。

袁世硕:《纪念我国伟大的剧作家关汉卿》,《青岛日报》1958年6月28日。

张为:《伟大的戏曲家关汉卿》,《戏剧研究》1958年第8期。

郑振铎:《中国伟大的戏曲家关汉卿》,《戏剧论丛》1958年第2辑。

郑振铎:《关汉卿——我国十三世纪的伟大的戏曲家》,《戏剧报》1958年第6期。

郑振铎:《人民的戏曲家关汉卿》,《中国青年报》1958年6月28日。

周贻白:《关汉卿研究》,《戏剧论丛》1958年第2辑。

竺万:《关汉卿二三事》,《新民晚报》1958年5月18日、19日。

谢冰心:《正气凛然的关汉卿》,《大众日报》1961年10月18日。

文卓:《淡妆浓抹总相宜——谈关汉卿、王实甫》,《辽宁日报》1962年12月21日。

齐森华、简茂森:《是批判地继承还是盲目地崇拜——谈近年来关汉卿评价中的几个问题》,《华东师大学报》1965年第1期。

计文蔚:《响当当的铜豌豆——记伟大的戏剧家关汉卿》,《艺术世界丛刊》1979年第1期。

金登才:《田汉与关汉卿》,《艺术世界丛刊》1979年第1期。

齐森华:《关于关汉卿的评价问题》,《昆明师院学报》1979年第5期。

李汉秋:《关汉卿——瓦舍书会哺育的伟大戏曲家》,《安徽大学学报》1980年第4期。

熊笃:《能这样评价关汉卿吗？——读〔南吕·一枝花·不伏老〕》,《北方论丛》1980年第3期。

索盛华:《关于关汉卿几个问题的考评》,《内蒙古师院学报》1982年第1期。

戴不凡:《关汉卿简论》,载《戴不凡戏曲研究论文集》,浙江人民出版社1982年版。

尚达翔:《中国古典戏曲的奠基人关汉卿》,《戏曲艺术》1983年第3期。

张春山:《元杂剧的奠基人——关汉卿》,《运城师专学报》1984年第4期。

毛庆其等:《论王国维的关汉卿研究》,《暨南学报》1985 年 1 期。

谢伯良:《关汉卿的爱情哲学》,《书林》1986 年第 10 期。

常林炎:《关汉卿全集校注·序》,《河北师院学报》1987 年第 3 期。

吴小如:《对关汉卿研究的几点意见》,《河北师院学报》1987 年第 4 期。

贡淑芬、郑雷:《处于文化交点上的关汉卿》,《大舞台》1988 年 5 月。

胡二广、赵军山:《建国以来关汉卿研究综述》,《河北师院学报》1988 年第 3 期。

雒万钧:《关汉卿研究资料索引》,《河北师院学报》1988 年第 3 期。

任全高:《关汉卿民族意识问题辨正》,《淮阴师专学报》1988 年第 2 期。

吴观澜、谭微中:《读吴国钦校注〈关汉卿全集〉》,《汕头大学学报》1989 年第 2 期。

陈维昭:《也谈关汉卿的理想人格与价值取向》,《剧论》1991 年第 3 期。

曾永义:《关汉卿研究及其展望》,《戏剧艺术》1993 年第 4 期。

蒋星煜:《关汉卿与"铜豌豆"》,《河北学刊》1994 年第 1 期。

王卫民:《台湾大学主办的关汉卿学术研讨会述评》,《戏曲研究》1994 年第 49 辑。

翟满桂:《关汉卿创作述评》,《零陵师专学报》1994 年第 4 期。

周国雄:《关汉卿的创新人格》,《华南师大学报》1995 年第 4 期。

包绍亮:《试论关汉卿笔下妇女形象的前瞻性》,《三明师专学报》2000 年第 2 期。

王波:《田汉剧作〈关汉卿〉人物塑造论》,《临沂师范学院学报》2000 年第 4 期。

吴德岗:《关汉卿散曲与杂剧之比较》,《陕西广播电视大学学报》2000 年第 4 期。

黄建华:《析田汉历史剧〈关汉卿〉人物形象的塑造》,《黔东南民族师专学报》2001 年第 4 期。

李祥林:《莎士比亚和关汉卿》,《英语研究》2005 年第 3 期。

王艳霞:《近 25 年来关汉卿研究述评》,《徐州教育学院学报》2005 年第

2期。

王华超:《中国古典戏曲的开山大师关汉卿》,《淮海文汇》2006年第6期。

余仁:《元代伟大的剧作家——关汉卿 》,《初中生辅导》2006年第36期。

李祥林:《作为世界文化名人的中国戏剧家关汉卿》,《黄梅戏艺术》2007年第2期。

王学锋:《模仿关系与意义寻求——20世纪关汉卿研究对朱有燉研究影响述论》,《戏剧艺术》2007年第3期。

鲍亚民:《“东方莎士比亚”——关汉卿》,《阅读与作文》(高中版)2008年第11期。

陈四海、常芳:《论关汉卿的音乐思想》,《交响——西安音乐学院学报》2008年第3期。

陈兴焱:《关汉卿作品中的文化意义分析》,《湖北广播电视大学学报》2008年第8期。

李芸:《李斛与〈关汉卿像〉》,《中国报道》2008年第4期。

周银凤:《浅析关汉卿铜豌豆精神的两面性》,《作家》2008年第18期。

方宽、方龙:《关汉卿的创新人格特质》,《文学教育》(上)2009年第3期。

赵建坤:《“可上可下之才”——解读关汉卿明代史料的戏曲学价值》,《徐州工程学院学报》(社会科学版)2010年第3期。

常芳:《关汉卿、马致远音乐思想之比较研究》,《黄河之声》2011年第20期。

孟宪丛:《艳语狂歌的柳永与关汉卿》,《长春教育学院学报》2011年第2期。

莫军苗:《文人的社会价值与历史使命——从柳永、关汉卿的异代同调谈起》,《飞天》2011年第16期。

林珈亦:《试论关汉卿的文化心理和价值取向》,《剑南文学》(经典教苑)2013年第1期。

邢千里:《汲古纳新写正气——李斛的〈关汉卿〉》,《老年教育》(书画艺术)2013年第10期。

张文革、张国培:《由柳永与关汉卿的相似看文学的传承》,《石家庄职业技术学院学报》2013年第1期。

乔忠延:《感天动地关汉卿》,《党建》2014 年第 12 期。

徐子方:《关汉卿的历史地位再回顾——基于清以前曲论诸家的不同评说》,《江苏社会科学》2014 年第 3 期。

(2)生平考辨

孙楷第:《关汉卿行年考略》,《光明日报》1954 年 3 月 15 日。

蔡美彪:《关汉卿的生平》,《戏剧论丛》1957 年第 2 辑。

蔡美彪:《关汉卿生平续纪》,《戏剧论丛》1957 年第 3 辑。

戴不凡:《关汉卿生年新探——从高文秀是东平府学生员说起》,《光明日报》1958 年 6 月 29 日。

苏夷:《关于关汉卿的年代问题——与孙楷第先生商榷》,《戏剧论丛》1958 年第 1 辑。

阿梅:《关汉卿怕"倒了蒲桃架"》,《羊城晚报》1959 年 4 月 15 日。

乃黎:《关汉卿生卒年考》,《宁夏大学学报》1980 年第 2 期。

赵兴勤:《略谈关汉卿的生卒年代》,《徐州师院学报》1980 年第 1 期。

黄天骥:《关汉卿和关一斋》,《文学评论丛刊》1981 年第 9 辑。

江柳等:《关汉卿和杭州》,《戏文》1981 年第 3 期。

尚达翔:《关汉卿生卒年新证》,《郑州大学学报》1982 年第 1 期。

王雪樵:《为"关汉卿祖籍河东"说援一例》,《山西师院学报》1982 年第 3 期。

徐沁君:《关汉卿小传》,《黄石师院学报》1982 年第 2 期。

邓小秋:《关汉卿与"杨补丁"》,《剧本》1983 年 7 月号。

赵云雁:《关汉卿的传说》,《民间文学》1983 年第 7 期。

赵景瑜:《关汉卿籍贯考辨》,《戏友》1984 年第 2 期。

常林炎:《关汉卿故里考察记》,《河北师院学报》1985 年第 4 期。

张月中:《关汉卿名、字、号新考》,《河北大学学报》1985 年第 2 期。

张月中、许秀京:《关汉卿的故乡——安国县伍仁村》,《河北日报》1985 年 2 月 19 日。

张月中等:《关汉卿故里——安国调查记》,《戏曲研究》1985 年第 16 辑。

刘云芳:《访关汉卿故里》,《青春岁月》1987 年第 3 期。

王强:《关汉卿籍贯考》,《戏剧》(中央戏剧学院学报)1987 年第 1 期。

孔繁信:《关、朱戏班南流臆测》,《山东师大学报》1989 年第 3 期。

王钢:《关汉卿籍贯考》,《文学遗产》1989 年第 1 期。

徐子方:《“初为杂剧之始”符合历史真实——关汉卿行年史料辨析》,《江海学刊》1990 年第 5 期。

刘荫柏:《关汉卿生平作品推考》,《山西大学学报》1992 年第 3 期。

刘仲孝:《关汉卿故里行》,《中国青年报》1992 年 10 月 18 日。

王学奇:《关汉卿生、卒年的再认识》,《河北师院学报》1992 年第 4 期。

黄宗健:《关汉卿非金代生人》,载严兰绅主编:《元曲论集》,河北教育出版社 1993 年版。

夏写时:《论关汉卿的生存年代与生存心态》,《艺术百家》1993 年第 3 期。

徐子方:《关汉卿考异》,《河北师院学报》1994 年第 3 期。

徐子方:《关汉卿行迹推考》,《晋阳学刊》1996 年第 5 期。

徐子方:《关汉卿身份考述》,《南京师大学报》1997 年第 2 期。

徐子方:《关汉卿籍贯考述》,《晋阳学刊》1997 年第 4 期。

李占鹏:《关汉卿的名、字、号》,《西北师大学报》1998 年第 2 期。

徐子方:《关汉卿生卒年辨正》,《山西大学师范学院学报》1999 年第 4 期。

王雪樵:《关汉卿籍贯河东说综论》,《运城高等专科学校学报》2002 年第 2 期。

宁胜克:《关汉卿曾到河南考》,《开封大学学报》2007 年第 3 期。

张继平、刘佩:《关汉卿情系济南写“金线”》,《走向世界》2007 年第 22 期。

刘建苏:《关汉卿籍贯考》,《团结报》2011 年 1 月 6 日。

康相坤:《关汉卿生平籍贯研究的回顾与思考》,《兰州学刊》2014 年第 5 期。

(3)创作综论

①杂剧

王季思:《关汉卿和他的杂剧》,《人民文学》1954 年 4 月号。

顾学颉:《对〈关汉卿和他的杂剧〉的一点意见》,《人民文学》1955 年第 2 期。

傅惜华:《关汉卿杂剧源流略述》,《戏曲研究》1956 年第 3 期。

冯钟云:《略论关汉卿及其作品》,《新建设》1957 年第 6 期。

李长华:《关汉卿的剧作技巧》,《戏剧论丛》1957 年第 2 辑。

聂石樵:《论关汉卿的杂剧》,《文学遗产》(增刊)1957 年第 5 辑。

邵曾祺:《关汉卿作品考》,《光明日报》1957 年 4 月 28 日。

王季思:《关汉卿的创作道路》,《南国戏剧》1957 年 10 月。

徐文斗:《关汉卿剧作中的妇女形象》,《文史哲》1957 年第 8 期。

戴不凡:《关汉卿笔下妇女性格的特征》,《戏剧论丛》1958 年第 1 辑。

戴不凡:《关汉卿及其剧作》,《文艺报》1958 年第 12 期。

戴不凡:《关剧杂记》,《文汇报》1958 年 6 月 28 日。

戴不凡:《看关剧演出周》,《戏剧报》1958 年第 13 期。

邓绍基等:《对郑振铎先生论关汉卿杂剧的意见》,《文学研究》1958 年第 3 期。

顾随:《关汉卿和他的杂剧》,《河北日报》1958 年 6 月 26 日。

郭晋稀:《发扬关汉卿塑造人民形象、歌颂人民智慧的传统》,《甘肃日报》1958 年 6 月 29 日。

胡忌:《关汉卿及其戏曲》,《读书》1958 年第 4 期。

胡仲实:《谈关汉卿笔下的妓女形象》,《光明日报》1958 年 6 月 15 日。

李健吾:《关汉卿创造的理想性格》,《戏剧论丛》1958 年第 1 辑。

柳文英:《谈关汉卿的杂剧》,《光明日报》1958 年 6 月 29 日。

钱南扬:《关汉卿和他的杂剧》,《浙江日报》1958 年 6 月 15 日。

叔英:《关汉卿剧作的版本》,《文汇报》1958 年 6 月 30 日。

王季思:《关汉卿杂剧的人物塑造》,《文学研究》1958 年第 2 期。

王季思:《关汉卿杂剧的战斗精神》,《作品》1958 年 6 月号。

温凌:《从剧作看关汉卿的思想》,《戏剧论丛》1958 年第 2 辑。

张德成:《认真接受和利用这笔宝贵的遗产——纪念伟大的戏剧家关汉卿》,《重庆日报》1958 年 6 月 25 日。

赵景深:《关汉卿和他的杂剧》,《光明日报》1958 年 6 月 8 日。

正奇:《关汉卿剧作的时代精神——纪念关汉卿创作 700 周年》,《学术月刊》1958年第6期。

郑振铎:《论关汉卿的杂剧》,《文学研究》1958年第2辑。

仲平:《从研究关汉卿作品所引起的一个问题》,《光明日报》1958年9月21日。

周贻白:《关汉卿的时代及其剧作》,《剧本》1958年6月号。

朱家钟:《谈关汉卿的杂剧》,《羊城晚报》1958年6月29日。

邓许健:《论关汉卿的戏剧创作》,《文学遗产》(增刊)第7辑(1959年12月)。

胡晨等:《关汉卿剧作的艺术特色》,《山东大学学报》1959年第2期。

屈守元:《论关汉卿和他的杂剧》,《四川师院学报》1960年1月创刊号。

王永健:《陈中凡教授谈关汉卿杂剧的现实主义和浪漫主义》,《光明日报》1961年6月14日。

陈中凡:《关汉卿杂剧中现实主义与浪漫主义相结合的范例》,《南京大学学报》1962年第1期。

赵景深:《读关汉卿剧随笔》,载《戏曲笔谈》,中华书局1962年版。

廖英:《关汉卿戏曲的用韵》,《中国语文》(台)1963年第4期。

陈中凡:《关汉卿杂剧的民主性和局限性》,《光明日报》1965年8月22日。

李汉秋:《对关剧中清官问题的两点看法》,《安徽劳动大学学报》1977年第3、第4期。

陈绍华:《论关汉卿戏剧的结构艺术》,《扬州师院学报》1980年第4期。

陈维仁:《论关汉卿杂剧》,《书评》1980年第4期。

陈中凡:《谈谈关汉卿部分剧作中的人物塑造》,《江苏戏曲》1980年第7期。

冯沅君:《关汉卿及其创造的女性》,载《冯沅君古典文学论文集》,山东人民出版社1980年版。

高帆:《试谈关汉卿戏剧的结构艺术》,《福建师大学报》1980年第4期。

黄克:《被排斥在社会之外的一群——试论关汉卿创造的三个妓女形象》,载《中国古典文学论丛》1980年第1辑。

黄克:《试论关汉卿的创作观》,载《中国古典文学论丛》1980年第1辑。

黄文锡:《试论关汉卿剧作的艺术经验》,《戏剧艺术》1980年第3期。

鲜述文:《关汉卿剧作中的清官》,《重庆师院学报》1980年第2期。

宇子:《关汉卿杂剧琐证》(二则),《戏曲研究》1980年第1辑。

丁建芳:《试论关汉卿剧作的语言艺术》,《郑州大学学报》1981年第2期。

黄文锡:《关汉卿笔下的性爱问题》,《百花洲》1981年第2期。

沈默:《论关剧的结构》,《艺谭》1981年第4期。

思严:《元剧大师关汉卿》,《集萃》1981年第1期。

田涧:《作家·时代·人民——关汉卿杂剧学习札记》,《陕西戏剧》1981年第10期。

张永鑫:《关汉卿与南戏》,《文学遗产》1981年第2期。

张志岳:《关汉卿及其杂剧的新评价》,载《中国古典文学论丛》1981年第2辑。

程毅中:《谈关汉卿杂剧的结尾》,《古典小说戏曲谈艺录》1982年9月。

尚达翔:《略论关汉卿剧作的传奇改编本》,《河南师大学报》1982年第2期。

王思宗:《略论关汉卿剧作的艺术特色》,《韩山师专学报》1982年第2期。

叶元章等:《略谈关汉卿剧作的语言风格》,《青海师专学报》1982年第2期。

高帆:《关汉卿剧作语言艺术初探》,《福建师大学报》1983年第2期。

谷剑东:《关汉卿及其杂剧》,《河北戏剧》1983年第12期。

刘茂东:《关汉卿剧作浅谈》,《戏剧论丛》1983年第1辑。

刘靖安:《论关汉卿杂剧中的喜剧形象》,《宁夏社会科学》1983年第1期。

苏利生:《关汉卿及其代表作浅析》,《下关师专学报》1983年第1期。

晓鲁:《多种艺术手段的巧妙结合——读关汉卿杂剧偶得》,《河北戏剧》1983年第2期。

谢日新:《试析关汉卿笔下的妓女形象》,《中山大学研究生学刊》1983年第1期。

张云生:《塑造人物形象的大师——论关汉卿杂剧的艺术特色之一》,《唐山师专学报》1983年第1期。

张云生:《元代黑暗社会的一面镜子——论关汉卿杂剧思想意义之一》,《唐山师专学报》1983年第3期。

陈诗经:《田汉的〈关汉卿〉——谈历史剧的古为今用问题》,《宁波师院学报》1984年第2期。

孔瑾:《浅谈关汉卿杂剧的儒士形象》,《戏剧学习》1984年第4期。

李深:《关汉卿、汤显祖和莎士比亚》,《学丛》1984年第4期。

李歆:《关汉卿杂剧中的妇女形象》,《并州文化》1984年第9期。

王学奇、吴振清:《关汉卿笔下的反面人物》,《河北师院学报》1984年第2期。

孙玫:《试论关汉卿喜剧中的人物塑造》,《山西师院学报》1984年第1期。

孙丕文:《谈关汉卿三个反映妓女生活剧的结尾》,《殷都学刊》1984年第3期。

魏辉洲:《一个不容诋毁的"灵性"——关汉卿杂剧》,《教学与进修》1984年第2期。

钟林斌:《史实与虚构之间——论关汉卿对历史题材的处理和历史人物形象的塑造》,《社会科学辑刊》1984年第5期。

孙丕文:《论关汉卿笔下妓女形象的社会意义》,《济宁师专学报》1985年第3期。

满自强等:《关汉卿喜剧艺术技法探析》,《地方戏艺术》1985年第3期。

满自强等:《莎士比亚的"鬼"和关汉卿的"鬼"》,《地方戏艺术》1985年第3期。

王世和等:《简谈关汉卿杂剧的思想内容和艺术特色》,《武汉教育学院学报》1985年第2期。

张安国:《试论莎士比亚和关汉卿的戏剧创作》,《固原师专学报》1985年第3—4期。

钟林斌:《论关汉卿戏剧的语言特色》,《文艺论丛》第21辑(1985年第2辑)。

陈晓鲁:《戏曲舞台时空形式在关汉卿杂剧中的最初表现》,《曲苑》1986年第2辑。

傅希尧:《关汉卿剧中的妇女形象》,《天津师专学报》1986年第3—4期。

顾伟列:《略论关汉卿喜剧的特点》,《上海教育学院学报》1986年第1期。

蓝立蓂:《元代直译公牍某些用语在关汉卿作品里的反映》,《语文研究》1986年第4期。

刘知渐、鲜述文:《关汉卿清官戏中的法律问题》,《河北师院学报》1986年第2期。

孙维城:《既同情人民苦难又维护封建秩序——关汉卿创作思想麈谈》,《安庆师院学报》1986年第3期。

索俊才:《论关汉卿的悲剧创作》,《内蒙古师大学报》1986年第2期。

武颢漳:《关汉卿笔下的妓女群》,《玉溪师专学报》1986年5—6期。

周国雄:《关汉卿之笑初探》,《中华戏曲》1986年第2辑。

陈其相:《关汉卿戏剧的审美理想》,《长沙水电学院学报》1987年第1期。

陈绍华:《关汉卿杂剧与金院本、南戏的关联》,《扬州师院学报》1987年第4期。

谢柏良:《欢笑着、斗争着的古代戏剧大师——谈关汉卿的戏剧创作》,《读书》1987年第6期。

袁良骏:《论关汉卿杂剧的浪漫主义》,《河北学刊》1987年第5期。

陈其相、许复兴:《关汉卿悲剧的特征》,《长沙水电师院社会科学学报》1988年第4期。

陈绍华:《关汉卿杂剧习俗脞说》,《扬州师院学报》1988年第3期。

邓韵玉:《〈关汉卿研究资料〉简介》,《河北师院学报》1988年3月。

惠连、卢彬:《论关汉卿的戏剧观及其创作的社会机遇》,《大舞台》1988年第5期。

李平:《谈关词的"激厉而少蕴藉"》,《文科月刊》1988年第2期。

马欣来:《关汉卿剧作版本的比较和选择》,《河北学刊》1988年第3期。

王明煊:《论关汉卿戏剧结构的独创性》,《浙江师范大学学报》1988年第3期。

张雷等:《浅论关汉卿与莎士比亚剧作的异同》,《抚顺师专学报》1988年第3期。

周月亮:《认同、幻想、表述——关汉卿的悲剧》,《河北师院学报》1988年第

4期。

朱家维:《闪光珠玉，光彩照人——关汉卿笔下的妓女形象浅析》,《电大文科园地》1988年第3期。

常林炎:《人道主义作家,现实主义历史:论关汉卿剧作》,《河北学刊》1989年第3期。

王丽娜:《关汉卿剧作在国外》,《河北师院学报》1989年第1期。

王学奇、王静竹:《关汉卿的修辞》,《河北学刊》1989年第3期。

陈绍华:《关汉卿早期戏剧创作臆说》,《扬州师院学报》1990年第4期。

陆力:《试论关汉卿喜剧的审美特征》,《锦州师院学报》1990年第2期。

王丽娜:《关、王、马、白名剧在国外》,《河北师院学报》1990年第2期。

徐子方:《关汉卿在世界戏剧和文学史上的地位》,《河北学刊》1990年第3期。

叶松林:《关汉卿杂剧女性人格结构特质探析》,《荆门大学学报》1990年第4期。

陆力:《论关汉卿的妇女观》,《锦州师院学报》1991年第3期。

文永成:《关汉卿杂剧人物形象初探之一：阴柔美的青年女性形象》,《语文辅导》1991年第3期。

左东岭:《关汉卿杂剧的文化考察》,《戏曲研究》1991年第36辑。

石川:《试谈关剧的艺术特色》,《辽宁师大学报》1992年第2期。

陈多:《"琼筵醉客"别解》,《戏剧》(中央戏剧学院学报)1993年第3期。

陈芳英:《团圆与收编之间——以关汉卿剧作为例》,《戏剧艺术》1993年第4期。

陈其相:《论关汉卿的爱情观》,《长沙水电师院学报》1993年第5期。

陈绍华:《关汉卿与元杂剧创作》,《扬州师院学报》1993年第4期。

黄德全:《再论关汉卿及其杂剧创作》,《上海教育学院学报》1993年第1期。

黄德全:《关汉卿的悲剧与喜剧》,《文史知识》1993年第5期。

姜翠芬:《假戏真做,真戏假做——关汉卿笔下深通"权变"之女性》,《中外文学》1993年第6期。

沈鸿鑫:《论关剧语言的质朴美》,《戏曲艺术》1993 年第 2 期。

王永宽:《关汉卿的悲剧意识》,《殷都学刊》1993 年第 3 期。

杨逢泰:《关汉卿笔下的女性形象》,《河南财经学院学报》1993 年第 1 期。

叶长海:《对关汉卿剧作评价检讨》,《戏剧艺术》1993 年第 4 期。

刘茵:《试论关汉卿杂剧的创作动机》,《韩山师专学报》1994 年第 4 期。

彭镜禧:《浅说关汉卿编剧的一项特色》,《河北学刊》1994 年第 1 期。

阙真:《论关汉卿杂剧的两个贡献》,《广西师大学报》1994 年第 4 期。

朱光荣、廖凌:《论关汉卿戏剧的美学思想》,《贵州师大学报》1994 年第 1 期。

黄钧:《关剧时空结构析评》,《中国文学研究》1995 年第 4 期。

王廷信:《论关汉卿悲剧的命运感》,《中华戏曲》1995 年第 16 辑。

刘明澜:《论元代关汉卿杂剧音乐》,《音乐艺术》1996 年第 5 期。

蒋雪艳:《关汉卿杂剧的场面关目特色》,《泰安师专学报》1996 年第 3 期。

许灏:《关汉卿喜剧初探》,《求是学刊》1996 年第 6 期。

杨有山:《俗文学的一面旗帜——对关汉卿的再认识》,《信阳师院学报》1996 年第 4 期。

韩理霞:《试论关汉卿杂剧叙事的时空控制机制》,《河南教育学院》1997 年第 4 期。

温斌:《关汉卿悲剧美学管窥》,《阴山学刊》1997 年第 1 期。

徐子方:《关汉卿北方时期作品考论》,《文献》1997 年第 1 期。

董上德:《关剧神髓臆说》,《中山大学学报》1998 年第 5 期。

李鸿渊:《“琼筵醉客”与“红尘”“神仙”——试论关汉卿、马致远剧作的思想倾向》,《萍乡高等专科学校学报》1998 年第 3 期。

韩晓:《论关汉卿公案戏对天人关系的思考》,《湖北大学学报》1999 年第 6 期。

潘莉:《社会底层的呐喊与抗争——关汉卿杂剧中男女形象的对比》,《山西大学学报》1999 年第 4 期。

李占鹏:《关汉卿人生观新探》,《西北师大学报》2000 年第 3 期。

孙波:《论关汉卿戏剧中的三个女性形象》,《昭乌达蒙族师专学报》2000年第4期。

范长华:《"汉卿似柳耆卿"说》,《中国韵文学刊》2001年第2期。

罗立新:《关汉卿剧作复合词研究》,《镇江师专学报》2001年第3期。

潘莉:《关汉卿杂剧的女性主义阐释》,《江西社会科学》2001年第8期。

黄晓冬:《关汉卿八种杂剧对白中不带"得(的)"的结果补语研究》,《四川师范大学学报》2002年第2期。

刘树胜:《元代社会政治的折光——谈关汉卿杂剧作品中恶棍流氓形象》,《沧州师专学报》2002年第2期。

孙陆军:《关汉卿笔下的妓女形象及其文化意蕴》,《河南教育学院学报》2002年第1期。

张大新、王玫:《关汉卿士妓杂剧的审美观照》,《殷都学刊》2002年第1期。

赵寅:《论关汉卿对发展中国民族戏曲艺术的贡献》,《贵州工业大学学报》(社科版)2002年第3期。

周秋良:《关汉卿杂剧的叙事品格》,《衡阳师范学院学报》2002年第5期。

董雁:《论关汉卿杂剧的女性关怀意识》,《陕西师范大学继续教育学报》2005年第S1期。

付云:《论莎士比亚和关汉卿戏剧中的浪漫主义风格》,《河南师范大学学报》(哲学社会科学版) 2005年第4期。

黄丽峰:《论关汉卿杂剧中的文人意识——兼议"不屑仕进"说》,《江西社会科学》2005年第6期。

林巧敏:《关汉卿杂剧中的和谐观》,《河北广播电视大学学报》2005年第5期。

吕丽梅:《关汉卿婚恋剧对唐传奇爱情故事的突破》,《邢台学院学报》2005年第4期。

吕学琴:《论关汉卿与莎士比亚戏剧的创作特点》,《六盘水师范高等专科学校学报》2005年第5期。

罗家坤:《试论关汉卿杂剧的平民意识》,《中州学刊》2005年第6期。

王祥云:《关汉卿杂剧教化思想臆说》,《社会科学辑刊》2005 年第 4 期。

杨秋红:《世俗的魅惑与儒生的妄想——关汉卿爱情剧中的俗文化特质探析》,《信阳师范学院学报》(哲学社会科学版) 2005 年第 1 期。

张沛:《关汉卿和莎士比亚:中英戏剧传统比较考察》,《东方丛刊》2005 年第 4 辑。

张永文:《关汉卿杂剧的人文精神》,《戏剧文学》2005 年第 1 期。

段瑾:《元代杂剧的兴盛兼评作家关汉卿》,《大舞台》2006 年第 3 期。

何鑫:《关汉卿杂剧中的"零被句"浅析》,《现代语文》2006 年第 9 期。

李琼华:《论莎士比亚与关汉卿悲剧的主体》,《湖北经济学院学报》(人文社会科学版) 2006 年第 9 期。

李晓梅:《试论关汉卿杂剧中的"尚智"意识》,《中国古代小说戏剧研究丛刊》2006 年第 1 期。

李昱、徐淑宏:《试论缺失性体验对关汉卿杂剧创作的影响》,《科技信息》(学术研究)2006 年第 11 期。

李志琴:《关汉卿士妓之恋剧中的儒生形象及其心态》,《井冈山学院学报》2006 年第 4 期。

刘雪滢:《悲剧结局与民族心理——莎士比亚与关汉卿的一点比较》,《成都大学学报》(社会科学版) 2006 年第 3 期。

马晓侠:《就士妓恋杂剧解读关汉卿与马致远》,《宁夏社会科学》2006 年第 2 期。

彭敏:《关汉卿剧作的平民意识》,《戏文》2006 年第 1 期。

彭恒礼:《关汉卿杂剧中的族群意识》,《河南大学学报》(社会科学版)2006 年第 6 期。

孙媛:《关汉卿剧作中的三个妓女形象浅析》,《边疆经济与文化》2006 年第 10 期。

王凤霞:《关汉卿杂剧诟词詈语分类》,《四川戏剧》2006 年第 4 期。

王凤霞:《关汉卿戏剧詈语的艺术性》,《戏剧文学》2006 年第 5 期。

王开元:《关汉卿剧作的戏剧冲突与人物性格》,《昌吉学院学报》2006 年第

3 期。

王渊:《莎士比亚与关汉卿悲剧艺术之比较》,《世界文学评论》2006 年第 1 期。

魏峨:《关汉卿杂剧"婆婆"关怀探析》,《四川戏剧》2006 年第 4 期。

吴秀华:《略谈关汉卿戏剧的荒诞性》,《河北师范大学学报》(哲学社会科学版)2006 年第 1 期。

许巧云、蔚华萍:《关汉卿杂剧"被"字句研究》,《西南民族大学学报》(人文社科版)2006 年第 1 期。

闫小军:《关汉卿杂剧反映的社会现实——女性意识的自我书写》,《现代语文》2006 年第 12 期。

张琼:《关汉卿社会现实剧的深层结构》,《襄樊职业技术学院学报》2006 年第 6 期。

周娟:《简论关汉卿戏剧作品中"的"字短语的用法》,《现代语文》2006 年第 12 期。

周鸣:《关汉卿曲作中的"来"》,《宿州教育学院学报》2006 年第 1 期。

周宜智:《"勾栏浪子" 与大明皇族的烟花情结——试比较关汉卿与朱有燉的妓女题材杂剧创作》,《中南民族大学学报》(人文社会科学版)2006 年第 S1 期。

杜道流:《关汉卿杂剧中的动态系统》,《戏曲研究》2007 年第 3 期。

许巧云:《关汉卿杂剧 "被" 字句研究》(续),《贵州大学学报》(社会科学版)2007 年第 5 期。

柯丽平:《试论关汉卿杂剧的反面人物塑造艺术》,《电影文学》2007 年第 21 期。

李轼华:《论关汉卿戏剧的魂梦情节》,《成都大学学报》(社会科学版)2007 年第 1 期。

杨红莉:《关汉卿戏曲中的河北人文精神》,《大舞台》2007 年第 1 期。

李双芹:《试论关汉卿杂剧在明代的传播和接受》,《沙洋师范高等专科学校学报》2007 年第 1 期。

高原:《论关汉卿杂剧的时间处理》,《景德镇高专学报》2007 年第 1 期。

李树亮:《从“从良之梦”到“亡国之思”——关汉卿孔尚任剧中妓女形象比较管窥》,《乐山师范学院学报》2007 年第 3 期。

邸允峰:《鬼魂意识:关汉卿杂剧的民俗文化底蕴窥析》,《艺术百家》2007 年第 2 期。

施文志:《关汉卿戏剧的累积叙事》,《云南艺术学院学报》2007 年第 1 期。

吴秀芳:《浅析关汉卿笔下妇女形象的社会意义》,《辽宁行政学院学报》2007 年第 6 期。

王永慧:《关汉卿杂剧清官形象探讨》,《四川戏剧》2007 年第 3 期。

唐娅梅:《多情才子关汉卿 妙笔挥写女性美——感受关汉卿及其女性曲剧》,《四川文理学院学报》2007 年第 S1 期。

贾明磊:《关汉卿杂剧中的女性形象》,《绥化学院学报》2007 年第 3 期。

胡晶晶:《从女性反抗角度看关汉卿戏剧的独创性》,《齐齐哈尔师范高等专科学校学报》2007 年第 4 期。

丁一清:《论关汉卿杂剧中的诙谐手法》,《淮海工学院学报》(社会科学版)2007 年第 3 期。

韦璇:《团圆结局看悲伤——再读关汉卿悲剧》,《出版广角》2007 年第 8 期。

高原:《论关汉卿杂剧的空间处理》,《安徽文学》(下半月)2007 年第 12 期。

周娟:《未写其形,先闻其声——谈关汉卿戏剧作品中叠音词的修辞艺术》,《安徽文学》(下半月)2007 年第 4 期。

关四平:《关汉卿杂剧的婚恋理想新论》,《学术交流》2007 年第 10 期。

喻江萍:《关汉卿杂剧的社会意义》,《黄梅戏艺术》2007 年第 4 期。

杨有山:《杜甫诗与关汉卿杂剧塑造的平民形象比较研究》,《河南社会科学》2007 年第 5 期。

魏荣华:《调笑的智慧——从关汉卿创作探元代文人心态之一隅》,《文教资料》2007 年第 4 期。

龙灿宇:《关汉卿的抗争哲学》,《语文学刊》2007 年第 9 期。

丁玉、丁秀霞:《冤情千古话窦娥——兼谈关汉卿的悲剧艺术》,《现代语文》

(文学研究版)2007年第7期。

吕创辉:《对传统的颠覆——论关汉卿杂剧的女性观》,《现代语文》(文学研究版)2007年第7期。

胡健生:《浅议关汉卿杂剧"骂"的艺术》,《阅读与写作》2007年第4期。

陈霓:《关汉卿爱情风月剧的形态建构》,《安徽文学》(下半月)2008年第8期。

关四平:《论关汉卿杂剧的士林人生理想》,《北方论丛》2008年第1期。

郭轶卿:《浅谈关汉卿和王实甫的婚姻观的异同》,《大众文艺》(理论) 2008年第11期。

李利琴:《从法律视角论关汉卿公案剧的永恒魅力》,《东莞理工学院学报》2008年第6期。

刘涛:《经久不衰 魅力非凡——论关汉卿杂剧的独特性》,《陕西广播电视大学学报》2008年第2期。

马晓静:《关汉卿杂剧的民间立场》,《中州大学学报》2008年第2期。

平海南:《天人合一的抗争——关汉卿及其剧作再探》,《戏曲艺术》2008年第2期。

任梦池:《试论关汉卿杂剧中的女性意识》,《商洛学院学报》2008年第1期。

王慧、何峰:《梦境在关汉卿涉梦戏中的作用》,《文学教育》(下)2008年第7期。

翟建蕊:《对关汉卿剧作思想性的点滴体会》,《大舞台》(双月号)2008年第2期。

张立环:《从元杂剧看元代儒家文化的传播——以关汉卿单本寡妇戏为例》,《河北学刊》2008年第4期。

姬春晖:《当之无愧的被压迫妇女的代言人——兼论关汉卿热衷于"妓女"题材原因探析》,《濮阳职业技术学院学报》2009年第2期。

贾林华:《关汉卿和近松门左卫门》,《华北电力大学学报》(社会科学版)2009年第1期。

孔聪:《关汉卿、莫里哀喜剧艺术相似性探微》,《江西科技师范学院学报》

2009年第1期。

陆莉莉:《“弟子”与“子弟”的爱情——浅谈关汉卿“烟花粉黛”剧的思想二重性》,《福建艺术》2009年第1期。

毛钦:《从“大团圆”看关汉卿的哲学思想》,《安徽文学》(下半月) 2009年第7期。

农为平:《穿透历史的最强音符——对鲁迅与关汉卿反抗精神的分析比较》,《名作欣赏》2009年第12期。

裴云龙:《隐性冲突的设置与搁浅——关汉卿悲剧情节与深层意蕴新论》,《楚雄师范学院学报》2009年第4期。

孙培:《命定与抗争——论关汉卿杂剧中的悲剧意蕴》,《西安石油大学学报》(社会科学版)2009年第1期。

魏汉武:《压迫下的呐喊与抗争——试论关汉卿剧作中的反抗女性》,《新乡学院学报》(社会科学版) 2009年第2期。

吴泽琼、邓润生:《希腊神与儒道——索福克勒斯与关汉卿的信仰抉择》,《商丘职业技术学院学报》2009年第4期。

殷光熹:《试论关汉卿的杂剧创作》,《楚雄师范学院学报》2009年第4期。

蔡丽丽:《试论关汉卿剧作中的不屈女性形象及作者的悲剧意识》,《科教文汇》2010年第3期。

邓黛:《浅论关汉卿剧作中的婚俗形态》,《中华戏曲》第41辑,文化艺术出版社2010年9月。

邓黛:《浅论关汉卿杂剧中的战争描写》,《解放军艺术学院学报》2010年第2期。

段毅飞:《论关汉卿戏剧中的人生智慧》,《黑龙江教育学院学报》2010年第2期。

苟莹莹:《浅谈关汉卿杂剧中的女性形象》,《重庆科技学院学报》(社会科学版)2010年第12期。

关四平:《关汉卿历史剧审美价值论——以三国戏为中心》,《戏剧艺术》2010年第4期。

李建明:《关汉卿的包公戏》,《黄河科技大学学报》2010 年第 1 期。

李建明:《关汉卿与元杂剧中的包公戏》,《南昌大学学报》(人文社会科学版) 2010 年第 1 期。

龙灿宇:《浅谈关汉卿曲作中的曲辞宾白》,《科教导刊》2010 年第 9 期。

龙灿宇:《谈关汉卿曲作中的生存智慧》,《语文学刊》2010 年第 9 期。

乔志慧:《浅析关汉卿女性群像的典型意义》,《才智》2010 年第 3 期。

秦伊楠、贾宁:《闪耀在东西方的戏剧之星——莎士比亚与关汉卿的比较》,《名作欣赏》2010 年第 33 期。

孙琳:《关汉卿与马致远杂剧之比较》,《陕西教育》(高教版)2010 年第 Z1 期。

孙颖瑞:《关汉卿杂剧中的女性群像比较》,《大家》2010 年第 4 期。

王百涛:《试论关汉卿杂剧中女性的反抗意识》,《内蒙古民族大学学报》(社会科学版)2010 年等 3 期。

王朴:《从关汉卿杂剧人物结局管窥其人生心态》,《边疆经济与文化》2010 年第 4 期。

辛玲:《浅析关汉卿与莎士比亚悲剧特点》,《湖北函授大学学报》2010 年第 6 期。

许凤:《蕴藏于文字中的终极关怀——从关汉卿塑造的女性形象中看他对女性的关怀》,《时代文学》(下半月) 2010 年第 11 期。

许巧云:《关汉卿杂剧中的“把”“将”处置式对比研究》,《宜宾学院学报》2010 年第 8 期。

张兵:《探赏关汉卿杂剧中的平民女性》,《新课程》(教育学术)2010 年第 10 期。

张平:《关汉卿笔下女性群体的品格》,《语文学刊》2010 年第 10 期。

张平:《人生本无尽团圆——论关汉卿杂剧团圆结局的悲剧性》,《语文学刊》2010 年第 12 期。

周萍萍:《关汉卿“士妓恋”作品与近松门左卫门“町妓恋”作品之比较》,《日本研究》2010 年第 3 期。

张晓玲:《关汉卿与莎士比亚文学创作的比较教学研究》,《天中学刊》2010年第2期。

傅秋爽:《大众文艺的传奇——元代杂剧第一人关汉卿的创作成就及影响》,《大众文艺》2011年第20期。

弓卫红:《浅论关汉卿剧作的戏剧冲突与人物性格》,《大舞台》2011年第6期。

胡燕娜:《论杨宪益、戴乃迭的文化翻译观——以〈关汉卿杂剧选〉英译本为例》,《浙江树人大学学报》(人文社会科学版) 2011年第6期。

黄薇:《宋元时代文学中的人权思想——倾听关汉卿笔下妇女寻求人权平等的呐喊》,《青春岁月》2011年第24期。

李贵龙:《论关汉卿剧作情节处理的写意性》,《忻州师范学院学报》2011年第4期。

李景:《从乐感文化看关汉卿戏曲的美学特征》,《铜仁学院学报》2011年第2期。

刘爱媛:《关汉卿杂剧的女性意识》,《北方文学》(下半月)2011年第5期。

鹿咏、张伟:《狄德罗与关汉卿比较研究——基于邓以蛰戏剧观的视角》,《山东理工大学学报》(社会科学版)2011年第5期。

马兰:《从戏曲传承看关汉卿杂剧对保定地方戏曲的影响》,《青年文学家》2011年第9期。

戚光宇、杨海凤:《关汉卿、马致远杂剧题材差异之成因探析》,《剑南文学》(经典教苑)2011年第4期。

孙贵平:《关汉卿杂剧中的恶人形象》,《湖南科技学院学报》2011年第3期。

孙颖瑞:《试比较关汉卿杂剧中的女性群像》,《神州》2011年第8期。

王焕荣、周新华:《掀开"风月"的面纱——关汉卿"风月"剧的解读》,《现代语文》(文学研究)2011年第1期。

徐敏华:《关汉卿旦本戏形象塑造艺术研究》,《考试周刊》2011年第13期。

薛莹:《浅析关汉卿剧作的团圆式结局的文化成因》,《大众文艺》2011年第6期。

闫博:《论关汉卿杂剧中女性塑造之成因》,《职大学报》2011年第6期。

张晶:《美学视角下的关汉卿剧作》,《中国文化报》2011年2月25日。

赵利娟:《莎士比亚和关汉卿笔下女性形象之比较研究》,《作家》2011年第8期。

郑晓云、闻怡玲:《论关汉卿杂剧的喜剧性特征》,《长城》2011年第8期。

周新华、王焕荣:《生存的处境与生命的尊严——关汉卿对民生问题的思考》,《名作欣赏》2011年第23期。

朱士萍:《受批判的男性——分析关汉卿笔下的男性》,《语文学刊》2011年第2期。

董晓敬:《零落风尘怨难诉 桀骜难驯誓不屈——浅议关汉卿笔下的女性形象》,《剑南文学》(经典教苑)2012年第5期。

方宽:《关汉卿戏剧否定的人格范型》,《文学教育》(下)2012年第9期。

侯丽俊:《时代风格和个人风格的融合——论元杂剧作家关汉卿、王实甫、马致远风格之异同》,《赤峰学院学报》(汉文哲学社会科学版) 2012年第3期。

李莉:《关汉卿的古代戏曲艺术成就钩沉》,《兰台世界》2012年第15期。

李树江:《比较莎士比亚与关汉卿的悲剧创作》,《戏剧之家》(上半月)2012年第8期。

李新、梁丽红:《关汉卿杂剧之"关公剧"探微》,《河北软件职业技术学院学报》2012年第1期。

李新、韩旭:《浅论关汉卿杂剧中的"关公剧"》,《河北科技师范学院学报》(社会科学版)2012年第1期。

李秀华:《论关汉卿杂剧的剧场艺术》,《文学界》(理论版)2012年第6期。

刘晓林:《关汉卿剧作中的女性形象的社会化》,《文学界》(理论版)2012年第5期。

刘燕飞:《浅析关汉卿作品中的女性形象》,《吕梁教育学院学报》2012年第4期。

刘艳云、卢萌、李冠楠:《关汉卿文化产业开发利用的思考》,《大舞台》2012年第3期。

龙灿宇:《简析关汉卿杂剧的音律韵响之美》,《艺海》2012年第8期。

戚光宇、杨海凤:《关汉卿、马致远杂剧题材来源比较研究》,《语文教学通讯》(学术刊)2012年第4期。

秦莉:《一管笔在手，敢搦孙吴兵斗——论关汉卿杂剧中的女性反抗》,《文学界》(理论版)2012年第9期。

王焕荣:《关汉卿戏剧语言的地域特征》,《长城》2012年第10期。

徐佳超:《浅析关汉卿杂剧中的男性形象》,《北方文学》(下半月)2012年第6期。

尹茳:《论关汉卿杂剧中的天命意识》,《韶关学院学报》2012年第5期。

于学剑:《关汉卿杂剧:现实主义的杰作》,《戏剧丛刊》2012年第2期。

于学剑:《关汉卿杂剧:现实主义的杰作》(二),《戏剧丛刊》2012年第3期。

于学剑:《关汉卿杂剧:现实主义的杰作》(三),《戏剧丛刊》2012年第4期。

于学剑:《关汉卿戏剧概观——元杂剧剧作赏析之一》,《中共济南市委党校学报》2012年第2期。

张若楠:《论关汉卿杂剧的妓女形象》,《青年文学家》2012年第26期。

张大新:《醉眼狂态写春秋——重论关汉卿杂剧的精神意识》,《文学评论》2012年第6期。

赵建坤:《关汉卿的明代接受及戏曲史学意义》,《哈尔滨师范大学社会科学学报》2012年第4期。

白波:《关汉卿杂剧女性形象分析》,《参花》(文化视界)2013年第3期。

韩春萌:《关汉卿公案剧的法制文化价值》,《名作欣赏》2013年第26期。

韩春萌、王文勇:《关汉卿公案剧的艺术传承作用》,《大众文艺》2013年第21期。

姜倩:《试论关汉卿剧作中的三个女性形象》,《戏剧丛刊》2013年第3期。

刘凯:《析关汉卿杂剧与元人审美趣味》,《语文学刊》2013年第11期。

刘凯:《元代社会情态下的关汉卿杂剧》,《才智》2013年第18期。

罗敏:《浅析关汉卿剧作中的英雄情怀》,《长江大学学报》(社科版)2013年第2期。

孟芳:《关汉卿笔下女性爱情书写》,《四川戏剧》2013 年第 4 期。

孟芳:《关汉卿笔下女性婚姻的悲情书写》,《名作欣赏》2013 年第 14 期。

闵毅:《关汉卿笔下下层女性的反抗性探析》,《长城》2013 年第 10 期。

朱芳芳:《关汉卿杂剧作品的艺术手法探究》,《剑南文学》(经典教苑)2013 年第 7 期。

牛贤芳:《简析关汉卿创作中的女性形象》,《沧桑》2013 年第 1 期。

王振宪:《关汉卿杂剧中的名名上位居前式同位短语研究》,《青年文学家》2013 年第 29 期。

杨继凤:《粉末功名意难平——关汉卿杂剧中的复仇意识及根源》,《黑河学刊》2013 年第 7 期。

张更祯:《论关汉卿的悲剧创作》,《甘肃高师学报》2013 年第 3 期。

赵建坤:《20 世纪以来关汉卿的文学史叙述历程》,《南昌大学学报》(人文社会科学版) 2013 年第 1 期。

赵炜霞、田明珍:《〈关汉卿戏曲集〉中夫人的生存方式》,《文学教育》(下) 2013 年第 3 期。

胡平、李朝运、李世前:《关汉卿元刊杂剧称呼语探微》,《鸭绿江》(下半月版) 2014 年第 4 期。

陈晓婉:《关汉卿女性意识思考》,《鸭绿江》(下半月版)2014 年第 7 期。

李雪静:《新探关汉卿杂剧中妓女从良的悲剧实质》,《神州》2014 年第 6 期。

龙灿宇:《论关汉卿杂剧的冲突设计——兼与马、白、郑比较》,《语文学刊》2014 年第 18 期。

骆云飞:《论关汉卿作品中的女性形象》,《芒种》2014 年第 17 期。

魏小利:《论关汉卿杂剧对儒家文化的接受与反思》,《重庆科技学院学报》(社会科学版)2014 年第 1 期。

张俊强:《关汉卿和莎士比亚作品中女性形象的对比研究》,《青年文学家》2014 年第 29 期。

张小玲:《关汉卿笔下男性形象弱化现象研究》,《商》2014 年第 16 期。

朱元军:《关汉卿的汉室梦——基于关氏戏剧文本的公共关系学之组织分

析》,《牡丹江大学学报》2014 年第 2 期。

朱之润:《关汉卿作品中女性形象的身份意识觉醒》,《阜阳师范学院学报》(社会科学版)2014 年第 5 期。

华春兰:《寻觅主题下的悲剧意蕴——重新解读关汉卿杂剧》,《剧影月报》2015 年第 1 期。

刘翌:《关汉卿杂剧中的女性称谓词汇研究》,《文学教育》(下)2015 年第 8 期。

任毅伟:《浅析关汉卿杂剧中的青年女性形象》,《品牌》(下半月)2015 年第 3 期。

田祝兰:《关汉卿杂剧中的男性形象探讨》,《鸭绿江》(下半月版)2015 年第 5 期。

王利娜:《论关汉卿杂剧中的魂梦意识》,《安康学院学报》2015 年第 1 期。

王利娜:《论关汉卿杂剧的喜剧性及其表现》,《西昌学院学报》(社会科学版)2015 年第 1 期。

曾大兴:《从关汉卿对柳永的受容看元曲与宋词的承传关系》,《词学》2015 年第 1 期。

张平:《关汉卿笔下寡妇形象探究》,《语文学刊》2015 年第 14 期。

②散曲

胡忌:《一斋的小令》,《戏剧论丛》1957 年第 3 期。

邹啸:《关于关汉卿的散套》,《光明日报》1958 年 6 月 15 日。

隋树森:《关汉卿散曲中的几个问题》,《光明日报》1958 年 11 月 9 日。

赵景深等:《关汉卿的〈四块玉·别情〉》,《文汇报》1962 年 12 月 12 日。

赵景深:《关于关汉卿的散套》,载《戏曲笔谈》,中华书局 1962 年版。

齐森华:《对关汉卿〈不伏老〉散曲评价的质疑》,《光明日报》1965 年 1 月 31 日。

熊笃:《能这样评价关汉卿吗?——读〈南吕·一枝花·不伏老〉》,《北方论丛》1980 年第 3 期。

孔繁信:《关汉卿散曲漫谈》,《山东师大学报》1982 年第 4 期。

航秉果:《关汉卿套曲〈女校尉〉〈蹴鞠〉校注》,《徐州师院学报》1983 年第 2 期。

陈永昊:《一颗璀璨夺目的明珠——关汉卿的〔南吕·一枝花·赠朱帘秀〕赏析》,《嘉兴师专学报》1984 年第 1 期。

黄克:《娱人和自娱——关汉卿剧曲和散曲不同倾向之管见》,《光明日报》1984 年 5 月 29 日。

李汉秋:《论关汉卿剧曲和散曲异同——兼向黄克同志请教》,《光明日报》1984 年 12 月 11 日。

王星琦:《恣意纵笔尽传神——关汉卿套曲〈不伏老〉读赏》,《名作欣赏》1984 年第 4 期。

傅达:《关汉卿〔双调·沉醉东风〕〈别情〉赏析》,《上海广播电视》1985 年第 1 期。

侯光复:《一幅精美的冬景图——读关汉卿〔双调·大德歌〕〈冬景〉》,《文史知识》1987 年第 2 期。

李汉秋、陆林:《书会人才自风流——〈汉卿不伏老〉赏析》,《河北师院学报》1989 年第 2 期。

宁宗一等:《关汉卿〈南吕·一枝花·不伏老〉赏析》,《名作欣赏》1989 年第 2 期。

侍问樵:《也谈关汉卿的〈冬景〉》,《语文月刊》1989 年第 8 期。

钟云星:《层次清晰、对照巧妙——〔双调·大德歌〕〈冬景〉》,《语文月刊》1989 年第 5 期。

江永源:《关汉卿的人格与文格——关汉卿散曲的审美价值》,《西部学坛》1990 年第 2 期。

李世琦:《关汉卿散曲简论》,《河北学刊》1990 年第 6 期。

田守真:《关、马散曲及元散曲两大思潮的殊途与同归》,《河北师院学报》1990 年第 2 期。

汪正章:《关汉卿散曲创作新探》,《南开学报》1990 年第 5 期。

熊笃:《对关汉卿散曲与杂剧比较的异议》,《河北师院学报》1990 年第 2 期。

赵义山:《杂剧之手笔,散曲之精品:略论关汉卿散曲艺术的审美特征》,《河北师院学报》1990年第2期。

关四平:《关汉卿散曲的文化意蕴及审美价值》,《东北师范大学学报》1992年第5期。

蒲向明:《读关汉卿〔双调·大德歌〕〈冬景〉》,《文史知识》1993年第3期。

蒲向明:《关汉卿散曲的思想艺术价值》,《毕节师专学报》1993年第4期。

若竹:《浅析关汉卿〔四块玉·闲适〕一曲》,《中国语文》(台)1993年第10期。

刘扬忠:《关汉卿〔南吕·一枝花·不伏老〕赏析》,《古典文学知识》1995年第6期。

蒲向明:《关汉卿对散曲创作和发展的贡献》,《思茅师专学报》1995年第1期。

吕洪梅:《析关汉卿散曲的辞格艺术》,《修辞学习》1996年第1期。

蒲向明:《关汉卿散曲二维情感论列》,《思茅师专学报》1996年第1期。

徐子方:《情韵深深，诗家之曲：析关汉卿散曲的传统风格》,《漳州师院学报》1996年第2期。

樊凌云:《异代同歌,异曲同工——柳永〈传花枝〉词与关汉卿〔南吕·一枝花·不伏老〕套曲之比较》,《中国文学研究》1998年第2期。

岳淑珍:《关汉卿散曲中的女性家族初探》,《信阳师院学报》1998年第2期。

徐子方:《本色鲜明，剧家之曲——关汉卿散曲论之二》,《漳州师院学报》2000年第1期。

李占稳:《论关汉卿散曲的思想性》,《衡水学院学报》2005年第4期。

吴伟凡:《关汉卿散曲审美韵致的多重性》,《殷都学刊》2007年第4期。

林喦、张姣:《风流、隐逸与自嘲的相互纠缠——关汉卿、马致远、钟嗣成三首散曲的文化解读》,《作家》2008年第8期。

关四平:《关汉卿散曲美学价值重估》,《求是学刊》2009年第2期。

常芳:《论关汉卿、马致远之音乐思想在中国文人音乐思想史中的意义》,《黄河之声》2010年第21期。

张燕芬:《关汉卿与马致远散曲之比较》,《安徽文学》(下半月)2010年第

9期。

李清冉:《对关汉卿和王实甫两首〈别情〉的鉴赏》,《科学大众》(科学教育)2011年第2期。

王昭、李辉:《简析关汉卿〔南吕·四块玉〕〈别情〉的艺术特色》,《安徽文学》(下半月)2011年第5期。

张志峰:《关汉卿散曲题材分类初探》,《承德民族师专学报》2011年第1期。

乔萌:《关汉卿散曲之美》,《剑南文学》(经典教苑)2012年第5期。

伍燕闽:《关汉卿与曾瑞青楼题材散曲之比较》,《韶关学院学报》2012年第7期。

伍燕闽:《悲情人生——关汉卿与曾瑞青楼题材散曲之比较》,《咸阳师范学院学报》2012年第5期。

韩志宏:《柳永俗词与关汉卿曲风格异同的原因探究》,《牡丹江师范学院学报》(哲学社会科学版)2013年第2期。

韩志宏:《柳永俗词与关汉卿曲题材内容比较》,《赣南师范学院学报》2013年第1期。

徐语诗:《异代同声唱杭州——柳永〈望海潮〉与关汉卿〔南吕·一枝花·杭州景〕比较分析》,《群文天地》2013年第2期。

吴伟凡:《关汉卿的立体人格与其散曲的立体审美情韵》,《名作欣赏》2014年第3期。

张勤:《浅析关汉卿〔四块玉·闲适〕》,《文学教育》(中)2014年第7期。

黄月芳:《论关汉卿散曲中的叛逆思想》,《齐齐哈尔师范高等专科学校学报》2015年第1期。

魏佳:《悖论人生的自我放逐——关汉卿〔南吕·一枝花·不伏老〕中浪子形象阐微》,《名作欣赏》2015年第20期。

周晓琳:《文学史书写与古代文学经典化路径的重塑——以关汉卿〔南吕·一枝花·不伏老〕为考察中心》,《甘肃社会科学》2015年第2期。

(4)剧作专题

①《窦娥冤》

陈志宪:《谈关汉卿的〈窦娥冤〉》,《光明日报》1955 年 4 月 3 日。

李束丝:《关汉卿的〈窦娥冤〉》,《文学遗产》(增刊)第 1 辑(1955 年 9 月)。

邵骥:《〈窦娥冤〉是否有民族气节问题》,《光明日报》1956 年 3 月 4 日。

王季思:《谈关汉卿及其作品〈窦娥冤〉和〈救风尘〉》,《光明日报》1956 年 8 月 25 日。

兵述尧:《关汉卿〈窦娥冤〉第三折的分析》,《中学教育》1957 年 8 月号。

顾学颉:《读〈窦娥冤〉的一点体会》,《语文学习》1957 年 7 月号。

商丘第一中学语文组:《关汉卿〈窦娥冤〉》,《语文教学通讯》1957 年 8 月号。

沈祖棻:《略谈〈窦娥冤〉》,《语文教学》1957 年 7 月号。

王季思:《马致远的〈天净沙·秋思〉和关汉卿的〈窦娥冤〉》,《语文学习》1957 年 11 月号。

吴鹭山:《关汉卿和他的杂剧〈窦娥冤〉》,《中学工作通讯》1957 年 8 月号。

杨广平:《关汉卿和〈窦娥冤〉的几个方面》,《语文教学通讯》1957 年第 12、第 13 期。

朱以书:《关汉卿及其杂剧〈窦娥冤〉》,《天津师院学报》1957 年第 2 期。

程砚秋:《谈〈窦娥冤〉》,《戏剧论丛》1958 年第 1 辑。

林钟美:《论〈窦娥冤〉》,《戏剧论丛》1958 年第 2 辑。

马健翎:《关于改编〈窦娥冤〉的几点说明》,《陕西日报》1958 年 6 月 23 日。

聂思颜:《试论〈窦娥冤〉杂剧的创作方法》,《人文科学杂志》1958 年第 6 期。

香文:《〈窦娥冤〉和〈东海孝妇〉》,《戏剧论丛》1958 年第 2 辑。

徐文斗:《谈关汉卿的〈窦娥冤〉》,《学术论坛》1958 年第 2 辑。

伊兵:《〈窦娥冤〉及其他》,《人民日报》1958 年 6 月 23 日。

张真:《读关汉卿〈窦娥冤〉第三折》,《剧本》1958 年 6 月号。

张真:《从〈窦娥冤〉看关汉卿剧作的政治感情》,《戏剧报》1958 年第 12 期。

韩维清等:《略论〈窦娥冤〉》,《科学与教学》1960 年第 1、第 2 期。

何森:《关汉卿的〈窦娥冤〉》,《文学知识》1960 年 6 月号。

姚品文:《窦娥悲剧形成的原因是什么》,《科学与教学》1960 年第 1、第 2 期。

陈过等:《关汉卿〈窦娥冤〉中蔡婆婆的形象》,《山西日报》1961 年 12 月

16日。

李健吾:《窦娥冤——悲剧性》,《人民日报》1961年7月4日。

李健吾:《窦娥冤——插入的丑》,《人民日报》1961年7月7日。

韦劳昶:《中山大学研究讨论〈窦娥冤〉》,《光明日报》1961年4月7日。

杨森:《关汉卿及其〈窦娥冤〉》,《甘肃日报》1961年12月20日。

赵景深:《〈窦娥冤〉照原本演出》,《文汇报》1961年9月21日。

赵廷鹏:《也谈〈窦娥冤〉的改编》,《山西日报》1961年12月23日。

陈过等:《论〈窦娥冤〉》,《学术通讯》1962年第3期。

黎耶:《浅谈艺术典型的几个问题——从〈窦娥冤〉和〈三关排宴〉的讨论中所想到的》,《山西日报》1962年11月2日。

刘世德:《〈窦娥冤〉的创作年代》,《光明日报》1962年6月18日。

刘世德:《关汉卿的〈窦娥冤〉》,《阅读和欣赏》1962年10月。

杨宗勉等:《关于蔡婆婆形象争论——电影〈窦娥冤〉改编问题来稿综述》,《山西日报》1962年2月10日。

赵生:《把〈窦娥冤〉的讨论深入一步》,《山西日报》1962年3月10日。

高捷:《也谈〈窦娥冤〉的问题》,《学术通讯》1963年第5期。

冯沅君:《怎样看待〈窦娥冤〉及其改编本》,《文学评论》1965年第4期。

陈毓罴:《关于〈窦娥冤〉的评价问题》,《文学评论》1965年第5期。

金宁芬:《〈窦娥冤〉评价中的几个问题》,《光明日报》1965年9月12日。

李汉秋:《论关汉卿的〈窦娥冤〉》,《安徽大学学报》1977年第3期。

高今:《感天动地——读〈窦娥冤〉》,《广西大学学报》1979年第3期。

黄竹三:《关汉卿与〈窦娥冤〉》,《语文教学通讯》1979年第4期。

孔繁信:《试论悲剧〈窦娥冤〉》,《山东师院学报》1979年第4期。

张德鸿:《谈谈对〈窦娥冤〉的评价问题》,《昆明师院学报》1979年第1期。

齐森华:《关于〈窦娥冤〉的评价问题——与张德鸿同志商榷》,《昆明师院学报》1979年第5期。

沙铁军:《关汉卿和他的〈窦娥冤〉》,《长江日报》1979年2月18日。

时逸之:《认真负责、秉公执法——〈窦娥冤〉观后》,《陕西日报》1979年8月

20 日。

吴健邦:《在高潮中表现性格发展的飞跃——试谈〈窦娥冤〉第三折的艺术特色》,《广州文艺》1979 年第 4 期。

徐应佩、周溶泉:《关汉卿和他的〈窦娥冤〉》,《陕西戏剧》1979 年第 4 期。

杨智鹏等:《试谈窦娥的艺术形象》,《宝鸡师院学报》1979 年第 1 期。

张人和:《重评〈窦娥冤〉》,《吉林师大学报》1979 年第 4 期。

钟林斌:《关汉卿和他的悲剧杰作〈窦娥冤〉》,载《中国古典戏曲名著简论》,春风文艺出版社 1979 年版。

必成:《一个真、善、美的窦娥形象》,《教学与进修》1980 年第 2 期。

卞校:《关于〈窦娥冤〉》,《语文教学》1980 年第 3 期。

古典文学教研组:《〈窦娥冤〉(节选)注析》,《南宁师院学报》1980 年第 2 期。

黄克:《道德·鬼魂·清官——关剧〈窦娥冤〉三题》,《古典文学论丛》1980 年第 1 辑。

姜汉林:《感天动地窦娥冤——〈窦娥冤〉第三折小札》,《语文教学研究》1980 年第 2 期。

李汉秋:《〈窦娥冤〉的悲剧力量》,《戏剧界》1980 年第 1 期。

廖全京:《黑暗王国的社会悲剧——谈〈窦娥冤〉》,《中学语文》1980 年第 1 期。

刘宗德:《谈〈窦娥冤〉第三折》,《德州师专学报》1980 年第 2 期。

宁伯浩:《深刻的现实内容,卓越的艺术手法——〈窦娥冤〉第三折试析》,《语文教研》1980 年第 3 期。

齐森华:《〈窦娥冤〉的艺术管窥》,《语文学习》1980 年第 3 期。

沈继常:《试论〈窦娥冤〉的戏剧冲突》,《江西师院学报》1980 年第 1 期。

沈继常:《〈窦娥冤·第三折〉试析》,《教学与研究》1980 年第 2 期。

沈祖棻:《略谈〈窦娥冤〉》,《中学语文教学资料》1980 年第 3 辑。

谭深盛:《也谈〈窦娥冤〉与〈西厢记〉的局限性》,《广西民族学院学报》1980 年第 1 期。

汤洵:《读〈窦娥冤〉》第三折》,《语文战线》1980 年第 3 期。

文宇:《谈窦娥的反抗性格》,《书评》1980 年第 4 期。

翁敏华:《〈窦娥冤〉第三折简析》,《四川师院学报》1980 年第 4 期。

徐应佩等:《感天动地窦娥冤——谈关汉卿的〈窦娥冤·法场〉》,《语文教学》1980 年第 2 期。

张云生:《读〈窦娥冤·法〉札记》,《唐山师专学报》1980 年第 2 期。

周月亮:《对吴小如先生评〈窦娥冤〉的几点意见》,《河北师院学报》1980 年第 4 期。

白万柱:《窦娥斗争性格浅析》,《内蒙古民族师院学报》1981 年第 1 期。

金乃俊:《〈窦娥冤〉各类改本浅议》,《艺谭》1981 年第 4 期。

蓝锡麟:《〈窦娥冤〉与现代戏》,《重庆日报》1981 年 8 月 10 日。

李晖:《一空依傍,自铸伟词——关汉卿〈窦娥冤〉的艺术成就》,《蓼花》1981 年 7 月号。

任致中:《〈窦娥冤〉艺术辩证法初探》,《文科教学》1981 年第 4 期。

石越:《不可多得的浪漫主义创作典范——〈窦娥冤〉第三折欣赏》,《戏剧创作》1981 年第 3 期。

索俊才:《谈关汉卿对窦娥封建贞孝的描写》,《语言文学》1981 年第 6 期。

谭垂祺:《社会性的家庭悲剧——〈窦娥冤〉第三折浅析》,《玉林师专学报》1981 年第 1 期。

祝肇年:《谈窦娥悲剧典型的塑造——学习古典戏曲编剧随感》,《戏剧论丛》1981 年第 4 期。

陈玉璞:《一个刑场,两把法刀》,载天津古典小说戏曲研究会编:《古典小说戏曲谈艺录》,天津人民出版社 1982 年版。

戴不凡:《〈窦娥冤〉的几个问题》,《戏曲研究》1982 年第 7 辑。

宁宗一:《惊天动地的呐喊——谈〈窦娥冤〉的悲剧精神》,《语文教学通讯》1982 年第 2 期。

于思:《张驴儿何许人》,《戏曲研究》1982 年第 7 辑。

张传良:《谈谈关汉卿〈窦娥冤〉的艺术处理》,《常德师专学报》1982 年第 1 期。

周建忠:《析窦娥》,《宁波师专学报》1982 年第 1 期。

祝肇年:《〈窦娥冤〉故事源流漫述》,《戏曲研究》1982 年第 6 辑。

黄克:《〈窦娥冤〉试析》,载人民文学编辑部编:《元杂剧鉴赏集》,人民文学出版社 1983 年版。

霍松林等:《关汉卿和社会悲剧〈窦娥冤〉》,《陕西教育》1983 年第 4 期。

廖彩烈:《谈〈窦娥冤〉的戏剧高潮》,《语文园地》1983 年第 6 期。

刘静:《知其一其二还需知其三其四——与〈北京晚报〉登载的有关〈窦娥冤〉一文的商榷》,《电视与戏剧》1983 年第 6 期。

王永慧:《感天动地因何在——〈窦娥冤〉与〈于公高门〉〈金锁记〉比较探讨》,《川剧艺术》1983 年第 4 期。

徐沁君:《〈窦娥冤〉三考》,《黄石师院学报》1983 年第 4 期。

徐朔方:《谈谈〈窦娥冤〉》,载人民文学编辑部编:《元杂剧鉴赏集》,人民文学出版社 1983 年版。

阎凤鸣:《孝妇冢与〈窦娥冤〉》,《柳泉》1983 年第 2 期。

张月中:《来自生活,指道生活——谈关汉卿对窦娥形象的塑造》,《河北戏剧》1983 年第 1 期。

董清洁:《读〈窦娥冤〉(节选)札记三则》,《文科教学》1984 年第 1 期。

韩登庸:《〈窦娥冤〉的现实主义成就》,《语文学刊》1984 年第 1 期。

胡昭著等:《〈窦娥冤〉资料三则》,《教学通讯》1984 年第 4 期。

姜小青:《浅谈〈窦娥冤〉中的鬼魂》,《镇江师专教学与研究》1984 年第 2 期。

姜志信等:《关于〈窦娥冤〉中的几个问题》,《河北大学学报》1984 年第 4 期。

李修生:《谈〈窦娥冤〉》,《自修大学》1984 年第 6 期。

罗斯宁:《关汉卿和他的〈窦娥冤〉》,《语文教研》1984 年第 2 期。

刘维卿:《关汉卿与〈窦娥冤〉》,《艺术研究》1984 年第 1 期。

刘秀云:《〈窦娥冤〉的艺术特色》,《语文教学与研究》1984 年第 4 期。

刘钰:《从〈窦娥冤〉谈传奇手段在戏曲中的审美特性》,《艺谭》1984 年第 3 期。

邱炜煜:《窦娥的节孝观念》,《上饶师专学报》1984 年第 2 期。

史清:《试论〈窦娥冤〉的结构艺术》,《镇江师专教学与进修》1984年第2期。

王钢:《〈窦娥冤〉地理概念考》,《信阳师院学报》1984年第1期。

余德赊:《〈窦娥冤〉是元杂剧中的典范之作》,《绍兴师专学报》1984年第2期。

周济夫:《浓情重彩绘冤魂——浅析关汉卿笔下的窦娥形象》,《海南日报》1984年12月13日。

陈若帆:《窦娥"节""孝"观念摭议》,《河北大学学报》1985年第1期。

蒋松源:《〈窦娥冤〉第三折赏析》,《中国古典文学鉴赏》1985年第5期。

李汉秋:《〈窦娥冤〉的悲和壮》,《安徽日报》1985年6月19日。

林风:《写出理想的光辉——试谈〈窦娥冤〉与〈哈姆雷特〉的戏剧结尾》,《辽宁师大学报》1985年第3期。

林仲伟:《试析关汉卿笔下的窦娥形象》,《华南师大语文辅道》1985年1—2期。

刘静兰:《论〈窦娥冤〉浪漫主义手法的运用》,《语文园地》1985年第2期。

侍问樵:《谈〈窦娥冤〉中的无头愿》,《廊坊师专语文教学之友》1985年第3期。

叶元章:《〈窦娥冤〉札记》,《青海社会科学》1985年第3期。

钟扬:《〈窦娥冤〉辩证艺术面面观》,《安庆师院学报》1985年第2期。

钟扬:《悲剧中的喜剧因素——〈窦娥冤〉艺术特色之一》,《黄梅戏艺术》1985年第2辑。

窦永丽:《列之于世界大悲剧中亦无愧色的〈窦娥冤〉》,《河北刊授学院自学与辅道》1986年第1期。

华世忠:《〈窦娥冤〉第四折析疑》,《阜阳师院学报》1986年第1期。

靖一民等:《从〈窦娥冤〉的问世看民间文化与作家文学的关系》,《临沂师专学报》1986年第1期。

罗金远:《浅谈窦娥的悲剧美感》,《咸宁师专学报》1986年第3期。

许建中:《〈窦娥冤〉〈单刀会〉"左"的影响及其他》,《盐城师专学报》1986年第4期。

曹文心:《〈窦娥冤〉新议》,《淮北煤矿学院学报》1987年第2期。

金祖涛:《〈窦娥冤〉:旧时代的悲剧》,《语文学刊》1987年第4期。

廖绍基:《〈窦娥冤〉学习指要》,《中学语文》1987年第6期。

宋绍发:《漫谈〈窦娥冤〉中的角色》,《教学月刊》1987年第6期。

王为民:《谈窦娥形象的塑造》,《语文学刊》1987年第3期。

王小猛:《读关汉卿〈窦娥冤〉》,《中文自学辅道》1987年第4期。

赵德润:《寒冬劫花,子夜火焰——析关汉卿〈窦娥冤〉第三折》,《文史知识》1987年第4期。

郑尚宪:《论〈元曲选〉本〈窦娥冤〉及其给我们的启示》,《中山大学研究生学刊》1987年第2期。

马树国:《谈〈窦娥冤〉中的蔡婆婆》,《中学自学辅道》1988年第12期。

吴星飞:《中国悲剧第一丰碑——〈窦娥冤〉》,《古典文学知识》1988年第6期。

杨栋:《窦娥非勇士辨——兼析〈窦娥冤〉杂剧的文化意蕴》,《河北师院学报》1988年第2期。

应守岩:《窦娥形象及其社会意义》,《电大教学》1988年第2期。

仓阳卿、钟小燕:《〈窦娥冤〉冤在哪里?》,《中文自修》1989年第9期。

张福德:《窦娥悲剧成因浅探》,《北方论丛》1989年第2期。

九平:《蔡婆婆形象简析》,《语文学刊》1990年第5期。

毛毳:《偶像与幻象——〈窦娥冤〉中清官鬼魂散论》,《郑州大学学报》1990年第1期。

潘传文:《窦娥的冤案与波希霞的审判》,《名作欣赏》1990年第4期。

彭红:《窦娥悲剧根源二重性初探》,《四川教育学院学报》1990年第2期。

王日新:《从〈窦娥冤〉看封建礼教的残酷性》,《云南师大学报》1990年第3期。

王毅:《〈窦娥冤〉发微》,《江汉论坛》1990年第5期。

吴绍之:《〈窦娥冤〉三题》,《江苏教育学院学报》1990年第2期。

徐树仓:《试谈关剧〈窦娥冤〉的对比艺术》,《青海师专学报》1990年第2期。

朱光荣:《论〈窦娥冤〉的美学思想》,《贵州社会科学》1990年第8期。

企愚:《集天下之大不幸于一身:悲剧〈窦娥冤〉的典型手法》,《剧海》1991年第2期。

冯文楼:《论窦娥性格的文化先定性》,《河北学刊》1992年第4期。

张一木:《浅谈窦娥的"节"与"孝":读〈窦娥冤〉札记》,《东北师大学报》1992年第6期。

张一木:《窦娥是"节""孝"的典型吗?》,《许昌师专学报》1992年第10期。

郭明志:《〈窦娥冤〉杂剧的审美价值》,《呼兰师专学报》1993年第2期。

王梦麟、冀卫平:《中国悲剧的第一丰碑——〈窦娥冤〉》,《名作欣赏》1993年第2期。

吴静涛:《元杂剧的奇葩——〈窦娥冤〉》,《殷都学刊》1993年第4期。

徐信义:《论〈窦娥冤〉杂剧》,《中山人文学报》1993年第4期。

[韩]金学主:《〈窦娥冤〉与〈踏摇娘〉》,《河北学刊》1994年第1期。

刘靖之:《以〈窦娥冤〉为题材的昆曲、京剧与现代音乐》,《河北学刊》1994年第1期。

陆力:《浅议〈窦娥冤〉第三折的两则细节》,《语文函授》1994年第1期。

邵明珍:《〈窦娥冤〉的悲怨特色》,《中文自学指导》1994年第9期。

孙文成、陈家桢:《窦娥形象别议》,《吉林师院学报》1994年第4期。

王景兰:《窦娥形象浅议》,《辽宁师大学报》1994年第1期。

[美]奚如穀:《臧懋循改写〈窦娥冤〉研究》,《文学评论》1994年第2期。

张晓军:《重评〈窦娥冤〉》,《戏曲研究》1994年第48辑。

张易:《〈窦娥冤〉导论》,《枣庄师专学报》1994年第1期。

仝祥民:《〈窦娥冤〉与〈哈姆雷特〉"鬼魂"描写之比较》,《名作欣赏》1995年第2期。

黄维仲:《〈窦娥冤〉教学三题》,《语文教学之友》1995年第4期。

张慧:《漫谈窦娥鬼魂形象》,《文史知识》1995年第11期。

庄蕙绮:《〈窦娥冤〉的民间性——〈窦〉剧被视为士大夫文学商榷》,《中华学苑》1995年第3期。

黄丽贞:《关汉卿杂剧欣赏:〈窦娥冤〉》,《中国语文》(台)1996年第6期。

徐忠明:《〈窦娥冤〉与元代法制的若干问题试析》,《中山大学学报》(社会科学版)1996年第S3期。

杨庆安:《窦娥性格的“刚”和“柔”》,《徐州教育学院学报》1996年第1期。

俞晓红:《〈窦娥冤〉与〈哈姆雷特〉“鬼魂诉冤”情节比较谈》,《语文月刊》1996年第4期。

张劲刚:《对〈窦娥冤〉悲剧意识的认识》,《语文教学通讯》1996年第3期。

赵宗来:《〈窦娥冤〉三题》,《丹东师专学报》1997年第2期。

何杰民:《感天动地窦娥冤——关于〈窦娥冤〉的悲剧精神》,《福州师专学报》1998年第1期。

张仲仪:《窦娥悲剧成因别解》,《西北师大学报》1998年第4期。

林启柱:《关汉卿及其〈窦娥冤〉杂剧的再评价》,《渝州大学学报》2001年第5期。

张维娟:《从〈窦娥冤〉看关汉卿的男权本质》,《戏曲艺术》2003年第2期。

诸葛忆兵:《论窦娥形象的内涵及〈窦娥冤〉的创作意图》,《郑州大学学报》(哲学社会科学版)2003年第1期。

李鸣:《对窦娥冤狱的再思考——从〈窦娥冤〉关目中的两处矛盾谈起》,《青海社会科学》2004年第2期。

邓晓东:《世间两种〈窦娥冤〉——〈窦娥冤〉版本比较》,《艺术百家》2005年第1期。

李克和:《关汉卿〈窦娥冤〉(第三折)解读》,《语文建设》2005年第4期。

窦春蕾:《从关汉卿的文化思想看〈窦娥冤〉的价值取向》,《陕西教育学院学报》2006年第3期。

侯会:《试论关汉卿的“色目情结”——关剧〈窦娥冤〉别解》,《民族文学研究》2006年第2期。

黄连平:《鞭笞得力 悲愤酣畅——关汉卿元杂剧〈窦娥冤〉的艺术美》,《戏剧文学》2006年第7期。

陈国华:《关汉卿〈窦娥冤〉的价值取向探究》,《四川戏剧》2007年第3期。

高进旗:《对传统伦理和全贞全孝的推崇与彰显——对关汉卿〈窦娥冤〉窦娥形象的重新认识》,《湖南科技学院学报》2007年第7期。

王会敏:《经典的消解——论京剧〈六月雪〉对关汉卿杂剧〈窦娥冤〉的改编》,《兰州教育学院学报》2007年第2期。

景圣琪:《试论窦娥形象及关汉卿的创作意旨》,《安徽文学》(下半月)2008年第9期。

王馗:《〈窦娥冤〉的民间品格与祭祀功能》,《文化遗产》2008年第1期。

杨健:《封建礼教的民间礼赞——〈窦娥冤〉思想主题辨析》,《戏剧》(中央戏剧学院学报)2008年第3期。

陈元芳:《从朗加纳斯的〈论崇高〉看关汉卿的〈窦娥冤〉》,《安徽文学》(下半月)2009年第3期。

李艳:《狂狷与"知重"——由〈救风尘〉〈望江亭〉〈窦娥冤〉看关汉卿的人生价值取向》,《济宁学院学报》2009年第1期。

杨健:《存亡继绝的政治抱负——〈窦娥冤〉思想主题再辨》,《戏剧》(中央戏剧学院学报)2009年第1期。

柏红秀:《婚姻观念差异与〈窦娥冤〉的悲剧成因》,《戏曲艺术》2010年第3期。

刘晓瑜、叶新源:《对关汉卿〈窦娥冤〉中人权问题的思考》,《牡丹江大学学报》2010年第9期。

何水英:《从〈窦娥冤〉看关汉卿的儒生理想》,《鸡西大学学报》2010年第5期。

贺玉春:《浅谈关汉卿笔下的窦娥形象》,《戏剧丛刊》2010年第4期。

冀德荣:《生存还是毁灭——论〈窦娥冤〉的悲剧指向》,《名作欣赏》2011年第8期。

李慧:《从〈窦娥冤〉浅谈关汉卿杂剧的"本色美"》,《北方文学》(下半月)2011年第1期。

高艳阳:《关汉卿〈窦娥冤〉作品赏析》,《中国科教创新导刊》2012年第4期。

李晓彬:《〈窦娥冤〉:文学经典与舞台经典的遇合》,《长江学术》2012年第

1 期。

史英新:《窦娥性格特点与关汉卿的儒家思想文化》,《重庆科技学院学报》(社会科学版)2012 年第 1 期。

谢基祥:《于〈窦娥冤〉“留白”处看关汉卿的真性情》,《语文教学通讯》2012 年第 16 期。

张向真:《关汉卿〈窦娥冤〉中河东方言口语词汇论析》,《山西大学学报》(哲学社会科学版)2012 年第 6 期。

诸葛元元、李跃忠:《程砚秋〈六月雪〉与关汉卿〈窦娥冤〉的比较研究》,《湖南第一师范学院学报》2012 年第 6 期。

吴荣微:《从〈窦娥冤〉看关汉卿对宗法思想的接受与超越》,《文教资料》2013 年第 18 期。

徐昌顺:《大都因关汉卿名著〈窦娥冤〉耀升了地名誉彩》,《中国地名》2013 年第 7 期。

张国送:《从〈窦娥冤〉一剧看关汉卿的忧民情怀》,《新课程》(中学)2013 年第 3 期。

朱学召:《关汉卿的〈窦娥冤〉超现实主义写作手法》,《大舞台》2013 年第 10 期。

丁红丽:《从〈窦娥冤〉看关汉卿的反儒学意识》,《信阳师范学院学报》(哲学社会科学版)2014 年第 6 期。

段仲敏:《古今〈窦娥冤〉——闲谈关汉卿〈窦娥冤〉与赣剧〈窦娥冤〉的改编》,《影剧新作》2014 年第 4 期。

韩春萌:《法制与文学的珠联璧合——关汉卿〈窦娥冤〉的文学价值新探》,《江西教育学院学报》2014 年第 2 期。

孙冲:《关汉卿笔下窦娥节妇形象之我见》,《青年作家》2014 年第 14 期。

王欣悦:《从〈窦娥冤〉看关汉卿的儒家思想及男权主义》,《文学教育》(下)2014 年第 8 期。

艳春:《中国古代的悲剧意识——解读〈窦娥冤〉》,《语文建设》2015 年第 2 期。

张硕:《关汉卿〈窦娥冤〉杂剧的"人民性"特征》,《大庆社会科学》2015年第2期。

朱文婷:《窦娥贞节观的二重性与关汉卿思想的二重性》,《黑龙江教育学院学报》2015年第1期。

②《单刀会》及其他

李健吾:《关汉卿〈单刀会〉的前二折》,《人民日报》1957年2月5日。

唐湜:《看侯永奎的〈单刀会〉》,《人民日报》1957年2月23日。

陈志宪:《〈单刀会〉中的英雄形象》,《四川大学学报》1958年第2期。

戴不凡:《〈单刀会〉的结构及其他》,《剧本》1958年第6期。

侯永奎:《谈〈单刀会〉》,《戏剧论丛》1958年第1辑。

胡忌:《读剧小记:蒲仙戏〈单刀赴会〉》,《光明日报》1958年4月6日。

蕾子:《谈关汉卿的〈单刀会〉》,《安徽日报》1958年6月17日。

刘知渐:《读〈单刀会〉札记》,《戏剧论丛》1958年第2辑。

张德成:《谈川剧〈单刀会〉的表演》,《戏剧报》1958年第16期。

炎凉:《大声镗鞳,鬼泣神惊——〈单刀会〉第四折欣赏》,《戏剧创作》1980年第6期。

王季思:《怎样校订、评价〈单刀会〉和〈双赴梦〉:与刘靖之先生商榷》,《戏剧艺术》1980年第4期。

宁宗一:《论关汉卿的杂剧〈关大王独赴单刀会〉》,《天津社会科学》1982年第5期。

苏寰中:《也谈关汉卿〈关大王单刀会〉》,载曾永义著:《中国古典戏剧论集》,台湾联经出版事业公司1982年版。

戴永明:《解铃还须系铃人——〈单刀会〉第三折赏析》,《春城戏剧》1983年增刊。

金志仁:《〈单刀会〉的情节安排和人物塑造》,《名作欣赏》1983年第2期。

宁宗一:《歌颂强者的诗——读关汉卿〈单刀会〉断想》,载人民文学编辑部编:《元杂剧鉴赏集》,人民文学出版社1983年版。

周济人:《豪气、胆气和勇气的颂歌——浅谈〈单刀会〉中关羽的艺术形象》,

《名作欣赏》1983年第2期。

顾之京:《荡扬昂奋、荡气回肠——关汉卿〈单刀会〉曲词赏析》,《大舞台》1984年第2期。

孙占琦:《民族正气传千古:论历史剧〈单刀会〉关羽形象》,《朝阳师专学报》1984年第3期。

张皮栋等:《关汉卿〈单刀会〉前二折在戏剧结构上的失误》,《江苏戏剧》1984年第6期。

冯宝梁:《〈单刀会〉结构的独创性》,《锦州师院语文教学与研究》1985年第1期。

李沙白:《〈单刀会〉戏剧结构与手法》,《湖南教育学院学报》1986年第2期。

宾永丽:《〈单刀会〉第四折分析》,《河北刊院自学与辅导》1987年第1期。

朱耀良:《〈伪君子〉和〈单刀会〉的结构比较》,《九江师专学报》1987年第1—2期。

蒋星煜:《〈单刀会·双调新水令〉异文辨析》,《山西师大学报》1989年第1期。

邓宗舒:《〈单刀会〉与〈天净沙〉音乐情韵赏析》,《河北师院学报》1990年第2期。

杨道明:《浅析关汉卿的〈单刀会〉》,《广西师院学报》1991年第3期。

郭明志:《铺垫蓄势,抒情写意:谈谈关汉卿〈单刀会〉的谋篇布局》,《文史知识》1993年第2期。

王安祈:《论〈单刀会〉与祀神活动之关系》,《戏剧艺术》1993年第3期。

骆正:《〈单刀会〉的心理分析》,《戏剧》(中央戏剧学院学报)1996年第1期。

许灏:《元杂剧〈单刀会〉的结构简论》,《学术交流》1996年第2期。

石尚彬:《自出机杼,独领风骚——评关汉卿〈单刀会〉》,《黔南民族师范学院学报》2001年第5期。

李占鹏:《论关汉卿的历史剧〈单刀会〉》,《甘肃联合大学学报》(社会科学版)2005年第4期。

温斌:《梨园秦汉音 乱世盼豪雄——析关汉卿〈单刀会〉的美学价值》,《职大学报》(哲学社会科学)2005 年第 3 期。

王艳平:《试论关汉卿杂剧〈单刀会〉对士人多重心理的探掘》,《宁波广播电视大学学报》2010 年第 3 期。

王林琳:《智勇双全的忠义英雄——浅析关汉卿〈单刀会〉中关羽形象的独到之处》,《北方文学》(下半月)2012 年第 4 期。

王雪:《从关汉卿〈单刀会〉与〈西蜀梦〉了解他的社会理想》,《现代营销》(学苑版)2012 年第 2 期。

魏玉莲:《论关汉卿〈单刀会〉中关羽的英雄形象》,《文教资料》2012 年第 4 期。

苏琼、景娟:《浅析关汉卿〈单刀会〉中的大汉情结》,《韶关学院学报》2013 年第 3 期。

宁宗一:《激赏〈单刀会〉——以诗笔写剧之典范》,《中华戏曲》2014 年第 1 期。

张烨:《论关汉卿在〈单刀会〉中对华夏民族精神的呼唤》,《湖南科技学院学报》2015 年第 4 期。

赵奇恩:《元杂剧〈单刀会〉与快板〈单刀会〉文本结构比较简论》,《大舞台》2015 年第 1 期。

尚达翔:《关汉卿的〈拜月亭〉》,《光明日报》1957 年 11 月 7 日。

白坚:《〈拜月亭〉别论》,《新民晚报》1958 年 7 月 8 日。

刘逸生:《谈关汉卿〈拜月亭〉第四折》,《戏剧论丛》1958 年第 2 辑。

赵景深:《谈关汉卿〈拜月亭〉第三折》,《语言文学》1959 年第 2 辑。

杨国瑞:《对戏曲故事〈拜月亭〉的几点意见》,《河北师院学报》1983 年第 1 期。

杨国瑞:《杂剧园圃中的一朵奇花——浅谈关汉卿的〈拜月亭〉》,《文科教学》1983 年第 3 期。

关四平:《〈拜月亭〉与〈西厢记〉思想性之比较——兼论关汉卿王实甫的爱情婚姻观》,《绥化师专学报》1986 年第 1 期。

李春祥等:《关汉卿〈拜月亭〉杂剧考释》,《河北师院学报》1988 年第 4 期。

［韩］吴秀卿:《〈拜月亭〉在杂剧、南戏中的演变》,《河北学刊》1995年第4期。

徐子方:《两部令人心酸的感伤喜剧——试析关汉卿杂剧〈调风月〉〈拜月亭〉》,《艺术百家》1996年第2期。

张丽:《关汉卿〈拜月亭〉中的婚恋理想》,《太原城市职业技术学院学报》2008年第10期。

亢一帆:《元杂剧〈闺怨佳人拜月亭〉与南戏〈拜月亭记〉的比较》,《山西财经大学学报》2010年第S2期。

吴珊:《中西方文化观照下的关汉卿与莎士比亚的婚恋观——〈拜月亭〉和〈罗密欧与朱丽叶〉之比较》,《作家》2012年第14期。

吴珊:《关汉卿与莎士比亚女性观之异同——以〈拜月亭〉和〈罗密欧与朱丽叶〉为例》,《名作欣赏》2012年第15期。

刘婧:《南戏〈拜月亭记〉在关汉卿〈闺怨佳人拜月亭〉基础上的继承与发展》,《戏剧之家》(上半月)2013年第7期。

乔梦冉:《管窥关汉卿和莎士比亚婚恋思想之异同——以〈拜月亭〉和〈罗密欧与朱丽叶〉为例浅析》,《戏剧之家》2014年第13期。

赵景深:《谈〈诈妮子调风月〉》,《戏剧论丛》1957年第2辑。

王季思:《〈诈妮子调风月〉写定本说明》,《戏剧论丛》1958年第2辑。

王大兆:《关于〈诈妮子调风月〉》,《光明日报》1959年5月10日。

侯康乙:《读〈调风月〉偶得》,《光明日报》1960年2月14日。

黄克:《奴隶的抗争——〈诈妮子调风月〉形象析》,《戏剧论丛》1981年第1期。

王学奋、王静竹:《读王季思先生的〈《诈妮子调风月》写定本说明〉》,《天津师大学报》1986年第4期。

陆力:《试论〈调风月〉的审美特征》,《济宁师专学报》1996年第3期。

张平:《从“奴性”到“人性”的抗争——论关汉卿〈诈妮子〉中婢女形象的文化意蕴》,《文教资料》2010年第17期。

殷致:《谈赵盼儿的斗争》,《新民晚报》1956年4月10日。

陈健:《关汉卿的〈救风尘〉》,《语文学习》1957年11月号。

宗志黄:《关汉卿的〈救风尘〉与〈调风月〉》,《安徽师院科学研究》1957年第1期。

关仲:《杂谈〈救风尘〉》,《长江日报》1959年4月5日。

黄敬:《〈救风尘〉与〈倩女离魂〉的妇女形象》,《元剧评论》1979年第3期。

王毅:《一部绝妙的喜剧——关汉卿〈救风尘〉杂剧欣赏》,《武汉师院学报》1982年第2期。

辛人:《〈救风尘〉的人物描写》,《河北戏剧》1982年第1期。

李日星:《从李渔"非奇不传"的喜剧观看〈救风尘〉的审美特征》,《湘潭大学学报》1985年第4期。

蔡湘阳:《试论鲍西娅、赵盼儿形象的异同》,《广东教育学院学报》1986年第2期。

顾伟列:《局巧、人有、趣俗——〈救风尘〉艺术谈》,《中文自修》1986年第1期。

[日]太田辰夫:《元刊本〈调风月〉考》,《戏曲论丛》1986年第1辑。

黄竹三:《戏曲史上的第一个侠妓——关汉卿〈救风尘〉中的赵盼儿》,《文史知识》1989年第9期。

周照东:《〈救风尘〉的喜剧因素探析》,《剧影月报》1990年第8期。

姜波:《浅析〈救风尘〉中的赵盼儿形象》,《齐齐哈尔师范学院学报》1993年第4期。

吴浚:《浅析〈救风尘〉的戏剧构成》,《贵州师专学报》1993年第4期。

吴淑慧:《〈救风尘〉的冲突结构》,《国文天地》(台)1994年第6期。

陆力:《赵盼儿形象散论》,《泰安师专学报》1995年第2期。

李智仁:《谈关汉卿〈救风尘〉中的婚姻礼俗》,《湖北函授大学学报》2008年第3期。

胡景乾:《善与恶的抗衡, 美与丑的较量——关汉卿杂剧〈赵盼儿风月救风尘〉第三折赏析》,《考试周刊》2009年第12期。

胡景乾:《元杂剧结构:写意与写实相结合——兼论关汉卿〈赵盼儿风月救风尘〉情节结构》,《商洛学院学报》2010年第5期。

王艳平:《试论关汉卿杂剧〈救风尘〉的情节模式与困境描述》,《宁波大学学报》(人文科学版)2011 年第 2 期。

翁敏华:《论关汉卿剧作笑谑性语言品格——以〈救风尘〉为主要考察对象》,《上海师范大学学报》(哲学社会科学版)2011 年第 6 期。

崔颖:《关汉卿笔下的女性——〈救风尘〉中宋引章形象浅析》,《青春岁月》2013 年第 10 期。

卢萌:《关汉卿〈救风尘〉剧作结构艺术解读》,《青春岁月》2013 年第 15 期。

刘菲:《论关汉卿〈救风尘〉悲喜剧艺术》,《文教资料》2014 年第 16 期。

龙霖:《"切脍旦"试解》,《吉安师专学报》1986 年第 1 期。

李汉秋:《关汉卿〈望江亭〉新探》,《安徽大学学报》1982 年第 2 期。

王硕荃:《杂剧〈望江亭〉语言探》,载严兰绅主编:《元曲论集》,河北教育出版社 1993 年版。

贺玉春:《〈望江亭〉中谭记儿的形象》,《戏曲艺术》1997 年第 5 期。

赵兴勤、赵韡:《关汉卿〈望江亭〉杂剧品探》,《古典文学知识》2007 年 01 期。

王艳平:《试论关汉卿杂剧〈望江亭〉的喜剧意味》,《中国韵文学刊》2014 年第 3 期。

王季思:《谈关汉卿的〈鲁斋郎〉杂剧》,《光明日报》1957 年 9 月 29 日。

程毅中:《也谈关汉卿的〈鲁斋郎〉杂剧》,《光明日报》1958 年 6 月 8 日。

沈静:《〈智斩鲁斋郎〉的改编及其他——为纪念我国伟大戏剧家关汉卿戏剧创作七百年而作》,《黑龙江日报》1958 年 7 月 2 日。

李茂肃:《〈鲁斋郎〉杂剧有民族思想吗?》,《光明日报》1959 年 9 月 6 日。

陈汝衡:《说鲁斋郎》,《戏剧报》1961 年第 9、第 10 期。

吴调公:《奇能合理,戏贵波澜——谈关汉卿〈鲁斋郎〉的情节结构》,《江苏戏曲》1980 年第 10 期。

黄钧:《杂剧〈鲁斋郎〉作者非关汉卿辨》,《河北师院学报》1990 年第 2 期。

王季思:《与黄钧先生商榷——〈鲁斋郎〉杂剧的作者问题》,《艺术百家》1990 年第 2 期。

刘洪强:《〈鲁斋郎〉非关汉卿作新证》,《江汉大学学报》(人文科学版)2008 年第 3 期。

宁宗一:《生活的潜流——就〈玉镜台〉的评价问题与王季思同志商榷》,《学术研究辑刊》1980年第1期。

王季思:《〈玉镜台〉(翠叶庵读曲琐记)》,载《玉轮轩曲论》,中华书局1980年版。

黄克:《在喜剧性和悲剧性的交叉点上——关剧〈玉镜台〉初探》,《江淮论丛》1985年第1期。

熊笃:《关汉卿〈玉镜台〉发微》,《重庆师院学报》1989年第4期。

王季思:《关汉卿〈玉镜台〉杂剧的再评价》,《河北师院学报》1990年第2期。

骆正:《传统戏曲与婚恋心理学——关汉卿的〈玉镜台〉》,《戏曲艺术》1998年第2期。

徐振贵:《"人心至诚"的颂歌——关汉卿〈玉镜台〉评析》,《古典文学知识》2008年第5期。

齐慧源:《〈玉镜台记〉传奇对关汉卿杂剧的继承和创新》,《河南大学学报》(社会科学版)2009年第2期。

平海南:《一本写人的古典戏曲——从〈金线池〉看性格冲突》,《河北戏剧》1982年第4期。

尚达翔:《略论关汉卿的〈金线池〉》,《陕西戏剧》1982年第8期。

刘佳莹:《浅论关汉卿〈金线池〉戏剧冲突中人物的心理》,《湖南工业职业技术学院学报》2009年第3期。

王艳平:《从〈金线池〉角色的局部错位看关汉卿婚恋杂剧的道德见解》,《宁波广播电视大学学报》2012年第1期。

严敦易:《裴度还带》,载《元剧斟疑》(上),中华书局上海编辑所1960年版。

李啸仓:《辨今存〈裴度还带〉杂剧非关汉卿作》,《宋元伎艺杂考》,上杂出版社1953年版。

尚达翔:《〈裴度还带〉应为关汉卿所作》,《中州学刊》1986年第1期。

徐子方:《道德和命运的博弈——关汉卿杂剧〈裴度还带〉剖析》,《戏曲艺术》2008年第4期。

王季思:《〈谢天香〉(翠叶庵读曲琐记)》,载《玉轮轩曲论》,中华书局1980

年版。

尚达翔:《简论关汉卿的〈谢天香〉》,《当代戏剧》1985年第5期。

宁宗一:《另一种精神世界的透视——为关汉卿〈谢天香〉杂剧一辨》,《戏剧艺术》1987年第3期。

王季思、宁宗一:《关于〈谢天香〉的通信》,《戏曲艺术》1988年第2期。

周晓痴:《一部不应冷落的关汉卿杂剧——论〈谢天香〉的审美价值》,《河北师院学报》1990年第2期。

董上德:《关汉卿处理柳永题材的叙事策略——从〈谢天香〉的"疏漏"说起》,《文化遗产》2009年第2期。

王雪樵:《"静办"辨正(杂剧〈状元堂陈母教子〉第三折)》,《青海社会科学》1982年第4期。

常林炎:《〈状元堂陈母教子〉不是关汉卿的作品》,《河北学刊》1988年第5期。

陈宗琳:《关汉卿〈陈母教子〉杂剧管见》,《贵州大学学报》1989年第4期。

黄钧:《〈陈母教子〉与关汉卿的主体意识》,《求索》1989年第3期。

戴峰:《关汉卿的功名心态——从〈陈母教子〉说起》,《青海社会科学》2005年第4期。

佘正松:《关汉卿〈状元堂陈母教子〉几个问题的探讨》,《戏曲艺术》2005年第3期。

赵兴勤、赵韡:《关汉卿〈绯衣梦〉杂剧之情节蜕变》,《古典文学知识》2006年第1期。

严敦易:《绯衣梦》,载《元剧斟疑》(上),中华书局上海编辑所1960年版。

严敦易:《刘夫人》,载《元剧斟疑》(上),中华书局上海编辑所1960年版。

马少波:《读〈五侯宴〉》,《戏剧论丛》1958年第12辑。

王艳平:《试论关汉卿杂剧〈哭存孝〉的主题意蕴》,《宁波广播电视大学学报》2010年第2期。

郭涤:《〈西蜀梦〉考评》,《曲苑》1986年第2辑。

李占鹏:《论关汉卿的历史剧〈单鞭夺槊〉》,《艺术百家》1997年第4期。

张晶:《以〈单鞭夺槊〉为例看关汉卿剧作的艺术性》,《戏剧之家》(上半月)2013年第11期。

严敦易:《蝴蝶梦》,载《元剧斟疑》(上),中华书局上海编辑所1960年版。

任三杰:《积极的主题,动人的形象——读关汉卿的杂剧〈蝴蝶梦〉》,《名作欣赏》1985年第3期。

尚达翔:《重论关汉卿的〈蝴蝶梦〉》,《殷都学刊》1986年第1期。

任全高:《关汉卿〈蝴蝶梦〉杂剧主题新探》,《淮阴师专学报》1988年第1期。

张兆勇、安敏:《公案戏杂谈——以关汉卿的〈蝴蝶梦〉为例》,《淮北职业技术学院学报》2006年第6期。

何雨婷:《删繁就简三秋树:法国版关汉卿戏剧〈救风尘〉〈蝴蝶梦〉》,《上海戏剧》2014年第11期。

吴雪美:《"悲剧性"叙述与反讽效果——关汉卿〈蝴蝶梦〉文本解读》,《四川职业技术学院学报》2014年第4期。

③《西厢记》问题

周妙中:《〈西厢记〉杂剧作者质疑》,《文学遗产》(增刊)第5辑,作家出版社1957年版。

杨晦:《再论关汉卿——关汉卿与〈西厢记〉问题》,《北京大学学报》1958年第3期。

陈中凡:《关于〈西厢记〉杂剧的创作时代及其作者》,《江海学刊》1960年第2期。

陈中凡:《再谈〈西厢记〉作者问题》,《光明日报》1961年4月30日。

陈中凡:《关于〈西厢记〉作者的问题再进一步探讨》,《光明日报》1961年10月22日。

王季思:《关于〈西厢记〉作者的问题》,《文汇报》1961年3月29日。

谭正璧:《关汉卿作或续作〈西厢〉说溯源》,《学术月刊》1962年第4期。

蓝凡:《〈西厢记〉第五本非王实甫所作》,《复旦学报》1983年第4期。

董如龙:《〈西厢记〉作者关、王二说辨析》,《学术季刊》1985年第2期。

吴金夫:《〈西厢记〉应为关汉卿所作》,《西北大学学报》1985年第4期。

知人、发生:《伍仁村人谈〈西厢记〉》,《河北日报》1985 年 6 月 18 日。

蔡运长:《〈西厢记〉第五本不是王实甫之作》,《戏曲艺术》1988 年第 4 期。

蒋星煜:《〈西厢记〉作者考》,《河北师院学报》1988 年第 1 期。

孔繁信:《杂剧〈西厢记〉作者新探》,《东岳论丛》1988 年第 4 期。

陈绍华:《关汉卿也创作过一本〈西厢记〉——兼论〈西厢记〉的王作关续说》,《扬州师院学报》1992 年第 1 期。

徐子方:《从关汉卿现存作品看〈西厢记〉杂剧作者问题》,《江海学刊》1999 年第 3 期;《新华文摘》1999 年第 11 期转载。

徐子方:《〈西厢记〉"王作关续"说辨析》,《艺术百家》2001 年第 4 期。

王福元:《理想中的现实与现实中的理想——论〈西厢记〉前四本与第五本的关系》,《语文教学通讯·D 刊》(学术刊)2012 年第 12 期。

蔚蓝、王文静、安琪:《〈西厢记〉第五本价值研究》,《文学教育》(中)2014 年第 7 期。

黄启哲:《二十一世纪以来〈西厢记〉研究综述》,《现代语文》(学术综合版)2015 年第 1 期。

(二)中国港台地区部分

说明:本部分收录了在中国港台地区出版的著作、发表的文章,以及中国港台学者在国外出版的著作。

1.作品整理

朱尚文:《元曲选外编校刊记》,台北书局 1956 年版。

郑骞:《校订元刊杂剧三十种》,台北世界书局 1962 年版。

傅傲:《中国历代戏曲选》,香港上海书局 1978 年版。

存萃学社编集:《宋元明清剧曲研究论丛》,香港大东图书公司 1979 年版。

(以上诸书均对关作进行了深力探考)

梁沛锦:《关汉卿现有杂剧校释》,香港中大研究院 1970 年版。

台北宏业书局编校:《关汉卿戏曲集》,台北宏业书局 1974 年版。

2.研究专著

黄琼玖:《关汉卿杂剧的研究》,1964年台湾印行。

梁沛锦编:《关汉卿研究论文集成》,香港潜文堂书屋1969年版。

朱自力:《〈拜月亭〉考述》,台北嘉新水泥公司基金会1969年印行。

黄兆汉:《粤剧〈关汉卿〉研究》,香港大学亚洲研究中心1970年印行。

梁沛锦:《关汉卿现存杂剧研究》,日本横滨大学1971年版。

卢元骏:《关汉卿考述》,著者自费于1961年印行,由台北正中书局于1977年正式出版。

叶庆炳:《关汉卿》,台湾河洛图书出版社1977年版。

应裕康、王忠林:《元曲六大家(关、王、白、马、郑、乔)资料研究汇编》,台北东大图书公司1977年版。

赖桥本:《元曲六大家(关、王、白、马、郑、乔)资料研究汇编》,台南黾勉出版社1978年版。

黄琼玖:《关汉卿及其巨作〈单刀会〉》,台湾中国文化大学出版部1981年版。

刘靖之:《关汉卿三国故事杂剧研究》,香港三联书店1983年版。

贺新辉主编:《关汉卿》,台湾地球出版社1992年版。

曾永义:《关汉卿国际学术研讨会论文集》,台湾大学文学院1994年发行。

王丕霞:《关汉卿》,台湾秋海棠出版社1996年版。

3.专题论文

(1)总评

纪维周:《祖国杰出的戏剧家关汉卿》,《东海》(台)1958年6月号。

郑骞:《关汉卿》,《中国文学史论集》(台)1958年4月。

陈万鼐:《中国的莎士比亚关汉卿》,《现代学苑》(台)1968年1月。

韧庵:《杂剧鼻祖关汉卿》,载《中国古代戏剧家》,香港上海书局1977年版。

石景清:《元曲·关汉卿》,《自由谈》(台)1978年11月。

司徒洁:《关汉卿和元曲》,《合肥月刊》(台)1978年2月。

恩严:《元剧大师关汉卿》,《海洋文艺》(港)1979年第7期。

(2)生平考辨

司徒洁:《关汉卿评传》,《华国》(台)1957 年 7 月号。

梁沛锦:《关汉卿行年考辨》,香港新亚研究所 1962 年版。

梁沛锦:《关汉卿官职考》,香港新亚研究所 1963 年版。

武之珍:《关汉卿生平著作考述》(上、下),《艺术学报》(台)1969 年 6 月 10 日。

罗忼烈:《论关汉卿的年代问题》,《抖擞》(港)1977 年 3 月。

赵景瑜:《关汉卿籍贯考辨》,《抖擞》(港)1980 年 9 月。

(3)创作综论

齐如山:《关汉卿与〈西厢记〉》,《学术季刊》(台)1958 年 6 月。

郑骞:《关汉卿杂剧总目》,《大陆杂志》(台)1958 年 11 月。

黄波:《关汉卿剧作中的妇女形象》,《文艺世纪》(台)1959 年 11 月。

陈志诚:《关马散曲试论》,《学风》(港)1961 年第 6 期。

梁沛锦:《关汉卿杂剧题识》,香港新亚研究所 1963 年刊行。

张永明:《再谈〈西厢记〉的作者问题》,《畅流》(台)1967 年 7 月号。

康培初:《关汉卿及其剧作》,《东方杂志》(港)1968 年 9 月。

汪志涌:《关汉卿及其杂剧》,《东方》(台)1970 年 4 月。

郑骞:《关汉卿的杂剧》,载《景午丛编》(上),台湾中华书局 1972 年版。

郑骞:《〈西厢记〉作者新考》,《幼狮月刊》(台)1973 年第 12 期。

柳无忌:《关汉卿的戏剧艺能》,《幼狮月刊》(台)1977 年 5 月。

张淑香:《〈西厢记〉中的喜剧成分》(上、下),《幼狮月刊》(台)1977 年第 5、第 12 期。

罗忼烈:《关汉卿和他的散曲》,载《诗词曲论文集》,香港三联书店 1982 年版。

谢武雄:《关汉卿的戏剧述评》,《台中师专学报》(台)1984 年第 6 期。

(4)作品专题

郑骞:《关汉卿〈窦娥冤〉杂剧异本比较》,《大陆杂志》(台)1964 年 12 月。

周永新:《从关汉卿的〈窦娥冤〉看元杂剧的特色》,《东方》(台)1968 年 3 月。

夏传书:《一个戏剧的意义——试释〈窦娥冤〉》,《幼狮文艺》(台)1974 年

3月。

牛川海:《元杂剧〈窦娥冤〉之研究》,《复兴岗学报》(台)1975年1月。

古添洪:《悲剧:感天动地〈窦娥冤〉》,《中外文学月刊》(台)1976年1月。

唐文标:《〈窦娥冤〉的悲剧的现实》,《明报月刊》(港)1976年7月。

张晓风:《关汉卿的〈窦娥冤〉:一个通俗剧》,《中外文学月刊》(台)1976年1月。

罗锦堂:《英译〈窦娥冤〉之比较研究》,载《锦堂论曲》,台湾联经出版事业公司1977年版。

张文绮:《关汉卿〈窦娥冤〉赏析》,《静宜学报》(台)1977年6月。

郑伟:《〈窦娥冤〉之研究》,《艺术学报》(台)1978年10月号。

应裕康:《读关汉卿的〈窦娥冤〉》,《幼狮月刊》(台)1979年1月。

牛川海:《悲剧英雄窦娥》,《中国戏剧集刊》(台)1980年10月。

黄美序:《感天动地——试析〈窦娥冤〉》,载《论戏说剧》,台北经世书局1981年版。

彭镜禧:《窦娥的性格刻划——兼论元杂剧的一项惯例》,《中外文学月刊》(台)1982年第6期。

彭镜禧:《关汉卿〈窦娥冤〉四种英译之我见》,《中外文学月刊》(台)1982年第12期。

赵润海:《中国戏剧中道德主题的表现——以〈马克白〉与〈窦娥冤〉为例》,《东海文艺季刊》(台)1982年11月。

黄美序:《〈窦娥冤〉的冤与愿》,《中外文学月刊》(台)1984年第6期。

彭镜禧:《读黄美序著〈《窦娥冤》的冤与愿〉》,《中外文学月刊》(台)1984年第6期。

容世诚:《〈窦娥冤〉结构分析》,《中外文学月刊》(台)1984年第2期。

朱自力:《〈拜月亭〉的写作技巧》,《中华学苑》(台)1969年1月。

方光珞:《试谈〈救风尘〉的结构》,《中外文学月刊》(台)1975年12月。

高乔治(Kao,George)译:《赵盼儿风月救风尘》(A Sister Contersan Comes to the Rescue:by Guan,Hanqing"),香港(Hong Kong)《译丛》(Renditions),no.49(1998

年春季):7—41。

周绍明:《〈蝴蝶梦〉和杀人偿命的问题和解决》,《中外文学月刊》(台)1977 年5 月。

傅锡壬:《论元杂剧《玉镜台》温峤性格的转变》,《淡江学报》(台)1980 年6 月。

丛静文:《〈金线池〉〈两世姻缘〉之分析》,《艺术学报》(台)1982 年 6 月。

罗锦堂:《〈绯衣梦〉本事考》,《幼狮月刊》(台)1977 年 5 月。

朱昆槐:《从〈莺莺传〉到〈西厢记〉论中国悲喜剧的发展》,《书目季刊》(台)1991 年 6 月。

(三)国外部分

说明:本部分收录了中外学者在国外出版的著作及刊出的文章。

1.作品整理(翻译)

[美]刘君若译:《窦娥冤》,威斯康星大学出版社 1952 年版。

[苏]索罗金节译:《窦娥冤》,苏联《外国文学》1958 年 9 月号。

[苏]谢马诺夫、雅罗斯拉夫采夫节译:《救风尘》,《东方文选》第 2 册,莫斯科 1958 年版。

[苏]斯别阿聂全译:《窦娥冤》,收入《元代戏曲》,列宁格勒—莫斯科 1966 年出版。

2.研究专著

[苏]费德林:《关汉卿:伟大的中国戏剧家》,莫斯科 1958 年版。

中国科学院文学研究组:《关汉卿及其戏曲论文索引》,密歇根大学东亚图书馆复制 1959 年。

[英]威廉·多尔比:《关汉卿及其杂剧面面观》,剑桥大学出版社 1968 年版。

[美]杰罗姆·西顿:《关汉卿及其作品研究》,印第安纳大学布鲁明顿分校 1969 年版。

[美]时钟雯:《〈窦娥冤〉的研究及翻译》,剑桥大学出版社 1972 年版。

[美]陈真爱:《〈窦娥冤〉题材的演变》,俄亥俄州立大学出版社 1974 年版。

[英]戈登·V.罗斯:《戏剧中的关羽:两个元杂剧的翻译和评论》,德州大学出版社 1976 年版。

3.专题论文

[波兰]塔杜什·兹比科夫斯基:《关汉卿:中国伟大的戏剧家》,波兰《东方学评论》1958 年。

[苏]艾德林:《关汉卿:伟大的中国剧作家》,苏联《文学报》1958 年 6 月号。

[苏]索罗金:《伟大的戏剧家关汉卿》,苏联《苏联文学》1958 年第 2 期。

[日]田中谦二:《关汉卿的生卒年代论争》,日本《中国文学报》1960 年 4 月。

[苏]谢马诺夫:《关汉卿剧作的特色》,苏联《东方学问题》1960 年第 4 期。

李治华:《中国戏剧家关汉卿》,法国《亚洲戏剧》1961 年。

[日]波多野太郎:《关汉卿的戏曲〈窦娥冤〉分析》,《横滨市立大学论丛》1961 年 11 月。

[日]冈静夫:《关汉卿的戏曲》,韩国《艺文研究》1964 年第 8—12 期、1965 年第 1—3 期。

[日]波多野太郎:《关汉卿的再评价》,《横滨市立大学论丛》1966 年第 3 期。

[韩]丁来东:《〈西厢记〉and Romeo and julie》,韩国《中国学报》1967 年第 9 期。

[新加坡] 刘玉濂:《略谈关汉卿杂剧》,《南洋大学中国语文学会年刊》1968 年版。

[英]威廉·多尔比:《关汉卿》,英国《亚洲专业》1971 年第 1 期。

王忠林:《关汉卿散曲析评》,《南洋大学学报》1972 年 6 期。

[日]内田隆之:《杂剧〈西厢记〉的作者》,日本《日本文学论究》1974 年 11 月号。

梁沛锦、[日]波多野太郎:《关汉卿现存杂剧研究》,《横滨市立大学论丛》1975 年第 10 期。

高辉阳:《关汉卿〈窦娥冤〉的伦理观与天道观》,《日本天理大学学报》1979 年 3 月。

[日]井上泰山:《关汉卿作剧法试探》,《明治学院论丛》1980 年第 11 期。

[日]井上泰山:《元杂剧〈拜月亭〉考》,《日本关西大学中国文学会纪要》1980 年第 12 期。

[日]三迫初男:《关汉卿剧作中的女性形象》,日本《文教国文学》1980 年第 9 期、1981 第 4 期。

[日]太田辰夫:《〈拜月亭〉杂剧考》,《日本神户外大论丛》1981 年 8 月。

[日]太田辰夫:《元刊本〈调风月〉考》,《日本神户外大论丛》1981 年 8 月。

Johnson Dale R. *Courtesans,lovers,and Gold Thread Pond in GuanHanqing's Music Drama* (includes a translation of the four act play Du Ruiniang zhishang Jinxianchi). Berkeley,CA: Journal of Song-Yuan Studies,33(2003).

Wang Chi -ssu.*Kuan Han -ching outstanding dramatist of Yuan dynasty*. Chinese Literature. 1957, I .

Das Wertzimmer,(hrsg,von)Vincenz Hund hausen.Ein Chinesisches singpieldes 13,Jahrhunderts.In deutscher Nachdichtung nach den Chinesischen Urtexten des Wang Sche-fu und Guan Han-tsching Mit 21 Holzschnitte rich Roth 1954,emes unbekannten meisters,Eisench, Eric 355P.

附录三 关汉卿研究的百年评点与未来展望[①]

关汉卿乃13世纪元代剧坛最多产也是案头、场上兼擅的书会才人，至今仍为"文艺评论界公认的中国最伟大的戏剧作家"[1]。20世纪以来，对其生平创作进行系统探讨一直是近代意义上的中国戏曲史、文学史研究的热点之一。[②]在进入21世纪的今天，有必要对此进行一次回顾点评和未来展望。

就涉及内容而言，关汉卿研究可分为总论、生平考证、作品分析三大类，学术界围绕这些在不同时期展开了不同的争论。根据时代转换、研究方式和成果特色的不同，近百年关汉卿研究可分为三个时期，未来正是在此基础上展开。以下分别进行论述。

一

第一时期(20世纪初至1949年) 研究论题涉及目前所能达到的诸多方面，可说已初步形成规模，但主要体现在中国文学史教科书的有关章节和各种报刊的专题论文之中，作品集成与有关研究专著尚未出现。

在关汉卿研究史上，最早也最引人注目的论题是总论，其核心问题是怎么看待关汉卿在戏曲史和文艺史上的地位，亦即历史定位问题。近代意义上的学者涉猎以清末光绪三十三年(1907)黄人撰写《中国文学史》(国学扶轮社，1909)为最早，而以王国维《宋元戏曲考》(商务印书馆，1915)、郑振铎《插图本中国文

① 本文原载《南京大学学报》(哲学·人文科学·社会科学)2004年第2期。

② 严格说来，对关汉卿的研究最早应追溯到关氏生活的当时，从那时起到19世纪末，对关汉卿的介绍和评价一直没有中断，无论是褒还是贬，皆代表着人们这方面的认识水平，为今天的关汉卿研究提供了不可多得的第一手资料。然而，毋庸讳言，近代以前人们对关汉卿及其作品的认识还处于原始阶段，生平资料零星片段相互抵牾，作品评价直观、简陋，缺乏系统的理论构架，故真正科学意义上的专题研究，不能不说是进入20世纪以后即近一百年来的事。这实际上也构成了本文论述的逻辑起点。

学史》(北京朴社,1932)、陆侃如、冯沅君《中国文学史简编》(开明书店,1947)为最具代表性。特别是王国维的著述,虽非关汉卿研究专论,但他在翔实的历史考论基础上引入西方近代美学理论评说关作,认定其“一空倚傍,自铸伟词,而其言曲尽人情,字字本色,故当为元人第一”[2]。从而根本上推翻了明初朱权以来的贬关论点,为20世纪关汉卿研究定下了基调。

另一方面,有关专题论文作者严格说最早应为日本学者青木正儿。他在1921年发表于《支那学》第1卷第6期的《元代杂剧的创始者关汉卿》开了这方面的先河。国内刊物出现关汉卿研究专题论文则是在20世纪20年代末,其后进入30年代,有关论文逐渐多起来,较有实力的如任维焜(访秋)的《14世纪中国写实派戏曲家关汉卿》(《师大月刊》第26期,1936)、隋树森的《关汉卿及其杂剧》(《东方杂志》第40卷,第30号,1946)、赵景深的《谈关汉卿》[《俗文学》(申)第78期,1948]等,其中以任维焜的观点最值得关注。任文在系统考察了现存关剧后,认为关氏创作“不逃避现实,目光紧盯着社会的丑恶处,而加以描写,同时他的文字又能够‘曲尽人情,字字本色’”,“乃是借他人酒杯来浇自己的块垒,与灵均的〈离骚〉、子长的〈史记〉同为抑郁潦倒、愤懑怨痛的产物”。将关汉卿与屈原、司马迁地位并称,虽系明人韩邦奇相关观点之延伸,但却为具体研究后之心得,当更具科学性。虽在理论的深度方面尚有待于加强,但选题角度无疑是正确的。

分论方面主要体现为生平考辨和作品分析,它们同样是最早开辟的关学研究课题。就前者而言,身份、地位往往又和生卒年问题联系在一起。此领域最早具有代表性的专论有胡适的《关汉卿不是金遗民》(《益世报》(津)第40期《读书周刊》,1936,3),他认为关汉卿不是金遗民,生年不可能在金亡前太久,理由便是其晚年创作有表明元成宗大德年号(1297—1307)的《大德歌》。顾随(苦水)的同名论文[《益世报》(津)第75期《读书周刊》,1936,12]表达了基本相同的观点。关汉卿籍贯问题此时也提上了研究日程。魏复乾《〈西厢记〉著作人氏考证》(《逸经》第19期,1936,12)、冯沅君的《跋胡适之〈关汉卿的年代〉》(《燕京大学文学年报》第3期,1937年5月)、吴晓铃的《关汉卿里居考辨》(《经世日报》“读书周刊”第40、41期,1947)一文,均根据河北地方志提出关汉卿的籍贯可能与河北祁州安国县的伍仁村有关,从而在历史上的“大都”“解州”二说之外又平添了第三种说法。

具体作品的分析方面,应以朱湘发表在《小说月报》第17卷号外(1928)上的《救风尘》一文为最早,该文也是国内较早的发表的关汉卿研究专题论文。朱文最有价值的是在对关氏具体作品的把握中归纳出他的整体成就与创作风格:"第一种长处便是它为纯粹的戏剧,第二种长处便是它为社会的写实。"这个结论今天看来仍不无认识价值。此外,王季思的《关汉卿的〈救风尘〉》(《通俗文学》第68期,1948)、陈墨香的《〈关大王单刀会〉札记》(《剧学月刊》第2卷第1期,1933),均能从社会学、历史学和美学角度阐述自己观点,显示了早期研究者所能达到的科学深度。不仅如此,对关汉卿某些作品著作权的探讨也为此时期关汉卿研究的热点之一。该领域最值得重视的是严敦易对关剧辨疑的系列文章[3]。早在20世纪40年代,严敦易就根据当时所能见到的资料在《俗文学》(申)上连续发表文章提出《五侯宴》《裴度还带》二剧非关所作,显示了作者勇于探索的学术勇气。引人注目的还有与汉卿有关的《西厢记》著作权问题。该剧一直存在王实甫作、关汉卿作、关作王修、王作关续四种说法。进入20世纪以后,有关争论再度兴起。魏复乾、马玉铭、贾天慈诸人先后分别对该剧是否关作提出看法,有的思路直到今天仍可启发人们进一步深入探索。

至此不难看出,此一时期的关汉卿研究已涉及了总论、生平考辨、创作成就、作品分析等多个领域,可说是涵盖了今天关汉卿研究的基本内容,且大都言之成理,自成一家,显示出此时期的关汉卿研究,已摆脱了传统上随笔杂感式俗套,初步进入了系统性的理论层次,说它们已为今天的关汉卿研究打好了基础不为过分。非但如此,资料建设方面也不无突破。特别是1939年商务印书馆刊行新发现的涵芬楼《也是园古今杂剧》144本,其中有署名关汉卿撰的杂剧5种,除了《关大王独赴单刀会》另有元刊本之外,其余均属孤本[4],为王国维以来关汉卿研究资料的空前创获,在关学研究史上也是一件值得重视的大事。

然而也应指出,由于社会动乱,政治黑暗,学者生活极不安定,加上资料缺乏,限制了此时期关汉卿研究取得更大的成就,且不说全国参与这方面研究的专家学者数量之少,理论素质亦多参差不齐,即就资料建设而言,也是相当薄弱,半个世纪没有出版一部关汉卿戏曲集或选集,没有出版过一本关汉卿研究论文集,甚至连一本起码的关汉卿戏曲和散曲的注释读物及基本教材都没有,更不用说关汉卿全集整理和关汉卿研究资料汇编了。资料的贫乏限制了研究的深入,此时期关汉卿研究没有一部专著问世也清楚地显示了这方面的局限性。

二

第二时期(1949—1966)研究受到了泛政治化的干扰,但成果亦不无创新,资料建设和学术专著更是从无到有,关汉卿影响扩展到了世界。

中华人民共和国的成立标志着党政部门对学术问题的强力介入,是为此时期最鲜明的时代特征,关汉卿研究因而进入了一个全新的发展时期。由此开始到 1966 年"文化大革命"开始,不到 20 年的时间,发表专题论文达 150 多篇,参与研究的学者多达 120 多人,为前半个世纪的 4 倍以上,资料建设更是从无到有,国内先后出版了《关汉卿戏曲集》(吴晓铃等编校,中国戏剧出版社,1958)、《关汉卿杂剧选》(张友鸾、顾肇仓选注,人民文学出版社,1963)等关汉卿作品整理成果多部,出版的论文集《关汉卿研究》第一、第二辑(中国戏剧出版社,1958)、《关汉卿研究论文集》(古典文学出版社,1958),各种版本的《中国文学史》都设有"关汉卿"专章,个人研究专著也出现了,如谭正璧的《元代戏剧家关汉卿》(上海文化出版社,1957)、野马的《关汉卿的生平及其作品》(湖南人民出版社,1958)、杨荫浏、曹安和的《关汉卿戏剧乐谱》(北京音乐出版社,1959)等,充分显示了这时期关汉卿研究的广度和深度。尤其值得指出的是,作为政治促进学术的最主要标志,1958 年,当时的世界和平理事会将关汉卿作为伟大戏剧家列入世界文化名人行列,受到全世界进步文化界的纪念。国内开展了规模宏大的纪念关汉卿创作 700 周年的学术活动,把关汉卿研究推向了高潮,据不完全统计,光是这一年,参与研究的学者即达 64 人,发表论文达 98 篇,几近此时期论著总数的三分之二,为关汉卿研究领域前所未有。

就研究内容而言,本时期的关汉卿研究同样体现着鲜明的时代特点,即较多从政治和社会的角度着眼,特别重视作家对封建专制的反抗精神和对民生疾苦的关心,反抗性和人民性成了此时期研究中的一个热点。即使对作品人物形象和创作风格的分析也特别注意以马克思主义文艺理论做指导,如突出典型环境中的典型人物、革命的现实主义和革命的浪漫主义相结合等等,这些当然有助于正面肯定关汉卿作为一个伟大戏剧家的地位，使得20世纪初王国维关于关氏“当为元人第一”的观点有了新的理论支撑，具有一定的积极意义。生平考证同样有创获。继承自20世纪30年代后期胡适、顾随、冯沅君等人开创的传统，关汉卿的名、字、号、身份、生卒年、籍贯、一生行迹等亦为此时期学者关注的目标，其中尤以身份、生卒年和籍贯的争论最为激烈。50年代初，孙楷第发表《关汉卿行年考略》[5]一文，事实上认可并补充了前一时期胡适的意见，提出关汉卿生年当在蒙古乃马真后称制元年与海迷失后称制三年之间(1241—1250)，其卒年当在延祐七年(1320)以后，泰定元年以前(1320—1324)。蔡美彪《关于关汉卿的生平》(《戏剧论丛》，1957年第2辑)一文对传统上关汉卿太医院尹的身份提出质疑，认为乃“太医院户”之讹误。此前王季思《关汉卿和他的杂剧》(《人民文学》1954年4月)一文亦曾认为关氏可能“只是一个通常的医士，或者在太医院里兼过一些杂差”。基于这些看法，他们大都将关汉卿生年定在金末(1227)左右，维持了关汉卿的非金遗民身份。另一方面，坚持关汉卿作为金遗民身份的也大有人在。郑振铎在《关汉卿——我国十三世纪的伟大戏曲家》(《戏剧报》1958年6月)中进一步深化了他在新中国成立之前编写《插图本中国文学史》时所持的观点，认为关生于1210年左右，苏夷《关于关汉卿的年代问题——与孙楷第先生商榷》(《戏剧论丛》1958年第1辑)亦持大体相同的观点。与之观点相同的还有赵万里《关汉卿史料新得》(《戏剧论丛》1957年第2辑)。与关汉卿是否金遗民相联系还有对其社会地位(出身)问题的考论。所有这些争论，或多或少都带有胡适式“大胆假设，小心求证”的痕迹，显示人们在当时的时代气氛中仍没有完全抛弃实证主义的研究方法。

具体的作品分析方面，此领域论题最为集中的是《窦娥冤》。自20世纪初王国维论定该剧“列入世界大悲剧中，亦无愧色”而后，至40年代末反倒少有人涉猎，50年代中期再次掀起热潮，仅1958年一年大陆即有12篇专题论文出现，但大多是从剧作的政治内容入手，揭示其反抗专制暴政的认识价值，并就窦娥的形象塑造以及与之联系着的孝道和贞节观念展开争论，被拉入争论的还有剧末的清官和鬼魂问题等。《窦娥冤》之外，关氏作品中杂剧《单刀会》也吸引了不少研究者的目光。其中戴不凡、刘知渐等人对于文本结构，唐湜、胡忌等对于京剧、蒲仙戏对该剧的改编，老艺人侯永奎对于该剧的演出体会，都具有独特的认识价值。另外,《拜月亭》以及《救风尘》《望江亭》《鲁斋郎》《调风月》《五侯宴》等也都不同程度地受到学术界的关注。关氏杂剧著作权辨析此时期仍在继续。50年代后,严敦易出版了《元剧斟疑》一书,其中认为《鲁斋郎》亦非关作,而一度被摒除在关剧之外的《单鞭夺槊》则应属关剧。另外,王季思认为《状元堂陈母教子》亦非关汉卿作品,顾学颉、赵景深、邵曾祺等人对上述剧作是否关作皆先后提出自己的观点,但由于所据资料太少,均未能形成定论。与此同时,杨晦、谭正璧以及台湾齐如山等人先后发表文章,从史实辨析角度肯定关汉卿对《西厢记》的著作权,陈中凡、王季思等人则予以辩驳,但均未能引起更大的关注。至于关氏散曲研究,此时期更为冷寂,较引人注目的是〔南吕·一枝花〕《不伏老》套数,但已超出了对作品本身的研究而转入对作者生活态度的评价,从而截然分成了褒贬两派。贬之者以刘大杰、齐森华为代表,认为《不伏老》表明关汉卿"是一个彻底的风流浪子""表现他对剥削阶级的放荡生活的沉湎"[6];褒之者则有周贻白、戴不凡、温凌等人,他们认为《不伏老》实际表明关汉卿非常热爱生活,反抗封建礼俗,表示他执着从事戏剧艺术的顽强意志。

还应指出的是,随着此时期学者们掌握了辩证唯物主义和历史唯物主义的思想武器,对于关汉卿创作成就和历史地位的认识更具有了政治历史和社会批判的味道。如郭沫若在1958年纪念关汉卿创作700周年大会上开幕词中所言:"关汉卿是我国十三世纪的一位民间戏曲家,他也是拿着艺术武器向封建社会猛攻的杰出战士。"[7]又如郑振铎《关汉卿——我国十三世纪的伟大戏剧家》一文所言,关汉卿是"和人民最亲近的作家。他为人民而控诉着当时的黑暗统治,为了人民而创作"。毫无疑问,这些观点都接近于将作家研究政治化了,事实上打压了艺术研究的空间。60年代后出现关汉卿评价的"降温",同样显示着政治化的特点。如齐森华、简茂森《是批判地继承还是盲目地崇拜》一文即认为"把那些只有今天无产阶级作家所具有的品质,强加在生活在封建社会的关汉卿身上,那更混淆了阶级界限和时代界限"[8]。更为政治化火力趋猛之显例。众所周知,任何事物总有正反两个方面,既然此时期关汉卿研究与时代政治密切相关,它也就不可避免地受着政治规律支配,从而最终脱离了学术研究的范畴。除了部分港台学者不受影响,出现了卢元骏等人的研究成果以及梁沛锦等人的资料收集整理外[9],大陆方面虽然也不时有论者提出反对研究中的庸俗社会学倾向,但政治第一的价值评判标准却始终无法回避。随着进入60年代后政治气候的变化，关汉卿研究亦由热转冷，学术界由50年代的一边倒赞颂变为对关氏局限性的分析，这当然是必要的，有助于全面认识历史人物。但是，随着此后“极左”思潮的升温，这种分析也逐步变成政治上的怀疑、批判。至“文化大革命”时期，连同课题研究本身也同传统文化一道被列入“四旧”，属于“大破”的范畴，以此宣告了关汉卿研究第二期的终结。

三

第三时期(1976年至今)研究已初步学科化，也正逐步打破封闭，以更开放的姿态面向世界，但也因此面临着如何进一步深入和提高的问题。

经过了十年“文化大革命”的大陆学术空白，关汉卿研究也迎来了第三个发展时期。不过二十余载，研究的规模和质量却已发生了根本性的变化。首先，20世纪70年代末和80年代以后由于改革开放带来的学术研究新风气，使得关汉卿的评价逐步脱离了社会化、政治化的轨道而回到了文艺研究的正常范围中来。即使对其创作态度和作品思想内容的研究亦多集中在历史和文化的范畴，这方面诸如李汉秋《关汉卿——瓦舍书会哺育的伟大戏曲家》(《安徽大学学报》1980年第4期)，尚达翔《中国古典戏曲的奠基人关汉卿》[《戏曲艺术》(豫)1983年第3期]，蒋星煜《关汉卿与“铜豌豆”》(《河北学刊》，1994年第1期)，以及周国雄《关汉卿的创新人格》(《华南师大学报》1995年第4期)等论文，都在一定程度上还原了关汉卿作为一代戏剧艺术大师的本来面目。至于关汉卿创作艺术的探讨，则更引入现代戏剧理论及文艺美学、文化理论，并有意识地将其置于世界格局之中观照。这方面典型如张安国《试论莎士比亚和关汉卿的戏剧创作》(《固原师专学报》1985年第3期)，王丽娜《关汉卿剧作在国外》(《河北师院学报》1989年第3期)，贡淑芬、郑雷《处于文化交叉点上的关汉卿》(《戏曲研究》第29辑，1989年3月)，徐子方《关汉卿在世界戏剧和文学史上的地位》(《河北学刊》1990年第3期)等，皆显示了关汉卿研究这方面的新拓展。

关于关汉卿的生平及身份、籍贯诸问题，此时期大抵沿着前两时期已经开始的路子前进。张庚、郭汉城主编的《中国戏曲通史》(中国戏剧出版社，1980年版)和徐子方《关汉卿生卒年辨正》(《山西大学师范学院学报》1999年第4期)均通过不同途径论定关氏生卒年在公元1210年到公元1300年之间。至于关汉卿身份,对于此前蔡美彪、王季思等人所谓“院户”“太医院杂差”等观点,此时期黄克《关汉卿戏剧人物论》(人民文学出版社1984年版)、王钢《关汉卿研究资料汇考》(中国戏剧出版社1988年版)诸作皆提出了不同意见。徐子方《关汉卿身份考述》[《戏曲研究》(京)第54辑,1997年]一文是此时期这个问题的最新专论,他从版本学、史实以及关氏作品内证等方面论定“太医院尹”和金遗民身份不误,从而维持了历史上的定论。另外,在关汉卿籍贯问题上,传统上的大都、解州、祁州三种说法此时期也均有了新的论述。幺书仪等人从北京地方志书《析津志》的内容及撰者状况角度为大都说增添砝码。王钢等人又从元末朱右《元史补遗》及元以后《解州志》等地方志书论定关汉卿为解州人。常林炎、张月中等则大体相信河北安国地方传说以及《祁州志》等地方志书记载,认为“祁州说”最具说服力。当然,与三个说法分别流行的同时,也有学者试图将三说统一起来,徐子方《关汉卿行迹推考》(《晋阳学刊》1996年第5期)一文,在传统上关于关汉卿晚年南下路线考论补充的同时也论定了关氏祖籍解州,后流寓祁州、大都,终老祁州的经历,成为此时期本论题之最新代表。

作品分析方面,进入80年代以后,《窦娥冤》仍为热点。在有关剧作反映社会矛盾以及窦娥反抗性格诸问题继续讨论的同时,学术界又对作品女主人公临刑前的三桩誓愿的是否合理以及作品的悲剧艺术本质加大了研究力度。吴小如、黄克、宁宗一、李汉秋以及台湾学者唐文标、张晓风、古添洪、黄美序等皆发表了各自的见解。[10]此外,《单刀会》《拜月亭》《调风月》《玉镜台》等杂剧此时期依旧为论者所关注。与传统的本事考证和作品思想和艺术特色分析的同时,邓宗舒等人从音乐结构,黄克等人从悲、喜剧特色方面立论,体现了研究的新特色。此时期关氏作品研究值得注意的还是在整体上将关氏散曲与杂剧进行比较,一直受到冷遇的关汉卿散曲研究此时期开始升温。黄克于1984年发表的《娱人和自娱》(《光明日报》1984年5月29日)一文分别揭示了关氏杂剧和散曲的创作目的,并在此基础上对其成就高下做出评价,且力图阐明原因。因对关氏散曲的价值明显贬低而在学术界引发争论,梁归智、李汉秋、王学奇、熊笃诸人皆认为关汉卿散曲同样具有独到的成就,其精神与作者的杂剧创作有相通之处而不是绝对抵牾的。陶慕宁等人则倾向于同意黄克的观点,看来这方面的争论还得进行下去。此外,蒲向明对关汉卿散曲的总体研究,徐子方从“诗家之曲”“剧家之曲”“市井之曲”三个方面分别论述关曲的系列论文,均为此时期有关领域的最新成果。

不仅如此,此前时断时续的关汉卿与《西厢记》的关系研究,此时期也有了新的系统探讨。吴金夫、董如龙、孔繁信、陈绍华等人先后发表文章,从史实辨析角度系统论述关汉卿对《西厢记》的著作权,蒋星煜等人则予以辩驳。徐子方发表《从关汉卿现存作品看〈西厢记〉作者问题》(《江海学刊》1995 年第 5 期)、《〈西厢记〉“王作关续”说辨析》(《艺术百家》2001 年第 4 期)等文则试图另辟蹊径,从留存资料辨析的外证和关氏作品内证之结合入手,将其情节安排手法、语言运用习惯与《西厢记》进行比较,并注重关氏对《西厢记》本事的偏爱,以及这一切与王实甫现存作品同类情况对比观照,从而为“关作王修说”提供了新的佐证。然而,由于留存资料太少,加之论者理解角度不同,故这个问题短期内难有定论。

无论如何,由于大半个世纪的资料建设,加之社会安定,经济日趋繁荣,学者们的生活环境和研究手段已非第一时期王国维、胡适他们所能比。同时,由于70 年代后期中国思想界的大解放,学术研究得以摆脱政治影响而正常开展,随着国门打开,面向世界,人们的眼界也为之开阔,这些同样亦非 20 世纪五六十年代的学者所能及。据香港学者何贵初《元曲四大家研究论著索引》(香港玉京书会 1996 年版)所统计,仅 1976 年至 1996 年的 20 年间,海内外关汉卿研究论文即达 517 篇,超过前两个时期的总和,另外还有专著 19 部、作品整理 7 部,皆远远超过此前的规模。而南北学者吴国钦、马欣来、王学奇等各自校注的关汉卿全集,李汉秋、王钢编纂考订的两种关汉卿研究资料,蓝立蓂编纂的关汉卿戏曲词典,黄克、钟林斌、周国雄对关汉卿戏曲,徐子方、张云生、李占鹏对关汉卿生平和创作整体探讨的专著,以及霍松林、李汉秋、康保成、施绍文等人从事的关汉卿作品赏析,俱为此时期的重要成果。[11]

非但如此,有关学术活动在本时期亦呈现着崭新的面貌。1988 年 10 月在河北安国召开了第三届全国古代戏曲学术讨论会及关汉卿创作 730 周年纪念大会,其间成立了中国关汉卿研究会,五年后的 1993 年,台北亦召开了关汉卿国际学术研讨会。[12]作为这些学术活动的结果,出版面世了多部学术论文集,诸如张月中等人主编的《关汉卿研究新论》(花山文艺出版社 1989 年版)、《关汉卿研究精华》(花山文艺出版社 1990 年版)和曾永义主编的《关汉卿国际学术讨论会论文集》(台湾大学文学院 1994 年)等,皆传递了有关研究交流的最新信息。据统计,港台海外在近 20 年亦有大量关汉卿研究论文面世,在前面引述的此时期 517 篇论文中,竟有 180 篇来自大陆以外。所有这些,皆表明关汉卿研究正逐步打破封闭,以更开放的姿态面向世界。

四

课题展望:作为一门可与莎学媲美的"关学",20 世纪不但尚未真正建立起来,目标反而显得越来越模糊了。21 世纪挑战与机遇并存,因此必须积极采取措施,打破目前的沉闷局面,才能真正地促使未来的研究在更高层次上协调发展。

关汉卿在历史上被列为"元曲四大家"之首,到现代更被推为"世界文化名人",海峡两岸的学者,诸如田汉、钟林斌、陈万鼐、柳无忌等都曾呼吁,认为正如在英国有关于莎士比亚研究的"莎学"一样,我们也应该建立自己的"关学"。在中国古典戏曲越来越被作为人类共同文化遗产重新认识其价值的今天,对元杂剧创始人之深入探讨并形成专门学问无疑有其现实意义。目前可以肯定的是,20 世纪的关汉卿研究,作为前提和条件,已为关学的建立打下了坚实的基础,其作用和价值是显而易见的。并且随着关汉卿全部作品的整理出版,关汉卿研究资料的编纂汇总,加之对其生平创作各方面已有的探讨,以及已经形成一支掌握全新观念、现代理论和研究手段且达到一定规模的学术队伍,进入 21 世纪以后,关汉卿研究在更高层次上发展的可能性是存在着的。

不过,可能性并不等于现实性。回顾过去,我们清醒地看到,由于历史和条件的局限,20 世纪的关汉卿研究在深度和广度上都存在着这样和那样的不足。首先,由于留存资料奇缺,学术界对关氏生平资料一些重大问题没有搞清,以至于直到今天还难以编出一部起码的《关汉卿年谱》或《关汉卿创作年表》,而这是进一步深入研究所难以回避的。其次,在关汉卿的杂剧之间、杂剧和散曲之间研究上存在着严重的不平衡,重杂剧轻散曲、重名作轻一般作品的研究心态影响了对关汉卿研究的全面认识。而借助于现代戏曲、电影、电视剧以至VCD光盘等现代传媒手段对关氏作品的改编普及更是需要加强的空白点,对海内外学术界同行之间的交流还有待于进一步加强,等等。更值得提出的是,虽然人们在理智上将关汉卿定位于伟大的戏剧家,但在实际操作中却没有突破明人的视角和观点,即往往局限于文学,突出其年辈及创作数量,以之作为元曲本色派的代表,内容上多从社会政治立论,形式上抽象肯定其语言,实际上偏爱文采派的作品,而模糊了戏剧是一门综合性艺术的本质。在这种情况下,关汉卿之"面傅粉墨,躬践排场,偶倡优而不辞"的一面即被淡化乃至忽视了。所有这些,皆同样影响了对关汉卿历史价值的科学界定,也是有关研究难以进一步深入和难以在海内外学术界引起广泛认同的重要原因。尤需正视的是,正因为关汉卿研究存在着这样和那样的严重不足,从20世纪90年代中期以后,这方面研究已渐趋沉寂,有关学会研究会很少活动,而这不仅仅由于经费的原因。学术队伍分散,论题缺少兴奋点。尽管不时仍有有关论著问世,但不仅数量上日趋萎缩,内容也大多是在炒冷饭,少有新的突破。坦率地说,临近世纪之交,关汉卿研究呈现的是一种难以为继的尴尬,不仅难以和国外的"莎学"相提并论,即使和国内《红楼梦》研究的"红学"、《金瓶梅》研究的"金学"等相比亦不免相形见绌。一句话,作为一门专门学科的可与莎学媲美的"关学",不但尚未真正地建立起来,目标反而显得越来越模糊了。

毋庸置疑,21世纪的关汉卿研究是挑战和机遇并存。要想克服困难,应对挑战,就必须积极采取措施,打破目前的沉闷局面,才能真正地促使未来的研究在更高层次上协调发展。具体地说,在关汉卿生平及创作活动方面,应加大对传统文献和现有考古资料的利用力度,必要时可以清理传说中位于河北安国境内的关汉卿故居遗址及墓园, 在进行建设性保护的同时力图获得较为直接的论据。与此同时,还应最大限度地运用新理论、新方法,借助于计算机信息处理等现代手段,对关汉卿现存作品文本,除去与已有史料作相互印证,双向推求,从而在生平史料及文学社会学乃至思想史价值方面有所突破外,更应重视对关氏作品作为一门综合艺术的再认识,恢复关氏作为"梨园领袖""编修师首""杂剧班头"的本来面目,要结合元代舞台演出史料全面而系统地比较研究。这方面已有论者提出并呼吁过[13],关键还是切切实实地去做。此外,还应切实地摆正关汉卿研究的深化提高和改编普及的关系，注意利用地方戏曲、电影、电视剧和光盘等现代传播方式和手段，积极扩大关汉卿及其作品的影响。学术联系方面，应加强有关学会、研究会的活动（而不是仅仅将其当摆设），将目前尚未正式在国家民政部门登记的“中国关汉卿研究会”尽快履行必要手续，使之合法化，同时积极采取措施，创造条件，为将来升格为名副其实的“中国关汉卿学会”做好准备。最后，也最关键的是，要摆正民族特色和人类认同之间的关系，以更开放的胸怀面对世界，切实加强海内外的学术交流，将关汉卿研究置于中国乃至世界戏剧和文学、艺术史的大背景中，从促进中外文化交流，推动学科发展的角度看待问题。只有做到这一步，关汉卿研究——关学才有可能打破局限，摆脱当前的窘境，从而迈出国门，真正成为人类文化遗产之一部分，形成一门为世人公认的专门学科。就这一点来说，未来的关汉卿研究任重而道远。

参考文献

[1]《简明不列颠百科全书》“关汉卿”词条，中国大百科全书出版社 1985 年版。

[2]王国维：《宋元戏曲考》十二《元剧之文章》，载《王国维戏曲论文集》，中国戏剧出版社 1984 年版。

[3]后皆收入严敦易的《元剧斟疑》，中华书局 1964 年版。

[4]王季烈编：《孤本元明杂剧》，商务印书馆 1941 年版；中国戏剧出版社 1957 年版；台湾商务印书馆 1977 年版。

[5]孙楷第：《关汉卿行年考略》，《光明日报》1954 年 3 月 15 日。

[6]参见刘大杰：《中国文学发展史》第十三章，中华书局 1949 年版；齐森华有关观点参见注[8]。

[7]郭沫若：《学习关汉卿，并超过关汉卿》，《人民日报》1958 年 6 月 28 日。

[8]齐森华、简茂森：《是批判地继承还是盲目地崇拜——谈近年来关汉卿评价中的几个问题》，《华东师大学报》1965 年第 1 期。

[9]卢元骏：《关汉卿考述》，台北正中书局 1977 年版；梁沛锦编：《关汉卿研究论文集成》，香港潜文堂 1969 年版。

[10]围绕这方面问题，台湾学者的主要论文有：

唐文标:《〈窦娥冤〉的悲剧的现实》,《明报月刊》(港)1976年7月。

张晓风:《关汉卿的〈窦娥冤〉:一个通俗剧》,《中外文学月刊》(台)1976年第1期。

古添洪:《悲剧:感天动地〈窦娥冤〉》,《中外文学月刊》(台)1976年第1期。

黄美序:《〈窦娥冤〉的冤与愿》,《中外文学月刊》(台)1976年第1期。

[11]20世纪后期关汉卿研究主要代表性成果有:

叶庆炳:《关汉卿》,台湾河洛图书出版社1977年版。

温凌:《关汉卿》,上海古籍出版社1978年版。

刘靖之:《关汉卿三国故事杂剧研究》,香港三联书店1980年版。

黄克:《关汉卿戏剧人物论》,人民文学出版社1984年版。

李汉秋:《关汉卿名剧赏析集》,安徽文艺出版社1986年版。

钟林斌:《关汉卿戏剧论稿》,陕西人民出版社1986年版。

李汉秋、袁有芬编:《关汉卿研究资料》,上海古籍出版社1988年版。

王钢辑考:《关汉卿研究资料汇考》,中国戏剧出版社1988年版。

王学奇、吴振清、王静竹校注:《关汉卿全集校注》,河北教育出版社1988年版。

吴国钦校注:《关汉卿全集》,广东高等教育出版社1988年版。

霍松林主编:《关汉卿作品赏析集》,巴蜀书社1990年版。

张云生:《关汉卿传论》,开明出版社1990年版。

康保成:《关汉卿剧作赏析》,广西教育出版社1991年版。

蓝立蓂编纂:《关汉卿戏曲词典》,四川人民出版社1993年版。

施绍文、沈树华:《关汉卿戏曲集导读》,巴蜀书社1993年版。

徐子方:《关汉卿研究》,台湾文津出版社1994年版。

马欣来辑校:《关汉卿集》,山西人民出版社1996年版。

王丕震:《关汉卿》,台湾秋海棠出版社1996年版。

周国雄:《关汉卿艺术范式阐释》,中国社会科学出版社1997年版。

知人、耿保仓:《关汉卿的传说》,大众文艺出版社1998年版。

宁宗一、陆广州:《关汉卿》,新蕾出版社1999年版。

涂元济、汪无生:《关汉卿》,海天出版社1999年版。

谢美生:《悠悠写戏情——关汉卿评传》,东方出版社1999年版。

仲林斌:《关汉卿》,春风文艺出版社1999年版。

李占鹏:《关汉卿评传》,南京大学出版社 2000 年版。

谢伯梁:《戏剧宗师关汉卿》,上海书店出版社 2002 年版。

[12]参见王卫民:《台湾大学主办的关汉卿学术研讨会述评》,《戏曲研究》1994 年第 49 辑。

[13]参见叶长海:《对关汉卿剧作评价检讨》,《戏剧艺术》1993 年第 4 期;曾永义:《关汉卿研究及其展望》,《戏剧艺术》1993 年第 4 期。

主要参考文献

北京大学中文系《关汉卿戏剧集》编校小组编校:《关汉卿戏剧集》,北京:人民文学出版社 1976 年版。

道润梯步新译简注:《蒙古秘史》,呼和浩特:内蒙古人民出版社 1979 年版。

范文澜、蔡美彪等:《中国通史》(全 10 册),北京:人民出版社 1978 年版。

《古本戏曲丛刊》初集、四集,《古本戏曲丛刊》编委会 1954 年、1958 年影印出版。

顾仲彝:《编剧理论与技巧》,北京:中国戏剧出版社 1981 年版。

《关汉卿研究论文集》,上海:古典文学出版社 1958 年版。

韩儒林主编:《元朝史》,北京:人民出版社 1986 年版。

侯外卢、赵纪斌等:《中国思想通史》(全 5 卷),北京:人民出版社 1957—1960 年版。

黄克:《关汉卿戏剧人物论》,北京:人民文学出版社 1984 年版。

霍松林:《西厢记简说》,北京:作家出版社 1957 年版;北京:中华书局 1962 年版。

霍松林:《西厢述评》,西安:陕西人民出版社 1982 年版。

霍松林编:《西厢汇编》,济南:山东文艺出版社 1987 年版。

翦伯赞主编:《中外历史年表》,北京:中华书局 1961 年版。

蒋星煜:《明刊本西厢记研究》,北京:中国戏剧出版社 1982 年版。

柯绍忞:《新元史》,长春:吉林人民出版社 1995 年版。

赖桥本:《四十年来台湾的曲学研究》,《河北师院学报》1990 年第 2 期。

乐黛云、陈珏、龚刚编选:《欧洲中国古典文学研究名家十年文选》,南京:江苏人民出版社1998 年版。

李昌集:《中国古代散曲史》,上海:华东师范大学出版社 1991 年版。

李汉秋、袁有芬编:《关汉卿研究资料》,上海:上海古籍出版社 1988 年版。

李汉秋、周维培校注:《关汉卿散曲集》,上海:上海古籍出版社 1990 年版。

刘念兹:《戏曲文物丛考》,北京:中国戏剧出版社 1986 年版。

罗烨:《醉翁谈录》,上海:古典文学出版社 1957 年版。

罗忼烈:《两小山斋论文集》,北京:中华书局 1982 年版。

马小霓编撰,徐子方审订:《元曲四大家学术档案》,武汉:武汉大学出版社 2015 年版。

秦学人、侯作卿编著:《中国古典编剧理论资料汇辑》,北京:中国戏剧出版社 1984 年版。

宋柏年主编:《中国古典文学在国外》,北京:北京语言学院出版社 1994 年版。

苏国荣:《中国剧诗美学风格》,上海:上海文艺出版社 1986 年版。

隋树森编:《元曲选外编》(全 3 册),北京:中华书局 1959 年版。

隋树森编:《全元散曲》(上下),北京:中华书局 1964 年版。

孙歌、陈燕谷、李逸津著:《国外中国古典戏曲研究》,南京:江苏教育出版社 1999 年版。

孙楷第:《元曲家考略》,上海:上海古籍出版社 1981 年版。

谭正璧:《元曲六大家略传》,上海:上海文艺联合出版社 1955 年版。

《吴梅戏曲论文集》,北京:中国戏剧出版社 1983 年版。

吴国钦校注:《关汉卿全集》,广州:广东高等教育出版社 1988 年版。

吴晓铃等编校:《关汉卿戏曲集》,北京:中国戏剧出版社 1958 年版。

《戏剧论丛》编辑部编:《关汉卿研究》(第一、第二辑),北京:中国戏剧出版社 1958、1959 年版。

王钢辑考:《关汉卿研究资料汇考》,北京:中国戏剧出版社 1988 年版。

《王国维戏曲论文集》,北京:中国戏剧出版社 1984 年版。

王丽娜编著:《中国古典小说戏曲名著在国外》,上海:学林出版社 1988 年版。

王学奇、吴振清、王静竹校注:《关汉卿全集校注》,石家庄:河北教育出版社 1988 年版。

严敦易:《元剧斟疑》,北京:中华书局1962年版。

杨朝英辑:《阳春白雪》,北京:文学古籍刊行社1955年版。

张庚、郭汉城主编:《中国戏曲通史》(全3册),北京:中国戏剧出版社1980年版。

张云生:《关汉卿传论》,北京:开明出版社1990年版。

《中国大百科全书·戏曲曲艺》,北京:中国大百科全书出版社1983年版。

中国戏曲研究院编:《中国古典戏曲论著集成》(全10册),北京:中国戏剧出版社1959年版。

赵景深辑:《元人杂剧钩沈》,上海:古典文学出版社1956年版。

钟林斌:《关汉卿戏剧论稿》,西安:陕西人民出版社1986年版。

庄一拂编著:《古典戏曲存目汇考》(全3册),上海:上海古籍出版社1982年版。

〔宋〕王灼著,岳珍校正:《碧鸡漫志校正》,北京:人民文学出版社2015年版。

〔元〕陶宗仪:《南村辍耕录》,北京:中华书局1959年版。

〔元〕无名氏辑,隋树森校订:《类聚名贤乐府群珠》,北京:商务印书馆1955年版。

〔元〕熊梦祥著,北京图书馆善本组辑:《析津志辑佚》,北京:北京古籍出版社1983年版。

〔明〕胡应麟:《少室山房笔丛》,北京:中华书局1958年版。

〔明〕蒋一葵:《尧山堂外纪》,四库本。

〔明〕臧晋叔编:《元曲选》(全4册),北京:中华书局1979年版。

《四库全书》,影印文渊阁本。

《二十五史》(全12册),上海:上海古籍出版社1986年版。

陈高华等点校:《元典章》,天津:天津古籍出版社;北京:中华书局,2011年版。

郭成伟点校:《大元通制条格》,北京:法律出版社2000年版。

王季思校注:《西厢记》,上海:上海古籍出版社1978年版。

吴晓铃校注:《西厢记》,北京:人民文学出版社1957年版。

[德]黑格尔著:《美学》,朱光潜译,北京:商务印书馆 1979—1981 年版。

[古希腊]亚里士多德著:《诗学》,陈中梅译注,北京:商务印书馆 1996 年版。

[美]乔治·贝克著:《戏剧技巧》,余上沅译,北京:中国戏剧出版社 1985 年版。

[美]任友梅:《美国的曲学研究》,《河北师院学报》1990 年第 2 期。

[日]青木正儿著:《元人杂剧概说》,隋树森译,北京:中国戏剧出版社 1957 年版。

[苏]李福清著:《中国古典文学研究在苏联:小说·戏曲》,田大畏译,北京:书目文献出版社 1987 年版。

[英]阿·尼柯尔著:《西欧戏剧理论》,徐士瑚译,北京:中国戏剧出版社 1985 年版。